Eine unbeliebte Frau

Mordsfreunde

NELE NEUHAUS

Eine unbeliebte Frau

Mordsfreunde

2 Kriminalromane
in 1 Band

Weltbild

Besuchen Sie uns im Internet:
www.weltbild.de

Genehmigte Lizenzausgabe für Verlagsgruppe Weltbild GmbH,
Steinerne Furt, 86167 Augsburg

Eine unbeliebte Frau

Mordsfreunde

Umschlaggestaltung: JARZINA kommunikations-design, Holzkirchen
Umschlagmotiv: © Thomas Jarzina
Gesamtherstellung: GGP Media GmbH, Pößneck
Printed in the EU
ISBN 978-3-86800-675-9

2014 2013 2012 2011
Die letzte Jahreszahl gibt die aktuelle Lizenzausgabe an.

NELE NEUHAUS

Eine unbeliebte Frau

Kriminalroman

Weltbild

Für meine Eltern
Bernward und Carola Löwenberg
Und für meinen Mann Harald

Danke.
Für alles.

Sonntag, 28. August 2005

Pia Kirchhoff lehnte am Zaun der Koppel. Sie hatte die Arme auf die oberste Stange gelegt und beobachtete zufrieden ihre beiden Pferde, die durch das taufeuchte Gras schritten, hin und wieder ein Maul voll abrupften, jedes für sich auf der Suche nach der Stelle, an der das Gras am saftigsten erschien.

Die aufgehende Sonne ließ die Tautropfen glitzern und das Fell der Pferde schimmern. Pia sah lächelnd zu, wie die beiden Pferde Schritt für Schritt nebeneinanderher mit gesenktem Kopf über die große, mit hohen Bäumen bestandene Koppel zogen, und stieß einen zufriedenen Seufzer aus. Die Trennung von Henning hatte, im Nachhinein betrachtet, nur Gutes gehabt. Nach sechzehn Jahren in der Stadt, in schicken und luxuriösen Altbauwohnungen im Frankfurter Westend und Sachsenhausen, nach sechzehn Jahren, in denen sie die Rolle der Ehefrau des Dr. Henning Kirchhoff gespielt hatte, war sie nun mit achtunddreißig Jahren ganz sie selbst. Glückliche Umstände hatten sie den kleinen Hof direkt an der A66 Richtung Wiesbaden finden lassen, auf dem sie mit ihren beiden Pferden leben konnte. Statt eines BMW Cabrio fuhr sie jetzt einen Geländewagen. Ihre Freizeit verbrachte sie damit, den kleinen Hof auf Vordermann zu bringen, die Pferdeboxen auszumisten, Stroh- und Heuballen zu stapeln und das Haus zu renovieren. Seit einem Monat arbeitete sie wieder in ihrem alten Beruf bei der Kriminalpolizei. Es war eine ebenso glückliche Fügung wie der Erwerb des Birkenhofs in Unterliederbach, dass sie eine Stelle beim erst vor zwei Jahren eingerichteten K11 der Hofheimer Kriminaldirektion bekommen hatte. Eigentlich hätte an diesem Wochenende ihr Kollege Frank Behnke Bereitschaftsdienst gehabt, aber als er sie gefragt hatte, ob sie den Dienst übernehmen könnte, hatte sie ja gesagt. Es war Viertel nach sieben, als ihr die Leitstelle mitteilte, dass ein Winzer aus Hochheim eine halbe Stunde zuvor die Leiche eines Mannes in seinem Weinberg gefunden habe. Pia verschob das Stallausmisten auf später, tauschte die alte Jeans gegen eine saubere und fuhr die geschotterte Auffahrt des Birkenhofes hinunter. Ein letzter Blick auf die beiden Pferde, die Gras, Wasser und ausreichend Schatten hatten. Dann konzentrierte sie sich auf den ersten eigenen Fall in ihrem neuen Job.

Es wäre das erste Mal gewesen, dass Cosima vor dem Abflug nicht irgendetwas Lebenswichtiges in ihrem Büro vergessen hätte. Deshalb war Oliver von Bodenstein auch nicht sonderlich überrascht, als seiner Frau morgens um halb acht siedendheiß die Frachtpapiere für die Kameraausrüstung einfielen, die noch im Tresor in den Räumen ihrer Firma lagen. Das bereits vorbereitete Abschiedsfrühstück wurde gestrichen, und der Abschied von Tochter und Hund fand überstürzt zwischen Tür und Angel statt.

»Wo ist dein Bruder?«, fragte Cosima ihre siebzehnjährige Tochter, die mit zerzausten Haaren und glasigen Augen gähnend auf der untersten Treppenstufe saß, unsanft mitten aus dem sonntagmorgendlichen Tiefschlaf gerissen. Eine überstürzte Abreise der Mutter in irgendein fernes Land und ihre wochenlange Abwesenheit war sie von Kindesbeinen an gewohnt.

»Der liegt wahrscheinlich noch irgendwo im Koma«, Rosalie zuckte die Schultern. »Seine Schnalle hat zur Abwechslung mal ihm den Laufpass gegeben. Das hat ihn ziemlich fertiggemacht.«

Die schnell wechselnden Freundinnen ihres älteren Bruders waren ihr ebenfalls schon zur Gewohnheit geworden, die regelmäßig auf eine leidenschaftliche und nervtötende Verliebtheit folgende Trennung nach etwa vier bis sechs Monaten war im Hause Bodenstein längst kein Gesprächsthema mehr.

»Wir müssen los, Cosima«, Bodenstein erschien in der Haustür. »Es muss nur noch etwas dazwischenkommen, dann fliegt das Flugzeug ohne dich nach Südamerika.«

»Pass auf dich auf, meine Kleine«, Cosima zauste ihrer Tochter liebevoll das Haar. »Und geh in die Schule, auch wenn ich nicht da bin.«

»Klar doch«, Rosalie verdrehte die Augen und stand auf, um ihre Mutter zum Abschied zu umarmen, »pass du auch auf dich auf. Ich komm hier schon klar.«

Mutter und Tochter sahen sich an und lächelten ein wenig gezwungen. Sie waren sich zu ähnlich, um sich wirklich gut zu verstehen.

Es war ein trockener, goldener Spätsommermorgen. Der blaue Himmel wölbte sich wolkenlos über dem Taunus, die Sonne schmolz die dünnen Schleier des Morgennebels und versprach einen warmen Tag.

»Lorenz hat Liebeskummer«, Cosima klang halb belustigt, halb mitleidig. »Das hätte ich niemals für möglich gehalten.«

Bodenstein warf seiner Frau einen Blick zu. Cosima war eine aparte Frau mit klaren Gesichtszügen, faszinierend grünen Augen und tizianrotem Haar. Sie besaß ein leidenschaftliches Temperament, einen präzisen Verstand und eine großzügige, wenn auch oft zynische Weltsicht. Noch immer, nach all den Jahren, erfüllte ihn bei ihrem Anblick ein tiefes Glücksgefühl. Vielleicht lag es daran, dass sie durch Cosimas Beruf häufig für längere Zeit getrennt waren, vielleicht hatte es etwas mit der beinahe diametralen Gegensätzlichkeit ihrer Charaktere zu tun – aber irgendwie war es ihnen trotz der Kinder und anstrengender Berufe gelungen, den kostbaren Funken der Verliebtheit zu bewahren, der in anderen Beziehungen oft sehr schnell der Trivialität des täglichen Einerleis zum Opfer fiel.

»Kenne ich seine letzte Freundin eigentlich?«, erkundigte Bodenstein sich bei seiner Frau.

»Solltest du zumindest«, Cosima lächelte, »Mona. So eine große Stille. Rosi behauptet, sie sei stumm. Ich habe sie auch nie ein Wort reden hören.«

»Zum Schlussmachen wird sie den Mund schon aufgemacht haben.«

»Oder sie hat ihm eine SMS geschickt«, Cosima grinste. »So funktioniert das heute doch.«

Bodenstein war in Gedanken ganz woanders. Wie jedes Mal, wenn Cosima zu einer ihrer abenteuerlichen Filmexpeditionen aufbrach, beschlich ihn das verzweifelte Bedürfnis, sie niemals wieder loslassen zu wollen. Er kam sich wie eine Seemannsbraut vor, die ihren Mann an den Hafen begleitet und ihm nachblickt, wie er in eine ungewisse Zukunft davonsegelt. Sie fuhren aus Fischbach hinaus Richtung Ruppertshain. Vor ein paar Jahren hatte Cosima in dem kleinen Ort im Taunus eine neue Bleibe für ihre Filmproduktionsgesellschaft gefunden, weil die Räumlichkeiten in Frankfurt nach einer dritten Mieterhöhung einfach zu teuer geworden waren. In dem imposanten, denkmalgeschützten Gebäudekomplex der ehemaligen Lungenheilstätte, die vor ein paar Jahren von einem geschäftstüchtigen Investorenkonsortium gekauft und von einem dem langsamen Verfall entgegendämmernden Monstrum in das prestigeträchtige Objekt »Zauberberg« mit Eigentumswohnungen, Künstlerateliers, Arztpraxen, Büroräumen und Restaurant verwandelt worden war, waren die Mieten noch erschwinglich. Nicht zuletzt aus diesem Grund war Bodenstein die Entscheidung, sich vor gut zwei Jahren freiwillig als Leiter des neu gegründeten K 11 von Frankfurt in den Main-Taunus-Kreis versetzen zu lassen, nicht schwergefallen. Im Zuge der Umstrukturierung der hessischen Polizei war ein eigenes Dezernat für Gewaltkriminalität bei der Regionalen Kriminalinspektion in Hofheim entstanden, und Bodenstein hatte den Wechsel in die Provinz nach über zwanzig Jahren in der hektischen Großstadt nicht bereut. Zwar hatte er als Kriminalhauptkommissar in Hofheim nicht viel weniger Arbeit als früher in Frankfurt, aber die Arbeitsbedingungen hatten sich bedeutend verbessert. Bodenstein bog auf den leeren Parkplatz des Zauberbergs ein.

»Wir könnten noch am Flughafen zusammen frühstücken«, schlug er vor, als er den BMW anhielt. »Bis du einchecken musst, haben wir noch jede Menge Zeit.«

»Gute Idee«, Cosima lächelte und stieg aus, »bin gleich zurück.«

Bodenstein stieg auch aus, lehnte sich an den Kotflügel seines Autos und genoss für einen Moment die sensationelle Aussicht über das Rhein-Main-Gebiet. In diesem Moment summte sein Handy.

»Guten Morgen, Chef«, erklang die Stimme seiner neuen Kollegin Pia Kirchhoff an seinem Ohr. »Tut mir leid, dass ich so früh störe.«

»Kein Problem«, erwiderte er, »ich bin schon auf den Beinen.«

»Das ist gut, wir kriegen nämlich Arbeit«, sagte Pia Kirchhoff. »Ein Winzer aus Hochheim hat heute Morgen die

Leiche eines Mannes in seinem Weinberg gefunden. Ich bin schon dort. Es war wohl ein Suizid.«

»Wozu brauchen Sie mich dann?«, fragte Bodenstein.

»Der Tote ist jemand, den Sie kennen«, Pia Kirchhoff senkte die Stimme, »Oberstaatsanwalt Joachim Hardenbach.«

»Wie bitte?« Bodenstein richtete sich auf und spürte, wie er unwillkürlich eine Gänsehaut bekam. »Sind Sie sicher?«

Oberstaatsanwalt Dr. Joachim Hardenbach war der wohl bekannteste Verbrecherjäger der Frankfurter Staatsanwaltschaft, gefürchtet als unbarmherziger und humorfreier Hardliner mit beträchtlichem politischem Ehrgeiz. Es war kein Geheimnis, dass er im Falle eines Wahlsieges der CDU bei der Bundestagswahl im September und dem damit verbundenen Umzug des derzeitigen hessischen Justizministers nach Berlin dessen Nachfolge antreten sollte. Bodenstein war fassungslos. Er kannte Hardenbach seit mehr als zwanzig Jahren, hatte in seiner Frankfurter Zeit regelmäßig mit dem Mann, der als überkorrekt und gnadenlos galt, zu tun gehabt.

»Ja, das bin ich«, sagte Pia Kirchhoff. »Er hat sich mit einem Jagdgewehr in den Mund geschossen.«

Bodenstein sah Cosima, die mit schnellen Schritten über den Parkplatz auf ihn zukam. Das Frühstück am Flughafen musste zu seinem Bedauern auch ausfallen.

»Ich bin in einer halben Stunde da«, sagte er zu seiner neuen Kollegin. »Wo finde ich Sie?«

»Was gibt's?«, erkundigte sich Cosima neugierig, als er das Gespräch beendet hatte. »Ist etwas passiert?«

»Allerdings«, Bodenstein öffnete ihr die Beifahrertür. »Oberstaatsanwalt Hardenbach hat sich erschossen. Unser Abschiedsfrühstück fällt leider aus.«

Auf der Fahrt nach Hochheim war Bodenstein schweigsam. Schon unzählige Male war er am Schauplatz von Verbrechen gewesen, hatte Leichen in allen Formen der Verstümmelung und allen Stadien der Verwesung gesehen, aber jedes Mal beschlich ihn dieses eigentümliche Gefühl. Er fragte sich zum wiederholten Mal, ob er eines Tages abgebrüht oder fatalistisch genug sein würde, um nichts mehr dabei zu empfinden, wenn er zum Fundort einer Leiche gerufen wurde.

Pia Kirchhoff sprach gerade mit dem Leiter der Spurensicherung, als sie ihren Chef mit unbewegter Miene den Weg zwischen den Weinstöcken hinunterkommen sah, wie immer korrekt gekleidet von Kopf bis Fuß. Gestreiftes Hemd, Krawatte, heller Leinenanzug. Sie war mehr als gespannt darauf, wie es sein würde, mit ihm gemeinsam an einem Fall zu arbeiten. Bisher hatte sie kaum zehn Sätze mit ihm gewechselt.

»Guten Morgen«, sagte sie, »es tut mir leid, wenn ich Ihnen den Sonntag verderbe, aber ich dachte, es wäre besser, wenn Sie die Leitung der Ermittlung selbst übernehmen.«

»Guten Morgen«, erwiderte Bodenstein, »das ist schon in Ordnung. Ist es denn wirklich Hardenbach?«

Pia war mit knapp eins achtundsiebzig ziemlich groß, aber zu ihrem Chef musste sie aufblicken.

»Ja«, sie nickte, »zweifellos. Von seinem Gesicht ist zwar nicht mehr viel übrig, aber er hatte seine Brieftasche bei sich.«

Bodenstein ging weiter, um sich die von einer Ladung Schrot grausam entstellte Leiche des Oberstaatsanwalts anzusehen, die man bereits mit einem Tuch abgedeckt hatte. Beamte von der Spurensicherung waren dabei, den Leichenfundort Zentimeter um Zentimeter zu untersuchen und zu fotografieren.

»Sind Sie Frau Kirchhoff?«, hörte Pia eine Stimme hinter sich und drehte sich um. Vor ihr stand eine schlanke Rothaarige und blickte sie neugierig an. Pia nickte.

»Cosima von Bodenstein«, die Frau lächelte und hielt ihr die Hand hin. Pia ergriff sie überrascht.

»Freut mich, dass wir uns kennenlernen«, sagte sie und fragte sich, was Frau von Bodenstein um diese Uhrzeit am Fundort einer Leiche machte.

»Mich auch«, erwiderte Cosima von Bodenstein. »Leider muss ich gleich wieder weg. Wir waren gerade auf dem Weg zum Flughafen, als Sie angerufen haben. Meinen Sie, ich kann auch mal kurz einen Blick auf die Leiche werfen?«

Pia musste sich anstrengen, damit sie die Frau nicht wie eine debile Zwölfjährige mit offenem Mund anstarrte. Offenbar war die Frau ihres Chefs ganz und gar nicht das elegante, vornehme Geschöpf, als das man sie ihr geschildert hatte. Cosima von Bodenstein bemerkte Pias Erstaunen und grinste amüsiert.

»Ich habe schon jede Menge Leichen gesehen«, erklärte sie. »Früher, als ich noch fest beim Fernsehen war, gehörte das zu meinem täglichen Brot. Blutige Körperteile auf der Autobahn und im Straßengraben verteilt. Einmal habe ich selber den Kopf von einem Toten gefunden, nach einem Motorradunfall oben am Feldberg.«

Pia war sprachlos.

»So habe ich übrigens meinen Mann kennengelernt«, verriet Cosima von Bodenstein, »quasi zu Füßen eines Selbstmörders, der sich in seinem Büro aufgehängt hat. Ich war mit meinem Kamerateam da, und mein Mann war ganz frisch bei der Polizei. Es war seine erste Leiche, und er musste sich übergeben. Ich habe ihm ein Kleenex gegeben.«

Pia unterdrückte ein amüsiertes Grinsen, denn gerade kam ihr Chef zurück.

»Und?«, fragte seine Frau. »Ist es wirklich Hardenbach?«

»Ja, leider«, erwiderte Bodenstein und verzog das Gesicht. »Kannst du ein Taxi zum Flughafen nehmen? Das wird hier eine größere Sache.«

Pia entfernte sich diskret, damit ihr Chef von seiner Frau

Abschied nehmen konnte. Der bisher so unnahbar und perfekt wirkende Hauptkommissar von Bodenstein war also auch nur ein Mensch, der sich beim Anblick seiner ersten Leiche übergeben hatte. Diese Schwäche machte ihn in Pias Augen plötzlich sympathisch.

Die Witwe von Oberstaatsanwalt Hardenbach war nicht in der Lage, mit Bodenstein und Pia zu sprechen, nachdem sie ihr die schreckliche Nachricht vom Freitod ihres Mannes so einfühlsam wie möglich überbracht hatten. Sie hatten auch keine Zeit mehr, darauf zu warten, dass die Frau ihren ersten Schock überwinden würde, denn die Zentrale forderte sie zu einem weiteren Leichenfund an diesem herrlichen Augustsonntag an. Bodenstein ließ Frau Hardenbach und ihre schluchzenden Kinder in der Obhut einer Nachbarin und eines befreundeten Arztes zurück und machte sich mit Pia auf den Weg in den Taunus. Ein junges Pärchen hatte unterhalb des Atzelbergturmes zwischen Ruppertshain und Eppenhain die Leiche einer Frau gefunden. Während der Fahrt telefonierte Bodenstein mit Kriminaldirektor Nierhoff, seinem direkten Vorgesetzten, versorgte diesen mit den notwendigen Details über den Fall Hardenbach und bat ihn, die für ein Uhr anberaumte Pressekonferenz im Frankfurter Polizeipräsidium zu leiten.

»Ich kann auch alleine nach Ruppertshain fahren«, bot Pia an, als Bodenstein das Gespräch beendet hatte, »die Pressekonferenz ist doch sicherlich wichtiger …«

»Nein, nein«, unterbrach Bodenstein sie schnell, »Nierhoff und ich haben in Fällen wie diesen klare Arbeitsteilung vereinbart. Im Gegensatz zu mir mag er das Rampenlicht und macht so etwas gerne. Gerade bei so prominenten … Kunden.«

»Kunden?«

Die Andeutung eines Lächelns flog über Bodensteins angespanntes Gesicht.

»Hört sich doch netter an als ›Leiche‹, oder?«

Eine halbe Stunde später erblickten Bodenstein und Pia kurz vor der Ortseinfahrt von Eppenhain einen Streifenwagen am Straßenrand. Nach einer kurzen Fahrt durch den Wald erreichten sie die Lichtung mit dem Turm, an dessen Fuß ein weiterer Streifenwagen und ein Mercedes Cabrio standen. Bodenstein und Pia stiegen aus.

»Ah, der Herr Hauptkommissar«, begrüßte sie einer der Uniformierten, ein großer Mann mit Michael-Schuhmacher-Kinn und einem Gesicht voller Aknenarben. »Sie hätten sich den Morgenausflug sparen können. Das war ein Selbstmord.«

»Hallo, Schöning«, Bodenstein kannte die Bereitschaft zahlreicher Berufskollegen, einen Todesfall vorschnell als einen Suizid oder Unfall abzutun, aus eigener Erfahrung und ging nicht darauf ein.

Im Schatten der hohen Bäume war es kühl. Das Gras war noch feucht vom Tau der Nacht.

»Guten Morgen«, sagte Bodenstein zu dem Arzt, der neben der Leiche im Gras kniete und den Gruß mit einem knappen Nicken erwiderte. Die Frau lag auf dem Rücken im Gras, den linken Arm unter dem Körper, die Beine angewinkelt. Das helle Haar breitete sich wie ein Fächer um das bleiche Gesicht, sie hatte die Augen weit geöffnet, ihr Blick war starr und gebrochen. Bodenstein hob den Kopf und blickte den Turm hinauf. Es war ein massives Holzbauwerk, das sich weit über die Kronen der Bäume in den blassblauen Himmel erhob. Pia stemmte die Arme in die Seiten und betrachtete die Tote im hohen Gras eingehend.

»Suizid?«, fragte sie zweifelnd und blickte zu dem Arzt hinüber, der sich wieder über die tote Frau gebeugt hatte.

»Ich weiß nicht. Keine Jacke, keine Handtasche, dafür zehn Zentimeter hohe Absätze. Kein besonders passendes Schuhwerk für einen Waldspaziergang.«

»Ist ein Selbstmord«, beharrte Schöning impertinent, »klarer Fall.«

»Das glaube ich nicht«, sagte Pia. »Selbstmörder stoßen sich instinktiv ab, wenn sie irgendwo hinunterspringen, und landen dann ziemlich weit entfernt. Aber diese Leiche hier liegt beinahe direkt unter dem Turm. Sie ist nicht gesprungen.«

Schöning hob eine Augenbraue, sein überhebliches Grinsen wurde grimmig.

»Wie sieht es aus?«, erkundigte sich Bodenstein bei dem Arzt.

»Schlecht«, erwiderte der, »sie ist tot.«

»Ist ja nicht zu fassen«, versetzte Pia kühl. »Ist das etwa alles, was Sie herausgefunden haben?«

Der Arzt warf ihr einen gekränkten Blick zu. Er erhob sich, und Bodenstein stellte fest, dass er seiner Kollegin kaum bis zum Kinn reichte. Ein Zwerg, der seine geringe Körpergröße offenbar mit unpassend witzigen Bemerkungen zu kompensieren versuchte.

»Weibliche Leiche, ungefähr Mitte zwanzig«, sagte er, als er merkte, dass seine Art von Humor nicht ankam. »Genickbruch, diverse Verletzungen, die wohl durch den Aufprall aus dreißig Metern Höhe verursacht wurden. Rigor mortis voll ausgeprägt. Das bedeutet, dass die Frau seit mindestens zehn Stunden tot ist, denn man sagt, dass …«

»Leichenflecken?«, unterbrach Pia ihn.

»Noch gut wegzudrücken«, der Zwerg war jetzt angesäuert. »Sie ist nicht länger als vierundzwanzig Stunden tot. Ich schätze, sie ist gestern Abend zwischen zwanzig und dreiundzwanzig Uhr verstorben.«

»Können Sie Hinweise auf Fremdeinwirkung feststellen?«, mischte sich Bodenstein ein.

»Nein«, der Zwerg schüttelte den Kopf, »sieht wie ein Suizid aus. Wäre ja nicht das erste Mal. Hier stürzen sich immer wieder Leute runter.«

Schöning nickte selbstgefällig.

Bodenstein hielt den Blick auf das Gesicht der Toten gerichtet und versuchte sich vorzustellen, wie sie im Leben ausgesehen hatte. Ihre Haut war fein wie Porzellan, sie hatte ausgeprägte Wangenknochen und eine zierliche Nase. Selbst der gewaltsame Tod hatte der perfekten Symmetrie ihres Gesichts nichts anhaben können. Er beugte sich dichter über die Leiche. Ihr Bauchnabel war gepierct, und oberhalb des Nabels befand sich eine Tätowierung in Form eines Delphins. Pia hockte sich hin und betrachtete den Schuh am linken Fuß der Frau.

»Manolo Blahnik«, stellte sie fest, »sie hatte einen exklusiven Geschmack.«

Sie richtete sich wieder auf und streifte durch das Gras rings um die Leiche.

»Was ist?«, fragte Bodenstein.

»Der zweite Schuh fehlt.«

»Können wir?«, fragte einer der Männer des Bestattungsinstitutes, die Polizeiobermeister Schöning herbeordert hatte.

»Nein«, sagte Bodenstein und betrachtete nachdenklich die Leiche. »Was ist mit dem Schuh?«

»Was für ein Schuh?«, erwiderte Schöning unwirsch.

»Sie hat nur einen an«, bemerkte Pia, »sie ist ja wohl kaum mit nur einem Schuh herumgelaufen, oder? Und auf dem Turm haben Ihre Mitarbeiter nichts gefunden.«

»Wie ist sie überhaupt hierhergekommen?«, fügte Bodenstein hinzu. »Vor zehn Stunden war es zweiundzwanzig Uhr und schon ziemlich dunkel. Steht irgendwo in der Nähe ein geparktes Auto, mit dem sie durch den Wald gefahren ist?«

»Allerdings«, triumphierte Schöning, denn diese Neuigkeit schien seine Selbstmordtheorie zu untermauern. »Auf dem Parkplatz am Landsgraben steht ein Porsche Cabrio. Abgeschlossen.«

Bodenstein nickte nachdenklich, dann wandte er sich an die wartenden Polizeibeamten. »Alle verlassen sofort den Fundort. Schöning, lassen Sie das Kennzeichen des Porsche überprüfen, und Frau Kirchhoff, Sie fordern die Spurensicherung an.«

Schöning konnte seine Verärgerung kaum noch verhehlen. Pia ergriff ihr Handy und forderte das Team von der Spurensicherung an, das gerade mit dem Fundort der Leiche von Hardenbach fertig war. Dann wandte sie sich wieder dem Geschehen zu.

»Ich schreibe in den Totenschein, dass die Todesursache ungeklärt ist«, sagte der Arzt gerade zu Bodenstein, »ist das okay?«

»Wenn Sie dieser Auffassung sind, dann sollten Sie das tun«, erwiderte dieser sarkastisch, »oder denken Sie, die Frau ist eines natürlichen Todes gestorben?«

Der Zwerg lief rot an.

»Sie sitzen ganz schön auf dem hohen Ross!«, fauchte er.

»Ich arbeite nicht gerne mit Dilettanten«, entgegnete Bodenstein scharf, und Pia musste sich ein Grinsen verkneifen. Ihr erster Job in der Provinz besaß einigen Unterhaltungswert. Bodenstein zog zwei Paar Latexhandschuhe aus der Tasche seines Jacketts, von denen er eines seiner Kollegin reichte. Sie knieten sich neben die Leiche und begannen vorsichtig, die Hosentaschen der Jeans zu durchsuchen. Aus der Gesäßtasche förderte Pia ein Bündel Geldscheine und ein paar Zettel hervor. Sie reichte das Geld ihrem Chef und faltete vorsichtig die Zettelchen auseinander.

»Eine Tankquittung«, verkündete sie und blickte hoch.

»Gestern um sechzehn Uhr fünfundfünfzig hat sie noch gelebt. Sie hat an der Aral-Tankstelle an der A66 Richtung Wiesbaden getankt, außerdem hat sie drei Päckchen Zigaretten, Eis und Red Bull gekauft.«

»Das ist doch schon mal ein Anhaltspunkt«, Bodenstein erhob sich und zählte die Geldscheine.

»Fünftausend Euro!«, staunte er. »Nicht schlecht.«

»Hier haben wir noch einen Abholschein von einer Reinigung in Bad Soden mit Datum vom 23. August«, Pia griff in die vorderen Hosentaschen der Jeans, »und einen Autoschlüssel.«

Sie reichte den Schlüssel mit dem Porsche-Emblem ihrem Chef.

»Ich glaube immer weniger an Selbstmord«, sagte Bodenstein. »Wenn jemand mit fünftausend Euro in der Hosentasche sein Auto volltankt, drei Päckchen Zigaretten kauft und Kleider in die Reinigung bringt, dann hat er nicht vor, sich umzubringen.«

»Das Fahrzeug mit dem amtlichen Kennzeichen MTK-IK 182«, verkündete Schöning gerade, »ist auf eine Isabel Kerstner zugelassen. Wohnt in Kelkheim. Feldbergstraße 128.«

»Das ist sie«, sagte Bodenstein. »Sie hatte einen Porscheschlüssel in der Hosentasche.«

»Na, also«, begann Schöning, aber Bodenstein ließ ihn nicht weiterreden.

»Wir fahren gleich mal hin«, sagte er. »Außerdem rufe ich den diensthabenden Staatsanwalt an. Wir brauchen auf jeden Fall eine Obduktion der Leiche.«

Die Nachricht vom Freitod Hardenbachs war die Topmeldung bei allen Radiosendern. Auf der Pressekonferenz hatte Kriminaldirektor Nierhoff nicht viel mehr als die Tatsache mitgeteilt, dass Hardenbach nach dem derzeitigen Stand der

Ermittlungen durch eigene Hand aus dem Leben geschieden war, aber wie Bodenstein es nicht anders erwartet hatte, ergingen sich die Medien sofort in den wildesten Spekulationen.

Das Haus in der Feldbergstraße 128 in Kelkheim war ein schmuckloses Haus aus den fünfziger Jahren, dem man durch den Anbau eines Erkers und eines Wintergartens eine individuelle Note zu geben versucht hatte. Unter dem Carport standen nur ein Mountainbike und zwei Mülltonnen. Der Vorgarten, der von einer ziemlich wild wuchernden Thujahecke umgeben war, wirkte ungepflegt. Der Rasen war lange nicht mehr gemäht worden, und in den Blumenbeeten hatte das Unkraut offenbar ungehindert eine Vormachtstellung erobern können. Vor der Haustür standen ein Kinderfahrrad und mehrere Schuhpaare. Bodenstein und Pia stiegen aus und blieben vor dem Holztor stehen, an dem die weiße Farbe abblätterte. »Dr. Michael Kerstner« stand auf einem bronzenen Schildchen neben der Klingel. Bodenstein zog die Post aus dem Briefkasten, einen ganzen Stapel Briefe und die Kelkheimer Zeitung samt Amtsblatt, ein Zeichen dafür, dass zumindest gestern niemand mehr die Post hereingeholt hatte. Bereits das zweite Mal an diesem Tag hatte er die unerfreuliche Pflicht, das Leben ahnungsloser Menschen an einem sonnigen Sonntagvormittag ohne Vorwarnung durch eine grausame Nachricht tief zu erschüttern.

»Bringen wir's hinter uns«, entschlossen drückte er auf die Klingel. Nichts regte sich in dem Haus, auch nach einem zweiten und dritten Klingeln nicht.

»Da brauche Se net zu schelle«, eine Stimme ließ sie herumfahren, »die sin beide net da.«

Hinter der Hecke im benachbarten, penibel gepflegten Vorgarten tauchte das Gesicht einer älteren Frau mit schütterem, grauem Haar und einem faltigen Koboldgesicht auf, in deren Augen gleichermaßen Neugier und Misstrauen standen. Sie zwängte sich durch eine Lücke in der Hecke und schüttelte missbilligend den Kopf, als sie das Unkraut und den ungepflegten Garten sah.

»Die sind doch nie dahaam, die Kerstners«, sagte sie geschwätzig. »Wisse Se, der Herr Doktor, der fährt morgens in aller Herrgottsfrühe fott und haam kimmt der oft erst nach Mitternacht. Mein Mann, der Kalleinz, der hat gleisch gesaacht, so was macht 'ne Frau wie *die* net lang mit. Und so isses dann ja aach gekomme, gell? Seit die fott is mit dem Mädsche, is der Herr Doktor gar net mehr dahaam. Na ja, so sieht's hier ja aach aus. Des is e Schand!«

»Seit wann isse denn fott, die Frau Kerstner?« Pia befleißigte sich mühelos der hessischen Mundart, und Bodenstein musste ein amüsiertes Grinsen unterdrücken.

»So genau kann man des net saache«, die Alte bückte sich, um ein Unkraut neben ihren Füßen auszuzupfen. »*Die* war ja oft taachelang net dahaam. Der Herr Doktor, der hat sisch mehr um des Kind gekümmert wie *die.*«

Es war eindeutig, wo die Sympathien der Nachbarin lagen.

»Nackisch auf der Terrass hat se gern geleesche, wenn se net grad bei ihrem Gaul oder auf der Juchee war«, sie schnaubte verächtlich. »Und der arme Mann, der hat sich für se abgerackert, Taach und Nacht.«

»Wissen Sie, wo wir Herrn Dr. Kerstner jetzt finden können?«, fragte Bodenstein höflich.

»Ei, in seiner Klinik. Da isser doch immer. So ein fleißischer, netter Mensch, der Herr Doktor«, setzte die Nachbarin zu einer neuerlichen Tirade an, die Bodenstein aber rasch abwürgte.

»Klinik?«, erkundigte er sich erstaunt.

»Ja, die Pferdeklinik. In Ruppsch obbe. Dr. Kerstner ist Tierarzt«, erst in diesem Moment schien sich die Frau zu fragen, wer der Mann und die Frau überhaupt waren, die an einem Sonntagmorgen nach den Nachbarn fragten, aber da waren Bodenstein und seine Kollegin schon auf dem Weg zum Auto.

»Was wolle Se eigentlisch von dem?«, rief die Nachbarin noch, aber sie bekam keine Antwort mehr.

Bodenstein fuhr durch Fischbach, um ein drittes Mal an diesem Morgen hinauf nach Ruppertshain zu fahren. Seine Gedanken waren bei Cosima. Das vertraute Gefühl der Verlassenheit war wieder da, genauso wie sein Wunsch, sie möge eines baldigen Tages die Lust an diesen strapaziösen Abenteuern verlieren. Er hätte sich eher die Zunge abgebissen, als sie darum zu bitten, die Filmexpeditionen sein zu lassen, weil er nur zu gut wusste, dass sie ihre Arbeit liebte und darin aufging. Dennoch fiel es ihm immer schwerer, wochenlang ohne sie zu sein.

»Wir hätten uns nach der Adresse dieser Tierklinik erkundigen sollen, bevor wir uns jetzt durchfragen müssen«, schreckte Pia ihn in diesem Moment aus seinen Gedanken.

»Ich weiß, wo sie ist«, erwiderte Bodenstein.

»Ach?« Pia warf ihrem Chef einen erstaunten Blick zu.

»Ich bin hier ganz in der Nähe aufgewachsen«, erklärte er ihr, »auf Hofgut Bodenstein. Das kennen Sie vielleicht. Es liegt zwischen Fischbach und Kelkheim.«

»Ja, klar. Das kenne ich«, bestätigte Pia, die allerdings bisher noch keine Parallele zwischen dem historischen Hofgut und dem Namen ihres Chefs gezogen hatte.

»Bei uns auf dem Hof gab es immer Pferde«, fuhr Bodenstein fort, »und Dr. Hansen aus Ruppertshain war damals der einzige Tierarzt in der Gegend. Er ist vor ein paar Jahren tödlich verunglückt, und seitdem leitet seine Tochter Inka die Pferdeklinik.«

»Ach«, Pia betrachtete ihren Chef neugierig. »Ich wette, Sie sind früher Fuchsjagden geritten.«

»Wie kommen Sie denn darauf?«

»Na ja«, Pia zuckte die Schultern, »in Ihren Kreisen reitet man eben Jagden, oder nicht?«

»In welchen Kreisen?«

»Gräfin Soundso lädt Herzog Sowieso zur Jagd auf den Fuchs ein.«

»Also wirklich, Frau Kirchhoff«, Bodenstein schüttelte den Kopf, aber seine Stimme hatte einen leicht erheiterten Tonfall, »so ein Unsinn! Was sind denn das für altertümliche Klischees?«

Er verlangsamte die Fahrt und bog direkt hinter dem Ortseingang von Ruppertshain nach rechts ab.

»Ich hätte in diesem Nest gar keine Pferdeklinik erwartet«, gab Pia zu.

»Wieso nicht?«, erwiderte Bodenstein. »Es gibt hier in der Gegend genug Pferde und vor allen Dingen genug gut betuchte Pferdebesitzer. Die Reitanlage hinten am Wald gehört übrigens Ingvar Rulandt.«

»Ingvar Rulandt?« Pia war beeindruckt. »Der berühmte Springreiter? Ach was!«

Auf dem Parkplatz der Pferdeklinik stand an diesem frühen Sonntagmorgen nur ein einziger Pferdetransporter mit herabgelassener Verladerampe. Das große, grün gestrichene Hoftor war weit geöffnet, aber im Hof herrschte kein Betrieb. Im Vorbeigehen las Pia auf einem Messingschild »Fachklinik für Pferde. Dres. med. vet. Inka Hansen, Michael Kerstner, Georg Rittendorf«.

Sie betraten einen großen Hof, der von einer gewaltigen Kastanie beherrscht wurde. Links und rechts befanden sich Pferdeboxen mit grün gestrichenen Türen, deren obere Hälften geöffnet waren. Bodenstein fühlte sich jäh in die Vergangenheit zurückversetzt. Es mochte an die fünfundzwanzig Jahre her sein, dass er das letzte Mal hier gewesen war, und plötzlich erinnerte er sich sogar an das Pferd, das er damals in die Klinik von Dr. Hansen gebracht hatte. Doch nur der Hof war derselbe geblieben, alles andere hatte sich vollkommen verändert. An das alte Stallgebäude schloss sich an der Stelle, an der früher die große Scheune gestanden hatte, ein moderner, zweckmäßiger Flachbau an. Hinweisschilder verrieten, dass sich dort Anmeldung, OP, Labor, Röntgenraum und die Untersuchungsräume befanden. In dem Augenblick trat eine untersetzte, sommersprossige Frau mit einem brandroten Haarschopf und einem Mopsgesicht aus einer der Pferdeboxen und baute sich vor ihnen auf.

»Wir haben heute keine Sprechzeit«, bellte sie.

»Guten Tag«, Bodenstein hielt ihr seine Polizeimarke vor die Nase, »mein Name ist Bodenstein, Kriminalpolizei Hofheim. Das ist meine Kollegin, Frau Kirchhoff. Wir möchten Herrn Dr. Kerstner sprechen.«

»Kriminalpolizei?«, die Frau musterte Bodenstein und Pia scharf. »Der Doktor ist gerade im OP. Ein Notfall. Das kann dauern.«

»Vielleicht ist es Ihnen möglich, Dr. Kerstner von unserer Anwesenheit in Kenntnis zu setzen«, insistierte Bodenstein höflich, »es ist sehr dringend.«

Die Frau starrte ihn an, dann wandte sie sich um und marschierte vor ihnen her auf eine Tür am Kopfende des neuen Gebäudes zu. Aus den Hinweisschildern zu schließen, waren hier Empfang, Verwaltung und Klinikapotheke untergebracht.

»Die sieht ja aus wie Frankensteins Gesellenstück«, murmelte Pia.

Bodenstein grinste und ließ seiner Kollegin den Vortritt in eine nüchterne, vier Meter hohe Eingangshalle mit weiß gestrichenen Wänden und einem hellen Fliesenboden. In der Mitte des Raumes befand sich ein halbrunder Empfangstresen, über die beiden Computerbildschirme flimmerten Bildschirmschoner. An den weiß gestrichenen Wänden hingen gerahmte Diplome, in der Mitte ein großes Foto mit sechs fröhlich dreinblickenden Menschen. Bodenstein blieb stehen und betrachtete das Bild. Er lächelte, als er Inka Hansen in der Mitte erkannte. Die beiden Männer links und rechts von ihr mochten Dr. Kerstner und Dr. Rittendorf sein.

»Sie können da drin im Wartezimmer warten«, der rothaarige Mops deutete auf eine der Türen. »Kaffee gibt's am Automaten.«

»Danke«, Bodenstein schenkte ihr ein freundliches Lächeln, das seine Wirkung aber völlig verfehlte. Im Wartezimmer saßen ein älterer Mann und ein junges Mädchen mit verweinten Augen, die aufsprangen, als die Tür aufging. Das mussten die Besitzer des Notfalls sein.

»Möchten Sie einen Kaffee?«, fragte Pia ihren Chef, der sich den zahlreichen gerahmten Fotografien an den Wänden zugewandt hatte.

»Gerne. Schwarz.«

Sie holte einen schwarzen Kaffee und reichte ihn Bodenstein. Dann studierte auch sie die Fotos von springenden, bockenden und galoppierenden Pferden, die wohl belegen sollten, wie gesund die ehemaligen Patienten dank der tüchtigen Tierärzte waren, dazu die glücklichen und dankbaren Kommentare ihrer Besitzer. In dem Moment ging die Tür auf. Die Besitzer des Notfallpferdes sprangen wieder wie elektrisiert auf, diesmal zu Recht. Im Türrahmen stand der Mann, den Bodenstein eben auf dem Foto gesehen hatte, aber seitdem das Foto gemacht worden war, hatte sich Dr. Kerstner ziemlich verändert. Über Jeans und Sweatshirt trug er einen grünen Kittel voller Blutspritzer und schien nicht gerade davon angetan, bei seiner Arbeit von der Polizei gestört zu werden. Bodensteins erster Eindruck war, dass der Mann entweder krank oder völlig überarbeitet war. Sein hageres Gesicht wirkte unnatürlich blass und ausgezehrt, unter seinen geröteten Augen lagen dunkle Schatten. Gerade, als Bodenstein sich vorstellen wollte, schoss das verweinte Mädchen an ihm vorbei.

»Was ist mit Kira?«, rief es mit schriller Stimme. Kerstner starrte sie verwirrt an und schien ein paar Sekunden zu brauchen, um sich daran zu erinnern, wer Kira war.

»Sie hat die Operation gut überstanden«, sagte er dann. »Wir haben sie jetzt in den Aufwachraum gebracht. Aber es sieht so aus, als ob sie wieder gesund werden könnte.«

Das Mädchen begann vor Erleichterung zu schluchzen und fiel dem älteren Mann um den Hals.

»Herr Dr. Kerstner?« Bodenstein zog seine Polizeimarke aus der Tasche und stellte sich und seine Kollegin vor. »Wir würden gerne einen Moment mit Ihnen sprechen.«

Kerstner warf einen flüchtigen Blick auf die Marke, dann einen fragenden auf die Gesichter der beiden Beamten.

»Ja, natürlich«, er nickte und bedeutete ihnen, ihm zu folgen. Sie durchquerten den Empfangsraum und gingen gegenüber in eine Art Aufenthaltsraum, in dessen Mitte ein wuchtiger Bauerntisch mit acht schlichten Holzstühlen stand. In einer Ecke des Raumes befanden sich ein Bett, ein Fernseher und eine alte Couch, auf der zwischen ein paar abgeschabten Kissen ein alter Hund lag, der nur kurz den Kopf hob, dann aber wieder uninteressiert die Augen schloss. Kerstner ging um den Tisch herum und ergriff die Lehne eines Stuhles. Entweder war er nicht der Mann, der sich mit unnötigen Höflichkeitsfloskeln aufhielt, oder er war einfach zu erschöpft, um höflich zu sein. Pia ließ ihren Blick durch das Zimmer wandern. Sie konstatierte Regale voller Aktenordner und Bücher, gerahmte Fotografien und Urkunden und dazwischen ein seltsam altertümlich anmutendes Wappen auf einem wuchtigen Holzbrett. Etwas Ähnliches hatte sie schon in Studentenkneipen gesehen. Zwei griechische Buchstaben, die in zwei ineinander verschlungene Hände übergingen. Ein Schwert durchbohrte die Hände. Sehr martialisch. Den Satz darunter konnte sie nicht entziffern.

»Herr Dr. Kerstner«, begann Bodenstein, »sind Sie der Ehemann von Frau Isabel Kerstner?«

»Ja«, erwiderte der Tierarzt überrascht und richtete sich unwillkürlich auf. »Warum fragen Sie das? Ist etwas passiert?«

Seine Hände umklammerten die Lehne des Stuhles so fest, dass seine Fingerknöchel weiß hervortraten.

»Fährt Ihre Frau einen silbernen Porsche Boxter?«, fragte Bodenstein. Kerstner starrte ihn mit undurchdringlicher Miene an, ohne sich zu rühren. Seine Kiefermuskulatur spannte sich an.

»Wieso wollen Sie das wissen? Hatte sie einen Unfall?«

»Wann haben Sie Ihre Frau zuletzt gesehen?«

Der Tierarzt reagierte nicht auf die Frage.

»Was ist denn passiert?«

»Heute Morgen wurde die Leiche einer jungen Frau gefunden«, Bodenstein ließ die Details absichtlich aus, denn irgendetwas am Verhalten Kerstners machte ihn misstrauisch. »In ihrer Hosentasche wurde ein Autoschlüssel gefunden, der zu einem silbernen Porsche Boxter passt. Und dieser Porsche mit dem Kennzeichen MTK-IK 182 ist auf Ihre Frau zugelassen.«

Das bleiche Gesicht des Mannes wurde bei Bodensteins Worten noch eine Spur blasser. Er starrte Bodenstein wie betäubt an, sein Gesichtsausdruck war leer und tranceartig, und das Ausbleiben jeglicher Reaktion ließ Bodenstein zuerst annehmen, sein Gegenüber habe ihn nicht verstanden.

»Die Frau hat eine Tätowierung oberhalb des Bauchnabels.«

»Einen Delphin«, murmelte Kerstner tonlos, »o Gott.«

Er fuhr sich mit der Hand durchs Haar, dann ließ er sich auf den Stuhl sinken und legte seine Hände vor sich auf die Tischplatte, beinahe so, als ob er an einer Séance teilnehmen würde.

Bodenstein und Pia wechselten einen raschen Blick.

»Wären Sie so freundlich, uns nach Frankfurt zu begleiten, um Ihre Frau zu identifizieren?«, fragte Pia den Tierarzt. Es dauerte wieder ein paar Sekunden, so als ob er das Gehörte erst einmal begreifen müsste. Dann erhob er sich abrupt und ging zur Tür. Im Gehen zog er den grünen Kittel aus und ließ ihn achtlos auf den Boden fallen. Der rothaarige Feldwebel mit Mopsgesicht öffnete in dem Augenblick die Tür, ohne vorher angeklopft zu haben.

»Micha, ich ...«, begann sie, verstummte aber, als sie die versteinerte Miene ihres Chefs sah. Der rothaarige Mops und der Doktor schienen miteinander auf vertrautem Fuß zu stehen.

»Ich muss weg«, sagte Kerstner. »Isabel ist tot.«

»Das ist nicht wahr!«, sagte der Mops, und Bodenstein glaubte, sie zweifelte daran, dass die Frau tot sein könnte, aber ihre nächsten Worte belehrten ihn eines Besseren.

»Du kannst doch jetzt nicht einfach wegfahren! Das Pferd ist noch nicht aus der Narkose aufgewacht, und ...«

»Ruf Georg an«, unterbrach Kerstner sie schroff und ging zur Tür hinaus.

Kerstner sprach während der Fahrt zum Rechtsmedizinischen Institut in Sachsenhausen kein Wort, saß nur da, blicklos und stumm, wie versunken in einer unheimlichen, abgrundtiefen Ruhe. Das Zentrum der Rechtsmedizin befand sich in einer stattlichen Villa aus der letzten Jahrhundertwende an der Kennedyallee. Schon von weitem sah Bodenstein den Auflauf der Presse mit Ü-Wagen und Massen neugieriger Reporter. Oberstaatsanwalt Hardenbachs sterbliche Überreste waren offenbar auch bereits eingetroffen.

»Fahren Sie zum Kundeneingang«, sagte Pia und erntete dafür einen erstaunten und belustigten Blick ihres Chefs, als er verstand, was sie mit dieser Anspielung gemeint hatte. »Gleich die nächste links bis zu dem grünen Tor. Da lassen Sie mich raus.«

Mit irgendeinem geheimen Trick öffnete Pia das Tor, und Bodenstein fuhr in einen Hinterhof, in dem drei Autos und ein Leichenwagen parkten. Wenig später betraten sie unbehelligt das Gebäude. Kerstner folgte Bodenstein und Pia stumm die Treppe hinunter in den Keller des Gebäudes, in dem sich die Sektionsräume befanden. In der Mitte des ersten Raumes stand eine Bahre mit einer Leiche, die von einem grünen Laken verdeckt wurde. Ein Mitarbeiter der Rechtsmedizin erschien im Türrahmen. Auf seinem Gesicht breitete sich ein erfreutes Lächeln aus.

»Hi, Pia«, sagte er, »lange nicht mehr gesehen.«

Bodenstein warf seiner Kollegin angesichts der vertrauten Begrüßung einen erstaunten Blick zu, den diese nicht bemerkte.

»Hey, Ronnie«, sagte sie mit gesenkter Stimme zu dem Rechtsmediziner, »ist das die junge Frau aus dem Taunus? Ihr Ehemann ist hier, um sie zu identifizieren.«

Ronnie nickte Bodenstein und Kerstner grüßend zu, dann schüttelte er den Kopf.

»Nein«, sagte er, »das ist der, weswegen die Pressefritzen den Belagerungszustand ausgerufen haben. Kommt mit.«

Er ging vor ihnen her zu einem anderen Sektionsraum. Dort wartete eine zweite abgedeckte Bahre. Bodenstein warf

Kerstner einen kurzen Blick zu. Auch in dem hell erleuchteten weiß gefliesten Raum blieb das Gesicht des Mannes ausdruckslos und ohne alle Emotionen. Bodenstein hatte schon häufiger, als ihm lieb war, Angehörige von Toten in diese Räumlichkeiten begleitet, Menschen, die bereits erschüttert vom Tode eines Partners, Freundes oder Verwandten hier noch zusätzlich durch die nüchterne Atmosphäre, die der einer Großküche nicht unähnlich war, schockiert wurden. Die bis unter die Decke reichenden Metallschränke, das unbarmherzige Neonlicht, die gefliesten Wände und abwaschbaren Böden – all das raubte dem Tod und dem Toten die Würde, an die sich die Lebenden so gerne erinnern möchten. Der Mitarbeiter der Rechtsmedizin mit Namen Ronnie entfernte das grüne Laken vom Gesicht der Leiche. Kerstner betrachtete die Tote ein paar Sekunden, ohne auch nur die Andeutung einer Gefühlsregung zu zeigen.

»Das ist sie«, sagte er und wandte sich ab. »Das ist Isabel.«

Bodenstein ließ es sich nicht anmerken, wie eigenartig er die emotionslose Reaktion des Mannes fand. Ronnie zog gleichmütig das Tuch hoch, löste die Feststellbremse der Bahre und schob die Leiche zu einem der Metallschränke hinüber. Kerstner schauderte, als sich die Tür des Schrankes mit einem Klicken öffnete und ein Schwall kalter Luft in den Raum drang, dann folgte er Bodenstein mit schnellen Schritten hinaus auf den Gang.

Eine Dreiviertelstunde später nahm Kerstner auf einem Stuhl vor Bodensteins Schreibtisch in dessen Büro in der Hofheimer Kriminalinspektion Platz, seine Finger umklammerten die Tasse mit Kaffee, die Pia ihm eingeschenkt hatte. Er war einverstanden, dass ein Aufnahmegerät mitlaufen sollte, machte die notwendigen Angaben zu seiner Person und wartete dann mit gesenktem Kopf auf die erste Frage, während Bodenstein erklärende Bemerkungen über die Anwesenden und die Ermittlungssache machte.

»Es tut mir leid, dass wir Ihnen einige Fragen stellen müssen«, wandte Bodenstein sich an den Arzt. »Aber es handelt sich bei dem Tod Ihrer Frau womöglich um Mord.«

»Was ist überhaupt geschehen?«, der Blick von Kerstner wanderte langsam hoch zu Bodensteins Gesicht. »Wie ist sie ... gestorben?«

»Sie lag am Fuße des Atzelbergturmes«, erwiderte Bodenstein, »auf den ersten Blick sah es aus, als sei sie vom Turm gesprungen, aber es gibt Indizien, die gegen einen Selbstmord sprechen.«

»Selbstmord?« Kerstner schüttelte den Kopf. »Warum hätte Isabel sich umbringen sollen?«

»Erzählen Sie uns etwas über Ihre Frau«, forderte Pia den Mann auf, »sie war beträchtlich jünger als Sie, nicht wahr?«

Kerstner zögerte eine Weile mit einer Antwort, seine Augen schweiften in die Ferne.

»Neunzehn Jahre. Sie war die Schwester eines meiner besten Freunde«, er trank einen Schluck Kaffee, wobei seine Hand stark zitterte. »Meine damalige Verlobte und ich waren gerade aus Amerika zurückgekehrt, als ich Isabel traf. Das war im Herbst 1998. Drei Monate später haben wir geheiratet, weil Isabel schwanger war.«

Kerstner versank in Erinnerungen, Bodenstein und Pia warteten, bis er weitersprach.

»Alles schien perfekt zu sein, aber kurz nach der Geburt unserer Tochter begannen die Probleme.«

»Welche Probleme?«, fragte Pia nach.

»Isabel wollte so leben, wie sie es gewohnt war«, sagte Kerstner, »große Villa, genug Geld für Urlaub, Pferde, Shopping. Aber ich investierte mein Geld lieber in unsere Zukunft.

Inka, ich meine, Frau Dr. Hansen, suchte damals noch einen zweiten Teilhaber für ihre Pferdeklinik, die sie in dem Jahr nach dem Tod ihres Vaters übernommen hatte. Ich bekam den Kontakt zu Inka Hansen durch meinen Freund Georg Rittendorf. Wir wurden uns schnell einig. Dr. Hansen hatte – ähnlich wie ich – in Amerika studiert und gearbeitet, und die Chemie stimmte sofort zwischen uns dreien.«

Bodenstein und Pia schwiegen, warteten geduldig darauf, dass Kerstner weitersprach. Das tat er auch nach einer Weile.

»Wir mussten kostspielige Anschaffungen und Umbauten machen«, fuhr Kerstner fort. »Inka hatte zwar aus der Lebensversicherung ihres Vaters Geld bekommen, aber das reichte bei weitem nicht für das, was wir vorhatten. Um unsere Mittel nicht zu sehr zu strapazieren, beschlossen wir, am Personal zu sparen. Inkas Mutter machte die Buchhaltung, Georgs Frau arbeitete als Tierarzthelferin, und Isabel hätte den Empfang machen sollen.«

Kerstner stieß einen Seufzer aus.

»Daran war nicht zu denken.«

»Wieso nicht?«, fragte Pia.

»Sie konnte Georg nicht ausstehen«, antwortete Kerstner und rieb sich die müden Augen, »er sie übrigens auch nicht. Vor allen Dingen aber hatte sie sich wohl in finanzieller Hinsicht sehr viel mehr von mir versprochen. Ich hatte meine gesamten Ersparnisse in den Aufbau der Klinik gesteckt und muss oft fünfzehn, sechzehn Stunden am Tag arbeiten, auch an den Wochenenden. Das passte ihr nicht.«

Er verzog gequält das Gesicht.

»Ich habe lange um sie gekämpft«, Kerstner starrte vor sich hin, »auch wenn ich immer deutlicher spürte, wie gleichgültig ich ihr war. Dauernd gab es Krach, meistens wegen Geld. Sie verließ mich, kam wieder, verließ mich wieder ... es war die Hölle.«

»Wann hat Ihre Frau Sie verlassen? Und warum?«

»Vielleicht, weil ich sie irgendwann nicht mehr zurückgehalten habe«, Kerstner zuckte die Schultern. »Ende Mai packte sie endgültig ihre Siebensachen, und als ich abends nach Hause kam, war sie weg. Mit Sack und Pack.«

»Und Ihre Tochter hat sie mitgenommen?«, fragte Pia.

»Zuerst nicht«, sagte Kerstner leise. »Sie hat sie vor ungefähr vierzehn Tagen vom Kindergarten abgeholt, und seitdem habe ich auch Marie nicht mehr gesehen.«

Bodenstein beobachtete den Mann und versuchte zu analysieren, was er sah. Kerstner war am Boden zerstört, aber war es wirklich der Tod seiner Frau, der ihm die Tränen in die Augen trieb?

»Wo wohnte Ihre Frau, seitdem sie Sie verlassen hatte?«

»Das weiß ich nicht.«

»Und Ihre Tochter? Wo ist sie jetzt?«

Kerstner blickte auf, dann wandte er sein Gesicht sogleich wieder ab und starrte mit steinernem Blick auf seine Hände.

»Das ... das weiß ich auch nicht.«

»Wann haben Sie Ihre Frau das letzte Mal gesehen?«, fragte Pia.

»Gestern«, Kerstner flüsterte fast, »sie tauchte plötzlich in der Klinik auf.«

Pia warf ihrem Chef einen raschen Blick zu.

»Um wie viel Uhr?«, fragte Bodenstein.

»Ungefähr um Viertel vor sechs«, erwiderte Kerstner, ohne aufzublicken. »Ich kam gerade aus dem OP, als sie auf mich zustürzte und sagte, sie müsse mit mir reden.«

»Und was wollte sie von Ihnen?«

Der Mann schüttelte nur stumm den Kopf.

»Herr Dr. Kerstner«, sagte Pia sanft, aber nachdrücklich, »wir wissen, dass Ihre Frau um halb fünf nachmittags ihr Auto getankt hat, danach war sie bei Ihnen in der Klinik, und ein paar Stunden später muss sie gestorben sein. Sie waren womöglich der Letzte, der sie lebend gesehen hat. Bitte antworten Sie auf die Frage.«

Kerstner starrte stumm vor sich hin, beinahe so, als habe er gar nicht zugehört.

»Haben Sie sich gestritten? Um was ging es? Sie muss ja irgendetwas Bestimmtes von Ihnen gewollt haben.«

Schweigen.

»Wo waren Sie gestern Abend?«, fragte Bodenstein. Plötzlich hatte sich die Situation völlig verändert. Vor seinen Augen war aus dem schockierten Witwer ein möglicher Mordverdächtiger geworden. Es gab ein Motiv, mehrere sogar. Zurückgewiesene Liebe, Enttäuschung, Eifersucht.

»Sie müssen uns nichts sagen, was Sie belasten könnte. Möchten Sie einen Anwalt anrufen?«

Da hob der Mann ungläubig den Blick.

»Sie wollen doch nicht etwa sagen, *ich* hätte Isabel …?«

»Sie haben sie nur wenige Stunden vor ihrem Tod gesehen«, antwortete Bodenstein. »Ihre Frau hatte Sie verlassen. Sie wussten nicht, wo sie sich aufhielt. Wahrscheinlich waren Sie wütend und eifersüchtig.«

»Nein, nein! Das stimmt nicht!«, unterbrach Kerstner ihn heftig. »Ich war nicht wütend auf sie und auch nicht eifersüchtig … nicht mehr.«

»Wieso – nicht mehr?«

»Weil«, begann er, verstummte dann aber.

»Sagen Sie uns doch einfach, was Ihre Frau gestern von Ihnen wollte.«

Kerstner biss sich auf die Lippen und senkte den Kopf. Und ganz plötzlich fing er an zu weinen. Es war das gequälte Schluchzen eines Verzweifelten, und er machte keinen Versuch, die Tränen, die ihm über das Gesicht strömten, abzuwischen.

Montag, 29. August 2005

Die Woche begann mit einer Besprechung sämtlicher Mitarbeiter des K11 um sieben Uhr morgens. Nach ein paar relativ ruhigen Wochen hatten sie nun gleich zwei Fälle zu bearbeiten, wobei der Suizid von Oberstaatsanwalt Hardenbach vom Landeskriminalamt übernommen werden sollte. Bodenstein war nicht unglücklich darüber, den Fall Hardenbach, der leicht zu einem Politikum werden konnte, in übergeordneten Kompetenzbereich abgeben zu dürfen. Er hörte zu, wie seine Mitarbeiter die ersten Fragmente des Falles »Isabel« zusammentrugen, die hoffentlich in kurzer Zeit ein komplettes Puzzle ergeben würden. Frank Behnke war als Kriminaloberkommissar nach Bodenstein der Ranghöchste im Team, er war mit seinem Chef vor zwei Jahren von Frankfurt nach Hofheim gewechselt. In Frankfurt geboren und aufgewachsen, bezeichnete er alles, was sich außerhalb der Stadtgrenzen befand, leicht überheblich als tiefstes Hinterland. Kriminalkommissar Kai Ostermann war Ende dreißig. Bei einem SEK-Einsatz vor zehn Jahren hatte er ein Bein verloren und seitdem ein trauriges Schicksal bei der Innenrevision gefristet. Als Bodenstein nach Hofheim gegangen war, hatte er Ostermann angefordert und bekommen, und mittlerweile war der Mann mit seinem Scharfsinn und einem computerähnlichen Gedächtnis aus dem K11 nicht mehr wegzudenken. Der Vierte im Bunde war gleichzeitig der Älteste im Team: Andreas Hasse war Kriminalkommissar und das schon seit Jahren. Er war Mitte fünfzig, trug das mausbraune Haar mit einem toupetähnlichen Seitenscheitel und hatte eine Vorliebe für braune Anzüge und braune Schuhe mit Gummisohlen. Bei der Umstrukturierung vor zwei Jahren hatte er gehofft, selbst Leiter der neuen Abteilung zu werden, war aber wieder einmal übergangen und nicht befördert worden. Bodenstein argwöhnte, dass Hasse mehr oder weniger hinter dem Schreibtisch auf seine Pensionierung wartete. Die jüngste Mitarbeiterin des K11 war Kriminalassistentin Kathrin Fachinger, eine magere, blasse Frau Mitte zwanzig, die seit dem Winter zu Bodensteins Team gehörte und einen guten Job machte. Bereits gestern Nachmittag hatte Ostermann Nachforschungen über den Polizeicomputer und das Internet angestellt und in Erfahrung gebracht, dass die tote junge Frau aus polizeilicher Sicht kein unbeschriebenes Blatt war. Führerscheinentzug wegen Führen eines Fahrzeuges unter Alkoholeinfluss, Verstöße gegen das Betäubungsmittelgesetz, Fahren ohne Führerschein, Ladendiebstahl, Erregung öffentlichen Ärgernisses – Isabel Kerstner hatte einiges auf dem Kerbholz gehabt. Bodenstein war es gelungen, den zuständigen Staatsanwalt davon zu überzeugen, dass eine Obduktion dringend notwendig war, um die Umstände des Todes der jungen Frau aufklären zu können, und Pia Kirchhoff hatte einen vorläufigen Bericht für den Staatsanwalt verfasst. Aus ihrer Akte wusste Bodenstein, dass sie früher bereits in Frankfurt beim K11 gearbeitet hatte, allerdings nicht in seiner ehemaligen Abteilung. Nach sieben Jahren Berufspause hatte sie zurück in ihren Job gewollt, aber statt nach Frankfurt hatte man sie nach Hofheim gesteckt. Über ihr Privatleben wusste Bodenstein nichts. Wie auch immer, er war froh, sie als Unterstützung für sein Team zu haben.

»Die Obduktion von Isabel Kerstner ist für heute Vormittag um zehn Uhr angesetzt«, verkündete Ostermann gerade. »Gehen Sie selbst hin, Chef?«

»Nein«, Bodenstein schüttelte den Kopf, »ich fahre noch mal in die Pferdeklinik und spreche mit Kerstners Mitarbeitern. Frank, Sie übernehmen das.«

»Muss das sein? Ich war im letzten Jahr schon dreimal bei so was dabei«, protestierte Frank Behnke.

»Wenn es Ihnen recht ist, Chef, gehe ich hin«, sagte Pia nun, und Bodenstein hob die Augenbrauen. Wollte sie sich bei ihm beliebt machen oder Behnke mit ihrem gewiss verlockenden Angebot einen Gefallen tun? Behnke ging so ungern wie jeder andere zu einer Obduktion, aber die Anwesenheit eines Kriminalbeamten und eines Mitarbeiters der Staatsanwaltschaft war bei einer gerichtlichen Leichenöffnung unerfreuliche Vorschrift.

»Kai, Sie versuchen, den Lebenslauf der Toten nachzuvollziehen«, ordnete Bodenstein an. »Eltern, Kindergarten, Schulen, Ausbildung und so weiter. Uns interessiert grundsätzlich alles. Frau Fachinger, Sie und Hasse fahren nach Kelkheim und klappern die Nachbarn ab. So weit alles klar?«

»Und wer fährt in die Rechtsmedizin?«, fragte Behnke.

»Frau Kirchhoff«, entgegnete Bodenstein, ohne aufzublicken. »Sie fragen im Labor nach, wie weit sie dort mit der Untersuchung des Autos sind. An die Arbeit, Leute. Die nächste Besprechung findet um Punkt vier Uhr statt. Und da wünsche ich erste Erkenntnisse.«

Alle nickten und erhoben sich, um an die Arbeit zu gehen.

»Einen Moment noch, Frau Kirchhoff«, sagte Bodenstein. Pia blieb stehen. Er lehnte sich in seinem Stuhl zurück und betrachtete sie aufmerksam.

»Wie Sie sicherlich schon bemerkt haben«, sagte er, als die anderen den Raum verlassen hatten, »mag ich keinen autoritären Führungsstil. Aber in jedem Team muss es jemanden geben, der das Spiel bestimmt. In unserem Team bin ich das. Und ich erwarte, dass meinen Anweisungen Folge geleistet wird.«

Pia erwiderte seinen Blick. Sie begriff, was er meinte.

»Ich wollte nicht Ihre Anweisung in Frage stellen«, gab sie zu. »Aber ich habe gemerkt, dass Behnke nicht besonders scharf auf den Job war. Und da ich schon ziemlich viele Obduktionen miterlebt habe und es mir nichts ausmacht, habe ich angeboten, an seiner Stelle hinzugehen.«

Bodenstein nickte nachdenklich.

»Na ja«, er schob den Stuhl zurück, erhob sich und lächelte sie an, »die Rechtsmedizin scheint vertrautes Terrain für Sie zu sein. Ich habe gestern bemerkt, wie unbefangen Sie sich dort bewegt haben.«

»Stimmt«, Pia nickte, »ich war sechzehn Jahre mit Doktor Henning Kirchhoff verheiratet. Wir wohnten nicht weit vom Institut entfernt, und da er ein Workaholic ist, musste ich dorthin, wenn ich ihn sehen wollte. Daher meine einschlägige Erfahrung auf dem Gebiet der Rechtsmedizin.«

»Sie waren verheiratet?« Bodenstein erkannte eine günstige Gelegenheit, mehr über seine neue Kollegin zu erfahren.

»Ich bin es noch«, entgegnete Pia, »aber mein Mann und ich haben uns vor einem knappen Jahr getrennt. Sie sind nicht sauer auf mich?«

»Unsinn«, entgegnete Bodenstein, und plötzlich grinste er, »ich hätte Behnke nur zu gerne zu dieser Obduktion geschickt. Jedes Mal schafft der Kerl es irgendwie, sich davor zu drücken.«

»Pia! Wie schön, dich wieder einmal zu sehen!« Professor Thomas Kronlage, der Leiter des Zentrums der Rechtmedizin in Frankfurt, Mitte fünfzig, mit der Figur eines athletischen Dreißigjährigen, kurz geschnittenen weißen Haaren und flinken, hellen Augen, breitete die Arme aus und strahlte über das ganze Gesicht, als Pia den Raum betrat, in dem die Sektion der Leiche von Isabel Kerstner stattfinden sollte.

»Hallo, Tommy«, Pia lächelte und ließ sich umarmen, »ich freue mich auch.«

Es hatte Zeiten gegeben, in denen Kronlage ihr beinahe vertrauter gewesen war als ihr eigener Mann. Er hatte ihre vergeblichen Bemühungen um ihre Ehe mit Henning Kirchhoff, dem stellvertretenden Leiter der Frankfurter Rechtsmedizin, hautnah miterlebt. Pias Noch-Ehemann war kein einfacher Rechtsmediziner, sondern einer der wenigen Spezialisten für forensische Anthropologie in Deutschland und ein Star in seiner makabren Zunft. Seine Mitarbeiter hatten ihm den heimlichen Spitznamen »Totengott« gegeben, und es waren irgendwann auch die Toten gewesen, die Pias Ehe zum Scheitern gebracht hatten, denn sie machten keinen Halt vor ihrer Haustür. Henning genoss als Wissenschaftler allerhöchstes Ansehen, und auch Pia hatte ihren Mann bewundert und angebetet, aber als sie angefangen hatte, mit den Möbeln und Bildern zu reden, hatte sie gemerkt, dass eine Ehe mit einem Genie eine sehr einsame Angelegenheit war. Als er im März vor einem knappen Jahr zum Schauplatz eines Seilbahnunglücks nach Österreich geflogen war, ohne sich von Pia zu verabschieden, hatte sie die gemeinsame Altbauwohnung an der Kennedyallee in Sachsenhausen verlassen. Es war ihm erst zwei Wochen später aufgefallen.

»Wie geht es dir?«, Kronlage hielt Pia auf Armlänge von sich und musterte prüfend ihr Gesicht. »Gut siehst du aus. Ich habe gehört, es hat dich ins Mord- und Totschlagdezernat verschlagen.«

»Ja, ich bin seit einem Monat in Hofheim beim K11«, Pia lächelte. In dem Moment klopfte es an der offenen Tür, und ein junger Mann trat ein.

»Guten Morgen«, grüßte er forsch.

»Ah, der Herr Staatsanwalt!«, rief Kronlage fröhlich. »Na, dann können wir ja anfangen.«

Pia stellte sich vor und reichte dem jungen Mann die Hand.

»Jörg Heidenfeld, Staatsanwaltschaft Frankfurt.«

»Ihre erste Sektion?«, erkundigte Kronlage sich und fixierte den Staatsanwalt über seine Halbbrille. Heidenfeld nickte nur.

»Nun denn«, Kronlage gab seinem Assistenten ein Zeichen, woraufhin dieser das Tuch von der Leiche entfernte, »Ihre erste Leiche ist auf jeden Fall eine hübsche, frische Leiche.«

»Eine ›frische‹ Leiche?«, fragte Heidenfeld misstrauisch.

»Wenn Sie erst mal eine gesehen haben, die vier Wochen in einer verschlossenen Wohnung gelegen hat«, erwiderte Kronlage heiter, »dann werden Sie sehnsüchtig an die von heute denken.«

»Alles klar«, murmelte der Staatsanwalt und wurde blass.

Schweigend hörten er und Pia zu, wie der Professor die äußerliche Betrachtung der Leiche in das Mikrophon diktierte, das um seinen Hals hing.

»Was würden Sie auf den ersten Blick sagen, Flick, wann ist der Tod eingetreten?«, fragte er seinen Assistenten.

»Die Livores sind nicht mehr wegzudrücken«, der junge Arzt drückte mit seinen behandschuhten Fingern am Rücken und den Schulterblättern der Leiche herum, »das bedeutet, sie ist seit mindestens vierundzwanzig Stunden tot. Rigor mortis voll ausgeprägt, noch keine erkennbar einsetzende Fäulnis.«

Er schnupperte.

»... also auch noch nicht viel länger als sechsunddreißig Stunden, würde ich sagen, hm, irgendwann am Samstagabend.«

»Gut, gut«, der Professor ergriff ein Skalpell, das er für

den Y-Schnitt an der rechten Schulter ansetzte und mit einem raschen und geübten Schnitt bis zum Brustbein der Leiche führte, »das sehe ich genauso.«

Das Lob des Professors brachte Farbe in das angespannte Gesicht des jungen Arztes, und er beugte sich mit einem eifrigen Gesichtsausdruck über den toten Körper.

»So ein hübsches Mädchen«, Kronlage schüttelte den Kopf, »kerngesund und trotzdem tot.«

Staatsanwalt Heidenfeld hatte vom makabren Humor des Rechtsmediziners gehört, aber er hätte besser darüber schmunzeln können, wenn er nicht direkt am Sektionstisch gestanden hätte. Das Knacken der Rippen, die mit einer stabilen Schere durchtrennt wurden, veranlasste sein Frühstück, das in Anbetracht dessen, was heute Morgen auf ihn zukam, entsprechend karg ausgefallen war, seine Speiseröhre emporzukriechen. Er warf Pia einen hilfesuchenden Blick zu, aber sie schien gänzlich unbeeindruckt und lächelte ihm nur aufmunternd zu.

»Wir entnehmen jetzt das Herz und wiegen es«, sagte Professor Kronlage im Plauderton wie ein grün gekleideter Metzger, »dann die Lunge ... Vorsicht, Flick, nicht wieder fallen lassen.«

Das war zu viel. Mit einer gemurmelten Entschuldigung stürmte der nicht mehr sehr forsche Staatsanwalt hinaus auf den Flur.

Bodenstein parkte auf dem Parkplatz vor der Tierklinik. Sein BMW war die einzige Extravaganz, die er sich leistete, und es störte ihn nicht, dass das Auto schon früher auf dem Parkplatz des Präsidiums in Frankfurt neidische Blicke auf sich gezogen hatte. Während seines unaufhaltsamen Aufstiegs bei der Polizei hatten Kollegen hinter seinem Rücken oft behauptet, er habe es nicht wirklich nötig zu arbeiten und tue dies nur aus Langeweile, aber er hatte die boshaften Unterstellungen mit seinem Einsatzwillen und seinen Erfolgen im Laufe der Jahre Lügen gestraft. Noch immer war der deutsche Durchschnittsbürger fest davon überzeugt, ein adeliger Name sei gleichbedeutend mit finanziellem Wohlstand. Bodenstein stieg aus und betrachtete die Gebäude der Pferdeklinik. Inka Hansen und ihre Teilhaber mussten tatsächlich eine Menge Geld in den Um- und Ausbau des alten Bauernhofs investiert haben. Er betrat den Hof.

»Oliver?«

Bodenstein wandte sich um und erkannte Inka Hansen. Sie saß schon halb in ihrem Geländewagen, stieg nun aber wieder aus und schlug die Tür hinter sich zu. Bei ihrem Anblick nach mehr als zwanzig Jahren wusste Bodenstein sofort wieder, weshalb sie damals über Monate hinweg das Zentrum seiner sehnsüchtigen Träume gewesen war. Inka war drei Monate jünger als er, musste also vierundvierzig Jahre alt sein, aber weder ihr anstrengender Beruf noch die vergangenen Jahre hatten ihrer Schönheit etwas anhaben können. Sie hatte naturblonde Haare, klare Gesichtszüge mit hohen Wangenknochen und helle, leuchtende Augen. Die enge Jeans und das knappe, rosafarbene Polohemd unterstrichen ihre leicht maskuline Anmut.

»Hallo, Inka«, sagte Bodenstein. »Wie schön, dich wiederzusehen!«

Ein Lächeln erschien auf ihrem Gesicht, aber etwas in ihrer Haltung strahlte Kühle und Distanz aus. Für eine Umarmung reichte die Vertrautheit früherer Tage nicht aus, deshalb gaben sie sich nur die Hand.

»Das finde ich auch«, sagte sie mit derselben rauen Stimme wie früher, »auch wenn der Anlass für unser Wiedersehen ein eher tragischer ist.«

Sie sahen sich an, prüfend, aber wohlwollend.

»Du siehst gut aus«, stellte Bodenstein fest.

»Danke«, Inka lächelte und musterte ihn von Kopf bis Fuß. »Dir hat die Zeit auch nicht gerade geschadet. Mein Gott, wie lange ist es her, dass wir uns gesehen haben?«

»Ich glaube, das war auf der Hochzeit von Simone und Martin«, erwiderte Bodenstein, »und das ist sicher zwanzig Jahre her. Kurz danach bist du nach Amerika gegangen.«

»Zweiundzwanzig Jahre«, sagte Inka, »Juli 1983.«

»Tatsächlich. Nicht zu fassen. Du siehst noch genauso aus wie damals.«

Inka lehnte sich an den Kotflügel ihres Autos. Auf dem Beifahrersitz saßen zwei Jack-Russell-Terrier und verfolgten aufmerksam jede Bewegung ihrer Herrin.

»Oliver von Bodenstein«, sagte sie, und es klang ein wenig spöttisch, »so charmant wie eh und je. Was führt dich hierher? Micha ist heute nicht da.«

»Ich wollte eigentlich mit dir und deinem anderen Kollegen sprechen«, erwiderte Bodenstein. »Wir stehen ja noch ganz am Anfang unserer Ermittlungen und müssen mehr über Isabel Kerstner erfahren. Kannst du mir etwas über sie erzählen?«

Inka Hansen warf einen Blick auf ihre Armbanduhr.

»Isabel war nur selten hier. Ich habe sie nicht gut gekannt«, sagte sie dann. »Sie hat Micha das Leben wohl ganz schön schwergemacht. Am besten redest du mit Georg. Er kennt Micha schon ewig.«

»In Ordnung«, Bodenstein nickte, »danke.«

Eigenartig, so viele Jahre hatte er überhaupt nicht mehr an Inka Hansen gedacht, aber nun, da er ihr gegenüberstand, fielen ihm tausend Fragen ein, deren Antworten ihn eigentlich nichts angingen und die ihn überraschenderweise trotzdem plötzlich brennend interessierten.

»Ich muss leider los«, Inka öffnete die Tür ihres Autos,

»es war schön, dich wiedergesehen zu haben, Oliver. Komm doch einfach mal auf eine Tasse Kaffee vorbei, wenn du in der Gegend bist.«

Hinter dem Empfangstresen der Pferdeklinik thronte der rothaarige Mops, heute aber in einen grünen Kittel gekleidet. Ein Namensschild oberhalb ihrer linken Brust wies sie als Sylvia Wagner aus.

»Dr. Kerstner ist nicht da«, beschied sie Bodenstein knapp und ohne Begrüßung.

»Ich möchte heute zu Herrn Dr. Rittendorf«, erwiderte Bodenstein.

»Der hat zu tun.«

Das Telefon klingelte.

»Ich auch«, Bodenstein bemühte sich um Liebenswürdigkeit. »Würden Sie so freundlich sein und ihm Bescheid sagen?«

»Moment«, sie nahm den Anruf eines Patientenbesitzers entgegen. Dann noch einen. Rasch und professionell notierte sie die Daten und machte Termine. Tüchtiges Mädchen.

»Kannten Sie Isabel Kerstner?«, erkundigte Bodenstein sich, als sie ihr Gespräch beendet hatte.

»Klar«, erwiderte der Mops überraschend heftig. »Und ich konnte sie nicht leiden. Es ist mir egal, auch wenn man über Tote nicht schlecht sprechen soll. Isabel war eine arrogante, blöde Kuh und hatte einen Mann wie Micha überhaupt nicht verdient.«

»Wieso?«

»Micha ... ich meine Dr. Kerstner ... rackert sich von morgens bis abends ab, damit die Klinik in Schwung kommt«, sagte sie. »Er ist ein wirklich guter Tierarzt.«

Das Telefon klingelte wieder. Frau Wagner beachtete es diesmal nicht.

»Isabel war das alles total egal«, ihre Miene verfinsterte sich, »sie hatte nur ihr Vergnügen im Kopf: Disko, Party, Spaß haben, bei ihrem Pferd herumhängen. Hier hat sie keinen Finger krummgemacht.«

Ein dunkelhaariger Mann mit einer runden Hornbrille betrat den Empfangsraum.

»Ach, Georg«, sagte Sylvia Wagner zu ihm, »der Kripo-Typ hier will mit dir reden.«

Bodenstein nickte Kerstners Kompagnon zu.

»Hallo«, sagte der und musterte ihn neugierig, »kein Problem.«

Dr. Georg Rittendorf war im gleichen Alter wie Dr. Kerstner, etwa Anfang bis Mitte vierzig. Er hatte ein schmales, freundliches Gesicht und war beinahe so groß wie Bodenstein. In sein volles, dunkles Haar mischten sich erste graue Strähnen, und die blauen Augen hinter den dicken Gläsern seiner Brille blickten wachsam und abwartend. Er schien ein gesundes Selbstbewusstsein zu haben, denn von der Nervosität, wie sie beinahe jeden Menschen befällt, der nicht täglich mit der Kriminalpolizei zu tun hat, war ihm nichts anzumerken.

»Lassen Sie uns in den Aufenthaltsraum gehen«, schlug er vor. »Möchten Sie einen Kaffee?«

»Gerne«, Bodenstein folgte ihm und nahm an dem Tisch Platz, an dem Kerstner gestern die Nachricht vom Tod seiner Frau erhalten hatte. Rittendorf machte sich an einer Kaffeemaschine zu schaffen.

»Sie wissen, was mit der Frau Ihres Kollegen geschehen ist?«

»Ja«, Rittendorf nickte, »schlimme Sache. Aber ich kann nicht behaupten, dass ich sehr traurig bin. Es ist kein Geheimnis, dass Isabel und ich uns nicht leiden konnten.«

»Können Sie sich vorstellen, dass jemand einen Grund gehabt haben könnte, sie zu töten?«, fragte Bodenstein.

»Allerdings«, Rittendorf schnaubte verächtlich. »Ich zum Beispiel.«

»Ach ja? Wieso das?« Bodenstein musterte den hoch gewachsenen dunkelhaarigen Mann und versuchte, ihn einzuschätzen. Intelligent war er zweifellos.

»Diese Frau hat meinem Freund das Leben zur Hölle gemacht. Ich konnte sie so wenig leiden wie sie mich.«

Bodensteins Blick wanderte durch den Raum und blieb kurz an einem Wappen hängen, das an einer Wand zwischen gerahmten Urkunden und Fotografien hing. Zwei ineinander verschlungene Buchstaben bildeten sich kreuzende Schwerter.

»Studentenverbindung?«, fragte er und kniff die Augen zusammen, um den lateinischen Spruch auf dem Wappen zu entziffern.

»Oh«, Rittendorf wandte sich um, »das Wappen. Ja. Micha und ich waren auf der Uni in derselben Verbindung. Wir unterstützen sie bis heute noch, als sogenannte ›alte Herren‹.«

»Fortes fortuna adiuvat«, las Bodenstein, der ein humanistisches Gymnasium besucht und seine Lateinkenntnisse noch nicht ganz vergessen hatte. »Das Glück begünstigt die Mutigen.«

»So ist es«, Rittendorf grinste und stellte Bodenstein eine Tasse Kaffee hin. »Milch? Zucker?«

»Nein, danke«, Bodenstein nickte dankend und nahm einen Schluck Kaffee. »Erzählen Sie mir etwas von der Klinik.«

Rittendorf setzte sich ebenfalls an den Tisch und zündete sich eine Zigarette an. Er blinzelte, als ihm der Qualm in die Augen geriet.

»Interessiert Sie das wirklich? Eigentlich wollen Sie mir doch Fragen über Micha stellen, oder?«

»Stimmt«, Bodenstein lächelte freimütig, »sparen wir uns den Umweg. Wie lange kennen Sie Dr. Kerstner schon?«

»Seit dem ersten Semester an der Uni«, erwiderte Rittendorf, »fast genau vierundzwanzig Jahre.«

»Und Sie sind nicht nur Kollegen oder Geschäftspartner?«

»Nein. Wir sind Freunde. Gute Freunde«, Rittendorf inhalierte den Rauch seiner Gauloise, und in seinen Augen erschien ein leicht amüsierter Ausdruck. »Und Verbindungsbrüder.«

»Seit wann sind Sie Teilhaber dieser Klinik?«

»Seit fünf Jahren«, sagte Rittendorf.

»Sie haben sehr viel Geld in den Aus- und Aufbau der Klinik gesteckt«, stellte Bodenstein fest.

»Stimmt«, Rittendorf lächelte kurz, aber das Lächeln erreichte seine Augen nicht, die nach wie vor wachsam blickten, »ein kleines Vermögen. Aber das wird sich auszahlen.«

»Und wegen des knappen Geldes ging die Ehe von Dr. Kerstner in die Brüche«, bemerkte Bodenstein. In die klaren hellblauen Augen des Tierarztes trat ein unergründlicher Ausdruck, und er zog den schmalen Mund in einem Winkel herab.

»Da gab's nichts zum In-die-Brüche-Gehen«, sagte er sarkastisch. »Isabel hat Micha von Anfang an belogen und betrogen. Und sie wusste, dass ich sie durchschaut hatte.«

»Wie meinen Sie das?«

»Hören Sie«, Rittendorf beugte sich vor, »vielleicht sollten Sie ihn das lieber selber fragen.«

»Ich frage aber Sie«, Bodenstein lächelte freundlich.

»Isabel hat im Leben eines jeden Menschen, der so leichtsinnig war, sich mit ihr einzulassen, eine Spur der Verwüstung hinterlassen«, sagte Rittendorf. »Sie war berechnend und nur auf ihren eigenen Vorteil bedacht. In dem Sommer, bevor sie sich Micha krallte, fing sie etwas mit einem guten Freund von uns an. Seine Frau war hochschwanger, aber das scherte sie nicht. Als sie seiner überdrüssig war und ihm das sagte, erhängte er sich im Rohbau des Hauses, das er für seine Familie gebaut hatte.«

Rittendorf verstummte und schüttelte den Kopf.

»Sie konnten Isabel nicht leiden«, stellte Bodenstein fest.

»Das ist das falsche Wort«, Rittendorf lächelte kühl. »Ich habe sie gehasst.«

In dem Moment ging die Tür auf, und Kerstner erschien im Türrahmen. Rittendorf sprang auf.

»Du musst heute nicht arbeiten, Micha, wirklich nicht. Inka und ich kriegen das schon hin.«

Bodenstein registrierte die ehrliche Besorgnis und Zuneigung im Verhalten des Mannes.

»Doch, ich muss«, erwiderte Kerstner, »ich werde sonst verrückt.«

»Ah, da sind Sie ja wieder«, stellte der Professor fest, als Staatsanwalt Heidenfeld mit grünem Gesicht den Sektionsraum betrat. »Wir kommen der Sache langsam näher. Allmählich gibt das hübsche Kind einige Geheimnisse preis.«

»Ach ja?«, Heidenfelds Stimme klang matt.

»Sie hat vor sehr kurzer Zeit eine Abtreibung vornehmen lassen«, sagte der Professor, »ich schätze, etwa vor drei bis vier Wochen. Aber das ist wohl weniger interessant als die Tatsache, dass das Mädchen auf keinen Fall durch den Sturz gestorben ist.«

»Tatsächlich nicht?«, fragte Heidenfeld erstaunt.

»Nein, sie war vorher tot«, bestätigte Kronlage. Er blickte auf und hob den rechten Arm der Toten.

»Sehen Sie hier«, sagte er, und Heidenfeld musste sich zwingen, nur auf den Arm und nicht auf den ausgeweideten Leib zu starren. »An den Handgelenken, Armen und Schultern finden sich Unterblutungen der Haut. Man hat sie ziemlich grob festgehalten. Aber das Interessanteste ist wohl dieser relativ frische Einstich in der rechten Armvene.«

Er ließ den Arm wieder sinken.

»Ich wage die Vermutung, dass dieser Einstich etwas mit dem Tod der Frau zu tun hat. Jemand hat ihr mit Gewalt eine Injektion verpasst.«

»Sie war mehrfach wegen Verstoßes gegen das Betäubungsmittelgesetz aktenkundig«, gab Pia zu bedenken. »Kann es nicht sein, dass sie sich selbst etwas gespritzt hat?«

»Nein, das ist anatomisch unmöglich«, widersprach der Professor. »Die Frau war Rechtshänderin. Wenn du dir als Rechtshänder selbst eine Spritze gibst, dann wohl kaum mit der linken Hand in den rechten Arm, oder? Außerdem kann man selbst nicht in dem Winkel spritzen, wie die Spritze in diesem Fall verabreicht wurde.«

»Und was wurde ihr gespritzt?«, fragte Staatsanwalt Heidenfeld. »Kann man das feststellen?«

»Wir führen ein toxikologisches Screening durch«, erwiderte Professor Kronlage. »Mit einem solchen Schnelltest können wir rund 3000 verschiedene Substanzen identifizieren. Und wenn sich mein Verdacht bestätigt, wissen wir in kürzester Zeit, ob sie an einem Gift gestorben ist.«

»Aha«, Staatsanwalt Heidenfeld nickte, »okay.«

Kronlage murmelte unablässig medizinische Fachausdrücke in sein Mikro, während er mit einem Skalpell die Innenseite des rechten Oberarms der Leiche sezierte.

»Eine derart stümperhaft gesetzte Injektion«, dozierte er, »führt zu einem Bluterguss, allerdings nur bei einem lebenden Menschen. Bei dieser Toten sind nur leichte Unterblutungen vorhanden, weil sie kurz nach der Injektion gestorben ist.«

Pia nickte zufrieden. Das war der eindeutige Beweis dafür, dass ihre Theorie stimmte. Kein Selbstmord, kein Unfall, sondern Mord.

Bodenstein musterte Dr. Kerstner, der nur noch ein Schatten seiner selbst war, verglichen mit dem Foto, das vorne im Empfangsraum an der Wand hing.

»Darf ich Ihnen noch ein paar Fragen stellen?«

»Ja. Natürlich«, Kerstner setzte sich auf den Stuhl, auf dem vorher sein Kollege gesessen hatte. Er wirkte geistesabwesend, und Bodenstein argwöhnte einen Moment, der Mann habe Beruhigungsmittel geschluckt.

»Wie konnte sich Ihre Frau einen Porsche leisten?«, fragte er. Im Hof vor dem Fenster erklang das Klappern von Pferdehufen. Bodenstein blickte kurz aus dem Fenster. Zwei junge Frauen luden einen Schimmel aus einem Pferdeanhänger, ein älterer Mann führte einen Braunen herum, der immer wieder nervös tänzelte und schrill wieherte. Kerstner schien das alles nicht zu bemerken, vielleicht waren es für ihn auch einfach alltägliche Geräusche. Er nahm eine Zigarette aus dem Päckchen, das Rittendorf auf dem Tisch hatte liegen lassen, drehte sie gedankenverloren in den Fingern und steckte sie schließlich zwischen die Lippen. Mit diesen Händen, ging es Bodenstein durch den Kopf, führt er komplizierte Operationen aus. Hatte er mit ihnen auch seine Frau getötet?

»Ich habe das Auto am Samstag auch das erste Mal gesehen«, sagte Kerstner mit einer Spur Bitterkeit, »vermutlich hat sie das Geld von einem ihrer ... Liebhaber bekommen. Sie hat mich immer betrogen. Ich wollte es nur viel zu lange nicht wahrhaben.«

»Erzählen Sie mir etwas mehr über Ihre Frau und Ihre Ehe«, bat Bodenstein, aber wieder verstrich beinahe eine Minute, bevor Kerstner antwortete.

»Was gibt es da zu erzählen?«, er zuckte die Schultern. »Isabel hat mich nie geliebt. Heute muss ich mir eingestehen, obwohl es demütigend ist, dass ich nichts anderes war als Mittel zum Zweck. Ich kannte sie als Schwester meines

Freundes Valentin, seitdem sie ein kleines Kind war. Als ich sie nach meiner Rückkehr aus Amerika wiedersah, war sie schon schwanger und musste eine schnelle Lösung für ihr Problem finden. Da kam ich ihr gerade recht.«

Kerstner drückte die Zigarette im Aschenbecher aus, um sich gleich darauf die nächste anzuzünden.

»Sie hatte mich aus reiner Berechnung geheiratet. Es war nicht so, dass sie mich hasste, ich war ihr einfach vollkommen *gleichgültig*. Und das tat weh.«

Draußen auf dem Hof brach ein Tumult aus. Schrilles Wiehern, wilder Hufschlag, laute Stimmen, das Hoftor knallte zu – aber Kerstner zuckte nicht mit der Wimper. Er hob nicht einmal den Kopf und schien innerlich weit weg zu sein. Mit dem Daumen und Zeigefinger der linken Hand rieb er sich die Augen.

»Vor ein paar Wochen eskalierte ein Streit zwischen uns, und sie eröffnete mir, dass ich überhaupt nicht der Vater unserer Tochter sei«, Kerstners Stimme schwankte, es dauerte ein paar Sekunden, bis er sich wieder unter Kontrolle hatte. »Das war das endgültige Ende. Ich habe sie seitdem nicht mehr gesehen. Bis letzten Samstag.«

Bodenstein empfand einen Anflug von Mitleid mit dem Mann, der ihm gegenübersaß, und fragte sich, wie man mit so einer Demütigung fertig wurde. Durch seinen Beruf blickte er gezwungenermaßen immer wieder in die Abgründe der menschlichen Seele. Hin und wieder kam es vor, dass er insgeheim Verständnis für einen Täter hatte, der sich durch die Aussichtslosigkeit seiner Situation zum Äußersten getrieben sah. Wenn Kerstner seine Frau getötet hatte, was Bodenstein nun immer sicherer erschien, dann war es höchstwahrscheinlich im Affekt geschehen. Der Leidensdruck war über Jahre hinweg so stark geworden, dass es zur Tragödie hatte kommen müssen.

»Was wollte Ihre Frau am Samstag von Ihnen?«, fragte er. Kerstner schloss kurz die Augen, dann öffnete er sie wieder und zuckte die Schultern. Für einen Moment herrschte völlige Stille, die jäh vom Summen eines Handys unterbrochen wurde. Ärgerlich ergriff Bodenstein das Gerät.

»Ich kann jetzt nicht«, sagte er in das Handy.

»Es ist aber wichtig!«, rief Pia Kirchhoff auf der anderen Seite. »Wir wissen jetzt, wie die Frau gestorben ist. Kronlage hat in der rechten Armbeuge die Einstichwunde von einer Spritze gefunden. Bei der Schnellanalyse von Blut und Urin kam heraus, dass sie an einer tödlichen Dosis eines Barbiturats gestorben ist. Genauer gesagt handelte es sich um Natrium-Pentobarbital.«

Bodenstein warf Kerstner einen raschen Blick zu, den dieser nicht bemerkte.

»Ist das ganz sicher?«

»Ja«, sagte Pia, »der Triage-Schnelltest ist ziemlich sicher. Kerstner hat Zugang zu Pentobarbital. Es ist Bestandteil von Arzneimitteln, die in der Veterinärmedizin zur Euthanasie von Tieren benutzt werden.«

»Was ist mit dem Todeszeitpunkt?«, erkundigte Bodenstein sich.

»Der Arzt hatte ganz gut geschätzt. Kronlage meint, am frühen Samstagabend, zwischen halb acht und halb neun. Ach ja, noch etwas: Isabel Kerstner hatte vor kurzer Zeit ein Kind abtreiben lassen.«

»Alles klar«, sagte Bodenstein knapp, »bis später.«

Er sah Kerstner an, der versunken vor sich auf die Tischplatte starrte. War es wirklich so einfach? Hatte dieser Mann seine Frau, die ihn jahrelang belogen, betrogen und gedemütigt hatte, mit einem tödlichen Medikament ermordet, als er sie am Samstagabend wiedergesehen hatte? Es gab einiges, was dafür sprach, aber auch einiges, was ihn entlastete.

Warum hatte er sich mit der Geschichte, die er ihm erzählt hatte, selbst belastet? Er hatte Bodenstein ja quasi das Motiv für einen Mord auf dem Silbertablett serviert! Scheinbar einfache Lösungen machten Bodenstein misstrauisch.

»Dr. Kerstner«, sagte Bodenstein nun, »nach den neuesten Erkenntnissen starb Ihre Frau nicht durch den Sturz vom Turm.«

»Wie bitte?«, der Kopf des Mannes zuckte hoch. Die Verwirrung und Verständnislosigkeit in seinem Blick waren echt, so viel glaubte Bodenstein an Menschenkenntnis zu besitzen.

»Überrascht es Sie, wenn ich Ihnen sage, dass Ihre Frau durch eine tödliche Injektion in die Armvene gestorben ist?«

»Eine tödliche Injektion«, wiederholte Kerstner, schüttelte den Kopf, aber dann schien er zu begreifen. »Und jetzt glauben Sie, ich hätte etwas damit zu tun?«

»Ich glaube gar nichts«, erwiderte Bodenstein sachlich, »aber es wäre an der Zeit, dass Sie mir verraten, was Ihre Frau von Ihnen gewollt hat und was Sie am Samstagabend zwischen neunzehn und dreiundzwanzig Uhr gemacht haben. Wo waren Sie zu der Zeit, zu der Ihre Frau laut Autopsiebefund starb?«

Kerstner ließ sich Zeit mit seiner Antwort.

»Ich habe nur kurz mit ihr gesprochen. Dann bekam ich einen Anruf. Es war zehn nach sechs. Das weiß ich genau, denn ich habe in meinem Auto auf die Uhr geschaut. Ich musste sofort wegfahren, das können Ihnen meine Kollegen bestätigen.«

»Sie sind hier weggefahren, noch bevor Ihre Frau wegfuhr?«

»Ja.«

»Okay«, Bodenstein nickte, »dann sagen Sie mir bitte, wer Sie angerufen hat und wohin Sie gefahren sind. Wie lange hat die Fahrt gedauert, und wer kann bezeugen, wo Sie sich im Laufe des Abends aufgehalten haben?«

»Das kann ich im Moment nicht«, erwiderte Kerstner. »Tut mir leid.«

»Mir tut's leid«, Bodenstein erhob sich, »denn ich muss Sie bitten, mit mir zu kommen.«

»Bin ich ... verhaftet?«

»Ja. Vorläufig. Ich verhafte Sie aufgrund des Verdachtes, dass Sie Ihre Frau getötet haben.«

Kerstner stand ebenfalls auf. Sein Gesicht war blass, aber beherrscht.

»Darf ich noch einmal kurz telefonieren?«

Bodenstein zuckte die Schultern. Eigentlich nicht.

»Von mir aus«, sagte er, »aber machen Sie es kurz.«

Kerstner nahm sein Handy und tippte eine Nummer ein.

»Ich bin's«, sagte er, ohne seine Stimme zu senken. »Die Polizei hat mich verhaftet. Sie glauben, dass ich Isabel umgebracht habe ... nein, nein, schon gut. Ja, okay, ruf deinen Bruder an ... und ... ja, bitte geh zu deinen Eltern, wenn sie dich rauslassen. Ich wäre sehr beruhigt, wenn ich wüsste, dass du in Sicherheit bist ... Ja ... nein, sicher nicht lange. Sie werden herausfinden, wer es wirklich war. Gut. Also, bis dann.«

»Wer war das?«, fragte Bodenstein.

»Eine Bekannte«, Kerstner schaltete das Handy ab und reichte es Bodenstein.

»Kann diese Bekannte möglicherweise dazu beitragen, Sie vom Vorwurf des Mordes an Ihrer Frau zu entlasten?«

»Möglicherweise. Ja.«

»Mein Gott«, Bodenstein konnte sich eigentlich gut beherrschen, aber jetzt wurde er allmählich ärgerlich. »Das ist hier kein lustiger Zeitvertreib! Wenn es jemanden gibt, der Ihnen ein Alibi für den Samstagabend verschaffen kann, dann sollten Sie schleunigst zusehen, dass das passiert!«

Kerstner schüttelte den Kopf.

»Ich kann nicht«, sagte er. »Sie werden verstehen, warum.«

»Hoffentlich«, erwiderte Bodenstein und seufzte.

Kerstner blieb bei einer erneuten Befragung auf dem Hofheimer Kommissariat stumm wie ein Fisch, daher ließ Bodenstein ihn nach einer halben Stunde zum Gericht nach Frankfurt bringen, wo er in einer der Arrestzellen bleiben würde, bis er dem Haftrichter vorgeführt wurde. Behnke hatte erste Laborergebnisse vom Porsche. Beinahe alle Fingerabdrücke im Auto stammten von Isabel Kerstner, aber auf der Fahrerseite gab es mehrere unbekannte Abdrücke, und im Polster der Genickstütze war ein kurzes, dunkelblondes Haar gefunden worden, das nicht zugeordnet werden konnte. Ostermann hatte durch das Internet herausgefunden, dass Isabel Kerstner in der Vergangenheit recht häufig auf Reitturnieren für den Pferdesportverein Gut Waldhof gestartet war, der seinen Sitz auf der gleichnamigen privaten Reitanlage zwischen Kelkheim und Liederbach hatte.

»Wissen wir schon etwas über den Verbleib des Kindes?«, fragte Bodenstein.

»Nein«, meldete sich Kathrin Fachinger zu Wort, »im Kindergarten war das Mädchen zuletzt am 18. August, und an diesem Tag hat es auch die Tagesmutter, bei der die Kleine immer war, das letzte Mal gesehen. Isabel Kerstner hat sie an diesem Abend abgeholt.«

»Dann müssen wir umgehend eine Fahndung nach dem Mädchen einleiten«, sagte Bodenstein, »das übernehmen Sie, Frau Fachinger. Besorgen Sie sich ein aktuelles Foto des Kindes.«

»Wir sollten uns einen Durchsuchungsbeschluss für die Tierklinik besorgen«, ließ Behnke sich vernehmen. Bodenstein blickte ihn an und dachte unwillkürlich an Inka Hansen. Er wollte ihr nicht unnötige Schwierigkeiten machen.

»Wie hoch ist die letale Dosis Natrium-Pentobarbital beim Menschen?«, entgegnete er. »Ich schätze mal, sehr gering. Ob wir anhand der Medikamentenbestände und der Lieferscheine da fündig werden, erscheint mir eher fraglich.«

Behnke zuckte die Schultern.

»Frau Kirchhoff«, sagte Bodenstein nun, »Sie fahren in diesen Reitstall nach Kelkheim. Ich nehme an, Isabel Kerstner hat dort viel Zeit verbracht. Versuchen Sie, mehr über sie herauszubekommen.«

Gut Waldhof lag hinter einem Gewerbegebiet am Feldrand zwischen Kelkheim-Münster und Liederbach. Pia stellte ihr Auto auf dem sauber gepflasterten Parkplatz ab und stieg aus. Mehrere Autos parkten hier, auf der anderen Seite waren Pferdeanhänger ordentlich in Reih und Glied abgestellt. Pia blickte sich interessiert um. Sie war vor vielen Jahren einmal in diesem Stall gewesen, um eine Freundin zu besuchen, die dort ihr Pferd untergebracht hatte, aber da hatte es noch ganz anders ausgesehen. Von meterhoch wucherndem Unkraut, matschigen Wegen und den Bergen von Pferdemist früherer Zeiten war nichts mehr zu sehen. Jemand hatte hier ganz offensichtlich eine Menge Geld und Mühe investiert und aus dem heruntergekommenen Bauernhof eine wirklich schöne Reitanlage gemacht. Es gab gepflegte Rasenflächen mit Blumenrabatten und Rhododendren, einen großen Springplatz mit bunten Hindernissen und ein Dressurviereck. Der lange Stall hatte Außenfenster erhalten, aus denen die Pferde neugierig ihre Köpfe herausstreckten. Pia schlenderte über den Parkplatz und begegnete einem sonnengebräunten jungen Mann mit kahlrasiertem Schädel, der eine Schubkarre mit Heu vor sich her schob. Er trug eine hautenge Jeans und ein grünes Polohemd mit der goldfarbenen Aufschrift »Gut Waldhof«, unter dem sich durchtrainierte Muskelpakete abzeichneten. Der allgemein verbesserte Zustand des Hofes hatte wohl auch Auswirkungen auf das Aussehen des Personals, dachte Pia belustigt.

»Hallo«, sprach sie den jungen Mann an, »können Sie mir sagen, wer hier der Chef ist und wo ich ihn finde?«

Er musterte Pia von Kopf bis Fuß mit neugierigem Interesse, ohne die Schubkarre abzustellen.

»Chef ist Kampmann. Er oben in Haus«, sagte er mit einem starken ausländischen Akzent, »alles klar, ja?«

»Alles klar«, Pia lächelte, »danke für die Auskunft.«

Das Wohnhaus entpuppte sich als der gleiche phantasielose Flachbau wie früher, allerdings hatte man einige Anstrengungen unternommen, das gesichtslose Nullachtfünfzehn-Haus aufzupeppen. Es gab zum Hof hin einen großzügigen Wintergarten, in dem zwischen Topfpalmen und Zitronenbäumchen gemütlich wirkende Lederstühle um einen wuchtigen Holztisch gruppiert standen. Das Haus hatte einen frischen, sonnengelben Anstrich erhalten, wie sämtliche Gebäude auf der Anlage. Dem Wohnhaus gegenüber befand sich ein weiterer, neuer Stalltrakt, und an einer Anbindestange dösten zwei Pferde mit vor Nässe glänzendem Fell. Die dazugehörigen Reiterinnen, beide etwa um die vierzig, saßen im Wintergarten, dessen Türen weit geöffnet waren. Sie tranken Sekt aus Pappbechern und warteten wohl darauf, dass die heiße Augustsonne das Fell ihrer Pferde trocknete.

Pia nickte ihnen zu und ging zum Haus, vor dem ein silberner Porsche Cayenne parkte. Gerade als sie auf die Klingel drücken wollte, wurde die Haustür geöffnet. Ein dunkelblonder Mann in Jeans und einem kurzärmeligen leuchtendblauen Hemd kam heraus, gefolgt von einer wasserstoffblonden Frau mit allzu dunkler Solarienbräune und zwei mürrischen

Teenagern in Schlabberhosen und Turnschuhen, die grußlos an Pia vorbei zum Auto trotteten. Der Mann, ungefähr Mitte bis Ende vierzig, musste früher einmal recht gut ausgesehen haben, aber sein gerötetes Gesicht, das auf zu viel Alkoholgenuss und die Vorliebe für üppiges Essen schließen ließ, wirkte verlebt und aufgedunsen. Die Frau war mindestens zehn Jahre jünger als er und sah aus wie jemand, der mit Gewalt noch jünger wirken will. Das hochgesteckte Haar war zu blond, um echt zu sein. Sie trug eine hautenge beigefarbene Hose und einen ebenso engen türkisfarbenen Pullover mit einem unglaublich tiefen Ausschnitt. Dazu war sie von Kopf bis Fuß mit Schmuck behängt.

»Guten Tag«, sagte Pia, »sind Sie Herr Kampmann?«

»Ja, der bin ich«, antwortete der Mann abweisend und blieb stehen. Pia bemerkte ein Pflaster über seiner rechten Augenbraue und einen ziemlich frisch aussehenden Bluterguss, der sich bis unter das Auge zog.

»Mein Name ist Kirchhoff«, sie zückte ihren Ausweis, »Kriminalpolizei Hofheim. Ich habe ein paar Fragen an Sie.«

»Wir wollen gerade wegfahren«, der Reitlehrer warf einen Blick auf seine Armbanduhr, um zu demonstrieren, dass er weder Zeit noch Lust hatte, sich länger als unbedingt notwendig aufhalten zu lassen. »Heute ist mein freier Tag.«

»Es dauert auch nicht lange«, versicherte Pia.

»Natürlich haben wir Zeit, ein paar Fragen zu beantworten«, mischte sich die blonde Frau ein und lächelte freundlich, um das unhöfliche Verhalten ihres Mannes wettzumachen. Dem schien das nicht in den Kram zu passen, aber er zuckte mit säuerlicher Miene die Schultern, drehte sich auf dem Absatz um und ging zurück zur Haustür. Er führte Pia in ein modern eingerichtetes Büro und blieb mitten im Raum stehen. Seine Frau stellte sich neben ihn.

»Also«, Kampmann bemühte sich nicht im Mindesten um Freundlichkeit, »um was geht es?«

»Am Sonntagmorgen wurde Isabel Kerstner tot aufgefunden«, sagte Pia, »ich gehe davon aus, dass Sie sie kannten.«

»O Gott!«, sagten beide Kampmanns wie aus einem Munde, auf ihren Gesichtern malte sich Bestürzung.

»Nach unseren derzeitigen Erkenntnissen wurde sie Opfer eines Gewaltverbrechens«, setzte Pia nach.

»Gewaltverbrechen?«, wiederholte Frau Kampmann ungläubig und riss entsetzt die Augen auf. »Das ist ja furchtbar.«

Kampmann wirkte einigermaßen schockiert, aber als seine Frau hilfesuchend seine Hand ergreifen wollte, steckte er beide Hände in die Taschen seiner Jeans.

»Wir haben erfahren, dass Frau Kerstner ihr Pferd in diesem Stall stehen hatte«, sagte Pia, »da haben Sie beide sie doch sicherlich recht gut gekannt.«

»Ja, natürlich haben wir sie gut gekannt«, flüsterte Frau Kampmann erschüttert. »Sie war so ein nettes Mädchen. Wir hatten sie sehr gern, nicht wahr, Robert?«

Pias Blick wanderte zu Reitlehrer Kampmann.

»Ja, das stimmt«, der Mann vermied beharrlich jeden Blickkontakt. Für den Bruchteil einer Sekunde glaubte sie einen Ausdruck von Verzweiflung in seinen Augen zu erkennen, der aber gleich darauf wieder einer ausdruckslosen Miene wich. Vielleicht hatte sie sich das auch nur eingebildet.

»Sie hatte sich vor nicht langer Zeit von ihrem Mann getrennt«, sagte Pia, »und bei der Obduktion wurde festgestellt, dass sie vor etwa drei Wochen einen Schwangerschaftsabbruch hatte vornehmen lassen. Wissen Sie etwas darüber?«

Das Ehepaar wechselte einen erstaunten Blick.

»Nein«, antwortete Kampmann, »davon wusste ich nichts.«

»Ich auch nicht«, seine Frau sah Pia unverwandt aus ihren etwas zu eng zusammenstehenden Augen an, und Pia hatte das unbestimmte Gefühl, dass sie log. Robert Kampmann war gar nicht zu durchschauen, nur seine Körperhaltung, die Art, wie er die Arme vor der Brust gekreuzt hielt, verriet sein Unbehagen.

»Könnten Sie mir eine Liste der Leute zur Verfügung stellen, die ihre Pferde hier auf dem Hof stehen haben?«, fragte Pia. »Und vielleicht können Sie mir auch sagen, mit wem Frau Kerstner befreundet war oder den meisten Kontakt hatte.«

Frau Kampmann setzte sich an den Schreibtisch, schaltete den Computer ein und tippte unbeholfen auf der Tastatur herum. Dabei erzählte sie, dass Isabel Kerstner eine ausgezeichnete und erfolgreiche Dressurreiterin gewesen sei. Nein, Feinde habe sie keine gehabt. Abgesehen von einigen kleinen Eifersüchteleien unter Reitern, die durchaus normal seien, habe es zu keiner Zeit Probleme mit ihr gegeben. Pia registrierte die teure Uhr, die Frau Kampmann am Handgelenk trug, eine Breitling mit Brillantsplittern, dazu schweren Goldschmuck. Bulgari. Nicht schlecht für die Frau eines Reitlehrers. Genauso beeindruckend wie der teure Geländewagen vor der Haustür. Als sie die Liste erhalten hatte, bedankte Pia sich für die Auskünfte. Dann verließ sie das Ehepaar Kampmann, dem die Lust am Wegfahren vergangen zu sein schien, denn während Pia zu ihrem Auto ging, um Bodenstein anzurufen, rief Frau Kampmann ihre beiden Kinder zurück ins Haus. Es war nicht viel los auf der Reitanlage. Die beiden Frauen hatten ihre Pferde versorgt, und Pia traf nur zwei Mädchen, die ihr erzählten, dass Isabel die Frau von Tierarzt Dr. Kerstner gewesen sei und ein tolles Dressurpferd besessen habe, mit dem sie auf Turnieren erfolgreich gestartet sei. Außerdem habe sie Pferde, die Gut Waldhof gehörten und verkauft werden sollten, ausgebildet und auf Turnieren vorgestellt. Gerade, als Pia ins Auto steigen und zurück ins Kommissariat fahren wollte, donnerte ein kanariengelber italienischer Sportwagen mit röhrendem Auspuff auf den Parkplatz des Reiterhofs und hielt neben ihrem staubigen Nissan Patrol. Ein blasser, schlanker Mann stieg aus und kam auf sie zu.

»Hallo«, sagte er, »sind Sie die Dame von der Kripo?«

»Ja«, Pia nickte. »Pia Kirchhoff, Kripo Hofheim, K11.«

»Hans Peter Jagoda«, der Mann reichte Pia mit ernstem Gesicht die Hand. »Ich bin der Eigentümer dieser Reitanlage. Herr Kampmann, mein Verwalter, hat mich angerufen und mir gesagt, was passiert ist. Ich bin ganz erschüttert.«

Pia betrachtete den Mann, der ihr vage bekannt vorkam. Er hatte schütteres, graues Haar und trug ein rosafarbenes Ralph-Lauren-Hemd unter einem hellen Leinenanzug.

»Kampmann sagte, Isabel wurde ermordet«, Jagoda zeigte angemessene Betroffenheit über den gewaltsamen Tod einer entfernt bekannten Person.

»Im Moment gehen wir davon aus, ja«, bestätigte Pia und überlegte, wo sie den Namen Jagoda schon einmal gehört hatte. Dann fiel es ihr ein. Hans Peter Jagoda. JagoPharm. Vor ein paar Jahren war er mit seiner Firma einer der großen Stars am Neuen Markt gewesen.

»Sie haben hier eine sehr schöne Reitanlage«, Pia lächelte. »Wie viele Pferde stehen hier?«

Jagoda schien für einen Moment irritiert über den Themenwechsel.

»Ungefähr siebzig«, antwortete er. »Darf ich Ihnen etwas zu trinken anbieten?«

»Gerne«, Pia nickte und schlenderte an Jagodas Seite hoch zum Wintergarten, in dem ein Automat leise summend eisgekühlte Getränke für die durstigen Reiter bereithielt.

»Als meine Frau und ich den Hof vor sieben Jahren gekauft

haben«, Jagoda öffnete den Getränkeautomaten an der Seite, »war es kaum mehr als ein heruntergekommener Bauernhof. Wir haben viel Geld investiert, aber jetzt ist Gut Waldhof eine der schönsten Reitanlagen im ganzen Rhein-Main-Gebiet. Was möchten Sie trinken?«

»Eine Cola light wäre prima. Reiten Sie selbst auch?«

»Früher bin ich hin und wieder geritten. Jetzt lässt mir die Arbeit keine Zeit mehr. Die Reitanlage ist eigentlich mehr das Steckenpferd meiner Frau.«

Pia warf einen Blick auf das Schwarze Brett, das am Eingang des Wintergartens hing. Pläne für die Koppelbelegung, ein Werbezettel eines Reitsportausstatters, die Ankündigung, dass der Deckenreinigungsservice am nächsten Donnerstag kommen würde.

»Was können Sie mir über Isabel Kerstner sagen?«, fragte sie.

Jagoda überlegte einen Moment.

»Sie war eine der schönsten Frauen, die ich jemals gesehen habe«, sagte er. »Zweifellos hätte sie das Zeug zu einem Fotomodell oder einem Filmstar gehabt. Ich habe mich immer gefragt, wie sie dazu kam, einen Tierarzt zu heiraten.«

Er sagte das ohne Herablassung oder gar Spott.

»Sie besaß ein sehr gutes Pferd und war eine begabte Reiterin. Als sie damals hier einzog, sorgte das für eine beträchtliche Unruhe. Ich wage zu behaupten, dass sie allein durch ihr Aussehen den wenigen Männern, die es hier im Stall gibt, den Kopf verdreht hat.«

»Ihnen auch?« Pia musterte ihr Gegenüber aufmerksam.

»O nein, ich bin glücklich verheiratet«, entgegnete Jagoda und lachte, als habe sie einen guten Witz gemacht.

»Auch andere glücklich verheiratete Männer riskieren Seitensprünge mit schönen Frauen.«

Jagoda schüttelte nachdrücklich den Kopf.

»Ich habe eine Frau, die ich sehr liebe. Um eines flüchtigen Abenteuers willen würde ich meine Ehe niemals aufs Spiel setzen. Und mehr als ein flüchtiges Abenteuer wäre Isabel auf gar keinen Fall gewesen.«

»Was wollen Sie damit sagen?«

Hans Peter Jagoda sah sie durchdringend an, dann trank er sein Mineralwasser leer und stellte die leere Flasche in einen Kasten neben dem Automaten.

»Isabel Kerstner war ein Flittchen«, sagte er, »mehr nicht.«

Eine große Überraschung für Bodenstein und seine Mitarbeiter war der Anwalt von Kerstner. Dr. Florian Clasing war einer der erfolgreichsten und bekanntesten Strafverteidiger Frankfurts, wenn nicht sogar ganz Deutschlands. Er hatte spektakuläre und vollkommen aussichtslose Fälle gewonnen und gehörte bei den Ermittlungsbehörden zu den meistgefürchteten Anwälten überhaupt. Mitte vierzig, clever, gerissen, aggressiv und sehr unkonventionell, waren Indizienprozesse, in denen der Beschuldigte eigentlich keine Chance mehr hatte, seine Spezialität. Erstaunlich war nicht nur, dass es Kerstner gelungen war, diesen vielbeschäftigten Mann innerhalb weniger Stunden auf das Hofheimer Kommissariat zu lotsen, viel erstaunlicher war noch, dass sich Clasing entgegen seiner sonstigen Gewohnheit ungewöhnlich zahm verhalten hatte.

Keine großen Worte, keine Drohungen mit der Presse – nichts. Ohne mit der Wimper zu zucken, hatte er akzeptiert, dass der Haftrichter eine Kaution abgelehnt hatte.

»Da muss doch irgendetwas faul sein«, bemerkte Pia, als Bodenstein nun davon erzählte.

»Ich bin der Meinung«, entgegnete Bodenstein, »dass Kerstner irgendjemanden deckt. Warum, das weiß ich nicht. Wir müssen so schnell wie möglich mehr über das Umfeld von Isabel Kerstner herausfinden. Und über das ihres Mannes.«

»Kerstner mag zwar die Klinik vor seiner Frau verlassen haben, aber womöglich hat er ihr dann irgendwo aufgelauert oder sie angerufen und sich mit ihr verabredet«, ließ sich Frank Behnke vernehmen. »Für einen Tierarzt ist es kein Problem, einem Menschen eine Spritze zu verpassen.«

»Genau«, erwärmte sich Ostermann für diese Theorie. »Seine Kollegen sagen wahrheitsgemäß aus, dass er vor seiner Frau weggefahren ist, und schon hat er ein Alibi.«

»Das glaube ich nicht«, sagte Bodenstein.

»Wir müssen herausfinden, wohin er gefahren ist«, sagte Pia, »und wir müssen dringend erfahren, wo Isabel Kerstner nach der Trennung von ihrem Mann gewohnt hat. Außerdem bin ich mittlerweile beinahe sicher, dass es in ihrem Bekanntenkreis noch mehr Leute gab, die ein Motiv hatten.«

»Wie kommen Sie darauf?« Bodenstein blickte von der noch recht dünnen Akte auf.

»Das Ehepaar Kampmann erzählte mir, dass Isabel Kerstner eine nette und beliebte Einstellerin in dem Stall gewesen sei«, antwortete Pia, »aber der Besitzer der Reitanlage hat sie vollkommen anders charakterisiert. Und zwar ziemlich negativ.«

»Hm«, Bodenstein klappte den Deckel der Akte zu, »ich will wissen, wer Kerstner am Samstagabend angerufen hat. Ich bin sicher, es ist dieselbe Person, mit der er gestern telefoniert hat.«

»Ach, übrigens, Chef«, sagte Pia, »sagt Ihnen der Name Hans Peter Jagoda etwas? Ihm gehört diese Reitanlage.«

»Jagoda?« Bodenstein dachte einen Augenblick nach, dann flog ein erstaunter Ausdruck über sein Gesicht. »*Der* Hans Peter Jagoda?«

»Genau.«

»Dürfen wir auch erfahren, um wen es geht?«, mischte sich Ostermann ein.

»Hans Peter Jagoda war zu den Zeiten des Neuen Marktes ganz groß im Geschäft«, erklärte Pia. »Er gehörte mit seiner Firma zu den Shooting Stars, der Wert seiner Aktie schoss hoch bis auf fünfhundert Euro. Die JagoPharm war ein Spitzenwert.«

»Die Betonung liegt auf ›war‹«, wandte Bodenstein ein. »Heute ist die Firma längst in der Bedeutungslosigkeit verschwunden, wenn es sie überhaupt noch gibt.«

»An Geld scheint es ihm auf jeden Fall nicht zu mangeln«, sagte Pia, »er kam mit einem Ferrari angedüst, und auf der Reitanlage ist alles vom Feinsten und Teuersten. Sogar der Reitlehrer fährt einen Porsche Cayenne.«

»Oberste Priorität hat für uns die Person, mit der Kerstner am Samstagabend telefoniert hat«, Bodenstein erhob sich. »Also, an die Arbeit, Leute.«

Stuhlbeine schrammten über den Linoleumboden, die Beamten unterhielten sich leise, während sie an ihre Arbeit gingen. Bodenstein hielt Pia zurück.

»Der Bruder von Isabel Kerstner besitzt eine Apotheke in Bad Soden. Wie finden Sie das?«

»Ein Apotheker? Das ist interessant.«

»Das finde ich auch.«

»Apotheker kommen schließlich auch an tödliche Medikamente«, bemerkte Pia, »nicht nur Tierärzte.«

»Das habe ich mir auch gedacht«, Bodenstein nickte, »und deshalb werden wir uns jetzt mal mit ihm unterhalten.«

Die Löwen-Apotheke lag an der Königsteiner Straße gegenüber dem Bad Sodener Bahnhof. Pia fand nach einigem Suchen einen Parkplatz vor dem Schlecker-Markt. Bodenstein und sie betraten den Verkaufsraum der Apotheke um kurz vor halb sieben und baten eine der Apothekenhelferinnen darum, den Chef sprechen zu dürfen.

»Sind Sie angemeldet?«, die ältliche Frau blickte sie streng an. »Für einen Vertreterbesuch ist es reichlich spät.«

Bodenstein zückte seinen Dienstausweis und lächelte gewinnend.

»Wir sind von der Kriminalpolizei«, sagte er freundlich. »Es geht um eine private Angelegenheit. Es wäre sehr freundlich, wenn Sie uns anmelden könnten.«

Pia konstatierte interessiert, welch wunderbare Verwandlung durch das Lächeln ihres Chefs mit dem vertrockneten Fräulein vor sich ging.

»Oh ... äh«, die Apothekenhelferin errötete und lächelte deswegen verlegen, »einen Moment.«

Sie war so irritiert, dass sie mit einer Kollegin zusammenstieß, als sie sich umdrehte und hastig in einem Nebenraum verschwand.

Bodenstein betrachtete sich unterdessen kritisch in der Schaufensterscheibe.

»Sehe ich aus wie ein Vertreter?«, flüsterte er. Pia musterte ihn von Kopf bis Fuß.

»Ich bin noch keinem Vertreter in einem Brioni-Anzug begegnet«, erwiderte sie trocken. Bodenstein zog die Augenbrauen hoch, aber das Erscheinen von Dr. Valentin Helfrich enthob ihn einer Antwort. Noch die makellose Schönheit der toten jungen Frau vor Augen, war Pia beinahe verblüfft darüber, wie unscheinbar ihr Bruder war. Er war untersetzt, hatte ein blasses Allerweltsgesicht, glatte, aschblonde Haare und trug eine antiquierte Hornbrille.

»Sie kommen sicher wegen Isabel«, sagte er, nachdem Bodenstein sich und seine Kollegin vorgestellt hatte.

»Ja, das ist richtig«, Bodenstein nickte.

»Kommen Sie mit«, Dr. Helfrich öffnete die Schwingtür

neben dem Verkaufstresen und bedeutete ihnen, ihm in das Hintere der Apotheke zu folgen. Sie gingen einen Flur entlang, in dem sich leere Verpackungen stapelten, und betraten ein altmodisch eingerichtetes Büro mit Holzregalen bis zur Decke. Apothekerflaschen aus dunklem Glas mit lateinischen Aufschriften, in Leder gebundene Wälzer, auf einer Anrichte eine komplizierte, aber ebenso altertümliche Apparatur, die an Chemiesäle aus den frühen Jahren des vorigen Jahrhunderts erinnerten. Der einzige Hinweis auf das Jahr 2005 waren ein moderner Flachbildschirm und ein Faxgerät.

»Nehmen Sie Platz«, Helfrich wies auf die beiden Stühle und setzte sich hinter seinen Schreibtisch. Er wartete, bis seine Besucher saßen.

»Ich habe von Georg Rittendorf erfahren, dass Isabel tot ist«, sagte er dann. »Ich bin noch ganz erschüttert.«

»Standen Sie und Ihre Schwester sich nahe?«, fragte Pia.

»Nein, das nicht unbedingt«, erklärte Helfrich. »In Isabels Augen war ich ein langweiliger Spießer, und ich hatte nur wenig Verständnis für ihre Art zu leben. Der Altersunterschied zwischen uns war auch zu groß. Nach vier Fehlgeburten war Isabel ein Wunschkind. Meine Eltern haben sie nach Strich und Faden verwöhnt.«

»Waren Sie deswegen eifersüchtig?«, hakte Pia nach.

»Nein. Mir fehlte es an nichts. Meine Eltern waren großzügig.«

Dr. Valentin Helfrich lehnte sich zurück. Er wirkte nachdenklich.

»Was störte Sie am Verhalten Ihrer Schwester?«, wollte Bodenstein wissen.

»Sie war eine hemmungslose Egoistin«, erwiderte Helfrich. »Und ich mochte die Art, wie sie mit anderen Menschen umgesprungen ist, nicht.«

»Wie ist sie denn mit anderen Menschen umgesprungen?«, fragte Pia.

»Gleichgültig«, Helfrich zuckte die Schultern. »Sie beurteilte Menschen nur nach ihrer Nützlichkeit. Isabel konnte sehr verletzend sein. Vor allen Dingen mein Schwager musste sehr unter ihr leiden.«

»Weshalb hat sie ihn überhaupt geheiratet?«

Diesmal antwortete Helfrich nicht sofort.

»Ich weiß es nicht. Isabel hat nie über Konsequenzen nachgedacht, wenn sie etwas tat. Vielleicht fand sie es in dem Moment ganz lustig. Micha hat sie ja auch regelrecht angebetet.«

»Dr. Kerstner hatte sich wegen Isabel von seiner Verlobten getrennt«, bemerkte Bodenstein.

»Das stimmt«, Helfrich nickte. »Moni und er waren seit dem Studium zusammen, sie waren beide Tierärzte und auch gemeinsam in den USA. Auf dem fünfundsechzigsten Geburtstag meines Vaters ist Micha dann Isabel begegnet, und sie hat ihm derart den Kopf verdreht, dass er …«

»Ja?«, fragte Pia, und Helfrich stieß einen Seufzer aus.

»Zwei Monate nach der Geburtstagsfeier zog Moni bei Michael aus, weil Isabel schwanger war. Das sagt doch wohl alles.«

»Und wie ging es weiter?«

»Wie ging es weiter?«, Helfrich schürzte die Lippen. »Hochzeit. Kind. Meine Eltern waren glücklich und erleichtert, aber nicht sehr lange, denn Isabel ging schon bald nach der Geburt von Marie wieder auf die Pirsch.«

»Wo ist das Mädchen jetzt?«, erkundigte sich Pia.

»Da bin ich überfragt.«

»Wo wohnte Ihre Schwester, nachdem sie ihren Mann verlassen hatte?«

Helfrich richtete sich auf.

»Keine Ahnung«, antwortete er. »Wie gesagt, wir hatten kein inniges Verhältnis. Sie ließ sich nur selten bei uns blicken.«

»Wussten Sie, dass Ihre Schwester kurz vor ihrem Tod eine Abtreibung vornehmen ließ?« Bodenstein hatte sich diese Neuigkeit bis zum Schluss aufgehoben.

»Eine Abtreibung?«, Helfrich wiederholte das Wort in einem beinahe fassungslosen Tonfall. »Nein, davon hatte ich keine Ahnung. Aber es wäre nicht das erste Mal gewesen.«

»Sind Sie wirklich traurig, weil Ihre Schwester tot ist?«, fragte Pia. Die Miene von Dr. Valentin Helfrich verschloss sich augenblicklich.

»Nein«, antwortete er zu ihrer Überraschung, »eigentlich bin ich traurig, weil sie ihr Leben so schamlos vergeudet hat.«

Dienstag, 30. August 2005

Während Pia ein zweites Mal nach Gut Waldhof fuhr, ging Bodenstein in sein Büro. Nur sehr selten ließ er sich gefühlsmäßig in einen Fall hineinziehen, aber diesmal war es anders. Lag es an der unerwarteten Konfrontation mit einer Vergangenheit, die er für abgeschlossen gehalten hatte? Er hatte die halbe Nacht wach gelegen und an Inka Hansen gedacht. Es widerstrebte ihm, dass er ihr durch die Verhaftung Kerstners Probleme bereiten musste, und er fragte sich, warum der Mann ein so eigenartiges Verhalten an den Tag legte. Bodenstein wusste bisher noch zu wenig über das Umfeld von Isabel, um zu wissen, wo er den Hebel ansetzen musste, aber er war zuversichtlich, dass sich das bald ändern würde. Die Arbeit als Kriminalbeamter war selten so spektakulär, wie es das Fernsehen häufig darstellte, im Gegenteil, meistens war sie ermüdend und unerquicklich, aber es war faszinierend mitzuerleben, wie sich durch das Zusammentragen und Auswerten von Informationen ein Bild herauskristallisierte, das, wenn sie Glück hatten, das Antlitz des Täters zeigte. Bodensteins ehemaliger Chef hatte einmal gesagt, um ein guter Polizist zu sein, müsse man wie ein Verbrecher denken können, und damit hatte er nicht ganz Unrecht. Die Fähigkeit, sich in die Lebenssituation bis dahin völlig fremder Menschen hineinversetzen zu können, war genauso wichtig. Unwillkürlich wanderten Bodensteins Gedanken wieder zu Inka Hansen.

Du weißt ja, wo du mich findest … Vielleicht sollte er noch einmal in die Klinik fahren und versuchen, ihr bei einer Tasse Kaffee mehr Informationen über Kerstners Privatleben zu entlocken. Nein, das war Unsinn. Der Grund, weshalb er Inka gerne wiedersehen wollte, hatte mit Kerstner und seinem Fall rein gar nichts zu tun. Es klopfte an der Tür, und Bodenstein schreckte aus seinen Gedanken hoch.

»Ja!«, rief er, und die Tür ging auf. Eine Frau trat ein, und Bodenstein konnte nicht verhindern, dass er sie unhöflich anstarrte. Es war schwer zu beurteilen, ob sie hübsch oder hässlich war, denn ihr Gesicht war völlig verschwollen und mit Blutergüssen übersät. Auf dem linken Wangenknochen war eine frische Naht zu sehen, die Haut um die Wunde war violett verfärbt.

»Hauptkommissar Bodenstein?«, fragte sie mit leiser Stimme.

»Der bin ich«, Bodenstein kam hinter seinem Schreibtisch hervor, als die Frau plötzlich zu schwanken begann und in die Knie ging. Geistesgegenwärtig fing er sie auf und setzte sie auf einen der Stühle.

Pia schlenderte über den Parkplatz, auf dem mehr Autos standen als am Vortag. Vorhin, auf dem Kommissariat, hatte sie Behnke erklärt, weshalb sie ihm am Vortag die ungeliebte Obduktion abgenommen hatte. Er sollte sie nicht für eine Schleimerin halten, die sich beim Chef beliebt machen wollte. Während sie die anderen Kollegen freundlich in ihrem Team begrüßt hatten, behandelte Behnke sie abweisend, ja, beinahe feindselig. Vielleicht würde das ja nun besser werden, immerhin hatte er sich bei ihr bedankt. Pia ging in Richtung Reitplatz. Frau Kampmann trug an diesem Morgen eine hautenge weiße Jeans, dazu ein Lycra-Oberteil mit Leopardenmuster. Der Goldschmuck war derselbe wie am Vortag, und ihr Haar war wieder raffiniert hochgesteckt. Pia, die ihr Haar meistens nur zu einem Pferdeschwanz band und außer Eyeliner kein Make-up benutzte, überlegte, wie lange Frau Kampmann morgens wohl brauchte, bis sie sich ähnlich sah. Sie saß mit zwei anderen Frauen an einem Tisch unter einem Sonnenschirm auf dem Rasen hinter der Reithalle. Vor ihnen standen Kaffeetassen, eine Kaffeekanne und ein Teller mit frischen Croissants.

»Hal-*lo-ho*!«, flötete sie, wobei die Betonung auf der zweiten Silbe lag, sie sprang auf, wedelte mit ihren Händen in Richtung der Gartenstühle wie die exaltierte Gastgeberin einer vornehmen Gartenparty. »Wollen Sie einen Kaffee trinken? Oder vielleicht etwas anderes? Bitte setzen Sie sich doch.«

»Danke, das ist sehr freundlich von Ihnen«, erwiderte Pia, »aber ich wollte nur kurz mit Ihrem Mann sprechen.«

»Oh, mein Mann ist *sehr* beschäftigt«, Frau Kampmann verzog kummervoll das Gesicht. Pia fragte sich, ob sich die Frau immer so übertrieben benahm. Sie stellte sich den beiden Damen vor und bemerkte die unverhohlene Neugier, die ihnen ins Gesicht geschrieben stand. Ganz sicher hatte sich die Neuigkeit von Isabel Kerstners Ableben in Lichtgeschwindigkeit im ganzen Reitstall verbreitet. Sabine Neumeyer und Renate Groß, beide etwa Anfang fünfzig, hatten jeweils eine Tochter im Teenageralter und Pferde, die von diesen Töchtern geritten wurden. Pia fand ihre Namen auf der Liste, die ihr Frau Kampmann tags zuvor ausgedruckt hatte. »Was können Sie mir über Isabel Kerstner sagen?«, fragte Pia und registrierte den raschen Blick, den die Damen wechselten. In dem Augenblick kam Kampmann mit einem Pferd am Zügel aus dem Stall, begleitet von einer dicklichen Mittvierzigerin in karierten Reithosen, die das Pferd am Zügel festhielt, während er sich vom Rand eines Blumenkübels aus in den Sattel schwang. Pia nickte ihm zu. Er erwiderte ihren Gruß mit ausdrucksloser Miene und ritt auf den Reitplatz.

»Ich hatte nicht viel mit Isabel zu tun«, hielt sich Frau Neumeyer bedeckt, »alles, was ich weiß, ist, dass sie eine sehr gute Reiterin war.«

Die dickliche Frau mit der karierten Reithose stand mit Frau Kampmann an der Umzäunung des Reitplatzes und gab vor, den Reitlehrer beim Reiten ihres Pferdes zu beobachten, äugte aber immer wieder neugierig nach hinten.

»Ja, das habe ich schon gehört«, Pia lehnte sich zurück. »Aber Ihre Tochter ist doch sicherlich auch eine gute Reiterin. Sie haben ein Dressurpferd für sie gekauft, wie heißt es gleich ...«

»Connaisseur«, sagte Frau Neumeyer. »Ja, das stimmt. Wir haben es von Herrn Kampmann für unsere Tochter gekauft.«

»Aha«, Pia nickte, »und ist sie so erfolgreich, wie Isabel es war?«

Frau Neumeyer zögerte. Es schien ihr schwerzufallen, einer Fremden gegenüber eine Wahrheit auszusprechen, die ihr unangenehm war.

»Sie sind beide noch in der Phase ... sie ... sie müssen sich erst noch aneinander gewöhnen«, sagte sie ausweichend.

»Das heißt, Ihre Tochter war nicht so erfolgreich wie Isabel Kerstner?« Pia stocherte gnadenlos in der offenen Wunde der armen Frau.

»Nein«, Frau Neumeyer bedachte Pia mit einem giftigen Blick und drückte entschlossen die Zigarette im Aschenbecher aus. »Warum rede ich um den heißen Brei herum? Isabel war ein Biest. Sie tat immer verständnisvoll, hörte mit großen Kulleraugen zu, nur um alles, was sie erfuhr, umgehend Kampmann unter die Nase zu reiben. Sie war eine Meisterin darin, andere Leute bloßzustellen. Wir hatten das Pferd von

Kampmann gekauft, nachdem Isabel es auf einigen Turnieren erfolgreich vorgestellt hatte, aber bei unserer Tochter klappte es dann nicht so. Patrizia war mit dem Pferd einfach überfordert. Als ich Isabel gegenüber einmal erwähnte, dass Kampmann uns offenbar nicht das passende Pferd verkauft habe, erzählte sie es ihm sofort weiter. Kampmann ist seitdem schlecht auf uns zu sprechen. Isabel hatte eine spitze Zunge und einen schlechten Charakter. Niemand hier im Stall konnte sie leiden.«

»Sie war nur auf ihren Vorteil bedacht«, mischte sich nun Frau Groß ein. Auch sie war Mutter einer Tochter, der ein teures Dressurpferd gekauft worden war, um auf diese Weise die eigenen ehrgeizigen und wohl nie erfüllten Wunschträume zu erfüllen. Aber wie im Fall Neumeyer war auch Tochter Groß lange nicht so erfolgreich, wie Isabel Kerstner es gewesen war.

»Inwiefern?«, fragte Pia nun nach.

»Sie wusste, mit wem sie sich gutzustellen hatte«, erwiderte Frau Groß abfällig. »Wenn sie irgendetwas erreichen wollte, konnte sie katzenfreundlich sein.«

»Was wollte sie denn erreichen?«, wollte Pia wissen. »Sie hatte doch alles: ein Pferd, ein schönes Auto, einen Mann.«

Frau Groß schnaubte abfällig.

»Dass sie einen Mann hatte, erfuhren wir erst, als sie schon ein halbes Jahr hier war. Sie hat sich so schamlos aufgeführt, dass es schon peinlich war.«

»Ach?«

»Manchmal haben wir uns gefragt, ob wir auf einer Reitanlage oder bei einer Modenschau sind. Nicht, dass sie noch in einem Bikini geritten ist!« Frau Groß lachte kurz. »Sie war mannstoll. Aber dann ist sie wohl einmal an den Falschen geraten. Ich kann nicht behaupten, dass ich sie sehr vermissen werde.«

Frau Kampmann hatte sich mittlerweile aus dem Staub gemacht, und der Reitlehrer ritt das Pferd an der gegenüberliegenden Seite des großen Reitplatzes. Hin und wieder blickte er herüber, und Pia überlegte, ob Kampmann es wohl vorziehen würde, das Pferd über die Umzäunung des Reitplatzes springen zu lassen, nur um nicht an ihr vorbeireiten zu müssen. Die dickliche Frau hatte sich neben Frau Neumeyer und Frau Groß gesetzt. Frau Payden besaß sogar drei Pferde in diesem Stall. Sie hatte sie allesamt von Reitlehrer Kampmann gekauft, und alle drei wurden von ihm ausgebildet. Auch Frau Payden hatte Isabel Kerstner nicht leiden können, und Pia ahnte, weshalb. Es war nicht schwer, sich vorzustellen, wie die schöne, schlanke Isabel auf diese Frauen gewirkt haben musste.

»Gab es denn jemanden hier im Stall, mit dem Isabel befreundet war?«, fragte Pia nun. »Frau Kampmann sagte uns, dass sie recht beliebt gewesen ist.«

»Beliebt ist wohl nicht das richtige Wort«, sagte Frau Neumeyer, »eher vielleicht ›gefürchtet‹. Niemand hat sich mit ihr angelegt. Sie hatte einen guten Draht zu Kampmann und den Jagodas, und mit denen will es sich niemand verderben.«

»Was meinen Sie mit ›sie hatte einen guten Draht‹ zu ihnen?«, wollte Pia wissen.

»Na ja«, Frau Neumeyer zuckte die Schultern, »sie hat schließlich die Pferde geritten, die Kampmann im Auftrag von Gut Waldhof zum Wiederverkauf angeschafft hat. Er hat Isabel trainiert, ist mit ihr auf Turniere gefahren.«

»Das hat er übrigens nur bei ihr gemacht«, bemerkte Frau Payden spitz, nachdem sie sich vergewissert hatte, dass Kampmann außer Hörweite ritt. »Wir haben drei Pferde von ihm gekauft, aber mit unserer Tochter ist er nie aufs Turnier gefahren.«

Pia konstatierte die Missgunst, die aus diesen Worten

sprach. Offenbar war es auf dieser vornehmen Reitanlage nicht anders als in anderen Reitställen auch. Sie kannte das Phänomen, dass die weiblichen Kundinnen, häufig in der Überzahl, nahezu verzweifelt um die Gunst des einzigen Reitlehrers buhlten und sich gegenseitig eifersüchtig beäugten, schlechtmachten und gnadenlos auf das eigene gute Ansehen und den eigenen Vorteil bedacht waren.

»Woran lag es, dass Herr Kampmann sich mehr um Isabel Kerstner kümmerte als um die anderen Kunden?«, fragte Pia interessiert. »Wollen Sie andeuten, dass zwischen den beiden etwas lief?«

»Natürlich lief etwas zwischen den beiden«, behauptete Frau Groß und bekam keinen Widerspruch von den beiden anderen Damen, »mit Kampmann und Isabel hatten sich zwei verwandte Seelen gefunden. Den beiden ging es nur um Geld und ihren persönlichen Vorteil.«

So unumstritten, wie Pia es zuerst gedacht hatte, schien Kampmann auf Gut Waldhof nicht zu sein.

Bodenstein setzte die junge Frau auf einen der Stühle.

»Entschuldigen Sie bitte«, murmelte die Frau undeutlich.

»Kann ich Ihnen etwas zu trinken bringen?«, fragte Bodenstein besorgt, und als sie den Kopf schüttelte, betrachtete er die Wunden und Prellungen in dem Gesicht, das unter normalen Umständen einigermaßen hübsch sein musste.

»Was ist mit Ihnen passiert?«, fragte er. »Hatten Sie einen Unfall?«

»Nicht der Rede wert«, die Frau verzog das Gesicht, dann straffte sie die Schultern. »Mein Name ist Anna Lena Döring. Ich bin gekommen, um Ihnen zu sagen, dass ich am Samstagabend von halb sieben bis morgens um vier mit Herrn Dr. Kerstner zusammen war.«

Bodenstein richtete sich auf. Das war also die Person, nach

der er gesucht hatte und die Kerstner schützen wollte! Vor den Fenstern ertönte das Heulen einer Polizeisirene, das sich langsam entfernte. Die Frau saß sehr aufrecht auf der vordersten Kante des Stuhles, die Hände lagen auf ihren Knien. Sie hatte große blaue Augen, die aber dunkel vor Sorge und Angst waren.

»Micha kann seine Frau nicht getötet haben«, dank der geschwollenen Lippen klang ihre Stimme undeutlich. »Ich war die ganze fragliche Zeit über bei ihm.«

»In welcher Beziehung stehen Sie zu Herrn Dr. Kerstner?«

»Wir kennen uns schon ziemlich lange und sind befreundet. Er ist ein Freund meines Bruders, und außerdem werden in unserem Stall fast alle Pferde von ihm und seinem Kollegen betreut.«

»Sie besitzen einen eigenen Stall?«

»Nein. Wir haben vier Pferde auf Gut Waldhof stehen.«

Bodenstein ging im Geiste die Namenliste durch, die Pia ihm am Vortag in Kopie gegeben hatte, konnte sich aber nicht erinnern, den Namen »Döring« gelesen zu haben.

»Erzählen Sie mir vom letzten Samstag«, bat er die Frau. Er bemerkte ihre Anspannung, die Angst in ihren Augen, und er fragte sich, was mit ihrem Gesicht geschehen war.

»Mein Mann und ich waren an dem Nachmittag auf einem Reitturnier«, begann Anna Lena Döring und blickte für einen Moment ins Leere, als müsse sie sich die Chronologie der Ereignisse erst wieder ins Gedächtnis rufen. »Mein Mann reitet Springen. Carolus, eigentlich unser bestes Pferd, ließ ihn an diesem Tag am Wassergraben im Stich, so dass er im wichtigsten Springen ausschied. Mein Mann war deswegen sehr aufgebracht. Wir fuhren vom Turnier zurück, und im Stall holte er das noch gesattelte Pferd vom LKW und ritt mit ihm auf den Springplatz, um den Wassergraben zu trainieren. Mein Mann verprügelte das Pferd, es war entsetzlich. Carolus sprang dann doch, aber er stürzte und verletzte sich …«

Sie brach ab und schluchzte auf, aber Sekunden später hatte sie sich wieder unter Kontrolle.

»… er hat sich das Bein gebrochen. Als mein Mann begriff, was er angerichtet hatte, rastete er völlig aus. Er zerrte Aragon, unser anderes Pferd, das ich noch gar nicht abgeladen hatte, vom LKW und schlug und trat auf ihn ein. Als ich ihn anschrie, er solle das lassen, richtete sich sein Zorn auf mich.«

»Ihr Mann hat Sie so zugerichtet?«, fragte Bodenstein ungläubig. »Das ist nicht Ihr Ernst! Sie sollten ihn deswegen anzeigen!«

»Anzeigen?« Anna Lena Döring verzog ihr Gesicht. »Sie kennen ihn nicht. Er würde mich umbringen.«

Bodenstein war ehrlich entsetzt. Die Abgründe der Menschheit vermochten ihn noch immer zu schockieren.

»Mein Mann hat sich dann in sein Auto gesetzt und ist weggefahren«, fuhr Anna Lena Döring fort, »und ich habe Micha … ich meine, Dr. Kerstner, auf dem Handy angerufen. Es war ungefähr Viertel nach sechs, und ich bat ihn, sofort in den Stall zu kommen. Er merkte, dass ich völlig durcheinander war, und versprach, auf der Stelle loszufahren. Zwanzig Minuten später war er da.«

Sie hielt kurz inne und schauderte.

»Carolus musste noch auf dem Hof eingeschläfert werden. Er hatte einen offenen Bruch unter dem Karpalgelenk vorne rechts. Alles war voller Blut. Es war schrecklich …«, ihre Lippen zitterten bei der Erinnerung, und ihre Augen füllten sich mit Tränen. Bodenstein konnte kaum fassen, was sie gerade gesagt hatte, aber Anna Lena Döring schien es nicht aufgefallen zu sein. *Carolus musste noch auf dem Hof eingeschläfert werden* … Damit war klar, dass Kerstner ein Mittel bei sich geführt hatte, mit dem man töten konnte. Bodenstein ließ sich nicht anmerken, welche Gedanken ihm durch den Kopf gingen. Stattdessen fragte er Anna Lena, ob außer ihr, ihrem Mann und dem Tierarzt noch andere Leute an jenem Abend im Stall gewesen waren.

»Den Unfall auf dem Platz haben sicherlich noch einige mitbekommen«, sie blickte verwirrt auf. »Ich weiß gar nicht, ob ich Kampmann gesehen habe.«

Sie schlang die Arme um ihren Oberkörper, als ob sie fröre.

»Dr. Kerstner wollte mich sofort ins Krankenhaus bringen, aber ich bestand darauf, dass er erst Aragon untersuchte. Wir hängten einen Pferdehänger an sein Auto und fuhren in die Klinik. Es war ungefähr halb acht, als wir dort ankamen, und wir fuhren erst ins Krankenhaus, als Aragon versorgt war.«

»Um wie viel Uhr war das?«

»Ungefähr um zehn oder halb elf, nehme ich an. Micha blieb da, bis sie mich verarztet hatten, und danach kam er noch mit auf das Zimmer«, sie fuhr sich mit der Hand über ihr Haar.

»Entschuldigen Sie bitte, wenn ich Sie das frage, Frau Döring«, Bodenstein räusperte sich. »Haben Sie ein Verhältnis mit Herrn Dr. Kerstner?«

»Nein«, Anna Lena Döring schüttelte den Kopf, »wir sind einfach nur gute Freunde, immerhin kennen wir uns ja auch schon sehr lange. Wir sind beide nicht sehr glücklich verheiratet. Irgendwann haben wir uns darüber unterhalten und festgestellt, dass wir ähnliche … hm … Sorgen haben. Seit ungefähr anderthalb Jahren telefonieren wir regelmäßig miteinander und bauen uns gegenseitig auf, wenn es mal wieder besonders schlimm ist.«

Sie gab ein Geräusch von sich, eine Mischung zwischen Lachen und Schluchzen.

»Ziemlich jämmerlich, nicht wahr? Zwei geprügelte Hunde trösten sich gegenseitig.«

Bodenstein blickte die Frau nachdenklich an, und obwohl er sich gegen den Gedanken wehrte, kam es ihm in den Kopf, dass diese beiden verzweifelten und enttäuschten Menschen nicht nur ein Motiv, sondern durchaus auch die Zeit und die Gelegenheit gehabt hatten, Isabel Kerstner an jenem vergangenen Samstagabend zu töten. Von der Tierklinik zum Atzelbergturm war es nur ein Katzensprung.

»Hat Sie jemand in der Klinik gesehen?«, fragte er.

Die Frau hob den Kopf und hielt seinem Blick stand.

»Ein Alibi fürs Alibi, meinen Sie?«

»So ungefähr«, er lächelte bedauernd.

»Außer uns war niemand da«, sagte sie. »Möglich, dass jemand von den Nachbarn gesehen hat, wie wir Aragon ausgeladen haben. Es hat ziemlich lange gedauert, bis wir ihn im Hof hatten.«

Das konnte man herausfinden.

»Werden Sie Dr. Kerstner jetzt gehen lassen?«, fragte Anna Lena Döring.

»Wir werden Ihre Aussagen überprüfen«, erwiderte Bodenstein zurückhaltend. »Auf jeden Fall war es sehr freundlich von Ihnen hierherzukommen, um Herrn Dr. Kerstner zu entlasten. Er hat uns bisher Ihren Namen nicht sagen wollen.«

Anna Lena Dörings Gesichtsausdruck wurde hoffnungslos.

»Das hat auch seinen Grund«, sagte sie dumpf. »Mein Mann weiß bis jetzt nicht, wo ich bin. Ich werde auch nicht mehr zu ihm zurückgehen.«

Als Bodenstein sie hinaus auf den Flur begleitete, nahm er sich vor, diesem Herrn Döring selbst einen Besuch abzustatten. Auf dem schmucklosen Gang saßen Kerstner und sein

Anwalt auf den orangefarbenen Plastikstühlen. Dr. Clasing sprang auf, als er Anna Lena Döring erblickte.

»Anna!«, rief er überrascht. »Was machst du denn hier?«

Bodenstein blickte verwirrt zwischen Frau Döring und Kerstners Anwalt hin und her.

»Hallo, Flori«, sagte Frau Döring.

»Sie kennen sich?«, erkundigte sich Bodenstein.

»Natürlich«, erwiderte Dr. Clasing, »Anna ist meine Schwester.«

Das war die Erklärung für Clasings rasches Auftauchen. Er und Kerstner waren Freunde. Anna Lena schaute an ihrem Bruder vorbei, hatte nur noch Augen für Kerstner, der sich nun ebenfalls erhoben hatte. Ihre Blicke trafen sich.

»Nehmen Sie ihm die Handschellen ab«, sagte Bodenstein zu dem Vollzugsbeamten, der Kerstner aus dem Untersuchungsgefängnis auf das Kommissariat begleitet hatte. Kerstner wandte seine Augen nicht von Anna Lena Dörings Gesicht, während der Polizist die Handschellen löste. Sie versuchte ihn anzulächeln, aber plötzlich brachen sich die lange zurückgehaltenen Tränen Bahn. Er legte die Arme um sie und hielt sie fest an sich gedrückt, sein Gesicht in ihrem Haar verborgen, während sie verzweifelt schluchzte.

Reitlehrer Kampmann war noch immer schwer beschäftigt. Er longierte mittlerweile in der brütendheißen Reithalle ein Pferd.

Pia schlenderte über die weitläufige Reitanlage, während sie darauf wartete, dass er mit seiner Arbeit fertig war. Frau Kampmann brauste mit dem silbernen Geländewagen vom Hof und winkte ihr strahlend zu, als sei sie eine alte Freundin der Familie. Sie wirkte, als stehe sie mächtig unter Strom. Auf dem oberen Hof erblickte Pia zwei junge Frauen. Die eine saß auf der Bank in der Sonne, die andere spritzte ihrem Pferd mit einem Wasserschlauch die Beine ab. In diesem Moment piepte Pias Handy. Sie hatte eine SMS von ihrem Schwager Ralf erhalten, dem sie gestern Abend noch eine E-Mail geschrieben hatte. Ralf war nicht weniger erfolgreich als sein älterer Bruder Henning, wenngleich in einem völlig anderen Metier. Er besaß eine Risikokapitalgesellschaft – neudeutsch auch Venture Capitalist genannt – und hatte in der Vergangenheit ein Vermögen mit der Betreuung und Finanzierung von sogenannten Start-ups verdient. Pia hatte ihn um Informationen über die JagoPharm AG und deren Inhaber und Vorstandsvorsitzenden Hans Peter Jagoda gebeten.

»*Holde Schwägerin*«, schrieb er, und Pia musste grinsen, »*bin in NY, melde mich, sobald zurück. Eins vorweg: Es gibt Gerüchte, dass die J bankrott ist und mächtig Ärger bekommt. Kauf bloß keine Aktien! Bis bald, RH.*«

Aufschlussreich. Und genau das, was Bodenstein gesagt hatte. Dem ehemaligen Börsenstar Jagoda schien es längst nicht mehr so gut zu gehen wie noch vor ein paar Jahren. Pia ging zu den beiden jungen Damen hinüber und stellte sich ihnen vor. Die eine war Anfang zwanzig mit sehr kurz geschnittenem Blondhaar, klaren, fast androgynen Gesichtszügen und dem ungewöhnlichen Vornamen Thordis. Sie strahlte die selbstbewusste Arroganz einer Tochter aus reichem Hause aus, die noch nie einen Finger hatte krumm machen müssen und an einem Dienstagvormittag sorglos reiten gehen konnte. Anke Schauer war klein, dunkelhaarig und hübsch, aber mit unreiner Haut geschlagen. Auch sie machte den Eindruck, als sei sie von Beruf Tochter. Sie hatte in diesem noblen Stall, in dem eine Box im Monat über vierhundert Euro kostete, sogar zwei Pferde stehen. Und die bezahlte sicherlich der reiche Papi. Die beiden jungen Frauen gaben an, dass sie Isabel gekannt hatten und gelegentlich auch abends gemeinsam ausgegangen waren.

»Wieso interessiert Sie das alles?« Anke Schauer schnippte die Zigarettenkippe weg.

»Wir suchen Isabels Mörder«, erwiderte Pia, »deshalb möchte ich gerne mehr über ihr Umfeld, ihre Freunde und Bekannten erfahren. Bisher wissen wir nur, dass sie hier im Stall nicht besonders beliebt gewesen ist. Warum war das so?«

»Isabel konnte super reiten, außerdem sah sie gut aus«, Thordis knotete den Führstrick ihres Pferdes los. »Ich kann mir schon denken, dass die Kaffeetanten, mit denen Sie eben gesprochen haben, kein gutes Haar an ihr gelassen haben. Ihre Töchter gurken mit den Pferden, die Kampmann ihnen für viel Geld angedreht hat, noch immer auf niedrigstem Niveau herum, während Isabel vorher mit denselben Pferden M-Dressuren gewonnen hat.«

Sie wirkte belustigt, beinahe etwas schadenfroh.

»Außerdem hatten sie Angst um ihre Männer«, Anke Schauer kicherte.

»Gab es einen Grund dafür, dass sie Angst haben mussten?«, fragte Pia.

»Nicht wirklich«, Thordis schenkte ihr einen herablassenden Blick. »Aber es passte den Damen nicht, dass ihren Männern schon die Zunge aus dem Hals hing, wenn Isabel nur an ihnen vorbeilief.«

»Wie hat Isabel sich mit Frau Kampmann verstanden?«, fragte Pia. »Ihr Mann hat Isabel wohl regelmäßig auf Turniere begleitet und sie trainiert.«

»Ich glaube nicht, dass Susanne sich deswegen Sorgen gemacht hat«, sagte Anke Schauer. »Wir haben oft zusammen im Reiterstübchen gesessen, im Sommer gegrillt oder Sekt getrunken. Wenn Susanne Isabel nicht gemocht hätte, hätte sie wohl kaum dauernd mit ihr zusammengehangen.«

»Oder erst recht«, bemerkte Pia und erntete einen kritischen Blick von der jungen Frau. Thordis grinste und zog eine Augenbraue hoch.

»Quatsch«, sagte Anke Schauer entschieden und schüttelte den Kopf. »Der Kampmann und Isabel – niemals!«

Pia war sich da nicht so sicher.

»Wissen Sie, wo Isabel gewohnt hat, nachdem sie bei ihrem Mann ausgezogen ist?«

»Ja, klar«, Anke Schauer nickte. »Sie hatte von einem Bekannten eine megageile Penthousewohnung gemietet. In Ruppertshain.«

»Im Zauberberg«, ergänzte Thordis. »Ich war einmal da. Noble Angelegenheit, mit eigenem Aufzug direkt ins Wohnzimmer.«

»Aha«, Pia kombinierte rasch – Wohnung im Zauberberg, Tierklinik in Ruppertshain, Leichenfund nur ein paar Meter entfernt. »Und wem gehörte diese Wohnung?«

Das wussten die beiden allerdings auch nicht. Thordis warf einen Blick auf ihre Armbanduhr.

»Ich muss um eins im Büro sein«, sagte sie zu Pias Erstaunen, die angenommen hatte, sie würde nicht arbeiten, »und vorher noch mein Pferd auf die Koppel stellen.«

»Alles klar«, Pia lächelte, »danke für die Auskünfte.«

»Gern geschehen«, Thordis nickte. Pia tippte Bodensteins Nummer in ihr Handy. Sie sagte ihm, was sie erfahren hatte, und erfuhr ihrerseits, dass Kerstner durch die Aussage einer Anna Lena Döring, die zufällig die Schwester von Dr. Florian Clasing war, ziemlich entlastet worden war.

»Döring hat vier Pferde in diesem Stall stehen«, sagte Bodenstein, »ich kann mich an seinen Namen auf der Liste nicht erinnern. Versuchen Sie, etwas über ihn und seine Frau herauszufinden.«

»Was hat Frau Döring mit Kerstner zu tun?«, erkundigte sich Pia.

»Eine rein platonische Freundschaft. Sie kennen sich seit Jahren.«

»Glauben Sie ihr das?«, fragte Pia.

»Bis jetzt habe ich keinen Grund, es nicht zu glauben«, erwiderte Bodenstein. Pia beendete das Gespräch, kramte die Liste aus ihrer Tasche, aber sie fand den Namen ›Döring‹ nicht. Sie nahm sich vor, Frau Kampmann zu fragen, wie sie einen Kunden mit immerhin vier Pferden einfach so vergessen konnte. Gerade als Pia den Stall betrat, verließ Reitlehrer Kampmann mit einem schnaufenden Pferd am Zügel die Reithalle. In der Stallgasse stand ein Frontlader, und der knackige Stallknecht – heute mit einem rosa Polohemd mit Gut-Waldhof-Aufschrift bekleidet – war gerade damit beschäftigt, eine Pferdebox auszumisten. Pia steuerte entschlossen auf Kampmann zu, der eilig mit dem Pferd in eine Box flüchtete.

»Hallo, Herr Kampmann«, sagte sie. »Es tut mir leid, wenn ich Sie störe, aber ich habe noch ein paar Fragen an Sie.«

»Ich hab viel zu tun«, erwiderte der Reitlehrer, ohne aufzublicken. Der Bluterguss in seinem Gesicht hatte die Farbe einer reifen Aubergine angenommen.

»Das sieht aber böse aus«, bemerkte Pia. »Wie ist das passiert?«

Kampmann sah sie kurz an, senkte aber sofort wieder den Blick.

»Passiert schon mal, wenn man mit Pferden zu tun hat«, sagte er knapp.

»Machen Sie doch eine kurze Pause und trinken Sie was«, schlug Pia freundlich vor. »Ich störe Sie auch nicht lange.«

Kampmann starrte sie kurz an, dann verzog er das Gesicht zu einer Grimasse, die wohl ein Lächeln darstellen sollte.

»Karol!«, rief er. Der Stallknecht mistete erst in aller Seelenruhe die Box fertig, bevor er die Mistgabel an den Frontlader lehnte und gemächlich angeschlendert kam.

»Was gibt's?«, fragte er Kampmann wenig respektvoll. Er war ein Riese von einem Mann, sicherlich eins neunzig groß und muskelbepackt. Name und Akzent ließen auf eine osteuropäische Herkunft schließen.

»Bitte führ das Pferd noch etwas herum und spritz ihm dann die Beine ab«, bat Kampmann den Stallknecht. Pia, die den rauen Umgangston in Pferdeställen kannte, war einigermaßen überrascht darüber, wie höflich der Reitlehrer seinen Untergebenen behandelte.

»Hier herrscht aber ein netter Ton«, bemerkte sie dann auch, als Karol mit dem Pferd am Zügel verschwunden war. Kampmann warf ihr einen unsicheren Blick zu.

»Ich bin froh, dass wir den Mann haben«, entgegnete er. »Gutes Personal ist heute kaum noch zu kriegen. Karol schafft außerdem für zwei.«

Der Wintergarten, in dem sich die Reiter wohl zum Kaffeetrinken und Plaudern aufhielten, war nobel aufgemacht.

Rings um den schweren Eichenholztisch stand ein rundes Dutzend wuchtiger, mit Leder bezogener Stühle. Eine voll eingerichtete Küche erlaubte mehr als nur einen Kaffee zu kochen. Zitronenbäume in großen Kübeln gediehen prächtig. Kampmann holte einen Schlüsselbund heraus und schloss den Getränkeautomaten auf.

»Für Sie auch eine?«, fragte er und nahm sich eine Flasche Cola. Pia verneinte dankend. Sie betrachtete die Fotos, die an den Wänden aufgehängt waren. Eines zeigte eine Gruppe von Menschen, die alle in die Kamera lachten.

»Darf ich mir das Foto mal näher ansehen?«, fragte sie.

»Bitte«, antwortete Kampmann wortkarg und wischte sich mit dem Handrücken den Schweiß von der Stirn. Der Aktionismus, den er heute an den Tag gelegt hatte, schien ungewöhnlich. Ein deutlicher Bauchansatz und ein Polster um die

Hüften zeugten von seiner Bequemlichkeit. Pia nahm den Bilderrahmen von der Wand und studierte die Gesichter. »Donnerstagsgruppe«, stand über dem Foto, »18. Juli 2004«.

»Ist Frau Kerstner auch auf dem Bild?«, erkundigte sie sich.

»Ja«, erwiderte der Reitlehrer und tippte mit dem Finger auf eine blonde Frau, die ihren Arm um die Schulter einer etwas schlichten Brünetten gelegt hatte. Sie war wirklich ungewöhnlich schön gewesen. Die Art, wie sie kokett den Kopf schief gelegt hatte und mit leicht geschürzten Lippen in die Kamera blickte, hatte etwas Mutwilliges.

»Wer ist die Frau neben ihr?« Pia deutete auf das Gesicht der Brünetten.

»Das ist meine Frau.«

»Ihre Frau?« Pia war ehrlich erstaunt. Nie und nimmer hätte sie in der etwas mütterlich wirkenden, ganz und gar durchschnittlich aussehenden Frau die solariengebräunte, wasserstoffblonde, schmuckbehängte Frau Kampmann erkannt. Sie hatte sich frappierend verändert. Pia setzte sich an den Tisch, aber Kampmann blieb auf der Treppenstufe stehen.

»Setzen Sie sich doch«, forderte sie den Reitlehrer auf, was dieser dann auch nach kurzem Zögern tat. »Erzählen Sie mir kurz, was Sie hier so machen, außer Reitstunden geben.«

»Ich bin Verwalter des Hofguts.«

»Wie lange arbeiten Sie schon hier?«

»Seitdem die Jagodas die Reitanlage gekauft haben. Seit 1998.«

»Wie ist Ihr Verhältnis zu Ihren Kunden?«, fragte Pia. »Es sind wohl vornehmlich *Kundinnen*, wenn ich mir das Foto richtig betrachte.«

»Das ist eben so. In allen Reitställen gibt es mehr Frauen als Männer«, gab Kampmann zurück. Seine Finger umklammerten die Colaflasche, sein unsteter Blick irrte hin und her. Er war nervös und angespannt, stellte Pia fest, aber das war nicht ungewöhnlich bei einer Befragung durch die Kriminalpolizei.

»Schöner Job«, sagte sie versonnen, »wie bei den Tennis- oder Skilehrern – immer der Hahn im Korb.«

»Das sehen Sie falsch«, sagte Kampmann schroff. »Meine Frau und ich legen viel Wert auf ein freundschaftliches, aber distanziertes Verhältnis zu unseren Einstellern. Die meisten kennen wir schon seit Jahren. Sie kamen mit uns hierher aus dem Stall, in dem ich vorher gearbeitet habe.«

Pia nickte.

»Was ist übrigens mit Ihrem Gesicht passiert? Sind Sie vom Pferd gefallen?«

»Die Stalltür …«, wich der Reitlehrer aus.

»Das sieht schlimm aus«, Pia mimte Mitgefühl. »Können Sie denn dann schon wieder arbeiten?«

»Ich muss ja wohl.«

»Stimmt«, Pia tat so, als fiele ihr gerade erst wieder ein, weshalb sie überhaupt hier war, »früher hat Ihnen Isabel Kerstner ja beim Reiten der Pferde geholfen, nicht wahr?«

Bei der Erwähnung des Namens senkte Kampmann den Blick auf seine Hände.

»Ja«, sagte er, »das hat sie.«

»Einige Ihrer Kundinnen haben mir erzählt, dass Frau Kerstner nicht besonders beliebt war«, sagte Pia nun, »stimmt das?«

»Das weiß ich nicht«, antwortete Kampmann steif, »aber sie war eine bessere Reiterin als die meisten anderen. Das schürt natürlich Neid.«

»Hm«, Pia musterte den Mann, der ständig ihren Blicken auswich. »Herr Jagoda sagte mir gestern, Frau Kerstner habe allen Männern hier auf dem Hof den Kopf verdreht und eine

Menge Unruhe verursacht. Sie war ja auch eine ausnehmend hübsche Person.«

»Hat er das gesagt?«, der Reitlehrer sah sie nur kurz an. »Das kann ich nicht bestätigen.«

»Na ja, Sie haben ja auch eine sehr attraktive Frau«, Pia blickte das Bild an, das vor ihr auf dem Tisch lag. »Obwohl ich sie, ehrlich gesagt, nicht wiedererkannt hätte. Sie hat sich sehr verändert, seitdem das Bild aufgenommen wurde. Hatte das einen Grund?«

»Hatte *was* einen Grund?« Kampmann blickte irritiert auf.

»Sie hat stark abgenommen. Und die Haare, die trägt sie doch jetzt hellblond, nicht wahr?«

»Es gefällt ihr so eben besser«, Kampmann zuckte die Schultern. »Was spielt das überhaupt für eine Rolle?«

»Sie haben recht. Das ist ja auch unwichtig«, Pia legte das Foto aus der Hand »Mir kam nur eben der Gedanke, dass Ihre Frau vielleicht Konkurrenz fürchtete und deshalb versuchte, attraktiver auszusehen, weil es womöglich *Ihnen* besser gefiel …«

Sie sagte das in einem beiläufigen Tonfall, aber Kampmanns Reaktion bewies, dass sie mit ihrer Vermutung nicht sehr falsch lag. Der Mann wurde erst rot, dann blass, und für eine Sekunde verließ ihn die eiserne Beherrschung, zu der er sich zwang.

»Meine Frau hatte keinen Grund zur Eifersucht«, sagte er mit gepresster Stimme. Pia beobachtete ihn scharf. Der Reitlehrer fuhr sich nervös mit der Zungenspitze über die Lippen, seine Finger krampften sich um die leere Colaflasche.

»Isabel hat also regelmäßig Pferde geritten, die Gut Waldhof gehörten«, sagte Pia, »und Sie haben sie trainiert und sind mit ihr auf Turniere gefahren. Ist das richtig?«

»Ja«, gab Kampmann zu.

»Aber Ihre Kunden begleiten Sie üblicherweise nicht auf Turniere, oder?«

Pia bemerkte, dass Kampmann die Frage unangenehm war.

»Ich fahre mit, wenn ich dafür bezahlt werde«, antwortete er. »Den meisten Kunden ist eine Turnierbetreuung zu teuer.«

Der silberne Cayenne der Kampmanns rauschte über den Hof und hielt ein paar Meter vom Wintergarten entfernt. Frau Kampmann und die beiden halbwüchsigen Kinder stiegen aus. Die Kinder blickten neugierig herüber, aber ihre Mutter scheuchte sie ins Haus.

»Das kann aber eine Erklärung dafür sein, weshalb viele Leute Frau Kerstner nicht gemocht haben«, sagte Pia nun. »Sie hatten vielleicht das Gefühl, dass Sie Isabel bevorzugten.«

»Unsinn«, Kampmann schüttelte den Kopf, »Isabel hat Pferde geritten, für die ich verantwortlich bin. Wertvolle Pferde, die Geld einbringen sollen. Da musste ich mich natürlich drum kümmern.«

Pia warf wieder einen Blick auf das Foto.

»Sie war wirklich außergewöhnlich attraktiv«, sagte sie. »Ihre Kundinnen haben mir erzählt, dass Isabel Kerstner und Sie ein sehr enges Verhältnis hatten. War da vielleicht mehr zwischen Ihnen als nur Berufliches?«

»Wie meinen Sie das?« Kampmann stellte sich begriffsstutzig. Seine Frau kam aus dem Haus und ging lächelnd über den Hof, nicht ohne ihrem Mann und Pia fröhlich zuzuwinken.

»Ich meine, ob Sie eine Affäre mit ihr hatten«, Pia hatte keine Lust mehr, ihre Zeit zu vergeuden.

»Eine *Affäre*?« Kampmann wiederholte das Wort in einem ungläubigen Tonfall, als ob er es noch nie zuvor gehört hätte.

»Ob Sie mit ihr geschlafen haben«, sagte Pia. Diese so unverblümte Erwähnung eines doch recht intimen Sachverhaltes ließ Kampmann rot anlaufen. Eine Schweißperle rann ihm über die Schläfe.

»Nein«, er sah ihr das erste Mal direkt in die Augen. Pia wusste in diesem Augenblick mit Sicherheit, dass er log. Genauso, wie er und seine Frau gestern schon gelogen hatten. »Isabel hat die Pferde von Gut Waldhof geritten, das war's.«

»Und Sie wussten wirklich nichts von einer Abtreibung?« Pia machte sich eine Notiz und blickte wieder auf. »Ich meine, Isabel konnte danach sicherlich eine Weile nicht reiten. Das muss Ihnen doch aufgefallen sein.«

»Das haben Sie doch gestern schon gefragt«, sagte Kampmann.

»Manchmal stelle ich Fragen öfter«, entgegnete Pia, aber sie beschloss, das Thema fürs Erste auf sich beruhen zu lassen, und erkundigte sich stattdessen danach, wann Kampmann Isabel das letzte Mal gesehen habe.

»Sie hatte ihr Pferd vor ein paar Wochen verkauft«, erwiderte er, »seitdem war sie nur noch selten im Stall. Aber am Samstagnachmittag war sie kurz hier.«

»Tatsächlich? Am Samstag? Wann?«

»Gegen Spätnachmittag, aber nur ganz kurz«, gab Kampmann zu. »Sie wollte mit ihrem Mann reden, aber der hatte keine Zeit.«

»Was machte denn Dr. Kerstner an einem Samstagabend hier?«

»Eines von Dörings Pferden hatte einen Unfall«, sagte Kampmann, »deshalb war er hier.«

»Wann war das?«

»Herrgott«, fuhr Kampmann auf, »was weiß ich! Ich guck doch nicht dauernd auf die Uhr! Um sechs oder um halb sieben vielleicht.«

Pia rekonstruierte blitzschnell, dass Isabel also nach ihrem Auftauchen in der Pferdeklinik noch gelebt hatte. Tankstelle, Pferdeklinik, Gut Waldhof. Kurz darauf war sie getötet worden.

»Haben Sie am Samstag mit Isabel gesprochen?«

»Ja«, sagte Kampmann nach einem kaum merklichen Zögern, »aber nicht viel. Sie wollte wissen, ob Döring noch da sei, aber er war eine gute Stunde vorher weggefahren. Das war alles.«

Der Reitlehrer warf einen Blick auf seine Armbanduhr und schob den Stuhl zurück. »Es tut mir leid, ich muss jetzt wieder raus. Ich muss gleich eine Reitstunde geben.«

»Apropos«, wandte Pia ein und erinnerte sich an Bodensteins Worte, »Döring ist doch auch ein Kunde von Ihnen, oder? Sein Name steht gar nicht auf der Liste, die Ihre Frau mir gegeben hat.«

»Vielleicht hat sie ihn in der Hektik vergessen.«

»Natürlich«, Pia lächelte ihn an, »das war's dann auch schon. Vielen Dank für Ihre Kooperation.«

Kampmann stand auf, nickte ihr zu und verließ fluchtartig den Wintergarten. Pia blickte ihm nach, dann ergriff sie mit spitzen Fingern die Colaflasche, die der Reitlehrer hatte stehenlassen.

»Herzlichen Dank, Herr Kampmann«, murmelte sie zufrieden und steckte die Colaflasche in einen Plastikbeutel.

Eine halbe Stunde später traf Pia am Zauberberg in Ruppertshain ein. Bodenstein und ein Team von der Spurensicherung erwarteten sie schon im Foyer im Mittelteil des imposanten Gebäudes.

»Wenn sie tatsächlich hier gewohnt hat«, sagte Pia zu ihrem Chef, »dann muss ihr Mann das doch gewusst haben. Immerhin arbeitet er nur einen Kilometer Luftlinie entfernt.«

Bevor Bodenstein etwas erwidern konnte, ertönte hinter ihnen ein Räuspern, und sie drehten sich um. Burkhard Escher, der Geschäftsführer der Investorengruppe, war ein beleibter, sonnengebräunter Mann Ende fünfzig mit rabenschwarzem Haar, das eindeutig gefärbt sein musste. Er musterte Pia und die Leute der Spurensicherung kurz, dann begrüßte er Bodenstein jovial wie einen alten Freund.

»Sie waren am Telefon sehr geheimnisvoll«, sagte Escher. »Was ist denn eigentlich passiert?«

»Am Sonntag wurde die Leiche einer jungen Frau am Atzelbergturm gefunden«, erklärte Bodenstein, »und wir haben erfahren, dass die Frau in der Penthousewohnung gewohnt haben soll.«

»Tatsächlich?« Escher schien überrascht. »Ich wusste gar nicht, dass jemand die Wohnung benutzt.«

Auf dem Weg durch die verwirrenden Gänge und Treppenhäuser des riesigen Gebäudes erklärte Escher kurzatmig, dass der »Dom«, wie die Wohnung im Dachgeschoss genannt wurde, seit Jahren leerstand. Jahrelang habe man vergeblich versucht, die Wohnung zu verkaufen, zuerst im Rohbau, später dann im ausgebauten Zustand, aber niemand sei begeistert oder verrückt genug gewesen, sich die zweihundertfünfzig Quadratmeter mit heiztechnisch gesehen ruinösen zehn Meter hohen Räumen ans Bein zu hängen.

»Vor sechs oder sieben Jahren hatten wir zum letzten Mal einen ernsthaften Interessenten«, Escher blieb vor einem Aufzug stehen, »ein Architektenehepaar. Sie haben voller Euphorie sogar Pläne gemacht, um Zwischenwände einzuziehen. Aber dann spielte das Denkmalschutzamt nicht mit. Seitdem steht es leer.«

Er benutzte einen Schlüssel, um den Aufzug zu rufen.

»Dieser Aufzug führt in den Keller zur Tiefgarage und hier ins Erdgeschoss und ist ausschließlich den Bewohnern des Doms vorbehalten«, erklärte er, und sein Blick wanderte immer wieder zu Pias Busen.

»Wie ausgesprochen exklusiv«, murmelte Pia sarkastisch.

»Nicht wahr«, Escher nutzte die Enge des Vier-Personen-Aufzuges, um Pia unangenehm eng auf die Pelle zu rücken, »aber der Dom ist ja auch als eine äußerst exklusive Immobilie geplant worden. Leute, die sich eine solche Wohnung leisten können, schätzen es im Allgemeinen nicht, mit lärmenden Kindern, Hunden und anderen Menschen in Berührung zu kommen.«

Pia lag eine scharfe Entgegnung auf der Zunge, aber sie schluckte sie herunter.

»Ist das der einzige Weg, um in den Dom zu gelangen?«, fragte sie stattdessen. Der Aufzug – Granitfußboden und Spiegel an den Wänden – glitt mit einem diskreten Surren aufwärts.

»Das nicht«, antwortete Escher ihrem Dekolleté, das ihn zu faszinieren schien, »aber der bequemste allemal. Außerdem gibt es noch einen Lastenaufzug, der aber meistens abgestellt ist, die beiden Treppenhäuser im linken und rechten Flügel und die Feuertreppe.«

Sie stiegen aus dem Aufzug aus und standen mitten in der Wohnung. Pia verschlug es beim Anblick des gewaltigen Raumes für einen Moment den Atem. Staunend betrachtete sie den glänzenden Parkettfußboden, die uralten Dachbalken und die sorgfältig restaurierten spitzgiebeligen Kirchenfenster, die der Wohnung zu ihrem Namen verholfen hatten. Escher drückte auf einen Lichtschalter. Unzählige winzige Halogenlämpchen in der zehn Meter hohen Decke flammten auf wie ein Sternenhimmel.

»O mein Gott«, sagte Pia, als sie etwa die Mitte des einzigen, riesigen Raumes erreicht hatten, »das ist ja ein Traum!«

»Ich kann heute noch einen Mietvertrag mit Ihnen machen«, erbot sich Escher und verschlang Pia mit Blicken. Sie konnte sich lebhaft vorstellen, was Escher damit meinte, und warf ihrem Chef einen hilfesuchenden Blick zu.

»Die Heizkosten im Winter dürften die Wohnung zu einem Alptraum werden lassen«, bemerkte Bodenstein trocken und verstellte dem Geschäftsführer den Weg. »Es macht zwar keinen wirklich bewohnten Eindruck, aber die Wohnung ist immerhin möbliert. Küche, Einbauschränke, Bett, ein Sofa, Fernsehgerät.«

»Sie haben recht«, Escher nickte und betrachtete versonnen das Bett. »Ich wusste auch nicht, dass sich Möbel hier drin befinden.«

»Wer hat denn Schlüssel für diese Wohnung?«, erkundigte sich Bodenstein.

»Keine Ahnung. Alle Schlüssel für das Gebäude befinden sich in unseren Büroräumen. Im Prinzip kann sie jeder von meinen Mitarbeitern und Kollegen an sich nehmen.«

»Wann waren Sie das letzte Mal hier oben?«

»In den letzten beiden Jahren ganz sicher nicht«, Escher kratzte sich nachdenklich am Kopf. »Vor meiner Hüftoperation, glaube ich. Und die war 2002. Es gab ja auch keinen Grund, hier hoch zu kommen. Im Gebäude gibt es über 200 Wohnungen, Ateliers und Büros, um die ich mich kümmern muss.«

Pia machte einen Rundgang durch die Wohnung, öffnete die Schwebetüren des verspiegelten Schrankes, schaute in der Küche in den Kühlschrank und in den Backofen. Bodenstein bat unterdessen den Geschäftsführer um den Wohnungsschlüssel und eine Namenliste aller Personen, die Zugang zu den Schlüsseln gehabt hatten.

»Ist er weg?«, fragte Pia.

»Bei dem haben Sie Chancen«, Bodenstein grinste. »Haben Sie irgendetwas gefunden?«

»Nichts. Die ganze Wohnung ist klinisch sauber«, erwiderte Pia. »Kein einziges Staubkörnchen in den Schränken, kein Kalkfleck am Spülbecken, einfach gar nichts.«

Bodenstein sah sich nachdenklich in dem großen Raum um. Irgendetwas stimmte hier nicht. Hier war nicht bloß eine Putzfrau am Werk gewesen. Nun galt es herauszufinden, wer die Wohnung so akkurat aufgeräumt hatte. Und warum.

»Isabel Kerstner ist wie ein Habicht in den Hühnerhaufen gestoßen«, sagte Pia. »Ich glaube, der weint keiner in dem Reitstall eine Träne nach. Außer vielleicht Kampmann, der jetzt alle Pferde selber reiten muss. Aus ihm werde ich nicht schlau.«

»Wieso?« Bodenstein fuhr durch das offene Tor der Spedition Döring im Gewerbegebiet Eschborn und folgte den Hinweisschildern, die ihn zur Verwaltung leiteten. Auf dem riesigen Hof wimmelte es nur so vor Betriebsamkeit. Große LKW, vor allen Dingen Tiefkühlzüge, standen in Warteposition, um an eine der zwanzig Andockstationen fahren zu können, die sich an der Längsseite des großen flachen Gebäudes befanden. Auf der anderen Seite gab es weitere Gebäude, vor denen LKW mit hochgeschlagenen Planen beladen wurden. Gabelstapler summten wie Bienen hin und her, transportierten Paletten mit Waren. Der Verkehr auf dem großen Gelände war streng geregelt; es gab Einbahnstraßen und Stoppschilder, Ampeln und Haltezonen. Bodenstein war beeindruckt. Natürlich hatte er schon häufig die LKW mit dem hellblau-weißen Schriftzug »Friedhelm Döring – Frisch und frostig« oder »Friedhelm Döring – wir transportieren alles *just in time*« auf den Straßen gesehen, aber er hatte ihnen nie weitere Beachtung geschenkt, weil es dafür keine Veranlassung gegeben hatte. Als Anna Lena Döring am Morgen gesagt hatte, sie arbeite in der Firma ihres Mannes, hatte er nicht geahnt, was für ein Imperium sich hinter dem Wort »Firma« verbarg.

»Er kann einem nicht in die Augen gucken«, sagte Pia, »und ich glaube ihm nicht, dass sein Verhältnis zu Isabel rein geschäftlicher Natur war. Aber wenn wir in diesem Reitstall noch ein bisschen herumbohren, dann haben wir mindestens zwanzig Leute, die allesamt ein Motiv hatten, Isabel um die Ecke zu bringen.«

»Ein Motiv vielleicht«, Bodenstein stellte fest, dass sie quasi durch den Lieferanteneingang gekommen waren. Der Haupteingang befand sich auf der anderen Seite, und man hatte alles getan, um Besuch und Kundschaft zu imponieren. »Aber ist von denen wirklich einer fähig, so einen Mord zu begehen? Es gehört schon etwas dazu, jemandem eine tödliche Spritze zu verpassen, eine Leiche in stockdunkler Nacht auf einen Turm zu schleppen und hinunterzustoßen.«

Er stellte sein Auto auf einem der Gästeparkplätze an einer kreisrunden Rasenfläche mit einem Springbrunnen in der Mitte ab. Sie stiegen aus und gingen zu dem modernen vierstöckigen Gebäude aus verspiegeltem Glas und Stahl. In Goldlettern prangte der Firmenname über der Eingangstür, daneben befanden sich zahlreiche weitere Firmenschilder. Döring besaß zig Unterfirmen, die alle in diesem Gebäude beherbergt waren. In der pompösen Eingangshalle, die mit schwarzem Granit ausgelegt war, erwartete sie eine junge Frau mit einem strahlenden Lächeln hinter einem meterlangen Empfangstresen. Bodenstein stellte sich und seine Kollegin der Empfangsdame vor und bat um einen Termin bei Herrn Döring. Die Dame tippte mit acht Zentimeter langen künstlichen Fingernägeln eine Nummer ins Telefon, ohne den Blick von Bodenstein abzuwenden.

»Hallo, Frau Schneider«, flötete sie, »hier sind eine Dame und ein Herr von der *Kriminalpolizei,* die zum Chef wollen.«

Sie lauschte einen Moment, dann wurde ihr Lächeln bedauernd, schließlich legte sie auf.

»Herr Döring ist in einer Besprechung«, sie machte ein Gesicht, als sei eine Katastrophe über Mitteleuropa hereingebrochen. »Sie möchten sich ein paar Minuten gedulden.«

»Vielen Dank«, Bodenstein musste über so viel Schauspielerei beinahe lachen, »wir haben Zeit.«

»Sie können sich einen Kaffee nehmen«, die Empfangsdame schien wieder glücklich, »da drüben ist die Espressomaschine. Soll ich Ihnen zeigen, wie sie funktioniert?«

»Danke, das kriegen wir schon hin«, erwiderte Bodenstein.

»Mein Gott«, murmelte Pia und rollte die Augen, »die könnte ja direkt die Zwillingsschwester von Frau Kampmann sein. Dieses übertriebene Getue! Und Sie müssten mal sehen, wie sich die Frau in den letzten zwei Jahren verwandelt hat.«

Sie blieben neben der überdimensionalen Espressomaschine stehen.

»Verwandelt?«

»Vor anderthalb Jahren war Frau Kampmann eine durchschnittlich hübsche, aber unauffällige Frau. Heute sieht sie aus wie Barbie nach zehn Botox-Behandlungen. Weißblonde Haare, dicke Schminke, abgehungert, mit falschen Fingernägeln und mit Schmuck behängt wie ein Pfingstochse.«

»Und was, denken Sie, hat diese Frau veranlasst, sich so zu verändern?«, fragte Bodenstein.

»Sie wollte so aussehen wie Isabel Kerstner«, Pia zuckte die Schultern, »weil sie vielleicht bemerkte, wie ihr Mann auf sie abfuhr.«

Nach dem, was Anna Lena Döring über ihren Mann erzählt hatte, erwartete Bodenstein einen groben hemdsärmeligen

Typen mit Schlägervisage und Gorillafäusten. Friedhelm Döring erwies sich aber zu seiner Überraschung als ein schlanker, grauhaariger Mann Anfang fünfzig, mit einem markanten, etwas verlebten Gesicht, der mit seinem gestreiften Hemd und dem gutgeschnittenen Anzug auf den ersten Blick den Eindruck eines Bankers aus der City erweckte. Er erwartete sie an der Tür seines riesigen Büros, dessen gewaltige Dimensionen dazu angetan waren, einen Menschen einzuschüchtern. Bodenstein konnte sich leicht vorstellen, wie sich ein einfacher LKW-Fahrer fühlte, wenn er zum Chef befohlen wurde und den ganzen Weg von der Tür bis zu dem wuchtigen Schreibtisch zurücklegen musste. Der Raum erstreckte sich über die gesamte Breite des Gebäudes und hatte große Fenster, von denen aus man beinahe das ganze Betriebsgelände überblicken konnte. In einer gläsernen Vitrine hinter dem Schreibtisch standen zahlreiche Pokale, die Döring wohl auf Springturnieren errungen hatte, und an der einzigen Wand des Raumes hingen neben einer Straßenkarte von Europa und Werbeplakaten der Spedition Fotos, die Döring auf seinen Springpferden zeigten.

»Was verschafft mir die Ehre Ihres Besuches?«, fragte Döring, nachdem Bodenstein sich und Pia vorgestellt hatte. Er geleitete sie mit einer einladenden Geste zu einer schwarzledernen Sitzecke, wo sie nun Platz nahmen. Friedhelm Döring hatte eine angenehme, sonore Stimme und sprach Hochdeutsch ohne jede hessische Färbung.

»Wir ermitteln in einem Mordfall«, Bodenstein war noch immer leicht irritiert von der Diskrepanz zwischen seiner Vorstellung und der Realität. »Am Sonntagmorgen wurde in Ruppertshain die Leiche von Isabel Kerstner gefunden.«

»Das habe ich schon gehört«, Döring knöpfte sein Sakko auf und schlug die Beine übereinander. »Der Reitlehrer von Gut Waldhof sagte mir am Telefon, dass sie ermordet wurde.«

Er wirkte nicht gerade betroffen.

»Davon gehen wir mittlerweile aus.«

»Und was kann ich für Sie tun?« Döring faltete seine sorgfältig manikürten Finger über seinem Knie. Es gab keine Anzeichen von Nervosität oder Unsicherheit, keine unsteten Blicke, kein verräterisches Zucken der Augenlider. Friedhelm Döring sah sie nur aufmerksam an.

»Wir haben erfahren«, fuhr Bodenstein fort, »dass Frau Kerstner am späten Samstagnachmittag auf Gut Waldhof auftauchte, weil sie nach Ihnen suchte. Es würde uns interessieren, was sie von Ihnen gewollt haben könnte.«

»Das kann ich Ihnen nicht sagen«, erwiderte Döring. »Ich habe nicht mehr mit ihr gesprochen.«

»Warum hat sie Sie nicht einfach angerufen?«

»Das konnte sie nicht«, Döring lächelte leicht, und obwohl er entspannt dasaß, schien er auf der Hut zu sein. »Ich hatte an dem Nachmittag einen kleinen Unfall. Dabei ist mein Handy kaputtgegangen.«

Für einen Moment herrschte Schweigen, dann räusperte Bodenstein sich.

»Ach ja«, sagte er. »Eines Ihrer Pferde hat sich ein Bein gebrochen, nicht wahr? Wie ist es dazu gekommen?«

»Das Pferd stürzte an einem Hindernis«, antwortete Döring glatt. »So etwas passiert auch einem erfahrenen Springpferd hin und wieder. Meistens gibt es keine schwereren Verletzungen, aber in diesem Fall dann leider doch.«

»Das ist aber ein herber Verlust für Sie, oder nicht?«, fragte Pia. »Das Pferd war doch sicher sehr wertvoll. Wie haben Sie darauf reagiert?«

Döring blickte Pia ausdruckslos an, dann hob er die Augenbrauen.

»Ich dachte, Sie ermitteln in einem Mordfall. Oder arbeiten Sie für die Versicherung?«

»Viele Wege führen nach Rom«, gab Pia zurück und lächelte, »also?«

»Ich war betroffen«, Döring schlug nun das linke über das rechte Bein. »Carolus war mein bestes Springpferd. Ich werde so schnell kein gleichwertiges Pferd finden.«

»Waren Sie dabei, als es eingeschläfert wurde?«, fragte Bodenstein.

»Nein«, Döring stellte die Beine wieder nebeneinander auf den Boden und richtete sich auf. »Spielt das irgendeine Rolle?«

Bodenstein ging auf seine Frage nicht ein.

»Wie hat Ihre Frau den Verlust des Pferdes verkraftet?«

»Meiner Frau ging das natürlich sehr nahe«, in den grauen Augen des Mannes erschien ein wachsamer Funke. »Ich habe ihr vorgeschlagen, für ein paar Tage zu verreisen, damit sie auf andere Gedanken kommt, und das hat sie getan. Sie ist zu einer Freundin nach Paris geflogen.«

Bodenstein nickte. Dieser Mann war ein harter Brocken. Er log, ohne mit der Wimper zu zucken.

»Kommen wir noch mal zu Isabel Kerstner. Woher kannten Sie sich?«

»Aus dem Stall«, sagte Döring, »aber das wissen Sie ja bereits.«

»Wie gut waren Sie mit ihr bekannt?«

Dörings Mund verzog sich zu einem Lächeln.

»Ich habe hin und wieder mit ihr geschlafen«, gab er zu.

»Ach. Wusste Ihre Frau davon?«

»Ja. Aber sie hat nichts dagegen. Ich verhalte mich diskret, wenn ich fremdgehe.«

Das Telefon auf dem Schreibtisch summte, aber Döring machte keine Anstalten aufzustehen.

»Kennen Sie den Zauberberg in Ruppertshain?«, wagte Bodenstein einen Schuss ins Blaue.

»Ja, natürlich«, Döring nickte. »Ich habe das Gebäude vor einigen Jahren mit zwei Teilhabern gekauft.«

Bodenstein und Pia zeigten ihre Überraschung nicht, aber spätestens jetzt war es eindeutig, dass ihnen dieser Mann nichts von sich aus sagen würde.

»Aha«, sagte Bodenstein, »Sie gehören also zu der Investorengruppe.«

»Im Prinzip bin *ich* die Investorengruppe«, Döring lächelte schmal. »Escher und Gregori hatten nicht genug Geld, dafür aber das nötige Know-how. Ich wollte Geld verdienen und Steuern sparen, hatte aber keine Zeit, mich um das Ding zu kümmern. Ich besitze übrigens einige Objekte dieser Art.«

»Was ist mit dem Dom?«, erkundigte Pia sich. Da lächelte der Mann das erste Mal richtig. Dieses Lächeln verwandelte sein Gesicht auf eine unglaubliche Art und Weise, machte es geradezu sympathisch und ließ erahnen, weshalb sich Anna Lena Döring irgendwann einmal in ihn verliebt haben mochte.

»Den Dom benutze ich gelegentlich, wenn mir danach ist«, erwiderte er mit einer Belustigung, die Bodenstein und Pia nicht recht nachvollziehen konnten.

»Als Liebesnest?«, fragte Pia nach.

»Wenn Sie es so bezeichnen wollen. Ja.«

»War Frau Kerstner auch mit Ihnen schon dort?«

»Allerdings. Nachdem sie sich endgültig von ihrem Tierarzt getrennt hatte, habe ich ihr die Wohnung zur Verfügung gestellt.«

»Zur Verfügung gestellt«, wiederholte Bodenstein. »Ein seltsamer Ausdruck. Haben Sie ihr die Wohnung vermietet?«

»Nein. Sie konnte sie nutzen, wenn sie es wollte.«

»Und wofür?«

»Um dort zu übernachten, fernzusehen, was auch immer.«

Döring schien diese Unterhaltung zunehmend zu amüsieren.

»Natürlich«, Bodenstein lächelte. »Haben Sie ihr auch den Porsche bezahlt?«

Döring machte eine vage Handbewegung, dann lachte er.

»Wie Isabel ihren Lebensunterhalt bestritten hat, ist mir nicht bekannt«, sagte er. »Ihr Mann war im Rahmen seiner bescheidenen Möglichkeiten recht großzügig, und sie hatte außer mir noch andere Freunde, die sie hin und wieder beschenkten.«

Er warf einen Blick auf die Rolex an seinem Handgelenk und stand auf.

»Leider habe ich jetzt noch einen Termin«, sagte er mit gekünsteltem Bedauern. »Ich stehe Ihnen aber jederzeit zur Verfügung, falls Sie noch Fragen an mich haben sollten.«

Bodenstein und Pia erhoben sich ebenfalls.

»Sie haben noch gar nicht gefragt, auf welche Art und Weise Isabel Kerstner ums Leben gekommen ist«, bemerkte Bodenstein. »Oder wissen Sie das bereits?«

Das Lächeln verschwand aus Dörings Gesicht.

»Diese Andeutung habe ich überhört«, sagte er kalt. »Ich habe nicht gefragt, weil es mich nicht interessiert.«

Bodenstein trank einen Schluck Kaffee und konzentrierte sich auf die Dinge, die sie bisher in Erfahrung gebracht hatten. Kerstner war am Nachmittag aus der Untersuchungshaft entlassen worden, nachdem er die Samstag-Version von Anna Lena Döring bestätigt hatte. Er hatte auch bestätigt, dass Frau Döring öfter Spuren von Misshandlungen im Gesicht gehabt hatte und dass ihr Ehemann in Reiterkreisen dafür bekannt war, nach Alkoholkonsum zu Gewalttätigkeiten zu neigen. Dr. Clasing, Anna Lena Dörings Bruder, hatte mit finsterem Gesicht zugehört. Kerstner hatte als Zeugin für die Anwesenheit in der Pferdeklinik eine Nachbarin aus Ruppertshain benannt, die gegen Viertel nach sieben mit ihrem Hund an der Klinik vorbeigekommen war und dabei zugesehen hatte, wie er und Frau Döring das verletzte Pferd auf dem Parkplatz abgeladen hatten. Damit hatte Kerstners Alibi nur noch eine Lücke von ungefähr neunzehn Uhr vierzig bis einundzwanzig Uhr fünfundvierzig, als er und Frau Döring im Bad Sodener Krankenhaus eingetroffen waren. Bodenstein konnte sich trotzdem nur schwer mit dem Gedanken anfreunden, dass der Mann in diesen gut zwei Stunden seine Frau mit einer Injektion getötet und die Leiche auf den Aussichtsturm geschleppt haben sollte. Auf die Mitteilung, dass seine Frau bereits seit ein paar Monaten ausgerechnet eine Wohnung Dörings in Ruppertshain als Liebesnest benutzt hatte, hatte Kerstner kaum reagiert. Als Pia ihm erzählte, sie habe womöglich auch ein Techtelmechtel mit Reitlehrer Kampmann und Friedhelm Döring gehabt, hatte er nicht einmal aufgeblickt. Diese eigenartige Teilnahmslosigkeit, in die Kerstner zu versinken vermochte, war erschreckend. Aber es gab andere Spuren, die Bodenstein verheißungsvoller erschienen. Da war Friedhelm Döring, der sie so offensichtlich angelogen hatte. Und dann gab es diese klinisch saubere Dachwohnung im Zauberberg, in der die Spurensicherung nicht einmal ein Haar oder einen einzigen Fingerabdruck gefunden hatte. Vor allen Dingen gab es mittlerweile ein Handy, das ein Bewohner des Zauberbergs am Sonntag in der Tiefgarage gefunden und bei der Verwaltung abgegeben hatte. Die Techniker im Labor hatten bereits herausgefunden, dass es sich bei diesem Mobiltelefon um das von Isabel Kerstner handelte. Auf der Mailbox hatte man ein paar interessante Nachrichten gefunden. Um zwanzig nach acht hatte eine ungeduldige Männerstimme barsch um Rückruf gebeten, danach hatte eine junge Frau angerufen und hinterlassen, sie sei in einer Disko namens »Check-in«. Um

Viertel vor neun und um halb zwölf hatte wieder der Mann auf die Mailbox gesprochen.

»*Es ist jetzt gleich zwölf*«, hatte er gesagt, »*und ich finde es überhaupt nicht mehr lustig. Wir hatten eine Verabredung und die war verdammt wichtig. Das weißt du doch! Warum gehst du nicht an dein Handy? Ruf mich zurück, aber sofort!*«

Behnke hatte sich mit dem Provider in Verbindung gesetzt und ein Bewegungsprofil des Mobiltelefons angefordert. Isabel Kerstner hatte ein Girokonto bei der Sparkasse besessen, auf dem sich ein beachtliches Guthaben von knapp neunzigtausend Euro befand und auf das in den vergangenen Monaten regelmäßig hohe Bareinzahlungen erfolgt waren. Manchmal einige tausend, hin und wieder aber auch zehntausend Euro und mehr. Und es gab diesen undurchsichtigen Reitlehrer Kampmann, der Isabel kurz vor ihrem Tod auf dem Hof der Reitanlage gesehen hatte. Eine wichtige Frage war auch, wo sich die kleine Tochter von Isabel Kerstner befand. Anzeigen in sämtlichen regionalen Zeitungen und Suchaufrufe im Fernsehen waren bisher ergebnislos geblieben. Das fünfjährige Mädchen war spurlos verschwunden.

»Chef?« Kai Ostermann steckte den Kopf zur Tür herein. »Wir haben gerade den Obduktionsbericht bekommen.«

»Ah ja, gut«, Bodenstein nahm seinem Mitarbeiter den schmalen Hefter aus der Hand und begann sofort zu lesen.

Isabel Kerstner war tatsächlich an einer Überdosis Natrium-Pentobarbital gestorben. In ihrem Blut war eine hohe Konzentration des Mittels gefunden worden, das in der Veterinärmedizin zur Euthanasierung von Tieren benutzt wurde. Die Injektion musste bei Isabel unmittelbar tödlich gewirkt haben. Unter ihren Fingernägeln waren keine Haut- oder Stoffreste gefunden worden, die darauf hingewiesen hätten, dass sie gegen ihren Mörder gekämpft hatte. Sie hatte ein paar

Stunden vor ihrem Tod einen Cheeseburger und Hühnchenteile gegessen. Der Zustand ihrer Nasenscheidewand ließ darauf schließen, dass sie häufiger Kokain geschnupft hatte. Irgendwann in den Stunden vor ihrem Tod hatte sie mit mindestens einem Mann ungeschützten Geschlechtsverkehr gehabt, davon zeugten fremde DNA-Spuren in der Vagina. Sie waren mit der DNA von Kampmann verglichen worden, aber sie stimmten nicht überein. An der Kleidung Isabel Kerstners waren neben Faserresten und einzelnen Pferdehaaren Abriebspuren von winzigen Polyethylen-Partikeln gefunden worden. Professor Kronlage vermutete, dass die Leiche in einen Müllsack gewickelt worden war. Kein Wunder, dass man im Kofferraum des Porsches keine Spuren gefunden hatte, wenn der Körper der Frau in einem Plastiksack gesteckt hatte! Die Aufklärung des Mordes an Isabel Kerstner versprach, eine langwierige Sache zu werden, wenn nicht der Offenbarungsdrang des Täters zu einem unverhofften Aufklärungserfolg führte.

»Ostermann«, sagte Bodenstein und blickte auf, »die Jagd ist eröffnet. Ich will minutiös wissen, was Isabel Kerstner am Tag ihres Todes getan hat. Wann war sie wo, mit wem und warum? Wir dürfen uns nicht auf Kerstner als möglichen Täter versteifen. An die Arbeit!«

Kai Ostermann rückte seine runde Brille zurecht und nahm Haltung an.

»Zu Befehl«, er grinste und salutierte, dann verschwand er. Bodenstein blickte ihm mit einem leichten Lächeln nach. Zu seinem Glück hatte er Mitarbeiter, die noch nicht desillusioniert und abgestumpft waren. Sie waren ein wirklich gutes Team.

Bodenstein verließ am frühen Abend das Kommissariat und beschloss, noch einmal mit Friedhelm Döring zu sprechen. Er musste in Erfahrung bringen, was der Mann zur Tatzeit getan hatte. Im Bürogebäude der Spedition erfuhr er, dass Döring bereits außer Haus war. Sein Privathaus erwies sich als ein protziger Palast hinter einem schmiedeeisernen Tor, gegen den selbst die großzügige Villa von Cosimas Mutter bescheiden wie ein Hausmeisterhäuschen wirkte. Überwachungskameras sicherten Tor und Einfahrt, und ein Schild wies ungebetene Gäste darauf hin, dass mehrere ausgehungerte Rottweiler nur darauf warteten, sie zu zerfleischen. Bodenstein drückte auf die Klingel, aber es hieß, Herr Döring sei zum Reiten gefahren. Das musste er in Ermangelung seiner Frau wohl selber tun. Bodenstein fand, dass es eine gute Gelegenheit sei, Gut Waldhof selbst einmal in Augenschein zu nehmen, und lenkte seinen BMW auf die B519 Richtung Hofheim. Es dämmerte schon, als er auf den Parkplatz einbog. Hier reihten sich die Luxuskarossen aneinander. Neben einem knallgelben offenen Jeep standen zwei junge Frauen in Reitkleidung und rauchten. Als sie Bodenstein erblickten, verstummte ihr Gespräch, und sie musterten ihn neugierig.

»Guten Abend«, grüßte er freundlich. »Können Sie mir sagen, wo ich Herrn Döring finde?«

»Hallo«, erwiderte die langbeinige Blondine, »der ist in der Reithalle.«

»Sind Sie ein Freund von Freddy?«, erkundigte sich die Dunkelhaarige.

»Nein«, Bodenstein lächelte, während er von den jungen Frauen unverhohlen taxiert wurde. »Mein Name ist Hauptkommissar Bodenstein.«

Der neugierige Gesichtsausdruck verwandelte sich in spöttische Herablassung.

»Oh«, die Blonde zog die Augenbrauen hoch, »da haben sich Ihre Eltern aber wirklich Mühe mit Ihrem Vornamen gegeben. Oder sollte es sich etwa um eine Berufsbezeichnung handeln?«

»Eins zu null«, dachte Bodenstein belustigt. Der Mann in ihm registrierte einen knackigen Busen unter einem knappen weißen T-Shirt und lange, schlanke Beine, aber der Polizist bemerkte den flüchtigen Blick, den die beiden jungen Damen tauschten.

»Glücklicherweise ist Letzteres der Fall«, sagte er. »Oliver von Bodenstein.«

Die Herablassung wurde augenblicklich zu echtem Interesse. Simple Polizeibeamte standen hier nicht besonders hoch im Kurs, aber ein »von« vor dem Namen bewirkte Wunder.

»Wo wir gerade bei eigenartigen Vornamen sind«, sagte die Blonde, »ich heiße Thordis. Haben Sie was mit den Bodensteins von Schloss Bodenstein zu tun?«

»Ja«, Bodenstein nickte erstaunt, »das sind mein Vater und mein Bruder.«

»Ich habe Sie dort nie gesehen«, sagte die Blonde, »dabei bin ich früher dort geritten.«

»Und warum jetzt nicht mehr?«

»Ich wollte etwas mehr als nur im Gelände rumgurken. Und da sie noch immer keine gescheite Reithalle gebaut haben, bin ich hierher ausgewandert.«

Bodenstein wusste, dass sein Vater und sein Bruder seit Jahren mit Ämtern und Baubehörden kämpften, weil sie die winzige Reithalle, die leider unter Denkmalschutz stand, abreißen wollten und eine Genehmigung für eine zeitgemäße, große Reithalle brauchten. Aber er kam vom Thema ab. Er besann sich auf das, was er eigentlich wissen wollte.

»Haben Sie Isabel Kerstner gekannt?«

»Ach, es geht um Isabel«, Thordis wirkte enttäuscht. »Ich dachte schon, Freddy hätte was auf dem Kerbholz. Ich hatte nicht viel mit ihr zu tun, aber ich bin auch noch nicht sehr lange hier im Stall.«

»Ich fand sie nett«, sagte die Dunkelhaarige, die Anke

Schauer hieß. »Sie war echt cool drauf und scherte sich nicht um das, was andere von ihr dachten.«

»Sie war nicht besonders beliebt hier im Stall«, sagte Bodenstein, »aber können Sie sich vorstellen, dass jemand so weit gehen würde, sie umzubringen?«

»Oh, hier im Stall gibt's sicher dreißig Leute, die sie liebend gerne erwürgt hätten«, behauptete Thordis, »die ehrgeizigen Mütter genauso wie die verschmähten Männer.«

»Was ist mit Kampmann?«, fragte Bodenstein.

Die jungen Frauen sahen sich an und schüttelten die Köpfe.

»Der nicht«, sagte Thordis. »Isabel war wichtig für ihn. Ihr hat er es zu verdanken, dass der Pferdehandel richtig gut lief und seine Kasse klingelte. Herr Kampmann ist ausgesprochen nett zu Leuten, von denen er Vorteile hat.«

»Das klingt aber ziemlich zynisch.«

Thordis zuckte die Schultern.

»Die Kampmanns sind nicht mein Fall«, gab sie zu. »Sie verteilen ihre Gunst sehr offensichtlich.«

»Das kannst du aber nicht sagen«, verteidigte Anke Schauer den Reitlehrer und seine Frau. »Der Kampmann und die Susanne sind echt nett.«

»Nett«, Thordis schnaubte verächtlich. »Du bist auch so eine Hörige. Klar ist er nett zu dir. Dein Vater hat ihm schon zwei teure Pferde abgekauft.«

Anke Schauer schien die Kritik am Reitlehrer und seiner Frau nicht zu schmecken. Bodenstein bemerkte, dass Thordis ihn die ganze Zeit über nicht aus den Augen ließ. Ihre prüfenden Blicke brachten ihn auf eine eigenartige, wenn auch nicht gänzlich unangenehme Weise durcheinander. Sah er schon Gespenster aus der Vergangenheit, oder erinnerte sie ihn tatsächlich ein bisschen an Inka Hansen?

»Ich habe Isabel am Samstagnachmittag zuletzt gesehen«,

sagte Thordis, als Bodenstein schon glaubte, er würde nicht mehr als unwichtige Histörchen erfahren. »Als ich aus dem Stall kam, bin ich zu McDonald's nach Schwalbach gefahren. Da habe ich sie zufällig gesehen. Sie stand auf dem Parkplatz und unterhielt sich mit einem Typen. Das heißt ...«

Sie hielt nachdenklich inne und legte den Zeigefinger an die Nasenspitze.

»... eigentlich haben sie eher miteinander gestritten. Der Mann hatte sie am Oberarm gepackt. Bis ich ausgestiegen war, war er weg.«

»Was war das für ein Mann?« Bodenstein beglückwünschte sich zu seiner Entscheidung, nach Gut Waldhof zu fahren. Endlich erfuhr er etwas über die letzten Stunden in Isabel Kerstners Leben.

»Keine Ahnung, ich habe ihn nicht richtig gesehen. Das Auto war allerdings ungewöhnlich. Ein altes Mercedes Cabrio, eine Pagode. Ein 280 SL, Baujahr 1970, in Gold. Kennzeichen mit einem G vorne«, sie lächelte und fügte erklärend hinzu: »Ich habe eine Schwäche für alte Autos.«

»Um wie viel Uhr war das?«, erkundigte sich Bodenstein.

»So gegen halb vier«, Thordis blickte Bodenstein direkt in die Augen. »Isabel war total aufgekratzt. Sie fiel mir um den Hals und sagte so etwas wie ›komm mich mal besuchen, ich schick dir eine SMS‹.«

»Besuchen?«, fragte Bodenstein. »Wo denn?«

»Keine Ahnung.« Thordis zuckte die Achseln. »Isabel hat oft so einen Quatsch dahergeredet, ich hab nichts drauf gegeben.«

Bodenstein wurde bewusst, dass er die junge Frau anstarrte, und er bemühte sich um einen geschäftsmäßigen Tonfall, als er die beiden Frauen nach Isabels Bekanntenkreis fragte. Anke Schauer erzählte, Isabel habe sehr viele Bekannte gehabt. Sie habe zumindest nie Probleme gehabt, Männer kennenzulernen, eher damit, sie wieder loszuwerden. Wer ihr den Porsche bezahlt hatte, das wussten aber weder sie noch Thordis.

»Neulich hat Isabel gesagt, sie sei bald nicht mehr darauf angewiesen, sich für ein paar Kröten krummzulegen, weil sie eine Supersache eingefädelt habe, die ihr ein Luxusleben garantieren würde«, sagte Anke Schauer. »Sie hat ganz geheimnisvoll getan.«

»Aha«, Bodenstein horchte auf. »Wann war das?«

»Vor ein paar Wochen«, Anke Schauer überlegte und legte die Stirn in Falten. »Irgendwann Ende Juli. Da war sie ständig mit diesem Philipp unterwegs.«

»Philipp?«, fragte Bodenstein nach.

»So ein schmieriger Typ«, sagte Thordis, »ungefähr Anfang bis Mitte dreißig. Dunkle Gelfrisur, Anzug, Spiegelsonnenbrille.«

»Und ein fettes Auto«, ergänzte Anke Schauer. »Isabel hat behauptet, er sei ein Filmproduzent. Sie hat ihn ein paarmal mit hierher geschleppt, um die Schau zu machen.«

Bodenstein bedankte sich für die Auskünfte und reichte den beiden jungen Damen seine Visitenkarte.

»Rufen Sie mich an, falls Ihnen noch etwas einfällt, das uns weiterhelfen könnte.«

Die Dunkelhaarige nickte und steckte die Karte ein, aber Thordis betrachtete sie eingehend.

»Nur dann?«, fragte sie und hob den Kopf.

»Wie bitte?«

»Ich meine, darf ich Sie nur anrufen, wenn mir etwas über Isabel einfällt, oder auch einfach mal so?« Thordis sah ihn wieder auf eine eigentümlich herausfordernde und leicht spöttische Art und Weise an. Bodenstein starrte zurück. Inka Hansen in jung mit kurzen Haaren. Unglaublich diese Ähnlichkeit.

»Ich bin nur daran interessiert, den Fall aufzuklären«, sagte er und lächelte betont unpersönlich. »Einen schönen Abend noch.«

Er überquerte den Hof, wobei er die Blicke von Thordis in seinem Rücken zu spüren glaubte, und betrat den Stall an der Kopfseite. Auf der Stallgasse herrschte reger Trubel. Pferde waren an den Gitterstäben der Boxen angebunden und wurden geputzt, gesattelt oder abgesattelt. Auch in der hellen Sechzig-Meter-Reithalle war eine Menge los. Friedhelm Döring saß auf einem lebhaften Braunen. Mit dem geübten Auge des Pferdekenners erkannte Bodenstein, dass Döring ein guter Reiter war. Er ließ sich durch die Eskapaden seines Pferdes nicht beirren.

»Entschuldigung«, sagte jemand hinter Bodenstein. »Kann ich Ihnen helfen?«

Der Mann trug helle Reithosen und Arbeitsschuhe, er hatte ein Pflaster an der Stirn und musterte Bodenstein misstrauisch von Kopf bis Fuß. Fremde schienen in diesem Stall nicht gerade willkommen zu sein.

»Ich wollte zu Herrn Döring«, erwiderte Bodenstein, »danke.«

In dem Moment galoppierte Friedhelm Döring an der Tür vorbei und erblickte Bodenstein. Ein erstaunter Ausdruck flog über sein Gesicht, er parierte sein Pferd durch.

»Guten Abend, Herr Hauptkommissar!«, rief er, und unwillkürlich wandten sich alle Leute in der Reithalle mehr oder weniger auffällig zu Bodenstein um. In den Augen des Mannes mit der hellen Reithose flackerte Unbehagen auf. Bodenstein ahnte, dass es sich bei ihm um Reitlehrer Kampmann handeln musste.

»Guten Abend, Herr Döring«, erwiderte Bodenstein.

»Wollen Sie zu mir?«, der Mann gab seinem Pferd, das einen erschreckten Satz zur Seite gemacht hatte, eine scharfe Parade.

»Ja. Aber lassen Sie sich nur Zeit.«

Bodenstein beobachtete den Betrieb in der Reithalle, aber seine Gedanken wanderten zu der jungen Frau namens Thordis und viel weiter zurück in die Vergangenheit. Er fragte sich, ob er bei Inka eine Chance gehabt hätte, wenn Ingvar Rulandt ein Jahr früher aus Ruppertshain verschwunden wäre, um in der großen, weiten Welt Karriere als Springreiter zu machen. Hatte Inka eigentlich geahnt, wie sehr er in sie verliebt gewesen war? Wahrscheinlich nicht. Im Verbergen starker Gefühle war er schon von Kindesbeinen an gut gewesen. Für Inka war er wohl immer nur Quentins großer Bruder gewesen, mehr nicht. Bodenstein schüttelte den Kopf und richtete sein Interesse auf die Vorgänge in der Reitbahn. Reitlehrer Kampmann stand jetzt in der Bahnmitte und gab einer Frau Unterricht. Sein Blick glitt immer wieder zu Bodenstein hinüber, und es schien ihm absolut nicht geheuer, schon wieder einen Kripobeamten in seiner Nähe zu wissen. Döring hingegen wirkte ungerührt. Er hatte seinem Pferd eine Decke über die Kruppe gelegt und ritt am langen Zügel Schritt, wobei er mit einer anderen Reiterin, die eben mit dem Reiten begonnen hatte, ungezwungen plauderte. Entweder war der Mann völlig abgebrüht oder an den Umgang mit staatlichen Behörden gewöhnt. Als er schließlich absaß und sein Pferd in den Stall führte, folgte Bodenstein ihm.

»Ein schönes Pferd«, sagte er zu Döring. »Ein Springpferd?«

»Ja, und zwar ein gutes«, erwiderte der Mann mit einem stolzen Lächeln. Er fuhr sich mit der Hand durch sein schweißnasses Haar, und Bodenstein musste zugeben, dass Friedhelm Döring eine ausgesprochen männliche Erscheinung war. Die Reithose saß obszön eng, wie bei einem Balletttänzer zeichnete sich unter dem grauen Stoff seine Männlichkeit deutlich ab. Die hellen Augen unter den schweren Lidern verrieten eine latente Wildheit, die unter der geschliffenen Oberfläche lauerte, aber Döring kaschierte dies gekonnt mit einem charmanten Lächeln und einer gewinnenden Art. Viele Frauen mochten Männer, die auf eine etwas derbe Art gut aussahen – weshalb nicht auch Anna Lena Döring?

»Ich hab ihn zweijährig auf der Auktion gekauft«, sagte Döring in diesem Moment mit unverhohlenem Stolz. »Verstehen Sie etwas von Pferden?«

»Etwas«, gab Bodenstein zu, »früher bin ich selbst einmal geritten. Aber jetzt fehlt mir leider die Zeit.«

»Berittene Polizei, was?« Döring zwinkerte ihm kumpelhaft zu.

»Nein, das war, bevor ich zur Polizei ging«, erwiderte Bodenstein, ohne auf die offensichtlich als Witz gemeinte Bemerkung mit Humor zu reagieren. Döring bedachte ihn mit einem abschätzenden Blick, nahm dem Pferd die Abschwitzdecke ab und führte es in die Box.

»Reiten Sie jeden Abend Ihre Pferde?«, erkundigte Bodenstein sich.

»Nein«, Döring schob die Boxentür zu und ergriff seine Jacke, die an einem Haken vor der Box hing. »Eigentlich macht das meine Frau, aber sie ist im Augenblick verreist.«

Er sagte das ganz ruhig und gelassen, und wenn Bodenstein nicht morgens noch Anna Lena Döring mit ihrem entstellten Gesicht gesehen hätte, hätte er auch nicht daran gezweifelt.

»Der Mann von Isabel Kerstner behandelt Ihre Pferde, nicht wahr?«

»Ja«, Döring schlüpfte in seine Jacke, »er ist ein wirklich guter Tierarzt. Aber Isabel war für ihn als Mann eine Nummer zu groß.«

»Wie meinen Sie das denn?«

Döring grinste plötzlich, und seine Zähne blitzten sehr weiß in seinem dunklen Gesicht.

»Lassen Sie uns ein Bier trinken. Dann erzähle ich Ihnen alles über Isabel, was Sie wissen möchten.«

Dr. Michael Kerstner stand neben dem Schimmelwallach und begutachtete die Stelle an der Brust, an der er das Pferd am vergangenen Samstag mit sechzig Stichen genäht hatte.

»Und?«, fragte Anna Lena Döring besorgt.

»Sieht ganz gut aus«, erwiderte Kerstner, »es hat sich nicht entzündet. Wenn wir Glück haben, beeinträchtigt es später nicht einmal die Bewegung.«

Anna Lena Döring streichelte das Pferd, das alles gleichmütig mit sich geschehen ließ. In dem Moment ging das Hoftor auf. Kerstner und Anna Lena Döring fuhren herum.

»Micha!«, über Georg Rittendorfs angespanntes Gesicht flog ein Ausdruck der Erleichterung. »Gott sei Dank, du bist wieder da! Mensch, das tut mir alles so leid.«

Rittendorf umarmte seinen Freund kurz und heftig.

»Ich habe es überlebt«, sagte Kerstner rau. Anna Lena Döring räusperte sich, und erst jetzt schien es Rittendorf bewusst zu werden, dass sie nicht alleine waren.

»Anna!«, sagte er entsetzt. »Wie siehst du denn aus?«

»Das war Friedhelm«, sie verzog das Gesicht. »Am Samstag.«

»Dieses Schwein!«, Rittendorf schüttelte den Kopf. »Du solltest ihn wirklich anzeigen.«

»Das bringt doch nichts«, Anna Lena Döring streichelte die Nase ihres Pferdes.

»Aber das kann doch nicht so weitergehen! Was sagt Flori dazu?«

»Er sagt mir seit Jahren, dass ich mich von Friedhelm trennen soll«, sie stieß einen Seufzer aus, »und jetzt tue ich das auch. Friedhelm weiß nicht, wo ich bin.«

»Was weiß die Polizei denn bis jetzt?«, wandte Rittendorf sich an seinen Freund.

»Keine Ahnung«, Kerstner zuckte die Schultern. »Ist mir auch egal. Ich war kein bisschen schockiert, als sie mir sagten, dass sie tot ist.«

»Kann ich verstehen«, Rittendorf stieß den Rauch seiner Zigarette heftig aus. »Für all das, was sie dir und anderen angetan hat, hat sie es verdient.«

Mit plötzlicher Verbitterung ballte er die Fäuste.

»Ich habe sie noch nie leiden können, auch wenn sie Valentins Schwester war.«

»Ich weiß«, Kerstner nickte niedergeschlagen, »es war wahrhaftig ein Alptraum, aber er ist noch nicht vorbei.«

»Wie meinst du das? Isabel ist tot und du bist frei.«

»Ich weiß aber nicht, was sie mit Marie gemacht hat!« Kerstner fuhr herum, die Tränen brannten in seinen Augen. »Sie war am Samstag hier, weil sie wollte, dass ich in eine schnelle Scheidung einwillige. Allerdings unter der Bedingung, dass ich auf das Sorgerecht für Marie verzichte. Sie sagte, Marie sei schon im Ausland, und wenn ich nicht auf der Stelle unterschreibe, würde ich sie niemals wiedersehen!«

Georg Rittendorf starrte seinen Freund ungläubig an.

»Ich habe ihr gesagt, sie solle Marie mir geben, aber da hat sie mich ausgelacht und gesagt, ich könnte ja selbst ein Kind machen, wenn ich unbedingt eins haben wollte«, Kerstners Stimme klang nur mühsam beherrscht. »Jetzt ist sie tot, und ich werde niemals erfahren, wo Marie ist und wie es ihr geht!«

Anna Lena Döring ergriff Kerstners Hand.

»Man kann sicher herausfinden, was sie mit Marie gemacht hat«, sagte sie. »Sie muss ja irgendwo sein. Es muss jemanden geben, der ihr geholfen hat, Marie wegzubringen, jemanden, der …«

Sie brach ab und erstarrte.

»Was hast du?«, fragte Michael Kerstner rau.

»Ich muss zurück zu Friedhelm«, sagte Anna Lena tonlos.

»Bist du verrückt?« Kerstner ergriff ihren Arm. »Er hat dich beinahe totgeschlagen!«

»Es muss Friedhelm gewesen sein, der Isabel geholfen hat, Marie außer Landes zu bringen!«, erwiderte Anna Lena und blickte ihn an. »Er weiß, wie man so etwas organisiert.«

»Nein, nein«, Kerstner schüttelte den Kopf in plötzlicher Ernüchterung, »das ist völlig verrückt. Du wirst nicht zu ihm zurückgehen, nur weil du mir helfen willst. Das kommt nicht in Frage. Ich werde mit der Polizei darüber sprechen.«

»Die Polizei?« Anna Lena Döring schnaubte verächtlich. »Was soll die denn machen? Weißt du, was ein Menschenhändler ist? Glaubst du, Friedhelm lässt seine LKW und Container nur mit argentinischem Rindfleisch und Computern durch die halbe Welt fahren? Er glaubt, ich kriege so etwas nicht mit, aber ich weiß eine ganze Menge. Für solche Leute ist es eine Kleinigkeit, ein fünfjähriges Kind irgendwohin zu schaffen.«

»Ich habe Angst um dich«, Kerstner legte seinen Arm um ihre Schulter. »Es kommt nicht in Frage, dass du dich in Gefahr begibst. Wir werden ein sicheres Versteck für dich finden, und da bleibst du so lange, bis dieser Mistkerl eine Scheidung akzeptiert.«

Friedhelm Döring erwies sich als ein äußerst unterhaltsamer Erzähler. Nach zwei Stunden am Tresen des Reiterstübchens, in denen Döring fünf Pils und drei doppelte Wodka getrunken hatte, fragte sich Bodenstein, ob Anna Lena Döring ihn nicht womöglich belogen hatte. Döring machte auf ihn einen völlig normalen und beinahe sympathischen Eindruck. Er gab freimütig zu, dass ihm Isabel gefallen hatte, weil sie im Bett keine Tabus kannte, und es hatte ihn nicht gestört, dass sie außer ihm noch andere Liebhaber gehabt hatte.

»Was ist mit Ihrer Frau?«, fragte Bodenstein und bemerkte, wie sich ein wachsamer Ausdruck in Dörings Augen schlich.

»Wusste sie von Ihnen und Isabel?«

»Sie weiß, dass ich Isabel den Dom überlassen hatte«, erwiderte Döring, »aber wir haben nie darüber gesprochen. Ich liebe meine Frau. Sie hat nur eben nicht den gleichen Spaß an gewissen Dingen wie ich.«

Die Frau hinter dem Tresen brachte unaufgefordert ein frisches Pils, als Dörings Glas leer war, und Bodenstein beschloss, so lange hierzubleiben, bis sein Gesprächspartner die ersten Anzeichen von Trunkenheit zeigte. Er hatte schon Umgang mit Trinkern gehabt, und oft war er erstaunt gewesen, wie sehr Alkohol einen Menschen verändern konnte. Vielleicht gehörte auch der erfolgreiche, aalglatte Unternehmer Friedhelm Döring zu dieser Sorte.

»Was ist mit Isabels Mann? Wusste Kerstner von Ihrem Verhältnis?«, fragte Bodenstein.

»Ich glaube nicht«, erwiderte Döring. »Er war wohl damit zufrieden, dass Isabel mit dem Kind bei ihm war, wenigstens offiziell. Zwischen den beiden stimmte überhaupt nichts. Isabel hatte nichts für ihn übrig.«

»Halten Sie es für möglich, dass Kerstner seine Frau umgebracht hat?« Bodenstein stellte die Frage mit liebenswürdiger Stimme, aber er beobachtete Dörings Gesicht aufmerksam.

»Wer weiß schon, wozu Menschen in der Lage sind«, antwortete dieser nach kurzem Zögern. Eine steile Unmutsfalte erschien plötzlich zwischen seinen Augenbrauen. »Sie hat ihn schließlich schnöde sitzenlassen, und das ist für einen Mann nur schwer zu verkraften.«

Bodenstein tat so, als dachte er über die Antwort nach. Die letzte Äußerung Dörings bezog sich wohl eher auf dessen persönliche Situation. In diesem Augenblick röhrte draußen vor dem Fenster ein Sportwagen vorbei. Wenig später betrat ein blasser, schlanker Mann in schwarzer Lederjacke das Stübchen. Er wurde von allen Anwesenden übertrieben aufmerksam begrüßt.

»Wer ist das?«, erkundigte Bodenstein sich, obwohl er Hans Peter Jagoda sofort erkannt hatte.

»Der Stallbesitzer«, Döring wandte sich auf seinem Barhocker um. Jagoda steuerte direkt auf ihn zu, nachdem er die anderen Leute mit einem unverbindlichen Lächeln begrüßt hatte.

»Freddy«, Jagoda legte Döring die Hand auf die Schulter, »ich muss mit dir reden.«

Auf seinem Gesicht lag ein angespannter Ausdruck. Er schien nicht davon angetan, Döring in Gesellschaft eines Fremden zu sehen.

»Darf ich dir vorstellen«, unterbrach Döring den Mann eine Spur zu eilig, »das ist Hauptkommissar Bodenstein von der Kripo Hofheim. Herr Bodenstein, das ist Hans Peter Jagoda, Inhaber dieser schönen Reitanlage.«

Jagoda lächelte gezwungen. Neben dem vitalen und sonnengebräunten Friedhelm Döring sah er farblos aus.

»Trinkst du etwas mit uns?«, fragte Döring, der im Gegensatz zu Jagoda völlig entspannt wirkte. Bevor der Mann etwas sagen konnte, hatte er der Bedienung gewinkt und ein Pils geordert. Jagoda machte einen nervösen, geistesabwesenden Eindruck und schien nicht vorzuhaben, sich hinzusetzen. Seine Augen wanderten hin und her, und als sein Handy piepste, drehte er sich einfach um und ging hinaus, ohne sich dafür zu entschuldigen. Döring störte das nicht weiter. Einige Minuten später tauchte Jagoda wieder auf und machte Döring von der Tür her ein Zeichen.

»Bin sofort zurück«, sagte dieser zu Bodenstein und stand auf. Die beiden Männer blieben vor der Rauchglastür des Reiterstübchens stehen. Bodenstein konnte sehen, dass Jagoda erregt auf Döring einredete. Er fuchtelte mit den Armen und machte hektische Bewegungen, bevor er sich abrupt abwandte und davonmarschierte. Sein Bier hatte Jagoda unberührt stehenlassen. Döring kehrte zurück. Er ergriff das volle Bierglas und nahm einen tiefen Schluck. Zwei Frauen, die an einem Ecktisch zusammen mit anderen jungen Leuten gesessen hatten, bezahlten ihre Getränke und standen auf.

»Ihr geht schon?«, fragte Döring, als sie an ihm vorbeigingen, und streckte den Arm aus.

»Wenn du uns den ganzen Abend allein lässt«, die mollige, etwa vierzigjährige Brünette ließ sich bereitwillig in den Arm nehmen und warf Bodenstein einen herausfordernden Blick zu. »Du und dein Freund, ihr tut ja so geheimnisvoll.«

»Hauptkommissar Bodenstein sucht Isabels Mörder«, sagte Döring.

»Oh!«, die Mollige kicherte. »Verdächtigt er etwa dich?«

Döring lachte schallend, als habe sie einen guten Witz gemacht, aber die aufgesetzte Heiterkeit erreichte seine Augen nicht.

»Sag mal, Freddy«, sagte die andere Frau mit dem grauen Bubikopf, »kannst du Anna Lena bitte sagen, dass ich am Wochenende den Hänger brauche? Sie hat ihn sich am Samstag geliehen.«

Für eine Sekunde verschwand das leutselige Lächeln aus Dörings Gesicht, und Bodenstein glaubte, einen Funken von Zorn in den hellen Augen zu sehen.

»Klar«, sagte er unbefangen. »Sie kommt morgen zurück, und dann stellt sie ihn wieder hin.«

Die Frauen verabschiedeten sich und gingen.

»Wohin ist Ihre Frau verreist?«, fragte Bodenstein und sah Döring in die Augen. »Weiß sie schon, dass Isabel Kerstner tot ist?«

Friedhelm Döring zuckte nicht mit der Wimper.

»Sie ist in Paris bei einer Freundin«, log er glatt. »Die Sache mit dem Pferd ging ihr ziemlich nahe. Ich bin mir nicht sicher, ob sie es weiß.«

Obwohl Bodenstein wusste, dass er nach Strich und Faden angelogen wurde, konnte er nicht umhin, Dörings schauspielerisches Talent zu bewundern.

»Der Bruder Ihrer Frau ist ja ein bekannter Strafverteidiger. Verstehen Sie sich gut mit ihm?«

»O ja«, Döring bekam wieder ein frisches Pils serviert. »Ich habe ein gutes Verhältnis zur Familie meiner Frau.«

Die nächste eiskalte Lüge! Dörings Aussprache wurde nach dem siebten Pils und dem fünften Wodka allmählich undeutlicher, und das gestochene Hochdeutsch, dessen er sich bis dahin befleißigt hatte, wich einem leichten hessischen Akzent. Der Genuss des Alkohols hatte Dörings Gesicht gerötet, und seine Augen glänzten. Bodenstein warf einen Blick auf seine Uhr.

»Es ist ja gleich elf!«, er tat erstaunt. »Na ja, es war ein netter Abend. Ich habe auch nur noch eine Frage an Sie, Herr Döring.«

»Nur zu!« Döring setzte sein achtes Pils an und machte eine auffordernde Geste.

»Einige Leute hier aus dem Stall haben behauptet, Sie hätten Ihre Frau am vergangenen Samstag krankenhausreif geschlagen. Ist das wahr?«

Döring setzte sein Glas hart auf den Tresen. Zwischen seinen Augenbrauen erschien wieder diese steile Falte, und er richtete sich auf.

»Wer redet denn so eine Scheiße?«, fragte er unwirsch.

»Mehrere Leute«, erwiderte Bodenstein unbestimmt.

»So ein Quatsch!« Döring schüttelte ungehalten den Kopf.

»Uns wurde eine ganz andere Version der Vorgänge vom Samstag erzählt, und da hieß es, Sie hätten erst Ihr Pferd und dann Ihre Frau verprügelt.«

Friedhelm Döring lief tiefrot an, und plötzlich wusste Bodenstein, dass Anna Lena Döring nicht gelogen hatte. Die Verwandlung, die vor seinen Augen mit dem Mann vor sich ging, war beängstigend, und es war, als habe unvermittelt eine andere Person von seinem Körper Besitz ergriffen.

»So ist das also«, zischte er und durchbohrte Bodenstein mit einem zornigen Blick aus zusammengekniffenen Augen, »sich hierher setzen und harmlos tun, na ja, ich kenn euch Brüder ja. Ihr Bullen seid alle gleich. Und wenn schon! Was ich mit meiner Frau mache, ist ja wohl meine Privatangelegenheit!«

»Also haben Sie sie tatsächlich geschlagen?«, insistierte Bodenstein.

»Ich hab ihr eine verpasst, weil sie sich dämlich und hysterisch aufgeführt hat«, brüllte Döring so unerwartet los, dass Bodenstein unwillkürlich zusammenzuckte. »Sie hat mir mein bestes Pferd versaut, und dann hat sie mich angeschrien, diese blöde Kuh!«

Alle Gespräche im Reiterstübchen waren verstummt. Bodenstein registrierte die verstohlenen Blicke der wenigen Leute, die noch anwesend waren.

»He!« Döring sprang auf und hielt sich an der Lehne des Barhockers fest. »Wer von euch bescheuerten Spießern hat den Bullen so einen verdammten Mist über mich erzählt? Na los, ihr Feiglinge!«

Von seiner Gelassenheit und seinem weltmännischen Charme war nichts mehr übrig, und aus dem kultivierten, freundlichen Unterhalter war unversehens ein schweinischer, hartgesichtiger Mann geworden. Unter der dünnen Lackschicht guten Benehmens kam der brutale Prolet zum Vorschein, der er in Wirklichkeit war.

»Beruhigen Sie sich doch, Herr Döring«, sagte Bodenstein. »Was haben Sie eigentlich nach dem Vorfall mit dem Pferd gemacht?«

Döring fuhr herum. Er stemmte die Arme in die Seiten und schob sein Kinn vor, was ihm das Aussehen einer kampfbereiten Bulldogge verlieh. Bodenstein ließ sich nicht einschüchtern.

»Können Sie sich daran erinnern?«

»Ja, das kann ich«, schnappte Döring. »Ich bin von hier aus nach Hause gefahren, weil ich am Abend eingeladen war. Um kurz nach acht war ich dort. Dafür gibt es Zeugen.«

»Und für die Zeit, nachdem Sie den Stall verlassen hatten und bis Sie dort auftauchten, gab es da auch Zeugen?«, fragte Bodenstein liebenswürdig. Dörings Fassade der Arroganz und Selbstsicherheit begann zu bröckeln.

»Herr Döring«, setzte Bodenstein nach, »wann haben Sie Frau Kerstner das letzte Mal gesehen oder gesprochen?«

»Ich sage kein Wort mehr«, gab Döring frostig zurück.

»Das ist Ihr gutes Recht«, Bodenstein erhob sich und legte einen Zehneuroschein auf den Tresen. »Ich möchte Sie bitten, morgen früh um neun auf dem Kommissariat zu erscheinen.«

»Und wieso, wenn ich fragen darf?«, die Frage klang drohend.

»Sie dürfen«, Bodenstein gelang ein unverbindliches Lächeln. »Ich versuche, den Tagesverlauf von Isabel Kerstners Todestag zu rekonstruieren. Sie hatte am Tage ihres Todes mit mindestens einem Mann Geschlechtsverkehr. Ich werde morgen früh die richterliche Anordnung einer DNA-Probe beantragen.«

Der Blick, den Friedhelm Döring ihm zuwarf, war mörderisch.

»Das können Sie sich sparen«, zischte er. »Ich hab sie nicht umgebracht, aber ich hab sie gefickt. Freitagnacht. Am Samstag hab ich sie nicht mehr gesehen. Reicht Ihnen das?«

»Ja, das reicht erst mal«, Bodenstein stand auf. »Sie sollten in Ihrem Zustand nicht mehr selber Auto fahren. Einen schönen Abend noch.«

Döring starrte ihm schweigend aus blutunterlaufenen Augen nach, aber an der Eile, in der die anderen Gäste des Reiterstübchens nun ihre Jacken zusammenrafften, erkannte Bodenstein, dass sie an Auftritte dieser Art gewöhnt waren und wussten, dass es höchste Zeit war, in einem zügigen Exodus die Flucht zu ergreifen.

Mittwoch, 31. August 2005

Den seriöseren Tageszeitungen war der Mord an Isabel Kerstner nur eine Randnotiz wert gewesen, viel interessanter war der Freitod von Oberstaatsanwalt Hardenbach. Lediglich die Lokalblätter hatten ausführlicher berichtet. Die BILD-Zeitung hatte die von Bodenstein nur spärlich zur Verfügung gestellten Informationen allerdings zu einer fetten Schlagzeile gemacht. »POLIZEI RATLOS – WER ERMORDETE DIE SCHÖNE ISABEL?« Darunter das verschwommene Foto einer blonden Frau.

»Na, herzlichen Dank«, knurrte Bodenstein, als er die Zeitung bei der morgendlichen Besprechung durchblätterte. Der reißerischen Schlagzeile verdankte er ganz sicher auch die soeben erfolgte Aufforderung, sich umgehend bei Kriminaldirektor Nierhoff zu melden. Er überflog die fünf Zeilen unter der Schlagzeile mit grimmiger Miene und las auf Seite 7 weiter. Die Pressefritzen ergingen sich in Mutmaßungen und hatten das getan, was sie am liebsten taten, nämlich die Polizei als ahnungslose Deppen hinzustellen.

»Ich habe den Computer nach sämtlichen zugelassenen Mercedes-Benz W 113 Typ 280 SL – auch als ›Pagode‹ bezeichnet – durchsucht«, verkündete Kai Ostermann, der einigermaßen übernächtigt aussah. Bodenstein blickte auf.

»Um die Suche einzugrenzen, habe ich mich auf die Autokennzeichen, die mit einem G beginnen, beschränkt«, fuhr

Ostermann fort, »davon gibt es immerhin 45 verschiedene Möglichkeiten in Deutschland.«

»Und?«, fragte Frank Behnke.

»Glücklicherweise war das Auto nicht rot oder silbern«, Ostermann ließ sich nicht ablenken, »denn es gibt in allen 45 Zulassungsbezirken ganze zweiunddreißig goldene SL 280 Typ Pagode. Einer davon steht in Gießen, und er ist auf einen Günther Helfrich zugelassen. Amtliches Kennzeichen: GI-KH 336.«

»Aha«, Bodenstein nickte, »und weiter?«

»Das Fahrzeug«, fuhr Ostermann fort, »wurde am Samstag, den 27. August 2005 um 22:19 Uhr mit Tempo 104 geblitzt. Und jetzt dürft ihr mal raten, wo.«

»Mir ist nicht nach Ratespielen zumute«, erwiderte Bodenstein, noch immer verärgert über die Schlagzeilen in der Boulevardpresse.

»Auf der B519 zwischen Königstein und Kelkheim.«

»Das gibt's doch nicht!« Bodenstein blickte auf.

»Doch«, Ostermann grinste zufrieden, »das Foto habe ich schon angefordert.«

»Helfrich war Isabels Mädchenname«, warf Pia ein.

»Genau«, Ostermann nickte, »Günther Helfrich war ihr Vater.«

»Diese Thordis hat das Auto gegen halb vier auf dem Parkplatz von McDonald's gesehen«, überlegte Bodenstein laut, »womöglich hat sich Isabel dort mit ihrem Vater getroffen.«

»Nein, das hat sie sicher nicht«, Ostermann schüttelte den Kopf.

»Wieso nicht?« Bodenstein trommelte mit den Fingerspitzen auf die Tischplatte, während er nachdachte.

»Weil er tot ist«, sagte Ostermann. »Herzinfarkt, Oktober 2001. Seine Witwe, Isabels Mutter, lebt in einem Pflegeheim in Bad Soden. Sie hat Alzheimer.«

»Wieso ist dann das Auto in Gießen zugelassen?«

»Keine Ahnung.«

Für einen Moment herrschte Schweigen in der Runde.

»Okay«, sagte Bodenstein schließlich, »Ostermann, Sie klemmen sich wieder hinter Ihren Computer und versuchen, mehr über Döring und Jagoda herauszubekommen. Mich interessiert alles: finanzielle und private Verhältnisse, etwaige Vorstrafen, beruflicher Werdegang und so weiter.«

Der Mann nickte.

»Was wissen wir von Kerstners Nachbarn aus Kelkheim?«

»Die haben alle dasselbe gesagt«, sagte Kathrin Fachinger. »Die Kerstners waren selten zu Hause, er war oft bis spät in die Nacht weg, und sie lag hauptsächlich auf der Terrasse in der Sonne oder hörte laut Musik, wenn sie da war.«

»Gut«, Bodenstein nickte. »Frank, Sie fahren nach Ruppertshain und versuchen, mit ein paar Bewohnern des Zauberbergs zu sprechen. Vielleicht hat irgendjemand etwas gesehen oder gehört.«

Als Behnke, Pia und Ostermann sein Büro verlassen hatten, griff er wieder zum Telefon, um Kriminaldirektor Dr. Nierhoff anzurufen, aber der war in einer Besprechung. Bodenstein hinterließ seiner Sekretärin, sie möge ihm ausrichten, dass er sich später wieder melden würde. Danach machte er sich ein drittes Mal auf den Weg in die Pferdeklinik, um nochmals mit Kerstner zu sprechen. Als er in die Stichstraße einbog, an dessen Ende sich die Pferdeklinik befand, erkannte er an der Anzahl der auf dem Parkplatz abgestellten Pferdeanhänger, dass in der Klinik Hochbetrieb herrschte. Dennoch betrat er den Hof, wo Rittendorf und Kerstner gerade damit beschäftigt waren, ein Pferd zu untersuchen. Das Tier schien sich nur mühsam auf den Beinen zu halten, es stand mit gesenktem Kopf und stumpfen Augen da – ein Bild des Jammers.

»Ich will Sie nicht lange von der Arbeit abhalten«, sagte er entschuldigend, als er den leicht ungehaltenen Gesichtsausdruck Rittendorfs sah. »Ich habe eigentlich nur eine Frage.«

»Worum geht's diesmal?«

»Wie kommt man an Natrium-Pentobarbital, wenn man kein Arzt oder Apotheker ist?«

»Selbst dann ist es in Deutschland nicht einfach so erhältlich«, Rittendorf schob mit dem Zeigefinger seine Brille hoch. »Im Gegensatz zur Schweiz. Ein dort niedergelassener Arzt kann es gegen Rezept in der Apotheke erwerben.«

»Und wie kommen Sie an dieses Mittel?«

»Es ist lediglich Bestandteil einiger Medikamente«, sagte Rittendorf. »Wir bestellen es direkt bei den Pharmafirmen, mit denen wir zusammenarbeiten, und wir bewahren diese Medikamente in unserem Giftschrank auf, der immer abgeschlossen ist. Jede Entnahme wird dokumentiert.«

Bodenstein blickte zu Kerstner hinüber, der gerade mit der Frau sprach, die das Pferd am Zügel hielt und ein bekümmertes Gesicht machte. Er hatte den Tierarzt bisher noch nie bei der Ausübung seines Berufes erlebt. Kerstner wirkte konzentriert und gelassen, wie jemand, der genau weiß, über was er spricht und was er tut. Bodenstein erinnerte sich an die verschiedentlich gemachten Aussagen, Kerstner sei ein hervorragender Tierarzt.

»Es tut mir wirklich leid, Frau Wilhelm«, sagte Kerstner in dem Moment, »aber es sind nicht nur die Röntgenaufnahmen. Sie sehen ja selbst, wie der arme Kerl dasteht. Er hat starke Schmerzen, und das trotz der Spritzen. Sie tun ihm keinen Gefallen, wenn Sie ihn jetzt wieder mitnehmen.«

Die Frau nickte tapfer und wischte sich über die Augen. Sie tätschelte den Hals des Pferdes.

»Was ist mit dem Pferd?«, fragte Bodenstein leise.

»Hochgradige Hufrehe im Endstadium«, erwiderte Rittendorf. »Hufbeinsenkung an beiden Vorderbeinen. Das ist unheilbar.«

Seine Augen blitzten spöttisch.

»Wenn Sie möchten, können Sie ja zuschauen, wie Pentobarbital wirkt«, sagte er. »Wir werden das Pferd nämlich einschläfern müssen.«

Bodenstein hatte noch nie gesehen, wie ein Pferd eingeschläfert wurde. Früher hatten sein Großvater und sein Vater alte oder kranke Pferde zum Schlachter gefahren. In Notfällen war der Pferdemetzger auf den Hof gekommen und hatte das Tier mit einem Bolzenschussgerät von seinem Leiden erlöst. Kerstner und die mopsgesichtige Tierarzthelferin bugsierten das arme Pferd, das dank einer schmerzstillenden Spritze wenigstens wieder einen Huf vor den anderen setzen konnte, auf eine Wiese hinter der Tierklinik. Während die weinende Besitzerin es streichelte, setzte Kerstner eine Kanüle in die Drosselvene am Hals und injizierte ein starkes Beruhigungsmittel. Dann zog er die Spritze mit dem tödlichen Mittel auf und spritzte es in dieselbe Kanüle. Bodenstein und Rittendorf sahen von der Stalltür aus zu.

»Jetzt fällt der alte Knabe gleich um«, sagte Rittendorf mit gesenkter Stimme. »Eine saubere, unblutige Sache. Schön für die Besitzer.«

Bodenstein blickte wie gebannt auf das Pferd, das den Kopf sinken ließ, aber keine Anstalten machte, zu Boden zu gehen.

Das fiel Kerstner nach ein paar Minuten wohl auch auf. Er blickte irritiert zu seinem Kollegen hinüber. Dann sagte er etwas zu dem rothaarigen Mops, der gleich davonstob.

»Was ist los?«, erkundigte sich Bodenstein. »Das dauert ja doch ziemlich lange.«

»Keine Ahnung«, Rittendorf zuckte die Schultern. Innerhalb weniger Minuten war die Tierarzthelferin zurück und gab Kerstner eine andere Ampulle. Er zog wieder eine Spritze auf und verabreichte die Injektion, die innerhalb einer halben Minute die gewünschte, tödliche Reaktion zeigte. Das große Tier schwankte leicht, dann knickten erst die Vorder- und danach die Hinterbeine ein. Es sank mit einem Seufzer auf die Seite und war tot.

»Natrium-Pentobarbital«, Rittendorf schnippte seine Zigarettenkippe auf den Misthaufen. »Ein schöner Tod.«

Bodenstein beobachtete Kerstner, der sorgfältig die benutzte Kanüle und die leere Ampulle in ein Kästchen steckte und noch kurz mit der tränenüberströmten Ex-Pferdebesitzerin sprach.

Die Frau beugte sich ein letztes Mal über ihr Pferd, streichelte es und ging dann mit der Tierarzthelferin Sylvia ins Büro. Bodenstein folgte den beiden Tierärzten zurück in den Hof. Plötzlich blieb Kerstner stehen und erstarrte. Im nächsten Moment kam Friedhelm Döring durch das weit geöffnete Tor marschiert, seine Miene war alles andere als freundlich.

»Na, Herr Kommissar«, sagte er und lächelte frostig, »welch ein unglaubliches Vergnügen, Sie schon wieder zu sehen.«

»Guten Tag, Herr Döring«, erwiderte Bodenstein liebenswürdig, »die Freude ist ganz auf meiner Seite.«

Dörings Gesichtsausdruck wurde finster.

»Wie geht es meinem Pferd?«, wandte er sich an Kerstner.

»Ich musste ihn mit sechzig Stichen nähen«, antwortete der Tierarzt einsilbig. »Sie können ihn jetzt noch nicht mitnehmen.«

»Das hatte ich auch nicht vor«, Döring machte eine Kopfbewegung. »Haben Sie mal eine Sekunde Zeit? Ich muss mit Ihnen sprechen.«

Kerstner zuckte die Schultern und folgte Döring in den

Stall. Rittendorf starrte den beiden mit grimmiger Miene nach, dann zündete er sich eine nächste Zigarette an.

»Wussten Kerstner und Frau Döring, dass ihre Partner ein Verhältnis miteinander hatten?«, erkundigte Bodenstein sich.

»Klar«, schnaubte Rittendorf. »Isabel hat sich nie die Mühe gemacht, irgendetwas zu verbergen. Sie hat Micha regelmäßig zum Idioten gemacht.«

Er rauchte seine Zigarette mit nervösen Zügen.

»Im letzten Jahr hatten wir einen Tag der offenen Tür, und Isabel hat den ganzen Nachmittag auf Teufel komm raus mit Döring geflirtet. Sie haben sich tief in die Augen geschaut, Sekt getrunken und albern gekichert. Es war nicht zu übersehen, dass sie Mühe hatten, die Finger voneinander zu lassen.«

Bodenstein war überrascht über die Bitterkeit in Rittendorfs Stimme.

»Micha hat sich alles gefallen lassen«, fuhr der Tierarzt fort und warf die Zigarette mit einer heftigen Handbewegung fort. »Er war überhaupt nicht mehr der, den ich kannte, und jedes Mal, wenn ich ihn auf seine Frau angesprochen habe, hat er sich in sein Schneckenhaus zurückgezogen. Ich glaube, der Gedanke, dass alle recht gehabt hatten, die ihn vor einer Ehe mit dieser Schlampe gewarnt hatten, fraß ihn noch mehr auf als die Tatsache, dass sie ihm mit jedem Penner Hörner aufsetzte.«

»Was hatten Sie für ein Verhältnis zu Isabel Kerstner?«

»Oh«, Rittendorf grinste, aber seine Augen blieben kalt, »wir sind uns aus dem Weg gegangen, nachdem einmal ein Streit zwischen uns eskaliert ist. Micha hat immer zu ihr gehalten. Ich wollte nicht, dass unsere Freundschaft wegen diesem kleinen Aas kaputtgeht.«

Er lachte verdrossen.

»Ich hatte sie ziemlich schnell durchschaut, noch vor der überstürzten Hochzeit, und ich habe ihr auf den Kopf zu gesagt, dass sie Micha nur benutzt hat, weil er für sie eine bequeme Lösung ist. Sie hätte mir damals am liebsten die Augen ausgekratzt. Sie hat mich gehasst, aber sie hatte auch Angst vor mir. Irgendwann hat sie mal behauptet, ich sei auch bloß scharf auf sie und beleidigt, weil ich bei ihr nicht landen könnte.«

»Und?«, fragte Bodenstein. »Entsprach das der Wahrheit?«

Rittendorf warf ihm einen langen, nachdenklichen Blick zu.

»Ich hätte Isabel nicht angefasst, und wenn sie die letzte Frau auf der Welt gewesen wäre«, antwortete er. Ein spöttischer Ausdruck erschien auf seinem Gesicht. »An einer Frau muss mir noch etwas mehr gefallen als ihre hübsche Visage. Nein, bei mir verfing ihr Charme nicht, und das war der Grund, weshalb sie mich aus tiefstem Herzen hasste. Sie konnte es auf den Tod nicht ausstehen, wenn ihr ein Mann nicht aus der Hand fraß.«

Bodenstein nickte verstehend. In der geöffneten Stalltür tauchte ein ziemlich verärgerter Friedhelm Döring auf, Kerstner folgte ihm mit ausdruckslosem Gesicht. Döring marschierte in Richtung Ausgang, als ihm etwas einzufallen schien.

»Wo ist der Hänger, mit dem Sie das Pferd transportiert haben?«

»Drüben auf dem Parkplatz«, sagte Kerstner. Döring drehte sich auf dem Absatz um und verschwand grußlos. Bodenstein und die beiden Tierärzte beobachteten, wie er auf dem Parkplatz gekonnt seinen Geländewagen vor den Pferdehänger manövrierte, denselben mit wenigen Handgriffen anhängte und mit quietschenden Reifen davonrauschte.

»Was hat er von Ihnen gewollt?«, erkundigte sich Bodenstein.

»Er wollte wissen, wo seine Frau ist«, erwiderte Kerstner düster.

»Und? Wissen Sie es?«

»Ja, allerdings«, hinter ihnen ertönte eine Stimme, und die drei Männer wandten sich um. Anna Lena Döring tauchte aus der Tür auf, hinter der sich der OP befand. Die Schwellungen in ihrem Gesicht waren etwas zurückgegangen, die Farbe der Blutergüsse hatte sich von Violett und Schwarz in ein bläuliches Gelb verwandelt. Sie hatte das dunkle Haar zu einem straffen Zopf geflochten, trug eine Jeans und ein graues Kapuzensweatshirt.

»Hallo, Frau Döring«, Bodenstein war nur mäßig überrascht.

»Wie geht es Ihnen?«

»Gut«, ihre Stimme klang gezwungen. Sie ging zu Kerstner und berührte ihn am Arm. Die beiden sahen sich an, und es war offensichtlich, dass zwischen ihnen ein tiefes Vertrauen herrschte. »Ich *muss* gehen, Micha«, sagte sie leise zu Kerstner, »sonst gibt es noch ein Unglück.«

»Nein, bitte Anna, das darfst du nicht tun! Es gibt auch eine andere Lösung«, erwiderte Kerstner beschwörend. Plötzlich schien ihm einzufallen, dass Bodenstein noch immer da war und ihnen zuhörte. »Lass uns später darüber sprechen, bitte. Versprich es mir!«

Bodenstein folgte den Tierärzten und Anna Lena Döring in das Verwaltungsgebäude der Tierklinik.

»Ist Frau Dr. Hansen auch da?«, fragte er.

»Nein, sie ist auf Außenpraxis«, Rittendorf beugte sich über den unbesetzten Empfangstresen, um ein Telefongespräch entgegenzunehmen.

»Kann ich Sie noch einmal kurz unter vier Augen sprechen?«, wandte Bodenstein sich an Kerstner, der daraufhin nickte. Sie gingen in den Aufenthaltsraum, und Kerstner schloss hinter sich die Tür. Bodensteins Blick blieb an einem gerahmten Foto hängen, das fünf junge Männer mit Bierflaschen in den Händen an einem Strand zeigte, die sich eingehakt hatten und lachend in die Kamera schauten. Er erkannte Rittendorf, Kerstner, Valentin Helfrich und Florian Clasing. Den fünften jungen Mann kannte er nicht. Das Foto hatte er bei seinen ersten Besuchen nicht bemerkt.

»Sie haben Dr. Clasing nicht erst durch Frau Döring kennengelernt?«, fragte Bodenstein und drehte sich um.

»Nein«, der Tierarzt schüttelte den Kopf, »wir waren an der Uni in der gleichen Studentenverbindung. Clasing und Schröter waren an der juristischen Fakultät, Helfrich studierte Pharmazie, Georg und ich Veterinärmedizin.«

»Aha«, Bodenstein betrachtete Kerstner, der sich an den Tisch gesetzt und eine Zigarette angezündet hatte. Er wirkte nicht mehr ganz so am Boden zerstört wie Anfang der Woche, er war weitaus zugänglicher, aber dennoch weit davon entfernt, einen ausgeglichenen Eindruck zu machen.

»Am vergangenen Samstag wurde das Auto Ihres verstorbenen Schwiegervaters zwischen Königstein und Kelkheim geblitzt«, sagte Bodenstein, »ein goldenes Mercedes-Cabriolet. Dasselbe Auto wurde am Nachmittag auf dem Parkplatz von McDonald's in Schwalbach gesehen. Der Fahrer des Autos unterhielt sich mit Ihrer Frau. Wer kann das gewesen sein?«

»Keine Ahnung«, Kerstner schüttelte überrascht den Kopf.

»Mein Schwiegervater ist vor vier Jahren gestorben. Wie kommen Sie darauf, dass es sein Auto sein könnte?«

»Es ist noch auf ihn zugelassen.«

Kerstner drehte geistesabwesend eine leere Tasse zwischen

den Fingern. »Ich weiß nichts über das Auto. Ich wusste nicht einmal, dass es noch existiert.«

Bodenstein ergriff die Lehne eines Stuhles und beugte sich vor.

»Können Sie mir denn jetzt sagen, was Ihre Frau am Samstagnachmittag von Ihnen wollte?«

Es war, als ob eine Jalousie herunterrasselte. Die Gesichtszüge des Mannes wurden verschlossen und abweisend.

»Wollte Sie Geld von Ihnen?«

Keine Reaktion.

»Ging es um Ihre Tochter? Um Marie?«

Die Kaffeetasse zersprang in Kerstners Fingern in zwei Teile. Blut quoll aus einem Schnitt und tropfte auf den Tisch, aber Kerstner schien nicht einmal zu bemerken, dass er sich verletzt hatte. Da war wieder dieser gequälte, hohläugige Ausdruck auf seinem Gesicht, und Bodenstein wusste, dass er mit seiner Vermutung voll ins Schwarze getroffen hatte. Isabel war ein paar Stunden vor ihrem Tod zu ihrem Mann gefahren, um ihm etwas über das Kind zu sagen. Etwas Schreckliches womöglich, aber zumindest etwas, was den Mann völlig aus der Bahn geworfen hatte.

»Sie haben sich verletzt«, sagte Bodenstein, und erst jetzt schien Kerstner die Verletzung überhaupt zu bemerken. Er führte die Hand an den Mund und umschloss die Wunde mit den Lippen. Es klopfte an der Tür, und Tierarzthelferin Sylvia kam herein. Sie schenkte Bodenstein keine Beachtung.

»Micha, da ist Frau Ritter am Telefon, sie will wissen, ob …«

»Ich rufe sie zurück«, unterbrach Kerstner sie und starrte blicklos auf das Blut, das an seinem Handgelenk hinablief und auf der Tischplatte rasch eine Lache bildete.

»Mein Gott!«, stieß Sylvia Wagner hervor, als sie es sah, und wandte sich im Türrahmen um.

»Micha ruft zurück!«, rief sie jemandem zu, und dann lief sie weg, nur um eine Minute später mit Rittendorf und Anna Lena Döring im Schlepptau aufzutauchen. Bodenstein sah ein, dass es keinen Sinn hatte, weitere Fragen zu stellen.

»Das muss genäht werden«, sagte er zu Rittendorf, der die Hand seines Kollegen ergriffen hatte und die Verletzung in Augenschein nahm.

»Das sehe ich auch«, erwiderte der Tierarzt schroff und wandte sich an seinen Freund. »Mensch, Micha, was ist denn los mit dir? Komm, steh auf, ich fahre dich ins Krankenhaus.«

Kerstner beachtete ihn nicht. Er erhob sich mit starrem Blick und machte sich los. Rittendorf und Anna Lena Döring traten einen Schritt zurück. Kerstner blieb vor Bodenstein stehen, und der Kommissar erkannte, dass der Mann mit den Tränen kämpfte.

»Isabel war hier, weil sie eine Unterschrift von mir wollte«, sagte er mit gepresster, aber entschlossener Stimme. »Sie hatte die Scheidung eingereicht und wollte, dass alles schnell und ohne das vorgeschriebene Trennungsjahr über die Bühne geht. Ich wollte das nicht einfach so unterschreiben, ohne wenigstens vorher alles von einem Anwalt prüfen zu lassen. Dann fragte ich Isabel nach Marie.«

Er machte eine Pause und fuhr sich mit der Hand über das gequälte Gesicht, ohne an seine Verletzung und daran zu denken, dass er sich mit Blut beschmierte.

»Ich sagte, ich wolle mein Kind sehen, vorher würde ich gar nichts unterschreiben. Da wurde sie sauer. Marie sei überhaupt nicht mein Kind. Ich solle jetzt keine Schau abziehen, sondern unterschreiben, und zwar auf der Stelle, sonst würde ich Marie nie wiedersehen, denn sie habe sie an einen Ort gebracht, wo ich sie niemals finden würde.«

Kerstner seufzte.

»Dann rief Anna Lena an, und ich ließ Isabel einfach stehen. Später tauchte sie noch einmal auf Gut Waldhof auf, aber da hatte ich keine Zeit, mit ihr zu diskutieren.«

Bodenstein blickte ihn mitfühlend an, Anna Lena Döring schluchzte auf, und Rittendorf seufzte.

»Wie Sie sehen«, fuhr Kerstner mit plötzlicher Verbitterung fort, »hatte ich überhaupt kein Interesse daran, dass sie stirbt. Ich hätte lieber von ihr erfahren, wo mein Kind ist und wie ich es zurückbekomme.«

Als Bodenstein von Ruppertshain Richtung Königstein fuhr, rief Frank Behnke an. Das Ehepaar Terhorst, das im Zauberberg in einer der Wohnungen im ersten Stock wohnte, hatte am vergangenen Samstag interessante Beobachtungen gemacht. Friedhelm Döring hatte wohl ausnahmsweise nicht gelogen, als er behauptet hatte, er habe die Nacht bei Isabel verbracht, denn Constantin Terhorst war ihm am Samstagmorgen um Viertel nach sieben begegnet, als er den Aufzug verlassen hatte. Ein paar Stunden später, etwa gegen halb zwölf, hatte Isabel Kerstner erneut Herrenbesuch bekommen. Der Mann war mit einem silbernen Geländewagen gekommen, das wusste Monika Terhorst genau, weil das Auto ihres auf dem Parkplatz blockiert hatte. Sie hatte den Mann schon früher in Begleitung von Isabel im Haus gesehen, daher hatte sie gewusst, dass er bei ihr gewesen sein musste. Kurz vor drei war Isabel aus dem Haus gegangen. Die Terhorsts hatten sie von ihrem Balkon aus gesehen und auch beobachtet, dass eine Frau mit einem dunklen BMW Touring gekommen war und auf dem Parkplatz eine gute Viertelstunde mit Isabel diskutiert hatte.

»Der Mann mit dem Geländewagen war Kampmann, ganz sicher«, sagte Behnke, als er seinen Bericht beendet hatte. »Er hat gelogen, als er behauptet hat, er habe Isabel nur kurz am Samstagabend im Reitstall gesehen.«

»Möglich«, erwiderte Bodenstein, »dann fahre ich wohl noch mal nach Gut Waldhof.«

In knappen Worten berichtete er seinem Mitarbeiter, was er soeben von Kerstner über das Kind erfahren hatte. Es war nicht anzunehmen, dass sich die Leute, in deren Obhut Isabel das Kind gegeben hatte, freiwillig bei der Polizei melden würden, also musste man mehr oder weniger auf Kommissar Zufall hoffen.

Auf jeden Fall musste die Fahndung nach Marie Kerstner mit höchster Dringlichkeit behandelt werden. Möglicherweise war das verschwundene Kind der Schlüssel zu dem Mord.

Robert Kampmann bestritt zuerst, bei Isabel Kerstner gewesen zu sein. Bodenstein wusste, dass der Mann log, denn er war kein guter Lügner. Seine Finger zitterten, und er war ausgesprochen nervös.

»Hören Sie, Kampmann«, sagte Bodenstein eindringlich, »wenn Sie nicht allmählich etwas kooperativer sind, werde ich beim Staatsanwalt einen vorläufigen Haftbefehl gegen Sie beantragen. Wir werden eine Gegenüberstellung mit den Nachbarn von Frau Kerstner machen, und wenn diese Sie als den Mann identifizieren, der am vergangenen Samstag anderthalb Stunden in der Wohnung war, dann sind Sie dran wegen Behinderung der Polizei. Ich versuche, einen Mordfall aufzuklären. Hier geht es um ein Kapitalverbrechen, und das nehme ich sehr ernst.«

Kampmann knetete seine Hände und wurde blass.

»Also«, Bodenstein beugte sich vor, »was haben Sie am Samstag, dem 27. August, getan? Wo waren Sie zwischen halb zwölf und ein Uhr, und wo waren Sie am Abend?«

Sie saßen im Esszimmer von Kampmanns Haus, das so aufgeräumt und steril wirkte wie ein Bild aus einem IKEA-

Katalog. Frau Kampmann, die wie aufgezogen mit einem strahlenden Lächeln von einem Zimmer ins andere fegte, schien eine tüchtige Hausfrau zu sein. Sie war perfekt geschminkt und frisiert, trug einen moosgrünen Kaschmirpullover, hautenge Jeans und für einen gewöhnlichen Wochentag außergewöhnlich viel Schmuck.

»Möchten Sie einen Kaffee trinken?«, flötete sie strahlend, aber Bodenstein lehnte dankend ab. Sie legte ihrem Mann die Hand auf die Schulter, worauf dieser das Gesicht verzog.

»Kannst du uns bitte alleine lassen?«, seine Stimme klang ungehalten.

»Natürlich«, sie zog ihre Hand weg. Bodenstein erkannte an dem Blick, mit dem sie ihren Mann bedachte, dass die aufgesetzte Fröhlichkeit nur Fassade war. Frau Kampmann war verletzt oder wütend, oder beides zugleich. Auf jeden Fall war zwischen den beiden irgendetwas ganz und gar nicht in Ordnung. Kampmann wartete, bis die Tür hinter seiner Frau ins Schloss gefallen war und sie vor dem Fenster über den Hof tänzelte.

»Ich war am Samstagvormittag bei Isabel«, sagte er, und seine Miene war so undurchdringlich, dass Bodenstein nicht einmal ansatzweise erahnen konnte, was hinter der Stirn des Mannes vor sich ging.

»Und was wollten Sie dort?«

»Es war ... geschäftlich.«

»Könnten Sie vielleicht etwas präziser werden?«

»Ich hatte kurz zuvor mit Isabels Hilfe ein Pferd verkauft. Sie rief mich morgens an und bat mich darum, ihr die Provision zu geben, die ich ihr versprochen hatte. So schnell wie möglich.«

»Warum kam sie nicht einfach in den Stall?«

»Keine Ahnung. Sie hatte es eilig.«

»War es üblich, dass Sie ihr Geld gaben?«

»Ja. Zehn Prozent bei jedem Geschäft, das durch ihre Hilfe zustande gekommen war«, Kampmann wirkte unbehaglich. Er beugte sich vor.

»Meine Frau weiß das nicht«, sagte er, »niemand wusste das. Es war eine Sache zwischen Isabel und mir. Ohne sie hätte ich in den letzten Jahren nicht so viele Pferde verkaufen können.«

»Wie viel Geld haben Sie ihr gegeben?«

»Fünftausend Euro.«

Das Geld, das sie in ihrer Hosentasche hatte. So weit schien Kampmann die Wahrheit zu sagen.

»Und dafür haben Sie anderthalb Stunden gebraucht?«

»Wir haben noch einen Kaffee getrunken, geredet«, Kampmann zuckte die Schultern. »Über ... Pferde.«

»Sie haben nicht zufällig auch mit ihr geschlafen?«, fragte Bodenstein. Kampmann ging spürbar auf Distanz. Er lehnte sich zurück.

»Wieso unterstellen Sie und Ihre Kollegin mir immer wieder, ich hätte etwas mit Isabel gehabt?«

»Sie war eine attraktive Frau«, erwiderte Bodenstein. »Sie haben viel Zeit mit ihr verbracht. Ist der Gedanke so abwegig?«

»Mein Verhältnis zu Isabel Kerstner war rein geschäftlicher Natur«, sagte Kampmann steif und begann geistesabwesend das sorgfältig arrangierte Blumengesteck auf dem Tisch zu zerpflücken, »alles andere ist Quatsch.«

»Ich glaube Ihnen nicht.«

Es herrschte einen Augenblick Schweigen. Durch das schräggestellte Fenster drang entferntes Gelächter und das Geräusch von klappernden Pferdehufen auf Beton.

»Warum sagen Sie nicht endlich die Wahrheit?« Bodenstein bemerkte, dass der Reitlehrer schwitzte. Seine Augenlider flatterten nervös.

»Mein Gott, ich bin auch nur ein Mensch«, stieß er unvermittelt hervor, »irgendwann ist es eben passiert.«

»Nur einmal?«

Kampmann warf ihm einen unsicheren Blick zu, dann machte er eine hilflose Handbewegung.

»Meine Frau tut alles für mich«, sagte er gepresst. »Aber Sie können sich nicht vorstellen, wie anstrengend es ist, tagtäglich ihren Ehrgeiz, ihre Eifersucht und ihre Ansprüche ertragen zu müssen. Sie vergleicht sich mit den Einstellerinnen hier im Stall. Da kann ich aber nicht mithalten.«

»Also haben Sie sich in eine Affäre mit Isabel Kerstner geflüchtet.«

»Nein. Es war keine Affäre. Wir haben hin und wieder ... na ja. Das war nichts Festes, einfach nur ... eine Abwechslung.«

»Wissen Sie, wo Isabel ihre Tochter untergebracht hatte?«

»Nein. Keine Ahnung.«

»Was geschah, nachdem Sie Isabels Wohnung verlassen hatten?«, fragte Bodenstein. Kampmann dachte einen Moment nach.

»Ich bin hierhergefahren, weil ich noch Reitstunden zu geben hatte.«

Bodenstein fiel die Frau ein, die am frühen Nachmittag bei Isabel aufgetaucht war. Plötzlich glaubte er zu ahnen, wer diese Frau gewesen war.

»Was fährt Ihre Frau für ein Auto?«

»Entweder ihren Golf Cabrio oder den Cayenne«, erwiderte Kampmann überrascht. »Wieso?«

»Nur so«, sagte Bodenstein. »Was geschah dann? Wie haben Sie sich verletzt?«

»Ich ... bin ... ich habe ... ich habe die Stalltür gegen den Kopf bekommen. Es hat ziemlich geblutet, und ich habe mich am Nachmittag hingelegt, weil ich Kopfschmerzen hatte.«

Bodenstein betrachtete den Mann, der plötzlich deprimiert und unglücklich wirkte.

»Meine Frau ist später zu ihren Eltern gefahren«, sagte Kampmann nach einer Weile. »Mein Schwiegervater hatte Geburtstag, aber ich konnte nicht mitfahren. Irgendjemand muss ja nachts auf dem Hof sein.«

»Wo waren Ihre Kinder?«

»Auf Klassenfahrt. Sie sind am Sonntag wiedergekommen.«

»Das heißt, Sie waren an diesem Abend alleine zu Hause?«

»Ja.«

»Isabel war am frühen Abend noch mal hier im Stall. Sie sagten zu meiner Kollegin, sie habe zu Döring gewollt.«

»Das hat sie mir gesagt, ja«, bestätigte Kampmann und malträtierte weiter die Blumen auf dem Tisch.

»Ist Ihre Frau an dem Abend noch einmal wiedergekommen?«

»Nein«, Kampmann gelang ein dünnes Lächeln. »Scheint so, dass ich wohl kein Alibi habe. Der Pole, der im Stall arbeitet, hatte an dem Abend frei, deshalb habe ich um neun den Stall abgeschlossen, und da habe ich das tote Pferd gesehen.«

»Haben Sie sich nicht gefragt, was da geschehen sein kann?«, wollte Bodenstein wissen.

»Ehrlich gesagt – nein«, sagte Kampmann mit müder Stimme. »Es war mir sogar ziemlich egal.«

Bodenstein und Pia Kirchhoff saßen im Restaurant Merlin und warteten auf Pias Schwager Ralf, der sie am Morgen vom Flughafen aus angerufen hatte. Pia hatte ihrem Chef erzählt, was sie von ihrem Schwager über Jagoda zu erfahren hoffte, da hatte Bodenstein vorgeschlagen, sich zu dritt zum

Abendessen zu treffen. Er hatte nichts Besseres vor, da Rosalie Fahrstunde hatte – Nachtfahrt – und Lorenz seit ein paar Tagen nicht ansprechbar war, wenn er überhaupt nach Hause kam. Ralf kam pünktlich zehn Minuten zu spät, wie immer. Pia stellte die beiden Männer einander vor, dann sahen sie sich die Speisekarte an und bestellten.

»Erzähl uns was über die JagoPharm«, bat Pia ihren Schwager, als der Wein gekommen war.

»Ich hoffe, du hast nicht deine Ersparnisse auf die gesetzt«, Ralf grinste.

»Ich setze meine Ersparnisse nur auf das, was du mir empfiehlst«, erwiderte Pia und grinste auch. »Also, schieß mal los.«

»Die JagoPharm war ein klassischer Fall von Neue-Markt-Euphorie«, sagte Ralf. »Sie war damals, vor sechs Jahren, der Shootingstar am Neuen Markt. Spitzenprognosen, tolle Story, exzellente Leute im Management. Die Aktie schoss von einem Emissionspreis von neunzehn Euro innerhalb von sechs Monaten auf über vierhundert Euro hoch. Wer damals investiert und realisiert hat, machte einen Riesengewinn. Ich habe selbst mit den IR-Leuten von der JagoPharm und deren Emissionsberatern zu tun gehabt, aber glücklicherweise haben sie sich für andere Geldgeber entschieden.«

»Glücklicherweise?«, fragte Bodenstein. »Es lief doch erst ganz gut, oder?«

»Es war alles nur heiße Luft«, sagte Ralf Kirchhoff. »Papier ist geduldig. Das hörte sich alles einfach toll an – und auf Biotech flogen damals alle Investoren. Sie hatten eine absolut professionelle Performance, regelmäßige Ad-hoc-Meldungen über Wachstumsstrategien, Akquisitionen, Expansionspläne, dazu starke Investoren im Hintergrund. Das hat eine Weile gereicht, aber irgendwann war klar, dass etwas nicht so lief, wie es laufen sollte. Der Vorstand war schnell zerstritten, weil

Jagoda lauter hochbezahlte Primadonnen zusammengekauft hatte, die sich nur um Kompetenzen stritten, statt sich um das operative Geschäft zu kümmern. Nach einem Jahr war klar, dass sie ihre Prognosen geschönt hatten. Der Quartalsbericht war eine Katastrophe, und sie mussten eine Gewinnwarnung herausgeben. Dazu krachte der ganze Markt runter, und JagoPharm allen voran. Im Moment werden sie unter einem Euro gehandelt, sämtliche institutionellen Anleger haben die Aktie längst verkauft.«

Bodenstein und Pia lauschten interessiert.

»Jagoda hatte keine Ahnung vom Kerngeschäft seines Ladens«, fuhr Ralf fort. »Ursprünglich war die JagoPharm eine Tablettenfabrik. Sie stellten irgendwelche Magentabletten aus Sole her, genau weiß ich's auch nicht. Jagoda hat die Firma geerbt, einen soliden, kleinen Laden mit sechzig Mitarbeitern. Die notwendigen Mittel für den Start-up hat er wohl in der Hauptsache von seiner Frau bekommen, und durch Beziehungen kam er an eine echte Biotech-Firma heran, die seit Jahren an einem Krebsmedikament herumforschte. Da hatte er dann seine Wissenschaftler und Labors, um der ganzen Sache einen seriösen Anstrich zu geben. Jagoda hat zweifellos Mut, und er hatte den richtigen Zeitpunkt erwischt.«

»Wie viele Leute beschäftigt die JagoPharm heute?«, erkundigte Bodenstein sich.

»Schwer zu sagen«, Ralf Kirchhoff zuckte die Schultern, »das ist ein ziemlich verschachtelter Laden, eine Holding mit zig Unterfirmen. Sie haben zu besseren Zeiten ein Dutzend kleine Firmen zusammengekauft, Joint Ventures und strategische Partnerschaften abgeschlossen. Jagodas Lieblingswort war ›Synergie‹, aber wirklich durchblicken tut da schon lange keiner mehr. Im Geschäftsbericht vor drei Jahren behaupteten sie, sie hätten knapp viertausend Angestellte, aber im letzten

Jahr waren direkt bei der JagoPharm Holding AG nur noch siebenundzwanzig Leute angestellt.«

»Wie geht denn das?«, fragte Pia.

»Sie haben die Leute in andere Firmen abgeschoben, Segmente verkauft oder die Leute einfach rausgeschmissen. Auf jeden Fall ist der Laden ziemlich am Ende.«

Bodenstein nickte. Kein Wunder, dass Jagoda gestern Abend so angespannt gewirkt hatte.

»Hans Peter Jagoda«, sagte Ralf Kirchhoff, »ist der klassische Selfmademan, ausgesprochen clever und kaltschnäuzig.«

»Meinst du, dass er selber noch Geld hat?«, fragte Pia.

»Man munkelt in der Branche, er habe über Strohmänner Inhaberaktien verkauft, weil er es selbst als Vorstandsvorsitzender nicht durfte«, bestätigte Ralf. »Aber es gibt auch Gerüchte, dass die JagoPharm eigentlich insolvent ist und die Staatsanwaltschaft sich dafür interessiert. Beweise gibt es allerdings keine. Ich habe auch gehört, dass dieses Krebsmedikament wohl wirklich kurz vor der Zulassung steht, und wenn das passiert, ist Jagoda womöglich aus dem Schneider und kann seinen Laden konsolidieren.«

»Weshalb sollte sich die Staatsanwaltschaft für Jagoda interessieren?«, fragte Bodenstein.

»Insiderhandel«, Ralf hob die Schultern, »verdeckte Gewinnausschüttungen, Verstöße gegen das Börsengesetz, Betrug, Insolvenzverschleppung … alles Mögliche wird spekuliert.«

»Dann sitzt er ziemlich in der Tinte«, sagte Pia.

»Man darf ihn nicht unterschätzen«, erwiderte Ralf. »Dieser Mann ist chemisch gereinigt. Die JagoPharm hat ihn zwar in die Schlagzeilen gebracht, aber auch so muss er nicht am Hungertuch nagen, denn seine Frau ist die Alleinerbin der größten hessischen Privatbrauerei. Drescher-Bräu, habt ihr vielleicht schon mal gehört.«

Bodenstein warf seiner Kollegin einen raschen Blick zu. Wie konnte das Ostermann entgangen sein?

»Marianne Jagoda erbte vor ein paar Jahren alles, als ihre Eltern bei einem Hausbrand ums Leben kamen.«

Während des Essens wandte sich das Gesprächsthema in eine andere Richtung, aber Bodenstein dachte über das Gehörte nach. Es konnte nichts schaden, wenn sich seine Leute auch etwas um Jagoda kümmerten. Ohne sagen zu können weshalb, beschlich ihn das Gefühl, dass hinter dem Fall, an dem er gerade arbeitete, mehr steckte als nur ein Mord.

Donnerstag, 1. September 2005

Als Bodenstein auf dem Kommissariat eintraf, fand er seine Mitarbeiter bei der morgendlichen Besprechung am Tisch des Konferenzzimmers.

»Was gibt es für Neuigkeiten?«, erkundigte er sich und setzte sich an das Kopfende des Tisches.

»Hier«, Ostermann schob ihm das Radarfoto vom 27. August hin. Bodenstein betrachtete es eine Weile, dann reichte er es Pia Kirchhoff.

»Das ist eine Frau«, sagte sie. »Der Beifahrer ist nicht zu erkennen. Schade.«

»Was gibt es über das Kind?«, fragte Bodenstein.

»Beinahe fünfhundert Hinweise«, Kathrin Fachinger, die Leiterin der SoKo »Marie«, seufzte. »Wir gehen allen Spuren nach, aber bisher war nichts dabei. Wir wissen, dass das Mädchen in einem Kindergarten in Kelkheim angemeldet war, aber seit August war sie nicht mehr dort. Die Nachbarin, die uns Kerstner als gelegentliche Babysitterin genannt hat, hat die Kleine seit dem Tag, an dem Isabel sie bei ihr abgeholt hat, nicht mehr gesehen.«

Bodenstein nickte.

»Übrigens«, sagte er dann, »Kerstner kommt definitiv nicht als Täter in Frage.«

Er schilderte seinen Mitarbeitern die gestrige Szene in der Pferdeklinik.

»Über Döring habe ich ein paar nette Sachen herausgefunden«, meldete sich Ostermann zu Wort und blätterte in dem Stoß Papier, der vor ihm lag. »Am 16. Januar wurde einer von Dörings LKW, der aus Italien kam, in Basel vom Zoll gefilzt. Laut Zollpapieren hatte er Apfelsinen und so was geladen, aber die Kollegen von der Zollfahndung fanden zwischen dem Obst elf Kilo Heroin und drei Liter reinen Opiumsaft. Die ganze Ladung wurde beschlagnahmt, der Fahrer verhaftet. Die Stellungnahme von Spedition Döring war lapidar: Der Fahrer hätte wohl auf eigene Rechnung versucht, Rauschgift zu schmuggeln. Der Mann, ein Deutscher italienischer Herkunft, wurde im August zu zwei Jahren verknackt. Wahrscheinlich sitzt er zwei Drittel der Strafe ab, der Rest geht auf Bewährung.«

Alle lauschten ihm aufmerksam.

»Im Mai«, fuhr Ostermann fort, »wurde in England ein Container gefunden, in dem siebzehn tote Inder lagen. Erstickt. Die Ladung in dem Container – Lebensmittel – wurde auch durch Dörings Spedition versendet. Und dann haben wir noch einen ganz aktuellen Fall: In Belgien wurde ein Kühlzug gestoppt, der umdeklariertes Rindfleisch aus England geladen hatte. Auftraggeber war wieder mal die Spedition Döring. Spitze, was?«

»Kriminell«, bemerkte Bodenstein nachdenklich. »Konnte man Döring selbst etwas nachweisen?«

»Wo denken Sie hin? Er schiebt das immer auf Subunternehmer und Fahrer. Und er kommt damit durch, denn es gibt keine Beweise. Bei all diesen Sauereien stoßen unsere Leute nur auf eine Mauer des Schweigens. Die halten alle zusammen. Wahrscheinlich kassieren die Fahrer Schweigegeld, sitzen die Strafe ab und machen dann weiter.«

Ostermann kratzte sich mit einem Kugelschreiber am Hinterkopf.

»Außerdem«, endete er, »wurde Döring 1998 wegen Steuerhinterziehung rechtskräftig verurteilt. Er zahlte eine saftige Strafe und musste deswegen nicht sitzen. Dazu kommen ein paar Vorstrafen wegen Trunkenheit am Steuer und Fahren ohne Führerschein. Außerdem ist er wegen Körperverletzung mit Todesfolge vorbestr...«

»Stopp!«, sagte Bodenstein, und Ostermann blickte auf. »Das interessiert mich. Haben Sie's auch genauer?«

»Klar«, Ostermann nickte und blätterte wieder, »hier ist es. Am 12. Oktober 1982 wurde er wegen schwerer Körperverletzung mit Todesfolge zu 240 Tagessätzen à zweihundertfünfzig Mark und zu gemeinnütziger Arbeit verurteilt, weil er seine damalige Ehefrau Carmen Juana Döring zusammengeschlagen hat. Die Frau erlitt schwerste Hirnblutungen, fiel ins Koma und starb nach ein paar Tagen. Die Staatsanwaltschaft hatte erst auf Totschlag plädiert, aber das konnte Dörings Anwalt abbiegen. Er hatte zur Tatzeit einen Blutalkoholgehalt von 2,8 Promille. Sein Anwalt kriegte es hin, dass er wegen Schuldunfähigkeit nicht mal in den Knast musste.«

»Sauber«, bemerkte Pia sarkastisch. »Auf jeden Fall ist jetzt nachvollziehbar, weshalb Kerstner Anna Lena Döring schützen wollte. Zweifellos sind die beiden über Dörings Vergangenheit im Bilde.«

Bodenstein rieb sich nachdenklich die Nasenwurzel mit Zeigefinger und Daumen.

»Haben Sie auch schon etwas über Jagoda in Erfahrung gebracht?«

»Ja«, Ostermann kramte in seinen Unterlagen. »Die Jago-Pharm AG ist so gut wie pleite.«

»Haben sie bereits einen Insolvenzantrag gestellt?«, erkundigte sich Bodenstein.

»Nein«, Ostermann schüttelte den Kopf, »und das ist seltsam, denn vor vier Monaten stellten zwei Aktionäre Strafantrag wegen Betruges, und seine Hausbank rückte ihm auf die Pelle. Aber diese Aktionäre zogen ihre Anzeigen zurück, und im Juli versorgte ihn seine Bank mit einem neuen Millionenkredit.«

»Das klingt aber wirklich seltsam«, Pia dachte an das, was ihr Schwager gestern erzählt hatte. Es gab offenbar massive Gerüchte, aber nichts geschah. Andere Firmen, die noch vor sechs oder sieben Jahren so spektakuläre Start-ups wie die JagoPharm hingelegt hatten, gab es schon gar nicht mehr, und ihre Manager waren vor den Augen der Öffentlichkeit vom Olymp des Größenwahns in die Niederungen der Gerichtssäle gezerrt worden. Wie war es Jagoda gelungen, sich und seine bekanntermaßen marode Firma bis heute vor diesem Schicksal zu bewahren? Warum zogen Aktionäre Strafanträge zurück?

»Solange er noch dicke Autos fahren kann, wird es nicht so schlimm sein«, bemerkte Behnke. »Der hat seine Schäfchen sicher lange im Trockenen.«

»Was ist mit der Drescher-Bräu?«, fragte Bodenstein.

»Die haben mehrere Geschäftsführer«, antwortete Ostermann. »Außer Marianne Jagoda sind es noch drei andere. Hans Peter Jagoda hat mit der Firma nichts zu tun.«

»Okay«, Bodenstein nickte, »bleiben Sie da dran. Versuchen Sie, mehr über Jagodas private Vermögensverhältnisse herauszubekommen, und nehmen Sie Kontakt mit den Leuten vom Betrugsdezernat in Frankfurt auf. Vielleicht wissen die etwas mehr über diese Sache.«

Er hielt inne, denn plötzlich fiel ihm etwas ein. Die Stimme auf der Mailbox von Isabel Kerstner hatten sie bisher noch überhaupt nicht weiter beachtet! Dörings Stimme war es nicht, aber konnte es Hans Peter Jagoda gewesen sein? Es war an der Zeit, mit dem Mann zu sprechen, um herauszufinden, in welcher Beziehung er zu Isabel Kerstner gestanden hatte.

Friedhelm Döring war nicht in seiner Firma, sondern zu Hause.

Die Haushälterin öffnete Bodenstein und Pia die Tür, und Letztere staunte nicht schlecht, als sie in der gewaltigen Empfangshalle der palastartigen Villa stand, in der ein etwa fünf Meter hohes und drei Meter breites modernes Gemälde in düsteren Farben als Blickfang an der Wand hing. Auf dem spiegelblanken Marmorboden hallten Schritte, dann erschien Döring mit einer Aktentasche und Autoschlüsseln in der Hand.

Er wirkte ausgesprochen gutgelaunt.

»Ah!«, sagte er leutselig. »Die Kripo. Womit kann ich Ihnen dienen?«

Bodenstein nahm oben auf der Balustrade eine Bewegung wahr und blickte hoch. Er traute seinen Augen kaum, als er Anna Lena Döring erkannte. Sie zögerte beim Anblick von Bodenstein und Pia.

»Liebling«, rief Döring, »das sind Hauptkommissar Bodenstein und seine Kollegin von der Mordkommission. Komm doch mal bitte.«

Anna Lena Döring gehorchte. Die Blutergüsse in ihrem Gesicht waren nur noch zu erahnen und mit Make-up abgedeckt. Sie hatte das dunkle Haar zu einem straffen Pferdeschwanz geflochten und trug eine schwarze Hose und einen Blazer über einer weißen Bluse.

»Darf ich Ihnen meine Frau vorstellen?« Friedhelm Döring lächelte und trat zu seiner Frau. Auf ihrem Gesicht erschien für eine Sekunde ein Ausdruck des Abscheus, als er ihr den Arm um die Taille legte. Äußerlich blieb sie ruhig und beherrscht, ja, ihr gelang sogar ein Lächeln. Bodenstein dachte unwillkürlich daran, wie Anna Lena Döring auf dem Flur des Kommissariats Kerstner begegnet war, wie sie in dessen Arme geflüchtet war. Weshalb war sie zu ihrem Ehemann zurückgekehrt?

»Ich habe gehört, Sie waren in Paris«, sagte Bodenstein, als er ihr die Hand reichte.

»Ja, für ein paar Tage«, antwortete sie, erleichtert, dass er sie nicht verriet.

»Sie wissen, was mit Isabel Kerstner geschehen ist?«

»Ja, entsetzlich«, sie nickte. »Mein Mann hat es mir gesagt.«

»Vielleicht können Sie uns weiterhelfen«, sagte Pia. »Sie haben Frau Kerstner sicher auch gekannt.«

»Natürlich kannte ich sie«, antwortete Anna Lena Döring, »aber nicht besonders gut.«

»Reitlehrer Kampmann sagte uns, sie sei am Samstagabend noch einmal auf Gut Waldhof gewesen. Haben Sie sie dort gesehen?«

Anna Lena Döring überlegte, aber dann schüttelte sie den Kopf.

»Tut mir leid, nein. Ich war auch zu sehr ... beschäftigt. Eines unserer Pferde hatte sich ... verletzt, und der Tierarzt war da.«

Friedhelm Döring warf einen Blick auf seine Uhr.

»Wir müssen jetzt los ins Geschäft«, sagte er. »Kann ich sonst noch etwas für Sie tun?«

»Ja, möglicherweise«, Bodenstein zog ein Diktiergerät aus seiner Tasche. »Vielleicht erkennen Sie die Stimme auf diesem Band.«

Er drückte auf die Starttaste.

»Es ist jetzt gleich halb zwölf, und ich rate dir, dich schleunigst zu melden. Du hattest einen Termin, und der war wichtig, verdammt!«

Döring schüttelte den Kopf, aber Bodenstein registrierte, dass sich sein Arm fester um die Taille seiner Frau schloss.

»Nein«, sagte er, »die Stimme kenne ich nicht. Du vielleicht, Anna?«

Anna Lena zögerte, bevor auch sie verneinte.

»Sollten wir die Stimme erkennen?« Döring ließ seine Frau los. »Woher stammt die Aufnahme?«

»Von der Mailbox von Isabel Kerstners Handy«, entgegnete Bodenstein und steckte das Diktiergerät wieder ein. »Wissen Sie übrigens, wer noch einen Schlüssel von der Wohnung im Zauberberg haben könnte?«

»Ich habe einen. Und in der Hausverwaltung gibt es sicherlich einen Zweitschlüssel.«

»Als wir die Wohnung kriminaltechnisch untersucht haben, war bereits vor uns jemand dort gewesen. Alles war so aufgeräumt wie in einem Hotelzimmer, und es gab dort überhaupt keine persönlichen Dinge von Frau Kerstner, nicht einmal einen Fingerabdruck. Das erscheint uns sehr seltsam.«

»Tja«, Döring ergriff den Aktenkoffer, den er abgestellt hatte, »wirklich eigenartig. Sie müssen uns jetzt allerdings entschuldigen. Wir haben einen wichtigen Termin.«

»Nur noch eine Frage«, sagte Pia. »Sie waren Freitagnacht in der Wohnung von Isabel Kerstner. Wann sind Sie dort weggegangen?«

Döring schien es nicht zu stören, in Gegenwart seiner Frau davon zu sprechen, dass er bei einer anderen Frau übernachtet hatte.

»Das weiß ich nicht mehr. Um zwei Uhr vielleicht.«

»Tatsächlich?« Pia lächelte. »Man hat Sie aber um Viertel nach sieben aus dem Haus kommen sehen.«

»Dann war es eben Viertel nach sieben«, obwohl bei einer Lüge ertappt, zuckte Döring nur ungerührt die Schultern. »Ist das wichtig?«

»Es lässt uns an der Glaubwürdigkeit Ihrer Aussagen zweifeln«, erwiderte Pia ruhig. »War es nun zwei oder sieben? Hatten Sie einen Schlüssel oder nicht? Haben Sie die Wohnung aufräumen lassen oder nicht?«

»Ich habe nicht auf die Uhr gesehen«, Dörings Miene blieb ausdruckslos.

»Wann ist Ihr Mann denn am Samstagmorgen nach Hause gekommen, Frau Döring?«, wandte Pia sich nun an Anna Lena Döring.

»Ist schon in Ordnung, Frau Kirchhoff«, mischte sich Bodenstein ein, »wir wollen Herrn Döring nicht länger aufhalten. Nur noch eine letzte Frage: Haben Sie am Samstagabend noch einmal mit Frau Kerstner gesprochen? Sie hatte versucht, Sie zu finden, also hat sie ja irgendetwas gewollt.«

»Das habe ich Ihnen doch schon gesagt«, antwortete Döring, »ich habe sie nicht mehr gesehen. Vom Stall bin ich direkt nach Hause gefahren, habe mich geduscht und umgezogen, weil ich eingeladen war.«

»Obwohl Ihr Pferd eingeschläfert werden musste, sind Sie auf eine Party gegangen?«, fragte Pia. Die Selbstbeherrschung von Friedhelm Döring begann zu schwinden.

»Ja«, sagte er, »und jetzt reicht es. Komm, Anna Lena. Guten Tag, die Herrschaften.«

Bodenstein und Pia wechselten einen Blick.

»Ach, Frau Döring«, sagte Pia nun. »Wussten Sie eigentlich, dass Ihr Mann unter Alkoholeinwirkung seine erste Frau so brutal geschlagen hat, dass sie an den Folgen der Verletzungen gestorben ist?«

Döring fuhr herum, sein Gesicht war erstarrt, aber in seinen Augen loderte heißer Zorn.

»Was zum Teufel soll das?«, zischte er.

»Wir sind über Sie im Bilde, Herr Döring«, sagte Bodenstein mit ruhiger Stimme, »und wir haben keine Lust, uns von Ihnen mit Lügen abfertigen zu lassen.«

»Sie können mich mal«, entgegnete Döring kalt. »Ich habe mit der ganzen Sache nichts zu tun. Und jetzt verschwinden

Sie aus meinem Haus, sonst kriegen Sie eine Anzeige wegen Hausfriedensbruch!«

»Wir können unser Gespräch auch gerne auf dem Kommissariat weiterführen«, Bodenstein blieb unbeeindruckt von diesen Drohgebärden, »ganz wie Sie wollen. Unsere Kollegen von der Drogenfahndung hätten da sicherlich auch noch ein paar Fragen zu den Heroinfunden in Ihren LKW. Ganz zu schweigen von der Sache mit den toten Indern in London.«

In diesem Augenblick wurde Friedhelm Döring wohl bewusst, dass sich die beiden Kriminalbeamten nicht so leicht einschüchtern ließen. Er blickte zu seiner Frau hinüber, die mit verschränkten Armen und ausdruckslosem Gesicht dastand.

»Ich habe nicht mehr mit Isabel gesprochen«, sagte er ungehalten. »Das ist die Wahrheit. Das letzte Mal, dass ich sie gesehen habe, war Samstagmorgen in ihrer Wohnung.«

»Hat Isabel Ihnen von ihrem Kind erzählt? Wir wissen, dass sie es irgendwo versteckt hat, aber niemand weiß, wo es ist.«

»Ich habe keine Ahnung wo das Blag abgeblieben ist«, blaffte Döring, »es ist mir auch scheißegal.«

Anna Lena Döring starrte ihren Mann ungläubig an.

»Was glotzt du so blöd?«, brüllte er sie unvermittelt an, worauf sie den Kopf senkte und schwieg. Solche Ausbrüche war sie offenbar gewohnt.

»Schreien Sie nicht so herum«, sagte Bodenstein. »Sagen Sie uns lieber, bei wem und wo Sie am Samstagabend eingeladen waren. Sonst wird aus Ihren Terminen nichts mehr, weil Sie uns dann nämlich begleiten dürfen.«

»Das ist doch wohl ein Witz!«, empörte Döring sich, aber da fiel ihm seine Frau ins Wort.

»Wir waren bei Hans Peter Jagoda eingeladen«, sagte sie.

»Aha«, Bodenstein nickte, »wann sind Sie dort eingetroffen, und wie lange waren Sie da?«

»Ich bin nicht mitgefahren«, erwiderte Anna Lena Döring. »Nach dem Vorfall mit den Pferden fühlte ich mich nicht in der Verfassung, irgendwo zu feiern.«

»Ich war um kurz nach acht dort und blieb bis um zwei«, sagte Döring.

»Das werden wir überprüfen.«

»Wenn es Sie glücklich macht«, Döring ergriff seine Frau am Arm und ging in Richtung Haustür. Anna Lena Döring warf Bodenstein einen kurzen Blick zu, bevor sie ihrem Mann folgte.

Die Firmenzentrale der JagoPharm AG befand sich in einem pompösen U-förmigen Gebäude mit verspiegelter Glasfassade im Gewerbegebiet Sulzbach. Der Mann, der sich in seinem Privatleben gerne in teure Luxusautos setzte, die Wochenenden auf einer Dreißig-Meter-Yacht in Antibes verbrachte und private Hubschrauber und Flugzeuge benutzte wie andere Menschen Bus oder Bahn, schien auch beruflich großen Wert auf den richtigen Rahmen zu legen. Ein beleuchteter JagoPharm-Schriftzug auf dem Dach suggerierte dem Besucher, dass sich in diesem Gebäude ausschließlich Herz und Gehirn eines der meistdiskutierten Unternehmen des längst nicht mehr existenten Neuen Marktes befanden, aber das entsprach nicht der Wahrheit. Eine Hinweistafel vor dem Eingangsportal verriet, dass neben der JagoPharm AG noch verschiedene Anwälte, Steuerberater und andere Firmen mit phantastisch klingenden Namen hier ihre Büros hatten. In der gläsernen Eingangshalle war gerade eine Putzkolonne dabei, den grauen Granitfußboden auf Hochglanz zu polieren. Pia studierte die Hinweisschilder.

»JagoPharm AG – Verwaltung«, las sie, »sechster Stock.«

Sie nahmen den Aufzug ins oberste Stockwerk. Auch hier oben hatte Jagoda nicht gekleckert. In den anderen Stockwerken gab es Teppichböden, bei der JagoPharm war es Parkett. Der Empfangstresen war aus Granit, an den Wänden hingen riesige Pop-Art-Gemälde, die Flachbildschirme der computergesteuerten Überwachungsanlage waren neuestes Hightech. Dagegen wirkte die blondierte Zwanzigjährige mit ostdeutschem Akzent und Nasen- und Augenbrauen-Piercing gewöhnlich. Bodenstein und Pia stellten sich vor und baten um ein Gespräch mit Hans Peter Jagoda. Die Blondierte hatte einige Mühe mit der Telefonanlage und entschuldigte sich verlegen damit, dass sie von einer Zeitarbeitsfirma und heute zum ersten Mal hier im Einsatz sei. Die Kriminalpolizei schien sie zusätzlich zu verunsichern. Irgendwann erreichte sie jemanden und wirkte erleichtert, als sie die Besucher in einen Konferenzraum am Ende des Flures begleiten konnte. Bodenstein blickte sich um. Der Besprechungsraum wurde von einem ovalen Tisch beherrscht, an dem zwölf Stühle mit verchromten Lehnen standen. Auf einem schwarzen Sideboard standen auf einem Tablett Gläser und kleine Wasserflaschen, daneben lag ein Stapel Zeitschriften, den Bodenstein in Augenschein nahm. Neben dem Managermagazin fand er Magazine wie GoingPublic, Capital und Ähnliches. An den mit hellgelbem Stoff bespannten Wänden hingen gerahmte Werbeplakate der JagoPharm AG, die aus besseren Zeiten stammten. Der Parkettfußboden knarrte, als Bodenstein an das Fenster trat, das auf den Hinterhof führte. In diesem Augenblick öffnete sich eine Tür des Firmengebäudes, und ein Mann kam heraus. Bodenstein hätte Robert Kampmann beinahe nicht erkannt, denn statt Reithosen und Stiefeln trug er Anzug und Krawatte.

»Frau Kirchhoff«, sagte Bodenstein leise, »schauen Sie mal.«

Pia trat neben ihren Chef.

»Das ist doch Kampmann«, stellte sie fest. »Was macht der denn hier?«

»Keine Ahnung«, erwiderte Bodenstein. Kampmann stieg in den Cayenne, der neben einem Maybach und einem Ferrari geparkt war.

»Ansehnlicher Fuhrpark«, bemerkte Pia. »Für eine fast bankrotte Firma wirklich sehr beachtlich.«

»Wie kommen Sie darauf, dass die JagoPharm AG bankrott sein soll?«, ertönte eine Stimme hinter ihnen. Hans Peter Jagoda hatte den Raum betreten. Er trug einen dunkelgrauen Zweireiher, dazu eine dezent gemusterte Krawatte und blankpolierte Maßschuhe. Seine wächserne Blässe wirkte kränklich. Pia blieb ihm eine Antwort schuldig und stellte Jagoda ihren Chef vor.

»Nehmen Sie doch Platz«, Jagoda machte eine Handbewegung in Richtung Tisch. »Kann ich Ihnen etwas zu trinken anbieten?«

Bodenstein und Pia lehnten höflich ab und setzten sich. Bodenstein versuchte, aus dem feingliedrigen Mann mit der leisen Stimme klug zu werden. Auf den ersten Blick wirkte Hans Peter Jagoda harmlos, beinahe weibisch, aber eine Karriere, wie er sie gemacht hatte, machte niemand, der rücksichtsvoll und nachsichtig war. Die scharfe Wachsamkeit in den flinken hellen Augen stand in krassem Gegensatz zu seinem höflichen Auftreten. Bodenstein dachte an das, was Ralf Kirchhoff erzählt hatte. Man tat gut daran, sich nicht von seinem Äußeren täuschen zu lassen. Jagoda saß scheinbar ganz locker da, doch das Wippen seines Fußes verriet seine innere Anspannung.

»Wir ermitteln in der Mordsache Isabel Kerstner«, Bodenstein förderte wieder sein Diktiergerät zutage, »und wir möchten von Ihnen gerne wissen, ob Sie die Stimme auf dem Band erkennen.«

Er spielte den Satz vom Anrufbeantworter vor und beobachtete, wie Jagoda ganz kurz das Fußwippen einstellte.

»Das ist meine Stimme«, sagte er dann ruhig. »Ich war ziemlich verärgert über Isabels Nichterscheinen. An diesem Abend habe ich eine Gesellschaft gegeben und sie auch dort erwartet.«

»Warum hatten Sie Isabel eingeladen?«, erkundigte Pia sich. »Am Montag hatte ich den Eindruck, dass Sie nicht besonders viel von ihr hielten.«

Ein leichtes Lächeln spielte um Jagodas Lippen.

»Das tat ich auch nicht«, erwiderte er. »Aber meine persönliche Meinung spielte keine Rolle. Frau Kerstner war bei mir angestellt, und ihren Job machte sie gut.«

»Sie war bei Ihnen angestellt?«

»Ja. Sie klagte immer darüber, dass sie dringend Geld brauchte, und da machte ich ihr den Vorschlag, für mich zu arbeiten.«

»In welcher Position war sie tätig?«, fragte Bodenstein.

»Sie war bei der JagoPharm zuständig für Kundenbetreuung«, Jagoda lächelte wieder, »unsere Kunden schätzten es sehr, wenn sie von Frau Kerstner betreut wurden.«

Bodenstein begann zu verstehen.

»Wie weit ging diese Betreuung denn?«

»Es gab keine genauen Richtlinien«, Jagoda machte eine unbestimmte Handbewegung. »Unsere Kunden waren aber sehr von ihr angetan.«

»Nun gut«, Bodenstein räusperte sich. »Was für einen Termin hat sie am Samstagabend versäumt?«

»Ich hatte Gäste«, antwortete Jagoda, »einige gute Kunden waren anwesend. Isabel sollte sich um sie kümmern.«

»War Friedhelm Döring auch auf Ihrer Party?«

»Ja, das war er. Er kam gegen acht.«

»Ist er auch ein Kunde der JagoPharm?«

»Wir sind Geschäftspartner«, Jagodas Blick war ruhig und unbeirrt, doch unter dem Tisch wippte seine Fußspitze heftig.

»War Ihnen bekannt, dass Frau Kerstner nicht nur ein Verhältnis mit Ihrem Verwalter, Herrn Kampmann, sondern auch mit Friedhelm Döring hatte?«

»Tatsächlich?« Jagodas Miene blieb undurchdringlich. »Nein, das wusste ich nicht.«

»Ist es übrigens üblich, dass Ihre Angestellten bar entlohnt werden? Frau Kerstner hat im Porschezentrum in Hofheim einen Porsche Boxter mit Bargeld bezahlt«, Bodenstein beobachtete Hans Peter Jagoda scharf, aber der verzog keine Miene.

»Frau Kerstner hat darauf bestanden, ihre Bezüge bar zu erhalten«, antwortete er gelassen. »Ich vermute, sie wollte nicht, dass ihr Mann davon erfuhr.«

Plötzlich zuckte Bodenstein ein Gedanke durch den Kopf, so flüchtig, dass er ihn nicht festhalten konnte, aber in seinem Innern blieb ein Gefühl des Misstrauens zurück. Sie stellten Jagoda noch einige Fragen, bevor er ihnen höflich zu verstehen gab, dass er bedauerlicherweise keine Zeit mehr hatte. Und erst als sie das Haus verlassen hatten, kehrte der Gedanke zurück.

Bodenstein erklärte Pia seine Vermutung.

»Erpressung?«, fragte sie erstaunt.

»Ja«, Bodenstein nickte. »Ich halte es für denkbar, dass Jagoda versucht hat, seine Geschäftspartner mit Hilfe von Isabel Kerstners ›Betreuung‹ zu erpressen. Am Samstagabend sollte sie wieder mit einem Kunden, der Schwierigkeiten machen wollte, ins Bett gehen. Und als sie nicht auftauchte, wurde Jagoda nervös. Für ihn steht eine Menge auf dem Spiel – und wenn er seine Kunden nicht mit legalen Mitteln halten kann, dann vielleicht mit anderen.«

Pia nickte nach kurzem Nachdenken.

»Die Aktionäre, die ihre Strafanträge überraschend zurückgezogen haben. Und die Bank, die plötzlich wieder einen Kredit gewährt hat. Schon möglich, dass er da irgendetwas gedreht hat.«

»Wir müssen noch einmal in die Wohnung von Isabel Kerstner«, Bodenstein hatte es auf einmal eilig. »Ich bin sicher, wir haben irgendetwas übersehen.«

Im Dom des Zauberbergs, den Isabel Kerstner bewohnt hatte, erlebten Bodenstein und Pia eine unliebsame Überraschung. Jemand hatte das amtliche Siegel aufgebrochen und die Wohnung geöffnet. Die ganze Wohnung war nicht nur einfach ausgeräumt, sondern beinahe in einen Rohbau verwandelt worden. Sämtliche Möbel waren verschwunden, ja, sogar die Schrankwände waren herausgerissen. War es Friedhelm Döring gewesen, der keine Zeit verschwendet hatte, etwaige Spuren zu vernichten?

»Der verkauft uns wirklich für dumm«, Bodenstein begann sich allmählich wirklich über Döring zu ärgern. Dieser Mann spielte in der ganzen Sache eine äußerst undurchsichtige Rolle. Auch wenn er auf den ersten Blick keinen Grund gehabt haben mochte, Isabel Kerstner zu töten, dann schien er doch mehr zu wissen, als er ihnen verriet. Bodenstein hatte keine Lust, ein weiteres Mal von Döring angelogen zu werden. Während Pia zu den Bewohnern in den unteren Stockwerken ging, um zu erfahren, wann die Wohnung ausgeräumt worden war, schlenderte Bodenstein mit grimmiger Miene durch die Wohnung, die Hände in den Hosentaschen vergraben. Seine Schritte hallten von den kahlen Wänden wider. Es hatte für Döring keinen Anlass gegeben, die Wohnung auszuräumen, denn es waren ja ohnehin keine verwertbaren Spuren mehr zu finden gewesen. Darüber hinaus hatte die Spurensicherung alles dokumentiert, was das erste Aufräumkommando zurückgelassen hatte. Wozu dann diese ungesetzliche Aktion? Bodenstein blieb an der Stelle stehen, an der sich das Bett befunden hatte. Staubkörnchen tanzten in dem hellen Streifen Sonnenlicht, der durch das Fenster fiel, und sein Blick blieb auf einer Stelle des glänzenden, in quadratischen Kassetten verlegten Parkettfußbodens hängen. Eine unregelmäßige Stelle weckte seine Aufmerksamkeit. Er kniete sich hin und ließ seine Fingerspitzen über den Boden gleiten. Tatsächlich! Eines der Vierecke war locker! Bei genauem Hinsehen bemerkte er an den Rändern des Parkettstücks Kratzer. In dem Moment betrat Pia die Wohnung.

»Frau Kirchhoff!«, rief er über die Schulter. »Schauen Sie mal hier!«

Pia erschien im Türrahmen.

»Von den Nachbarn ist entweder keiner da, oder sie machen nicht auf. Was machen Sie denn da?«

»Hier«, Bodenstein deutete auf das lose Holzquadrat. »Haben Sie ein Taschenmesser dabei oder etwas Ähnliches?«

Pia kam näher und ging in die Hocke. Aus ihrer Tasche förderte sie eine Nagelfeile zu Tage. Sie schob die Spitze in die schmale Fuge und hebelte das Parkettstück heraus.

»Ich wette, danach haben die gesucht«, grinste sie und fasste in das Loch im Boden.

»Das denke ich auch«, bestätigte Bodenstein. Pia tastete in dem Hohlraum herum. Als Erstes reichte sie Bodenstein ein zerfleddertes Notizbuch im Taschenbuchformat. Ein triumphierendes Lächeln glitt über Bodensteins Gesicht, während er mit spitzen Fingern das Büchlein durchblätterte. Pia fand in dem Versteck unter dem Fußboden noch einige andere Dinge, unter anderem eine flache Geldkassette, die nicht verschlossen war. In ihrem Inneren befanden sich ein Stapel nagelneuer Fünfhundert-Euro-Scheine, ein Packen Fotos, die mit einem Gummiband umwickelt waren, zwei Goldketten, mehrere Ringe und fünf kleine Kassetten, die zu einem Anrufbeantworter passten. Als Letztes fand sie einen ganzen Stapel DVDs.

»So«, Bodenstein richtete sich auf und klopfte den Staub von seinen Hosenbeinen, »jetzt bin ich aber wirklich mal gespannt, was die liebe Isabel hier so alles versteckt hat.«

Auf dem Bildschirm erschien das Gesicht von Isabel Kerstner, ein wirklich hübsches Gesicht mit hohen Wangenknochen, großen, grünen Augen und einem sinnlichen Mund mit vollen Lippen und strahlend weißen Zähnen. Sie räkelte sich äußerst knapp bekleidet auf einem breiten Bett und hatte ihr Gesicht vor die Kameralinse geschoben.

»Heute ist Sonntag, der 6. August 2005«, sagte sie. »Genau 19:13 Uhr. Ich erwarte hohen Besuch.«

Sie kicherte albern und posierte mit einem lasziven Grinsen vor der Kamera, umfasste ihre Brüste und fuhr sich mit der Zungenspitze über die Lippen. Die Delphin-Tätowierung über ihrem Bauchnabel war deutlich zu sehen.

»Ich habe nämlich eine schöne Überraschung für meinen Boss.«

Im Hintergrund klingelte es.

»Oh«, sagte Isabel, »das ist er. Pünktlich auf die Sekunde.«

Sie tänzelte davon und verschwand aus dem Bild. Im Hintergrund waren Stimmen zu hören. Es dauerte elf Minuten, bis Isabel wieder auftauchte. Hinter ihr erschien Hans Peter Jagoda, der schnurstracks zum Schrank gegenüber ging und einen argwöhnischen Blick hineinwarf. Er ahnte wohl nicht, dass Isabel mit zwei Kameras arbeitete, und die Kamera, die ihn nun aufnahm, war so geschickt angebracht, dass sie das ganze Bett und die Tür zum Badezimmer erfasste.

»Nicht, dass ich auch mit in unser Filmarchiv gerate«, sagte er. Isabel lachte und begann, ihm die Krawatte vom Hals zu ziehen.

»Lass das«, Jagoda warf einen Blick auf seine Uhr. »Ich habe jetzt keine Zeit für solche Spielchen.«

»Ach, komm schon«, sie lächelte ihn verführerisch an.

»Hör auf damit«, er schob sie von sich fort. »Ich will, dass du den Kerl richtig rannimmst. Wenn du ihn dazu bringst, dass er sich vor der Kamera ein paar Lines Koks reinzieht, dann gibt's einen Extrabonus.«

»Kein Problem«, Isabel kicherte. »Der Typ ist so was von scharf, der macht alles, was ich ihm sage. Bei Mutti zu Hause darf er wahrscheinlich nur im Dunkeln. Vielleicht ist sie auch so ein Nilpferd wie deine Frau. Musst du wirklich schon weg?«

Sie ließ sich aufs Bett sinken, reckte und streckte sich. Jagodas Entscheidung schien ins Wanken zu geraten. Er betrachtete Isabel, dann warf er wieder einen Blick auf die Uhr.

»Was soll's«, er knöpfte seine Anzugjacke auf. »Sollen sie auf mich warten. Immerhin bin ich der Boss.«

Interessanter als das, was sie in weniger als sieben Minuten vor laufender Kamera darboten, waren die Inhalte ihrer Gespräche. Sie redeten über Leute, deren Namen Bodenstein und seinen Mitarbeitern nichts sagten, aber sie verstanden, wofür Jagoda Isabel Kerstner wirklich bezahlt hatte. Er, der den seriösen Biedermann spielte, hatte unter anderem verärgerte Aktionäre, den Leiter der Kreditabteilung und den Vorstandschef seiner Bank mit Hilfe einer handfesten Erpressung zu zähneknirschender Loyalität gebracht. Zweifellos hatte ein netter kleiner Film mit kompromittierendem Inhalt eine Menge Überzeugungskraft.

»Er hat mich angelogen, ohne auch nur mit der Wimper zu zucken«, ärgerte Pia sich, als der Film zu Ende war.

»Auf jeden Fall war es nicht Döring, der die Wohnung hat ausräumen lassen«, sagte Bodenstein. »Ich denke, Jagoda wollte genau diese DVD finden, denn ich bin mir ziemlich sicher, dass Isabel ihm von deren Existenz brühwarm erzählt hat. Jagoda war möglicherweise die Geldquelle, die sie dieser Thordis gegenüber erwähnt hat.«

»Sie meinen, sie hat wiederum Jagoda erpresst?«, fragte Hasse.

»Das könnte ich mir vorstellen«, Bodenstein nickte. »Jagoda hat sie nicht umgebracht. Er musste nur diese DVD bekommen, denn er konnte nicht das Risiko eingehen, dass so ein Film jemand anderem in die Hände fallen würde.«

Was noch vor ein paar Tagen wie ein Mord aus gekränkter Eitelkeit oder Eifersucht ausgesehen hatte, wuchs sich allmählich zu einem weitaus komplexeren Fall aus. Hier ging es nicht mehr nur um eine tote junge Frau, sondern um viel mehr, aber Bodenstein konnte die Tragweite der Ereignisse, die genauen Zusammenhänge und Gründe noch nicht verstehen. War Isabel Kerstner wirklich nur ein außer Kontrolle geratenes Werkzeug, oder hatte sie im Auftrag von jemandem gehandelt? Sein Instinkt sagte ihm, dass sie rein zufällig auf dunkle Machenschaften gestoßen waren, aber worum es tatsächlich ging, begriff er noch nicht.

Behnke legte eine der fünf kleinen Kassetten in den Kassettenrecorder ein, der in der Mitte des Tisches im Besprechungsraum stand. Isabel Kerstner hatte mit ihrem Anrufbeantworter Telefongespräche mitgeschnitten. Wie aufschlussreich sie sein würden, war noch nicht zu beurteilen, aber es war durchaus interessant. Mit Jagoda amüsierte sie sich über die gemeinsamen Opfer, sie beschwerte sich über die Unattraktivität mancher Kunden, worauf Jagoda sie an ihr fürstliches Honorar erinnerte. Im Laufe der Zeit änderte sich der Tonfall der Gespräche, und man merkte, wie geschickt Isabel es angestellt hatte, ihren Auftraggeber auch in ihr Bett zu locken. Jagoda schien nicht auf die Idee zu kommen, dass Isabel ein Telefongespräch aufzeichnen könnte. Bei einem Gespräch erging er sich in einer äußerst anschaulichen Beschreibung dessen, was er mit ihr zu tun gedachte, und ließ sich dazu hinreißen, seine Frau mit abfälligen Bemerkungen zu titulieren.

»So viel zur großen Liebe«, sagte Pia sarkastisch. Die zweite Stimme, die den Beamten der Mordkommission bekannt war, war die von Kampmann, aber aus den Gesprächen wurde niemand schlau. Es ging um Pferde und Geldsummen, um Leute, die offenbar von Kampmann Pferde gekauft hatten. Der Name Marquardt fiel mehrfach, ebenso die Namen Hart, Neumeyer und Payden. Auch andere Einsteller von Gut Waldhof, die Bodenstein und Pia bekannt waren, wurden erwähnt. Isabels Stimme klang ganz normal, den verführerischen Tonfall hatte sie sich wohl für Jagoda aufgehoben.

»... ich könnte mich totlachen«, sagte sie belustigt, *»du hast der blöden Payden einen total platten Gaul verkauft, der außerdem noch tragend, dämpfig und sechs Jahre älter ist. Was machst du, wenn es rauskommt?«*

»Nichts«, Kampmann klang selbstgefällig, *»bis die das alles rausfinden, sind die Kinder so vernarrt in das Pony, dass sie es eh nicht mehr hergeben. Ich hole übrigens morgen Abend ein Pferd, das ich für die Conrady vorgesehen habe. Ein echter Kracher und todschick dazu. Du musst es eine Weile reiten. Wenn sie dich auf dem Esel sieht, wird sie verrückt.«*

»Was ist der Haken an der Sache?«

»Das Vieh ist völlig über die Uhr«, sagte Kampmann. *»Der geht auf keinem Turnier der Welt mehr ins Dressurviereck. Aber zu Hause ist er Spitzenklasse. Wenn die blöde Kuh ihren Alten erst so weit hat, dass er die Kohle lockermacht, sorge ich schon dafür, dass sie nie bis aufs Turnier kommt. Wie immer ...«*

Die Mitarbeiter des K11 rätselten eine Weile, aus welchem Grund Isabel Kerstner diese Gespräche aufgenommen hatte. Wichtiger erschienen ihnen die anderen Dinge, die Bodenstein und Pia aus dem geheimen Fußbodenversteck gefischt hatten.

»Legen Sie mal eine andere DVD ein«, forderte Bodenstein seine Mitarbeiter auf. Die Sequenzen dieses Films zeigten das Bett in Isabel Kerstners Schlafzimmer aus einer anderen Perspektive. Offenbar befand sich die Kamera üblicherweise in dem Schrank, in den Jagoda so misstrauisch hineingespäht hatte. Auf der zweiten DVD wurde erneut der horizontale Fleiß der jungen Frau dokumentiert, und das mit verschiedenen Männern, die Bodenstein und seine Mitarbeiter nicht kannten. Doch beim vierten Mann auf der zweiten DVD änderte sich das. In dem großen Besprechungsraum herrschte fassungsloses Schweigen.

»O mein Gott«, Pia fand als erste die Sprache wieder. »Das darf doch wohl nicht wahr sein.«

»Das gibt's doch nicht«, sagte Bodenstein. Sie wechselten einen Blick. Plötzlich änderte sich alles. Der Fall bekam eine neue, größere Dimension.

»Sie wollen *was*?« Kriminaldirektor Dr. Heinrich Nierhoff setzte seine Lesebrille ab und musterte Bodenstein verständnislos.

»Ich bin mir sicher, dass der Freitod von Hardenbach und der Mord an Isabel Kerstner zusammenhängen«, sagte Bodenstein. »Hardenbach wurde mit einem Sexvideo erpresst.«

»Hören Sie auf!« Kriminaldirektor Nierhoff erhob sich von seinem Schreibtischstuhl und schüttelte heftig den Kopf. »Sie kannten den Mann doch besser als ich, Bodenstein! Hardenbach war ein Muster an Integrität! Ich kann mir beim besten

Willen nicht vorstellen, dass er seine Karriere und seine politischen Ambitionen mit einer … einer Bettgeschichte aufs Spiel gesetzt hätte!«

Bodenstein beobachtete seinen Chef, der nervös durch sein Büro wanderte. Es war für ihn keine Überraschung, dass Nierhoff einen Durchsuchungsbeschluss für Hardenbachs Büro und Privathaus rundheraus ablehnte. Der Kriminaldirektor mochte negative Publicity überhaupt nicht. Hardenbach war nach seinem Freitod von der Presse zu einem Heiligen hochstilisiert worden; unangenehme Wahrheiten würden nur Probleme nach sich ziehen.

»Herr Dr. Nierhoff«, setzte Bodenstein zu einem erneuten Vorstoß an, »Hardenbach war in irgendeine dubiose Sache verwickelt. Wir haben erfahren, dass das Dezernat für Wirtschaftskriminalität gegen einen Mann namens Hans Peter Jagoda und sein börsennotiertes Unternehmen ermittelt hat. Wir wissen auch, dass diese Ermittlungen vor ein paar Wochen aus Mangel an Beweisen eingestellt wurden. Und der Staatsanwalt, der dies angeordnet hat, war Hardenbach. Alles, was ich brauche, sind Beweise dafür, dass er seine Finger im Spiel hatte und …«

»Das sind doch alles nur vage Vermutungen!«, unterbrach Nierhoff ihn scharf. »Stellen Sie sich vor, was passiert, wenn Sie und Ihre Leute den Namen Hardenbachs post mortem verunglimpfen und sich Ihre Verdächtigungen im Nachhinein als falsch erweisen! Wie stehen wir denn dann da? Der Mann kann sich gegen Ihre Vorwürfe nicht mehr wehren.«

»Weil er es vorzog, sich vorher eine Ladung Schrot in den Mund zu schießen«, erwiderte Bodenstein ruhig. »Hardenbach hat sich umgebracht, weil er wusste, dass seine Karriere beendet sein würde, wenn herauskommt, dass er Ermittlungen behindert hat. Strafvereitelung im Amt, Behinderung der Justiz, Bestechlichkeit im Amt …«

Kriminaldirektor Nierhoff stieß einen abgrundtiefen Seufzer aus.

»Denken Sie doch nur an seine Familie«, wandte er ein. »Solche Vorwürfe beschädigen das Ansehen ihres Ehemanns und Vaters.«

»Ja«, gab Bodenstein zu, »und zwar in beträchtlichem Ausmaß. Das tut mir auch leid, aber ich kann nichts daran ändern. Ich brauche Beweise, dass Hardenbach erpresst wurde, denn ich will Jagoda diese Erpressung nachweisen. Die Frau, die mit Hardenbach im Bett war, wurde ermordet, und es ist meine Aufgabe, diesen Mord aufzuklären.«

Kriminaldirektor Nierhoff drehte und wand sich vor Unbehagen. Er setzte sich wieder hinter seinen Schreibtisch und beäugte die DVD, die Bodenstein ihm hingelegt hatte, so misstrauisch, als ob sie sich jeden Moment in eine Kakerlake verwandeln könnte.

»Hardenbach war nicht nur ein Parteifreund und langjähriger Weggefährte des Ministerpräsidenten und des Innenministers, sie waren auch privat gute Freunde«, sagte er dann und malte sich sein persönliches Horrorszenario in düsteren Farben aus. »Wenn an Ihren Vermutungen nichts dran ist, Bodenstein, dann wird mich die Presse mit Genuss zerfleischen. Der Ministerpräsident und der Innenminister werden mir vorwerfen, ich hätte den Namen Hardenbachs im Nachhinein beschmutzt, um mich selbst zu profilieren. Ich bin ein toter Mann, wenn ich Ihnen jetzt die Erlaubnis gebe, einen Schuss ins Blaue zu wagen.«

Genau daher wehte der Wind.

»Feigling«, dachte Bodenstein, aber seine Miene blieb unbeweglich. Nierhoff strebte auch nach Höherem, dabei hatte er mit seiner parteipolitischen Couleur derzeit überhaupt keine Chance, nach Wiesbaden zu kommen. Spekulierte er vielleicht auf den Posten des Regierungspräsidenten?

»Sie müssen das auf eine andere Weise herausfinden«, Nierhoff schüttelte entschieden den Kopf. »Sie werden keine offizielle Durchsuchung vornehmen. Ende der Diskussion.«

»Sie können ja sagen, dass ich auf eigene Faust einen richterlichen Beschluss erwirkt habe«, schlug Bodenstein vor. Ein kurzer Hoffnungsschimmer erhellte Nierhoffs Gesicht, aber dann zogen gleich wieder Gewitterwolken auf.

»Damit ich mir sagen lasse, ich wüsste nicht, was in meiner Behörde vor sich geht? Vergessen Sie's!«

Bodenstein warf einen Blick auf seine Uhr.

»Wir dürfen nicht mehr lange warten«, sagte er. »Die Spuren werden kalt. Ich möchte mit Hardenbachs Witwe sprechen. Wenn sie etwas weiß, können wir uns den Durchsuchungsbeschluss sparen.«

Nierhoff kämpfte mit sich.

»Das LKA hat die Ermittlungen im Todesfall Hardenbach übernommen«, erinnerte er den Leiter des K11 und hob beide Hände. »Wenn Sie mit Frau Hardenbach sprechen, riskieren Sie Ärger mit denen. Ich weiß auf jeden Fall von nichts.«

Bodenstein wusste, dass er für den Moment nicht mehr erwarten konnte. Er bedankte sich für das Gespräch, erhob sich und verließ das Büro seines Chefs.

Karin Hardenbach, ganz in Schwarz, öffnete mit abweisender Miene selbst die Haustür des verklinkerten Bungalows. Sie konnte sich nicht an Bodenstein und Pia erinnern, der Schock über die Nachricht vom Freitod ihres Mannes am Sonntag hatte eine Gedächtnislücke hinterlassen, und so hielt sie die beiden zuerst für Zeugen Jehovas, die vorzugsweise an Spätnachmittagen Gespräche über die Bibel an Haustüren führen wollten. Erst Bodensteins Ausweis ließ ihr Misstrauen schwinden, und sie bat die beiden herein. Im Hintergrund des Hauses erschienen zwei Mädchen im Teenageralter mit verhuschten, blassen Gesichtern, und Bodenstein wurde bewusst, dass Hardenbach mit seinem Selbstmord die Vorstadtidylle der heilen Familie für immer und unwiederbringlich zerstört hatte. In das Gesicht von Frau Hardenbach hatten sich scharfe Falten gegraben. Die Frau, die ihrem korrekten Gatten ein Eheleben lang treu ergeben gewesen war, wirkte verhärmt und so hilflos wie ein unerfahrener Matrose am Steuer, nachdem der Kapitän im Sturm über Bord gegangen war. Bodenstein verspürte tiefes Bedauern darüber, dass er das ohnehin aus den Fugen geratene Leben dieser Frau noch tiefer erschüttern musste.

»Wie geht es Ihnen?«, erkundigte er sich mitfühlend, nachdem sie sich für die Störung entschuldigt, ein paar Höflichkeitsfloskeln ausgetauscht hatten und von Frau Hardenbach in das Wohnzimmer geführt worden waren, das die spießige Korrektheit des Mannes widerspiegelte, der es bis vor kurzem bewohnt hatte. Rustikale Eiche, ein altmodischer Fernsehschrank, eine wuchtige Anrichte, Gummibäume.

»Ganz gut«, Frau Hardenbach lächelte tapfer und wahrte die Formen. »Nehmen Sie doch Platz.«

Bodenstein und Pia setzten sich auf das Sofa, das sonst sicher nur an Feiertagen benutzt wurde, Frau Hardenbach entschied sich für einen Sessel. Sie saß unbehaglich und steif auf der vordersten Kante.

»Was kann ich für Sie tun? Ich dachte, das Landeskriminalamt hätte die Ermittlungen im Fall meines Mannes übernommen.«

»Das stimmt«, Bodenstein nickte. »Wir ermitteln in einem Mordfall. Allerdings sieht es so aus, als ob der Selbstmord Ihres Mannes mit unserem Fall zusammenhängen könnte.«

»Ach ja?« Frau Hardenbach zog nur die Augenbrauen hoch.

»Frau Hardenbach«, Bodenstein beugte sich etwas vor, »hat

sich Ihr Mann in den letzten Wochen irgendwie verändert? Hatten Sie den Eindruck, dass ihn etwas belastet hat?«

»Das haben mich die Leute vom LKA auch schon gefragt«, Frau Hardenbach hob die Schultern. »Mir ist nichts aufgefallen. Er war wie immer. Bis … bis er sich dann …«

Sie brach ab und machte eine unbestimmte Handbewegung.

»Hat er einen Abschiedsbrief hinterlassen?«, erkundigte Pia sich.

Frau Hardenbach zögerte, dann senkte sie den Kopf. Bodenstein und Pia wechselten einen kurzen Blick.

»Wissen Sie, warum er sich das Leben genommen hat?«, fragte Bodenstein leise. Die Frau hob den Kopf und starrte ihn an. Dann drehte sie sich um, als wolle sie sich vergewissern, dass die Mädchen außer Hörweite waren.

»Ich werde das Haus verkaufen und von hier wegziehen«, sagte sie mit einer Entschlossenheit, an die sie sich selbst noch gewöhnen musste. »Alles war eine Lüge.«

Sie stand auf, trat ans Fenster, die Arme vor der Brust gekreuzt, und wandte ihnen den Rücken zu.

»Ich komme aus einem streng katholischen Elternhaus«, sagte sie mit gepresster Stimme. »Ich habe mein ganzes Leben lang fest an bestimmte Werte und Moralvorstellungen geglaubt. Mein Mann war im Pfarrgemeinderat, im Schulelternbeirat, im Vorstand des Turnvereins. Er war streng gegen sich, gegen mich und gegen unsere Kinder, aber er war gerecht. Die Rollen waren bei uns klar verteilt, und das war für mich in Ordnung. Ich habe meinem Mann vertraut, an ihn geglaubt. Und jetzt hat er mich einfach allein gelassen.«

Sie drehte sich um. Ihre Stimme bekam einen bitteren Klang.

»Er hat mir keinen Abschiedsbrief hinterlassen. Nichts. Keine Erklärung. Er ging morgens zum Spazierengehen, wie immer vor dem Frühstück und der Kirche. Und dann hat er sich einfach … erschossen.«

Frau Hardenbach straffte die Schultern.

»Ich kann hier nicht mehr bleiben. Ich kann die Blicke der Leute nicht mehr ertragen. Die Schande.«

»Wir vermuten, dass Ihr Mann erpresst wurde«, sagte Bodenstein.

»Erpresst?« Frau Hardenbach zwang sich zu einem gequälten Lächeln. »Unsinn. Sie kannten ihn doch. Er war immer korrekt und absolut gradlinig. Mit was sollte mein Mann denn zu erpressen gewesen sein?«

»Ihr Mann ist in irgendetwas hineingeraten«, sagte Bodenstein behutsam. »Wir haben ziemlich kompromittierende Filmaufnahmen von ihm und einer jungen Frau gefunden.«

»Wie können Sie so etwas behaupten?« Witwe Hardenbach klang ungläubig. Sie setzte sich wieder hin.

»Wir nehmen an«, übernahm Pia, »dass sich Ihr Mann wegen dieses Filmes dazu erpressen ließ, wichtige Unterlagen in einem Betrugsfall zurückzuhalten und damit die ganze Untersuchung scheitern zu lassen. Vielleicht fürchtete er, dass das herauskommen würde, und konnte mit dieser Angst nicht mehr leben. Wir nehmen an, dass dies der Grund für seinen Selbstmord war.«

Als Pia verstummte, herrschte Totenstille. Frau Hardenbach kämpfte mühsam um den Rest an Selbstbeherrschung.

»Mein Mann hat mich tief gekränkt, weil er sich von eigener Hand das Leben genommen hat«, flüsterte sie, »aber nie und nimmer hat er sich erpressen lassen. Und niemals hätte er mich mit einer anderen Frau betrogen. Das ist eine infame Unterstellung.«

»Wir haben kein Interesse daran, das Ansehen Ihres Mannes zu beschädigen«, sagte Bodenstein. »Uns geht es um die Aufklärung eines Mordes, in den der Mann verwickelt ist, von dem wir annehmen, dass er auch Ihren Mann erpresst hat. Wir suchen die Unterlagen, die Ihr Mann möglicherweise zurückgehalten hat. Er könnte diese Unterlagen hier, in Ihrem Haus aufbewahrt haben.«

Frau Hardenbach war hin- und hergerissen zwischen dem tief in ihr verankerten Bewusstsein, der Polizei und dem Recht helfen zu wollen, und dem Wunsch, das Bild ihres Mannes für sich so zu bewahren, wie sie es sich zu seinen Lebzeiten zurechtgebastelt hatte.

»Könnten Sie nicht einmal im Arbeitszimmer Ihres Mannes nachsehen?«, bat Pia die Frau, die dieses Ansinnen jedoch empört zurückwies.

»Ich würde niemals den Schreibtisch meines Mannes durchwühlen«, antwortete Frau Hardenbach mit dumpfer Stimme. »Niemals. Ich glaube das auch alles nicht. Vielleicht wäre es besser, wenn Sie jetzt gingen.«

Bodenstein nickte und erhob sich.

»Danke, dass Sie mit uns gesprochen haben«, sagte er, griff in die Innentasche seines Jacketts und legte die DVD auf den Wohnzimmertisch. »Hier ist der Beweis, dass wir Ihnen die Wahrheit gesagt haben, auch wenn sie schmerzlich ist. Falls Ihr Mann tatsächlich erpresst wurde, so werden wir das nicht an die große Glocke hängen.«

Frau Hardenbach blickte ihn nicht mehr an.

»Sie finden sicher alleine hinaus«, flüsterte sie. »Gehen Sie. Lassen Sie uns in Ruhe.«

Sie saßen kaum im Auto, als Bodensteins Handy summte. Es war Lorenz, der ihm mitteilte, dass eine Frau Döring bei ihm zu Hause auf ihn warte.

»Was ist mit Frau Döring?«, erkundigte sich Pia neugierig.

»Sie wartet bei mir zu Hause auf mich«, Bodenstein ließ

den Motor an. »Kommen Sie mit? Ich bin gespannt, was sie will.«

»Ich müsste vorher schnell meine Pferde in den Stall bringen und füttern«, erwiderte Pia nach einem Blick auf die Uhr. »Dauert nicht lange. Mein Auto steht allerdings noch am Kommissariat.«

»Ich helfe Ihnen beim Füttern«, schlug Bodenstein vor, »und später fahre ich Sie nach Hofheim zu Ihrem Auto.«

»Wenn Ihnen das nichts ausmacht«, Pia lächelte überrascht.

»Ganz und gar nicht«, Bodenstein grinste. »Ich habe seit Jahren keine Pferde mehr gefüttert.«

Pia dirigierte ihren Chef von der A66 unter der Autobahn hindurch zu dem asphaltierten Feldweg, der zum Birkenhof führte. Bodenstein wartete, bis Pia ausgestiegen war, um das Tor aufzuschließen. Er fuhr die geschotterte Auffahrt entlang, die von hohen Birken bestanden war. Rechts lag ein kleiner Reitplatz, links befand sich eine ordentlich eingezäunte Koppel, an deren Tor zwei Pferde mit gespitzten Ohren warteten. Er parkte vor dem Haus unter einem großen Nussbaum, stieg aus und schaute sich um. Das Grundstück war riesig. In einem von Efeu überwucherten ehemaligen Hundezwinger tummelten sich Meerschweinchen, auf der großen Wiese weiter hinten liefen Enten und Gänse frei herum. Bodenstein schlenderte seiner Kollegin entgegen, die schon mit den beiden Pferden die Auffahrt entlangkam.

»Das ist ja gewaltig groß«, Bodenstein nahm ihr eines der Pferde ab. »Seit wann wohnen Sie hier?«

»Seit zehn Monaten«, Pia öffnete die beiden Boxen, und die Pferde trotteten hinein. »Es war eine glückliche Fügung. Der Vorbesitzer war ziemlich betagt, seine Kinder wohnten im Ausland, und ich hatte genug Geld gespart, um den Hof und das Grundstück kaufen zu können. Alles war allerdings in einem ziemlich desolaten Zustand. Ich fürchte, ich werde in den nächsten Jahren jeden Cent in die Renovierung und Instandhaltung stecken müssen.«

Die Pferde streckten ihre Köpfe über die geöffneten Halbtüren der Boxen und verfolgten aufmerksam, was Pia in der Futterkammer tat. Wenig später kehrte sie mit zwei Eimern zurück.

»Dieser hier ist für die Fuchsstute«, erklärte sie, »der andere für die Braune.«

Bodenstein ergriff die Eimer und versorgte nacheinander die Pferde gemäß Anweisung. Pia schüttelte jedem ihrer beiden Pferde einen Viertelballen Heu unter die Tränke, dann waren sie versorgt.

»Schöne Pferde«, stellte Bodenstein fest.

»Die braune Stute haben mein Mann und ich gekauft, als sie ein Fohlen war«, Pia lächelte. »Die andere ist sieben, aber leider sportuntauglich, nachdem sie sich am Fesselträger verletzt hat. Da sie eine tolle Abstammung hat, haben wir sie gekauft. Sie sind beide tragend.«

»Dann gibt's nächstes Jahr also doppelten Nachwuchs«, Bodenstein lächelte.

»Wenn alles glatt geht«, Pia betrachtete die Pferde, die sich mit Heißhunger auf den Hafer in der Krippe stürzten, mit Zuneigung.

»Und Ihr Mann?«, fragte Bodenstein. Pia hob den Kopf und sah ihn an. Das Lächeln war verschwunden.

»Mein Mann? Was ist mit ihm?«

»Vermisst er seine Pferde nicht?«

»Nein«, sagte Pia knapp und warf einen Blick auf die Uhr. »Ich bin hier fertig. Wir können losfahren.«

Bodenstein verstand, dass seine Kollegin nicht über ihren Mann sprechen wollte.

»Auf jeden Fall können Sie sich über einen Mangel an Arbeit nicht beklagen«, stellte er fest, als sie zurück zu seinem Auto gingen.

»Ganz sicher nicht«, bestätigte Pia und lächelte wieder. »Aber ich liebe es. Nach sechzehn Jahren in schicken, todlangweiligen und sterilsauberen Stadtwohnungen kann ich endlich Pferdemist schaufeln und mit den Händen in der Erde wühlen. Ich möchte niemals mehr anders leben.«

Bodensteins Haus lag in einer der besseren Kelkheimer Wohngegenden. Auf den ersten Blick wirkte es wie ein unscheinbarer Bungalow, aber der Eindruck täuschte: Sie betraten eine großzügige Eingangshalle mit einer Galerie im ersten Stock. Das Haus war ziemlich groß. Ein paar Stufen führten hinunter in das große Wohnzimmer mit einem herrlichen Panoramablick über den Garten auf ganz Kelkheim und Fischbach. Ein junger Mann mit kurzem, dunklem Haar und einem ziemlich schmutzigen T-Shirt tauchte in der Eingangshalle auf, gefolgt von einem kniehohen Mischlingshund, der Bodenstein so erfreut begrüßte, als sei dieser soeben von einer Weltreise heimgekehrt.

»Hallo, Lorenz«, sagte Bodenstein zu dem jungen Mann, »danke, dass du mich angerufen hast. Darf ich dir Pia Kirchhoff, meine neue Mitarbeiterin, vorstellen? Frau Kirchhoff, das ist Lorenz, mein Ältester.«

Der junge Mann lächelte und reichte Pia die Hand. Er war etwa zweiundzwanzig, hatte ein hübsches, etwas spöttisches Gesicht und würde in ein paar Jahren seinem Vater ziemlich ähnlich sehen.

»Ich sehe etwas wild aus«, entschuldigte er sich. »Ich habe mir so einen englischen Oldtimer gekauft, und der braucht jede Menge Pflege.«

»Hoffentlich hast du Frau Döring nicht in die Garage geschleift«, sagte Bodenstein.

»Nein«, der junge Mann grinste, »sie ist in der Küche. Wir haben Konversation gemacht.«

»Okay. Danke«, Bodenstein nickte. Pia folgte ihm in eine geräumige Küche, in der sogar ihr das Kochen Spaß gemacht hätte. Am Küchentisch saß Frau Döring vor einem Glas Wasser.

»Es tut mir leid, dass ich Sie zu Hause störe«, sagte sie und wollte aufstehen.

»Kein Problem«, Bodenstein lächelte, »bleiben Sie sitzen.« Pia und er setzten sich auch an den Tisch.

»Ich bin im Computer meines Mannes auf eine E-Mail gestoßen«, begann Anna Lena Döring, »und ich bin mir ziemlich sicher, dass sie etwas mit dem Verschwinden von Dr. Kerstners Tochter zu tun hat. Maurice Brault ist ein Geschäftspartner meines Mannes in Belgien, und ich weiß, dass er oft recht zweifelhafte Geschäfte macht. Ihm gehörten die LKW, mit denen das umdeklarierte britische Rindfleisch nach Deutschland geschmuggelt werden sollte.«

»Ach«, schlagartig erwachte Bodensteins Aufmerksamkeit. Er erinnerte sich dunkel, den Namen »Maurice« heute schon einmal irgendwo gehört zu haben.

»Hier«, Anna Lena Döring reichte ihm ein Blatt Papier. Sie saß auf der vordersten Kante des Stuhles, stocksteif und angespannt, die Hände in ihrem Schoß ineinander verklammert. Das Make-up war verschmiert, die Augen gerötet und geschwollen. Sie hatte geweint. Bodenstein wandte den Blick von ihrem Gesicht und starrte auf das Blatt. Es war der Ausdruck einer E-Mail.

»Bonjour, Fred. Habe das Püppchen unbeschadet erhalten. Abreise via Bordeaux wie geplant verlaufen und bereits erfolgt. Ist der Verbleib endgültig? Die Kunden in USA haben

nach wie vor allergrößtes Interesse! Gib mir bitte umgehend Bescheid, noch kann man die Route ändern.
Maurice«

Bodenstein schob Pia das Blatt hin. Die E-Mail war am 26. August abgeschickt worden, am Freitag vor Isabels Tod. Am folgenden Tag hatte Isabel am Nachmittag ihrem Mann gesagt, dass ihre Tochter an einem Ort sei, an dem er sie niemals finden würde.

»Wie kommen Sie darauf, dass diese E-Mail irgendetwas mit dem Kind zu tun haben könnte?«, erkundigte sich Bodenstein. Anna Lena Döring sah ihn lange an.

»Ich weiß sehr viel über die Geschäfte meines Mannes«, sagte sie schließlich leise. »Seine Spedition liefert weltweit mehr aus, als offiziell bekannt ist. Es ist üblich, Frauen als ›Puppen‹ zu bezeichnen, kleine Mädchen sind dementsprechend ›Püppchen‹. Isabel hat ihre Tochter mit Hilfe meines Mannes irgendwohin ins Ausland bringen lassen, und ich fürchte, dass sie an adoptionswillige Leute in den USA verkauft werden soll.«

Bodenstein und Pia waren einen Augenblick sprachlos.

»Frau Döring«, Pia beugte sich vor, »wenn Ihr Mann in kriminelle Machenschaften verwickelt ist und Sie davon Kenntnis haben, sollten Sie das sagen. Sie machen sich sonst möglicherweise als Mitwisserin strafbar.«

Ein kurzes freudloses Lächeln flog über ihr Gesicht.

»Sie haben meinen Mann doch kennengelernt«, erwiderte sie. »Er wird nicht zögern, mir etwas anzutun, wenn er befürchten muss, dass ich der Polizei etwas über seine Geschäfte erzähle. Ihm ist ein Menschenleben nicht viel wert.«

»Aber …«

»Ich habe Angst vor ihm«, sagte Anna Lena Döring. »Aber

ich will nicht, dass Micha seine Tochter verliert. Ich bin nur zu meinem Mann zurückgekehrt, um etwas gegen ihn in der Hand zu haben. Sollte er versuchen, mir etwas anzutun, werde ich das, was ich über ihn weiß, gegen ihn verwenden.«

»Wir werden nichts tun, was Ihr Leben in Gefahr bringen könnte«, versicherte Bodenstein eindringlich.

»Doch«, Anna Lena Döring nickte traurig und senkte den Blick, »wenn es nötig ist, werden Sie das tun. Wenn Sie erst den Mörder von Isabel gefasst haben, gibt es einen neuen Fall für Sie, und dann kann es Ihnen egal sein, was mit mir ist.«

Sie verstummte und biss sich auf die Unterlippe. In ihren Augen schimmerten die Tränen.

»Ich muss gehen«, sagte sie dann und stand auf. »Danke, dass Sie Zeit für mich hatten.«

Bodenstein brachte sie zur Haustür und kam wenig später zurück.

»Maurice«, sagte Pia zu ihm, »diesen Namen erwähnte Jagoda bei einem der mitgeschnittenen Gespräche.«

»Richtig«, Bodenstein nickte nachdenklich. »Es werden immer mehr Puzzlestücke, und die ganze Sache wird unübersichtlich. Sind wir überhaupt noch auf dem richtigen Weg?«

»Tja«, Pia stützte ihr Kinn in die Hand, »in erster Linie suchen wir den Mörder von Isabel Kerstner. Aber ich glaube, dass irgendwie alles zusammenhängt. Das Problem ist, dass sich die Zahl der Verdächtigen beinahe stündlich vergrößert. Jagoda, Kampmann, nun auch noch Hardenbach.«

»Hardenbach?«, fragte Bodenstein erstaunt.

»Ja. Haben Sie nicht auch daran gedacht, dass er durchaus ein Motiv gehabt hatte? Schon die Tatsache, dass er mit Isabel geschlafen hat, macht ihn zu einem potenziell Verdächtigen. Er könnte Angst um seine Karriere gehabt haben. Vielleicht hat er erst sie getötet und dann sich selbst.«

»Ich bitte Sie, Frau Kirchhoff!«

»Hat es alles schon gegeben«, antwortete Pia. »Hardenbach hatte ehrgeizige Pläne. Er wollte Justizminister werden, danach vielleicht sogar Bundesstaatsanwalt. Er hatte Familie, einen makellosen Lebenslauf und sehr, sehr viel zu verlieren. So etwas hat schon ganz andere zu Mördern werden lassen.«

»Möglicherweise wusste er gar nichts von diesen Filmaufnahmen«, überlegte Bodenstein.

»Ganz sicher wusste er Bescheid. Und ganz sicher hatte dieses Filmchen auch schon seinen Zweck erfüllt«, sagte Pia. »Mein Schwager hat etwas von einem Medikament mit Zulassungsreife erzählt. Für Jagoda geht es jetzt um alles oder nichts. Er braucht wenigstens so lange Ruhe, bis dieses Medikament auf dem Markt ist und er damit seine Firma retten kann.«

Bodenstein warf seiner Kollegin einen anerkennenden Blick zu.

»Ganz schön scharfsinnig.«

»Auf jeden Fall hat Jagoda und nicht Döring die Wohnung nach diesen DVDs durchsuchen lassen«, sagte Pia. »Er hat für meine Begriffe ein sehr starkes Mordmotiv.«

»Aber auch ein Alibi«, gab Bodenstein zu bedenken. »Er hatte Gäste, die ganz sicher bezeugen können, dass er den ganzen Abend zu Hause war.«

»Natürlich«, erwiderte Pia. »Er wird sie auch nicht selber umgebracht haben. Aber alleine wegen der Erpressungen, die wir durch die DVDs und Gesprächsmitschnitte nachweisen können, müssten wir einen Haftbefehl für ihn kriegen.«

»Nein«, Bodenstein seufzte, »das reicht nicht aus. Irgendwie sind mir das auch alles zu viele lose Enden. Hat er wirklich nach dieser DVD gesucht? Oder nach etwas ganz anderem?«

Sie sahen sich ratlos an. Lorenz kam in die Küche, gefolgt

von dem Hund. Er hatte offenbar geduscht, denn seine Haare waren noch feucht, und er trug ein sauberes Hemd und frische Jeans.

»Wo ist Rosi?«, fragte Bodenstein seinen Sohn.

»Also, Papa, ehrlich«, der junge Mann schüttelte den Kopf, »manchmal kriege ich echt Angst um dich. Hast du sie nicht selber heute Morgen zur Schule gefahren? Erinnerst du dich nicht an das Köfferchen, das sie dabeihatte?«

»Ach, stimmt ja«, Bodenstein verzog das Gesicht. »Klassenfahrt.«

Lorenz grinste.

»Ich wollte mir gerade Pizza holen. Soll ich euch was mitbringen?«, fragte er.

»Haben Sie heute schon etwas gegessen?«, erkundigte sich Bodenstein bei seiner Kollegin. Plötzlich bemerkte Pia, wie leer ihr Magen war. Ein Sandwich morgens, mittags nur ein Twix, das war sehr wenig.

»Nicht besonders viel«, erwiderte sie also. »Aber ich will keine Umstände machen.«

»Machen Sie nicht«, versicherte Lorenz von Bodenstein. »Also?«

»Für mich einen Salat und eine Thunfisch-Pizza«, sagte Bodenstein. »Und Sie, Frau Kirchhoff? Ich lade Sie ein.«

»Na dann«, sie grinste, »auch einen Salat und eine Pizza mit Sardellen und Knoblauch. Wenn ich schon sündige, dann richtig.«

Bodenstein holte eine Flasche Wasser aus dem Kühlschrank und verschwand kurz im Keller, um nach einer Flasche Wein zu suchen. Pia blickte sich in der Küche um. Getrocknete Kräuter hingen an der Wand, Hundenäpfe standen auf dem Boden, Kochbücher stapelten sich auf dem Fensterbrett, und an einer Pinnwand steckten mehrere Schichten von Postkarten, Kinokarten und allen möglichen Zettelchen. An der Wand über dem Tisch hing ein herrliches Aquarell, das eine provenzalische Landschaft darstellte. Hier lebte eine glückliche Familie. Unwillkürlich dachte Pia an die kalte, immer perfekt aufgeräumte Hightech-Küche, die sie in ihrer Frankfurter Wohnung gehabt hatte. Henning hatte keine Kinder, keine Haustiere, keine bunten Farben und keine Unordnung gewollt, deshalb war ihr Haus immer irgendwie minimalistisch und unpersönlich geblieben. Ganz plötzlich wusste Pia, dass sie viel zu lange mit ihrer Trennung von Henning gewartet hatte. Sie wollte auch eine Küche haben wie diese, eine gemütliche, lebendige Unordnung, einen Obstkorb mit dunkelbraunen Bananen auf dem Tisch, Hundehaaren in den Zimmerecken und einem Berg von Schuhen vor der Tür zur Garage.

»Sie können übrigens ruhig rauchen«, sagte Bodenstein auf einmal hinter ihr, und sie fuhr erschrocken zusammen.

»Nein, nein, muss nicht sein«, sagte Pia rasch. »In Nichtraucherhäusern kann ich mich schon beherrschen.«

»Meine Frau qualmt wie ein Schlot«, Bodenstein grinste. »Irgendwo steht ein Aschenbecher.«

Er zog mehrere Schubladen auf, bis er einen Korkenzieher gefunden hatte. Eine Katze kam herein, blickte sich kurz um und sprang dann mit einem eleganten Satz auf Pias Schoß.

»Das ist Baghira«, erklärte Bodenstein und holte drei Weingläser und drei Wassergläser aus einem der Hängeschränke. »Er ist hier der Chef. Meine Frau neigt dazu, von jeder ihrer Reisen einen Pflegefall mitzubringen. Baghira kommt, wenn ich mich richtig erinnere, aus der Mongolei.«

»Aha«, Pia lächelte und streichelte das Fell des Katers, der es sich schnurrend auf ihrem Schoß bequem machte.

»Mögen Sie Katzen?« Bodenstein zog sich die Krawatte aus und schenkte den Wein ein. Er probierte einen Schluck.

»Ich mag alle Tiere«, erwiderte Pia. »Ich würde mir gerne einen Hund anschaffen. Aber solange ich den ganzen Tag weg bin, geht das wohl nicht. Katzen sind selbstständig, aber für einen Hund braucht man mehr Zeit.«

»Ja, Zeit muss man schon haben«, Bodenstein schob ihr ein Glas hin. »Das mit unserer Menagerie geht auch nur, weil unsere Kinder noch hier wohnen. Cosima ist tagsüber meistens in ihrer Firma.«

»Eine Firma?«

»Sie hat vor zehn Jahren ihre eigene Produktionsfirma gegründet und produziert Dokumentarfilme, die sie mit ihrem Team selber dreht. An Orten, von denen ich nicht mal wusste, dass es sie gibt. Zum Wohl!«

Bodenstein und Pia stießen an.

»Neuguinea, Mongolei, Tadschikistan, Sumatra«, er seufzte und grinste schief. »Unglaublich.«

»Das hört sich sehr interessant und aufregend an«, sagte Pia.

»Für mich wäre das nichts«, gab Bodenstein zu. »Ich bin da eher der spießige Typ und brauche die Routine. Für Cosima wäre das tödlich. Lorenz schlägt ganz nach ihr, er macht gerade ein Volontariat beim Fernsehen und war schon ein paarmal mit auf Expeditionen. Rosalie ist eher wie ich. Sie macht nächstes Jahr Abitur und will Jura studieren.«

»Ich weiß gar nicht, wie ich bin«, sagte Pia. »Früher wollte ich immer die weite Welt sehen, dann habe ich ein paar Semester Jura studiert und festgestellt, dass das nichts für mich ist. Mit zweiundzwanzig habe ich mich bei der Polizei beworben, und das fand ich klasse.«

»Sie haben zwischendurch sieben Jahre lang pausiert. Wieso?«, erkundigte Bodenstein sich. Er war sich bewusst, dass er in einen sehr privaten Teil des Lebens seiner neuen Kollegin vordrang, aber er war neugierig.

»Mein Mann wollte das so«, Pia kraulte Baghira hinter den Ohren. »Er wollte ein Heimchen für Haus und Herd.«

»Das passt aber gar nicht zu Ihnen«, Bodenstein sah sie prüfend an.

»Ich habe relativ lange gebraucht, um das selber zu merken«, sagte Pia leichthin. »Aber jetzt geht's mir gut.«

»Ostermann muss sich morgen um diesen Maurice kümmern«, sagte Bodenstein. »Ich will wissen, wer dieser Mann ist und wo wir ihn finden können. Außerdem sollte er sich erkundigen, welche Flüge an diesem Freitag von Bordeaux abgegangen sind. Möglicherweise findet man auf einer Passagierliste einen Hinweis auf das Kind.«

»Döring hat ziemlich viel Dreck am Stecken, und seine Frau weiß darüber Bescheid«, Pia zündete sich eine Zigarette an. »Sie will aber nichts sagen, weil sie sich vor ihrem Mann fürchtet.«

»Zu Recht, würde ich sagen. Döring kann beängstigend sein«, Bodenstein lehnte sich zurück. »Wir sind zwar auf eine Menge Dinge gestoßen, die zweifellos rechtswidrig oder sogar kriminell sind, aber leider sind wir der Aufklärung unseres Falles kaum einen Millimeter näher gekommen.«

Freitag, 2. September 2005

Bodensteins erster Weg führte ihn an diesem Morgen zum zuständigen Staatsanwalt. Er wollte einen Haftbefehl gegen Hans Peter Jagoda erwirken, bevor er diesen mit den Filmen und den Gesprächsmitschnitten konfrontierte. Der Staatsanwalt zögerte, bis Bodenstein ihm sagte, dass ein hochrangiger Kollege von ihm in die Sache verwickelt sei und die Angelegenheit dadurch eine ganz neue Brisanz erhalten habe.

»Wenn Jagoda erfährt, was wir wissen«, sagte er, »dann wartet er nicht gemütlich auf weitere Schritte von uns. Ich weiß noch nicht, was alles daran hängt, aber ich bin sicher, dass Jagoda sich mit der Erpressung durch die Sexfilme Luft verschaffen wollte. Gegen seine Firma wurde ermittelt, aber plötzlich wurden Strafanträge zurückgezogen.«

Es war ein hartes Stück Arbeit, aber schließlich hatte Bodenstein den Staatsanwalt überzeugt, dass Jagoda auf freiem Fuß die Ermittlungen erheblich behindern konnte.

Isabel Kerstner hatte ihr Notizbuch wie ein Kurztagebuch geführt. Offenbar hatte sie für bestimmte Namen Zeichen erfunden, denn es wimmelte nur so von immer wiederkehrenden Symbolen, Schnörkeln und Buchstabenkombinationen. Ihr Telefonbuch war relativ unverschlüsselt, wobei sie sich allerdings oft Vor- oder Nachnamen gespart hatte. Oberstaatsanwalt Hardenbach tauchte als ›Hardy‹ auf, Isabel hatte Büro- und Handynummern von ihm notiert, und sie hatte sich im letzten halben Jahr neunmal mit ihm getroffen. Bedauerlicherweise brachen die Eintragungen vier Tage vor ihrem Tod ab, so dass nicht klar war, ob sie Termine wie den bei Jagoda am Samstagabend bereits im Voraus wusste oder ob sich so etwas kurzfristig ergab. Von der Telekom waren mittlerweile auch die kompletten Kontoauszüge ihres Handys gekommen, auf das Bewegungsprofil mussten sie noch warten. Leicht zu dechiffrieren waren die Geldsummen, die Isabel Kerstner akribisch notiert hatte. Am Freitag, den 19. August hatte sie von Kampmann dreitausend Euro erhalten, und im Juli war sie von $ mit insgesamt vierundzwanzigtausend Euro entlohnt worden. ›$‹ stellte sich schnell als Hans Peter Jagoda heraus, denn von ihm stammten die meisten und die höchsten Zahlungen, die regelmäßig ab April erfolgt waren.

»Sie hat in der Zeit von März bis Mitte August von Jagoda achtundsiebzigtausend Euro kassiert«, gab Andreas Hasse nach Addition aller Zahlungsvermerke bekannt.

»Und das war ihr noch nicht genug«, bemerkte Behnke. »So ein geldgieriges kleines Luder!«

»Auf jeden Fall hat sie sich gleich mal einen Porsche gekauft«, sagte Hasse. »Eine Kleinigkeit, bei dem Verdienst.«

Bodenstein hörte mit einem Ohr zu, während er die Fotos durchblätterte, die sie im Versteck unter dem Fußboden gefunden hatten. Er betrachtete ältere Fotos, die wohl aus Isabels Kindheit stammten, denn sie zeigten einen Mann in den Fünfzigern mit Hornbrille, eine gutaussehende Frau, einen dicklichen blonden jungen Mann und ein kleines Mädchen. Auf der Rückseite stand in kindlicher Krakelschrift *›Papa, Mama, Walentien und ich – 1981‹*. Dann gab es Bilder von Pferden, mit und ohne Isabel, ältere und neuere Fotos von lachenden Menschen, Reitlehrer Kampmann hoch zu Ross und ein anderes Mal in bierseliger Runde im Reiterstübchen,

Fotos von Dr. Kerstner, der mit stolzem Lächeln ein blondes Kleinkind im Arm hielt, und eine ganze Serie unscharfer, grobkörniger Schwarzweißfotos, auf denen eine dicke Frau und ein Mann in Anzug und Krawatte zu sehen waren. Auf die unteren Ränder der Fotos war das Datum 19. April 1997 gedruckt. Plötzlich zuckte Bodenstein wie elektrisiert zusammen.

»Haben wir eine Lupe hier?«, fragte er aufgeregt.

»Irgendwo gibt's eine«, Kathrin Fachinger sprang auf und kam nach einer Minute mit einem Vergrößerungsglas zurück.

»Was ist denn?«, erkundigte sich Pia neugierig. Statt zu antworten, beugte sich Bodenstein über die Schwarzweißfotos, die er vor sich auf der Tischplatte ausgebreitet hatte und begutachtete sie gespannt durch die Lupe. Dann richtete er sich auf.

»Erkennen Sie den Mann?«, fragte er seine Mitarbeiter und schob die Bilder quer über den Tisch. Pia, Ostermann, Behnke, Hasse und Kathrin Fachinger betrachteten die Bilder.

»Das ist Hardenbach«, sagte Frank Behnke sofort.

Bodenstein nickte langsam.

»Aber wer ist die Frau? Und was haben die Bilder bei Isabel Kerstner zu suchen?«

»Dürften wir erfahren, was mit den Fotos los ist?«, fragte Behnke vorsichtig.

»Ich weiß es noch nicht genau«, erwiderte Bodenstein. In diesem Moment kam ein Bote vom Gericht und brachte den Haftbefehl.

»Kommen Sie, Frau Kirchhoff«, sagte Bodenstein, »jetzt besuchen wir unseren Freund Hans Peter Jagoda.«

Jagoda war nicht in der Firma, aber die Empfangsdame, eine kompetentere als die vom Vortag, brachte in Erfahrung, dass er den Vormittag über zu Hause in Kronberg zu erreichen sei. Das Haus von Hans Peter Jagoda war ein erstaunlich normaler Walmdachbungalow mit schmiedeeisernen Gittern vor den Fenstern. Allerdings stand es auf einem beachtlichen Grundstück, das die Ausmaße eines Golfplatzes hatte und auch ähnlich gut gepflegt war. Die Frau, die ihnen die Haustür öffnete, war ungefähr Mitte dreißig, fast so groß wie Bodenstein und nicht nur dick, sondern fett. Früher mochte sie einmal recht hübsch gewesen sein, aber alle Konturen ihres Gesichts waren von einer Fettschicht verwischt. Sie trug eine karierte Reithose und ein zeltartiges dunkelgrünes Polohemd mit dem Aufdruck ›Gut Waldhof‹. Ihr glänzendes dunkles Haar war zu einem Zopf geflochten. Bodenstein dachte sofort an die verächtlichen Bemerkungen auf der Kassette von Isabel Kerstners Anrufbeantworter. ›Fette Henne‹ hatte Jagoda über seine Frau gesagt, und Isabel hatte sie gar als ›Walross‹ bezeichnet.

»Sind Sie Frau Jagoda?«, fragte er höflich. Als sie nickte, stellte er sich und Pia Kirchhoff vor. Sie musterte Pia scharf von Kopf bis Fuß, Bodenstein dagegen streifte sie nur mit einem raschen, uninteressierten Blick.

»Wir wollten mit Ihrem Mann sprechen. Ist er zu Hause?«

»Was wollen Sie von ihm?«

»Mit ihm sprechen«, Bodenstein hatte nicht vor, ihr sein wahres Ansinnen auf die Nase zu binden.

»Warten Sie hier«, Frau Jagoda trat endlich einen Schritt zurück. »Ich hole ihn.«

Sie ließ die Haustür offen, wandte sich ab und stampfte davon.

»Was für eine Walküre«, bemerkte Bodenstein beeindruckt.

»Grotesk«, murmelte Pia, die sich den zarten Hans Peter

Jagoda und diesen Trumm von einer Frau zusammen vorstellte. Bodenstein betrachtete neugierig das Innere des Hauses. Bruchsteinwände und dicke Holzbalken sollten wohl den Eindruck eines Landhauses vermitteln, zu dem der helle Granitfußboden und die dünnen Drähte der Niedervolt-Halogenbeleuchtung nicht recht passen wollten. Die rustikalen Möbel hätte Bodensteins Mutter abwertend als ›Gelsenkirchener Barock‹ bezeichnet, wenngleich sie sicherlich nicht billig gewesen waren. Jagoda tauchte nach wenigen Minuten auf. Heute war er nicht in feinen Zwirn gekleidet, sondern in ein verschwitztes graues T-Shirt und eine weiße Jogginghose.

»Guten Morgen«, sagte er. »Was kann ich für Sie tun?«

Seine Frau baute sich hinter ihm auf wie ein grimmiges Gebirge aus Fleisch und Stoff. Sie überragte ihren Mann um einen Kopf.

»Wir hätten Sie gerne kurz unter sechs Augen gesprochen, Herr Jagoda«, sagte Bodenstein.

»Natürlich«, Jagoda nickte. »Gehen wir in mein Arbeitszimmer.«

Sie mussten sich an Frau Jagoda vorbeiquetschen, da sie keine Anstalten machte, aus dem Weg zu gehen. Ganz offensichtlich passte es ihr nicht, ausgeschlossen zu werden. Das Arbeitszimmer lag auf der rückwärtigen Seite des Hauses mit einem spektakulären Ausblick über den Taunus aus großen Panoramafenstern.

»Also«, Jagoda wies mit einer Handbewegung auf zwei Sessel und nahm dann hinter seinem altmodischen Eichenholzschreibtisch Platz, »was gibt es?«

»Kennen Sie einen Mann namens Maurice Brault?«, fragte Bodenstein und schlug die Beine übereinander.

»Sollte ich ihn kennen?«

»Vermutlich ja. Sie erwähnten seinen Namen Isabel Kerstner gegenüber.«

Jagoda verzog keine Miene. Er hätte einen guten Pokerspieler abgegeben.

»Ach so, ja. Maurice. Wie er mit Nachnamen heißt, weiß ich nicht«, sagte er. »Was ist mit ihm?«

»Wir möchten wissen, wer er ist und wie Ihre Beziehung zu ihm ist.«

»Maurice ist Franzose oder Belgier«, erwiderte Jagoda. »Er ist ein Geschäftspartner von Döring.«

»Und was haben Sie mit ihm zu tun?«, fragte Pia.

»Maurice besaß früher einmal ein Aktienpaket der Jago-Pharm.«

»Früher einmal, aha«, Pia nickte. »Seit wann tut er das nicht mehr?«

»Was spielt das für eine Rolle?«

»Als wir Sie gestern in Ihrer Firma besucht haben«, sagte Bodenstein, statt ihm zu antworten, »haben wir Herrn Kampmann, den Verwalter Ihrer Reitanlage, aus dem Gebäude kommen sehen. Was hat er dort getan?«

»Unsere Buchhaltung kümmert sich auch um die Abrechnung der Reitanlage«, erwiderte Jagoda glatt. »Er ist gelegentlich deshalb in der Firma.«

»In Anzug und Krawatte? Hat er vielleicht noch einen anderen Job als den des Reitlehrers?«

Jagoda sah Bodenstein verständnislos an, aber in seinen Augen erschien ein wachsamer Ausdruck.

»Wie meinen Sie das?«

»Er hat nicht zufällig in der Vergangenheit hin und wieder illegale Strohverkäufe Ihrer Inhaberaktien für Sie getätigt?«

»Ich dachte, Sie seien mit der Aufklärung des Todes von Isabel Kerstner beschäftigt«, Jagoda wirkte plötzlich angespannt. »Was stellen Sie denn für Fragen?«

Bodenstein Blick fiel auf ein Fernsehgerät in der Schrankwand hinter Jagodas Schreibtisch.

»Sie können ja mal darüber nachdenken. Haben Sie hier zufällig einen DVD-Player? Wir möchten Ihnen gerne einen Film vorführen.«

»Bitte«, Jagoda zuckte die Schultern und stand auf, um Fernseher und DVD-Player einzuschalten. Pia legte die DVD ein, dann drückte sie auf die PLAY-Taste. Hans Peter Jagoda betrachtete den Film ohne sichtbare Gemütsregung, aber seine Körperhaltung drückte deutliches Unbehagen aus.

»Kennen Sie einen der Herren?«, fragte Bodenstein. »Frau Kerstner dürfte Ihnen ja sattsam bekannt sein.«

»Wo haben Sie diesen Film her?«, erwiderte Jagoda heiser, statt auf die Frage zu antworten.

»Das tut nichts zur Sache«, Pia wechselte die DVD. Das Gesicht von Isabel erschien auf dem Bildschirm.

»Heute ist Sonntag, der 6. August 2005«, ertönte ihre Stimme. *»Genau 19:13 Uhr.«*

Jagoda wurde blass, seine Augen hingen wie magnetisiert am Bildschirm, und während Pia ein Stück vorspulte, registrierten sie und Bodenstein, dass der Mann nervös schluckte. Ein dünner Schweißfilm erschien auf seiner Stirn, und seine Finger begannen, mit einem Kugelschreiber zu spielen. Eine Weile lief der Film unkommentiert.

»Wussten Sie etwa gar nichts von der Existenz dieses Filmes?«, fragte Bodenstein sanft. Er erhielt keine Antwort.

»Ist es möglich, dass Sie Ihre Kunden und Geschäftspartner mit kompromittierenden Filmen dieser Art in irgendeiner Art und Weise ... hm ... beeinflussen wollten?«

Schweigen.

»Haben Sie auf der Suche nach dieser DVD die Wohnung von Frau Kerstner durchsuchen und später, als sie bereits von der Staatsanwaltschaft versiegelt worden war, ausräumen lassen?«

»Machen Sie das aus«, flüsterte Jagoda mit gepresster

Stimme und wandte den Blick ab. Er schwitzte so stark, dass sich unter seinen Achseln dunkle Flecken auf seinem grauen T-Shirt bildeten.

»Sie haben gelogen, als Sie behauptet haben, Sie seien nie mit Isabel Kerstner im Bett gewesen«, sagte Pia nun. »Warum haben Sie nicht die Wahrheit gesagt?«

Bodenstein legte das Diktiergerät auf den Tisch und schaltete es an.

»... ich will dich heute Abend noch mal sehen«, ertönte Jagodas Stimme, *»ich denke den ganzen Tag nur an dich.«*

»Ich kann heute nicht«, erwiderte Isabel, *»ich hab noch was vor.«*

»Komm schon, Süße. Ich brauch dich! Wenn ich meine Alte, diese fette Henne nur sehe, könnte ich grad kotzen. Ich bin verrückt nach dir.«

Bodenstein schaltete das Gerät aus. Jagoda holte zitternd Luft, dann biss er sich auf die Lippen und schloss die Augen.

»Frau Kerstner hatte die unfeine Angewohnheit, Telefongespräche mit ihrem Anrufbeantworter mitzuschneiden«, sagte Pia. »Wir spielen Ihnen gerne noch andere Bänder vor. Da geht es um Geld und um diesen Maurice, von dem wir annehmen, dass er Aktien für Sie verkauft hat, weil Sie es als Vorstandsvorsitzender der JagoPharm nicht durften. Isabel hatte die Kassetten übrigens zusammen mit ihrem Notizbuch unter einem losen Parkettstück in ihrer Wohnung versteckt. Warum hat sie das getan? Wollte sie Sie damit unter Druck setzen? Kam sie vielleicht auf diese Idee, weil Sie mit den Sexfilmen Ihre Geschäftspartner erpressten?«

»Ich sage dazu gar nichts«, Jagoda öffnete wieder die Augen, »und ich will mit meinem Anwalt sprechen.«

»Das ist Ihr Recht«, Bodenstein nickte, »später. Sie werden uns jetzt begleiten.«

»Wieso denn das?« Jagoda schien konsterniert.

»Frau Kerstner kam vor sechs Tagen gewaltsam ums Leben«, erinnerte ihn Bodenstein und zog den Haftbefehl aus der Innentasche seines Sakkos. »Nach allem, was wir auf diesen Bändern gesehen und gehört haben, erscheint es uns denkbar, dass Sie etwas mit ihrem Tod zu tun haben.«

Bodenstein präsentierte Jagoda den Haftbefehl.

»Sie können mich doch nicht verhaften!«, plötzlich zeigte der Mann eine Reaktion, denn er wurde totenbleich. »Wissen Sie, was das für eine verheerende Wirkung auf meine Geschäfte haben wird?«

»Zur Abwechslung könnten Sie uns auch reinen Wein einschenken«, schlug Bodenstein vor, »und uns Antworten auf unsere Fragen geben. Was haben Sie zum Beispiel mit Staatsanwalt Hardenbach zu tun?«

Jagoda überlegte ein paar Sekunden, dann schüttelte er den Kopf.

»Ich sage kein Wort mehr«, sagte er.

»Auch gut«, Bodenstein erhob sich. »Packen Sie ein paar Sachen zusammen. Es kann sein, dass Sie für eine Weile auf Staatskosten übernachten dürfen.«

Als Bodenstein am frühen Abend nach Hause fuhr, dachte er darüber nach, wie es wohl kam, dass ein ehrgeiziger und intelligenter Mann wie Hardenbach letztendlich über eine so banale Sache wie eine Sexaffäre stolpern konnte. Er dachte an Jagoda, der am Nachmittag, von seinem Anwalt beraten, verkündet hatte, dass er zu den Vorwürfen kein Wort sagen würde. Er hatte auf die Frage, was Oberstaatsanwalt Hardenbach mit Isabel Kerstner zu tun hatte, genauso geschwiegen wie auf die mehrfach geäußerte Vermutung Bodensteins, Isabel habe ihn erpresst. Trotz des scharfen Protestes von Seiten seines Rechtsbeistandes war Jagoda ins Untersuchungsgefängnis gebracht worden. Dort durfte er bis morgen früh schmoren und sich überlegen, ob es nicht vielleicht doch besser wäre, mit der Polizei zu kooperieren. Behnke und Ostermann kümmerten sich um Durchsuchungsbefehle für die Geschäftsräume der JagoPharm und Jagodas Privathaus. Bodenstein nahm nicht an, dass Jagoda selbst den Mord an Isabel Kerstner ausgeführt hatte. Hatte er ihn vielleicht arrangiert, als er begriffen hatte, dass es mit der Loyalität der jungen Frau nicht weit her war? Er war fast sicher, dass sie Jagoda erpresst hatte, doch was hatte sie gewollt? Noch mehr Geld? Auf jeden Fall musste sie Jagoda zumindest ordentlich in die Enge getrieben haben, damit er so weit ging, sie ermorden zu lassen. Aber wo und wie hatte der Mörder der Frau aufgelauert? War sie nach dem Besuch in der Tierklinik ihres Mannes und ihrem Auftauchen auf der Reitanlage noch einmal nach Hause gefahren? Hatte sie noch eine Verabredung gehabt? Bei Jagoda war sie am Samstagabend auf jeden Fall nicht erschienen, und die letzte Verbindung, die auf der Telefonrechnung ihres Handys zu finden war, war die der Tierklinik um 17:16. Das Gespräch hatte nur ein paar Sekunden gedauert. Wahrscheinlich hatte sie sich erkundigt, ob ihr Mann da war. Wer war der mysteriöse Mann in dem Auto ihres verstorbenen Vaters, mit dem sie auf dem Parkplatz von McDonalds gestritten hatte? Es musste schon ein unglaublicher Zufall sein, wenn jemand ausgerechnet das Auto von Isabels Vater stahl, um damit zu ihr zu fahren. Plötzlich kam Bodenstein ein Gedanke, und er fragte sich, weshalb er nicht viel eher darauf gekommen war.

Nach der Menge der Autos zu urteilen, die auf dem Parkplatz von Gut Waldhof standen, musste an diesem späten Freitagnachmittag noch reger Betrieb herrschen. Bodenstein erblickte den kanariengelben Jeep, an dem die junge Frau namens

Thordis gelehnt hatte, als sie sich neulich Abend unterhalten hatten. Er parkte seinen BMW auf dem letzten freien Parkplatz und schlenderte zum Stall hinüber, doch der war, genauso wie die Reithalle, menschenleer. Bodenstein ging um die Halle herum und schnupperte den Duft von Grillfleisch und Holzkohle. Auf dem Rasen zwischen Reithalle und Reitplatz war ein großer Schwenkgrill aufgebaut. Auf Bänken und Gartenstühlen drängten sich unter den großen Bäumen die Eigentümer der Pferde sorglos lachend, schwatzend und gutgelaunt und genossen den warmen Sommerabend. Von der Verhaftung Jagodas schienen sie nichts zu ahnen. Robert Kampmann stand am Grill. Das Lächeln verschwand schlagartig von seinem Gesicht, als er Bodenstein erkannte. Er hob die Fleischgabel, mit der er die Steaks wendete, wie eine Waffe, als erwarte er einen tätlichen Angriff.

»Hallo, Herr Kampmann«, sagte Bodenstein lächelnd, »lassen Sie sich nicht stören. Ich suche Thordis.«

Der Reitlehrer blickte ihn unsicher an, dann wandte er sich um.

»Thordis!«, rief er und winkte mit seiner Fleischgabel.

Bodenstein spürte, wie sich bei dem appetitlichen Duft gebratener Steaks und Würstchen seine Magennerven zusammenzogen. Er hatte heute sicherlich schon fünfzehn Tassen Kaffee getrunken, aber gegessen hatte er noch nichts.

Die blonde Thordis erschien mit einem Teller in der Hand. Als sie Bodenstein erblickte, flog ein erstauntes Lächeln über ihr Gesicht. Sofort dachte er wieder an Inka Hansen.

»Hallo«, sagte sie. »Was machen Sie denn hier?«

»Ich wollte Sie etwas fragen«, erwiderte Bodenstein. »Haben Sie eine Sekunde Zeit?«

»Klar. Auch zwei Sekunden.«

Die Gespräche der Leute waren verstummt, und alle blickten neugierig zu ihnen herüber.

»Lassen Sie uns vorne zum Stall gehen«, schlug Bodenstein vor.

»Okay«, Thordis nickte. Sie stellte ihren Teller auf den Tisch, der neben dem Grill stand.

»Lassen Sie ja nicht mein Steak verbrennen, Herr Kampmann«, sagte sie scherzhaft, aber dem Reitlehrer schien jeglicher Humor, wenn er denn welchen besaß, abhanden gekommen zu sein. Er lächelte nicht einmal.

»Was gibt's?«, fragte sie neugierig, als sie auf dem leeren Hof vor der Reithalle standen. Bodenstein musterte ihr Gesicht.

Hatte er die junge Frau von ihrer ersten Begegnung im Halbdunkel auf dem Parkplatz als recht hübsch in Erinnerung behalten, so bemerkte er jetzt, im hellen Licht des spätsommerlichen Nachmittags, helle leuchtende Augen mit dichten Wimpern, ausgeprägte Wangenknochen und entzückende Sommersprossen auf der hübschen Stupsnase. Sie trug ein knallrotes ärmelloses T-Shirt, das ihr nur bis knapp über den Bauchnabel reichte, und eine enganliegende ausgewaschene Jeans. Für einen Moment entfiel Bodenstein der Grund seines Besuches.

»Erinnern Sie sich, dass wir über diesen Mann in dem Mercedes Cabrio gesprochen haben, den Sie auf dem Parkplatz von McDonalds im Gespräch mit Isabel gesehen haben?«, fragte er schließlich, und als Thordis nickte, reichte er ihr ein zerknittertes Foto. Es war eines der Fotos, die sie im Notizbuch von Isabel gefunden hatten. Thordis studierte das Bild eingehend und verzog nachdenklich das Gesicht.

»Ich habe diesen Mann nur sehr flüchtig gesehen«, sagte sie nach einer Weile und hob den Blick, »aber es ist schon möglich, dass das der Mann war. Das ist Isabels Bruder, oder?«

»Das nehme ich an, ja«, Bodenstein nickte. »Das Bild ist natürlich schon ein paar Jahre alt.«

»Vielleicht hat Micha Kerstner ja noch ein neueres Foto von seinem Schwager«, schlug Thordis vor.

»Gute Idee«, Bodenstein lächelte, »ich werde ihn mal fragen.«

Thordis steckte die Hände in die Gesäßtaschen ihrer engen Jeans und legte den Kopf schief.

»Wollen Sie etwas essen oder trinken?«, fragte sie.

»Danke. Aber ich will die Party nicht durch meine Anwesenheit verderben«, wehrte Bodenstein ab, obwohl es eine verlockende Aussicht war. Ihm lief schon beim bloßen Gedanken an ein saftiges Steak mit Kräuterbutter das Wasser im Munde zusammen. In dem Augenblick rollte ein schwarzer BMW Touring über den Hof auf sie zu. Sie traten ein Stück zur Seite.

Die Fahrerin, eine schlanke Dunkelhaarige Anfang vierzig in Reithosen und Stiefeln, hielt kurz vor der Wiese und stieg aus.

»Hi, Thordis!«, rief sie.

»Hi, Babsi«, erwiderte Thordis. »Du wirst schon sehnsüchtig erwartet.«

»Ich war in drei Supermärkten, bis ich das Zeug gefunden habe«, die Frau öffnete den Kofferraum und holte vier Kisten mit Pfläumchen heraus, die sie dann zum Grillplatz trug. Dort wurde sie mit lautem Beifall begrüßt. Bodenstein blickte das Auto an, und ihm fiel etwas ein.

»Wer ist die Frau?«, erkundigte er sich.

»Barbara Conrady«, antwortete Thordis. »Wieso?«

»Hat sie hier auch ein Pferd stehen?«

»Zwei.«

»Sie hat nicht zufällig in der letzten Zeit ein Pferd von Herrn Kampmann gekauft?«

»Doch«, Thordis wurde neugierig, »allerdings hatte sie ziemliches Pech. Das Pferd ist lahm, seitdem sie es besitzt.«

Bodenstein überlegte. Die Beschreibung passte auf die Frau, die am frühen Samstagnachmittag vergangener Woche bei Isabel Kerstner aufgetaucht war und mit ihr auf dem Parkplatz gesprochen hatte. Was hatte sie gewollt? *Ich hole noch ein Pferd, das ich für die Conrady vorgesehen habe. Wenn sie es sieht, wird sie verrückt. Ich sorge schon dafür, dass es nie auf ein Turnier kommt.* Langsam dämmerte Bodenstein, was Reitlehrer Kampmann und Isabel Kerstner gemacht hatten. Kampmann verkaufte Pferde weit über ihrem eigentlichen Wert an seine Kunden, die ihm blind vertrauten. Isabel, eine exzellente Reiterin, machte den Leuten die Pferde schmackhaft, und wenn dann der Handel zustande gekommen war, erhielt sie von Kampmann eine Provision. Der Reitlehrer sorgte dafür, dass die Käufer nicht so schnell bemerkten, welche Mängel die teuer bezahlten Pferde hatten, und verdiente weiter an Boxenmiete, Beritt und Unterricht. Das war clever und zugleich ausgesprochen hinterhältig.

»Verkauft Kampmann häufiger Pferde an Leute hier im Stall?«, fragte Bodenstein Thordis.

»Ja«, bestätigte sie. »Fast alle Einsteller haben ihre Pferde von ihm gekauft. Ich würde das allerdings nie machen.«

»So, so«, machte Bodenstein, »und warum nicht?«

»Weil ich keine Lust hätte, mich von ihm betrügen zu lassen«, sagte Thordis freimütig. »Man darf es hier natürlich nicht laut sagen – das wäre Majestätsbeleidigung –, aber ich bin der festen Überzeugung, dass die Pferde, die er besorgt, alle irgendein Problem haben, das er vertuscht.«

»Ein Problem?«, fragte Bodenstein nach.

»Ja«, sie nickte, »entweder sind sie krank oder über die Uhr.«

Das war genau der Ausdruck, den Kampmann Isabel Kerstner gegenüber auch benutzt hatte.

»Über die Uhr«, sagte Bodenstein, »das bedeutet, sie sind turniersauer.«

»Genau.«

Hinter der Reithalle wurde nach Thordis gerufen.

»Ich glaube, mein Steak ist fertig«, stellte sie fest. »Kommen Sie mit? Ein Steak werden Sie wohl essen dürfen, ohne dass man es Ihnen als Bestechung auslegen wird, oder nicht?«

»Ein anderes Mal gerne«, Bodenstein widerstand der Versuchung und lächelte. »Danke für die Auskünfte.«

Das Handy auf Bodensteins Nachttisch piepte durchdringend. Schlaftrunken tastete er nach Lichtschalter und Telefon und warf einen Blick auf die Uhr. Das konnte nur Cosima sein.

»Ja?«, murmelte er. Es war nicht Cosima, sondern Pia Kirchhoff.

»Habe ich Sie geweckt?«, fragte sie.

»Ja«, Bodenstein schloss wieder die Augen und ließ sich zurücksinken. »Es ist halb drei morgens.«

»Oh, tatsächlich«, Pia klang vollkommen hellwach und ziemlich aufgeregt. »Hören Sie, Chef, ich weiß jetzt, wer die Frau auf diesen Schwarzweißbildern mit Hardenbach ist. Es ist Marianne Jagoda.«

Bodenstein öffnete die Augen und blinzelte ins Licht.

»So etwas fällt Ihnen um halb drei morgens ein?«

»Marianne Jagoda hat sich am 19. April 1997 mit Staatsanwalt Hardenbach getroffen«, fuhr Pia fort. »Am 4. April – also fünfzehn Tage zuvor – sind ihre Eltern bei einem Brand in ihrer Villa in Frankfurt umgekommen. Bei der Untersuchung durch Spezialisten des LKA kam heraus, dass es sich um Brandstiftung handeln könnte. Deshalb wurde die Angelegenheit an die Frankfurter Staatsanwaltschaft übergeben.«

Bodenstein war jetzt mindestens genauso hellwach wie seine Kollegin.

»Dreimal dürfen Sie raten, wer damals der zuständige Staatsanwalt war.«

»Hardenbach?«, vermutete Bodenstein.

»Genau«, Pia klang sehr zufrieden, »es gab keine weiteren Ermittlungen. Fall abgeschlossen. Ein Jahr später kaufte Staatsanwalt Hardenbach ein schönes Häuschen in Hochheim.«

»Was wollen Sie damit andeuten?«

»Marianne Jagoda hat Hardenbach bestochen.«

»Wie kommen Sie denn darauf?«

»Als Marianne Jagoda heiratete«, sagte Pia, »kam es zu einem Familienkrach, denn Papa Drescher hielt von seinem Schwiegersohn überhaupt nichts. Jahrelang hatten Marianne Jagoda und ihre Eltern keinen Kontakt miteinander. Anfang 1997 gingen Hans Peter Jagodas Pläne für seinen Börsengang in die heiße Phase – alles, was ihm noch fehlte, war das notwendige Startkapital. Und dann – wie praktisch – starben Mariannes Eltern, und sie wurde schlagartig millionenschwer.«

Bodenstein brauchte ein paar Sekunden, um die Informationen zu verarbeiten.

»Woher wissen Sie das alles?«, fragte er.

»Nächtliche Intensiv-Recherche«, erwiderte Pia bescheiden, »und gute Beziehungen zu einer intimen Kennerin der feinen Frankfurter Gesellschaft. Dreschers waren großzügige Gastgeber und Kunstmäzene. Eigentlich sollte das Familienvermögen in Kunststiftungen angelegt werden, aber bevor Drescher das veranlassen konnte, segnete er das Zeitliche.«

Bodenstein dachte einen Moment über das Gehörte nach.

»Sie können das alles nicht beweisen«, gab Bodenstein zu bedenken, »es können Zufälle gewesen sein.«

»Außer mir hatte schon jemand anders diesen Verdacht«, sagte Pia. »Auf der Rückseite der Fotos befindet sich der

Stempel einer Detektei Stein, die leider nicht mehr existiert, da Herr Stein im Mai 1997 einen tödlichen Verkehrsunfall erlitt. Das kann natürlich tatsächlich ein Zufall sein.«

»Wo sind Sie gerade?«, fragte Bodenstein.

»Im Büro.«

»Ich bin in zwanzig Minuten da.«

Samstag, 3. September 2005

Bodenstein staunte nicht schlecht, als er Pia an ihrem Schreibtisch erblickte, umgeben von einem Chaos an Papieren, Computerausdrucken und Akten. Die Luft war vom Qualm unzähliger Zigaretten zum Schneiden dick.

»Warum schlafen Sie nachts nicht?«, fragte Bodenstein und zog sich einen Stuhl heran.

»Hole ich nach«, Pia schob ihm einen Stapel ausgedruckter Zeitungsartikel hin. »Hier sind die Presseberichte über den Hausbrand, die Untersuchung und die Todesanzeige von Herbert Stein, dem Detektiv. Er war erst achtundzwanzig, als er beim Joggen von einem Auto angefahren wurde. Der Unfallfahrer wurde nie ermittelt. Eigenartig, oder?«

Bodenstein überflog die Zeitungsausschnitte. Ein Bericht über Marianne Jagoda, die tief trauernde Alleinerbin.

»Sie hat fünfzig Millionen Mark geerbt«, staunte er.

»Dazu die Brauerei, Immobilien, Aktien, Kunstsammlungen, Rennpferde und andere Kleinigkeiten«, bestätigte Pia mit einem Nicken. »Das Walross ist ein Goldfisch.«

Bodenstein las weiter. Ein Artikel handelte vom Machtkampf im Drescher-Bräu-Vorstand nach dem Tod des Chefs, den Marianne Jagoda beendet hatte, indem sie den Kronprinzen ihres Vaters kurzerhand gefeuert hatte. Eine kurze Zeitungsnotiz über den Unfalltod des Privatdetektivs aus Frankfurt war dabei. Berichte aus verschiedenen Börsenmagazinen über den kometenhaften Aufstieg von Hans Peter Jagoda. Dann ergriff Bodenstein nochmals die Schwarzweißfotos. Kein Zweifel – die Frau neben Hardenbach war Marianne Jagoda.

»Hardenbach und die Jagodas kannten sich«, sagte Pia, »er hatte ihnen schon einmal geholfen. Aber offenbar reichte die alte Sache nicht aus, um Hardenbach nochmals als Gehilfen zu gewinnen, deshalb musste eine neue Repressalie her. Und zwar Isabel Kerstner.«

»Wie kam sie an diese Fotos?«

»Tja«, Pia seufzte, »ich schätze mal, das Mädchen war ziemlich gerissen. Vielleicht hatte Hardenbach auch geredet, als er mit ihr im Bett war.«

»Niemand hat solche Fotos einfach herumliegen«, Bodenstein schüttelte den Kopf.

»Sie lagen ganz sicher nicht einfach so herum«, Pia drehte ihren Stuhl so, dass sie ihren Chef besser ansehen konnte. »Wollen Sie meine Theorie hören?«

»Schießen Sie los«, Bodenstein wartete gespannt. Bei einer Ermittlung musste alles denkbar sein, selbst scheinbar abwegige Hypothesen.

»Also«, Pia zündete sich eine Zigarette an, »Hardenbach wollte sich von Jagoda nicht mehr bestechen lassen, deshalb hetzte Jagoda ihm Isabel Kerstner auf den Hals. Sie geht mit ihm ins Bett und besorgt damit Material für eine Erpressung. Vielleicht mochte sie Hardenbach wirklich oder versprach sich nur etwas von ihm. Er erzählt ihr von Marianne Jagoda und dem Tod ihrer Eltern, und sie sieht eine Chance, ihrerseits ein Druckmittel gegen die Jagodas in die Hand zu bekommen. Sie überredet ihn, ihr die Fotos zu überlassen …«

»Stopp!«, unterbrach Bodenstein ihren Redefluss, »Hardenbach hätte solche Fotos niemals aufgehoben.«

»Vielleicht doch.«

»Hm«, Bodenstein dachte nach. »Isabel Kerstner versuchte Marianne Jagoda mit ihrem Wissen zu erpressen …«

»… und schon haben wir eine weitere Person mit einem starken Mordmotiv.«

Die beiden sahen sich an.

»Ziemlich gewagte Theorie«, sagte Bodenstein.

»Wie auch immer«, Pia gab sich so leicht nicht geschlagen, »aber Hardenbach wurde hundertprozentig von den Jagodas erpresst. Jetzt muss Nierhoff akzeptieren, dass wir einen Durchsuchungsbeschluss für sein Haus brauchen.«

»Und wir müssen mit Marianne Jagoda sprechen.«

»Das würde ich noch nicht tun«, Pia schüttelte den Kopf. »Für sie habe ich mir etwas anderes überlegt.«

Außer Bodenstein war an diesem Samstagmorgen niemand vom K11 anwesend. Pia hatte gegen acht ihre freiwillige Nachtschicht mit dem Versprechen beendet, sie sei den ganzen Tag über per Handy erreichbar, auch alle anderen befanden sich in Rufbereitschaft. Bodenstein hatte nichts Besseres vor, außerdem stapelten sich Berge von Akten, die er längst hätte bearbeiten müssen. Lorenz war irgendwo unterwegs, Rosalie noch auf der Abschlussfahrt mit ihrer Klasse in Rom, und Cosima hatte sich seit zwei Tagen nicht mehr gemeldet, aber das deutete er als gutes Zeichen. Er wartete, bis die Zeit angemessen war, und rief den befreundeten Leiter des Frankfurter Dezernats für Wirtschaftskriminalität und Betrug unter dessen Privatnummer an. Schon vor zwei Tagen hatte Bodenstein ganz offiziell um Informationen in Sachen JagoPharm gebeten, aber nun konnte er angesichts der neuen Erkenntnisse nicht bis nächste Woche warten. Das, was er dann von seinem Kollegen erfuhr, war ausgesprochen aufschlussreich. Das Betrugsdezernat hatte die JagoPharm und ihren Vorstandsvorsitzenden Hans Peter Jagoda schon seit längerem wegen Insiderhandels und anderer vermuteter Straftaten im Visier gehabt. Für eine Anklage hatte es nie gereicht, da man trotz aller Bemühungen und Vermutungen keine eindeutigen Beweise hatte vorlegen können. Im Juni waren auf Geheiß der Staatsanwaltschaft die Ermittlungen endgültig eingestellt worden. Bodenstein konnte nicht umhin, Jagodas Gerissenheit anzuerkennen. Mit der Erpressung von Oberstaatsanwalt Hardenbach hatte er sich eine Atempause verschafft, in der es ihm gelingen konnte, seine angeschlagene Firma mit Hilfe des neuen Medikaments wenigstens finanziell auf solide Füße zu stellen. Es war früher Nachmittag, als das Telefon klingelte. Der Hausmeister des Zauberbergs, aufmerksamer Zeitungsleser und begeisterter Anhänger der amerikanischen CSI-Serien, hatte im Hinterhof des Gebäudes einen einzelnen Damenschuh gefunden. Da er aus der Zeitung erfahren hatte, dass die Polizei den zweiten Schuh der toten Frau suchte, gleichzeitig auch wusste, dass jedes Detail für die Aufklärung eines Falles von ungeheurer Bedeutung sein konnte, hatte er die sonst von ihm strikt eingehaltene Befehlskette umgangen und direkt bei der Kripo angerufen, ohne mit seinen Vorgesetzten Rücksprache zu halten. Bodenstein hatte nichts Dringenderes vor und versprach, umgehend nach Ruppertshain zu kommen, um den Schuh in Augenschein zu nehmen. Stolz und aufgeregt präsentierte ihm der Mann eine Stunde später einen Schuh, der leider dem Manolo-Blahnik-Unikat an Isabel Kerstners linkem Fuß so wenig ähnelte wie ein Porsche einem Skoda. Bodenstein bedankte sich trotzdem, packte den Schuh in einen Plastikbeutel, um den hilfsbereiten Mann nicht zu sehr zu enttäuschen, und setzte sich wieder ins Auto. In dem Moment erinnerte er sich an Inka Hansens Einladung. *Komm doch mal auf einen Kaffee vorbei, wenn du in der Gegend bist …* Er war in der Gegend. Und er hatte nichts vor.

Das alte Bauernhaus war von den Umbauarbeiten in der Pferdeklinik weitgehend verschont worden. Im Vorgarten blühten Sommerblumen und liebevoll beschnittene Rosen in verschwenderischer Fülle, der Rasen war sorgfältig gemäht. Bodenstein zögerte kurz, bevor er das Tor öffnete und zur Haustür ging. Er lächelte, als er den altmodischen Klingelzug sah, und betätigte ihn dann. In den Tiefen des Hauses ertönte ein melodisches Läuten, wenig später näherten sich Schritte der Haustür. Bodensteins Herz machte unversehens einen Satz, als er Inka gegenüberstand.

»Ich hab dich schon kommen sehen«, sagte sie. »Eigentlich dachte ich, du tauchst früher auf.«

Sie wandte sich ab, und er folgte ihr ins Innere des Hauses.

»Hier hat sich kaum etwas verändert«, stellte er fest, »schön.«

»Schön?« Inka hob spöttisch die Augenbrauen. »Ich hätte es gerne etwas moderner, aber mit dem Bau der Klinik habe ich meine finanziellen Mittel vorübergehend erschöpft.«

Sie blickten sich an.

»Komme ich ungelegen?«, fragte Bodenstein. »Ich will nicht stören.«

»Du störst nicht«, erwiderte Inka. »Heute ist es ruhig. Mein Kind ist ausgeflogen, die Pferde sind versorgt, die Buchhaltung hat Zeit.«

Sie gingen hinaus auf die Terrasse und setzten sich in gemütliche Rattansessel unter die Pergola, die von Kletterrosen überwuchert war. Es war ein goldener Spätsommernachmittag. Die warme Luft duftete nach Sommerflieder und Lavendel, der in großen Büschen neben der Terrasse wuchs.

»Erzähl mir was von dir«, forderte Inka ihn auf. Sie hatte ihm gegenüber auf einem Rattansofa Platz genommen, die Füße unter sich gezogen und betrachtete ihn mit wachsamer

Neugier. Bodenstein umriss sein Leben in den letzten Jahren, erwähnte Frau, Kinder und Beruf. Es fiel ihm schwer, unbefangen mit ihr zu reden. Auf einmal fragte er sich, ob es eine gute Idee gewesen war, hierherzukommen. All die Jahre hatte er nicht mehr daran gedacht, wie ausgesprochen gut Inka ihm immer gefallen hatte. Die lang vergessen geglaubten Gefühle kehrten mit einer Heftigkeit zurück, die ihn erschreckte.

»Und du?«, fragte er schließlich. »Was hast du gemacht, seitdem wir uns das letzte Mal gesehen haben?«

Ein flüchtiger Schatten huschte über ihr Gesicht.

»Aus den zwei Semestern Auslandsstudium wurden zehn«, sagte sie nach einer Weile, »wahrscheinlich wäre ich in Amerika geblieben, wenn nicht das mit meinem Vater passiert wäre. Mama hatte mich gebeten zurückzukommen.«

Inka schob sich eine vorwitzige Haarsträhne aus der Stirn.

»Ich habe lange überlegt. In Amerika hatte ich einen tollen Job an einer renommierten Klinik in Kentucky. Meine Tochter hat schließlich die Entscheidung gefällt. ›Wir können Oma nicht alleine lassen‹, hat sie gesagt, und da war es klar. Na ja, und so bin ich nach Ruppertshain zurückgekehrt.«

Sie blickte ihn an.

»Denkst du hin und wieder noch an die Turniere und die Heuernten und den Reitunterricht bei deinem Opa?«

»Kaum«, gab Bodenstein zu. »Erst als ich dich wiedergesehen habe, war auf einmal alles wieder da.«

»So ging es mir auch«, sagte Inka. »In den letzten sieben Jahren drehte sich mein ganzes Leben nur um die Klinik.«

»Ihr habt einen guten Ruf.«

»Ja«, sie nickte, »wenn alles so weiterläuft, sind wir bald aus den roten Zahlen raus.«

Sie zögerte kurz.

»Es wird doch so weiterlaufen, oder?«

Bodenstein wusste, was sie meinte.

»Ich glaube nicht mehr, dass Kerstner etwas mit dem Tod seiner Frau zu tun hat«, erwiderte er deshalb.

»Das könnte ich mir auch nicht vorstellen«, Inka wirkte ein wenig erleichtert. Bodenstein hatte keine Lust, mit Inka über den Fall zu sprechen. Er wollte nicht, dass sie annahm, er sei nur zu ihr gekommen, um sie auszuhorchen.

»Warum bist du hierhergekommen?«, fragte sie schließlich.

Ja, warum? Wegen einer fünfundzwanzig Jahre alten, kindischen Sehnsucht, die er in den Tiefen seiner Erinnerungen längst vergessen und verarbeitet geglaubt hatte, bis zu ihrer Begegnung vor drei Tagen? Sie waren in ihrer Jugend unzertrennlich gewesen, Inka, Quentin, Ingvar, Simone und er. Wie war sie zerbrochen, diese enge Freundschaft? Bodenstein erinnerte sich an den Sommer 1979, als dieser Dr. Hagstedt mit seinen Pferden nach Schloss Bodenstein gekommen war. Latus Lex und Fiorella hatten sie geheißen, die Pferde, und Hagstedt hatte sie Bodenstein zum Reiten zur Verfügung gestellt. Er sollte die Pferde auf Turnieren reiten, deshalb hatte er den ganzen Winter lang in der kleinen Reithalle mit den beiden Pferden gearbeitet, sie trainiert und ausgebildet. Aber es war anders gekommen. Ein schwerer Sturz im Gelände hatte seine Zukunftspläne jäh zerstört. Ingvar hatte die beiden talentierten Pferde übernommen, und was daraus wurde, war längst Geschichte: Latus Lex trug Ingvar über seine ersten S-Springen, mit Fiorella wurde er Europameister der Junioren. Bodenstein stieß einen Seufzer aus. Er hatte lange mit seinem Schicksal gehadert, damals. Wäre er heute ein berühmter Springreiter, wenn er diesen Unfall nicht gehabt hätte? Ingvar hatte die Pferde bekommen – und Inka. Noch auf der Hochzeit von Simone und Roman Reichenbach drei Jahre später hatten sie wie ein Paar gewirkt. Aber irgendetwas war kurz danach vorgefallen, etwas, was Inka dazu veranlasst hatte, nach Amerika zu flüchten. Eigentlich war es eine Ironie des Schicksals, dass sie nun alle wieder hier waren, Ingvar Rulandt, Inka und er. Bodenstein wurde bewusst, dass Inka ihn ansah.

»Latus Lex und Fiorella«, sagte er nun laut.

»Ach Gott«, sie lachte ungläubig, »das ist nicht dein Ernst.«

»Damals war es todernst«, entgegnete er. »Meine ganze Kindheit hindurch war ich fest davon überzeugt, eines Tages Schloss Bodenstein zu leiten und von der Reiterei zu leben.«

Inka wurde ernst und sah ihn aufmerksam an.

»Du hattest dich nach dem Unfall von uns allen zurückgezogen«, sagte sie, »fast so, als hättest du uns die Schuld daran gegeben.«

»Ingvar hatte meine Pferde«, Bodenstein stellte erstaunt fest, dass es tatsächlich noch immer weh tat, daran zu denken. »Ich war ein Krüppel und fühlte mich von ihm verraten und hintergangen. Jeden Tag musste ich euch sehen, dich und Ingvar. Es war ein unerträglicher Zustand für mich.«

»Für mich war es genauso unerträglich«, antwortete Inka. »Wir waren immer gute Freunde, aber du wolltest auf einmal nichts mehr mit mir zu tun haben.«

»Ich hatte den Eindruck, es war genau andersherum«, Bodenstein lächelte leicht. »Ingvar hatte ein schlechtes Gewissen wegen mir, und du warst auf seiner Seite.«

»Das ist nicht wahr«, Inka schüttelte den Kopf. »Aber du hast vor lauter Selbstmitleid nichts mehr bemerkt. Du hast mir ja nicht einmal die Gelegenheit gegeben, mit dir zu reden. Ich meine, du warst schon immer verschlossen und wortkarg, aber plötzlich warst du …«

Bodenstein spürte, dass er sich auf gefährliches Terrain begab, und doch konnte er nicht anders. Er wollte wissen, was sie damals über ihn gedacht hatte.

»War ich – was?«, fragte er deshalb nach. Inka wirkte ein wenig unbehaglich und verlegen.

»Ach, was soll's denn«, sie verschränkte die Arme vor der Brust und schaute zur Seite, »das sind alles alte Geschichten.«

»Ja, du hast recht. Es ist lange vorbei, wir haben alle unseren Weg gemacht. Wer weiß, wozu alles gut war.«

Es war ganz still. Ihre Verlegenheit übertrug sich auf ihn, und Bodenstein wünschte, er hätte geschwiegen. Plötzlich hob Inka den Kopf und sah ihn mit einem langen seltsamen Blick an. Als sie wieder sprach, tat sie es bewusst leicht und obenhin.

»Das mit Ingvar und mir fing erst viel später an«, sagte sie. »Meine ganze Jugend hindurch gab es nur einen einzigen Jungen, in den ich verliebt war, und das warst du. Ich habe für dich geschwärmt, seitdem ich denken konnte, und immer gehofft, du würdest es bemerken, aber das hast du nicht.«

Sonntag, 4. September 2005

Der Traum begann zu zerfließen, zu zerrinnen, und Bodenstein wachte auf, weil ihm die Sonne direkt ins Gesicht schien und sein Handy klingelte. Er schreckte jäh hoch und tastete nach dem Telefon. Wie spät war es wohl?

»Bodenstein«, murmelte er.

»Hardenbach«, hörte er eine zaghafte Frauenstimme. »Entschuldigen Sie bitte die frühe Störung.«

Bodenstein fuhr in die Höhe, bereute die schnelle Bewegung aber sofort. Ein dumpfer Schmerz presste sich wie ein eiserner Ring um seinen Kopf und erinnerte ihn an die zwei Flaschen Rotwein, die er letzte Nacht geleert hatte. Schlimmer noch als der Kater waren die Schuldgefühle, die ihn quälten. Er hatte einen beschämend realistischen Traum von Inka gehabt. Ganz allmählich kehrte die Erinnerung an den gestrigen Nachmittag zurück, sein Gehirn weigerte sich zu begreifen, welch tiefsitzende Wunde er aufgerissen und welchen Schaden er angerichtet hatte. Bevor es hätte peinlich werden können, hatte der Anruf eines Pferdebesitzers Inkas überstürzten Aufbruch erfordert. Trotzdem, in seinem benebelten Kopf fühlte es sich beinahe wie Ehebruch an.

»Frau Hardenbach«, murmelte er und bemühte sich um Klarheit in seinem Kopf. »Sie stören nicht. Was kann ich für Sie tun?«

»Ich habe lange über unser Gespräch nachgedacht«, sagte

die Frau des toten Oberstaatsanwalts. »Es tut mir leid, dass ich Sie fast aus meinem Haus geworfen habe, aber ich … es ist schwer für mich, zu begreifen, dass mein Mann in Wirklichkeit nicht der war, für den ich ihn all die Jahre gehalten habe. Ich habe … ich habe etwas gefunden, was Sie interessieren dürfte. Können Sie bei mir vorbeikommen?«

»Ja, natürlich«, erwiderte Bodenstein.

»Ich erwarte Sie. Bis später.«

Und schon hatte sie aufgelegt. Bodenstein blinzelte ins gnadenlos helle Sonnenlicht und tippte Pia Kirchhoffs Nummer ein.

»Ich bin leider nicht wirklich in der Lage, Auto zu fahren«, sagte er, nachdem er ihr knapp geschildert hatte, weshalb er sie an einem Sonntagmorgen brauchte. »Können Sie mich abholen?«

»Klar. Bin in einer halben Stunde da.«

Bodenstein taumelte zum Badezimmer und stolperte beinahe über den Hund, der vor seiner Schlafzimmertür geduldig darauf gewartet hatte, dass sein Herrchen aus dem Koma erwachte, um ihn zu füttern und wenigstens kurz in den Garten zu lassen. Eine ganze Weile starrte Bodenstein sein unrasiertes und übernächtigtes Gesicht im Spiegel an, die Hände auf den Rand des Waschbeckens gestützt. Er nahm sich in dieser Minute vor, jeden weiteren Kontakt zu Inka zu unterlassen. Nach einer ausgiebigen Dusche, zwei starken Kaffee und einem langen Telefonat mit Cosima auf der anderen Seite der Erdkugel hatte er sein seelisches Gleichgewicht zurückgewonnen. Das Gespräch mit Inka kam ihm nur noch wie ein entfernter Traum vor. Er hatte die Tür zur Vergangenheit wieder energisch hinter sich geschlossen. Das war besser so.

Die Unterlagen, die Oberstaatsanwalt Hardenbach im Fall der JagoPharm zurückgehalten und damit die Ermittlungen erfolgreich torpediert hatte, füllten zwei Umzugskartons und waren so akribisch abgeheftet, wie es dem pingeligen Naturell des Mannes entsprochen hatte. Ganz oben auf den Akten in der ersten Kiste lag ein Briefumschlag, der an Bodenstein adressiert war. Alle Mitarbeiter des K11 waren ins Kommissariat beordert worden und saßen nun mit erwartungsvoll abwartenden Mienen an dem großen Tisch im Konferenzraum. Nachdem Frau Hardenbach sich den Film mit ihrem Mann in der unfreiwilligen Hauptrolle angesehen hatte, war sie zu dem Schluss gekommen, dass es nicht länger vonnöten war, einen Ehebrecher in Schutz zu nehmen. Einzig um ihre Kinder zu schonen, hatte sie Pia und Bodenstein gebeten, den Namen ihres Mannes so weit wie möglich aus der öffentlichen Berichterstattung herauszuhalten. Bodenstein öffnete den Briefumschlag und überflog das handschriftlich verfasste Schreiben. Er bekam unwillkürlich eine Gänsehaut, so als ob ihn ein kalter Hauch aus einem Grab streifte.

»*Sehr geehrter Herr Bodenstein*«, las er, »*wenn Sie diese Zeilen lesen, werden Sie schon wissen, dass ich zu feige war, die Konsequenzen meines Handelns zu tragen. Da Sie als Leiter des zuständigen K11 in meinem Fall ermitteln werden, adressiere ich dieses Schreiben an Sie. Vielleicht ist es Ihnen möglich, mit Rücksicht auf meine Familie meinen Namen aus der Presse herauszuhalten. In der Anlage übergebe ich Ihnen die Unterlagen, die ich in der Sache JagoPharm zurückgehalten habe. Wir waren Jagoda seit Monaten auf den Fersen, aber ich habe einen Fehler gemacht, indem ich auf dieses Mädchen hereingefallen bin. Ich glaubte, dass mir nichts anderes übrigblieb. Jetzt weiß ich, dass ich anders hätte handeln müssen. Ich hätte ehrlich sein sollen. Menschen machen Fehler. Möglicherweise hätte man mich in die Verbannung geschickt, aber ich hätte mein Leben weiterführen können. Ich habe mich erpressen lassen und damit meine Lebenseinstellung ad absurdum geführt. Das kann ich mir nicht verzeihen und es auch niemals wiedergutmachen. Hochachtungsvoll Joachim Hardenbach.*«

»Damit haben wir Jagoda«, sagte Bodenstein und reichte den Brief an seine Mitarbeiter weiter. »Die Unterlagen werden morgen zum Betrugsdezernat nach Frankfurt gebracht. Aber zuerst schauen wir sie uns an. Vielleicht finden wir ja auch noch Hinweise auf einen Hausbrand, bei dem es zwei Tote gab.«

Montag, 5. September 2005

Hans Peter Jagoda wirkte nach drei Nächten im Untersuchungsgefängnis Weiterstadt leicht angeschlagen. Er war nervös und wütend zugleich, als er Bodenstein in dessen Büro gegenübersaß. Sein Schweigen fiel ihm zunehmend schwerer, und plötzlich explodierte er.

»Herrgott noch mal!« Jagodas hohe Stimme überschlug sich beinahe. »Wissen Sie überhaupt, was Sie da anrichten, wenn Sie mich noch länger wegen dieser lächerlichen Beschuldigungen hier festhalten? Meine Firma geht kaputt! Ich habe die Verantwortung für mehrere tausend Arbeitsplätze, falls Sie begreifen, was das bedeutet!«

Sein Anwalt, ein öliger Typ mit der Angewohnheit, seine Halbbrille abwechselnd in sein Haar und auf die Nasenspitze zu schieben, versuchte ihn zu besänftigen, aber Jagoda schien die Strategie der Aussageverweigerung nicht mehr zu gefallen.

»Genau aus diesem Grund kann ich nicht nachvollziehen, weshalb Sie sich nicht endlich zu den Vorwürfen äußern«, erwiderte Bodenstein gelassen.

»Was wollen Sie denn hören?«, Jagoda stand enorm unter Druck, das war nicht zu übersehen.

»Wenn möglich, die Wahrheit. Haben Sie die Wohnung von Isabel Kerstner durchsucht, ja oder nein?«

»Mein Mandant wird auf diese Frage nicht antworten!«,

sagte Dr. Peters schnell, aber Jagoda kümmerte sich nicht um den Einwand.

»Nein«, sagte er und beachtete die wachsende Nervosität seines Anwaltes nicht.

»Herr Jagoda«, Pia Kirchhoff räusperte sich, »wir wissen, dass Sie Oberstaatsanwalt Dr. Hardenbach mit einem Videofilm erpresst haben, weil er wegen Insiderhandels und Betruges gegen Sie ermittelt hat.«

Alle Farbe wich aus Jagodas Gesicht, seine Augen flogen kurz zu seinem Anwalt, der ihm beschwörende Blicke zuwarf.

»Wir wissen auch, dass Sie einige Ihrer ehemaligen Aktionäre, die gegen Sie Anzeige erstattet haben, auf dieselbe Art und Weise erpresst haben«, fuhr Pia fort, »nicht zuletzt auch den Direktor und den Leiter der Kreditabteilung Ihrer Hausbank. Aber das interessiert uns gar nicht, denn wir suchen nach dem Mörder von Isabel Kerstner.«

»Wer ist Maurice Brault?«, forschte Bodenstein. »Sie haben sich am 23. August mit ihm und Frau Kerstner getroffen, das wissen wir aus dem Tagebuch von Isabel. Worum ging es bei dem Treffen?«

Jagodas Nasenflügel bebten.

»Wir wissen längst, wie es tatsächlich um die JagoPharm bestellt ist. Die Firma ist bankrott. Unsere Kollegen vom Dezernat für Wirtschaftskriminalität und Betrug bereiten in diesem Augenblick eine Anklage wegen Konkursverschleppung gegen Sie vor. Wir wissen, dass die Reitanlage in Kelkheim auf den Namen Ihrer Frau läuft und dass Ihnen offiziell auch sonst nicht viel mehr gehört als die Kleider, die Sie tragen. Sie haben vorgesorgt, weil Sie genau wussten, dass die JagoPharm baden geht.«

Jagoda wurde leichenblass, seine Augenlider flatterten. Für einen Moment befürchtete Bodenstein, er würde ohnmächtig.

»Setzen Sie meinen Mandanten nicht so unter Druck«, begann der Anwalt, aber Bodenstein schnitt ihm das Wort ab.

»Sie sollten Ihrem Mandanten raten, endlich den Mund aufzumachen«, schnauzte er, »denn sonst werden auch Sie nichts mehr von ihm haben.«

»Wie meinen Sie das?«, fuhr Dr. Peters auf, die Brille rutschte aus dem Haaransatz auf die Nase.

»Herr Jagoda wird Ihr Honorar wohl kaum noch bezahlen können«, Bodenstein lächelte glatt, »und das wäre sicher ein herber Verlust für Sie, nicht wahr?«

Dr. Peters setzte sich mit einem Ruck auf und öffnete den Mund schon zu einer Entgegnung, aber da meldete sich Jagoda zu Wort.

»Ich hatte gar nicht vor, jemanden mit Videos zu erpressen«, sagte er mit tonloser Stimme und gesenktem Kopf. »Es war Isabels Idee.«

Der ölige Dr. Peters nahm die Brille ab und verzog das Gesicht, als habe er Zahnschmerzen.

»Es war Frau Kerstners Idee, sich beim Geschlechtsverkehr filmen zu lassen?« Bodensteins Stimme wurde scharf. »Sie denken doch wohl nicht, dass wir Ihnen das abnehmen?«

»Nein, ich meine ... ich ...«, Jagoda suchte nach den richtigen Worten, »ich bin in einer verzweifelten Situation. Seit dem Zusammenbruch des Neuen Marktes ist es mir immer wieder gelungen, meine Firma zu retten, aber plötzlich spielten alle verrückt! Anzeigen von Aktionären, die Staatsanwaltschaft, Drohungen ... dabei hatte ich auf einmal die Chance, die ganze Firma auf wirklich solide Füße zu stellen. Alles, was ich brauchte, war noch etwas Zeit.«

»Herr Jagoda!«, bemühte sich Dr. Peters ein letztes verzweifeltes Mal um Schadensbegrenzung. »Sie müssen hier nichts sagen!«

Jagoda hörte nicht.

»Ich war nur Millimeter von meinem Ziel entfernt«, sagte er tonlos. »Ich hatte alles versucht, gebettelt und geredet, aber keiner wollte hören. Keiner traute mir zu, dass ich es tatsächlich schaffen könnte. Und dann kam Isabel auf diese Idee mit den Filmen.«

»Das glaube ich Ihnen nicht«, Bodenstein schüttelte den Kopf.

»Sie redete immer nur von Geld«, fuhr Jagoda fort, ohne auf den Einwand zu achten. »Sie sparte für ein neues Leben ohne Abhängigkeiten. Mal wollte sie eine Tauchschule in Australien eröffnen, dann einen Reitstall in der Toskana oder eine Pension am Strand in Mexiko. Auf jeden Fall hatte sie dauernd Ideen. Eines Tages erzählte sie von dem Angebot, in einer Pornoproduktion mitzuwirken. Sie erwog diesen Gedanken ein paar Tage lang ernsthaft, dann sagte sie, man habe ihr viel zu wenig Geld geboten. Aber das brachte mich auf die Idee mit den Filmen.«

»Warum haben Sie die Wohnung, die amtlich versiegelt war, aufbrechen und ausräumen lassen?«, fragte Pia, ohne die Grimassen, die Jagodas Anwalt schnitt, zu beachten.

»Weil ich nicht wollte, dass ...«, begann Jagoda, besann sich aber anders und verstummte.

»Weil Sie nicht wollten, dass der Film mit Ihnen und Frau Kerstner gefunden würde? War das der Grund?«

»Ja«, Jagoda nickte gequält. »Meine Frau ... ich wollte vermeiden, dass sie davon erfährt. Es ... es hätte sie tief verletzt.«

»Sie ließen sich also zu einer Straftat hinreißen, um die Gefühle Ihrer Frau, die Sie auf einem Tonband selbst als ›fette Henne‹ bezeichnet haben, nicht zu verletzen?« Bodenstein zog die Augenbrauen hoch. »Soll ich Ihnen mal sagen, wie ich das sehe? Unterbrechen Sie mich, wenn ich unrecht habe.

Ich denke, es geht in keiner Weise um Gefühle. Sie brauchten von Ihrer Frau dringend Geld, um die Zeit, bis dieses Medikament auf den Markt kommt, zu überbrücken. Sie konnten es sich nicht leisten, sie zu verärgern.«

Für einen Moment herrschte völlige Stille in dem Raum. Nur gedämpft drang das Klingeln eines Telefons durch die geschlossene Tür.

»Herr Jagoda«, beharrte Bodenstein. »War das Geld Ihrer Frau der wahre Grund für die Wohnungsdurchsuchung?«

Jagoda vergrub sein Gesicht in den Händen und schüttelte den Kopf.

»Und kann es nicht auch sein, dass Sie Isabel beseitigen ließen, weil sie Ihnen im Hinblick auf Ihre Geschäfte viel zu gefährlich geworden war?«

Mit Jagodas Aussagebereitschaft war es vorbei. Er antwortete auf keine Frage mehr, ja, er reagierte nicht einmal mehr, sondern saß nur zusammengesackt da. Sein Gesichtsausdruck war leer. Als Bodenstein nach ein paar Minuten die Vernehmung für beendet erklärte, erhob er sich stumm und ließ sich ohne erkennbare Gemütsregung von dem Vollzugsbeamten, der ihn hergebracht hatte, die Handschellen anlegen.

Pia saß an ihrem Schreibtisch und tippte den Bericht über die Vernehmung Jagodas in den Computer. Der Mann hatte auf jeden Fall ein starkes Motiv. Isabel hatte womöglich versucht, mit dem Film Geld von ihm zu erpressen, Geld, das er nicht hatte. Er musste befürchten, dass Isabel den Film seiner Frau zuspielen würde – und dann war es aus für ihn und für seine Zukunftspläne mit der JagoPharm. Aber warum dann der Aufwand mit dem Pentobarbital und dem vorgetäuschten Selbstmord? Pia hielt inne und starrte auf den Bildschirm. Da war noch etwas anderes, etwas, was bisher überhaupt noch nicht erwähnt worden war, aber sie konnte nicht den Finger auf den Punkt legen. Die Puzzlestücke, die auf den ersten Blick zusammenzupassen schienen, passten nicht wirklich. Um das ganze Bild zu erkennen, fehlten einfach noch zu viele Teile.

»Frau Kirchhoff«, sagte Bodenstein plötzlich neben ihr, und sie fuhr zusammen, »träumen Sie?«

»Valentin Helfrich«, sagte sie.

»Was ist mit ihm?«

»Er hat auch die Möglichkeit, an Pentobarbital zu kommen. Ich muss noch einmal mit ihm sprechen.«

»Gut«, Bodenstein nickte. »Ich versuche, beim BKA mehr über diesen Maurice Brault zu erfahren.«

Das Telefon in Bodensteins benachbartem Büro klingelte, und er ging hinüber. Pia tippte rasch den Bericht zu Ende. Der Gedanke, dass Valentin Helfrich etwas mit der Ermordung seiner Schwester zu tun haben könnte, ließ sie nicht los.

Pia hatte sich das Radarfoto vom 27. August eingesteckt. Ein Stau auf der A66 vor der Abfahrt nach Bad Soden hatte sie aufgehalten, und sie musste feststellen, dass sie zehn Minuten zu spät war. Die Glastür der Löwen-Apotheke war abgeschlossen.

»Na, klasse«, murmelte Pia. »Von eins bis drei Mittagspause.«

Unentschlossen stand sie auf dem Bürgersteig vor der Apotheke und überlegte noch, ob sie warten oder wieder wegfahren sollte, als ein goldenes Mercedes-Cabriolet aus der Einfahrt hinter der Apotheke herauskam. Am Steuer saß eine Frau, auf dem Beifahrersitz Valentin Helfrich. Pia lief winkend zu dem Auto hinüber. Die Fahrerin ließ irritiert die Scheibe hinunter und sah sie misstrauisch an.

»Hallo, Herr Helfrich«, sagte Pia.

»Ach, die Dame von der Kripo«, erwiderte der Apotheker. »Wollten Sie zu mir?«

»Ja, allerdings«, Pia nickte. »Können wir uns irgendwo kurz unterhalten? Ich habe noch ein paar Fragen an Sie.«

Die Frau setzte wieder rückwärts in die Einfahrt. Pia folgte dem Auto in den Hof, in dem sich der Lieferanteneingang der Apotheke und der Eingang der Leopoldspassage befanden.

»Schönes Auto«, bemerkte Pia, als Valentin Helfrich und die Frau, die er ihr als seine Ehefrau Dorothee vorstellte, ausgestiegen waren.

»Was kann ich für Sie tun?«, fragte der Apotheker, ohne auf die Bemerkung einzugehen. Pia zog das Radarfoto aus der Tasche und reichte es ihm.

»Sind Sie das?«, fragte sie.

»Ja«, sagte er und gab das Foto an seine Frau weiter, »meine Frau sitzt am Steuer.«

Dorothee Helfrich war eine große, knochige Frau ohne jede Ausstrahlung. Sie war höchstens Anfang vierzig, aber in ihr Gesicht hatten sich scharfe Linien der Verbitterung eingegraben.

»Wissen Sie, wann und wo das Foto gemacht wurde?«

»Das steht doch sicher drauf«, Dorothee Helfrich machte das erste Mal den Mund auf.

»Ja, das tut es allerdings«, erwiderte Pia, »und zwar am 27. August um kurz nach zweiundzwanzig Uhr an der Ortsausfahrt Königstein, Richtung Kelkheim. Ungefähr anderthalb Stunden zuvor starb laut Obduktionsbericht Ihre Schwägerin Isabel.«

Sie ließ die Bedeutung ihrer Worte auf das Ehepaar Helfrich wirken.

»Das Auto gehört nicht Ihnen, nicht wahr?«

»Es gehörte meinem Vater«, sagte Valentin Helfrich.

»Das weiß ich«, sagte Pia, »aber Ihr Vater ist seit vier Jahren tot. Weshalb ließen Sie es nicht längst ummelden?«

»Es stand bis vor kurzem noch in der Garage des Hauses meiner Eltern in Gießen«, Helfrich zuckte die Schultern. »Ich habe es erst vor ein paar Wochen geholt, als ich das Haus verkauft habe.«

»Sie waren mit diesem Auto nicht nur gegen zweiundzwanzig Uhr in Königstein, sondern auch am Nachmittag des 27. August auf dem Parkplatz von McDonald's in Schwalbach.«

»Ja, das stimmt«, gab der Apotheker zu. »Ich habe mich dort mit meiner Schwester getroffen.«

»Und weshalb?«, fragte Pia.

»Weshalb wohl«, mischte sich Dorothee Helfrich ein und schnaubte verächtlich, »weil sie Geld wollte. Was sonst?«

»Von Ihnen? Warum wollte sie von Ihnen Geld haben?«

Pia blickte das Ehepaar Helfrich an, das dicht nebeneinanderstand, ohne sich anzusehen. Irgendetwas an ihrem Verhalten war eigenartig.

»Sie wollte die Hälfte des Geldes vom Hausverkauf«, Dorothee Helfrich machte keinen Hehl aus ihrer Abneigung gegen die tote Schwägerin. »Dabei hat sie sich um nichts gekümmert, ja, sie hat nicht ein einziges Mal ihre Mutter besucht, die hier in Bad Soden im Pflegeheim lebt. Trotzdem war sie so unverschämt, ihren Erbteil zu verlangen.«

Pia konnte nicht sagen, weshalb, aber aus irgendeinem Grunde glaubte sie nicht, dass Geld der einzige Grund für das Treffen von Valentin Helfrich und seiner Schwester gewesen war.

»Georg Rittendorf hat meinem Kollegen erzählt, dass Isabel vor ein paar Jahren ein Verhältnis mit einem guten Freund von Ihnen hatte«, sagte sie. »Er sagte auch, dass sich der Mann in seiner Garage aufgehängt habe, nachdem Isabel ihm den Laufpass gab. Stimmt das?«

»Ja«, bestätigte Helfrich finster.

»Und dann heiratete sie Dr. Kerstner, einen weiteren engen Freund von Ihnen.«

»Auf was wollen Sie hinaus?«

»Wo waren Sie am Samstagabend zwischen 19:00 und 22:00 Uhr?«, fragte Pia, statt zu antworten.

»Wir waren mit Rittendorfs zum Essen im »Limoncello«, in Königstein.«

»Nur bis kurz vor zehn? Ziemlich früh für einen Samstagabend.«

»Rittendorfs Babysitter hatte nur bis zehn Zeit«, erwiderte Dorothee Helfrich, »sie haben zwei kleine Kinder.«

»Und Sie? Haben Sie auch Kinder?«

Ein paar Sekunden wirkte Dorothee Helfrich wie erstarrt.

»Nein«, sagte sie mühsam beherrscht.

»Kennen Sie einen Bekannten Ihrer Schwester namens Philipp?«, fragte Pia, als außer diesem »Nein« nichts mehr zu kommen schien. »Etwa Mitte dreißig, südländisches Aussehen. Im Notizbuch und im Handy Ihrer Schwester taucht niemand auf, auf den diese Beschreibung passen würde, aber man hat sie mit diesem Mann mehrfach gesehen.«

Sie bemerkte ein winziges Flackern in den Augen hinter den dicken Brillengläsern, aber Helfrichs Stimme klang unverändert ruhig.

»Meine Schwester hatte unzählige Männerbekanntschaften«, sagte er, »ich kann mich an einzelne Namen nicht erinnern.«

Pia verließ den Apotheker und seine Frau in dem sicheren Wissen, mindestens einmal von ihnen belogen worden zu sein. Sie hatte das Ehepaar gebeten, vorerst erreichbar zu bleiben, bis das Alibi vom Samstagabend überprüft worden sei. Da im Kommissariat nichts Dringliches auf sie wartete, beschloss sie, einen Umweg über Kronberg zu machen. Es konnte nicht schaden, Marianne Jagoda zu besuchen und sie zu fragen, was sie an dem betreffenden Samstagabend gemacht hatte.

Das Tor des Jagodaschen Grundstücks stand sperrangelweit offen, deshalb fuhr Pia die Auffahrt hinauf und stellte ihr Auto hinter einem Skoda mit polnischem Kennzeichen ab. In der großen Garage standen ein Maserati und ein Porsche Cayenne mit weit geöffneter Kofferraumklappe. Im Kofferraum standen mehrere prall gefüllte Einkaufstüten. Seltsam. Pia stieg aus und ging zur Haustür, die zu ihrer Überraschung offen war. Aus dem Innern des Hauses drangen Musik und gedämpfte Schreie an ihr Ohr. Pia beschlich das Gefühl, dass hier irgendetwas nicht in Ordnung war. War Marianne Jagoda überfallen worden? Kämpfte sie womöglich gerade gegen brutale Einbrecher, die die wohlhabende Frau in ihre Gewalt gebracht hatten? Beunruhigt griff Pia unter ihre Jacke, zog den Revolver hervor und betrat das Haus.

»Frau Jagoda?«, rief sie und lauschte, woher die Musik kam. Pia erkannte die Scorpions, das *Worldwide Live*-Album mit zweihundert Dezibel. Ihr Herz klopfte wild, und ihre Hände waren feucht, als sie vorsichtig den Flur entlangging. Es sah aus, als hätte ein heftiger Kampf stattgefunden.

Kleidungsstücke lagen herum, eine Bodenvase war umgestürzt und in tausend Scherben zersprungen. Ein schriller Schrei, gefolgt von dumpfen Schlägen, ließ Pia beinahe die Haare zu Berge stehen. War es klug von ihr, hier alleine im Haus herumzulaufen? Wie viele Männer waren mit dem polnischen Skoda gekommen? Was sollte sie tun, wenn sie plötzlich vier oder fünf Bewaffneten gegenüberstand? Aber sie hatte keine Zeit, jetzt eine Streife herzubeordern, die Frau schien in echter Bedrängnis. Pia holte tief Luft, entsicherte ihre Waffe und schob sich an der Wand entlang. Entschlossen betrat sie das große Wohnzimmer. Auf den Anblick, der sich ihren verblüfften Augen bot, war sie nicht vorbereitet, und er verschlug ihr die Sprache. Marianne Jagoda war tatsächlich in Bedrängnis, allerdings nicht in der Art und Weise, wie Pia befürchtet hatte.

Sie und ihr Liebhaber waren so miteinander beschäftigt, dass sie die unfreiwillige Zuschauerin überhaupt nicht bemerkten. Hin- und hergerissen zwischen dem Bedürfnis, vor lauter Erleichterung einfach laut herauszulachen, und dem Wunsch, auf der Stelle das Haus zu verlassen, gelang es Pia, sich unbemerkt zurückzuziehen. Ganz offensichtlich war Hans Peter Jagoda nicht der Einzige, der in dieser Ehe untreu war. Pia lehnte sich vor der Haustür gegen die Mauer und überlegte, was sie nun tun sollte. Sie steckte den Revolver zurück ins Schulterhalfter und zählte rücksichtsvoll bis hundert, bevor sie auf die Klingel drückte. Es dauerte fünf Minuten, bis die Musik im Haus abbrach und sich Schritte der Haustür näherten. Marianne Jagoda erschien im Türrahmen. Sie wirkte derangiert, erhitzt und atemlos und ganz und gar nicht wie eine Frau, deren Mann unter Mordverdacht in U-Haft sitzt.

»Bitte schön?«, fragte sie und fixierte Pia scharf, bevor sie sie erkannte. »Ach, die Polizei.«

»Guten Tag, Frau Jagoda«, erwiderte Pia. »Ich hoffe, ich störe nicht. Aber ich war gerade in der Gegend und hätte noch ein paar Fragen an Sie.«

»Kommen Sie rein«, Marianne Jagoda machte einen Schritt zur Seite. Der Mann, der sie noch vor fünf Minuten zum lustvollen Kreischen gebracht hatte, hockte auf dem Fußboden und sammelte die Scherben der Blumenvase auf. Erstaunt erkannte Pia den ansehnlichen Pferdepfleger von Gut Waldhof.

»Habe ich Sie nicht schon mal im Stall in Kelkheim gesehen?«, sprach sie den Mann an. Er blickte kurz auf, schwieg aber.

»Karol spricht kein Deutsch«, sagte Marianne Jagoda.

»Er hat ein paar Gartenarbeiten für mich erledigt. Gehen Sie schon in die Küche, ich komme sofort.«

Pia akzeptierte diese Lüge widerspruchslos und betrat die Küche, aber sie blieb direkt hinter der Tür stehen und lauschte.

»... noch nicht fertig«, hörte sie Jagodas Frau halblaut sagen, »das hier dauert nicht lange.«

»Ich muss zurück in den Stall«, erwiderte der des Deutschen angeblich Unkundige. »Kampmann wird sauer, wenn ich zu lange wegbleibe.«

»Was interessiert dich Kampmann? Warte oben auf mich, ich komme gleich.«

Pia verstand die Antwort des Polen nicht, aber sie klang nicht gerade begeistert.

»Ich warne dich«, Marianne Jagoda lachte abfällig, »meinst du etwa, ich bezahle dich so gut, weil du so toll Boxen ausmisten kannst?«

Wenig später war sie in der Küche und öffnete den Kühlschrank.

»Wollen Sie auch etwas trinken?«, fragte sie Pia.

»Nein danke«, lehnte Pia höflich ab. Marianne Jagoda zuckte die Schultern, nahm eine Flasche Wasser aus dem Kühlschrank und ein Glas aus dem Schrank. Sie trank in langen, durstigen Schlucken.

»Wo ist eigentlich Ihr Sohn?«, erkundigte Pia sich.

»In einem Internat am Bodensee. Er ist nur an den Wochenenden zu Hause«, Marianne Jagoda warf ihr langes, dunkles Haar über die Schulter und setzte sich an den Küchentisch. »Wie kann ich Ihnen helfen?«

»Ich wollte von Ihnen wissen, was Sie an dem Abend gemacht haben, als Isabel Kerstner gestorben ist.«

»Ich war hier. Wir hatten jede Menge Gäste. Wieso fragen Sie das?«

»Reine Routine«, Pia lächelte. »Es wäre ja möglich, dass es eine Herrenrunde war und Sie keine Lust hatten, dabeizusitzen.«

»Es war tatsächlich eine Herrenrunde«, erwiderte Marianne Jagoda. »Geschäftspartner meines Mannes. Aber da ich die Gastgeberin war, war meine Anwesenheit vonnöten.«

»Ihr Mann sagte uns, er habe an diesem Abend vergeblich auf Isabel Kerstner gewartet, die auch eingeladen gewesen sei.«

»Ja, das stimmt«, bestätigte Marianne Jagoda. »Er war ziemlich sauer, weil sie nicht erschien. Sie war ja für Kundenbetreuung zuständig, dafür wurde sie bezahlt.«

Pia blätterte in ihrem Notizbuch. »Wissen Sie, was Isabel genau für ihr Geld getan hat?«

Marianne Jagoda warf ihr einen misstrauischen Blick zu.

»Wie meinen Sie das?«, fragte sie.

»Kundenbetreuung. Wie habe ich das zu verstehen? Hat sie Kaffee serviert, die Kunden vom Flughafen abgeholt, oder …?«

»Was wollen Sie andeuten?« Marianne Jagodas Stimme klang scharf.

»Nun ja«, Pia betrachtete das Gesicht der Frau eingehend, »wir haben in der Wohnung von Isabel einen ganzen Stapel mit Filmen gefunden, die sie beim Beischlaf mit verschiedenen Männern zeigten. Ihr Mann war so freundlich, uns zu erklären, dass es sich bei den Herren zum großen Teil um abtrünnige Geschäftspartner der JagoPharm handelte.«

»Tatsächlich?«, der Ausdruck auf Marianne Jagodas Gesicht wechselte von Misstrauen zu Neugier, und als sie weitersprach, lag zynische Belustigung in ihrer Stimme. »Deshalb verdiente sie also so viel. Ich habe mich immer gefragt, weshalb sie meinem Mann zehntausend Euro im Monat wert war.«

»Ihr Mann hatte auch ein Verhältnis mit Isabel«, sagte Pia und wartete gespannt auf die Reaktion. Zu ihrer Überraschung lachte Marianne Jagoda schallend.

»Ach was«, sie machte eine verächtliche Handbewegung, »mein Mann steht gar nicht auf so dürre Dinger.«

»Ich fürchte, doch«, Pia legte das Diktiergerät auf den Tisch.

»Was fällt Ihnen ein?« Marianne Jagoda hörte auf zu lachen, ein wütender Funke glomm in ihren dunklen Augen. »Mein Mann liebt mich, er würde nie …«

Pia drückte auf die Play-Taste.

»… wenn ich nur schon an die fette Henne denke, muss ich kotzen«, ertönte Jagodas Stimme vom Band, *»dieses keuchende Nilpferd! Na, komm schon, sag mir, was du mit mir machst, wenn ich zu dir komme, das macht mich scharf …«*

Marianne Jagoda starrte mit zusammengepressten Lippen auf das Gerät, ihr Gesicht war wie versteinert und die Hände zu Fäusten geballt.

»Dieser hinterhältige Wurm«, knirschte sie erbost.

»Sie haben nicht gewusst, dass Ihr Mann ein Verhältnis mit Isabel hatte?« Pia steckte das Gerät wieder ein. Marianne Jagodas Blick wanderte von der Tischplatte hoch zu Pias Augen.

»Verdammt, nein«, sagte sie mit gepresster Stimme. »Er kann von Glück reden, dass er in U-Haft sitzt.«

Sie wirkte tief getroffen von dem, was sie gerade ziemlich schonungslos erfahren hatte, und beinahe hätte sie Pia leidgetan. Doch dann fielen ihr wieder Marianne Jagodas Eltern ein, die qualvoll und womöglich unter Mitwirkung ihrer geldgierigen Tochter an einer Rauchvergiftung gestorben waren.

»Als ich meinen Mann kennengelernt habe, war ich nicht so fett wie heute«, sagte Marianne Jagoda plötzlich. »Ich war zwar nie gertenschlank, aber nach der Schwangerschaft nahm ich zu. Erst zehn Kilo, dann zwanzig. Meinem Mann gefiel das. Hat er jedenfalls behauptet.«

Sie senkte den Blick.

»Er sagte mir immer, er würde mich so lieben, wie ich bin.«

»Aber er hat nicht mehr mit Ihnen geschlafen«, vermutete Pia. »Der Pferdepfleger ist doch heute nicht hier, um im Garten zu arbeiten, oder?«

Marianne Jagoda richtete sich auf.

»Hören Sie«, sagte sie beinahe drohend, »ich bin zwar fett, aber ich bin trotzdem eine Frau. Ich bin erst siebenunddreißig Jahre alt. Es ist demütigend, aber ich weiß, dass Leute wie Sie über mich lachen und es als pervers empfinden, wenn eine Dicke wie ich sexuelles Verlangen verspürt.« Ihre Mundwinkel zuckten, als wolle sie in Tränen ausbrechen, aber dann hatte sie sich rasch wieder unter Kontrolle und erhob sich abrupt. »Wollten Sie sonst noch etwas wissen?«

Pia wollte noch eine ganze Menge wissen, aber sie beschloss, es für diesmal gut sein zu lassen. Marianne Jagoda sollte erst einmal ganz in Ruhe verarbeiten, was sie gerade erfahren hatte.

Bodenstein blätterte im Notizbuch von Isabel Kerstner und begann allmählich einige Zusammenhänge zu begreifen, die er und seine Mitarbeiter bis dahin übersehen hatten.

»Hallo, Chef«, Pia Kirchhoff betrat Bodensteins Büro. »Ich war gerade bei Marianne Jagoda, und ich kann Ihnen sagen, da habe ich …«

»Schauen Sie sich das mal an«, Bodenstein schob ihr das Notizbuch hin, und sie beugte sich darüber.

»Was meinen Sie?«, fragte Pia irritiert.

»Hier«, Bodenstein tippte auf eine Eintragung am 12. August. »Wie konnten wir das übersehen?«

»Anna. Bilder Hardy und Fatty«, las Pia und schüttelte ungläubig den Kopf, »Anna? Anna Lena Döring?«

»So verstehe ich das«, Bodenstein nickte. »Hardy ist Hardenbach, und als Fatty bezeichnete Isabel Marianne Jagoda. Das wissen wir aus dem Notizbuch. Vielleicht hat Isabel die Bilder gar nicht von Hardenbach bekommen, sondern von Anna Lena Döring. Die werden wir jetzt erst mal besuchen.«

Das Haus von Dr. Kerstner, in dem sie Anna Lena Döring vermuteten, lag dunkel und verlassen da, als Bodenstein seinen BMW um Viertel nach sechs schräg gegenüber anhielt. Pia hatte ihm während der Fahrt vom Gespräch mit dem Apothekerehepaar Helfrich und ihrem Erlebnis im Hause Jagoda berichtet.

»Glauben Sie der Jagoda, dass sie nichts von ihrem Mann und Isabel wusste?«, fragte Bodenstein.

»Sie schien gekränkt und betroffen zu sein«, überlegte Pia. »Auf jeden Fall hat sie sich nicht einmal nach ihrem Mann erkundigt. Wenn Sie mich fragen, dann wusste sie es und ist deshalb ihrerseits fremdgegangen.«

Bodenstein wählte die Nummer der Pferdeklinik und hoffte halb, dass sich Inka melden würde. Doch es nahm überhaupt niemand ab, nur der Anrufbeantworter sprang an. Ihm fiel ein, dass Rittendorf ihm erklärt hatte, sie würden sofort zurückrufen, weil der Anrufbeantworter den Piepser des diensthabenden Tierarztes alarmierte. Er sprach also seine Handynummer auf Band und legte auf.

»Wir haben Rittendorf noch gar nicht danach gefragt, was er an dem Samstagabend gemacht hat«, brach Pia das Schweigen.

»Dafür gab es auch keine Veranlassung.«

»Vielleicht doch«, sagte Pia. »Mir ist der Gedanke gekommen, dass Helfrich und Rittendorf durchaus Grund hatten,

Isabel zu töten. Sie hat einen der Freunde auf dem Gewissen, und zwar den, der sich in seiner Garage erhängt hat. Und dann noch beinahe Michael Kerstner.«

»Eine Hinrichtung aus Rache für die Freunde?« Bodenstein sah seine Kollegin zweifelnd an.

»So etwas in der Richtung. Denken Sie an dieses Wappen der Studentenverbindung.«

Bodenstein runzelte nachdenklich die Stirn. So abwegig schien dieser Gedanke gar nicht zu sein.

»Aber als gute Freunde mussten sie doch wissen, dass es Kerstner wichtig war, zu erfahren, wo seine Tochter war«, wandte er ein.

»Vielleicht wollten sie Isabel nicht töten, sondern nur ein Geständnis erpressen. Irgendetwas ging schief, und sie starb.«

»Tierärzte und Apotheker wissen, wie Pentobarbital wirkt.«

»Und wenn sie sie nur betäuben wollten?«

»Wir werden das Alibi der beiden überprüfen«, Bodenstein blickte auf seine Uhr. Es wurde acht, halb neun. Nach kurzem Abwägen entschied er, in die Pferdeklinik zu fahren. Ruppertshain lag wie ausgestorben da. Es war schon beinahe dunkel. Als sie das Auto auf dem leeren Parkplatz abstellten, bemerkte Pia, dass das Hoftor einen Spalt offen stand, die Außenbeleuchtung aber nicht eingeschaltet war. Auch im Wohnhaus war alles dunkel. Ihr Blick fiel auf den Verwaltungstrakt. Dort glaubte sie, den umherhuschenden Lichtschein einer Taschenlampe gesehen zu haben. Sie machte ihren Chef darauf aufmerksam. Plötzlich hatten beide das Gefühl, dass hier etwas nicht stimmte.

»Wir gehen rein«, sagte Bodenstein leise und zog seine 38er aus dem Schulterhalfter. Pia nickte und nahm ein zweites Mal an diesem Tag ihre Waffe zur Hand. Bodenstein lauschte in die Dunkelheit, alle Sinne angespannt, doch außer seinen und Pias Atemzügen und dem gelegentlichen Schnauben eines Pferdes war es vollkommen still. Irgendwo im Ort bellte ein Hund, ein anderer fiel ein, dann verstummten beide. Auf der Straße oberhalb der Pferdeklinik fuhr ein Auto vorbei, das Motorengeräusch verklang in der Ferne. Pia öffnete das Hoftor. Das Knarren schien so laut wie Maschinengewehrfeuer. Sie pirschten im Schatten der Mauer über den Hof, in dessen Mitte der Geländewagen von Dr. Kerstner geparkt war. Auf einmal erstarrte Bodenstein, der vorgegangen war. Die Tür des Verwaltungsgebäudes war ins Schloss gefallen, und eilige Schritte näherten sich um die Hausmauer. Bodenstein und Pia spannten jeden Muskel an, sie entsicherten ihre Revolver und bereiteten sich darauf vor, irgendeiner düsteren Gestalt gegenüberzutreten. Die Person, die um die Ecke bog, stieß einen schrillen Schrei aus und wich erschrocken zurück, als sie plötzlich zwei Leute mit Revolvern im Anschlag vor sich stehen sah.

»Was machen Sie denn hier im Dunkeln?«, fragte Bodenstein, halb erleichtert und halb verärgert, als er die Tierarzthelferin Sylvia Wagner erkannte.

»O Gott«, die Sommersprossige griff sich an den Hals und lehnte sich an die Wand, »wie können Sie mich so erschrecken, verdammt noch mal!«

»Wir dachten, es wären Einbrecher im Büro«, erwiderte Bodenstein und steckte seine Waffe zurück ins Halfter.

»Was schleichen Sie überhaupt hier herum?«, fuhr die junge Frau die beiden an. Sie schien sich von ihrem Schrecken erholt zu haben.

»Wir wollten zu Dr. Kerstner«, erwiderte Pia. »Wir waren bei ihm zu Hause, aber da war er nicht. Dann haben wir auf den Anrufbeantworter gesprochen. Bisher gab es aber keinen Rückruf.«

»Kann es auch nicht geben«, gab Sylvia zurück. »Der Strom ist ausgefallen. Ich wollte die Pferde füttern, denn ich habe heute Abend Dienst, aber als ich hierhergekommen bin, habe ich festgestellt, dass kein Strom da ist. Nichts geht mehr – kein Licht, kein Computer, kein Anrufbeantworter.«

»Um Viertel nach sechs funktionierte der Anrufbeantworter noch«, sagte Pia. »Wissen Sie, wo der Sicherungskasten ist?«

»Ja«, die Tierarzthelferin nickte, »neben dem OP. Weil wir dort Starkstrom brauchten, wurde der neue Kasten damals dort installiert.«

Sie überquerte den Hof, nestelte ihren Schlüsselbund heraus und wollte die Tür aufschließen, als sie bemerkte, dass diese offen war.

»Komisch«, murmelte sie und zog die Taschenlampe aus der Jackentasche.

»Geben Sie her«, Bodenstein nahm ihr die Lampe aus der Hand, »ich gehe vor.«

Das mulmige Gefühl, das ihn gerade verlassen hatte, kehrte zurück. Er leuchtete in den großen Raum, und was er im Schein der Taschenlampe erblickte, ließ ihn zusammenfahren.

»Was ist?«, zischte Frau Wagner.

»Rufen Sie den Notarzt«, befahl Bodenstein, »aber ganz schnell!«

Er durchquerte den Raum und kniete neben der am Boden liegenden Gestalt nieder. Pia ergriff die Taschenlampe und leuchtete ihrem Chef, der versuchte, den Puls an der Halsschlagader des Mannes zu ertasten.

»O mein Gott!«, schrie Sylvia, als sie erkannte, dass es Kerstner war, der in einer unnatürlich verkrümmten Haltung blutüberströmt und bewusstlos an der Wand lag.

»Tun Sie schon, was ich Ihnen gesagt habe!«, herrschte Bodenstein sie unwirsch an, dann begann er die Fessel, mit der dem Tierarzt die Arme auf den Rücken gebunden waren, zu lösen. Da erst fiel ihm auf, womit man den Mann gefesselt hatte. Es war ein Kabel, das direkt in die Starkstromdose führte. Wenn jemand die Sicherungen hineingedrückt hätte, wären ein paar hundert Volt durch Kerstners Körper gejagt und hätten ihn wahrscheinlich getötet. Bodenstein knotete die Kabel auf, und erst nachdem er sich vergewissert hatte, dass nun nichts mehr an den Strom angeschlossen war, drückte er die Hauptsicherung wieder hinein. Sofort flackerte helles Neonlicht auf. Kerstner war übel zugerichtet und ohne Bewusstsein. Gleichzeitig mit dem Rettungswagen tauchten Rittendorf und seine Frau auf. Stumm und erschüttert sahen sie zu, wie die Sanitäter den Bewusstlosen zum Rettungswagen trugen.

»Wo bringen Sie den Mann hin?«, erkundigte sich Bodenstein bei dem Notarzt.

»Nach Bad Soden. Die haben heute Abend Notdienst.«

Erst als der Wagen mit Sirene und zuckendem Blaulicht abgefahren war, fand Rittendorf die Sprache wieder.

»Wo ist eigentlich Anna Lena?«, fragte er.

»Die suchen wir auch«, sagte Bodenstein, dem in der letzten halben Stunde der eigentliche Grund seines Besuches beinahe entfallen war.

»Um kurz vor sechs waren die beiden zusammen bei uns«, Rittendorf setzte seine Brille ab und rieb sich die Augen. »Micha hat heute Nacht Bereitschaft. Er kam vorbei, um sich den Piepser zu holen. Wir haben im Moment nur den einen, der andere ist kaputt. Und da war sie bei ihm.«

Bodenstein erinnerte sich plötzlich an die Worte von Anna Lena Döring, die sie am Freitagabend zu ihm gesagt hatte. *Sollte er versuchen, mir etwas anzutun, werde ich das, was ich über ihn weiß, gegen ihn verwenden …* Hatte Friedhelm Döring erfahren, dass seine Frau zu Kerstner geflüchtet war?

Hatte er den Mann so zugerichtet? Aber wo war dann Anna Lena Döring?

Dörings Haus lag so verlassen da wie vorher das von Kerstner, und so fuhren Bodenstein und Pia direkt weiter zum Krankenhaus, in der Hoffnung, mit Kerstner sprechen zu können. Auf der Fahrt telefonierte Bodenstein mit Dr. Florian Clasing, der aber auch nicht wusste, wo sich seine Schwester aufhielt. Er hatte das letzte Mal am Samstag mit ihr gesprochen, da war sie bei Kerstner gewesen.

Vor der Tür des Krankenhauses lungerten ein paar alte Männer in Bademänteln herum, die Zigaretten rauchten und neugierig die Besucher beäugten. Die Tür zur Notaufnahme befand sich links hinter den Aufzügen. Das Wartezimmer war leer.

Bodenstein klingelte an der Milchglastür, an der ein Schild darauf hinwies, dass es eine Weile dauern könnte, bis jemand öffnete. So war es auch. Nach beinahe fünf Minuten erschien eine übellaunige Schwester mit einem herrischen Gesichtsausdruck.

»Ja?«, bellte sie unfreundlich.

»Kripo Hofheim«, sagte Bodenstein. »Bei Ihnen wurde ein Michael Kerstner eingeliefert. Können wir bitte mit dem behandelnden Arzt sprechen?«

»Moment«, sagte die Herrische knapp und ließ die Milchglastür zufallen. Wieder verstrichen einige Minuten, dann ging die Tür auf, und ein junger Arzt in einem blauen Kittel, den sein Schildchen als Dr. Ahmed Djafari auswies, kam auf sie zu. Bodenstein stellte sich vor und nannte den Grund ihres Erscheinens.

»Wie geht es Herrn Dr. Kerstner?«, fragte er.

»Er ist ziemlich übel zugerichtet«, erwiderte der Arzt, »aber er ist wieder bei Bewusstsein.«

»Können wir mit ihm sprechen? Es ist dringend.«

Dr. Djafari hob eine Augenbraue.

»Normalerweise sind wir nicht autorisiert ...«, begann er.

»Wir ermitteln in einem Mordfall«, unterbrach Bodenstein ihn grober, als es normalerweise seine Art war. »Die Frau von Dr. Kerstner wurde letzte Woche ermordet, und wir sind der Meinung, dass derselbe Täter nun auch ihn töten wollte.«

Das entsprach zwar nicht ganz der Wahrheit, aber es zeigte Wirkung. Der Arzt riss beeindruckt die Augen auf, dann versprach er, unverzüglich über den Gesundheitszustand Kerstners Bericht zu erstatten.

»Ich geh raus eine rauchen«, sagte Pia.

»Ich komme mit«, antwortete Bodenstein. In der Eingangshalle trafen sie auf Clasing, der mit grimmiger Miene in Richtung Notaufnahme marschierte.

»Wenn das Schwein meiner Schwester etwas antut, mache ich ihn fertig«, Clasing ballte die Hände zu Fäusten. »Dieser Typ ist ein Psychopath.«

»Glauben Sie, dass Ihr Schwager etwas damit zu tun hat?«

»Natürlich«, Clasing schnaubte. »Einschüchterung durch körperliche Gewalt ist seine Spezialität. Das haben Sie doch mittlerweile auch bemerkt, oder?«

»Ihre Schwester hat mir erzählt, dass sie meint zu wissen, wo das Kind von Kerstner ist«, sagte Bodenstein. »Sie war davon überzeugt, dass ihr Mann mit dem Verschwinden des Kindes zu tun hat.«

»Halte ich für möglich«, Clasing nickte düster. »Ich habe Anna schon vor Jahren gesagt, dass sie diesen Kerl verlassen muss. Er hat seine erste Frau mit bloßen Händen totgeschlagen.«

»Ich weiß«, Bodenstein nickte. »Deshalb mache ich mir ja auch Sorgen um Ihre Schwester. Sie deutete mir an, dass sie sehr viel über ihren Mann weiß und auch Beweise für seine kriminellen Machenschaften besitzt. Hat sie sich Ihnen gegenüber einmal geäußert, um was es da ging?«

»Leider nein«, Clasing verzog das Gesicht und fuhr sich mit einer Geste der Hilflosigkeit durch das Haar. »Meine Schwester hat immer zu ihrem Dreckskerl von Mann gehalten, sogar dann noch, als er sie verprügelt hat. Sie wollte mit Gewalt mit ihm glücklich sein, und es ist ihm gelungen, sie völlig von uns fernzuhalten. Eigentlich lag es an Micha, dass sie endlich wach geworden ist.«

»Wir werden gleich mit ihm sprechen können«, sagte Bodenstein, »vielleicht kann er uns ja sagen, was passiert ist.«

Sein Handy summte. Ungeduldig nahm er das Gespräch entgegen.

»Hier ist Thordis ... Störe ich gerade?«

»Oh ... nein, nein. Wie geht's?«

»Gut«, sie machte eine kurze Pause. »Ich will Sie nicht lange aufhalten, aber ich bin noch im Stall. Frau Jagoda tauchte hier vor einer halben Stunde auf und marschierte hoch zu Kampmann. Sie sah so aus, als würde sie jeden Augenblick explodieren. Und es geht das Gerücht um, dass Jagoda im Knast sitzt.«

»Ach ja?«, machte Bodenstein nur.

»Ich verstehe schon. Hier im Stall ist auf jeden Fall etwas im Gange. Das interessiert Sie vielleicht.«

»Okay. Danke«, er überlegte gerade, was sie wohl meinte, als ihm etwas einfiel. »Ach, Thordis, haben Sie zufällig Friedhelm Döring oder seine Frau heute Abend im Stall gesehen?«

»Nein. Anna habe ich schon ewig nicht mehr gesehen, und Freddy war auch seit letztem Donnerstag nicht mehr da«, erwiderte Thordis, »das weiß ich zufällig, weil der faule Kampmann sich heute darüber aufgeregt hat, dass er seit Tagen Freddys Pferde reiten muss.«

Bodenstein konnte ihr Lächeln förmlich sehen.

»Hören Sie«, sagte sie dann, »mir ist noch etwas eingefallen. Und zwar wegen diesem Philipp. Er war ja …«

Es rauschte und knackte, ihre Worte verzerrten sich, dann brach das Gespräch ab.

»Scheiße«, fluchte Bodenstein.

»Sie müssen ein Stück vom Krankenhaus weggehen«, sagte Pia. »Hier funktionieren Handys nicht.«

Er ging also ein paar Meter weiter, und prompt summte sein Mobiltelefon wieder.

»Der Empfang ist schlecht«, sagte Thordis. »Können wir uns irgendwo treffen? Heute Abend noch?«

»Ich fürchte, bei mir wird's ziemlich spät«, Bodenstein warf einen Blick auf seine Uhr.

»Macht nichts«, entgegnete Thordis. »Rufen Sie mich einfach an. Egal wann.«

»Ich melde mich, sobald ich hier fertig bin«, versprach er. Als er zurück ins Krankenhaus ging, überlegte er mit einem Anflug von Belustigung, ob Thordis wirklich etwas wusste oder nur ein Rendezvous mit ihm einfädeln wollte. Egal, alles war besser, als zu Hause herumzusitzen und an Inka Hansen und verpasste Gelegenheiten zu denken.

Kerstner lag in einem Einzelzimmer auf der chirurgischen Abteilung. Dr. Djafari hatte Bodenstein nur widerwillig fünf Minuten genehmigt, aber auf keinen Fall mehr. Kerstner hatte eine schwere Gehirnerschütterung erlitten, dazu einen Bruch des Joch- und Nasenbeins. Der Mann sah wirklich übel aus, und Bodenstein hatte kaum noch Zweifel daran, dass es Döring war, der ihn so zugerichtet hatte. Genauso hatte Anna Lena Döring ausgesehen, als sie letzte Woche auf dem Kommissariat erschienen war. Kerstner hatte ein paar Platzwunden im Gesicht, die Unterlippe war genäht worden, ebenso eine Wunde an der Stirn. In seinem linken Arm steckte ein Tropf. Er war sehr blass und benommen, trotzdem bemühte er sich, sich an irgendetwas zu erinnern.

»Das Letzte, was ich weiß«, murmelte er undeutlich, »war, dass ich plötzlich einen Schlag auf den Kopf bekommen habe.«

»War Frau Döring zu diesem Zeitpunkt bei Ihnen?«

Auf Kerstners malträtiertem Gesicht malte sich Entsetzen. Offenbar hatte er sie ganz vergessen, was ihm nicht zu verdenken war.

»Anna!«, er richtete sich auf, sank aber mit einem Stöhnen zurück. »O Gott! Wo ist sie?«

»Wir hatten eigentlich gehofft, dass Sie uns das sagen könnten«, sagte Bodenstein.

»Sie ist verschwunden«, fügte Clasing mit düsterer Stimme hinzu. »Überleg doch bitte, Micha. Hast du auf dem Parkplatz irgendein fremdes Auto bemerkt? Hast du nicht vielleicht doch jemanden gesehen? War da ein komischer Anruf?«

Kerstner schüttelte verzweifelt den Kopf.

»Hat Döring seine Frau in den letzten drei Tagen angerufen?«, wollte Pia wissen.

»Ich ... ich weiß nicht mehr«, Kerstner griff sich mit der rechten Hand an den Kopf und stöhnte unwillkürlich. Bodenstein empfand Mitleid mit dem Mann, dem so gar nichts erspart zu bleiben schien. Im Türrahmen tauchte Dr. Djafari auf und tippte nachdrücklich auf seine Uhr.

»Machen Sie sich nicht zu viele Gedanken«, Bodenstein legte seine Hand auf die des Tierarztes. »Ruhen Sie sich aus und werden Sie gesund. Wir finden Frau Döring, und wir finden auch Ihre Tochter, das verspreche ich Ihnen.«

Kerstner nickte langsam, aber seine Augen füllten sich mit Tränen der Hilflosigkeit. Gerade als Bodenstein seine Hand zurückziehen wollte, ergriff er sie und hielt sie fest.

»Meine Herren!«, mahnte der Arzt von der Tür.

»Einen Moment noch«, bat Bodenstein und machte Pia und Clasing ein Zeichen, den Raum zu verlassen.

»Ich konnte es nicht sagen, als Florian dabei war«, flüsterte Kerstner mit gepresster Stimme, und in seinem Blick lag Verzweiflung, »aber Döring wusste, dass Anna bei mir ist. Er hat sie gestern Abend angerufen und ihr gedroht, es werde etwas passieren, wenn sie nicht auf der Stelle zu ihm zurückkäme. Er hat sie beschimpft, und da hat sie vielleicht einen Fehler gemacht.«

»Jetzt reicht es aber«, mischte sich der Arzt ein, »verlassen Sie sofort den Raum.«

Bodenstein reagierte nicht. Er beugte sich näher zu Kerstner hin und bekam eine Gänsehaut, als er hörte, was Anna Lena Döring getan hatte.

»Ich wollte morgen früh mit ihr zu meinen Eltern fahren«, Kerstners Stimme war kaum mehr zu hören, und das Sprechen strengte ihn offensichtlich sehr an, »aber jetzt ist es zu spät.«

Er verstummte keuchend, dann begann er zu husten. Entsetzt sah Bodenstein, dass er Blut hustete.

»Sehen Sie doch, was Sie da angerichtet haben!« Dr. Djafari drängte Bodenstein ärgerlich und besorgt zur Seite, dann beugte er sich über seinen Patienten und drückte auf den Alarmknopf. Wenig später stürmten zwei Schwestern in das Krankenzimmer.

»Bitte!«, keuchte Kerstner und streckte verzweifelt die Hand aus, während ein dünner Faden Blut aus seinem Mundwinkel lief. »Sie müssen Anna Lena finden! Bitte!«

Bodenstein trat auf den Flur hinaus.

»Was ist?«, bestürmte Dr. Clasing ihn. »Was hat er Ihnen noch gesagt?«

»Ich glaube, Ihre Schwester ist in großer Gefahr«, sagte Bodenstein. »Sie hat Döring gegenüber behauptet, sie wüsste von Dingen, mit denen sie ihn ins Gefängnis bringen kann, und gedroht, Gebrauch davon zu machen.«

Clasing wurde bleich vor Schrecken.

»Frau Kirchhoff«, Bodenstein wandte sich zum Gehen, »leiten Sie sofort eine Großfahndung nach Döring und seiner Frau ein. Schicken Sie Leute zu seiner Firma und zu seinem Haus. Jede Streife soll nach den Autos von ihm und seiner Frau Ausschau halten.«

Als sie durch die Glastür auf den Parkplatz des Krankenhauses traten, fragte Bodenstein Pia, ob sie wüsste, wie man eine SMS verschickt.

»Eine SMS?« Pia blieb stehen und starrte ihren Chef befremdet an. »Wem wollen Sie denn eine SMS schicken?«

»Das geht Sie gar nichts an«, Bodenstein grinste. »Also, wissen Sie's oder nicht?«

»Klar.«

»Dann zeigen Sie es mir doch bitte.«

Pia nahm das Handy ihres Chefs und erklärte es ihm. Bodenstein nahm sein Handy zurück und schickte sich an, unter Pias überraschten und neugierigen Augen die erste SMS seines Lebens zu schreiben. Es schien ihm ungehörig, um zehn nach elf bei Thordis anzurufen. Wenn sie noch wach war, würde sie die Kurznachricht erhalten, wenn nicht, würde sie morgen früh sehen, dass er ihre Verabredung nicht vergessen hatte.

»So«, sagte er, als er sein Auto erreicht hatte, »und jetzt auf OK ... Senden ... He, super! Ist ja ganz einfach!«

Er hob den Kopf und strahlte Pia an.

»Geht's Ihnen gut, Chef?«, fragte diese vorsichtig.

»Ich habe seit drei Tagen kaum geschlafen«, erwiderte Bodenstein. »Ich jage vergeblich einem Mörder nach, und meine Frau befindet sich zehntausend Kilometer entfernt. Aber sonst geht's mir blendend.«

Pia betrachtete ihn zweifelnd und unterdrückte mühsam ein Gähnen.

»Sie kommen mir so vor, als hätten Sie mit dem Finger in eine Steckdose gefasst«, sagte sie, »ich bin todmüde.«

»Legen Sie sich ein paar Stunden aufs Ohr«, schlug Bodenstein vor. »Ich informiere die Zentrale, dass sie mich anrufen, wenn irgendetwas passieren sollte. Falls Döring heute Nacht noch auftaucht, werde ich das erfahren. Ich bin sicher, dass er seine Frau irgendwo eingesperrt hat. Wir werden an ihm kleben wie ein Kaugummi, und wenn wir Glück haben, führt er uns zu ihr hin. Ich will auf keinen Fall riskieren, dass Frau Döring dadurch in Gefahr gerät, weil wir ihren psychopathischen Mann festhalten.«

Er zuckte zusammen, als sein Handy einmal piepte.

»Na«, Pia lächelte müde, »da ist ja schon die Antwort.«

Bodenstein öffnete neugierig die SMS.

»Kennen Sie das Light and Sound in Bockenheim? Oder ist es Ihnen zu spät?«, hatte Thordis zurückgeschrieben. Das »Light and Sound« war ihm wohlbekannt, denn dort arbeitete Lorenz seit anderthalb Jahren an den Wochenenden als DJ. Bodenstein machte sich konzentriert daran, eine Antwort zu formulieren. Er war ohnehin viel zu aufgekratzt, um jetzt schlafen zu können.

»Kann in einer halben Stunde dort sein«, schrieb er.

Während er den Rückwärtsgang einlegte, piepte sein Handy wieder. Thordis beherrschte das SMS-Schreiben offensichtlich um einiges besser als er.

»Bin im Bistro. Freue mich.«

»Ich mich auch«, murmelte Bodenstein und brauste los.

Das »Light and Sound« in einer Nebenstraße der Leipziger Straße in Bockenheim war einer der zurzeit angesagten Clubs in Frankfurt, und Bodenstein war erstaunt, als er feststellte, wie viele junge Leute an einem Montagabend in eine Diskothek gingen. Er gehörte zwar mit Sicherheit zu den Ältesten, aber er fiel höchstens dadurch auf, weil er eine Krawatte trug. Thordis saß mit ein paar jungen Leuten an einem Tisch in der Ecke des Bistros, in dem die Musik etwas leiser war und Gespräche erlaubte, ohne dass man sich die Lunge aus dem Leib brüllen musste. Ihre Bekannten räumten das Feld, als Bodenstein an den Tisch trat.

»Ich wollte Sie nicht verjagen«, sagte er.

»Wir müssen eh los«, erwiderte eines der Mädchen, und ihm entging nicht das kurze Zwinkern, das Thordis galt. Offenbar hatte sie ihn angekündigt.

»Wollen Sie etwas trinken?«, fragte sie ihn. »Die machen hier sensationelle Cocktails.«

»Ich könnte eine Caipirinha vertragen«, erwiderte er und lächelte. Thordis trug ein ziemlich tief ausgeschnittenes enganliegendes Oberteil in Hellblau, das perfekt zu ihren Augen passte, dazu eine dieser schmal geschnittenen schwarzen Hosen, die nur schlanken Menschen gut stehen. Sie winkte einem der Kellner, einem jungen Kerl mit Gel in den Haaren und phantasievollen Tattoos auf den solariengebräunten Oberarmen, und bestellte.

»Gehen Sie häufig noch so spät abends aus?« Bodenstein lockerte die Krawatte.

»Warum nicht?« Thordis lächelte. »Zu Hause kenne ich jeden.«

»Wie alt sind Sie?«, fragte Bodenstein.

Thordis grinste und stützte das Kinn in die Hand.

»Alt genug, um nach zehn Uhr in der Öffentlichkeit Alkohol zu trinken«, erwiderte sie. »Ich bin einundzwanzig. Und Sie?«

»Älter«, er grinste auch, aber dann wurde er ernst. »Sie wollten mir etwas über diesen Philipp erzählen.«

»Ja, genau«, Thordis zog ihre hübsche Nase kraus. »Ich

dachte erst, es sei nicht so wichtig, aber heute ist mir eingefallen, dass Isabel mir mal erzählt hat, wer er ist. Sie hat damit angegeben, dass er ein erfolgreicher Filmproduzent sei und ihr angeboten habe, eine Hauptrolle in einem seiner Filme zu spielen.«

»Aha«, Bodenstein lauschte interessiert.

»Allerdings hätte ihr das wohl nie einen Oscar eingebracht«, Thordis' Lächeln wurde ein wenig spöttisch. »Er produziert nämlich Pornos.«

Bodenstein erinnerte sich, dass Jagoda etwas in dieser Richtung erzählt hatte.

»Philipp ist Freddy Dörings Sohn aus erster Ehe«, fuhr Thordis fort. »Er lebt die meiste Zeit in Argentinien. Aber seine Filmfirma hat hier irgendwo in Frankfurt ein Büro. Isabel hat sich mal darüber amüsiert, dass er im Pass nicht Philipp Döring heißt, sondern Felipe Durango.«

Diese Neuigkeit elektrisierte Bodenstein. Dörings Sohn! Argentinien! Der Kellner tauchte auf, stellte die Getränke auf den Tisch und eine Schale mit Knabbersachen dazu.

Thordis ergriff ihr Glas und prostete ihm zu.

»Hat Isabel etwas über ihn erzählt?«, forschte Bodenstein und vergaß die Caipirinha. »Erinnern Sie sich an etwas?«

Thordis schien ein ganz kleines bisschen enttäuscht. Hatte sie sich etwa tatsächlich mehr von diesem Treffen versprochen?

»Sie hat mal gesagt«, sagte sie, »dass sie jeden Mann haben könnte, den sie haben wollte. Das Problem sei nur, dass die Männer, die ihr gefielen, keine Kohle hätten, und ohne Geld sei alles nichts. Eine Ausnahme sei dieser Philipp, der sei noch kein alter Knacker und habe trotzdem Geld wie Heu.«

»Hat sie sonst noch etwas über ihn gesagt?«, fragte Bodenstein. »Ist es möglich, dass es mit ihm etwas Ernstes war?«

»Keine Ahnung«, Thordis saugte am Strohhalm.

»Was ist mit den Dörings? Wie gut kennen Sie sie?«

»Nicht besonders gut«, sagte Thordis. »Freddy kann sehr jähzornig sein, vor allen Dingen wenn er etwas getrunken hat. Er hat Anna ein paarmal richtig übel verprügelt, einmal sogar vor allen Leuten, bis Kampmann und ein anderer Mann eingegriffen haben. Anna redet nie viel. Sie macht immer den Eindruck, als ob sie unglücklich sei.«

»Döring hatte ein Verhältnis mit Isabel.«

»Niemand hatte ein richtiges Verhältnis mit ihr«, Thordis schüttelte den Kopf. »Isabel hatte etwas an sich, das die Männer verrückt machte. Ihr machte es Spaß, Männer zu verführen. Sie brauchte das Gefühl, jeden Mann haben zu können.«

Bodenstein dachte an das, was Rittendorf über Isabel Kerstner gesagt hatte. *Sie konnte es nicht leiden, wenn ihr ein Mann nicht aus der Hand fraß*. Das passte.

»Was ist mit Kampmann?«, fragte Bodenstein.

Thordis sah ihn nachdenklich an, ohne zu lächeln.

»Tja«, sie drehte ihr Glas zwischen den Fingern, »Isabel hat seine Verkaufspferde geritten, sie haben oft zusammengehockt, aber offiziell waren sie immer per ›Sie‹. Susanne war auf jeden Fall tierisch eifersüchtig auf Isabel.«

»Daher die Verwandlung …«

»Ha«, Thordis lachte geringschätzig, »sie hat sich zwanzig Kilo abgehungert – und dann diese blondierten Haare! Ich könnte nicht sagen, was an der überhaupt echt ist. Dabei geht sie ihrem Mann nur noch auf die Nerven.«

»Dann gab es also Kampmann. Und Döring und seinen Sohn. Und auch noch Jagoda.«

»Hans Peter?« Thordis schien verwundert.

In diesem Augenblick vibrierte Bodensteins Handy, das er neben sein Glas gelegt hatte.

»Entschuldigung«, sagte er und nahm das Gespräch entgegen.

Es war die Zentrale, die ihm mitteilte, dass die Wasserschutzpolizei vor einer Stunde am Deutschherrenufer in der Höhe der Gerbermühle die Leiche einer Frau aus dem Main gefischt hatte. Der Beschreibung nach konnte es sich um Anna Lena Döring handeln.

»Ich bin in zehn Minuten da«, sagte Bodenstein nur.

»Ist etwas passiert?«, fragte Thordis neugierig.

»Ja, ich muss leider weg«, Bodenstein nickte und winkte dem vorbeigehenden Kellner.

»Ist wirklich etwas passiert, oder haben Sie nur so getan, als hätten Sie einen Anruf bekommen, um mich loszuwerden?«

Bodenstein war einen Moment sprachlos über diese Unterstellung von Raffinesse.

»Man hat eine Frauenleiche aus dem Main gezogen«, sagte er nüchtern. »Es handelt sich möglicherweise um Frau Döring.«

»O Gott, das ist ja furchtbar!« Thordis war entsetzt.

»Ich weiß nicht, ob sie es wirklich ist, aber ich muss hinfahren.«

»Kann ich mitkommen?«

»Müssen Sie nicht mal irgendwann schlafen?«

»Ich komme mit drei Stunden Schlaf pro Nacht aus«, behauptete die junge Frau.

»Na, dann von mir aus«, Bodenstein war in Gedanken schon bei der Leiche, die man im Main gefunden hatte. »Aber Sie bleiben im Auto, verstanden?«

»Klar«, Thordis nickte eifrig, ihre Augen glänzten aufgeregt.

Dienstag, 6. September 2005

Die blinkenden Lichter der Polizeiautos blitzten auf dem tintenschwarzen Wasser des Mains. Bodenstein parkte auf dem Seitenstreifen hinter einem Streifenwagen. Während der Fahrt hatten sie kaum gesprochen, und Bodenstein verspürte wieder die innere Anspannung wie stets, wenn er auf dem Weg zu einer Leiche war. Er dachte an das Versprechen, das er Kerstner gegeben hatte, an die Verzweiflung des Mannes und den Kummer, den er schon erlebt hatte. Wie entsetzlich wäre es für ihn, wenn er nach seinem Kind nun auch die Frau verlieren musste, die er liebte. Bodenstein hoffte inbrünstig, dass es sich bei der Toten aus dem Main nicht um Anna Lena Döring handelte.

»Warten Sie hier auf mich«, sagte er zu Thordis, die beklommen nickte. Er stieg aus und grüßte den Polizeibeamten mit einem Nicken, dann duckte er sich unter dem gelben Absperrband hindurch und ging über den Rasenstreifen hinunter zum Ufer. Dort herrschte rege Betriebsamkeit. Ein greller Scheinwerfer erhellte eine Stelle an der Uferböschung, ein Schiff der Wasserschutzpolizei dümpelte nur wenige Meter entfernt im Wasser.

»Guten Morgen«, sagte Bodenstein zu den anwesenden Männern, Polizeibeamten, Kollegen des Frankfurter K11, einem Team der Spurensicherung und Beamten der Wasserschutzpolizei, sowie zwei Polizeitauchern und Leuten von der Berufsfeuerwehr, die mit einem Nicken antworteten. Die meisten kannte er von ähnlichen unerfreulichen Gelegenheiten wie dieser hier. Man hatte die Leiche schon in den Leichensack gelegt, und nun erkannte Bodenstein auch den Arzt, der die Leichenschau vorgenommen hatte. Es war der Noch-Ehemann seiner Kollegin, Dr. Henning Kirchhoff.

»Morgen, Bodenstein«, der Arzt erhob sich. »Schlechte Angewohnheit der Zentrale, immer mich anzurufen, wenn sie was im Fluss finden. Das hab ich davon, dass ich in Sachsenhausen wohne.«

»Sie haben es wenigstens nicht so weit«, Bodenstein hockte sich hin und blickte in den geöffneten Leichensack. Vom Gesicht der Frau war nicht mehr viel zu erkennen. Bei dem Gedanken daran, was diese Frau in den letzten Minuten und Sekunden ihres Lebens Entsetzliches durchgemacht hatte, schauderte er unwillkürlich. Hatte Friedhelm Döring seine Frau, von der er annehmen musste, dass sie gefährliche Geheimnisse über ihn kannte, auf eine so brutale Art und Weise umgebracht und sie dann irgendwo in den Fluss geworfen?

»Da ist jemand mit schwerem Werkzeug zugange gewesen«, ließ sich Kirchhoff vernehmen. »Ich tippe auf einen Vorschlaghammer oder etwas in der Richtung und dann noch etwas Ätzendes, wahrscheinlich Salzsäure. Sie hat nicht länger als ein oder zwei Stunden im Wasser gelegen. Gestorben ist sie aber nicht an den Gesichtsverletzungen. Man hat ihr die Kehle durchgeschnitten. Ihr Körper ist völlig ausgeblutet.«

Vom Zeitrahmen her konnte es passen. Anna Lena Döring war das letzte Mal gegen sechs Uhr gesehen worden, etwa um sieben war Kerstner in der Klinik überfallen worden. Jetzt war es ein Uhr morgens.

»Wie lange ist sie schon tot?« Bodenstein erhob sich wieder und betrachtete die entstellte Frauenleiche.

»Schwer zu sagen«, erwiderte Kirchhoff, »bei Wasserleichen ist die Rektaltemperatur nicht aussagekräftig.«

»Alter?« Bodenstein starrte die Tote an. Ihr langes, dunkles Haar ähnelte verschlungenen Algen, und der Anblick war umso grausiger, als die Frau jeglicher menschlichen Gesichtszüge beraubt worden war. Anna Lena Döring hatte langes, dunkles Haar.

»Schätzungsweise um die dreißig«, der Rechtsmediziner schürzte nachdenklich die Lippen.

»Kleidung, Schmuck, besondere Kennzeichen?«

»Nichts. Sie war splitternackt«, Kirchhoff beugte sich über die Leiche und nahm nacheinander beide Hände in seine behandschuhte Rechte, um sie genauer in Augenschein zu nehmen. »Keine Einkerbung, die auf das Tragen eines Ringes schließen ließe.«

Er stand auf.

»Morgen Mittag nach der Obduktion kann ich Ihnen mehr sagen.«

»Okay. Sie können mich auf dem Handy erreichen«, sagte Bodenstein. »So lange, bis das Gegenteil bewiesen ist oder die Frau lebendig auftaucht, müssen wir leider davon ausgehen, dass es sich bei der Toten um Anna Lena Döring handelt.«

Er wandte sich ab. Eine tiefe Mutlosigkeit hatte ihn ergriffen. In diesem Augenblick widerte ihn sein Job zutiefst an.

»Wir sehen uns morgen früh in der Rechtsmedizin«, sagte er zu Kirchhoff und fügte mit zusammengebissenen Zähnen hinzu, »Döring wird sich nämlich diese Leiche ansehen dürfen.«

Der Arzt nickte und zog die Latexhandschuhe aus.

»Ich habe gehört, dass Sie seit ein paar Wochen mit meiner Frau zusammenarbeiten«, sagte er scheinbar beiläufig.

»Ja, das stimmt. Seit einem guten Monat.«

Dr. Henning Kirchhoff war ein hochgewachsener Mann mit einem dunklen, sorgfältig ausrasierten Bart. Er hatte die gleiche hohe Stirn und die feingeschnittenen Lippen wie sein Bruder. Ein attraktiver Mann, kultiviert und hochintelligent, mit dem gelassenen Selbstbewusstsein eines Menschen, der weiß, was er kann. Für einen Moment schien es, als ob Kirchhoff noch etwas fragen wollte, aber dann wandte er den Blick ab.

»Richten Sie ihr einen Gruß von mir aus«, sagte er nur.

»Mach ich«, Bodenstein nickte ihm zu. »Gute Nacht.«

Er ging den Uferdamm hinauf. Thordis war aus dem Auto ausgestiegen und lehnte am Kotflügel des BMW.

»Und?«, fragte sie besorgt. »Ist es Anna?«

Bodenstein bemerkte, dass sie tatsächlich einen Sinn für das Schicksal hinter alldem zu haben schien. Seine Sympathie für die junge Frau wuchs durch das Fehlen jeglicher Sensationslust in ihren Augen.

»Das war leider nicht zu erkennen«, sagte er, »wir müssen die Obduktion morgen abwarten. Steigen Sie ein. Kann ich Sie irgendwo absetzen?«

»Nein. Ich bin mit der S-Bahn in die Stadt gefahren. Mein Auto steht am S-Bahnhof in Bad Soden.«

»Wieso denn das?« Bodenstein blickte sie übers Autodach hinweg an. »Waren Sie so sicher, dass Sie jemanden finden, der Sie dorthin zurückfährt?«

Thordis erwiderte seinen Blick erst ungläubig, dann stieß sie ein kleines, verächtliches Schnauben aus.

»Ich habe echt gedacht, Sie sind nicht so«, sagte sie zu seiner Überraschung, »aber offenbar werten Sie meine Hilfsbereitschaft als Anmache. Vielen Dank, Sie sind mir zwanzig Jahre zu alt.«

Bodenstein starrte sie wie vom Donner gerührt an und spürte, wie sich eine vom Hals aufsteigende Röte auf seinem Gesicht ausbreitete. Er kam sich vor wie ein Idiot. Wie ein alter Idiot. Zuerst wollte er ihr widersprechen, aber dann wurde ihm bewusst, dass er ja tatsächlich eine Weile angenommen hatte, sie wolle ihn anmachen.

»Quatsch«, sagte er knapp. »Steigen Sie ein. Ich fahre Sie zu Ihrem Auto.«

»Sparen Sie sich die Mühe. Ich fahre mit der S-Bahn.«

»Jetzt fährt aber keine.«

»Dann nehme ich mir ein Taxi.«

»Ich habe echt gedacht, Sie sind nicht so«, äffte Bodenstein sie nach.

»Was meinen Sie damit?«

Noch immer starrten sie sich über das Autodach hinweg an.

»Ein zickiges, kleines Mädchen.«

»Ich bin nicht zickig«, entgegnete sie kühl. »Und ein kleines Mädchen war ich vor zehn Jahren.«

»Wollen Sie jetzt mitfahren oder nicht? Ich bin müde, und ich wollte heute Nacht wenigstens noch ein paar Stunden schlafen«, er setzte sich hinters Steuer und musste ein Grinsen unterdrücken, als sie auf dem Beifahrersitz Platz nahm.

Während er wendete, das Museumsufer entlang und über die Mainbrücke am Hauptbahnhof vorbeifuhr, blickte sie unnahbar geradeaus und schwieg.

»Ich gebe zu«, sagte Bodenstein, als sie an der Frankfurter Messe vorbeifuhren, »dass ich vorhin wirklich für einen Moment angenommen habe, Sie hätten sich von unserem Treffen ein wenig mehr versprochen als eine Caipirinha und eine Wasserleiche.«

Thordis blickte stur durch die Windschutzscheibe, die gerade, stolze Haltung ihres Körpers verriet, dass sie beleidigt war, und das tat Bodenstein leid. Sie hatte ihm geholfen. Doch plötzlich wandte sie sich ihm zu.

»Okay«, sie lächelte ein halb kokettes, halb zerknirschtes Lächeln, das Bodenstein schon zuvor an ihr gesehen hatte. »Sie haben mich durchschaut. Ich habe gehofft, ich würde Ihnen gefallen und es würde mehr aus dem Abend als das, was es geworden ist.«

Ihn durchfuhr bei diesem Geständnis ein seltsam zitternder Schreck, und er ärgerte sich gleichzeitig, dass er sich von diesem Küken derart provozieren ließ.

»So, so«, sagte er nur und trat aufs Gas, als er die Stadtgrenzen Frankfurts hinter sich gelassen hatte.

»Ich bin nicht wie Isabel«, Thordis richtete ihren Blick wieder auf die Straße, »aber Sie gefallen mir, obwohl Sie steinalt und arrogant und von sich selbst eingenommen sind.«

Bodenstein hob die Augenbrauen.

»Das ist aber nicht die feine, englische Art«, sagte er.

»Ich bin Amerikanerin. Wir sind direkt.«

»Na, das erklärt ja alles«, Bodenstein setzte den Blinker und verließ vor dem Main-Taunus-Zentrum die A66, um nach Bad Soden zu fahren. Sein Blick streifte ihr Gesicht. Er fragte sich, was sie sich wohl vorgestellt hatte. Hatte sie angenommen, er sei so leicht zu verführen, dass er sie mit nach Hause nehmen oder gar eine schnelle Nummer im Auto mit ihr machen würde? Zu seiner eigenen Überraschung bemerkte er, dass ihm die Vorstellung alles andere als unangenehm war. Woran lag es, dass er plötzlich so empfänglich für fremde, weibliche Reize war? War Cosimas Abwesenheit daran schuld oder die Begegnung mit Inka Hansen? Wenig später hielt er am Bad Sodener Kurpark hinter dem gelben Suzuki. Thordis machte keine Anstalten auszusteigen.

»Danke für die Informationen«, sagte Bodenstein. »Das war sehr nett von Ihnen.«

Die junge Frau blickte auf, und da war ein Ausdruck in ihren Augen, werbend und verführerisch zugleich, der sämtliche Alarmglocken in seinem Kopf schrillen ließ.

»Kommen Sie gut nach Hause«, sagte er eine Spur zu kühl. »Gute Nacht.«

Friedhelm Döring traf um Viertel nach sechs zu Hause ein und wurde von der Besatzung des Streifenwagens am Betreten seines Hauses gehindert. Als Bodenstein eine halbe Stunde später dort ankam, war der Mann auf hundertachtzig.

»Was soll diese ganze Schmierenkomödie! Was ist überhaupt los?«, schrie Döring ungeachtet der frühen Uhrzeit und ohne Rücksicht auf seine Nachbarn. Er war unrasiert, wirkte übernächtigt und angespannt.

»Wo kommen Sie jetzt her?«, fragte Bodenstein.

»Was geht Sie das an?«, schnappte Döring. »Was fällt Ihnen ein, mich hier vor meinem Haus festzuhalten?«

»Dafür habe ich meine Gründe«, Bodenstein blieb gelassen. »Also, wo waren Sie letzte Nacht? Und wo ist Ihre Frau?«

»Keine Ahnung«, Döring zuckte die Schultern. »Ich habe sie seit Freitag nicht mehr gesehen. Da ist sie nämlich bei mir ausgezogen und zu ihrem Freund, diesem bescheuerten kleinen Tierarzt gerannt!«

Plötzlich wurde ihm bewusst, dass er mehr gesagt hatte, als er wohl ursprünglich hatte sagen wollen.

»Aha«, Bodenstein hob die Augenbrauen, als hätte er gerade eine Neuigkeit erfahren. »Wo waren Sie gestern Abend zwischen achtzehn und zwanzig Uhr?«

»Ich sage keinen Ton!«, knurrte Döring. »Ich will in mein Haus.«

»Gestern Abend wurde Kerstner in seiner Klinik überfallen«, sagte Bodenstein, »und von Ihrer Frau gibt es keine Spur.«

»Das tut mir aber leid«, versetzte Döring sarkastisch.

»Haben Sie Kerstner zusammengeschlagen und Ihre Frau verschleppt?«

»Sie haben ja eine irrsinnige Phantasie«, spottete Döring. »Wieso sollte ich wohl so etwas tun?«

»Vielleicht weil Ihre Frau Dinge über Sie weiß, die Ihnen mit Sicherheit viel Ärger bescheren könnten«, vermutete Bodenstein, »Ihr Freund Jagoda, der seit ein paar Tagen auf Staatskosten übernachten darf, hat uns schon eine Menge erzählt.«

Bodenstein registrierte, wie Döring erstarrte.

»... über Ihren gemeinsamen Freund Maurice Brault, zum Beispiel. Oder über die Masche mit den Videoaufzeichnungen, mit denen er seine Kunden erpresste. Prima Idee, so eine Kundenbindung mit Körpereinsatz. Dumm für Herrn Jagoda, dass Staatsanwalt Hardenbach ein ausführliches Geständnis abgelegt hat, bevor er sich erschossen hat. Wir wissen jetzt alles über die dunklen Geschäfte der JagoPharm, und wir wissen viel über Sie, Herr Döring.«

»Über mich gibt es nichts zu wissen«, erwiderte Döring, aber die Verärgerung in seinen Augen hatte sich in Besorgnis verwandelt.

Offenbar hatte er von Jagodas Verhaftung noch nichts gewusst, und nun dämmerte ihm, wie nah er selbst am Abgrund stand.

»Sie werden mich jetzt nach Frankfurt ins Leichenschauhaus begleiten«, Bodenstein blickte auf seine Uhr. »Gestern Nacht wurde nämlich die Leiche einer Frau aus dem Main geborgen, und wir nehmen an, dass es sich dabei um Ihre Frau handelt.«

»Sie können mich nicht zwingen!«, protestierte Döring.

»Doch, das kann ich«, Bodenstein öffnete die Tür seines Autos, »bitte sehr, Herr Döring.«

Eine halbe Stunde später stand Friedhelm Döring mit verkniffener Miene im hellen Neonlicht eines der Sektionssäle im Rechtsmedizinischen Institut und starrte auf die grausam entstellte und noch immer unbekannte Frauenleiche. Mit einem Ruck wandte er sich ab. Bodenstein beobachtete ihn scharf, war aber in Gedanken ganz woanders. Er war kein Mann, dessen Ego es nötig hatte, dass ihm die Frauen nachliefen, aber zweifellos hatte er sich von Thordis' unmissverständlichem Ansinnen irgendwie geschmeichelt gefühlt. Was wäre geschehen, wenn er sich dazu hätte hinreißen lassen, sie zu küssen? Was hätte sie getan, wenn er …

»Warum zwingen Sie mich dazu, mir irgendwelche toten Leute anzusehen?«, riss ihn Dörings Stimme aus seinen Gedanken.

»Ist das Ihre Frau?«, fragte Bodenstein.

»Nein, verdammt«, Döring schüttelte heftig den Kopf, »das ist sie nicht. Ich werde mich beim Innenminister persönlich über Sie und Ihre Methoden beschweren, Bodenstein! Das ist Psychoterror, was Sie da machen!«

»Weshalb sind Sie sicher, dass es sich bei der Toten nicht um Ihre Frau handelt?«

»Meine Frau wurde am Blinddarm operiert«, antwortete Döring scharf. »Ich kenne den Körper meiner Frau. Die da ist viel zu dick. Kann ich jetzt gehen?«

»Natürlich«, Bodenstein bemühte sich, Döring seine Erleichterung nicht anmerken zu lassen. »Wenn Sie wollen, kann ich Sie nach Hause fahren lassen und …«

»Sparen Sie sich Ihr Gesülze«, unterbrach Döring ihn. »Das wird ein Nachspiel für Sie haben, das verspreche ich Ihnen.«

Bodenstein zuckte die Schultern und öffnete die Tür zum Gang.

In der Eingangshalle erblickte er seine Kollegin im intensiven Gespräch mit ihrem Noch-Ehemann, der bereits einen grünen Kittel über seinem Anzug trug. Bodenstein verließ das Gebäude des Rechtsmedizinischen Institutes. Döring ließ ihn grußlos stehen und kramte sein Handy aus der Hosentasche. Bodenstein blickte ihm nach, wie er telefonierend die Straße überquerte und zu einem Taxistand ging. Pia erschien neben ihm.

»Und?«, fragte sie.

»Sie ist es nicht. Gott sei Dank. Aber ab jetzt werden wir den Kerl nicht mehr aus den Augen lassen.«

»Unsere Leute sind schon an ihm dran«, Pia wies mit einem Kopfnicken auf einen silbernen Opel, in dem ein Mann und eine Frau in Zivilkleidung saßen. Ihr Handy summte.

»Oh, hallo, Herr Dr. Rittendorf«, sagte sie, dann lauschte sie eine ganze Weile, bis sie sich bedankte und das Gespräch beendete.

»Was wollte er?«, erkundigte sich Bodenstein, aber Pia tippte schon wieder eine Nummer ein.

»Sofort«, murmelte sie. Sie gab ein Autokennzeichen durch, dann blickte sie auf.

»Gestern Abend um Viertel vor sieben fiel einem Mann aus Ruppertshain, der mit seinem Hund im Feld spazieren war, ein dunkelgrüner Jeep Cherokee auf, der auf dem Feldweg hinter der Tierklinik stand. Der Mann ist gehbehindert, und weil ihm das Auto den Weg versperrte, klopfte er an die Scheibe. Der Fahrer machte das Fenster nur einen kleinen Spalt auf und sagte dem Mann, er solle sich dünnmachen. Er trug eine Sonnenbrille, obwohl es fast schon dunkel war.«

»Ach«, machte Bodenstein ungläubig.

»Der Mann war eben bei Rittendorf, um sich darüber zu beschweren. Er beschwert sich wohl dauernd über Kunden der Pferdeklinik, die dort parken, aber er war so aufmerksam, sich das Kennzeichen des Autos zu merken.«

Noch bevor Bodenstein und Pia ihre Autos erreicht hatten, erhielt Pia die Nachricht, wer der Halter des dunkelgrünen Cherokee war.

»Manfred Jäger«, wiederholte sie laut, »Tonisenderstraße 124 b in Sossenheim. Alles klar. Danke.«

»Na«, sagte Bodenstein, »den sollten wir wohl mal besuchen.«

Manfred Jäger wohnte in einem der hässlichen Wohnblocks in einem tristen Viertel von Sossenheim, das allgemein als sozialer Brennpunkt bekannt war. Auf engstem Raum lebten die Menschen in Sozialwohnungen, viele waren arbeitslos, und der Ausländeranteil war so hoch wie sonst nirgendwo in Frankfurt. Die Häuser, die dringend wieder einen frischen Anstrich gebrauchen konnten, waren mit Graffiti beschmiert, sogar vor den Mülltonnen und Haustüren hatten die Sprayer nicht Halt gemacht, die Hausverwaltungen hatten irgendwann kapituliert. Von dem hellen Sonnenlicht drang kein Strahl zwischen die tiefen Häuserschluchten, es hätte genauso gut neblig sein können. Bodenstein verspürte das schlechte Gewissen, das ihn jedes Mal ergriff, wenn ihn sein Beruf in Gegenden wie diese führte. Wie entsetzlich musste es sein, ohne jede Perspektive in einem solchen Wohnblock zu wohnen! Pia suchte ein paar Minuten auf der Klingelanlage, die auch teilweise beschmiert war, die Klingel von Manfred Jäger. Eine unfreundliche Frauenstimme meldete sich.

»Hier ist die Polizei«, sagte Pia. »Wir möchten zu Manfred Jäger.«

Zwei Minuten verstrichen, bevor der Türsummer ertönte.

Das Haus war von innen möglicherweise noch deprimierender als von außen. Der ehemals wohl glänzende Fliesenfußboden war stumpf, es roch nach verschiedenstem Essen, nach abgestandenem Bier und Urin. Die Wände waren in einem undefinierbaren Farbton gestrichen und ebenfalls voller Graffiti. Am Aufzug hing ein Schild mit dem Hinweis, dass die Reparaturarbeiten noch andauern würden. Erboste Bewohner aus den oberen Stockwerken hatten ihrem Zorn an der Metalltür freien Lauf gelassen. Sie stapften die Treppe hoch in den siebten Stock. Hinter der Wohnungstür, die nur einen schmalen Spalt geöffnet war, erwartete sie eine Frau in einem abgeschabten Bademantel, die ein quengelndes Kleinkind auf dem Arm hielt.

Sie war nicht älter als fünfundzwanzig, sah aber doppelt so alt aus. Eine billige Dauerwelle hatte ihr Haar verdorben, der verrutschte Bademantel verströmte den Geruch von altem Schweiß. Das Kind trug nichts anderes als eine Windel, und es schien dringend ein Bad zu benötigen. Im Hintergrund tauchten noch zwei andere Kinder auf.

»Kommse rein«, die Frau drehte sich um und schlappte in ausgetretenen Plüschpantoffeln den düsteren Flur entlang bis in ein Wohnzimmer, das mit Krimskrams und schäbigen Möbeln derart vollgestopft war, dass Bodenstein und Pia den Mann, der vor dem Fernsehapparat saß, erst kaum wahrnahmen.

»Die Bullen«, verkündete die Frau mit scharfer Stimme. »Was hastn schon wieder gemacht?«

Manfred Jäger war ein schmächtiger Bursche Mitte dreißig mit einem nervösen Frettchengesicht und fettigen schulterlangen Haaren. Er grinste unsicher und drückte seine Zigarette in einem überquellenden Aschenbecher aus.

»Ich hab nix gemacht«, verteidigte er sich, bevor Bodenstein oder Pia auch nur den Mund aufgemacht hatten. »Seit ich aus'm Knast raus bin, hab ich nix gemacht. Da könnse meine Bewährungshelferin fragen, echt.«

Bodenstein fragte sich, wie sich dieser Mann, der nur knapp oberhalb der Armutsgrenze zu leben schien, einen vierzigtausend Euro teuren Cherokee-Jeep leisten konnte.

»Besitzen Sie einen Geländewagen mit dem Kennzeichen F-X 122?«, fragte Pia. Die Augen des Mannes flogen hin und her, sein Adamsapfel hüpfte nervös an seinem mageren Hals auf und ab.

»Klar, das is unser Auto«, ließ sich die Frau vernehmen. »Wenn we auch sons nix ham, aber 'n dickes Auto muss es sein.«

Sie lachte bitter, und ihr Mann zog eine Grimasse.

»Ganz schön teuer so ein Cherokee, oder?«, fragte Pia. »Wie können Sie sich so ein Auto leisten?«

»Mann, ich hab ma echt gut Geld verdient«, Jäger wischte sich mit dem Unterarm über die Nase, »hab 'n guten Job gehabt.«

»Wo haben Sie denn gearbeitet?«, erkundigte sich Bodenstein und hoffte, man würde ihm sein Unbehagen nicht allzu deutlich ansehen.

»Bin LKW gefahren. Vierzigtonner. War in ganz Europa«, Jäger tastete nach seinem Zigarettenpäckchen und zündete sich wieder eine Zigarette an. Er rauchte hastig.

»Aha«, Pia nickte, »und weshalb sind Sie verknackt worden?«

»Hab Mist gebaut. Echt blöde Sache. Aber ich hab's abgesessen.«

»Könnten wir mal bitte die Wagenpapiere sehen?«, bat Bodenstein und erntete dafür einen misstrauischen Blick. Jäger pulte ein abgegriffenes Portemonnaie aus der Gesäßtasche seiner Jeans und reichte ihm den Kfz-Schein anstandslos.

»Wow«, Pia pfiff durch die Zähne, »der ist ja nagelneu! Erstzulassung Juli 2005!«

»Ja, Mann, echt abgefahren«, Jäger grinste und entblößte dabei nikotingelbe Zähne.

»Und wie haben Sie das Auto bezahlt?«, fragte Pia. Das Grinsen verschwand schlagartig. Der Mann rauchte die Zigarette mit ein paar Zügen bis zum Filter.

»Wo waren Sie gestern Abend zwischen achtzehn und einundzwanzig Uhr?«, fragte Bodenstein.

»Er wa hier«, mischte sich die Frau mit einem drohenden Unterton ein, »er wa hier und hat sich net aus'm Haus gerührt. Los, Mann, sag denen schon, dass es so wa!«

»Ja, ich wa hier, echt«, Jäger nickte heftig, »hab Fernsehn geguckt.«

»Ihr Auto wurde gestern Abend gegen Viertel vor sieben gut zwanzig Kilometer von hier entfernt gesehen«, Pia verschränkte die Arme vor der Brust. »Wie erklären Sie sich das?«

»Hab's 'nem Kumpel geliehen«, Jägers Blicke schweiften durch den Raum. »Mach ich öfter. Ich krieg dann 'ne Tankfüllung dafür.«

»Gut. Dann seien Sie doch bitte so freundlich und teilen uns jetzt den Namen Ihres Freundes mit«, sagte Bodenstein. »Wo befindet sich das Fahrzeug jetzt?«

»Unten auf'm Parkplatz, hoff ich«, Jäger deutete mit dem Daumen abwärts.

»Den Namen von deinem Kumpel, Mann«, erinnerte Pia, die ihre Ausdrucksweise mühelos den gegebenen Gepflogenheiten anzupassen vermochte.

»Ich weiß nich genau, wie der heißt«, druckste Jäger, »die sagen alle Teddy zu dem.«

»Du verleihst dein nagelneues Auto an einen Typen, von dem du nicht mal weißt, wie er heißt?« Pia riss die Augen auf. »Willst du uns verarschen, oder was?«

»Nee, echt nich! Is aber so, stimmt's?«, er warf seiner Frau einen hilfesuchenden Blick zu.

»Der Teddy war 'n Arbeitskollege von meim Mann, von vorm Knast«, sagte sie, »der is echt okay. Hilft uns imma ma.«

»Aha. Und wo hast du gearbeitet? Vor dem Knast, meine ich«, Pia wurde allmählich ungeduldig.

»Bin LKW gefahren.«

»Das hatten wir schon. Die Firma. Na los.«

»Spedition Döring in Eschborn.«

Während sie auf den Personalchef der Spedition Döring warteten, genehmigte Bodenstein sich einen Espresso. Herbert Rückert war Anfang fünfzig, ein dicker Mann mit einer spiegelnden Glatze und dem roten Gesicht eines Menschen, der unter Bluthochdruck leidet.

»Wir möchten mit einem Mitarbeiter von Ihnen sprechen, der Teddy genannt wird«, sagte Bodenstein, nachdem er sich vorgestellt hatte. »Die Empfangsdame wusste nicht, um wen es sich handelt, aber Sie, als Personalchef, sind doch sicherlich auch mit den Spitznamen Ihrer Leute vertraut.«

Dem dicken Mann stand das Unbehagen ins Gesicht geschrieben.

»Wir hatten mal einen Fahrer, der so genannt wurde«, sagte er nach einer Weile zögernd. »Aber der ist nicht mehr bei uns.«

»Oh«, sagte Bodenstein ungerührt, »uns würden sein richtiger Name und die letzte Adresse fürs Erste ausreichen.«

»Ich bin nicht befugt, Auskünfte zu erteilen«, begann Rückert reserviert.

»Sie sind befugt«, sagte Pia verärgert. »Sie sind sogar verpflichtet. Wir ermitteln nämlich in einem Mordfall.«

Auch Bodenstein verging seine beinahe sprichwörtliche Geduld.

»Name und Adresse«, sagte er knapp und ohne seine übliche Höflichkeit. »Sonst kriegen Sie eine Anzeige wegen Behinderung der Polizei. Also, etwas flott jetzt bitte!«

Personalchef Rückert zeigte sich eingeschüchtert. Er ging hinter den Empfangstresen, nahm den Telefonhörer und beauftragte jemanden damit, die letzte Anschrift eines Theodor van Eupen herauszusuchen. Drei Minuten später verließen Bodenstein und Pia das Gebäude.

»Mir ist nach Pasta, Rotwein und einem geplatzten Alibi zumute«, sagte Bodenstein auf dem Weg zum Auto. Pia warf ihrem Chef einen erstaunten Blick zu. Er reichte ihr den Autoschlüssel.

»Wir fahren nach Königstein ins ›Limoncello‹«, verkündete er. »Wissen Sie, wo das ist?«

»Ja«, Pia setzte sich hinter das Steuer des BMW. Auf dem Weg zu dem italienischen Restaurant tätigte Bodenstein drei Anrufe. Er beauftragte Behnke und Ostermann damit, den Polizeicomputer über Philipp Döring alias Felipe Durango, Manfred Jäger und Theodor van Eupen zu befragen. Eine weitere telefonische Anfrage bei den Bewachern von Friedhelm Döring ergab, dass dieser mit dem Taxi in sein Haus gefahren war und offenbar nicht vorhatte, dasselbe zu verlassen. Kerstner war noch nicht wieder vernehmungsfähig, sein Gesundheitszustand ernst, aber nicht lebensbedrohlich. Bodenstein machte sich mittlerweile ernsthafte Sorgen um Anna Lena Döring, denn eine Rückfrage bei ihrem Bruder hatte ergeben, dass sie weder bei ihm noch bei ihren Eltern aufgetaucht war.

»Wieso ein geplatztes Alibi?«, erkundigte Pia sich bei ihrem Chef, als sie die Treppenstufen zum Eingang des »Limoncello« hinaufstiegen.

»Ich habe über Ihre Vermutung von gestern nachgedacht«,

Bodenstein blieb stehen. »Helfrich und Rittendorf waren genau um die Uhrzeit essen, als Isabel gestorben ist. Von hier bis nach Ruppertshain fährt man abends ungefähr sieben Minuten. Sie hatten also genug Zeit, und sie hatten die nötigen Mittel.«

»Und was war ihr Motiv?«, wollte Pia wissen.

»Vielleicht wirklich Rache«, erwiderte Bodenstein. »Rittendorf hasste Isabel sowieso, und auch ihr Bruder hatte nicht viel für sie übrig. Sie hatten sich am Nachmittag getroffen und haben gestritten. Isabel hat ihren Erbteil verlangt. Außerdem hatte sie Kerstner, einen sehr engen Freund, über Jahre hinweg gedemütigt und gequält.«

»Ich sag's ja«, Pia grinste und folgte ihrem Chef die Stufen hinauf.

Eine halbe Stunde später saßen sie bei Tortelloni alla Nonna und einem Viertel Chianti an einem Tisch in dem halbleeren Nobelrestaurant und wussten, dass die Ehepaare Helfrich und Rittendorf zwischen sieben und zehn Uhr ihren Tisch nur jeweils für wenige Minuten zum Gang auf die Toilette verlassen hatten. Das hatte nicht nur der Inhaber des italienischen Restaurants, sondern unabhängig von ihm auch einer der Kellner bestätigt. Bodenstein hatte Pia ausführlich von seinem Gespräch mit Thordis berichtet und von dem, was sie über Döring gesagt hatte.

»Es wird immer undurchsichtiger«, Bodenstein kaute nachdenklich seine Nudeln. »Alle haben Alibis, wenn auch wacklige.«

»Alle, bis auf Reitlehrer Kampmann und seine Frau«, erwiderte Pia.

»Kampmann«, Bodenstein nickte. »Aber warum sollte der sie umbringen? Sie brachte ihm doch Geld ein.«

Sie hatten bei ihrer Suche nach dem Mörder so viele Steine

umgedreht und so viel Müll zum Vorschein gebracht, dass sie dabei möglicherweise Wesentliches übersehen hatten. Weder Döring noch Jagoda waren die Hauptpersonen in dieser Tragödie, auch wenn sie womöglich etwas damit zu tun hatten, aber keiner der beiden hatte Isabel Kerstner umgebracht. Vor lauter Spuren und Verdächtigungen hatte Bodenstein beinahe vergessen, dass seine Aufgabe darin bestand, den Mord an der jungen Frau aufzuklären. Alles andere, was sie herausbekommen hatten, fiel in die Aufgabenbereiche anderer Dezernate.

»Vielleicht war es niemand von ihnen selbst«, sagte Pia in dem Moment. »Warten wir doch mal ab, bis wir diesen Teddy gefunden haben. Isabel wurde Döring und Jagoda vielleicht zu gefährlich, und sie ließen sie von einem Handlanger aus dem Weg schaffen. Erst als sie tot war, fiel ihnen ein, dass sie nicht wussten, wo diese Filme waren.«

»Wenn ich ehrlich bin«, Bodenstein schob den leeren Teller von sich weg und fuhr sich mit der Hand über das Gesicht, »weiß ich überhaupt nichts mehr. Ich habe den roten Faden verloren, wenn es bei dieser ganzen Geschichte überhaupt schon einmal einen gegeben hat.«

Die Müdigkeit kehrte zurück und lähmte seine Gedanken. Sein Gehirn war wie benebelt, er fühlte sich wie früher in der Schule, wenn er für eine Klausur so viel gepaukt hatte, dass er, wenn er das offene Heft vor sich liegen hatte, für einen panischen Moment gar nichts mehr wusste. Die Erfahrung hatte ihn gelehrt, dass es nur noch eine Möglichkeit gab, wenn er an diesem Punkt angelangt war: völliges Abschalten. Wenn er Glück hatte, würde sich der Nebel verziehen, und er würde wieder in der Lage sein, einen klaren Gedanken zu fassen.

»Ich habe letzte Nacht kein Auge zugemacht«, sagte er schließlich und gähnte. »Vielleicht sollte ich mal ein paar Stunden schlafen.«

Er winkte dem Kellner.

»Ach«, fiel ihm dann ein, »ich soll Ihnen auch einen Gruß von Ihrem Mann ausrichten.«

»Danke«, erwiderte sie, »hat sich erledigt. Ich habe ihn ja heute Morgen gesehen.«

»Ich hatte den Eindruck, er mag Sie noch immer«, bemerkte Bodenstein beiläufig. Trotz seiner Müdigkeit interessierte ihn das Privatleben seiner tüchtigen neuen Kollegin.

»Dieser Eindruck täuscht Sie nicht«, sagte Pia. »Wir haben uns fürs Wochenende verabredet. Mein Mann möchte mein neues Zuhause begutachten.«

Friedhelm Döring hatte sich nicht die Zeit genommen, nach dem Besuch in der Rechtsmedizin zu duschen. Er hatte sich an seinen Schreibtisch gesetzt und ein paar Telefonate geführt. Die Lage war sehr viel ernster, als er angenommen hatte, und das verdankte er ausgerechnet seiner Frau und Isabel Kerstner! Er schnaubte ärgerlich, als er den Tresor aufschloss, der, hinter einem Bücherregal verborgen, bisher schon zweimal der Steuerfahndung entgangen war. Dummerweise wusste er nicht, wie weit seine Frau über seine Geschäfte informiert war, deshalb musste alles verschwinden. Ganz sicher würde er es bald erfahren, denn Anna Lena würde ihr störrisches Schweigen nicht ewig durchhalten können. In seinem Inneren brodelte heißer Zorn. Jagoda hatte bei den Bullen zugegeben, dass er hinter den Sexvideos steckte, die Isabel aufgenommen hatte! Wie konnte der Mann so unglaublich dumm sein? Gerade jetzt, wo alles bestens lief und diese intrigante kleine Schlampe mausetot war, da verlor er die Nerven! Friedhelm Döring verachtete Schwäche und hasste Unprofessionalität, und beides legte Jagoda auf einmal an den Tag, nachdem er jahrelang keinerlei Skrupel gezeigt hatte. Während er ganze Berge von Akten und dicke Papierstöße durch den Wolf jagte und mit starrem Blick beobachtete, wie sich seine sämtlichen wundervollen, in langen Jahren zusammengetragenen Druckmittel in kleine Fetzchen verwandelten, verspürte er das dringende Verlangen, jemanden mit eigenen Händen zu töten! Es war halb sechs, als Döring unter den Schreibtisch kroch, mit einem Schraubenzieher das Gehäuse seines Rechners öffnete, um die Festplatte auszubauen. Als er den Inhalt des ersten Müllsacks im Kamin in Flammen aufgehen sah, hatte sich seine unbändige Wut in kalte Rachsucht verwandelt.

Bodenstein erwachte mit rasendem Herzklopfen aus einem entsetzlichen Alptraum, in dem er bis zum Hals in einem eisigen See eingefroren war. Als er die Augen aufschlug, brauchte er ein paar Sekunden, bis er begriff, dass er noch immer in der Badewanne saß. Das Wasser war inzwischen eiskalt geworden, und vor den Fenstern war es stockdunkel.

»So ein Mist«, fluchte er und bemühte sich, seinen erstarrten Körper aus der Wanne zu bewegen. Anfälle von Schüttelfrost ließen seine Zähne klappernd aufeinanderschlagen, und als er endlich das Wasser verlassen und mit steifen Fingern den Lichtschalter betätigt hatte, drohten seine Knie unter ihm nachzugeben. Sein ganzer Körper war vom Wasser aufgequollen, außerdem schmerzte sein Genick von der unnatürlichen Lage in der Badewanne. Bodenstein stolperte aus dem Badezimmer hinaus, benommen vor Müdigkeit und der eisigen Kälte, die ihn schüttelte. Mit Entsetzen bemerkte er, dass es schon Viertel vor zehn war. Er hatte beinahe sieben Stunden in der Badewanne gelegen und wie ein Toter geschlafen! Zitternd und zähneklappernd suchte er nach seinem Handy. Als er es in der Tasche seines Sakkos gefunden hatte, musste er feststellen, dass es aus war. Akku leer.

»Verdammt, verdammt, verdammt«, flüsterte er vor sich hin, schlüpfte in eine Unterhose und versuchte sich daran zu erinnern, wo er das Aufladekabel zuletzt gesehen hatte. Er fand es in der Küche. Seine Hände zitterten so stark, dass es eine Weile dauerte, bis er das Kabel angeschlossen und das Handy wieder angeschaltet hatte. Die Mailbox kündigte ihm neun neue Nachrichten an. Um kurz nach fünf hatte Pia insgesamt dreimal auf das Band gesprochen, um ihm mitzuteilen, dass nach ersten Untersuchungen im Cherokee von Manfred Jäger Blutspuren gefunden worden waren, deren Blutgruppe Anna Lena Döring zugeordnet werden konnte. Das Auto war zwar sorgfältig gereinigt worden, aber man hatte Fasern von Kleidern und ein paar Haare gefunden. Fingerabdrücke waren Fehlanzeige, dafür gab es vier Zigarettenkippen in dem überquellenden Aschenbecher, die eine andere Marke hatten als die Marlboro, die Jäger rauchte. Im Labor wurde auch die Erde untersucht, die im Profil der Reifen, unter dem Autoboden und an allen möglichen anderen Stellen des Autos gefunden worden waren. Manfred Jäger war im Februar 2003 zu anderthalb Jahren Haft verurteilt worden, weil man in seinem LKW bei einer Zollkontrolle Drogen gefunden hatte. Jäger hatte sofort zugegeben, dass er auf eigene Rechnung geschmuggelt hatte, und da er nicht vorbestraft und überdies geständig war, hatte er nur neun Monate absitzen müssen, der Rest war in eine Bewährungsstrafe umgewandelt worden. Theodor van Eupen war nicht vom Polizeicomputer erfasst und bei der von Personalchef Rückert angegebenen Adresse nicht anzutreffen. Allerdings schien er dort noch zu wohnen. Zwei Beamte warteten vor dem Haus auf sein Erscheinen. Felipe Durango war weder mit seinem neuen noch mit seinem alten Namen im Polizeicomputer zu finden. Im Internet gab es hingegen bei Google zweihundertachtundfünfzigtausend Treffer, was daraus resultierte, dass dieser Name im Spanischen ungefähr so geläufig war wie Karl Müller. Nachdem die Suche etwas eingegrenzt worden war, hatte Ostermann sich auf einen Felipe Durango konzentriert, der zweiunddreißig Jahre alt und argentinischer Staatsbürger war. Seine Produktionsfirma mit dem bezeichnenden Namen »Neue Horizontal« mit Hauptsitz in Buenos Aires hatte unter anderen eine Dependance in Frankfurt und stellte billige Pornofilme am Fließband her, vorwiegend in Rumänien und der Tschechei. Döring hatte sich nicht aus dem Haus gerührt, die Bewachung wurde aber fortgesetzt. Danach hatte jemand mit unbekannter Nummer fünfmal angerufen, ohne eine Nachricht zu hinterlassen. Bodenstein legte das Handy zur Seite, ging zur Couch im Wohnzimmer und legte sich hin. Lorenz war so freundlich gewesen, den Hund mitzunehmen. Er schloss die Augen und zwang seine Gedanken, die nun sieben Stunden Auszeit gehabt hatten, wieder um den Fall Isabel zu kreisen. Hoffentlich hatte er sich im Eiswasser der Badewanne nicht eine Erkältung oder Schlimmeres geholt! Allmählich wärmte sich sein Körper wieder auf, das Blut kribbelte schmerzhaft in Händen und Füßen. Er war schon wieder halb eingedöst, als zwei Dinge zur gleichen Zeit geschahen: Es klingelte an der Tür, und in derselben Sekunde krachte irgendetwas mit einem ohrenbetäubenden Klirren durch die große Glasscheibe des Wohnzimmers und knallte gegen seinen Kopf. Bodenstein stand vor Schrecken sofort senkrecht neben der Couch und tastete nach seinem Kopf. Sein Herz klopfte zum Zerspringen. Diesmal zitterte er nicht vor Kälte, sondern vor Schreck. Er ging zur Haustür und öffnete sie. Sein Herz machte einen weiteren, wilden Satz. Vor ihm stand Inka Hansen. Ihr ungläubiger Blick glitt an seinem Körper hinab und wieder hoch zu seinem Gesicht.

»Inka!«, rief er überrascht und fragte sich, ob er vielleicht doch noch schlief und nur träumte. »Was machst du denn hier?«

»Empfängst du Besuch an der Haustür immer so?«, fragte sie. Irritiert blickte Bodenstein an sich herunter und merkte, dass er bis auf die Unterhose splitternackt war.

»Du siehst ja aus, als hättest du einen Geist gesehen«, sagte Inka, als er sie ins Haus gelassen hatte.

»Ich bin in der Badewanne eingeschlafen«, gab Bodenstein zu. »In dem Augenblick, als du geklingelt hast, ist irgendetwas durch das Wohnzimmerfenster geflogen und hat mich am Kopf getroffen.«

Er tastete nach der Beule und sah Blut an seinen Fingern. Erst jetzt fiel ihm ein, wie leichtsinnig es von ihm gewesen war, einfach so die Haustür aufzureißen, ohne sich vorher zu vergewissern, wer oder was ihn dort erwartete. Inka drückte entschlossen auf den Lichtschalter und betrat furchtlos das Wohnzimmer. Die große Glasscheibe war in Trümmern, die Glassplitter lagen auf dem ganzen Boden verteilt. Inka bückte sich und hob einen Stein auf.

»Bleib besser da stehen«, Inka wandte sich um. »Hier ist alles voller Splitter.«

Bodenstein betrachtete den Stein in ihrer Hand. Hatte dieser Steinwurf ihm gegolten? Noch nie in zwanzig Jahren bei der Kripo hatte ihn jemand persönlich bedroht! Bodenstein schauderte bei dem Gedanken, dass sich jemand die Mühe gemacht hatte, herauszubekommen, wo er wohnte, und dann in seinen Garten eingedrungen war. Wer hatte ein Interesse daran, ihn einzuschüchtern? Inka watete durch das Scherbenmeer und ließ den Rollladen an dem zerstörten Fenster herunter. Sie warf ihm einen scharfen Blick zu.

»Du blutest«, stellte sie fest. »Lass mich mal gucken.«

Sie gingen in die Küche. Er setzte sich auf einen Küchenstuhl.

Inka schob sein Haar auseinander und begutachtete die Wunde.

»Es ist nur ein Kratzer«, sagte sie. »Du solltest etwas Eis draufpacken, sonst hast du morgen eine ordentliche Beule.«

»Mach ich«, Bodenstein blickte sie an. »Warum bist du eigentlich hier?«

»Ich habe ein paarmal versucht, dich zu erreichen«, sagte Inka.

»Mein Akku war leer«, antwortete Bodenstein, »ich meine ... der Akku meines Handys ...«

»Na, deiner wohl auch«, Inka lächelte. »Offenbar hast du die ganze letzte Nacht in Damenbegleitung verbracht.«

Bodenstein starrte sie sprachlos an.

»W... wie ... was ... woher weißt du das?«, stotterte er.

»Meine Tochter hat es mir erzählt. Sie ist ganz beeindruckt von dir.«

Bodenstein kapierte. *Meine Tochter.* Thordis. *Ich bin Amerikanerin.* Diese Ähnlichkeit hatte er sich also nicht nur eingebildet. Gott sei Dank hatte er sich nicht hinreißen lassen, das Mädchen zu küssen!

»Ich wusste gar nicht, dass Thordis deine Tochter ist«, sagte er lahm.

»Eigentlich wollte ich nur wissen, wie es Micha geht«, Inka ging auf seine Bemerkung nicht ein. »Im Krankenhaus sagen sie mir nichts, und Georg wusste auch nichts Genaues. Weißt du etwas?«

»Ja. Es geht ihm nicht gut. Man musste ihn operieren, und er liegt auf der Intensivstation«, Bodenstein hatte Mühe, sich daran zu erinnern. Er hasste es, am helllichten Tag zu schlafen, denn dadurch geriet sein gesamter Biorhythmus durcheinander. Er fühlte sich verwirrt und unwirklich, wie in einem Traum.

»O Gott«, sagte Inka. Sie sah wunderschön aus, wie sie da vor ihm stand mit den geröteten Wangen und leicht geöffneten Lippen. Plötzlich ergriff ihn bei ihrem Anblick ein heftiges Verlangen, wie ein scharfer Schmerz. Schlagartig lösten sich die letzten fünfundzwanzig Jahre in Luft auf, und ihm war, als sei er wieder achtzehn und dies die letzte Möglichkeit vor seiner Abfahrt nach Hamburg, Inka zu gestehen, wie sehr er sie liebte und brauchte.

»Inka, ich ... ich muss die ganze Zeit an das denken, was du am Sonntag gesagt hast, und ich ...«, begann er mit gepresster Stimme. So viele Missverständnisse und verpasste Gelegenheiten!

»Nicht«, unterbrach sie ihn schnell, »bitte, Oliver. Sag nichts.«

»Ich habe dich auch geliebt«, flüsterte er. »Aber ich dachte, dass du und Ingvar, dass ihr ...«

»Hör auf damit!«, stieß sie hervor. Er erhob sich und schloss sie in seine Arme. Sie stemmte die Hände gegen seine Brust, aber dann gab sie ihren Widerstand auf und lehnte sich gegen ihn.

»Es ist zu spät, Oliver«, murmelte sie, »bitte. Lass es, wie es ist.«

Es war absolut vernünftig, was sie sagte, aber Bodenstein wollte nicht länger vernünftig sein. Das war er sein Leben lang gewesen.

Mittwoch, 7. September 2005

Friedhelm Döring schlief vom Alkohol benebelt tief und fest. Er lag auf seinem breiten Bett und schnarchte laut, wie immer, wenn er etwas getrunken hatte. Bis zum Schluss der Vernichtungsaktion hatte er die Flasche Wodka ganz geleert, danach war er die Treppe hoch in sein Schlafzimmer mehr getaumelt als gelaufen. Er glaubte zu träumen, als ihn plötzlich jemand an der Schulter rüttelte. Beinahe widerwillig öffnete er die Augen und blinzelte schlaftrunken in grelles Licht. Der Schrecken fuhr ihm in alle Glieder, als er zwei Gestalten mit Strumpfmasken über dem Gesicht vor seinem Bett stehen sah. Der Adrenalinstoß machte ihn mit einem Schlag hellwach und stocknüchtern.

»He!«, er richtete sich auf. »Was soll das? Was tun Sie hier?«

Er erhielt keine Antwort, aber bevor er sich versah, beugte sich eine der beiden vermummten Gestalten über ihn und presste ihm einen nach Äther stinkenden Lappen auf Mund und Nase. Friedhelm Döring versuchte sich zu wehren, aber er spürte, dass seine Bewegungen kraftlos waren, dann fiel er in eine tiefe Bewusstlosigkeit.

Polizeimeister Möhrle gähnte und rieb sich die Finger. Seit zehn Uhr saß er in seinem Auto vor dem Haus von diesem Döring, und seitdem hatte sich dort nichts gerührt, außer dass gegen halb eins die Lichter ausgegangen waren. Das war jetzt zwei Stunden her, und während dieser Kerl gemütlich in seinem warmen Bett lag, froren sich Möhrle und seine Kollegin Nadja Engel in der ersten beinahe schon herbstlich kühlen Nacht dieses Sommers den Hintern ab. Observation nannte man das, und es gehörte mit zu den langweiligsten Aufgaben der Polizeiarbeit. Hin und wieder war es ganz amüsant, vor allen Dingen dann, wenn man hinter dem zu observierenden Subjekt herfahren musste und dabei sein fahrerisches Können unter Beweis stellen konnte, aber nachts vor einem Haus herumzustehen und die misstrauischen Blicke der Anwohner, die mit ihren Hunden spazieren gingen, auf sich zu ziehen, das war ätzend. Möhrle gähnte noch einmal herzhaft. »Wie viel Uhr ist es?«, fragte PM Engel mit verschlafener Stimme. Sie hatten ausgemacht, dass sie immer abwechselnd observieren und schlafen wollten, und im Augenblick war sie mit der Schlafschicht dran.

»Zehn nach drei«, erwiderte Möhrle. »Der Kerl pennt in aller Seelenruhe.«

»Noch drei Stunden, bis wir abgelöst werden«, Nadja Engel wandte sich um und suchte auf dem Rücksitz des Zivilfahrzeuges, das sie für Jobs wie diesen benutzten, die Thermoskanne mit Kaffee. Sie schenkte sich und ihrem Kollegen einen Kaffee ein.

»Du kannst jetzt ruhig schlafen«, sagte sie. »Ich bin wieder fit.«

Weder PM Möhrle noch PM Engel bemerkten den schwachen Lichtschein einer Taschenlampe im Inneren des Hauses, das sie beobachten sollten. Sie hörten nicht das leise Geräusch der Kellertür, die sich öffnete und schloss, und sie sahen erst recht nicht die beiden dunklen Gestalten, die ein großes, sperriges Paket über den Rasen, vorbei am Schwimmbad bis zum hinteren Teil des Gartens schleppten, dieses dort über den

Gartenzaun hoben, in einem dunklen Kombi verstauten und dann mit ausgeschalteten Scheinwerfern im Rückwärtsgang die schmale Sackgasse hinabfuhren.

Als Friedhelm Döring wieder zu sich kam, dröhnte sein Kopf, und in seinem Mund hatte er ein ekliges, pelziges Gefühl. Er wollte die Augen öffnen, musste aber feststellen, dass man sie ihm verbunden hatte. Durch den Nebel, den das Betäubungsmittel in seinem Gehirn hinterlassen hatte, kroch eine beängstigende Erinnerung in ihm empor. Vermummte Gestalten, die vor seinem Bett gestanden hatten. Ein kalter Windzug strich über seinen Körper, und er spürte mit einem Anflug von Panik, dass er splitternackt und völlig hilflos war. Seine Hand- und Fußgelenke steckten in Fesseln und ragten in die Luft. Der Zorn darüber, dass man ihn betäubt und entführt hatte, wich schnell einem eigenartig beklemmenden Gefühl.

Die Erkenntnis, dass er wahrhaftig *Angst* empfand, entsetzte ihn zutiefst. Diesmal war es nicht die Polizei, die ihn festhielt, diesmal konnte er sich weder mit einem Zornausbruch noch mit Geschicklichkeit oder Scharfsinn aus seiner Lage herausmanövrieren. Er befand sich in der Gewalt von entschlossenen Männern mit schwarzen Strumpfmasken, die ihn aus seinem eigenen Haus, das er für so unglaublich sicher gehalten hatte, verschleppt hatten.

»Was wollt ihr von mir?«, fragte er laut, und obwohl er seine Stimme hatte herrisch klingen lassen wollen, kam nur ein komisches Krächzen aus seiner Kehle. Döring glaubte die Anwesenheit von anderen Menschen zu spüren, aber er hörte nichts.

»Wer seid ihr, verdammt?«, krächzte er. »Sagt doch was!«

Er spürte, wie etwas Kaltes seinen Oberschenkel berührte, dann summte es, und im gleichen Moment jagte völlig unvermittelt ein Stromstoß durch seine Glieder, so heftig, dass er sich aufbäumte und vor Schmerzen laut aufjaulte.

»Jetzt ist dir doch sicher ein bisschen wärmer, oder?«

Er konnte nicht antworten, so sehr raste sein Herz. Seine Zähne klapperten, und Arme und Beine zuckten, ohne dass er etwas dagegen tun konnte.

»Zweihundertzwanzig Volt. Das ist so, wie wenn man in eine Steckdose greift«, ein leises Lachen. »Das ist doch eine amüsante Sache, hm?«

Wieder ein Stromstoß, wieder zuckte Dörings Körper konvulsivisch. Der Schweiß rann in Strömen, die Augenbinde wurde nass von Tränen, und er spürte, dass ihm nicht nur der Speichel aus dem Mundwinkel rann, sondern dass er sich auch noch vollgepinkelt hatte. Mit einem Mal hatte er keine Angst mehr, sondern nackte Panik.

»W... w... was w... w... wollt ihr v... von m... m... mir?«, er war kaum noch Herr über seine eigene Stimme, die wie ein unverständliches Brabbeln in seinen Ohren klang.

»Wir wollen nur eine einzige Antwort von dir«, erwiderte die Stimme. »Wenn du uns anlügst, schneiden wir dir Stück für Stück Körperteile ab. Als Erstes deine Eier. Hast du das verstanden?«

Döring nickte wie ein Irrer.

»Was wollt ihr von mir?«, flüsterte er. »Wollt ihr Geld?«

»Nein. Wir wollen wissen, wo deine Frau ist.«

Eine Welle der Erleichterung schoss durch seinen Körper. Es ging um Anna Lena – und er hatte schon geglaubt, es sei etwas Ernsthaftes! Die Angst ließ nach. Er hatte es nicht mit Profis zu tun.

»Ich weiß nicht, wo sie ist«, behauptete er deshalb. »Ich weiß es wirklich ni...«

Bevor er die letzte Silbe ausgesprochen hatte, bereute er es schon, aber es war zu spät.

Um halb fünf morgens wurde Anna Lena Döring an der Aral-Tankstelle am Königsteiner Kreisel abgesetzt. Sie zählte bis fünfzig, wie man es ihr gesagt hatte, nahm dann die Augenbinde ab und ging die paar Meter zur Polizeiwache. Von dort aus rief sie ihren Bruder an, der wiederum Bodenstein eine Stunde später vom Wiederauftauchen seiner Schwester in Kenntnis setzte. Bodenstein rief Pia Kirchhoff an. Sie war natürlich hellwach und schon im Büro. Um sechs Uhr. Eine wirklich gnadenlose Frühaufsteherin.

»Florian Clasing hat mich eben angerufen«, sagte er. »Seine Schwester ist wieder aufgetaucht.«

»Ich wurde schon von den Kollegen aus Königstein informiert«, erwiderte Pia. »Ich wollte Sie nur nicht schon wieder mitten in der Nacht aus dem Schlaf reißen.«

»Danke. Sehr rücksichtsvoll«, Bodenstein überlegte, ob er vielleicht allmählich alt wurde, weil er dauernd müde war. »Ich habe Clasing gesagt, dass wir sie um zehn Uhr auf dem Kommissariat erwarten. Haben Sie etwas von Teddy oder Döring gehört?«

»Teddy kam heute Morgen um fünf nach Hause und sitzt jetzt bei uns in einer Zelle. Döring hat sein Haus bisher immer noch nicht verlassen.«

»Sehr gut«, sagte Bodenstein, »ich komme gleich ins Kommissariat, dann reden wir mit Teddy und Frau Döring.«

Er legte sein Handy weg. Die Erinnerung an den gestrigen Abend kehrte zurück. Inka. In seinem Haus, in seinen Armen. Mit einer Mischung aus Frustration und Erleichterung dachte er daran, wie sie ihn kühl und distanziert zurückgewiesen hatte. Die bittere Wahrheit war die, dass ihr offenes Gespräch fünfundzwanzig Jahre zu spät gekommen war.

Robert Kampmann stand vor dem Spiegel in der Diele. Wie schon seit Wochen gefiel ihm auch an diesem Morgen gar nicht, was er sah. Alles hatte sich geändert, seit Isabel tot war. Es kam ihm so vor, als sei alle Energie, aller Lebenswille aus seinem Körper gewichen und lediglich eine leere Hülle übrig. Die Hoffnung auf bessere Zeiten hatte sich in Luft aufgelöst. Eines Tages würde alles herauskommen, und dann war er ganz erledigt.

»Robert?«

Seine Frau tauchte plötzlich hinter ihm auf.

»Ja?« Kampmann bückte sich, um in die ausgetretenen Stallschuhe zu schlüpfen.

»Kannst du die Kinder in die Schule fahren?«

»Nein«, er richtete sich langsam auf und verzog dabei gequält das Gesicht. Seine lädierten Bandscheiben verursachten ihm höllische Schmerzen.

»Wirst du eines Tages wieder mehr als drei Worte am Tag mit mir wechseln, oder bleibt das jetzt so?« Susannes Stimme klang spitz. Er wollte sie nicht ansehen, wollte nicht den kalten Triumph in ihren Augen sehen.

»Sie ist tot«, sagte sie gehässig. »Das solltest du langsam kapieren.«

»Ich habe es kapiert«, erwiderte er. »Vor allen Dingen habe ich kapiert, wie sehr dir das gefällt.«

»Da hast du recht. Ich bin froh, dass es so ist«, sie verschränkte die Arme vor der Brust. »Jetzt lacht diese kleine Schlampe nicht mehr über mich, und ich brauche keine Angst mehr zu haben, dich mit ihr in irgendeiner Pferdebox zu überraschen.«

Jedes ihrer Worte schmerzte Kampmann wie ein Messerstich, aber er biss die Zähne zusammen und tat gleichgültig.

Niemand sollte wissen, wie sehr er Isabel vermisste. Er zog seine Jacke an und verließ das Haus ohne ein weiteres Wort.

Zuerst ließ er die Hunde aus ihrem Zwinger, die übermütig bellend um ihn herumtollten und die Freiheit genossen. Mit steifen Schritten überquerte Kampmann den Hof und atmete auf, als er in den allmählich heller werdenden Himmel blickte und feststellte, dass es heute ein trockener, sonniger Tag werden würde. Das bedeutete, dass er die meisten Pferde auf die große Koppel lassen konnte und nicht gezwungen war, sämtliche Scheißtiere seiner bescheuerten Kundschaft zu reiten. Der Gedanke an seine Arbeit verdoppelte seinen Missmut. Er hatte es gründlich satt, jeden Tag die Launen seiner anspruchsvollen Kunden und seiner neurotischen Chefin zu ertragen, er hatte es satt, zehn Pferde am Tag zu reiten, er hatte es satt, freundlich und höflich und gleichmütig zu sein. Aber schlimmer noch als das war das elende Gefühl, gefangen zu sein. Keinen Schritt, keine Bewegung konnte er machen, ohne dass seine Frau ihn mit Argusaugen verfolgte. Seine Sehnsucht nach Freiheit schmerzte in seinem Innern wie eine eiternde Wunde. Er war so nah davor gewesen, dies alles hinter sich lassen zu können! Das Geld für die Reitanlage mit einem kleinen Hotel im Südwesten Irlands direkt am Meer hatte er zusammengehabt, im Geiste hatte er schon das Kündigungsschreiben an die Jagoda aufgesetzt. Aber dann hatte Isabel ihm aus heiterem Himmel mitgeteilt, leider würde doch nichts aus ihren gemeinsamen Zukunftsplänen werden.

Er ging den gepflasterten Weg zum Stall hinunter, zog seinen Schlüsselbund heraus und schloss die Stalltür auf. Der muffige Ammoniakgeruch drang ihm entgegen, die Pferde begannen zu wiehern. Sechsundfünfzig Pferde warteten darauf, mit Heu und Hafer gefüttert zu werden, sechsundfünfzig Boxen mussten ausgemistet werden. Von ihm selbst, falls Karol heute wieder nicht auftauchte. Seit ein paar Tagen war der Kerl noch aufsässiger und unverschämter als sonst. Es störte Kampmann nicht im Geringsten, dass Karol hinter Susanne her war wie der Teufel hinter der armen Seele. Susanne hatte dem jungen Mann Hoffnungen gemacht, weil sie annahm, er würde sich darüber ärgern, aber damit lag sie falsch. Ihm war alles gleichgültig. Im Osten zeigte sich ein schmaler, heller werdender Streifen. In einer halben Stunde würde die Sonne aufgehen, deshalb musste er jetzt schnell füttern und die Pferde auf die Koppel jagen, bevor der erste blöde Einsteller seine Nase in den Stall stecken konnte. Gerade als er die letzte Boxentür hinter sich geschlossen hatte, fiel ihm auf, dass seine Hunde nicht mehr im Stall waren. Kampmann ging an die Stalltür und stieß einen schrillen Pfiff aus. Normalerweise gehorchten die drei Köter gut, aber heute blieben sie verschwunden. Von weitem hörte er ihr Gebell und machte sich mit einem Fluch auf die Suche. Susanne würde wieder lauthals lamentieren, wenn die Hunde auf die Idee kamen, den Misthaufen umzugraben! Er erblickte seine Hunde oben auf dem Hof am verschlossenen Tor, wo sie aufgeregt winselnd hin und her rannten.

»Hierher!«, rief er mit gedämpfter Stimme. »Los, ihr dämlichen Mistköter!«

Keine Reaktion. Sie sprangen wie die Irren an dem Tor hoch, jaulten und machten eigenartige Geräusche. Ein flaues Gefühl beschlich Kampmann und verdrängte seine Verärgerung, während er den leeren Parkplatz überquerte. Im dämmerigen Zwielicht des frühen Morgens glaubte er, am Tor die Umrisse eines Menschen zu sehen, mit ausgebreiteten Armen. Leider konnte er auf die Entfernung nicht mehr so scharf sehen wie früher, und für eine Brille war er zu eitel. Die Hunde kamen angerannt, aufgeregt, mit heraushängenden Zungen. Kampmann näherte sich dem Tor und sah mit Grausen, dass es sich bei dem Umriss wirklich um einen Menschen handelte. Es war ein Mann, und er war nackt. Er stand nicht am Tor, sondern jemand hatte ihn dort festgebunden, die Arme ausgebreitet. Es sah aus, als sei er gekreuzigt worden, der Kopf hing schlaff vornüber. Zögernd ging Kampmann noch näher.

Die Hunde rannten auf die Gestalt zu, und voller Ekel sah Kampmann, dass sie an den Beinen des Mannes schnüffelten und leckten. Mit Entsetzen erkannte er Friedhelm Döring, um dessen Hals ein Pappschild hing. Seine nackten Beine waren eigenartig dunkel gestreift. Das war – o Gott! – geronnenes Blut! Kampmann las mit wachsendem Grauen den Text, der mit großen Buchstaben auf das Schild geschrieben war. *LEVITICUS, 24, 19–20* stand da. Zu Füßen des Mannes stand ein Einmachglas und in dem Glas …

Mit einem entsetzten Keuchen fuhr der Reitlehrer zurück, als Döring sich bewegte und leise röchelte. Ihn überfiel ein heftiger Brechreiz, er taumelte zu einem Blumenbeet, um sich zu übergeben.

»Leviticus, Kapitel 24, Vers 19 bis 20«, sagte Bodenstein nachdenklich. »Wenn ich mich nicht täusche, dann ist das die Stelle Auge um Auge, Zahn um Zahn.«

Als sie vor einer Stunde eingetroffen waren, hatten Notarzt und Sanitäter gerade versucht, den bewusstlosen Friedhelm Döring, der an das Tor gekettet war, zu befreien. Dies hatte sich ohne passendes Gerät als schwierig erwiesen. Bodenstein war auf die Idee gekommen, aus der benachbarten Autowerkstatt einen Mechaniker mit einem Schneidbrenner zu holen. Währenddessen hatten sich Schaulustige versammelt. Die ersten frühen Einsteller kamen, dazu Arbeiter und Angestellte, die in den Büros und Firmen des nahen Gewerbegebiets arbeiteten. Die Sanitäter hatten Döring eine kreislaufstabilisierende Infusion gelegt und festgestellt, dass man ihn tatsächlich seiner Männlichkeit beraubt hatte, und zwar ziemlich professionell. In dem verschlossenen Einmachglas schwammen seine abgetrennten Hoden in einer Formaldehyd-Lösung.

»Wer tut bloß so etwas?« Reitlehrer Kampmann war am Rande eines Nervenzusammenbruchs. Er saß mit einer grünlichweißen Gesichtsfarbe und am ganzen Körper zitternd auf dem Rand eines der steinernen Blumenkübel. Rings um die Stelle vor dem Tor, wo Döring gefunden worden war, war die Spurensicherung damit beschäftigt, Fußabdrücke und Reifenspuren zu sichern, allerdings ohne große Erfolgsaussicht. Der Boden war knochentrocken, es gab unzählige Fuß-, Huf- und Reifenabdrücke an der Einfahrt. Bodenstein und Pia fragten sich, warum man Döring an das Tor der Reitanlage geschmiedet hatte. War der Ort mit Bedacht gewählt worden, weil ihn hier genügend Leute in dieser erniedrigenden Lage sehen würden? Der Verweis auf das Bibelzitat ließ die Vermutung aufkommen, dass es sich bei dem oder den Tätern um einigermaßen gebildete Menschen handeln musste. Jemand hatte sich an Friedhelm Döring gerächt, jemand, der wusste, dass er auf Gut Waldhof bekannt war. Reitlehrer Kampmann hatte nichts gehört oder gesehen, weil sein Schlafzimmer zur anderen Richtung des Hauses ging.

Bodenstein fiel auf, dass der Reitlehrer schlecht aussah und außerdem abgenommen hatte, seitdem er ihn das letzte Mal gesehen hatte.

»Herr Kampmann«, wandte er sich an den Mann, »wussten Sie eigentlich, dass Isabel Telefongespräche mit Ihnen aufgezeichnet hat?«

»Was für Telefongespräche?« Kampmann sah ihn verwirrt an.

»Wir haben den Inhalt auch nicht verstanden«, Bodenstein musterte den Mann scharf. »Vielleicht können Sie uns erklären, worum es ging.«

»Ich weiß nicht, wovon Sie sprechen«, Kampmanns Blick flog hinüber zu seiner Frau, die ein paar Meter entfernt mit zwei anderen Frauen in Reithosen und Stiefeln sprach, ihn aber nicht aus den Augen ließ.

»Sie haben Pferde an Ihre Kunden verkauft, dabei hat

Ihnen Frau Kerstner geholfen«, half Bodenstein ihm auf die Sprünge.

»Pferde verkaufen gehört zu meinem Job«, klärte Kampmann ihn auf, aber er war plötzlich auf der Hut.

»Das glaube ich Ihnen«, Bodenstein nickte. »Nur wenn ich das richtig verstanden habe, dann haben Sie minderwertige Pferde für sehr viel Geld verkauft.«

Der Reitlehrer wurde noch eine Spur blasser, als er es ohnehin schon war, aber seine Miene blieb ausdruckslos.

»Kann es sein, dass Sie das Vertrauen Ihrer Kunden ausgenutzt und sie betrogen haben?«

»Ich habe niemanden betrogen«, widersprach Kampmann entschieden. »Meine Kunden sind zufrieden. Wären sie sonst seit Jahren bei mir im Stall?«

»Da mögen Sie recht haben«, sagte Bodenstein, »aber vielleicht war Frau Kerstner nicht mehr ganz so zufrieden. Ich vermute, sie hat ein doppeltes Spiel gespielt, indem sie von Ihnen Provisionen kassiert hat, Ihnen später aber damit gedroht hat, Ihre Betrügereien auffliegen zu lassen.«

Bodenstein bemerkte ein winziges, erschrockenes Flackern in Kampmanns Augen, sein Mund zuckte in einem Anflug von Panik. Er hatte voll ins Schwarze getroffen. Auf ein Zeichen von Pia ließ er den Mann stehen, allerdings mit der Ankündigung, auf die Sache zurückzukommen.

»Was gibt's?«, erkundigte Bodenstein sich.

»Ostermann hat gerade angerufen«, sagte Pia. »Jagoda ist zu einer Aussage bereit, und Maurice Brault wurde an der Grenze in der Nähe von Aachen festgenommen.«

»Sehr gut«, Bodenstein nickte und rieb sich nachdenklich das Kinn. »Jagoda kann warten. Ich fahre erst noch mal zu Rittendorf. Auge um Auge, Zahn um Zahn. Wenn mich nicht alles täuscht, bezieht sich das auf Kerstner und Frau Döring.«

Rittendorf und Inka Hansen waren gerade gemeinsam mit der Behandlung eines Pferdes beschäftigt, als Bodenstein den Hof der Pferdeklinik betrat. Bei Inkas Anblick schoss sein Adrenalinspiegel augenblicklich in die Höhe, aber er setzte eine undurchdringliche Miene auf. Beim Näherkommen bemerkte er einen raschen Blick des Einverständnisses, den die beiden wechselten, und er ahnte, dass sie über ihn gesprochen hatten.

»Oh, hallo«, Rittendorf grinste ohne große Begeisterung. »Sie schon wieder. Wollen Sie vielleicht ein Praktikum bei uns machen?«

»Guten Morgen«, Bodenstein blieb ernst, »vielleicht. Wäre mal eine Abwechslung.«

Rittendorf richtete seine Aufmerksamkeit wieder auf das Pferdebein und legte einen fachmännischen Verband an.

»Was führt dich hierher?«, erkundigte sich Inka sachlich. Bodenstein spürte, dass sich sein unsinniger Wunsch, die Zeit zurückzudrehen, in Luft aufgelöst hatte.

»Ich muss kurz mit Dr. Rittendorf sprechen«, sagte er. Der gab gerade dem Pferdebesitzer noch ein paar Verhaltensmaßregeln mit auf den Weg und drehte sich dann zu Bodenstein und Inka um.

»Also?«, er zündete sich eine Zigarette an. »Was gibt's?«

»Wo waren Sie gestern Nacht?«, fragte Bodenstein.

»Gestern Nacht?«, der Tierarzt tat verwundert. »Können Sie den Zeitrahmen etwas eingrenzen?«

»Allerdings. Zwischen ein und fünf Uhr morgens.«

»Da war ich zu Hause.«

»Zeugen?«

Ein spöttischer Ausdruck erschien auf dem Gesicht des Tierarztes.

»Meine Frau.«

»Ihre Frau scheidet als Zeugin aus, das wissen Sie genau.«

»Tja, sonst war keiner dabei«, Rittendorf schob die Hände in die Gesäßtaschen seiner Jeans und wippte auf den Zehenspitzen.

»Sie fühlen sich sehr sicher, nicht wahr?« Bodenstein spürte, dass er langsam ärgerlich wurde.

»Sicher? Weswegen sollte ich mich sicher oder unsicher fühlen?«

»Friedhelm Döring ist heute Morgen vor dem Tor von Gut Waldhof aufgefunden worden«, sagte Bodenstein. »Er wurde fachmännisch kastriert.«

»Oh«, Rittendorf war nicht sonderlich betroffen, »das ist tragisch.«

Inka sagte gar nichts.

»Ich weiß nicht, ob ›tragisch‹ in diesem Zusammenhang das richtige Wort ist«, Bodensteins Stimme bekam einen scharfen Unterton. »Der Mann wurde gefoltert und nackt an das Hoftor gekettet. Aber wie komme ich bloß auf den Gedanken, dass Sie das überhaupt nicht überrascht?«

Ein zynisches Lächeln umspielte die Lippen des Tierarztes, in seine Augen hinter den Brillengläsern trat ein schwer zu deutender Ausdruck. War es Triumph, Zufriedenheit oder Genugtuung?

»Der Mensch ist für den Menschen ein Wolf«, sagte er.

»Steht das auch im Alten Testament? So, wie Leviticus, 24, Vers neunzehn bis zwanzig?«, versetzte Bodenstein und erntete dafür einen langen Blick.

»Nein, das stammt von Plautus«, Rittendorf blieb ungerührt, »*homo homini lupus.*«

»Hören Sie schon auf mit dem Theater«, sagte Bodenstein ungeduldig. »Ich schicke ein Team der Spurensicherung hierher. Bis dahin betritt niemand euren OP. Körperverletzung ist nämlich kein Kavaliersdelikt.«

Wie auf ein Stichwort öffnete sich in diesem Moment die

Tür mit dem Schild »OP«, und Sylvia Wagner kam heraus. Sie blickte erstaunt zwischen Inka, Rittendorf und Bodenstein hin und her.

»Ihr könnt mit der OP anfangen«, sagte sie. »Wir sind fertig mit der Desinfektion, und das Pferd ist so weit, dass wir es hinlegen können.«

Rittendorf warf Bodenstein einen Blick zu.

»Zu spät für die Spurensicherung«, sagte er, sein gespieltes Bedauern war der reine Hohn.

Als Bodenstein um kurz nach elf auf dem Kommissariat eintraf, hatten Behnke und Ostermann Theodor van Eupen, genannt Teddy, bereits so weichgekocht, dass er bereit war zu reden.

Anna Lena Döring hatte ihn als den Mann identifiziert, der sie am Montagabend entführt und seitdem bewacht hatte. Teddy arbeitete seit vielen Jahren für Döring. Offiziell war er Kraftfahrer, aber eigentlich war er zuständig für die Drecksarbeit. In der Öffentlichkeit hatte sich Döring nie in Gesellschaft von Teddy sehen lassen, denn er war sehr darauf bedacht, ein Image als seriöser Geschäftsmann aufzubauen. Die Anwesenheit einer solchen Schlägertype wie Teddy war dafür nicht gerade förderlich. Ostermann und Behnke verließen den Verhörraum, denn Bodenstein wollte mit Pia das Verhör weiterführen. Er hoffte, dass der Mann Vertrauen zu Pia fassen würde. Teddy war ein bulliger, dunkelhaariger Mann mit einem von einer schlimmen Akne zerfressenen Gesicht, das von übertrieben häufigen Solarienbesuchen geradezu gegerbt war.

Er trug einen roten Jogginganzug, seine Muskelberge ließen seine Bewegungen schwerfällig erscheinen. Um seinen Hals, der die Ausmaße eines Oberschenkels hatte, spannte sich eine protzige goldene Panzerkette. Auch wenn er eine geradezu hündische Loyalität zu Friedhelm Döring hegte, hatte er den Ernst seiner Lage erkannt und erstattete nun freimütig Bericht: In Dörings Auftrag hatte er Kerstner und Anna Lena aufgelauert, den Tierarzt niedergeschlagen, gefesselt und die Frau entführt. Auf Geheiß seines Chefs hatte er für diese Aktion das Auto von Manfred Jäger ausgeliehen. Nachdem er Anna Lena in der Döring'schen Jagdhütte bei Rennerod im Westerwald gefesselt zurückgelassen hatte, hatte er das Auto gereinigt und zurückgebracht, bevor er mit seinem eigenen Wagen wieder nach Rennerod fuhr. Unterwegs führte er allerdings noch einen anderen Befehl aus: einen Stein durch das Wohnzimmerfenster von Bodensteins Haus zu schleudern. Bei dieser Äußerung warf Pia ihrem Chef einen fragenden Blick zu, auf den dieser jedoch nicht reagierte.

»Weiter«, sagte er zu Teddy. »Sie fuhren also in diese Hütte zurück.«

Über den Grund der Entführung wusste Teddy nichts, aber er gab zu, dass eine Freilassung von Anna Lena Döring nicht geplant war.

»Ich sollte sie bewachen, bis der Chef mit ihr gesprochen hatte«, erklärte Teddy. »Und dann sollte ich sie verschwinden lassen.«

Pia bekam eine Gänsehaut angesichts der Ungerührtheit, mit der dieser Mann einen geplanten Mord eingestand. Weil Teddy niemals Dörings Befehle in Frage stellte, hatte er auch nicht gezögert, als dieser ihn mitten in der Nacht angerufen und hysterisch angeschrien hatte, er solle Anna Lena auf der Stelle zur Polizeistation nach Königstein bringen.

»Döring hat Sie gestern Nacht angerufen?«, hakte Bodenstein nach. »Um wie viel Uhr war das?«

Teddy kratzte sich am Kopf, das hässliche Gesicht nachdenklich verzogen.

»So um halb vier«, sagte er schließlich.

»Haben Sie danach noch etwas von Ihrem Chef gehört?«

»Nee.«

»Sagt Ihnen der Name Maurice Brault etwas?«

Wieder minutenlanges Überlegen. Bodenstein klopfte ungeduldig mit seinen Fingerknöcheln auf die Tischplatte.

»Ja.«

»Ja – was? Woher kennen Sie ihn?«

»Ich hab für ihn gearbeitet, bevor ich zu Döring gegangen bin.«

»Aha. Wann haben Sie Brault das letzte Mal gesehen?«

»So vor zwei Wochen.«

»Und wo? Weshalb?« Bodenstein verdrehte die Augen. Diesem Mann musste man wahrhaftig alles aus der Nase ziehen!

»Er hat mich angerufen«, sagte Teddy, »wegen ’nem Spezialauftrag.«

»Weiter!«, drängte Bodenstein.

»Das gibt immer Kohle extra. Maurice wollte, dass ich ’ne Fahrt nach Bordo mache.«

»Nach Bordeaux?«, fragte Pia nach. »Warum? Was für eine Fahrt?«

Teddy überlegte angestrengt.

»Ich sollte ein Kind nach Bordo bringen.«

Bodenstein und Pia wechselten einen Blick.

»Ein Kind?«

»Ja«, Teddy nickte, »’n Mädchen. Hab’s in Eschborn abgeholt.«

»Was hatte Maurice Brault damit zu tun?«

»Er organisiert so Sachen«, der bullige Mann zuckte die Schultern.

»Also«, rekapitulierte Bodenstein, »Sie haben also auf Anweisung von Maurice Brault das Kind in Eschborn bei der Spedition Döring abgeholt. Ist das richtig?«

»Ja«, bestätigte Teddy, »es schlief tief und fest. Ich bin morgens um drei losgefahren, das war am Freitag vorletzte Woche. Hab elf Stunden gebraucht. Um vier war ich in Bordo am Hafen.«

»Und was geschah dort?«, forschte Pia nach.

»Da hab ich das Kind abgegeben. An den Skipper vom Schiff vom Boss seim Sohn.«

»Wie heißt der Sohn von Ihrem Boss?«

Teddy schien über diese Frage erstaunt.

»Döring natürlich«, antwortete er, »Philipp Döring.«

»War er auch da?«, fragte Pia.

»Nee. Der is doch in Argentinien. Ich hab dem Skipper das Kind gegeben. Und dann bin ich zurückgefahren.«

»Noch am gleichen Tag?«

»Ja. Hab zwischendurch ein paar Stunden gepennt, aber am Sonntagmorgen war ich wieder hier.«

Damit schied Teddy eindeutig als der Mörder Isabels aus.

»Was für ein Schiff hat der Philipp Döring denn?«, fragte Pia.

»So 'ne Art Yacht war das. Echt schick. So mit Holz innen drin und so.«

»Eine Motoryacht? Oder eine Segelyacht? Wie groß war das Schiff?« Pia blieb geduldig. Teddy kratzte sich ausgiebig seine fettige Kopfhaut, dann erhellte sich sein stumpfes Gesicht.

»Ich weiß den Namen von dem Schiff. Fand ich nämlich witzig.«

»Ach ja? Wie hieß es?«

»Das Schiff hieß ›Goldfinger‹ …«

Ostermann fand ohne größere Probleme heraus, dass die »Goldfinger II« eine Feadship 45 Vantage war, eine luxuriöse, hochseetaugliche Motoryacht, die mit vierzehneinhalb

Knoten unter der Flagge Argentiniens über die Weltmeere schipperte.

Auf das Schwesterschiff der »Goldfinger II«, nämlich auf die »Goldfinger I«, hatte Hans Peter Jagoda in besseren Zeiten, als er noch als Selfmade-Milliardär und Börsenstar für Schlagzeilen sorgte, gerne gute Geschäftspartner, Journalisten und Freunde eingeladen, um sich für seine Erfolge in passendem Rahmen feiern zu lassen. Regelmäßig war die »Goldfinger I«, die ebenfalls Eigentum von Philipp Döring alias Felipe Durango war, Schauplatz von ausschweifenden Partys in den Häfen von Antibes, Nizza, Monte Carlo oder Palma de Mallorca gewesen. Der junge Mann musste wahrhaftig im Geld schwimmen.

Eine Weile war es ganz still in dem Besprechungszimmer. Bodenstein blickte in die Runde der Gesichter seiner Mitarbeiter.

»Ich habe das Gefühl, wir stehen kurz vor der Aufklärung von einem ganzen Haufen Verbrechen, denn ich sehe jetzt glasklar, dass wir hier auf einen internationalen Verbrecherring gestoßen sind. Jagoda, Döring, Dörings Sohn, dieser Maurice – das hängt alles zusammen.«

»Drogenhandel, Menschenhandel«, Ostermann nickte. »Für einen Logistik-Profi wie Döring ist so was ein Klacks.«

»Leider sind wir aber Isabels Mörder nicht sehr viel näher gekommen«, bemerkte Frank Behnke. »Meine Lieblingskandidaten Kerstner und Teddy können es nicht gewesen sein.«

»Abwarten«, Bodenstein erhob sich. »Ich werde jetzt erst mal mit Anna Lena Döring reden, und ich wette, da erfahren wir genau das, was wir noch nicht wissen.«

Er sollte recht behalten. Anna Lena Döring, blass, aber entschlossen, präsentierte Bodenstein und Pia einen ganzen Stapel von Kopien, die Dörings dunkle Machenschaften dokumentierten, angefangen bei schwarzen Lohnlisten über geheime Telefonnummern bis hin zu Schwarzgeldkonten in beinahe jedem Steuerparadies der Welt. Bodenstein blätterte die Kopien durch.

»Weshalb waren Sie so sicher, dass diese E-Mail, die Ihr Mann von Brault erhalten hat, etwas mit Marie Kerstner zu tun hatte?«, fragte er.

»Weil ich ähnliche E-Mails gelesen habe, in denen es jedes Mal um Menschenschmuggel ging.« Anna Lena Döring registrierte die überraschten Blicke, dann holte sie tief Luft und begann zu erzählen. Bodenstein und Pia hüteten sich, sie zu unterbrechen.

»Die LKW meines Mannes fahren selten ohne Ladung und ganz sicher niemals, wenn sie aus dem Nahen Osten, aus Osteuropa oder Marokko kommen. Hin und wieder werden die Fahrer geschnappt, aber sie werden gut genug bezahlt, um sich dumm und stumm zu stellen. In achtundneunzig Prozent aller Fälle geht es ohnehin gut. In Belgien existiert eine Firma namens Cargotrans S. A., die offiziell einer Frau namens Magalie Deslauriers gehört, aber in Wirklichkeit steckt mein Mann dahinter. Es gibt kein Firmengebäude und auch keine LKW sondern nur eine Briefkastenadresse in Genk. Über Cargotrans werden Aufträge abgewickelt, die es eigentlich nicht gibt. Cargotrans stellt Rechnungen an die Spedition Döring, und Döring überweist das Geld, oder auch umgekehrt. Eigentlich überweist mein Mann dieses Geld jedes Mal an sich selbst. Schwarzgeld wird weiß. Geld aus Menschenhändlergeschäften wird mit einem Mal zu legalem Geld. Ganz einfach. Aus diesem Grund betreibt er zig solcher Firmen in Holland, Belgien, Luxemburg und Gibraltar, aber auch in Übersee. Friedhelms Sohn Philipp organisiert alles, was in die USA und nach Kanada geht, von Buenos Aires aus. Für den Transport eines Menschen von Pakistan oder

Rumänien nach Amerika gibt es fünfzigtausend Euro. Davon kriegen die Schleuser einen geringen Teil, aber der Rest gehört ihm. Philipps angebliche Filmgesellschaft bringt auf illegalem Wege Hunderte von jungen Frauen aus dem Osten und Asien nach Deutschland. Sie glauben an eine Filmkarriere und Freiheit, aber hier landen sie alle in irgendwelchen Puffs als Prostituierte.«

»Welche Rolle spielt Hans Peter Jagoda?«, fragte Pia.

»Die JagoPharm«, mischte sich nun Florian Clasing ein, »war von vorne bis hinten Betrug pur, eine Seifenblase, denn nicht ein einziges Mal wurde eine wirkliche Leistung erbracht. Eine Geldwäschefirma. Allerdings hatte niemand damit gerechnet, dass es so eine erfolgreiche Seifenblase werden würde. Sie machten riesige Gewinne, weil sich Investoren und Analysten erstaunlich lange mit Prognosen und Wachstumsstrategien zufriedengaben. Als sie irgendwann Fakten sehen wollten, ging es bergab. Jagoda und Döring hatten ihren Einsatz durch den Börsengang längst verhundertfacht und wieder aus dem Geschäft gezogen, das Geld wurde ins Ausland verschoben.«

»Ach«, machten Bodenstein und Pia wie aus einem Mund.

»Mein Schwager wollte die JagoPharm fallenlassen«, führte Clasing weiter aus, »aber Jagoda hatte sich in die Idee verrannt, wirklich ein Star am Neuen Markt zu sein. Er gefiel sich in seiner Rolle. Das Ansehen, das Medieninteresse, der Rummel um seine Person, das brauchte er. Plötzlich wollte er die JagoPharm auf solide Füße stellen, aber da spielte Friedhelm nicht mit. Die beiden haben zusammen ein paar Leichen im Keller, damit hat mein Schwager Druck auf seinen Geschäftspartner ausgeübt.«

»Woher wissen Sie das denn alles?«, fragte Pia.

»Ich verfolge seit Jahren die Aktivitäten meines Schwagers«, Clasing zuckte die Schultern. »Ich habe Freunde an der

Börse, außerdem habe ich diese Unterlagen geprüft und etwas kombiniert. Ich weiß nur noch nicht, was für ein Druckmittel Döring gegen Jagoda in der Hand hat.«

»Das wissen wir aber«, erwiderte Bodenstein und lächelte, als er die Verblüffung in den Gesichtern von Dr. Clasing und seiner Schwester sah. »Ich glaube, Sie, Frau Döring, wissen das auch.«

»Wie bitte?«, fragte Clasing.

»Warum haben Sie Isabel Kerstner die Fotos von Marianne Jagoda und Staatsanwalt Hardenbach gegeben?«, fragte Pia.

»Was für Bilder?« Clasing wirkte beunruhigt.

»Fotos, die beweisen, dass Hardenbach sich schon früher von den Jagodas bestechen ließ«, Bodenstein öffnete die Akte, nahm die Schwarzweißfotos heraus, reichte sie Clasing und blickte Anna Lena Döring an.

»Ihr Mann wusste davon, dass Marianne Jagoda etwas mit dem Tod ihrer Eltern zu tun hatte, nicht wahr?«

»So war es nicht«, sagte Anna Lena Döring mit leiser Stimme, und ihr Bruder fuhr herum. »Marianne hat zwar gewusst, dass Hans Peter und Friedhelm etwas planten, aber sie war es nicht. Sie wissen auch nicht, dass ich etwas davon mitbekommen habe. Hans Peter brauchte damals im Vorfeld für seinen Börsengang drei Millionen Mark, die er nicht hatte. Auch Friedhelm hatte zu der Zeit nicht so viel Geld flüssig. Richtig reich ist er ja erst durch die JagoPharm geworden. Hans Peter pumpte seinen Schwiegervater an, aber der warf ihn einfach raus. Und da kam Friedhelm auf die Idee, Mariannes Eltern … zu töten. Ich habe damals nicht kapiert, was sie planten. Erst als ich von dem Brand erfahren habe und Hans Peter ohne jedes Anzeichen von Trauer bei uns zum Feiern auftauchte, habe ich eins und eins zusammengezählt. Ich dachte, die Polizei würde ihnen auf die Schliche kommen, aber nichts geschah. Friedhelm hatte Marianne überwachen lassen. Er traute ihr nicht, sie ist nämlich ziemlich clever. Vor ein paar Wochen habe ich mitbekommen, dass Hans Peter und Friedhelm Videofilme hatten, auf denen Isabel mit verschiedenen Männern zu sehen war. Es waren unzufriedene ehemalige Aktionäre, Banker, Staatsanwälte und sogar jemand von der Steuerfahndung. Sie erpressten die Männer mit diesen Filmen. An einem Abend kam Hans Peter zu uns, er war ganz außer sich. Sie gingen ins Arbeitszimmer und vergaßen, die Tür zu schließen, deshalb konnte ich hören, was sie sagten. Hans Peter war so dumm gewesen, selbst mit Isabel ins Bett zu steigen, und auf einmal gab es auch einen Film mit ihm in einer Hauptrolle. Friedhelm machte ihm Vorwürfe. Er sagte, mit den Filmen könnten sie das alles noch eine Weile hinziehen bis drüben alles klar sei. Was genau er damit meinte, weiß ich nicht. Er versprach Hans Peter, dafür zu sorgen, Isabel aus dem Weg zu schaffen, weil sie ohnehin zu viel wüsste und zu unverschämt sei. Hans Peter sagte, je schneller, desto besser, denn er wollte ihre Wohnung auf den Kopf stellen, um diesen Film zu finden. Friedhelm ging es um Geld, aber Hans Peter wollte seinen Traum verwirklichen und die JagoPharm groß rausbringen. In dem Moment erkannte ich meine Möglichkeit, allen dreien eins auszuwischen.«

»Wie das?«, fragte Pia neugierig.

»Ich wusste, dass die Fotos im Tresor meines Mannes lagen. Ich nahm ein paar, schickte sie Isabel anonym in einem Umschlag. Dazu schrieb ich einen Brief, in dem stand, dass sie damit die Jagodas in der Hand habe, weil man mit Hilfe der Bilder beweisen könne, dass sie hinter dem Tod von Mariannes Eltern steckten. Ich hatte ja keine Ahnung, dass Isabel auch Hardenbach kannte.«

»Aber warum hast du das getan?« Florian Clasing war entgeistert. »Du hast dich doch selbst strafbar gemacht!«

»Es war mir egal«, sie lächelte unglücklich. »Ich wusste,

dass Isabel so gierig sein und Hans Peter mit ihrem Wissen erpressen würde. Ich wollte nur, dass sie Micha in Ruhe lässt, und gleichzeitig Friedhelm einen Strich durch die Rechnung machen. Hans Peter hätte angenommen, dass Isabel die Bilder von ihm hat. Schließlich hat er ihm schon immer misstraut.«

»Wahrscheinlich musste Isabel Kerstner wegen dieser Bilder sterben«, bemerkte Bodenstein.

»Das habe ich schon vermutet«, gestand Anna Lena Döring ein, aber sie machte nicht den Eindruck, als ob ihr diese Tatsache auch nur eine einzige schlaflose Minute bereiten würde.

»Ich befürchte, du brauchst einen Anwalt«, sagte Florian Clasing niedergeschmettert.

»Was Ihrem Mann widerfahren ist, haben Sie wohl schon gehört, oder?«, fragte Pia.

»Nein«, Anna Lena schüttelte den Kopf. »Ich habe gar nichts von ihm gehört. Aber von mir aus kann er tot sein.«

»Das ist er nicht«, erwiderte Pia und beobachtete jede Regung im Gesicht der Frau, »aber man hat ihn offenbar mit Stromstößen gefoltert. Und außerdem hat man ihn ... entmannt.«

»Wie bitte? Kastriert?« Anna Lena Döring blickte von Pia zu ihrem Bruder. Einen Moment blickte sie ungläubig und fassungslos drein, aber dann schlug sie die Hände vor den Mund und begann zu lachen. Ein Staudamm der lange zurückgehaltenen Ängste und Unterdrückung brach, sie lachte und lachte, geradezu hysterisch.

»Anna Lena«, zischte ihr Bruder, peinlich berührt von so viel offen zur Schau gestellter schadenfroher Befriedigung. »Hör doch auf!«

»Ich kann nicht«, sie schnappte nach Luft und wischte sich die Tränen von den Wangen. »Das ist einfach herrlich.

O mein Gott, ist das herrlich! Wie ich ihm das gönne, diesem Schwein.«

Bodenstein stand im Schatten der Bäume des Bad Sodener Friedhofs. Die kleine Trauergemeinde, die lediglich aus Valentin Helfrich, seiner Frau Dorothee und einer älteren Frau bestand, verfolgte schweigend, wie sich der Sarg in das ausgehobene Grab senkte. Die Sargträger gingen zur Seite, der Pfarrer sprach ein paar Worte, die Bodenstein nicht verstehen konnte. Es gab keine Tränen, kein lautes Schluchzen, nur beherrschte Gesichter. Isabel Kerstner hatte ihrer Familie in ihrem Leben viel Kummer bereitet, und ihr früher und gewaltsamer Tod hatte diese wohl kaum noch mehr erschüttern können als das, was sie zu ihren Lebzeiten angerichtet hatte. Was für ein Gefühl musste es sein, das eigene Kind zu Grabe zu tragen? Bodenstein hatte Eltern und Geschwister von Menschen erlebt, die zu Mördern und Vergewaltigern geworden waren, er hatte ihre Fassungslosigkeit und ihr Entsetzen, aber auch ihre Hilflosigkeit kennengelernt. Sie alle hatten die Schuld für die Taten ihrer Kinder bei sich gesucht, sich mit Vorwürfen und Zweifeln gequält und furchtbar darunter gelitten. Mit Unbehagen überlegte Bodenstein, wie er empfinden würde, wenn sein Sohn oder seine Tochter eines Tages etwas so Entsetzliches tun würden, und er wusste, dass auch er sich vorwerfen würde, irgendwo an einem wichtigen Punkt als Vater versagt zu haben. Die Sargträger verbeugten sich würdevoll und traten zurück. Gemeinsam mit dem Pfarrer gingen sie und überließen die Familie ihrer Trauer. Sie hatten ihre Arbeit getan. Bodenstein sah zu, wie Valentin Helfrich vor das offene Grab trat, den Arm um die Schulter seiner Mutter gelegt. Er warf keine Erde auf den Sarg und auch keine Blumen. Mit trockenen Augen nahm er Abschied von seiner schönen Schwester, die ihn ihr Leben lang nur bitter enttäuscht hatte. Am Ausgang des Friedhofs sprach Bodenstein die Familie der toten Isabel Kerstner an.

»Ich bedaure, dass ich Sie in diesem Augenblick der Trauer stören muss«, sagte Bodenstein, nachdem er Valentin Helfrich und den beiden Frauen kondoliert hatte. Er erinnerte sich daran, dass Helfrichs Mutter an Alzheimer litt. Womöglich hatte sie überhaupt nicht begriffen, was sich soeben abgespielt hatte.

»Kein Problem«, erwiderte der Apotheker nach kurzem Zögern. Bodenstein fiel auf, dass Helfrich übernächtigt, beinahe krank aussah, als habe er seit Nächten nicht geschlafen. Seine Augen waren blutunterlaufen, seine Wangen eingefallen.

»Ich bringe Mutter zurück«, sagte Dorothee Helfrich. »Bis später.«

Valentin Helfrich half ihr, seine Mutter ins Auto zu setzen. Er wartete, bis sie weggefahren war, und wandte sich dann wieder Bodenstein zu. Der war in den letzten Stunden immer mehr zu dem Schluss gekommen, dass Helfrich trotz seines Alibis etwas mit dem Tod seiner Schwester zu tun haben könnte. Er war einer der lachenden, jungen Männer auf dem Foto in der Pferdeklinik, ein enger Freund von Kerstner und Rittendorf, und er hatte das Tun seiner Schwester zutiefst missbilligt.

»Herr Helfrich«, begann er nach kurzem Zögern, »warum haben Sie sich am Nachmittag des 27. August mit Ihrer Schwester auf dem McDonald's-Parkplatz getroffen?«

»Sie wollte dieses Treffen«, Valentin Helfrich verschränkte die Hände hinter dem Rücken. »Sie vermuten, dass ich etwas mit dem Tod meiner Schwester zu tun haben könnte, nicht wahr?«

»Ich habe den Eindruck, dass Sie Ihre Schwester für das, was sie Ihren Freunden angetan hat, hassten«, antwortete Bodenstein.

»Hass ist ein zu großes Wort«, Helfrichs Stimme klang flach. »Ich habe sie verachtet. Meine Schwester hat ungeheuerliche Dinge getan. Unverzeihliches. Sie hat einen meiner besten Freunde auf dem Gewissen und einem anderen Freund das Leben zur Hölle gemacht. Sie hat sich meinen Eltern gegenüber unglaublich schlecht benommen. Aber gehasst habe ich sie nicht.«

»Ihr Freund Georg Rittendorf schon«, entgegnete Bodenstein. »Das stimmt«, Helfrich nickte müde.

»Was wollte Isabel also von Ihnen?«

Helfrich antwortete nicht sofort.

»Meine Frau und ich wünschen uns seit Jahren vergeblich ein Kind«, sagte er schließlich scheinbar zusammenhanglos. »Wir haben uns um ein Adoptivkind beworben, aber für eine Adoption in Deutschland sind wir beide mittlerweile zu alt. Eine andere Alternative kam für uns nicht in Frage. Es war im Mai, als Isabel einen Vorschuss auf ihren Erbteil wollte. Ich lehnte ab. Solange meine Mutter lebt, gehört ihr das Geld meines Vaters, und ich verwalte es. Das habe ich Isabel gesagt. Dann wollte sie von mir ein Darlehen. Das war schon häufiger vorgekommen. Ich sagte, es gebe kein Geld mehr, denn ich bekäme mein Geld nie von ihr zurück. Sie blieb beharrlich.«

»Wie viel Geld hat sie von Ihnen verlangt?«

»Fünfzigtausend Euro.«

»Das ist viel«, Bodenstein überlegte. Im Mai war Isabel Kerstner doch schon gut im Geschäft mit Jagoda und Kampmann gewesen. »Hat sie Ihnen gesagt, wofür sie das Geld brauchte?«

»Nicht direkt. Sie sagte, sie bräuchte es für eine Investition in ihre Zukunft. Und sie bat mich, Micha nichts davon zu sagen.«

»Und? Hielten Sie sich daran?«

»Ja«, Valentin Helfrich nickte. »Die Ehe von ihnen war doch ohnehin nur eine Farce. Micha und Anna Lena waren sich nähergekommen, und ich war der Ansicht, dass mein Freund mit ihr glücklicher werden würde als mit meiner Schwester.«

»Gaben Sie Isabel das Geld?«, wollte Bodenstein wissen.

»Ja«, Helfrich nickte. »Aber diesmal nicht ohne Gegenleistung.«

»Aha. Und was für eine Gegenleistung war das?«

»Ein Kind.«

»Wie bitte?« Bodenstein glaubte, sich verhört zu haben.

»Isabel war zu diesem Zeitpunkt schwanger. Sie bot mir an, das Kind Dorothee und mir zu geben. Für fünfzigtausend Euro.«

Bodenstein verschlug es für einen Augenblick die Sprache.

»Wer war der Vater des Kindes?«, fragte er dann.

»Ich habe sie nicht gefragt. Es war mir auch egal«, Helfrich zuckte die Schultern. »Isabel bekam das Geld und ich von ihr die Zusage, dass sie nach der Geburt des Kindes auf Nimmerwiedersehen aus meinem Leben verschwinden würde. Mit dem Geld wollte sie die Anzahlung für eine Tauchschule in Australien leisten, die sie günstig zum Kauf angeboten bekommen habe.«

»Glaubten Sie ihr das?«

»Ja«, Helfrich nickte. »Es gab diese Tauchschule wirklich. Ich hätte allerdings wissen müssen, dass sie ihre Meinung so schnell ändern konnte wie der Wind seine Richtung. Ein paar Wochen später war von der Tauchschule keine Rede mehr, dafür fuhr sie einen Porsche.«

Er setzte seine Brille ab und rieb sich die Augen.

»Am Samstagmorgen rief sie mich an und sagte, sie müsse mit mir reden. Unter vier Augen. Sie schlug Uhrzeit und Treffpunkt vor, und ich war pünktlich da. Isabel eröffnete mir, sie habe das Kind abtreiben lassen, da sich etwas ergeben habe und sie in Kürze Deutschland verlassen werde. Ich war wie vor den Kopf gestoßen. Die Leichtfertigkeit, wie sie mit ungeborenem Leben umging, erschütterte mich tief. Als ich ihr deswegen Vorwürfe machte, lachte sie nur und sagte, ich könne den Porsche haben, dann hätte ich mein Geld ja wieder zurück.«

Eine Weile sprachen weder Helfrich noch Bodenstein. Es war ganz still, nur der Wind rauschte in den Blätterkronen der Bäume.

»Sind Sie sich darüber im Klaren, dass Sie mit dem, was Sie mir gerade erzählt haben, in meinen Augen ein echtes Tatmotiv besitzen?«, sagte Bodenstein leise.

»Ja«, Valentin Helfrich setzte seine Brille wieder auf und straffte die Schultern, »das ist mir durchaus klar. Aber ich war es nicht.«

Bodenstein verschränkte die Arme vor der Brust.

»Kann es nicht sein«, begann er, »dass Sie und Rittendorf Ihre Schwester überwältigten, töteten und in den Kofferraum ihres Autos legten, um die Leiche später – nachdem sie sich mit dem Essen in Königstein ein Alibi verschafft hatten – auf den Aussichtsturm zu tragen und hinunterzuwerfen, in der Hoffnung, man würde es für einen Selbstmord halten?«

Valentin Helfrich dachte eine Weile nach.

»Das könnte sein«, räumte er ein, »aber es war nicht so. Tut mir leid. Wir haben gegessen, dann mussten Georg und seine Frau nach Hause, weil der Babysitter nur drei Stunden Zeit hatte. Dorothee und ich sind auch nach Hause gefahren. Allerdings waren wir noch in Kelkheim etwas trinken. In einer Cocktailbar namens XXS auf der Frankfurter Straße. Dort waren wir bis etwa ein Uhr. Ich habe mit Kreditkarte bezahlt, weil ich kein Bargeld mehr hatte. Sie können das alles nachprüfen.«

»Das werde ich«, Bodenstein ließ sich seine Enttäuschung über das erweiterte Alibi nicht anmerken. »Wo waren Sie übrigens gestern Nacht?«

»Gestern Nacht?«, Helfrich blickte ihn überrascht an. »Wann?«

»Zwischen ein und vier Uhr morgens.«

»Wo soll ich denn Ihrer Ansicht nach gewesen sein?«, die Andeutung eines Lächelns erschien in seinen Mundwinkeln.

»In einer Folterkammer«, entgegnete Bodenstein. »Mit Ihren Verbindungsbrüdern.«

Der Ausdruck der Genugtuung in Valentin Helfrichs Augen war Bodenstein Antwort genug. Er hatte erfahren, was er wissen wollte.

Hans Peter Jagoda sackte in sich zusammen wie ein Luftballon, dem man die Luft herausgelassen hat, als Bodenstein und Pia ihn am späten Nachmittag mit der Aussage von Anna Lena Döring konfrontierten. Er hatte mittlerweile erfahren, dass Oberstaatsanwalt Hardenbach vor seinem Freitod ein schriftliches Geständnis abgelegt und ihn damit schwer belastet hatte. Seine Gläubiger, die er mit den kompromittierenden Sexfilmen erpresst hatte, hatten sich zusammengeschlossen und eine Anklage wegen Betruges und Erpressung gegen ihn eingereicht; die Insolvenz der JagoPharm war nicht mehr aufzuhalten, und Jagoferonil, das Medikament, in das er alle Hoffnungen gesetzt hatte, würde nur noch dem Insolvenzverwalter Geld einbringen. Jagoda hatte begriffen, dass es keinen Zweck mehr hatte, zu schweigen und zu leugnen, und so hatte er beschlossen, reinen Tisch zu machen. Er gab zu, dass die JagoPharm tatsächlich ursprünglich nur gegründet worden war, um ordentlich abzukassieren, und dass es deswegen zwischen ihm und Döring zu einem Streit gekommen war. Über die komplizierten Einzelheiten wollte Bodenstein nichts wissen, das würde in den nächsten Wochen und Monaten Sache der Staatsanwaltschaft und des Betrugsdezernates sein. Ihn interessierte lediglich, ob Isabel versucht hatte, Jagoda mit den Schwarzweißfotos zu erpressen.

»Nein«, sagte Jagoda nach einem kurzen Blick auf die Bilder. »Ich habe diese Fotos noch nie gesehen. Weshalb sollte man mich mit diesen Bildern erpressen können?«

»Sind Sie ganz sicher?«, fragte Bodenstein beharrlich nach.

»Natürlich bin ich das«, Jagoda fuhr sich mit beiden Händen über das Gesicht. »Warum sollte ich Sie jetzt noch anlügen? Es ist doch vorbei.«

Donnerstag, 8. September 2005

Bodenstein parkte auf dem Parkplatz vor den historischen Gebäuden von Schloss Bodenstein, stieg aus und öffnete die hintere Klappe, um den Hund herauszulassen. Bei gutem Wetter und an Wochenenden war der Parkplatz überfüllt, denn Schloss Bodenstein, das am unteren Ende des Tales lag, das bis nach Ruppertshain führte, war ein beliebtes Ausflugsziel für Erholungssuchende aus Frankfurt und der Umgebung. In den letzten Jahren hatten sein Vater und sein Bruder, der eine äußerst geschäftstüchtige Frau geheiratet hatte, einiges dafür getan, um Schloss Bodenstein noch attraktiver und vor allen Dingen lukrativer zu machen. Neben dem traditionsreichen Reitbetrieb war die Waldgaststätte oberhalb des Gutshofes wieder belebt und gut verpachtet worden, und im Innenhof fanden regelmäßig kulturelle Veranstaltungen statt. Das Schloss selbst, in dem Bodenstein aufgewachsen war, beherbergte ein Restaurant der gehobenen Klasse, dessen Küchenchef im vergangenen Jahr mit Gault-Millaut-Kochmützen und Michelin-Sternen ausgezeichnet worden war. Bodenstein hatte keine Lust, seinen Bruder zu treffen. Er wollte mit seinen Gedanken allein sein, ging daher am Hoftor vorbei und wählte den asphaltierten Weg zum Schloss und zur Wegspinne, von der aus geschotterte Feldwege nach Fischbach und nach Ruppertshain führten. Der Hund flitzte begeistert über die abgeernteten Felder, erfreut über den unerwarteten Spaziergang nach Tagen der Vernachlässigung. Bodenstein schlug den Weg Richtung Ruppertshain ein. Wie immer, wenn sich ein Fall in einer Sackgasse befand, hoffte er, durch einen Fußmarsch ein wenig Klarheit in seine Gedanken bringen zu können. Gestern Abend war er noch ins Krankenhaus nach Höchst gefahren, in der Hoffnung, mit Döring sprechen zu können, aber der Mann stand noch unter Schock und dem Einfluss starker Beruhigungsmittel. Die belgische Polizei hatte Maurice Brault wegen Kindesentführung verhaftet, und die Staatsanwaltschaft hatte bereits einen Auslieferungsantrag gestellt. Behnke, Hasse und Ostermann hatten alle Gäste überprüft, die am Abend des 27. August bei Jagoda zu Gast gewesen waren. Unabhängig voneinander gestand jeder von ihnen ein, von Jagoda erpresst worden zu sein, und sie bestätigten, dass ihr Gastgeber den ganzen Abend über das Haus nicht verlassen habe. Auch Marianne Jagoda war bis mindestens ein Uhr dabei gewesen. Bodenstein beobachtete beim Laufen seinen Hund, der in weiten Kreisen über die Äcker rannte. Irgendwann in der Nacht von Dienstag auf Mittwoch war Friedhelm Döring aus seinem Haus entführt worden. Die Spurensicherung hatte bei einer gründlichen Überprüfung Fußspuren im Garten gefunden, einen heruntergedrückten Maschendrahtzaun, Reifenspuren auf dem Waldweg hinter Dörings Grundstück und zwei benebelte Rottweiler. Für Bodenstein stand fest, dass Rittendorf hinter der Aktion steckte. Allein hatte er das nicht bewältigen können, deshalb fiel sein Verdacht auf Clasing und Helfrich als Mittäter. Die drei hatten Rache an Döring genommen, für all das, was Anna Lena widerfahren war. Aber wenn sie auf diese sicherlich höchst strafbare Art und Weise nicht erfahren hätten, wo Döring seine Frau versteckt gehalten hatte, dann wäre sie wahrscheinlich jetzt tot. Das hatte Teddy van Eupen zugegeben. Ein Verdacht gegen Helfrich oder Rittendorf wegen Mordes an Isabel Kerstner ließ sich auf jeden Fall nicht erhärten, beide hatten für den Zeitpunkt, als Isabel gestorben war, ein Alibi. Was war mit Florian Clasing? Nein, Unsinn. Der bekannte Strafverteidiger würde sich niemals auf eine solche Unternehmung einlassen. Bodenstein hoffte verzweifelt auf eine Inspiration, einen Gedankenblitz, eine Erkenntnis, die ihm seinem Ziel, einen Mörder zu finden, näher bringen konnte. Langsam ging er alles durch, was er bisher in Erfahrung gebracht hatte, rief sich Tatsachen und Personen vor Augen, fragte sich, wer am meisten vom Tod der jungen Frau profitiert hatte. Da waren Döring und Jagoda, die zweifellos beide einiges zu verlieren gehabt hatten, Kerstner, der jahrelang gedemütigt worden war, und Valentin Helfrich, der seine Schwester aus nachvollziehbaren Gründen von Herzen gehasst hatte. Diese vier Personen waren diejenigen, die das offensichtlichste Interesse an Isabels Tod haben konnten, aber was war mit den vielen Menschen, denen die junge Frau in ihrer Gedanken- und Rücksichtslosigkeit ebenfalls Leid, Schmerz und Kummer zugefügt hatte? Wer konnte schon beurteilen, was einen Menschen dazu brachte, einen anderen umzubringen? Nach außen hin mochte der Grund wie eine Lappalie wirken, für den Menschen, der aus Verzweiflung, Zorn oder Hilflosigkeit zum Mörder wurde, mochte es einer Katastrophe gleichkommen. Bodensteins Gedanken wanderten zu Robert Kampmann, der fürchten musste, Isabel könnte ihre gemeinsamen Geschäfte seiner Kundschaft preisgeben. Ein Alibi hatte er nicht. Was war mit Frau Kampmann, der eifersüchtigen Ehefrau? Bodenstein fiel ein, dass er mit ihr noch überhaupt nicht gesprochen hatte, dabei waren die Spannungen zwischen ihr und ihrem Mann kaum zu übersehen. Und welche Rolle spielte Marianne Jagoda? War sie wirklich so ahnungslos, was den Tod ihrer Eltern anging? Das Handy summte mitten in seine Gedanken, und Bodenstein kramte es aus der Tasche seiner Jeans. Es war Pia Kirchhoff, die ihm verkündete, dass man vor einer halben Stunde Philipp Döring am Frankfurter Flughafen verhaftet hatte.

»Wir können ihn allerdings nicht lange festhalten«, ihre Stimme klang bedauernd. »Er hat einen Diplomatenpass.«

»Das habe ich befürchtet«, sagte Bodenstein. »Ich komme sofort. Hat er etwas über das Mädchen gesagt?«

»Bis jetzt noch nicht. Aber noch etwas: das Labor hat festgestellt, dass die Fingerabdrücke und das Haar in Isabels Porsche von Kampmann stammen.«

»Ich bin in einer halben Stunde da«, Bodenstein steckte sein Handy ein, pfiff seinen Hund zurück und machte auf dem Absatz kehrt.

Philipp Döring alias Felipe Durango war ein gutaussehender Mann mit einem markanten, männlichen Gesicht und einem durchaus sympathischen Lächeln. Seine Gesichtszüge ähnelten denen seines Vaters, aber er besaß nicht dessen aggressives Selbstbewusstsein. Er war schlank und sonnengebräunt, trug einen teuren Designeranzug und eine Patek Philippe am Handgelenk.

»Sie können mich hier nicht festhalten«, stellte er zu Beginn des Gesprächs klar. »Ich besitze diplomatische Immunität.«

Pia machte eine Miene, als würde sie ihm am liebsten ins Gesicht schlagen, aber Bodenstein lächelte nur.

»Das wollen wir auch gar nicht«, erwiderte er ruhig. »Nehmen Sie doch bitte Platz. Möchten Sie einen Kaffee trinken oder etwas anderes?«

»Ein Wasser, bitte«, erstaunt und ein wenig verunsichert über die freundliche Behandlung setzte Philipp Döring sich auf den angebotenen Stuhl. Pia goss ihm ein Glas ein und stellte es vor ihm auf den Tisch.

»Sie kommen direkt aus Buenos Aires«, begann Bodenstein, nachdem der junge Mann einer Tonbandaufzeichnung ihres Gesprächs zugestimmt hatte. »Wieso?«

»Ich habe erfahren, dass mein Vater einen Unfall hatte«, sagte Döring junior. »Ich muss mich um die Geschäfte kümmern, bis er das wieder selbst tun kann.«

»Ja, eine böse Sache«, Bodenstein nickte. »Er wurde mit Stromstößen gefoltert und anschließend auf fachmännische Weise entmannt.«

Philipp Döring, der gerade das Glas ansetzen wollte, ließ es wieder sinken. Sein Unterkiefer sackte herab, und sein Mund stand offen.

»Ach, das wussten Sie noch gar nicht?« Bodenstein lehnte sich zurück. »Ja, da war wohl jemand ziemlich wütend auf Ihren Vater. Er hat sich offenbar viele Feinde gemacht.«

Pia lehnte mit verschränkten Armen an der Wand und grinste leicht. Jetzt durchschaute sie die Strategie ihres Chefs.

»Feinde?«, wiederholte Philipp Döring, weiß wie die Wand.

»Man hat ihn nachts aus seinem Haus entführt, nachdem man die Hunde betäubt hatte«, fuhr Bodenstein fort. »Das müssen sehr entschlossene und skrupellose Leute gewesen sein. Ich meine, da gehört schon etwas dazu, einem Mann bei lebendigem Leib und vollem Bewusstsein die …«

»Hören Sie auf!«, der junge Döring sprang auf, seine Hände zitterten. »Das ist ja widerlich!«

»Bevor Sie sich so leichtfertig um die Geschäfte Ihres Vaters kümmern, würde ich mich an Ihrer Stelle erst mal bei ihm erkundigen, was dazu geführt hat«, Bodenstein tat mitfühlend. »Nicht, dass Sie der Nächste sind, den wir nackt und kastriert von einem Tor losschweißen müssen, an das man Sie angekettet hat. Stellen Sie sich vor, die hatten die abgetrennten Hoden Ihres Vaters in Formaldehyd eingelegt und in einem Glas vor seine Füße gestellt.«

Befriedigt beobachtete er die Reaktion des jungen Mannes. Seine Menschenkenntnis hatte ihn nicht getrogen. Philipp Döring war kein sonderlich starker Mann. Auch wenn er versuchte, einen coolen Eindruck zu machen, so stand ihm die nackte Panik in den Augen.

»Sie wollen mich einschüchtern«, flüsterte er.

»Aber ganz und gar nicht«, Pia stieß sich von der Wand ab, ergriff einen Ordner und präsentierte ihm ungerührt die Fotos, die von Friedhelm Döring am Tor der Reitanlage gemacht worden waren. Philipp Döring warf nur einen kurzen Blick auf die Bilder, verzog angeekelt das Gesicht und sank wieder auf den Stuhl. Von Rachsucht keine Spur. Er wollte nur sein eigenes Leben in Sicherheit wissen.

»Wo ist die Tochter von Isabel Kerstner?«, fragte Bodenstein.

»Auf meiner Hazienda«, murmelte der junge Mann, ohne zu zögern. »Ich sorge dafür, dass man sie sofort nach Deutschland zurückbringt.«

Über seinen Kopf hinweg wechselten Bodenstein und Pia einen zufriedenen Blick. Philipp Döring war ein Weichei.

Bodenstein verließ den Verhörraum und ging in sein Büro. Ihm war die Frau eingefallen, die am frühen Samstagvormittag mit Isabel gesprochen hatte. Er tippte die Handynummer von Thordis Hansen in sein Telefon, und diese meldete sich beinahe sofort.

»Hallo, Geheimniskrämerin«, sagte Bodenstein zur Begrüßung.

»Wieso das?«, erwiderte Thordis, ihre Stimme klang belustigt. »Ich dachte, Sie, als Kripomensch, würden schnell herausfinden, wer ich bin.«

Bodenstein musste zugeben, dass er in diesem Fall eine sehr lange Leitung gehabt hatte.

»Sie hatten vergessen, mir Ihren Nachnamen mitzuteilen«, sagte er deshalb.

»Stimmt«, gab sie freimütig zu. »Und warum rufen Sie mich jetzt an?«

»Ich will mich mit Ihnen treffen«, sagte Bodenstein mit geheimnisvoll gesenkter Stimme und konstatierte zufrieden, dass Thordis für ein paar Sekunden die Schlagfertigkeit abhandengekommen zu sein schien.

Eine Stunde später betrat Bodenstein die Pizzeria in Kelkheim-Münster, die Thordis ihm genannt hatte. Thordis und Barbara Conrady, in Reithosen und Stiefeln, saßen am Tisch in einer Ecke und tranken Mineralwasser. Es war nur wenig los, vorne am Tresen warteten die Pizzaboten gelangweilt und starrten auf den Fernseher, der mit voller Lautstärke lief. Bodenstein begrüßte Barbara Conrady, eine energische, sommersprossige Person mit einem sympathischen Grübchengesicht.

»Es geht um den Samstag vor vierzehn Tagen«, erklärte er. »Sie waren am frühen Nachmittag bei Isabel Kerstner, und ich hätte gerne gewusst, was Sie von ihr wollten.«

»Das kann ich Ihnen sagen«, sagte Frau Conrady. »Ich habe im April von Kampmann ein Dressurpferd gekauft. Er hatte es schon ein paar Monate im Stall, und Isabel hat es geritten. Das Pferd gefiel mir gut, aber Kampmann wollte sehr viel Geld haben.«

»Wie viel?«

»Achtzigtausend Euro.«

Bodenstein war beeindruckt. »Das ist eine Menge Geld.«

»Das Pferd war kerngesund, zehn Jahre alt, hatte Erfolge bis St. Georg«, fuhr Barbara Conrady fort. »Eigentlich passte der Preis. Ich ritt ihn ein paarmal, und irgendwann wurden wir handelseinig. Kurz nachdem ich das Pferd gekauft habe, verletzte es sich, und ich konnte es nicht mit aufs Turnier nehmen. Das ist eine Sache, die eben passieren kann. Anfang Juni war wieder alles o.k., und ich meldete erneut ein Turnier. Am Abend vorher legte sich das Pferd angeblich in der Box fest und war wieder lahm.«

Sie machte eine Pause und trank einen Schluck Wasser.

»Danach fuhr ich in den Urlaub. Kampmann sollte das Pferd solange reiten, aber als ich wiederkam und mich auf mein Pferd setzte, war es kaum noch reitbar. Ich bekam Streit mit Kampmann und sagte ihm auf den Kopf zu, er habe das Pferd nicht wie vereinbart geritten, sondern nur longiert. Dafür gab es jede Menge Zeugen, aber die hatten natürlich Angst, es sich mit Kampmann zu verscherzen, und wollten deshalb nicht namentlich genannt werden. Da wurde ich sauer und rief den Vorbesitzer des Pferdes an. Der sagte mir dann nach einigem Hin und Her, er habe das Pferd verkauft, weil es auf Turnieren überhaupt nicht mehr zu reiten sei. Schon beim Verladen gäbe es Probleme, und im Viereck hätte es nur noch auf den Hinterbeinen gestanden«, Barbara Conrady verzog das Gesicht. »Er hatte das Pferd für dreitausend Euro an Kampmann als Lehrpferd verkauft!«

»Glatter Betrug«, bemerkte Bodenstein. »Was haben Sie gemacht?«

»Kampmann stritt ab, davon gewusst zu haben«, erwiderte die Frau, »er behauptete, er habe selbst sehr viel Geld für das Pferd bezahlt. Ich fragte seine Frau, aber die tat ahnungslos. Dann kam ich auf die Idee, mit Isabel zu sprechen. Sie und Kampmann waren ja dicke Freunde. Aber Isabel wich mir immer aus. Am Samstag erwischte ich sie dann zu Hause und fragte sie, warum sie nie mit dem Pferd aufs Turnier gegangen wäre.«

»Schaut mal!«, rief Thordis in diesem Moment und deutete aufgeregt auf den Fernseher. »Das ist doch Hans Peter!«

Alle drei wandten sich um und verfolgten den Bericht im Fernsehen bei n-tv. Ein Reporter, der vor dem Polizeipräsidium in Frankfurt stand, berichtete ausführlich über die Zusammenhänge zwischen der Insolvenz der JagoPharm, dem Selbstmord von Oberstaatsanwalt Hardenbach, der Verhaftung von Hans Peter Jagoda und den Erpressungsvorwürfen gegen ihn.

»Das darf doch nicht wahr sein!« Barbara Conrady schüttelte schockiert den Lockenkopf. Bodenstein wandte sich wieder ab.

»Sie scheinen nicht sehr überrascht zu sein«, stellte Thordis fest und sah Bodenstein scharf an. Der zuckte nur die Schultern und grinste.

»Wahnsinn«, Barbara Conrady schüttelte den Kopf, »dabei hat Jagoda immer einen so seriösen Eindruck gemacht.«

»Gab es am Neuen Markt auch nur eine seriöse Firma?«, Thordis grinste. »Jedenfalls werden wir Hans Peter wohl eine Weile nicht sehen.«

»So an die zehn Jahre sicherlich nicht mehr«, bestätigte Bodenstein, aber dann fiel ihm ein, weshalb er hier saß.

»Was hat Isabel denn nun zu Ihnen gesagt?«, fragte er deshalb.

»Sie gab zu, dass mit dem Pferd nicht alles mit rechten Dingen zugegangen sei«, erwiderte Frau Conrady. »Ich wollte Genaueres wissen. Da sagte sie, ich solle noch ein paar Tage Geduld haben. Das war's.«

»Und was sagt Kampmann dazu?«

»Gar nichts«, Frau Conrady lächelte bitter. »Gekauft ist gekauft. Ich hoffte ja, dass ich ihn durch Isabel wenigstens dazu hätte bringen können, mir einen Teil des Kaufpreises rückzuerstatten, aber das hat sich jetzt ja erledigt.«

Im Bad Sodener Krankenhaus hatte man Kerstner mittlerweile auf eine normale Station verlegt. Bodenstein betrat die Station 23 und klopfte an die Tür des Zimmers 14. Kerstner sah unter seinem Kopfverband noch ziemlich blass aus, aber er lächelte matt, als er Bodenstein erkannte. Um seine Augen hatten sich dunkle Hämatome gebildet, die davon zeugten, mit welchem Nachdruck Teddy seinen Auftrag ausgeführt hatte.

»Hallo«, Bodenstein zog einen Stuhl heran. »Wie geht's Ihnen?«

»Besser«, Kerstner verzog das Gesicht. »Der Chefarzt hat vorhin gesagt, ich dürfte vielleicht in ein, zwei Tagen nach Hause.«

»Das ist gut«, Bodenstein lächelte, »da wird sich Ihre Tochter sicher freuen.«

Das Lächeln erstarb auf Kerstners Gesicht. Er richtete sich mühsam auf.

»Meine Tochter?«, flüsterte er.

»Habe ich Ihnen nicht versprochen, dass wir sie finden werden?«

»Das ist … das ist nicht wahr …«

»Doch. Sie ist in Argentinien, wird aber morgen von einer Mitarbeiterin der deutschen Botschaft nach Frankfurt gebracht. Spätestens übermorgen haben Sie sie wieder.«

Kerstner holte tief Luft, dann schloss er die Augen und atmete wieder aus. Eine Träne rann über seine Wange, eine zweite folgte. Er öffnete die Augen, und plötzlich strahlte er so glücklich, wie Bodenstein es ihm nicht zugetraut hätte.

»Ich weiß nicht, wie ich Ihnen danken soll. Ich habe es Ihnen schwergemacht, das weiß ich, und es tut mir leid, aber …«

»Schwamm drüber«, sagte Bodenstein, gerührt von der Freude des Mannes, dem die ganze Zeit über sein Mitgefühl gegolten hatte.

»Sie wissen aber immer noch nicht, wer Isabel getötet hat, oder?«, fragte Kerstner, nachdem er sich wieder gefangen hatte.

»Leider nein«, Bodenstein hob bedauernd die Schultern. »Jeder Verdacht endete bisher in einer Sackgasse, und ich …«

Es klopfte an der Tür, Bodenstein verstummte. Die mopsgesichtige Tierarzthelferin Sylvia Wagner erschien mit einem Blumenstrauß in der Hand. Bodenstein erhob sich.

»Sie haben Besuch«, er reichte Kerstner die Hand, die dieser herzlich ergriff. »Ich wünsche Ihnen gute Besserung und für die Zukunft alles Gute.«

»Danke«, antwortete Kerstner, »Ihnen auch alles Gute. Vielleicht sehen wir uns unter anderen Umständen mal wieder.«

»Das würde mich freuen.«

Die beiden Männer lächelten sich an, dann drehte Bodenstein sich um und ging zur Tür. Und ganz plötzlich, wie ein Blitz aus heiterem Himmel, traf ihn die Erkenntnis, auf die er seit Tagen vergeblich gewartet hatte: Sylvia, die unscheinbare Tierarzthelferin, die der Meinung war, dass Isabel einen Mann wie Kerstner überhaupt nicht verdient hatte! Er wandte sich noch einmal um und sah, wie die junge Frau ihrem Chef mit einem schüchternen Lächeln den Blumenstrauß überreichte. Der verliebte, schwärmerische Ausdruck in ihren Augen sprach Bände, aber Kerstner schien ihn nicht zu bemerken.

»Das ist aber nett, dass du mich besuchst«, sagte er. »Komm, setz dich und erzähl mir, wie ihr ohne mich zurechtkommt.«

Bodenstein verließ das Krankenzimmer, aber er ging nur den Flur entlang, durch die Milchglastür der Station und setzte sich in dem großen Raum, von dem aus man in die einzelnen Krankenstationen gelangen konnte, auf einen der Stühle.

Sylvia war eifersüchtig auf Isabel gewesen, die körperlich das vollkommene Gegenteil von ihr selbst gewesen war. Sie hatte die schöne junge Frau gehasst, weil diese den Mann hatte, in den sie selbst hoffnungslos verliebt war, und ihn doch verschmähte. Wann hatte Sylvia Wagner den Plan gefasst, die Frau zu töten? Bodenstein fuhr zusammen, als die Tür der Station 23 aufging und die junge Frau mit gesenktem Kopf hinauskam. Sie hatte die Hände in die Taschen ihrer Weste gesteckt und bemerkte Bodenstein nicht, der sich nun erhob und ihr folgte. Erst im Foyer des Krankenhauses sprach er sie an. Das Erschrecken in ihren Augen interpretierte Bodenstein als schlechtes Gewissen.

»W…was wollen Sie?«, stotterte die Frau.

»Ich möchte Ihnen eine Frage stellen«, erwiderte Bodenstein.

»Ich hab's eilig«, die mopsgesichtige Sylvia schien sich ausgesprochen unbehaglich zu fühlen. Sie wich vor ihm zurück.

»Sie mögen Ihren Chef, den Dr. Kerstner, sehr gerne, nicht wahr?«

Sylvia Wagner nickte langsam.

»Sie mögen ihn so gerne, dass Sie es kaum ertragen konnten, wie er von seiner Frau behandelt wurde, oder?« Bodenstein wusste, dass er in diesem Augenblick gegen eine eiserne Regel verstieß, die er selbst einmal aufgestellt hatte. Diese Regel besagte, dass man in einem Verhör keine Suggestivfragen stellen sollte. Genau das tat er jetzt, aber es war ihm egal. Er war felsenfest davon überzeugt, der Mörderin Isabel Kerstners gegenüberzustehen, es schien schlüssig, ja, eindeutig, und er war müde und ungeduldig, beides denkbar schlechte Voraussetzungen für gute Ermittlungsarbeit. Auf Sylvia Wagners Gesicht malten sich Verwirrung und Angst, ihre Blicke flogen hin und her.

»Sie konnten Isabel nicht ausstehen.«

»Nein«, sie flüsterte kaum hörbar. Schweiß glänzte auf ihrer Oberlippe, sie atmete schnell. Bodenstein frohlockte innerlich. Gleich hatte er sie so weit!

»Wann haben Sie beschlossen, dass Sie sie töten würden?«

»Wie bitte?«, die Tierarzthelferin Sylvia Wagner, die nach Bodensteins Ansicht völlig aussichtslos in ihren Chef verliebt war und ihn aus einer höllischen Ehe hatte befreien wollen, stellte sich begriffsstutzig.

»Na, kommen Sie schon«, sagte Bodenstein. »Sie haben eine günstige Gelegenheit abgewartet, nachdem Isabel die Klinik verlassen hatte. Sie sind ihr nachgefahren, die Spritze mit dem Pentobarbital hatten Sie dabei, das war ein Leichtes für Sie, schließlich haben Sie Zugang zu der Klinikapotheke.«

»Ich glaube, bei Ihnen tickt's nicht ganz richtig«, Sylvia tippte sich an die Stirn. »Das ist ja wohl die Höhe!«

»Ich muss Sie bitten, mit mir zu kommen.«

»Einen Dreck werde ich tun!« Die Angst in ihrem Gesicht hatte sich in Empörung verwandelt. Sie warf ihm einen verächtlichen Blick zu, ließ ihn einfach stehen und marschierte auf den Ausgang zu.

»Halt!« Bodenstein ergriff sie an der Schulter, doch da drehte sich die stämmige Sylvia mit einer erstaunlich graziösen Bewegung um, packte seinen Arm, und schon schleuderte er mit einem Gefühl der Schwerelosigkeit durch die Luft. Der Schmerz explodierte in seinem Rücken, als er krachend auf den glänzenden schwarzen Fliesen des Krankenhausfußbodens aufschlug. Vor seinen Augen kreisten rote Punkte, er rang mit einem verzweifelten Keuchen um Atem. Er war ganz sicher, dass er sich das Rückgrat gebrochen hatte und dazu wahrscheinlich alle Rippen und das Steißbein! Bodenstein brach der kalte Schweiß aus, er brachte kein Wort über die Lippen, als sich besorgte Gesichter über ihn beugten.

»Schnell!«, rief jemand. »Der Mann muss in die Notaufnahme!«

»Gut, dass das im Krankenhaus passiert ist.«

»Holt einen Arzt!«

»Nein, nein«, murmelte Bodenstein, benommen vor Schmerzen, »schon gut, es ist nichts.«

Zwei Sanitäter und ein Arzt näherten sich im Laufschritt, der Kreis der Neugierigen wurde größer. Der wahnsinnige Schmerz ebbte allmählich ab, und zurück blieb eine rotglühende, grauenvolle Scham. Welcher Teufel hatte ihn geritten, die Frau so unprofessionell in die Zange zu nehmen? Bodenstein bemühte sich mit einem unterdrückten Stöhnen, wieder auf die Beine zu kommen, und schleppte sich hinaus zu seinem Auto. Später einmal, in ein paar Wochen oder Monaten, würde er vielleicht über diese erniedrigende Szene lachen können, aber jetzt war ihm nicht unbedingt danach zumute. Mit geschlossenen Augen blieb er in seinem Auto sitzen. Seine Theorie, dass die Tierarzthelferin Isabel gefolgt war, diese überwältigt, zu Tode gespritzt und danach in stockdunkler Nacht auf den Aussichtsturm geschleift hatte, um sie in die Tiefe zu stoßen, war wahrhaftig völlig an den Haaren herbeigezogen. Bodenstein konnte nur hoffen, dass niemand von seinen Leuten von diesem peinlichen Auftritt Wind bekam. Es klopfte an der Scheibe seines Autos, und er fuhr erschrocken zusammen, als er Sylvia Wagner erkannte. Dann aber ließ er die Zündung an und die Scheibe herunter.

»Ich wollte mich entschuldigen«, sagte die junge Frau zerknirscht. »Es ... ich ... es tut mir schrecklich leid, aber ...«

»O Gott«, Bodenstein schüttelte den Kopf. »Ich muss mich bei Ihnen entschuldigen! Ich weiß auch nicht, was mit mir los war.«

Sylvia biss sich auf die Lippen, aber dann platzte sie heraus und lachte prustend. Bodenstein warf ihr einen gekränkten

Blick zu, doch als er das Groteske der Situation begriff, lachte er mit.

»Entschuldigung«, Sylvia Wagner wischte sich die Lachtränen aus den Augen. »Es sah nur so komisch aus!«

»Schon gut. Wer den Schaden hat, braucht für den Spott nicht zu sorgen.«

»Sie haben mich doch wohl nicht ernsthaft verdächtigt?«, fragte die junge Frau, wieder halbwegs beherrscht.

»Doch, leider. Für einen Moment schien es mir absolut plausibel.«

»Es stimmt zwar, dass ich Micha sehr gern mag, aber ich bin nicht in ihn verliebt. Ich habe einen Mann und zwei kleine Kinder. Micha ist einfach nur ein großartiger Tierarzt und ein sehr liebenswerter Mensch.«

»Es ist mir wirklich ausgesprochen peinlich«, beteuerte Bodenstein. »Meinen Sie, wir könnten unsere ... hm ... kleine Schaueinlage einfach vergessen?«

»Hab ich schon«, erwiderte die junge Frau und zwinkerte ihm zu.

»Danke«, Bodenstein grinste erleichtert, dann verzog er schmerzhaft das Gesicht. »Sie sind auf jeden Fall ganz schön fit.«

»Karate«, Sylvia lächelte bescheiden. »Deutsche Juniorenmeisterin 1999, schwarzer Gürtel.«

»Hätten Sie das nicht eher sagen können?« Bodenstein grinste schief. »Dann hätte ich das Überfallkommando geschickt.«

Gut Waldhof lag an diesem sommerlich heißen Nachmittag verlassen da. Auf dem Parkplatz standen nur zwei Autos. Eines davon war der gelbe Jeep von Thordis, wie Bodenstein feststellte. Er parkte neben ihrem Jeep und ging mit zaghaften Schritten in den Stall, wobei er sorgfältig darauf achtete, keine unbedachte Bewegung zu machen. Spätestens heute Abend würden sämtliche gezerrten Muskeln höllisch weh tun, und er war sicher, dass sein Rücken durch den unsanften Aufprall grün und blau war. Die Stallgasse war menschenleer, er fand Thordis nach einem Rundgang über die halbe Reitanlage auf dem Springplatz. Sie saß auf einem Braunen mit Blesse.

»Hallo«, sie parierte mit einem überraschten Lächeln neben ihm durch und pustete sich eine Haarsträhne aus dem erhitzten Gesicht. »Was machen Sie denn hier?«

»Ich wollte Sie mal auf dem Pferderücken bewundern«, Bodenstein lächelte auch. »Sie reiten gut.«

»Danke«, sie grinste, »ich gebe mir Mühe.«

»Sagen Sie mal«, Bodenstein lehnte sich an die Umzäunung, »stimmt es eigentlich, dass nicht Herr Jagoda, sondern seine Frau die eigentliche Inhaberin dieser Reitanlage ist?«

»Das kann schon sein«, Thordis nickte nachdenklich. »Ihn habe ich hier nur selten gesehen, aber sie war früher jeden Tag hier. Ihr Interesse hat erst im Sommer nachgelassen. Seitdem habe ich sie kaum noch gesehen. Die Jagodas hatten ihre Pferde wohl vorher in dem Stall stehen, in dem Kampmann als Reitlehrer gearbeitet hat. Da gab es dann Krach, und weil es hier damals fast völlig leer war, kamen sie mit noch zwanzig anderen plus Kampmann hierher. Drei Monate später haben die Jagodas den Stall gekauft.«

Sie blickte sich um und senkte die Stimme.

»Es wird getuschelt, dass die Jagoda den Stall nur gekauft hat, weil sie scharf auf Kampmann ist, aber das hat ihr wohl nichts genützt. Der steht eher auf Konfektionsgröße 36«, Thordis kicherte, dann beugte sie sich vor und starrte Bodenstein neugierig an. »Sagen Sie mal, was ist denn mit Ihnen passiert?«

»Wieso?« Bodenstein tat arglos.

»Sie haben eine Riesenbeule an der Stirn!«

Er hob die Hand, um seine Stirn abzutasten, bereute die unbedachte Bewegung jedoch sofort.

»Was ist denn?«, fragte Thordis ernstlich besorgt.

»Ich bin mit einer Karatekämpferin, die den schwarzen Gürtel hat, zusammengerasselt.«

»Ach was?« Thordis kicherte. »Doch nicht etwa mit Sylvia Wagner?«

»Später mehr«, Bodenstein schnitt eine Grimasse, »ich muss jetzt hoch zu den Kampmanns.«

Susanne Kampmann war nicht anzumerken, was sie von Bodensteins unerwartetem Erscheinen hielt.

»Mein Mann ist im Augenblick leider nicht da«, flötete sie und strahlte Bodenstein an.

»Das macht nichts. Ich wollte mit Ihnen sprechen.«

»Mit mir?« Frau Kampmann riss die Augen auf, aber dann öffnete sie die Tür und ließ Bodenstein eintreten. Sie führte ihn durch das makellos aufgeräumte Esszimmer in die Küche, was ihn etwas erstaunte, und schloss die Tür hinter sich.

»Kann ich Ihnen etwas zu trinken anbieten? Einen Kaffee?«, zwitscherte sie beflissen, aber Bodenstein lehnte dankend ab.

»Es geht noch einmal um den Samstag, an dem Isabel gestorben ist«, sagte er. »Leider können wir noch immer nicht den gesamten Ablauf dieses Tages rekonstruieren. Sie könnten mir möglicherweise dabei helfen.«

»Gerne«, Frau Kampmann sah ihn aufmerksam an.

»Ihr Mann hat uns erzählt, dass Isabel am Abend gegen sieben Uhr noch einmal hier auf der Reitanlage gewesen ist«, begann Bodenstein. »Wussten Sie das?«

»Nein«, die Frau schüttelte den Kopf. »Ich bin am späten Nachmittag zu meinen Eltern gefahren.«

»Hat Ihr Mann Ihnen auch später nicht erzählt, dass Isabel noch einmal hier war?«

»Nein. Warum sollte er?«, erwiderte Frau Kampmann. »Das war ja nichts Besonderes.«

»Ihr Mann hat häufig Pferde an seine Kunden hier im Stall verkauft«, fuhr Bodenstein fort, »und Isabel hat ihm bei der Vermittlung geholfen. Dafür bekam sie Geld von Ihrem Mann. Wissen Sie etwas darüber?«

»Isabel hat die Verkaufspferde von Gut Waldhof geritten«, Frau Kampmann ergriff ein Küchenmesser und spielte gedankenverloren damit herum, »sie war eine sehr gute Reiterin. Natürlich bekam sie etwas dafür.«

»Zwanzig Prozent von achtzigtausend Euro sind aber mehr als ›etwas‹.«

»Wer behauptet, dass sie so viel bekommen hat?«, mit einem Mal verschwand das aufgesetzte Strahlen.

»Ich weiß es«, Bodenstein beobachtete interessiert ihr Mienenspiel. »Ihr Mann macht diese Geschäfte auf eigene Rechnung, nicht wahr? Die Jagodas bekamen nur einen kleinen Anteil vom Verkaufserlös, den großen Batzen steckte er in die eigene Tasche, oder?«

»Davon weiß ich nichts.«

»Glauben Sie, dass Frau Jagoda etwas davon weiß?«

»Mit Sicherheit nicht«, entgegnete Frau Kampmann. »In Roberts Vertrag steht eindeutig, dass er keine Geschäfte auf eigene Rechnung machen darf. Sämtlicher Gewinn gehört den Jagodas. Ich denke auch nicht, dass er sich das getraut hätte, außerdem wüsste ich es doch, wenn er größere Mengen Geld nebenher verdient hätte.«

»Sind Sie sicher? Er kann das Geld doch vor Ihnen geheim gehalten haben.«

Ein ärgerlicher und verletzter Ausdruck trat in ihre Augen, aber ihre Miene blieb unergründlich.

»Wenn Isabel nun versucht hätte, Ihren Mann mit ihrem Wissen über diese geheimen Geschäfte zu erpressen«, sagte Bodenstein, »was glauben Sie, wie er darauf reagiert hätte? Was stand für ihn auf dem Spiel?«

»Eine Menge«, murmelte die Frau nachdenklich. Sie schwieg eine Weile. Aus der Nähe betrachtet waren die Spuren, die Hungerkuren und häufige Solarienbesuche in ihrem Gesicht hinterlassen hatten, deutlich zu erkennen.

»Mein Mann ist kein guter Geschäftsmann«, sagte sie dann, »vor Jahren hat er die Reitanlage, die er von seinen Eltern geerbt hatte, verloren. Der Hof wurde zwangsversteigert. Uns blieb weniger als nichts, und Robert musste als Angestellter arbeiten gehen, was ihm nicht gefiel. Zufällig lernten wir in dem Reitstall, in dem er arbeitete, die Jagodas kennen, wir verstanden uns gut mit ihnen. Jagoda schlug meinem Mann vor, seinen Namen für irgendeine dubiose Firma, über die er noch dubiosere Geschäfte abwickelte, herzugeben. Er bot dafür hunderttausend Mark bar auf die Hand, und Robert tat es. Es war kaum ein Risiko dabei, denn diese Firma existierte in Wirklichkeit überhaupt nicht. Als ich einmal fragte, um was es da eigentlich ging, antwortete Jagoda, es sei eine Großwäscherei.«

Frau Kampmann lachte ein bisschen zu schrill.

»Geldwäsche – klar. Uns war's egal. Dann kauften die Jagodas diese Reitanlage und stellten meinen Mann als Verwalter und mich als Bürokraft an. Sie zahlen sehr großzügig, dazu haben wir das Haus mietfrei, einen Geschäftswagen und andere Vergünstigungen. Jagoda löste unsere Schulden bei der Bank ab. Irgendwann kam die nächste Firma, bei der Robert ›Geschäftsführer‹ wurde, und auch da ging alles gut. Mittlerweile hatte Jagoda seine Firma an die Börse gebracht.

Da er als Inhaber seine Aktien nicht verkaufen durfte, gab er meinem Mann eine Million, die wir in Aktien der JagoPharm anlegen mussten. Der Aktienkurs schoss in die Höhe, Robert verkaufte die Aktien und bekam dafür von Jagoda hundertfünfzigtausend Euro Provision. In den vergangenen Jahren haben sie drei oder vier Firmen gegründet, und jedes Mal bekam Robert Geld dafür.«

Für Bodenstein war das nur die Bestätigung seiner Vermutungen. Jagoda hatte an seiner Firma auf illegale Weise unglaublich viel Geld verdient.

»Und wo ist dieses Geld jetzt?«, wollte Bodenstein wissen und fragte sich, weshalb die Frau ihm, einem Polizeibeamten, so freimütig über diese höchst zweifelhaften Machenschaften berichtete.

»Wie gewonnen, so zerronnen«, erwiderte Frau Kampmann, und ihre Stimme bekam einen bitteren Unterton. »Mein Mann hat das Geld in Aktien investiert, obwohl er von so etwas keinen blassen Schimmer hat. Er meinte, er würde etwas davon verstehen, weil es damals jeder gemacht hat. Es wäre ja auch zu schön gewesen.«

»Das heißt, Sie sind pleite.«

»So pleite wie die JagoPharm«, sie lachte leise, nicht erheitert, sondern resigniert. »Und wenn die Jagoda jetzt noch rauskriegen sollte, dass Robert sie mit den Pferdegeschäften betrogen hat, dann ist er auch noch diesen Job hier los.«

»Ich denke, das ist nicht so einfach. Sie und Ihr Mann wissen doch viel zu viel über die kriminellen Geschäfte von Herrn und Frau Jagoda.«

»Von *Herrn* Jagoda vielleicht«, Frau Kampmann verzog das Gesicht, »*sie* hat sich immer aus allem herausgehalten. Es hat sie nicht interessiert, warum auch? Immerhin hat sie ja genug Kohle. Ihr war nur diese Reitanlage hier wichtig.«

Bodenstein sah durchs Fenster, wie sich das Hoftor öffnete, wenig später fuhr der silberne Geländewagen Kampmanns auf den Hof.

»Wussten Sie, dass Ihr Mann ein Verhältnis mit Isabel hatte?«

Frau Kampmann fuhr herum. Ihre Augen flackerten. Sie wandte sich abrupt ab, ergriff wieder das Küchenmesser und begann, mit hektischen Bewegungen Gemüse zu zerkleinern. Plötzlich sah Bodenstein die Frau mit anderen Augen. Susanne Kampmann war nicht etwa eine Meisterin der Selbstverleugnung, sie war eine Löwin, die ihr Eigentum wenn nötig mit Klauen und Zähnen verteidigte. Und zu diesem Eigentum gehörte auch ihr Mann, selbst wenn er ihr untreu gewesen sein sollte.

»Nun ja«, sagte Bodenstein, »wissen Sie, was Ihr Mann an dem Samstagabend gemacht hat, nachdem Sie zu Ihren Eltern gefahren sind?«

»Keine Ahnung«, Susanne Kampmann starrte aus dem Fenster und beobachtete, wie ihr Mann aus dem Auto ausstieg und zur Haustür ging. »Wahrscheinlich hat er etwas getrunken und vor dem Fernseher gesessen. Als ich nach Hause kam, lag er auf der Couch und schlief.«

»Tatsächlich?« Bodenstein hob die Augenbrauen. »Ihr Mann sagte mir, Sie seien in dieser Nacht gar nicht nach Hause gekommen.«

»Unsinn«, widersprach sie, »ich bleibe nie über Nacht weg.«

Die Tür ging auf. Robert Kampmann erschien in der Küche. Er war blass und wirkte angespannt.

»Hallo«, sagte er zu Bodenstein, dann flog sein Blick nervös zum Fenster, als erwarte er irgendein Unheil, das noch größer war als die Kriminalpolizei im Haus.

»Guten Tag, Herr Kampmann«, erwiderte Bodenstein.

»Ich will Sie und Ihre Frau nicht länger stören. Schönen Tag noch.«

Er bedankte sich bei Frau Kampmann für die Auskünfte und verließ das Haus.

Thordis war gerade fertig mit ihrem Pferd, dem sie eben den Sattel abnahm. In dem Moment raste draußen vor dem Stall ein Auto mit quietschenden Reifen auf den Hof, ein zweites folgte im gleichen Tempo. Bodenstein und Thordis beugten sich vor und blickten durch das geöffnete Boxenfenster neugierig hinaus.

»Wer ist das?«, fragte Bodenstein, als ein Mann nun mit grimmigem Gesicht schnurstracks in Richtung Wohnhaus marschierte. Ihm folgte ein zweiter Mann auf dem Fuß. Er dachte an Kampmanns Nervosität. Hatte er diesen Besuch erwartet?

»Das ist Dr. Helmut Marquardt«, erklärte Thordis. »Der andere ist John Payden. Was ist denn in die gefahren?«

Bodenstein erinnerte sich dunkel daran, die beiden Namen schon einmal gehört zu haben.

»Die Marquardts«, erklärte Thordis mit leicht ironischem Tonfall, »sind die hörigsten und treuesten Kunden vom großen Guru Kampmann. Sie haben in den letzten vier Jahren drei wirklich teure Dressurpferde von ihm gekauft, aber keines von ihnen war auch nur einen Schuss Pulver wert.«

»So ähnlich wie bei Barbara Conrady?«

»Noch schlimmer«, erwiderte Thordis. »Was Kampmann alleine von Marquardts in den letzten Jahren für Beritt, Unterricht der Tochter und Turnierbetreuung kassiert hat, geht schon in die Hunderttausend. Dazu die überteuerten Pferde, da kommt schon was zusammen.«

»Aber wieso haben die Leute nie etwas bemerkt?«, fragte Bodenstein.

»Niemand hätte je gewagt, Kampmann in Frage zu stellen«, Thordis grinste, wurde aber dann ernst. »Wenn hier mal jemand den Mund aufgemacht hat, galt der sofort als Querulant und wurde umgehend weggemobbt. Die Kampmanns haben eine todsichere Strategie entwickelt, wie sie Leute bestrafen, nämlich die, dass sie nicht mehr mit ihnen reden.«

»Nicht mehr mit ihnen reden?«, wiederholte Bodenstein erstaunt. »Sie reden nicht mehr mit ihren Kunden?«

»Das ist hier wie in einer Sekte«, Thordis senkte die Stimme, »jeder will nur bei Kampmann beliebt sein. Eine Strafe durch Nichtbeachtung ist gleichbedeutend mit der Verbannung.«

Sie kicherte.

»Trotzdem müssen sich die Leute doch wundern, wenn sie nie Erfolg mit ihren teuren Pferden haben«, sagte Bodenstein.

»Ich glaube an Robert Kampmann, den Allmächtigen, den einzig wahren Gott ...«, spottete Thordis. »Die haben doch alle keine Ahnung und vertrauen Kampmann blind. Selbst wenn es denen jemand ins Gesicht gesagt hätte, was Kampmann in Wirklichkeit mit ihren Pferden macht – oder besser gesagt *nicht* macht –, dann hätten sie es nicht einmal geglaubt. Sie wollen es einfach nicht sehen.«

Thordis schüttelte verächtlich den Kopf. Draußen rollten zwei weitere Autos mit Pferdeanhängern auf den Hof, gefolgt von einem großen Pferdetransporter. Leute betraten den Stall.

»Wir ziehen aus«, teilte ein Mädchen Thordis im Vorbeigehen schluchzend mit. »Mein Vater platzt vor Wut!«

»Anscheinend haben es einige Leute jetzt doch verstanden«, sagte Bodenstein trocken.

»Man soll ja nicht schadenfroh sein«, entgegnete Thordis,

»aber ich bin's doch irgendwie. Was haben die alle von Kampmann geschwärmt, dabei hat er sie allesamt nur eiskalt abgezockt.«

»Mir scheint, er ist ziemlich in der Bredouille«, bemerkte Bodenstein.

»Geschieht ihm ganz recht«, Thordis' Stimme klang verächtlich, »das ging schon viel zu lange gut.«

»Ich habe mich wohl in Kampmann getäuscht«, gab Bodenstein zu und blickte nachdenklich durch das Stallfenster zum Wohnhaus hinüber. »Ich hatte den Eindruck, er sei nicht besonders intelligent.«

»Ist er auch nicht«, Thordis führte das Pferd in die Box, »er ist nur neidisch auf jeden, der in seinen Augen mehr besitzt als er selbst. Sein Götze ist das Geld, und dafür tut er alles.«

Ein weiteres Auto kam und fuhr direkt bis vor das Wohnhaus. Bodenstein erkannte Marianne Jagoda, die sich aus ihrem Cayenne wuchtete und mit energischen Schritten zu Kampmanns Haustür ging, vor der die Herren Marquardt, Neumeyer und Payden bereits heftig und lautstark mit dem Reitlehrer diskutierten.

»Schade«, sagte Bodenstein und warf einen Blick auf seine Uhr, »ich muss noch einmal aufs Kommissariat. Ich würde gerne wissen, wie das hier ausgeht.«

»Ich bleibe noch hier und erstatte Ihnen dann Bericht«, versprach Thordis.

Freitag, 9. September 2005

»Hier ist das Vernehmungsprotokoll von Philipp Döring«, Pia betrat Bodensteins Büro und legte ihm ein paar Blätter auf den Schreibtisch.

»Danke«, er warf ihr einen nachdenklichen Blick zu, »glauben Sie die Geschichte, die Döring junior uns erzählt hat?«

»Hundertprozentig«, Pia setzte sich auf einen der Besucherstühle. »Er hatte die Hose viel zu voll, um uns anzulügen. Und er hatte auch keinen Grund, um zu lügen.«

Bodenstein blätterte in dem Protokoll, suchte nach einer bestimmten Stelle und las sie nochmals durch.

»Er hatte Isabel durch seinen Vater kennengelernt«, murmelte er. »Sie hat sich in ihn verliebt, bis sie gemerkt hat, dass er gar nicht auf Frauen steht. Aber trotzdem schmiedeten sie gemeinsame Zukunftspläne und wollten sogar heiraten. Was soll das?«

»Vielleicht haben sie sich einfach gut verstanden«, mutmaßte Pia. »Er hat Geld wie Heu, kann ihr das Leben bieten, von dem sie immer geträumt hat, und will dafür aber keine großartige Gegenleistung.«

»Ja, schon klar«, Bodenstein rieb sich die Augen, »aber was für einen Vorteil hätte *er* denn davon gehabt? Das verstehe ich nicht.«

»Schon eigenartig«, überlegte Pia laut, »obwohl er wusste,

dass sie mit wildfremden Männern in die Kiste sprang und sich dabei filmen ließ, wollte er sie heiraten.«

Das Telefon auf Bodensteins Schreibtisch klingelte.

»Wir fahren gleich nach Weiterstadt. Ich will noch mal mit Jagoda sprechen«, sagte er zu Pia, bevor er den Hörer abnahm.

Sie nickte und verließ das Büro. Am Telefon war Cosima mit guten und schlechten Neuigkeiten.

»Ich bin im Krankenhaus«, verkündete sie, »ich habe mir gestern den Knöchel gebrochen.«

»O Gott! Was ist denn passiert?« Bodenstein ahnte Schlimmes. Cosima begann grundsätzlich mit den Kleinigkeiten.

»Wir waren auf dem Weg durch ziemlich schlechtes Gelände«, berichtete sie, »unser Führer meinte, es wäre eine Abkürzung, aber leider hatte es durch die starken Regenfälle einen Erdrutsch gegeben. Glücklicherweise war unsere ganze Ausrüstung in den beiden anderen Jeeps, weil der, in dem ich saß, jetzt in einer Schlucht ein paar hundert Meter tiefer liegt.«

Bodenstein schloss die Augen. Allein die Vorstellung, wie knapp Cosima Tod oder Verstümmelung entronnen war, verursachte ihm Herzschmerzen. Diese Expeditionen mussten aufhören!

»Es ist aber keiner großartig zu Schaden gekommen, außer mir«, sie lachte. »Ich kam nicht ganz so schnell aus der Kiste raus wie die anderen. – Bist du noch dran, Olli?«

»Mir hat's die Sprache verschlagen«, gab er zu. »Wann kommst du nach Hause? Ich schwör dir, ich lass dich nie wieder irgendwohin fliegen, höchstens nach …«

»Ich kann dich nicht verstehen«, unterbrach sie ihn, und Bodenstein musste wider Willen grinsen.

»Wann kommst du nach Hause?«, wiederholte er, »ich vermisse dich ganz schrecklich!«

Er zögerte einen Moment.

»Außerdem«, er senkte seine Stimme, »kann ich dir nicht mehr lange für meine Treue garantieren, denn mir ist eine ausgesprochen attraktive Jugendliebe über den Weg gelaufen, zusammen mit ihrer noch attraktiveren einundzwanzigjährigen Tochter.«

Er hatte es noch nie ertragen können, vor Cosima ein Geheimnis zu haben, und auf diese Weise hatte er der ganzen Sache mit Inka die ernsthafte Dimension genommen.

»Na, dann werde ich mich ganz besonders beeilen«, sagte Cosima auf der anderen Seite der Erdkugel. »Früher habe ich vier Wochen wegbleiben können, ohne dass du gleich an Ehebruch gedacht hast.«

»Ein Grund mehr, in Zukunft in meiner Nähe zu bleiben.«

»Wir werden sehen«, sie lachte, aber dann wurde sie ernst. »Ich vermisse dich auch, mein Schatz. Ich muss noch warten, bis der Gips trocken ist, aber dann fliegen wir nach Buenos Aires und von dort aus nach Hause. Wenn das mit den Anschlussflügen klappt, bin ich vielleicht schon am Samstagabend wieder bei dir und zu allen Schandtaten bereit.«

»Nach Buenos Aires, sagst du?«, fragte Bodenstein. Plötzlich hatte er eine Idee. Vielleicht könnte Cosima in Argentinien mehr über Philipp Döring in Erfahrung bringen ...

Jagoda machte einen gefassten, ja, beinahe heiteren Eindruck, als er Bodenstein und Pia wenig später im Besuchszimmer des Untersuchungsgefängnisses gegenübersaß.

»Ich bin irgendwie froh, dass alles vorbei ist«, gestand er.

»Sie werden ziemlich lange im Gefängnis sitzen«, erinnerte Pia ihn.

»Tja«, Jagoda zuckte die Schultern, »das habe ich wohl verdient. Ich habe ein paar krumme Dinger gedreht, aber trotzdem ist es ein gutes Gefühl, diesen furchtbaren Druck los zu sein, die Angst davor, ein falsches Wort zu sagen. Diese dauernde Lügerei hat mir die Nerven ruiniert.«

»Nun«, Bodenstein räusperte sich, »dann kommt es ja auf ein paar Jahre mehr oder weniger nicht an.«

»Wie meinen Sie das?« Jagoda hörte auf zu lächeln.

»Wir sind mittlerweile ziemlich sicher, dass Isabel Kerstner sterben musste, weil Sie fürchteten, dass sie Sie erpressen würde.«

»Wie bitte?« Jagoda richtete sich auf. »Aber das ist nicht wahr!«

»Ich finde die Geschichte ganz schlüssig«, Bodenstein lehnte sich bequem zurück. »Sie haben Leute erpresst, und Isabel wusste davon. Sie hatten damals bereits gemeinsam mit Döring dafür gesorgt, dass Ihre Schwiegereltern bei einem Brand ums Leben kamen, auch das wusste sie. Und dann gibt es das Video von Ihnen. Isabel hatte Affären mit Kampmann und Döring. Ist es nicht durchaus denkbar, dass Ihnen das alles zu heiß wurde?«

Hans Peter Jagoda wurde bleich.

»Nein«, murmelte er, »nein, nein, das stimmt alles nicht!«

»Was stimmt denn dann?«, fragte Pia und deutete auf das Tonbandgerät, das mitlief. »Erzählen Sie uns doch mal Ihre Version vom 27. August. Und wenn möglich bleiben Sie diesmal bei der Wahrheit. Märchen haben wir schon genug auf Band.«

Jagoda erhob sich und trat hinter seinen Stuhl.

»Gut«, sagte er nach einer Weile entschlossen. »Es ist ohnehin alles vorbei. Wo fange ich an?«

»Wir wissen schon eine ganze Menge«, half Bodenstein ihm, »zum Beispiel über Kampmanns Aktivitäten als Geschäftsführer für Ihre Briefkastenfirmen, über die Zahlungen, die Sie an ihn geleistet haben.«

»Die Kampmanns«, Jagoda stieß einen Seufzer aus, »hatten Schulden bis über beide Ohren und den Drang, mit den großen Hunden pinkeln gehen zu wollen. Ich sorgte dafür, dass er seine Schulden abbezahlen konnte, und ließ ihn etwas verdienen, dafür tat er mir hin und wieder einen kleinen Gefallen, völlig risikolos.«

»Sie haben ihn als Strohmann für Ihre Aktienkäufe benutzt«, warf Bodenstein ein. »Das ist im höchsten Maße kriminell.«

»Mag sein. Dafür werden sie mich ja auch bestrafen, aber mit einem Mord habe ich nichts zu tun!«, erwiderte Jagoda heftig.

»Wie hat Isabel davon erfahren, dass Sie mit dem Tod Ihrer Schwiegereltern zu tun hatten?«, fragte Pia.

»Ich bin mir ziemlich sicher, dass sie das von Döring wusste.«

»Aus welchem Grund sollte er Isabel so sehr vertrauen, dass er ihr von einer so brisanten Angelegenheit erzählte, die ja auch ihn in nicht unerheblichem Ausmaß betraf?«

»Friedhelm erzählt viel, vor allen Dingen, wenn er betrunken ist«, erwiderte Jagoda. »Warum fragen Sie ihn nicht selbst danach?«

»Das ist im Augenblick nicht möglich«, bemerkte Bodenstein, »er wurde verletzt und ist noch nicht wieder vernehmungsfähig. Aber das spielt hier jetzt auch keine Rolle. Woher wusste Isabel von dem Mordkomplott gegen die Eltern Ihrer Frau? Hat sie versucht, Sie mit den Fotos von Hardenbach und Ihrer Frau zu erpressen?«

Jagoda setzte sich wieder auf den Stuhl und seufzte.

»Nein.«

»Sind Sie sicher?«, bohrte Pia.

»Ja, das bin ich«, sagte Jagoda. »Ich habe diese Bilder nie gesehen. Mich hat sie mit diesem Film erpressen wollen, aber ich habe ihr klargemacht, dass sie mich nicht erpressen kann.«

»Wieso nicht?«

»Weil ich pleite bin«, Jagoda machte eine hilflose Bewegung mit den Armen und lächelte dünn. »Ich bin arm wie eine Kirchenmaus.«

»Ach? Und was ist mit dem Geld, das Sie bei den Strohverkäufen der JagoPharm-Aktien verdient haben? Es müssen Millionen sein.«

»Einen großen Teil habe ich ausgegeben. Alles andere habe ich wieder in die JagoPharm gesteckt. Ich dachte, ich kriege es hin.«

»Wie hat Isabel darauf reagiert?«

»Sie wurde sauer«, antwortete Jagoda. »Sie war ein ziemlich undankbares Mädchen. Immerhin hatte sie ja eine ganze Weile ordentlich Geld von mir bekommen.«

»Dafür hat sie ja auch etwas getan«, warf Pia ein.

»Nichts, was sie nicht selbst tun wollte«, sagte Jagoda.

»Auf jeden Fall hat sie kein Geheimnis daraus gemacht, dass sie Geld brauchte, um frei zu sein und ihre Zukunftspläne zu verwirklichen.«

»Was für Pläne waren das?«, erkundigte Pia sich, während Bodenstein in der Akte mit den Vernehmungsprotokollen des Falles blätterte, die vor ihm auf dem Tisch lag.

»Die änderten sich ständig«, erwiderte Jagoda, »das habe ich Ihnen ja schon erzählt. Aber dann kam alles anders, denn Philipp Döring machte ihr einen Heiratsantrag.«

»Aber der ist doch schwul, oder nicht?«

»Ja«, Jagoda schüttelte nachdenklich den Kopf, »das fand ich auch zuerst seltsam, aber dann wurde mir klar, dass das für Isabel überhaupt keine Rolle spielte. Ihr war nur das Geld wichtig. Señora Durango auf der großen Hazienda in Argentinien. Urlaub auf der Luxusyacht, Geld wie Heu.«

»Aber was hat Philipp Döring dazu veranlasst, Isabel heiraten zu wollen?«

»Keine Ahnung«, Jagoda zuckte die Schultern. »Ich hielt es erst für einen Witz. Er wird seine Gründe gehabt haben.«

»Wusste Friedhelm Döring etwas von den Plänen seines Sohnes?«

»Ja.«

»Tatsächlich?« Bodenstein hatte die Stelle aus dem Gespräch mit Anna Lena Döring in den Protokollen gefunden, nach der er gesucht hatte. »Wir haben erfahren, dass er das alles gar nicht so lustig fand, erst recht nicht die Tatsache, dass es von Ihnen und Isabel einen ziemlich brisanten Film gibt. Ich zitiere: ›*... Friedhelm machte ihm Vorwürfe. Er sagte, mit den Filmen könnten sie das alles noch eine Weile hinziehen, bis drüben alles klar sei. Was genau er damit meinte, weiß ich nicht. Er versprach Hans Peter, dafür zu sorgen, Isabel aus dem Weg zu schaffen, weil sie ohnehin zu viel wüsste und zu unverschämt sei. Hans Peter sagte, je schneller, desto besser, denn er wollte ihre Wohnung auf den Kopf stellen, um diesen Film zu finden ...*‹«

Bodenstein blickte Jagoda an.

»Wie ist das zu verstehen? Und was bedeutet ›bis drüben alles klar ist‹?«

»Mit ›drüben‹ meinte er Paraguay«, sagte Jagoda. »Ich hatte die Staatsbürgerschaft von Paraguay beantragt und wartete nur noch auf das Okay. Falls es hier mit der Jago-Pharm schiefgegangen wäre, wäre ich nach Südamerika gegangen. Paraguay ist eines der wenigen Länder, das kein Auslieferungsabkommen mit Deutschland getroffen hat.«

»Und wie wollte Döring Isabel aus dem Weg schaffen?«

Jagoda schwieg beinahe eine ganze Minute lang. Bodenstein und Pia sahen ihn geduldig an.

»Isabel wäre nie lebend in Argentinien angekommen«, sagte er schließlich. »Friedhelm hatte seine Leute schon genau instruiert. Auf einer dreihundert Hektar großen Hazienda kann man eine Leiche wunderbar verschwinden lassen.«

Das klang schlüssig. Und damit fielen Jagoda und Döring als Verdächtige aus. Sie hätten Isabel ein paar Tage später getötet, aber irgendjemand war ihnen zuvorgekommen. Dieser Jemand hatte ihnen zwar einen Mord abgenommen, aber gleichzeitig den Stein losgetreten, der ihr ganzes Leben wie ein Erdrutsch vernichtet hatte.

»Noch eine Frage«, sagte Bodenstein. »War Ihre Frau den ganzen Samstagabend zu Hause, als Sie Gäste hatten?«

»Ja. Sie war zwar nicht die ganze Zeit dabei, weil sie sich nicht besonders für geschäftliche Themen interessiert, aber sie …«, er brach ab und blickte auf.

»Ja?«, fragten Bodenstein und Pia gleichzeitig.

»Sie kam zu spät«, sagte Jagoda langsam. »Es ist mir nicht aufgefallen, weil ich viel dringender auf Isabel gewartet hatte, aber jetzt weiß ich es wieder. Marianne kam erst dazu, als wir unten in der Bar waren.«

Bodenstein war es gelungen, Haftbefehle für Robert Kampmann und Marianne Jagoda zu bekommen, aber Frau Jagoda war nicht zu Hause. Auch ihr Geländewagen stand nicht in der Garage, und die Haushälterin sagte, sie habe das letzte Mal am Vortag mit ihrer Chefin gesprochen. Seitdem war ihr Handy abgeschaltet.

»Wir fahren nach Gut Waldhof und verhaften Kampmann«, beschloss Bodenstein. »Vielleicht weiß er etwas über die Jagoda. Gestern Nachmittag habe ich sie nämlich gesehen, wie sie in Kampmanns Haus marschiert ist.«

»Wahrscheinlich hat sie sich längst abgesetzt«, befürchtete Pia. »Dazu ist sie nicht der Typ«, Bodenstein schüttelte den Kopf, »außerdem ist da noch ihr Sohn im Internat.«

Vor dem Wohnhaus der Kampmanns parkte der luxuriöse silberne Geländewagen, an den ein Pferdeanhänger angehängt war. Bodenstein und Pia warfen im Vorbeigehen einen Blick hinein und sahen statt eines Pferdes hastig übereinandergestapelte Umzugskartons. In diesem Augenblick kam Kampmann mit einer weiteren Kiste aus der geöffneten Haustür. Er wurde kreidebleich und starrte die beiden Kriminalbeamten mit einer Mischung aus Fassungslosigkeit und Angst an.

»Hallo, Herr Kampmann«, sagte Bodenstein. »Was geht denn hier vor? Ziehen Sie aus?«

»Ich … äh …«, die Augen des Mannes huschten nervös hin und her, »nein … wir räumen das Büro um.«

»Wo sind Ihre Frau und Ihre Kinder?«, fragte Pia.

»Zu meinen Schwiegereltern gefahren«, erwiderte Kampmann. »Wir sind … sie sind …«

»Herr Kampmann«, unterbrach Bodenstein ihn, »wie haben Sie eigentlich darauf reagiert, als Isabel Ihnen mitteilte, dass sie Philipp Döring heiraten und mit ihm nach Argentinien gehen würde?«

Mit einem Krach landete die schwere Kiste auf dem Boden, und Kampmann starrte Bodenstein wie versteinert an.

»Es ist doch so, dass Sie eine ganze Weile in dem Glauben waren, Isabel würde mit Ihnen gemeinsam von hier weggehen wollen, oder? Ganz plötzlich änderte sie ihre Pläne zugunsten eines anderen Mannes. Das muss Sie sehr gekränkt haben.«

»Was haben Sie wirklich am Abend des 27. August getan?«, fragte Pia. Für eine Sekunde machte es den Eindruck, als ob Kampmann ohnmächtig werden wollte. Seine Augen flogen hin und her, sein Adamsapfel bewegte sich hektisch auf und ab.

Eine Frau mittleren Alters kam mit ihrem Pferd auf den Hof geritten und winkte Kampmann freundlich zu, aber dieser reagierte darauf gar nicht. Die Frau saß ab und führte ihr Pferd zum Wasserschlauch, um dem Tier die Hufe abzuspritzen.

Völlig unvermittelt versetzte Kampmann Pia einen heftigen Stoß, worauf diese unsanft gegen ihren Chef prallte. Alle beide gingen zu Boden, und Bodensteins Rücken machte innerhalb von vierundzwanzig Stunden ein zweites Mal schmerzhafte Bekanntschaft mit der harten Realität des Erdbodens. Aus den Augenwinkeln sah er Kampmann, der erstaunlich flink über den Hof rannte, der rundlichen Frau die Zügel ihres Pferdes aus der Hand riss und mit einem geschmeidigen Satz im Sattel saß. Der Frau hatte es die Sprache verschlagen. Sie stand mit offenem Mund da, den Wasserschlauch in der Hand, und starrte ihrem Pferd nach, das Kampmann auf dem Hof schon angaloppieren ließ. Pia rannte mit einem wütenden Fluch los. Bodenstein gelangte mit einem Stöhnen mühsam auf alle viere, es dauerte aber beinahe eine Minute, bis er aufrecht stehen und loslaufen konnte. Er sah gerade noch, wie Kampmann im gestreckten Galopp über eine angrenzende Wiese verschwand. Pia hatte Bodensteins BMW bereits erreicht und den Motor angelassen. Sie gab Gas, kaum dass Bodenstein auf dem Beifahrersitz saß. Mit quietschenden Reifen raste sie vom Hof und bog gleich hinter dem Tor auf einen betonierten Feldweg ab. Während sie über die Erdbrocken fluchte, die Traktorreifen auf dem Weg hinterlassen hatten, forderte Bodenstein über Funk bei der Zentrale Hilfe an.

»Flüchtiger ist auf einem Pferd in Richtung Hofheim unterwegs«, gab er durch, »von der Gemarkung Kelkheim in südwestliche Richtung.«

Nach ein paar hundert Metern musste Pia feststellen, dass es geradeaus nicht weiterging. Kampmann war quer über einen Acker geritten und drohte, in der Ferne zu verschwinden.

»Fahren Sie rechts«, sagte Bodenstein. »Er muss den Golfplatz von Hof Hausen umgehen. Ich wette, er will versuchen, uns im Wald abzuhängen.«

Pia legte den Rückwärtsgang ein, stieß zurück und bog nach rechts ab. Sie gab Gas und raste mit achtzig über den Betonweg, der wiederum nach ein paar hundert Metern scharf abknickte. Beinahe wäre der BMW in einen Acker geschlittert. Zwar mussten sie einen Umweg fahren, aber auf dem flachen Feld konnten sie den Flüchtenden im Auge behalten. Kampmann überquerte auf selbstmörderische Weise die B519, ohne sich vorher zu vergewissern, ob ein Auto kam, und galoppierte auf der anderen Straßenseite mit unvermindertem Tempo weiter.

»Flüchtiger weiter in Richtung Hofheim unterwegs«, gab Bodenstein an die Zentrale durch, »dreht jetzt ab in Richtung ehemalige B519, Höhe Hof Hausen vor der Sonne.«

»Sie kennen sich gut aus«, bemerkte Pia.

»Tja«, sagte Bodenstein grimmig und beobachtete, wie Kampmann die Asphaltstraße zum Tierheim verließ und sein Pferd über die Apfelbaumwiesen jagte, »das Gelände rings um Kelkheim kenne ich wie meine Hosentasche. Pech für Kampmann.«

»Nein, Pech für uns, Chef«, erwiderte Pia. »Mit dem Auto komme ich hier nicht weiter.«

»Wir fahren über Hofheim«, bestimmte Bodenstein. »Ich kann mir schon denken, wo Kampmann entlangreiten wird.«

Sie fuhren nach Hofheim, bogen kurz hinter dem Ortseingang nach rechts ab und folgten der ehemaligen Bundesstraße wieder in die entgegengesetzte Richtung. Pia musste scharf auf die Bremse treten, als nur wenige Meter vor ihnen plötzlich das Pferd mit Kampmann im Sattel über die Straße schoss. Im Rückspiegel sah sie schon das Blaulicht eines Streifenwagens.

»So ein Vollidiot!« Pia war vor Schreck blass geworden.

»Hier gleich links!«, rief Bodenstein, und Pia gehorchte reflexartig. Das Auto schleuderte dank ESP nicht, und auf der schnurgeraden Straße, die zum Ausflugslokal »Viehweide« führte, konnte Pia die knapp 300 PS von Bodensteins 7er ausspielen. Kampmann ritt weiter ein scharfes Tempo, aber das Pferd war bereits mit weißem Schaum bedeckt. Sehr lange würde es nicht mehr durchhalten, und dann hatten sie ihn! Bodenstein und Pia sahen, wie Kampmann das Pferd anhielt und sich unentschlossen umblickte. Bodenstein erkannte, weshalb Kampmann zögerte. Der Weg in den Wald wurde ihm von einem mannshohen Maschendrahtzaun versperrt. Er öffnete die Tür und stieg aus, und der Streifenwagen kam hinter ihm zum Stehen.

»Kampmann!«, schrie Bodenstein. »Seien Sie doch vernünftig! Steigen Sie von dem Pferd ab! Sie machen doch alles nur noch schlimmer!«

Der Reitlehrer warf ihm einen wilden Blick zu, dann riss er das Pferd herum und galoppierte direkt auf die Polizeibeamten zu. Bodenstein war klar, was er vorhatte. Es waren nur noch knapp dreihundert Meter bis zum Wald. Kampmann wollte ein kurzes Stück die Straße entlangreiten, um den Zaun zu umgehen, der seine Flucht behinderte.

»Wir schießen auf den Gaul!«, rief einer der Streifenpolizisten aufgeregt und zückte seine Dienstwaffe.

»Nein!«, brüllte Bodenstein. Kampmann kam schnell näher, auf seinem Gesicht lag ein Ausdruck wilder Entschlossenheit. Sein Pferd war vollkommen erschöpft, dem Zusammenbruch nahe. Wahrscheinlich hatte es in seinem ganzen Leben noch niemals eine solche Strecke in einem so mörderischen Tempo zurücklegen müssen. Kampmann zwang das Pferd in vollem Galopp auf die Straße. Bodenstein, der dem Pferd eigentlich in die Zügel greifen wollte, bekam angesichts der sechshundert Kilo, die auf ihn zudonnerten, Zweifel an seinem Wagemut und rettete sich in letzter Sekunde mit einem Satz in den Straßengraben. Funken stoben unter den Hufeisen des Pferdes, als es die Asphaltstraße hochgaloppierte.

»Hinterher!«, schrie Bodenstein und sprang wieder ins Auto. Am Ausflugslokal am Waldrand herrschte nachmittäglicher Hochbetrieb. Der Parkplatz war voll. Kampmann hielt in unverminderter Geschwindigkeit auf die geschlossene rotweiße Schranke am Ende der Straße zu. Die Menschen spritzten erschrocken auseinander, als das Pferd kurz entschlossen vor der Schranke stoppte. Kampmann wurde aus dem Sattel geschleudert, landete unsanft auf dem geschotterten Boden und kam gerade wieder auf die Beine, als Pia vor der Schranke anhielt. Bodenstein war schon draußen, bevor der BMW ganz zum Stehen gekommen war. Der Reitlehrer rannte in den Wald. Das erschöpfte Pferd stand mit pumpenden Flanken und herausquellenden Augen mitten auf dem Weg. Aus dem Restaurant strömten die unvermeidlichen Schaulustigen, angelockt vom Tumult.

»Rufen Sie einen Tierarzt für das Pferd!«, rief Bodenstein einem der uniformierten Beamten zu und machte sich gemeinsam mit Pia an die Verfolgung. Kampmann war bereits hinter der ersten Wegbiegung verschwunden, und Bodenstein begann zu laufen, ungeachtet seines schmerzenden Rückens. Der Mann würde ihnen nicht entkommen. Eine Weile liefen sie den breiten Weg entlang, bis Pia feststellte, dass Kampmann sich ins Gebüsch geschlagen haben musste. Fluchend kehrte Bodenstein um. Ausgerechnet in diesem Moment war kein Fußgänger, Radfahrer oder Jogger unterwegs, der den Flüchtenden gesehen hatte. Aus dem Augenwinkel nahm er eine Bewegung unterhalb des Fußgängerweges wahr: Tatsächlich, das war Kampmann!

»Da ist er«, sagte er zu Pia, dann schrie er: »Bleiben Sie stehen, Kampmann! Das hat doch keinen Sinn!«

Der Reitlehrer reagierte nicht und lief weiter.

»Ich versuche, ihm den Weg abzuschneiden«, sagte Pia und rannte den Fußgängerweg weiter. Bodenstein nickte und brach durch das Unterholz. Der Schweiß lief ihm in Strömen über das Gesicht, das Hemd klebte nass an seinem Rücken. So ein Irrsinn, bei diesen Temperaturen! Zweige klatschten ihm gegen Arme und Beine, er stolperte beinahe über einen verfaulten Baumstumpf und strauchelte – aber das war sein Glück. Unmittelbar vor seinen Füßen tat sich ein steiler Abhang auf, und dort unten lag Kampmann! Bodenstein ging in die Hocke und rutschte durch das trockene Laub vom letzten Jahr hinunter in den beinahe zugewucherten Steinbruch. Sein Herz schlug wie rasend gegen seine Rippen, er schnappte nach Luft, als er unten ankam, doch Reitlehrer Kampmann ging es noch erheblich schlechter als ihm. Er kauerte mit blutüberströmtem Gesicht benommen da, hielt seinen linken Arm umklammert und war in einem kaum besseren Zustand als das Pferd, das er an der »Viehweide« zurückgelassen hatte.

»Ich verhafte Sie«, keuchte Bodenstein, »wegen Mordes an Isabel Kerstner.«

An der »Viehweide« hatte sich der Menschenauflauf eine Dreiviertelstunde später verzogen. Kampmann war mit einem Rettungswagen nach Hofheim ins Krankenhaus gebracht worden, eskortiert von zwei Polizeibeamten, um jeden weiteren Fluchtversuch zu vereiteln. Bodenstein hielt Ausschau nach dem Pferd, das der Reitlehrer beinahe zu Schanden geritten hätte. Zu seinem Erstaunen erblickte er Dr. Rittendorf, der an der geöffneten Kofferraumklappe seines Autos stand.

»Na, Herr Kommissar«, sagte der Tierarzt spöttisch. »Haben Sie Ihren Mörder dingfest gemacht?«

»Das wird sich herausstellen«, erwiderte Bodenstein reserviert. »Wie geht es dem Pferd?«

Rittendorf warf ihm einen schwer zu deutenden Blick mit einer Mischung aus Argwohn und Neugier zu.

»Wir bringen den alten Burschen in die Klinik«, der Tierarzt schob mit dem Zeigefinger seine Brille zurück auf die Nasenwurzel und steckte sein Stethoskop in die Jackentasche, »ich denke, dass wir ihn wieder auf die Beine bekommen.«

»Das ist gut«, sagte Bodenstein.

»Haben Sie im Zuge Ihrer Ermittlungen ein Herz für Pferde entdeckt?«, fragte Rittendorf, nicht ohne Sarkasmus.

»Nein, das hatte ich schon immer«, sagte Bodenstein. »Ich bin mit Pferden aufgewachsen.«

»Ach ja«, Rittendorf taxierte ihn, »Inka hat so was erzählt. Sie sind der Bruder von Quentin Bodenstein. Richtig?«

Bodenstein nickte. Sie hatten über ihn gesprochen, Inka und ihre Kollegen. Natürlich.

»Sie sind vielleicht gar nicht so übel«, sagte Rittendorf.

»Woraus schließen Sie das?«, nun war es an Bodenstein, sarkastisch zu sein. »Weil ich der Bruder von Quentin bin, oder weil ich Pferde mag?«

»Weder noch«, Rittendorf schüttelte den Kopf. »Sondern daraus, wie Sie sich für Michas Tochter eingesetzt haben.«

»Das ist mein Job.«

»Nein, Marie hätte für Ihre Ermittlungen keine Rolle gespielt.«

»Wie auch immer. Allerdings ist es auch mein Job, in einem Fall von Selbstjustiz zu ermitteln, der sich erst kürzlich ereignet hat.«

Rittendorf schloss die Kofferraumklappe und lehnte sich dagegen.

»Sie können nichts beweisen«, er verschränkte die Arme vor der Brust und machte sich nicht die Mühe zu leugnen.

»Freiheitsberaubung und schwere Körperverletzung sind keine Kavaliersdelikte.«

Die beiden Männer sahen sich an.

»Ich dachte gerade, dass ich Sie eigentlich doch ganz sympathisch finde«, Rittendorf stieß sich von seinem Auto ab und lächelte dünn, »aber ich habe mich wohl geirrt. Sie können nicht aus Ihrer Haut.«

»Es gibt Gesetze, die jeder achten muss. Wenn alle Menschen so handeln würden, wie Sie es getan haben, hätten wir die pure Anarchie.«

Rittendorf zog die Augenbrauen hoch.

»Beweisen Sie mir, dass ich es war, und ich werde dafür geradestehen.«

Bodenstein fuhr noch einmal zurück nach Gut Waldhof, während Pia im Hofheimer Krankenhaus bei Kampmann ausharrte, um zu verhindern, dass der Mann ein zweites Mal die Flucht ergriff. Er fand den Parkplatz beinahe leer und das Haus der Kampmanns mit weit geöffneter Haustür. Neben dem Geländewagen mit dem angehängten Pferdehänger stand ein silberner Golf. Ohne sich mit Klingeln oder Rufen aufzuhalten, betrat Bodenstein das Haus und überraschte Frau Kampmann im Büro. Ungeschminkt, das Haar zu einem schlichten Pferdeschwanz gebunden und mit einem grauen Pullover bekleidet, war die Frau des Reitlehrers kaum wiederzuerkennen. Sie saß am Computer, als Bodenstein mit einem Räuspern auf sich aufmerksam machte. Die Frau fuhr wie von der Tarantel gestochen herum und starrte ihn aus weit aufgerissenen Augen an.

»Herrgott, haben Sie mich erschreckt!«, stieß sie hervor und drückte rasch eine Taste, um das Programm, mit dem sie arbeitete, zu verlassen. Bodenstein hatte jedoch schon gesehen, dass sie mit Online-Banking beschäftigt gewesen war.

»Ich wusste nicht, dass Sie zu Hause sind«, erwiderte Bodenstein. Frau Kampmann stand auf und lehnte sich gegen den Schreibtisch, die Arme vor der Brust verschränkt. Ihr Blick glitt über Bodensteins verschmutzte und blutverschmierte Kleidung.

»Interessiert es Sie, wo sich Ihr Mann gerade aufhält?«, fragte er.

»Haben Sie ihn erwischt?« Ihre Besorgnis hielt sich sehr in Grenzen. Susanne Kampmann schien keinen großen Anteil mehr am Schicksal ihres Mannes zu nehmen, dafür wirkte sie nervös. Ihre übertriebene Fröhlichkeit war verschwunden, und das erste Mal, seitdem Bodenstein sie kannte, wirkte die Frau wie ein echter Mensch.

»Ja«, erwiderte Bodenstein, »das haben wir. Er hat sich verletzt und ist jetzt in Hofheim im Krankenhaus.«

Es war nicht zu erkennen, ob diese Nachricht Frau Kampmann erschütterte oder nicht, denn ihr Gesicht war vollkommen ausdruckslos, unbewegt wie das einer Marmorfigur, nur ihre Augen huschten hin und her. Bodenstein bemerkte, dass ihre Hand verbunden war.

»Haben Sie sich auch verletzt?«, fragte er.

»Ich habe mich geschnitten«, Frau Kampmann zog den Ärmel ihres Pullovers über den Verband.

»Der Zustand Ihres Mannes scheint Sie nicht besonders zu berühren«, bemerkte Bodenstein. »Habe ich Sie übrigens bei einer wichtigen Arbeit unterbrochen?«

»Ich mache die Abrechnung für die Leute, die gestern hier ausgezogen sind«, log Frau Kampmann, ohne rot zu werden.

»Während Ihr Mann von der Polizei gejagt wird, weil er des Mordes verdächtigt wird, setzen Sie sich in aller Seelenruhe ins Büro und machen Abrechnungen?«, fragte Bodenstein ungläubig. Sein Blick wanderte zu dem hoffnungslos überladenen Schreibtisch, dort erblickte er unter einem Haufen von Papieren einen Stapel Bargeld. Plötzlich dämmerte ihm, was die Frau wirklich tat. Sie hatte ganz sicher keine Abrechnungen gemacht. Offenbar hatte sie nicht damit gerechnet, dass so bald die Polizei wieder auftauchen würde.

»Das kann ich ja nicht wissen«, entgegnete Frau Kampmann schnippisch. »Als ich nach Hause kam, stand die Tür sperrangelweit auf, und im Hof lagen Umzugskisten. Von meinem Mann keine Spur.«

Sie verzog abfällig das Gesicht, und die Verachtung in ihrem Blick war abgrundtief.

»Er könnte jetzt Ihre Hilfe gebrauchen«, sagte Bodenstein.

»Ich habe ihm oft genug geholfen«, antwortete die Frau des Reitlehrers. »Jetzt kann er sich selber aus der Misere befreien, in die er sich manövriert hat. Es ist mir egal.«

Mit einem Mal wusste Bodenstein, dass Frau Kampmann ihren Mann hasste, weil er die perfekte Fassade der harmonischen Familie, die für sie so lebenswichtig gewesen war, durch sein Techtelmechtel mit Isabel zerstört hatte.

»Vielleicht erzählen Sie mir jetzt einmal, was sich am Samstag vor vierzehn Tagen wirklich abgespielt hat«, sagte er, und zu seiner Verblüffung kam Frau Kampmann ohne Umschweife zur Sache.

»Mein Mann hat Isabel umgebracht«, sagte sie, »weil sie nichts mehr von ihm wissen wollte.«

»Woher wissen Sie das?«, fragte Bodenstein. »Hat Ihr Mann Ihnen das erzählt?«

»Spielt das eine Rolle? Sie sollten froh sein, dass Sie den Mord aufgeklärt haben«, Frau Kampmann schob sich mit einer fahrigen Bewegung das Haar, aus dem am Ansatz die Blondierung ein paar Zentimeter herausgewachsen war, hinter das Ohr. Ohne Schminke wirkte ihr Gesicht grob und gewöhnlich.

»Ich denke schon, dass es eine Rolle spielt«, erwiderte Bodenstein.

»Mein Mann hat mich für blöd gehalten«, ihre Stimme wurde bitter. »Er hat geglaubt, ich würde nicht mitbekommen, wie scharf er auf dieses blonde Flittchen war. Er hat mir gesagt, er hätte das ganze Geld bei Aktiengeschäften verloren, dabei wollte er ein Haus in Irland kaufen. Da wollte er mit ihr hin.«

Sie lachte kurz und gehässig.

»Aber dann hat sie ihn abserviert, eiskalt. Weil sie nämlich keine Lust hatte, mit einem Langweiler wie ihm im verregneten Irland herumzusitzen«, sie zuckte die Schultern. »Es war für Roberts Eitelkeit ein schwerer Schlag, als er erkennen musste, dass er für sie nichts anderes als ein Zeitvertreib gewesen ist. Und dann drohte sie ihm noch damit, seine Geschäftchen hier im Stall auffliegen zu lassen. Als er kapierte, dass er keine Chance mehr bei ihr hatte, begann er sie zu hassen.«

»So sehr, dass er sie tötete?« Bodenstein blieb misstrauisch, trotz Kampmanns Verhaftung.

»Gekränkte Eitelkeit«, Frau Kampmann schnaubte verächtlich. »Und genauso gekränkt war die Jagoda. Die konnte Isabel nie leiden. Es war ganz aus, als sie erfuhr, dass Isabel auch ihren Mann in ihr Bett gezerrt hat.«

»Sie wusste gar nichts davon«, sagte Bodenstein, aber da lachte Frau Kampmann ihn regelrecht aus.

»Natürlich hat sie es gewusst. Mein Mann und sie haben Mordpläne geschmiedet. Sie haben ihr aufgelauert.«

»Ihr Mann hat Isabel zusammen mit Marianne Jagoda getötet?« Bodenstein richtete sich auf.

»So ist es«, Frau Kampmann nickte. »Sie haben sie von diesem Turm gestoßen.«

Bodenstein blickte die Frau nachdenklich an. Frau Kampmann wusste nicht, wie Isabel Kerstner wirklich gestorben war.

»Sie haben mir gesagt, dass Sie Ihren Mann schlafend auf

der Couch angetroffen haben, als Sie nach Hause gekommen sind. Wie viel Uhr war es?«

»Halb zwei, ungefähr«, Frau Kampmann hielt seinem Blick stand, ohne mit der Wimper zu zucken.

»Und wann haben Sie davon erfahren, dass Ihr Mann und Frau Jagoda Frau Kerstner getötet haben?«

»Genau weiß ich's nicht. Letzte Woche irgendwann.«

»Von wem?« Bodenstein verlagerte vorsichtig sein Gewicht.

Jeder Muskel und jeder Knochen in seinem Körper schmerzte höllisch.

»Ich hab's erfahren. Fertig. Aus.«

»Ich würde gerne Ihr Alibi überprüfen. Können Sie mir die Telefonnummer und die Adresse Ihrer Eltern geben?«

»Aber selbstverständlich«, Frau Kampmann lächelte frostig. Sie drehte sich um, ergriff einen Kugelschreiber und kritzelte etwas auf einen Zettel. Bodensteins Handy summte. Auf dem Hof bellte ein Hund, das Bellen verwandelte sich dann aber in ein freundschaftliches Jaulen. Frau Kampmann blickte aus dem Fenster, und Bodenstein nahm das Gespräch entgegen. Es war Pia. Er wandte sich ab.

»Ich kann jetzt nicht«, sagte er leise, »ich rufe gleich zurück.«

Aus den Augenwinkeln nahm er eine Bewegung wahr. Als er aufblickte, stand Pferdepfleger Karol wie aus dem Boden gewachsen mit ausdruckslosem Gesicht vor ihm. In der Hand hielt er einen Baseballschläger. Bodenstein wich zurück, das Herz schlug ihm bis in den Hals.

»Gib dein Handy!« Karol streckte die Hand aus. Bodenstein erkannte, dass er keine Möglichkeit zur Flucht hatte. Karol war ein Riese von einem Kerl, dazu durchtrainiert bis in die Fingerspitzen, während ihm selbst jeder Millimeter seines Körpers höllisch weh tat.

»Machen Sie keinen Unsinn«, beschwor er Frau Kampmann, aber die lächelte nur kalt. Karol griff unter Bodensteins Sakko, zog seine Dienstwaffe aus dem Schulterhalfter und reichte sie Frau Kampmann. Dann stieß er ihn auf einen der Bürostühle, zwang ihm die Arme auf den Rücken und fesselte ihm mit Paketklebeband die Handgelenke und die Füße.

»Sie machen einen gewaltigen Fehler, Frau Kampmann«, rief Bodenstein und hoffte verzweifelt, dass die Frau des Reitlehrers so klug sein würde, ihn nicht zu erschießen. Wie hatte er nur in eine solche Situation geraten können?

»Halt die Klappe!«, knurrte der Pferdepfleger und klebte ihm kurzerhand einen Streifen Paketband über den Mund. Da er mit dem Gesicht zur Wand auf dem Stuhl saß, konnte er nur hören, was sich hinter seinem Rücken abspielte.

»Beeil dich«, hörte er die Stimme von Frau Kampmann, »wir müssen hier endlich weg, bevor einer auftaucht!«

»Hast du alles fertig?«, erwiderte Karol.

»Ja, ja ...«

Das war das Letzte, was Bodenstein hörte, denn ein unerwarteter Schlag traf ihn so heftig auf den Hinterkopf, dass er nur noch Sternchen sah und das Bewusstsein verlor.

Wie durch einen Nebel hörte Bodenstein eine Stimme. Als er die Augen aufschlug, blickte er in das besorgte Gesicht einer ältlichen Frau. Er sah alles doppelt und brauchte ein paar Sekunden, um sich daran zu erinnern, wo er überhaupt war.

»Können Sie mich hören?« Die Frau war aufgeregt und durcheinander. »O mein Gott, wie entsetzlich, das alles. Was soll ich denn bloß machen?«

Bodenstein rollte mit den Augen und hoffte, dass die Frau so schlau sein würde, ihn zu befreien. Mit hysterischem Gegacker entfernte sie das Klebeband von seinem Mund, was höllisch weh tat, dann schnitt sie mit einer Schere die Fesseln an seinen Hand- und Fußgelenken durch.

»Vielen Dank«, Bodenstein holte erst einmal tief Luft und rieb benommen seine Handgelenke. Wie lange hatte er hier ohnmächtig gesessen? Vor den Fenstern war es schon fast dunkel.

»Was geht denn nur hier vor?« Die Stimme der Frau war unangenehm schrill. »Und was ist mit meinem Pferd?«

Bodenstein erinnerte sich, dass er die rundliche Frau heute schon einmal gesehen hatte. Ihr gehörte das Pferd, auf dem Kampmann geflüchtet war.

»Ihr Pferd ist in der Pferdeklinik in Ruppertshain«, sagte er und erhob sich. »Wissen Sie, wie viel Uhr es ist?«

»Gleich halb neun«, erwiderte die Frau vorwurfsvoll. »Ich bin ganz allein auf dem Hof. Hier ist ja gestern der halbe Stall ausgezogen. Ich weiß gar nicht, was los ist.«

»Haben Sie Frau Kampmann gesehen?«

»Nein«, die Frau schüttelte den Kopf, »aber ihr Auto ist nicht da. Wahrscheinlich ist sie wieder mal einkaufen.«

Mit unsicheren Schritten schleppte Bodenstein sich zum Schreibtisch. Sein Kopf dröhnte, alles drehte sich vor seinen Augen. Er tastete nach seinem Handy und musste feststellen, dass es nicht mehr da war. Mit einem Fluch ließ er sich auf den Stuhl sinken. Das Bargeld, das auf dem Schreibtisch gelegen hatte, war verschwunden, der Tresor, der sich in der Wand zwischen den Regalen befand, stand sperrangelweit offen und war leer. Frau Kampmann und Karol hatten gründlichen Kassensturz gemacht und waren wahrscheinlich bereits über alle Berge.

»Ist das hier Ihr Handy?«

Er blickte auf.

»Das lag im Hof«, die Frau reichte ihm das Mobiltelefon. Bodenstein bedankte sich. Das Telefon hatte zwar einen

Sprung im Display, aber es funktionierte noch. Er tippte die Nummer von Pia ein, doch es meldete sich nur ihre Mailbox. Kein Wunder, in Krankenhäusern hatten Mobiltelefone keinen Empfang.

»Was soll ich denn jetzt machen?«, fragte die Frau.

»Fahren Sie zu Ihrem Pferd«, schlug Bodenstein vor und stand auf. Eigentlich sehnte er sich nur noch nach einem heißen Bad und seinem Bett, aber vorher musste er dringend mit Kampmann sprechen. Er verließ das Haus und ging zu seinem BMW, um über Funk die Fahndung nach Frau Kampmann und Pferdepfleger Karol, die offenbar zu allem entschlossen und nun auch zu allem Unglück noch bewaffnet waren, einzuleiten.

Robert Kampmann lag benommen und bleich im Bett in einem Einzelzimmer. Man hatte ihm den Arm eingegipst und die Platzwunde am Kopf genäht. Ein Polizeibeamter saß auf dem Flur vor der Zimmertür.

»Ihre Frau hat mir ein paar interessante Sachen erzählt«, sagte Bodenstein, der sich kaum besser fühlte als der Mann, der vor ihm im Bett lag. »Sie sollten allmählich mit der Wahrheit herausrücken.«

Kampmann starrte ihn aus blutunterlaufenen Augen an.

»Kommen Sie schon, Kampmann«, Pia verzichtete auf eine förmliche Anrede. »Wir wissen, dass Sie am Abend des 27. August nicht zu Hause waren. Ihre Frau hat uns erzählt, dass Sie gemeinsam mit Marianne Jagoda Isabel Kerstner getötet haben.«

Der Reitlehrer holte tief Luft, seine aufgesprungenen Lippen zitterten. Mit dem ramponierten Gesicht, dem eingegipsten Arm und den durchscheinenden Schatten unter den Augen gab er ein Bild des Jammers ab, aber Bodenstein vermochte kein Mitleid mehr mit ihm zu empfinden.

»Auch gut«, sagte er nach einer Weile. »Sie müssen nichts sagen, womit Sie sich selbst belasten würden. Morgen werden Sie ins Untersuchungsgefängnis gebracht, und die Staatsanwaltschaft wird offiziell Anklage gegen Sie wegen Mordes an Isabel Kerstner erheben. Da kommen Sie nicht mehr raus.«

Kampmann presste die Lippen aufeinander. Er wandte den Kopf ab und machte eine hilflose Geste mit seiner unverletzten Hand. Die Ausweglosigkeit seiner Situation schien ihm plötzlich in ihrer ganzen Tragweite bewusst zu werden.

»Ich hab sie nicht umgebracht«, seine Stimme klang weinerlich. »Aber Sie glauben mir ja doch kein Wort.«

»Sie haben nicht ein einziges Mal die Wahrheit gesagt, sondern nur gelogen«, Pia beugte sich vor. »Weshalb sollten wir Ihnen diesmal glauben?«

Kampmann starrte in stummer Verzweiflung an die Wand.

»Sie verstehen das alles nicht«, sagte er schließlich mit tonloser Stimme, in die sich Bitterkeit mischte. »Sie wissen nicht, wie das ist, wenn man kein Geld hat. Sie kennen das erniedrigende Gefühl nicht, *arm* zu sein, umgeben von Leuten, die einfach mal so einen Porsche kaufen, die übers Wochenende nach New York fliegen und auf einer Auktion für eine halbe Million ein Pferd ersteigern können, ohne mit der Wimper zu zucken. Leute, die nicht darüber nachdenken, wenn sie einen Sattel für dreitausend Euro kaufen, obwohl ihr Kind kaum richtig auf dem Pferd sitzen kann!«

Er fuhr sich mit einer kraftlosen Bewegung über die Augen.

»Meine Frau hat hohe Ansprüche«, fuhr er fort, »und ich bin ein Versager. Nachdem die Reitanlage meiner Eltern zwangsversteigert wurde, wusste ich nicht, wie ich jemals meine Schulden bezahlen sollte, aber dann wendete sich ganz unerwartet alles zum Besseren. Ich lernte die Jagodas kennen, und sie boten mir die Gelegenheit, Geld zu verdienen. Ich habe nie gefragt, ob diese Geschäfte seriös waren oder nicht, ich wollte nur meine Schulden los sein. Sie kauften eine Reitanlage, stellten mich als Verwalter ein. Das erste Mal nach langen Jahren hatte ich keine Sorgen mehr. Wir hatten ein schönes Haus, zwei Autos, ich verdiente gutes Geld. Meine Frau konnte in Boutiquen einkaufen gehen, und ich war in der Lage, ihr schönen Schmuck zu schenken. Sie hielt endlich den Mund. Alle finanziellen Sorgen hatten sich in Luft aufgelöst.«

Kampmann seufzte abgrundtief.

»Ganz plötzlich«, flüsterte er, »war ich jemand. Die Leute respektierten mich. Sie liefen mir nach, fragten mich um Rat, ja, sie himmelten mich kritiklos an! Es hat ihnen nicht weh getan, mehr für ein Pferd zu bezahlen, als es in Wahrheit wert war, sie haben es ja nicht einmal bemerkt und waren zufrieden.«

»Ihre Frau behauptet, dass Isabel Sie erpressen und Ihren Kunden die Wahrheit über die Pferdegeschäfte erzählen wollte«, bemerkte Pia. »Das hätte Sie Ihren lukrativen Job gekostet, wenn Frau Jagoda davon erfahren hätte, oder nicht?«

»Ja, wahrscheinlich«, Kampmann seufzte.

»Und obwohl sie versucht hat, Sie zu erpressen, wollten Sie Ihre Familie verlassen und mit Isabel nach Irland gehen?«

»Das hat sich meine Frau so zusammengereimt«, Kampmann schüttelte den Kopf. »Ich hatte ihr gesagt, dass ich das Geld, das ich bei den Geschäften für Jagoda verdient hatte, verspekuliert hätte. Ich wollte nicht, dass sie es einfach so aus dem Fenster schmeißt. Dann kriegte meine Frau heraus, dass ich ein Haus in Irland kaufen wollte. Das hatte überhaupt nichts mit Isabel zu tun, aber meine Frau hat mir damit gedroht, Marianne Jagoda alles über meine Geschäfte zu sagen, wenn ich nicht auf der Stelle dafür sorgen würde, dass

Isabel aus dem Stall und aus unserem Leben verschwinden würde.«

»Und was haben Sie getan?«, fragte Pia.

Kampmann zuckte die unverletzte Schulter.

»Nichts. Ich dachte, Susanne beruhigt sich wieder, wenn Isabel erst in Argentinien ist.«

»Ach, Sie wussten davon?«

»Ja«, bestätigte Kampmann. »Isabel sagte mir, eine Heirat mit Dörings Sohn sei die Chance ihres Lebens. Der Mann sei steinreich, er könne ihr all das bieten, wonach sie sich sehnte. Sie bot mir sogar an, mit nach Argentinien zu kommen. Auf so einer großen Hazienda gäbe es sicher einen Job für mich.«

»Hat es Ihnen überhaupt nichts ausgemacht, dass Isabel einen anderen Mann heiraten wollte?«, fragte Bodenstein. »Ich hatte den Eindruck, dass sie Ihnen sehr viel bedeutet hat.«

Kampmann hob den Blick und starrte Bodenstein an. Seine Augen waren blutunterlaufen und glänzten stark.

»Ich habe sie gemocht«, antwortete er. »Sie hat mir viel geholfen, mich aber im Gegensatz zu allen anderen nie unter Druck gesetzt. Ich war gerne mit ihr zusammen, das war alles. Als Frau wäre sie mir viel zu anstrengend gewesen.«

»Weshalb waren Sie am Samstag noch einmal bei ihr?«, erkundigte sich Bodenstein.

»Ich habe ihr das Geld gegeben, das sie noch zu bekommen hatte«, flüsterte Kampmann, »und ich wollte sie davon überzeugen, nicht nach Argentinien zu gehen, denn ich fürchtete, sie würde niemals lebend dort ankommen.«

»Wieso das?«

»Sie hatte diese Fotos, mit denen sie Marianne Jagoda erpressen wollte. Ich habe sie angebettelt, es nicht zu tun, aber sie war fest davon überzeugt, die Jagoda würde ihr für die

Fotos einfach so zweihundertfünfzigtausend Euro geben und sie dann in Ruhe lassen.«

»Isabel hat Marianne Jagoda erpresst?«, fragte Bodenstein nach.

»Ja«, Kampmann nickte. »Irgendwie hatte sie herausgefunden, dass die Eltern von Marianne Jagoda damals nicht bei einem Unfall gestorben waren, sondern durch Brandstiftung. Sie bekam Fotos in die Hände, mit denen sie das angeblich beweisen konnte, und ging damit zur Jagoda. Die versprach ihr das Geld. Aber ich war mir ganz sicher, sie hatte niemals vor, Isabel wirklich Geld zu geben.«

Bodenstein und Pia blickten sich an. Wenn das stimmte, hatte Marianne Jagoda gelogen.

»Was spielte sich am 27. August wirklich ab?«, wollte Bodenstein wissen. Kampmann schloss für einen Moment die Augen, dann öffnete er sie wieder und begann leise zu sprechen.

»Als ich mittags nach Hause kam«, sagte er mit gepresster Stimme, »fiel meine Frau wie eine Furie über mich her. Sie wusste, dass ich bei Isabel gewesen war, und beschimpfte mich, dann fuhr sie wutentbrannt weg. Abends kam Isabel auf den Hof. Sie wollte mit ihrem Mann reden, aber der hat sie gar nicht beachtet. Dann versuchte sie, Döring zu erreichen. Ich sagte zu ihr, ich hätte ein ungutes Gefühl und sie solle sich auf gar keinen Fall mit der Jagoda treffen. Aber sie erwiderte, sie wolle noch das versprochene Geld haben, bevor sie am nächsten Morgen nach Buenos Aires fliegen würde. Da beschloss ich, hinter ihr her zu fahren, denn ich habe echt Angst um sie gehabt. Marianne Jagoda ist keine Frau, die sich erpressen lässt.«

Kampmann brach ab. Er brauchte eine Weile, bis er weitersprechen konnte.

»Ich fuhr also nach Ruppertshain, ging hoch zu Isabels Wohnung. Sie schrie mich an, sagte, sie brauche das Geld und ich würde ihr alles verderben«, Kampmann seufzte wieder. »Plötzlich standen Karol und die Jagoda in der Wohnung. Da war mir klar, dass ich recht gehabt hatte mit meiner Befürchtung.«

Kampmanns Stimme versagte, er kämpfte mit den Tränen. Sein eingefallenes Gesicht war wie versteinert. Bodenstein war zum ersten Mal, seitdem er ihn kannte, davon überzeugt, dass er die Wahrheit sagte.

»Ich bekam Angst«, flüsterte er. »Karol stürzte sich auf Isabel. Sie schrie, ich solle ihr helfen, aber ... aber das tat ich nicht. Ich stand einfach so da und habe gesehen, wie er sie umgebracht hat. Die Jagoda sagte zu mir, sie wisse alles über mich und Isabel. Wenn ... wenn ich mich in Zukunft wie ein deutscher Schäferhund benehmen würde, würde mir nichts passieren.«

»Wie ein deutscher Schäferhund?«, fragte Pia überrascht.

»Klappe halten und gehorchen.«

Er seufzte tief.

»Karol hat Isabel eine Spritze gegeben«, fuhr er dann fort, »die Jagoda sah zu. Dann sagte sie, sie müsse weg und ich solle Karol helfen, die Wohnung zu durchsuchen und anschließend gründlich zu reinigen. Wenn ich auch nur einen Ton über das, was ich gesehen hatte, sagen würde, würde mir dasselbe passieren wie Isabel. Daran habe ich keine Sekunde gezweifelt. Was hätte ich auch tun sollen? Isabel war tot.«

Für einen Augenblick herrschte Schweigen in dem Krankenzimmer. Kampmann atmete schwer. Die Erinnerung an jenen Samstagabend schien ihm schwer zu schaffen zu machen.

»Was passierte dann?«, fragte Bodenstein unerbittlich.

»Wir haben die Wohnung geputzt. Isabel hatte es ihnen ja leicht gemacht und alle Sachen schon für ihre Abreise am nächsten Tag in Koffer gepackt. Karol hat Isabels Leiche in eine Folie gewickelt und in die Tiefgarage getragen«, Kampmanns Stimme zitterte. »Er legte sie in den Kofferraum ihres Autos. Ich musste aufpassen, dass ihn niemand dabei überraschte. Er hat mich gezwungen, den Porsche auf einen Parkplatz in der Nähe zu fahren. Dort hat er Isabel aus der Folie ausgewickelt, ihr den Autoschlüssel in die Hosentasche gesteckt, sie wie einen Sack über die Schulter gelegt und auf diesen Turm getragen. Dann hat er sie hinuntergeworfen.«

»Und was haben Sie in dieser Zeit getan?«, fragte Pia. »Sie hätten weglaufen können.«

»Das habe ich auch versucht«, Kampmann lachte, aber es klang bitter. »Karol hat mich eingeholt und mir eins mit dem Baseballschläger verpasst. Daher das blaue Auge. Ich habe seitdem Angst um mein Leben. Wir sind zu Fuß zurück zum Zauberberg gelaufen und mit meinem Auto nach Hause gefahren. Ich habe zwei Flaschen Rotwein getrunken, um irgendwie meine Nerven zu beruhigen. Und das war's.«

»Glauben Sie ihm?«, fragte Pia ihren Chef, als sie wenig später durch die langen Flure hinunter zum Ausgang des Krankenhauses gingen.

»Ja, ich denke, so hat es sich abgespielt«, Bodenstein nickte nachdenklich. »Marianne Jagoda hat Isabel gehasst, außerdem musste sie befürchten, dass die Sache mit dem Mord an ihren Eltern rauskommt, über den sie sehr wohl Bescheid wusste. Sie hat Karol dafür bezahlt, dass er Isabel umbringt.«

»Aber woher hatte sie das Pentobarbital? Das kann man nicht so einfach in der Apotheke kaufen.«

»Das werden wir auch noch erfahren«, Bodenstein zuckte die Schultern und stöhnte auf, weil selbst diese Bewegung weh tat.

»Was haben Sie denn?«, fragte Pia besorgt.

»Ich habe überall Prellungen«, Bodenstein drückte auf den

Knopf des Aufzuges und überlegte, ob er seiner Kollegin von dem peinlichen Vorfall im Bad Sodener Krankenhaus erzählen sollte. Die Aufzugtür glitt zur Seite. Bodenstein ließ Pia den Vortritt und sah sie an.

»Wenn Sie mir schwören, es keiner Menschenseele zu erzählen, dann erzähle ich Ihnen von einem der peinlichsten Erlebnisse meines Lebens.«

Pia starrte ihn überrascht an, dann hob sie die Hand zum Schwur.

»Ich schwöre«, versicherte sie feierlich. Der Aufzug hielt im Erdgeschoss. Die Eingangshalle des Krankenhauses lag verlassen da, nur am Empfang saß ein junger Mann, der sich durch die Nachtschicht langweilte.

»Lassen Sie uns irgendwo eine Kleinigkeit essen gehen«, sagte Bodenstein. »Dann kann ich es Ihnen ausführlich erzählen. Aber wehe, Sie vergessen Ihren Schwur!«

Samstag, 10. September 2005

Es war stockdunkel, als Bodenstein hochschreckte, und er spürte, wie sein Herz aufgeregt gegen seine Rippen hämmerte. Regen trommelte dumpf auf die schrägen Dachfenster der Loggia des Schlafzimmers. Nachdem er gestern Abend kurz nach Mitternacht nach Hause gekommen war, hatte er noch mit Thordis Hansen telefoniert. Sie hatte ihm mit schadenfroher Belustigung vom spontanen Massenexodus der Einsteller von Gut Waldhof tags zuvor erzählt. Kurz darauf hatte Cosima vom Flughafen in Buenos Aires angerufen. Sie hatte ihm mitgeteilt, was sie über Philipp Döring alias Felipe Durango herausgefunden hatte. Der junge Mann hatte Ambitionen, in seinem neuen Heimatland in die Politik zu gehen, und kandidierte für den Posten des Gouverneurs in dem Bezirk, in dem seine Hazienda lag. Offenbar hatte er sich gedacht, dass ihm die Ehe mit einer schönen jungen Frau mehr Ansehen und Seriosität verleihen würde. Völlig erschöpft war Bodenstein daraufhin in einen tiefen Schlaf gefallen, aber nun war er hellwach. Der Digitalwecker zeigte an, dass es erst kurz nach vier Uhr morgens war, und er versuchte, sich daran zu erinnern, was ihn aufgeweckt hatte. Plötzlich fiel es ihm ein. Er richtete sich auf und tastete nach seinem Handy, dann drückte er die Wiederwahltaste. Es dauerte nur ein paar Sekunden, bis Thordis' Stimme erklang.

»Es tut mir leid, wenn ich Sie wecke«, sagte Bodenstein leise, »aber mir ist gerade etwas eingefallen.«

»Wie viel Uhr ist es?«, sie klang verschlafen.

»Zehn nach vier«, erwiderte Bodenstein, »aber Sie sagten doch, dass Sie nur drei Stunden Schlaf brauchen, oder?«

»Ha, ha«, murmelte Thordis undeutlich. »Was ist denn los?«

»Sie haben doch am Donnerstagnachmittag Marianne Jagoda in Kampmanns Haus gehen sehen, oder?«

»Was?«, sie schien verwirrt. »Wann?«

»Als ich am Donnerstag auf Gut Waldhof war, sind doch die Leute mit ihren Pferden ausgezogen, weil sie erfahren haben, dass Kampmann sie betrogen hat. Später tauchte Marianne Jagoda auf«, sagte er. »Können Sie sich zufällig daran erinnern, dass sie wieder weggefahren ist?«

Thordis, jäh aus dem Tiefschlaf gerissen, bemühte sich, ihre Gedanken zu ordnen.

»Ich weiß es gar nicht genau«, sie gähnte. »Der Geländewagen von ihr stand mitten im Hof, so, wie sie ihn immer hinstellt.«

Bodenstein stand auf, vorsichtig, um seine schmerzenden Muskeln nicht zu sehr zu belasten, und ging hinüber ins Badezimmer.

»Sind Sie noch dran?«, fragte er.

»Ja«, Thordis' Stimme klang jetzt deutlich wacher, »ich denke nach. Und jetzt erinnere ich mich auch. Das Auto stand den ganzen Nachmittag und Abend da. Es war ja ein unglaubliches Durcheinander. Ich war ungefähr bis um acht da, bis alle mit ihren Pferden abgereist waren.«

»Aber Frau Jagoda haben Sie nicht mehr gesehen?«

»Nein, stimmt«, erwiderte Thordis zögernd. »Aber ... Moment mal! Als ich zu meinem Auto ging, fuhr ihr Cayenne an mir vorbei. Karol saß am Steuer, aber ich habe dem keine größere Bedeutung beigemessen. Er fährt öfter die Autos von Jagodas in die Werkstatt oder zum Tanken.«

»Und wo ist er hingefahren?« Bodenstein war wie elektrisiert.

»Zu der neuen Reithalle, in der das Laufband steht«, sagte Thordis, »aber dann bin ich ja auch nach Hause gefahren. Keine Ahnung, was dann passiert ist. Wieso wollen Sie das eigentlich mitten in der Nacht wissen?«

»Marianne Jagoda ist seit Donnerstag spurlos verschwunden«, Bodenstein setzte sich auf den Rand der Badewanne. »Sie ist weder zu Hause aufgetaucht noch sonst irgendwo. Ihr Handy ist ausgeschaltet. Nach ihr, Frau Kampmann und diesem Karol läuft eine Großfahndung, aber bisher ergebnislos. Und ich vermute …«

Er brach ab. Ihm fiel das Messer ein, mit dem Frau Kampmann während ihres Gesprächs in der Küche so gedankenverloren gespielt hatte. Karol hatte einen Baseballschläger und mittlerweile auch seine Dienstwaffe. War es möglich, dass die beiden eine Mitwisserin getötet hatten, um sich dann mit deren Geld aus dem Staub zu machen?

»Was vermuten Sie?«, fragte Thordis.

»Ich muss nach Gut Waldhof«, sagte er.

»Jetzt? Um die Uhrzeit?«

»Ja«, Bodenstein ging zurück ins Schlafzimmer, um nach seinen Kleidern zu suchen.

»Ich komme auch hin«, sagte Thordis kurz entschlossen. »Ich bin in zwanzig Minuten am Stall.«

Es war die Stunde tiefster Dunkelheit, die der Morgendämmerung vorausgeht. Der Regen hatte aufgehört, es roch nach feuchter Erde und nassem Asphalt. Das große Tor, an das vor ein paar Tagen Friedhelm Döring gekettet worden war, stand weit offen. Da Kampmann nicht da war, hatte anscheinend niemand daran gedacht, es zu schließen. Ein Streifenwagen wartete bereits dort, und Thordis stieg aus ihrem Auto aus, als sie Bodensteins BMW erkannte. Zwei Polizeibeamte kamen quer über den Hof, begrüßten Bodenstein und warfen Thordis neugierige Blicke zu.

»Hier hat sich nichts gerührt«, meldete der eine Beamte.

»Wohin hat Karol das Auto gefahren?«, erkundigte sich Bodenstein bei Thordis.

»Dorthin«, sie wies auf das Tor der vorderen Reithalle. Zu viert gingen sie über den Rasen zu der Halle. Ein Bewegungsmelder sprang an, und ein greller Strahler erhellte die Dunkelheit. Die große Schiebetür der Halle war nicht abgeschlossen.

»Der Lichtschalter ist gleich rechts«, sagte Thordis. Wenig später flackerten die Neonröhren an der Decke des Hallenvorraums, in dem sich zwei provisorische Pferdeboxen, Heu- und Strohballen, das Trainingslaufband für die Pferde und einige landwirtschaftliche Maschinen befanden. Neben dem Laufband parkte das Golf-Cabrio, das am Vortag im Hof gestanden hatte.

»Das ist Frau Kampmanns Auto«, erklärte Thordis. Bodenstein zählte eins und eins zusammen und begriff, was geschehen war. Karol und Frau Kampmann waren nicht mit dem Golf geflüchtet, sondern mit dem Cayenne von Marianne Jagoda, der über Nacht genau an dieser Stelle gestanden hatte. Das bedeutete, dass Frau Jagoda hier irgendwo war. Und wahrscheinlich war sie tot.

»Geben Sie eine Fahndung nach dem Auto von Frau Jagoda heraus«, wies er einen der Beamten an. »Das Kennzeichen fängt mit HG an.«

»Stimmt nicht«, mischte Thordis sich ein. »Das Auto ist auf Gut Waldhof zugelassen. MTK-GW 17.«

Bodenstein blickte sie an und grinste.

»Kluges Mädchen«, sagte er. »Warum kommen Sie nicht zur Kripo? Wir brauchen Leute mit einer guten Beobachtungsgabe.«

»Das ›Mädchen‹ habe ich überhört«, antwortete Thordis würdevoll, aber ihr war deutlich anzusehen, dass sie sich geschmeichelt fühlte. Bodenstein rief ungeachtet der frühen Stunde bei Pia Kirchhoff an und beorderte sie nach Gut Waldhof, während sie die Halle verließen und den Parkplatz überquerten, um zum Haus der Kampmanns zu gelangen.

»Ich habe es mir gedacht«, murmelte Bodenstein. »Die Jagoda hat die Reitanlage nicht mehr verlassen.«

»Glauben Sie, dass sie tot ist?«, fragte Thordis beklommen.

»Das ist nicht auszuschließen«, Bodenstein nickte. »Wir sehen uns jetzt im Haus um. Ich habe das Gefühl, dass wir Frau Jagoda dort finden werden.«

Bodenstein ging die Stufen zur Haustür hinauf und stellte fest, dass sie zu war.

»Kriegen Sie die Tür auf?«, fragte er die beiden Polizeibeamten.

»Eigentlich nicht«, sagte der Jüngere, aber sein Tonfall verriet, dass es ein Kinderspiel für ihn war.

»Na los«, Bodenstein nickte ihm ermunternd zu, »ich gebe Ihnen den Befehl. Und dann warten wir auf meine Kollegin.«

Zehn Minuten später war Pia da, und sie betraten das Haus. Die Polizeibeamten machten überall Licht und kontrollierten jedes Zimmer. Auf den ersten Blick wirkte alles so ordentlich und aufgeräumt wie sonst auch, nur die aufgerissenen und geplünderten Kleiderschränke im Schlafzimmer zeugten von einer überstürzten Flucht.

»Frau Jagoda?«, rief Bodenstein immer wieder laut und horchte, aber es gab keine Antwort.

»Nichts anfassen«, warnte er Thordis, die nur nickte. Mit aufgerissenen Augen und angespannten Muskeln folgte sie Bodenstein, Pia und den beiden Streifenpolizisten durch das leere Haus. In der Küche herrschte Verwüstung. Zerschlagenes Porzellan lag auf dem Boden zwischen zertretenem Obst. Ein zweiter Streifenwagen hielt auf dem Hof vor dem Haus, das zuckende Blaulicht erlosch, und wenig später kamen zwei weitere Polizeibeamte ins Haus. Bodensteins Blick glitt über die Arbeitsfläche, den Tisch und den Fußboden. Der Abdruck einer halben Profilsohle erweckte seine Aufmerksamkeit. Pia hatte den seltsamen Abdruck ebenfalls entdeckt. Sie wechselten einen kurzen Blick. Wie kam ein Schuhabdruck zur Hälfte unter einen Küchenschrank?

»Rücken Sie mal den Schrank zur Seite«, bat er die Streifenpolizisten. »Ich schätze, dahinter finden wir, was wir suchen.«

Tatsächlich befand sich hinter dem Schrank eine Tür.

Bodenstein drückte die Klinke hinunter und sah eine steile Treppe, die in den Keller führte.

»Sie bleiben hier oben«, sagte er zu Thordis, die tapfer nickte. Bodenstein, Pia und zwei Polizeibeamte gingen die Treppe hinunter und gelangten in einen erstaunlich weitläufigen Keller. Links führte eine Tür zu den Sozialräumen der Reitanlage und zu einem Aufenthaltsraum. Rechts gab es einen großen Raum mit Regalen, die bis unter die Decke reichten.

Auch im Heizungskeller war nichts.

»Und jetzt?« Pia blickte ihren Chef an. »Hier ist niemand.«

Bodenstein verzog nachdenklich das Gesicht.

»Die Jagoda *muss* hier sein«, sagte er leise.

»Sie hatten einen ganzen Tag Zeit, sie woanders hinzubringen«, erinnerte Pia ihn. »Sie können sie erschossen und auf dem Misthaufen verscharrt haben. Immerhin hatten sie eine Waffe.«

»Danke, dass Sie mich daran erinnern«, sagte Bodenstein säuerlich. Die beiden Beamten, die ihnen gefolgt waren, untersuchten ergebnislos die Wände des großen Raumes. Bodenstein fluchte leise. Sie gingen zurück, und plötzlich fiel Pias Blick auf einen Kanaldeckel, der in den Betonboden vor dem Heizungskeller eingelassen war.

»Hier«, sagte sie und bedeutete einem Beamten, mit seiner Taschenlampe darauf zu leuchten. Sie bückte sich.

»Der Deckel wurde vor kurzem bewegt«, stellte sie fest. »Hier sind ganz frische Kratzspuren an den Rändern.«

Es dauerte einen Moment, bis sie geeignetes Werkzeug gefunden hatten, um den Deckel aus dem Boden zu stemmen.

Bodenstein leuchtete in das dustere Loch, in das eine Steigleiter führte. Feuchte, modrige Luft drang ihm entgegen. Bodenstein rümpfte die Nase. Es roch scharf nach Urin und Exkrementen.

»Die Zisterne«, sagte Pia. »Scheint kein Wasser drin zu sein. Sie oder ich?«

»Eigentlich heißt es ja Ladies first«, entgegnete Bodenstein, »aber diesmal gehe ich vor.«

Er kletterte die glitschige Leiter hinunter, gefolgt von Pia und einem der Beamten, und verzog angeekelt das Gesicht, als er im Lichtkegel der Taschenlampe Mäuse und Ratten weghuschen sah.

»Leuchten Sie mal durch den Raum«, wies er den Beamten an, ganz in Erwartung des Anblicks einer Leiche, aber dann holte er erstaunt Luft. Auf dem lehmigen Boden mit dem Rücken an der Wand saßen zerzaust und ziemlich mitgenommen Marianne Jagoda und Susanne Kampmann und blinzelten ins helle Licht der Taschenlampe. Während Frau Kampmann einem Häufchen Elend glich, schien Marianne Jagoda lediglich erbost über die wenig schmeichelhafte Lage, in der sie sich befand. Ohne fremde Hilfe kam sie auf die Beine und strich sich ihre Kleidung glatt.

»Na endlich«, ihre Stimme klang verächtlich. »Das wurde auch langsam Zeit. Sehr scharfsinnig scheinen Sie ja nicht zu sein.«

»Sie haben sich ja auch gut versteckt«, entgegnete Bodenstein sarkastisch und erntete dafür einen frostigen Blick.

Eine Stunde später lieferte Marianne Jagoda in einem Verhörraum auf dem Kommissariat in Hofheim ihren Verwalter, ohne mit der Wimper zu zucken, ans Messer.

»Wer hat Sie in dem Keller eingesperrt?«, fragte Bodenstein. »Was ist am Donnerstagnachmittag passiert?«

»Ich wurde am Donnerstag von einem unserer Einsteller angerufen«, erwiderte Marianne Jagoda und nippte geziert an einem Glas Wasser. »Er beschimpfte mich und drohte damit, mich zu verklagen, weil er von Kampmann betrogen worden sei. Daraufhin bin ich nach Gut Waldhof gefahren, um die Angelegenheit aufzuklären. Da hatten sie sich schon im Hof zusammengerottet und fielen über mich her.«

»Wer?«

»Fast alle Einsteller«, sie schnaubte verärgert. »Sie hatten herausgefunden, dass Kampmann sie alle beim Pferdekauf betrogen hat, und verlangten von mir Schadensersatz.«

»Wie hatten sie das auf einmal erfahren?«, erkundigte Pia sich. »Diese Betrügereien liefen doch wohl schon über Jahre hinweg.«

»Die Kampmann wollte ihrem Mann eins auswischen«, antwortete Marianne Jagoda, »deshalb hat sie den Einstellern brühwarm erzählt, was er getan hat. Als es mir gelungen war, ins Haus zu kommen, war sie gerade schwer in

Fahrt und überschüttete ihn mit den übelsten Beschimpfungen.«

»Und was tat er?«, fragte Pia nach.

»Nichts«, Marianne Jagoda zuckte geringschätzig die Schultern. »Er stand nur da wie ein begossener Pudel und ging dann einfach weg. Typisch für ihn. Konflikte lösen war noch nie seine Stärke.«

»Was geschah dann?«

»Ich versuchte, die Kampmann zu beruhigen«, sagte Marianne Jagoda mit wachsender Empörung, »aber die war ja völlig durchgedreht. Plötzlich ging sie auf mich los – mit einem Küchenmesser! Ich flüchtete Richtung Garten, da stürzte er sich auf mich. Als ich zu mir kam, lag ich in dem Loch.«

»Wer stürzte sich auf Sie? Kampmann?«

»Ach was! Dieser undankbare Zigeuner.«

»Wer?«

»Der *Stallknecht*!«, sie spie das Wort aus wie verfaulten Fisch.

»Vielleicht dachten die beiden, was schon einmal so gut geklappt hat, könnte auch ein zweites Mal funktionieren«, bemerkte Pia.

Marianne Jagoda warf ihr einen verständnislosen Blick zu.

»Wovon reden Sie?«, fragte sie.

»Von Isabel Kerstner«, erwiderte Pia, »die Sie mit Hilfe von Karol getötet haben.«

Marianne Jagoda musterte sie einen Moment, als sei sie nicht ganz bei Trost, dann lachte sie spöttisch.

»Ich habe dieses billige Flittchen nicht getötet«, sagte sie verächtlich.

»Wir wissen, dass Sie den Mord nicht selbst ausgeführt haben«, mischte sich Bodenstein ein. »Aber Sie haben jemanden zu diesem Mord angestiftet, und zwar Ihren Liebhaber Karol.«

Eine steile Falte erschien zwischen Marianne Jagodas Augenbrauen.

»Wieso sollte ich das tun?«

»Kampmann hat uns alles erzählt«, sagte Bodenstein. »Isabel Kerstner wollte Sie mit Fotos von Ihnen und Staatsanwalt Hardenbach erpressen, die beweisen, dass der Tod Ihrer Eltern damals kein Unfall war. Zum Schein gingen Sie auf die Erpressung ein, aber Sie hatten niemals vor, Isabel wirklich das Geld zu geben.«

Marianne Jagoda schien nicht im Geringsten eingeschüchtert.

»Ich weiß nichts von irgendwelchen Fotos«, behauptete sie und verschränkte die dicken Arme vor der Brust.

»Und warum waren Sie am Samstag vor vierzehn Tagen abends um sieben Uhr mit Isabel in deren Wohnung verabredet?«

»Ich wollte mir die Wohnung ansehen«, erwiderte Marianne Jagoda, ohne zu zögern. »Friedhelm Döring hatte mir die Wohnung zum Kauf angeboten.«

Für einen Moment waren Bodenstein und Pia sprachlos über die unverfrorene Dreistigkeit, mit der Marianne Jagoda log.

»Ich war selbst erstaunt, als Kampmann dort war und er und Karol sich auf Isabel stürzten«, fuhr die Frau fort. »Als ich merkte, was sie vorhatten, bin ich gegangen. Das Einzige, was Sie mir vorwerfen können, ist vielleicht unterlassene Hilfeleistung. Aber selbst damit haben Sie schlechte Karten. Karol und Kampmann waren zu allem entschlossen, ich musste also um mein eigenes Leben fürchten. Kein Staatsanwalt der Welt wird mir vorwerfen, dass ich geflüchtet bin.«

Ihr Blick wanderte von Pia zu Bodenstein, und sie wirkte sehr selbstzufrieden.

»Darf ich jetzt gehen?«, fragte sie. »Ich würde gerne ein Bad nehmen und frische Kleider anziehen.«

Bodenstein starrte sie an. Er zermarterte sein Gehirn nach einer Möglichkeit, sie festzuhalten, aber ihm fiel nichts ein.

»Das gibt's doch nicht«, sagte Pia, als Frau Jagoda den Verhörraum verlassen hatte.

»Nicht zu fassen«, pflichtete Bodenstein ihr bei. »Aber dummerweise hat sie recht: Wir können ihr die Erpressung durch Isabel genauso wenig nachweisen wie eine Anstiftung zum Mord. Solange dieser Karol nicht wieder auftaucht, steht Aussage gegen Aussage. Und Kampmann hat schlechte Karten, weil seine Fingerabdrücke in Isabels Auto sind.«

»Sie meinen, die Jagoda könnte ungeschoren davonkommen?«, fragte Pia empört.

»So, wie es im Moment aussieht, ja«, Bodenstein nickte niedergeschlagen. »Mit ihrem Geld wird sie sich die besten Strafverteidiger nehmen, und dann wird es schwierig.«

Susanne Kampmann saß aufrecht auf dem Stuhl und starrte hohläugig vor sich hin. Ihre zwanghaft gute Laune war verschwunden, sie hatte dunkle Schatten unter den Augen und sah krank aus.

»Was ist am Donnerstag passiert, als Frau Jagoda bei Ihnen im Haus war?«, fragte Bodenstein und betrachtete die Frau eingehend. Hätte er nicht gewusst, wer sie war, so hätte er sie nicht mehr wiedererkannt. Sie blickte auf. Ihre Augen waren glasig und starr. Alle Illusionen, die sie sich über ihr Leben und ihre Zukunft gemacht haben mochte, lagen in Trümmern.

»Sie kam anmarschiert und hat Robert niedergemacht wie

einen ungehorsamen Schuljungen«, sagte Frau Kampmann. »Ich bin auf sie losgegangen, sie wollte über die Terrasse flüchten, aber da wartete Karol und schlug sie nieder. Da lag sie dann, wie ein gestrandeter Wal, mit ihren Klunkern um den Hals.«

Frau Kampmann lachte gehässig bei der Erinnerung an die Situation.

»Robert hatte sich verdrückt, der Feigling. Karol hatte die Idee, sie zu beseitigen. Zusammen haben wir Moby Dick in die Zisterne geschleift.«

»Was geschah dann?«

»Am Freitag habe ich die Kinder nach der Schule zu meinen Eltern gebracht«, fuhr Frau Kampmann fort. »Als ich zurückkam, stand die Haustür offen, und die Umzugskartons stapelten sich im Pferdehänger. Da wusste ich, dass Robert abhauen wollte. Karol erzählte mir, dass Robert mit einem Pferd vor der Polizei geflüchtet sei. Wir beschlossen, die Gunst der Stunde zu nutzen, die Konten abzuräumen und das Bargeld mitzunehmen. Aber dann tauchten Sie auf.«

»Wären Sie tatsächlich mit Karol und dem Geld verschwunden?«, fragte Bodenstein. »Was war mit Ihren Kindern und Ihrem Mann?«

Susanne Kampmann warf Bodenstein einen düsteren Blick zu.

»Meine Kinder waren bei meinen Eltern. Und auf meinen Mann hatte ich eine wahnsinnige Wut. Ich habe alles für ihn getan, habe immer zu ihm gehalten, fünfzehn Jahre lang. Als Dank dafür betrügt er mich mit dieser Schlampe.«

Ihre Hände ballten sich zu Fäusten.

»Karol sagte, wir würden eine Weile untertauchen, bis sich hier die Wogen geglättet haben«, sagte Frau Kampmann mit bitterer Stimme. »Ich hatte hier alles so satt. Jeder hat mich nur ausgenutzt. Karol hat das Auto von der Jagoda aus der

Reithalle geholt und meins reingestellt. Ich gab ihm das Geld und wollte noch ein paar Sachen holen. Das Nächste, an das ich mich erinnere, war, dass ich neben der Jagoda in dem Loch saß.«

Mit einer Hand wischte sie ungeduldig die Tränen ab.

»Er hat mich auch nur angelogen«, sagte sie mit so viel Selbstekel in der Stimme, dass Bodenstein beinahe Mitleid empfand. »Robert wollte mich nicht mehr, das hat er mir gesagt. Karol hat so getan, als würde er mich mögen. Er hatte die Arbeit im Stall satt und schon lange keine Lust mehr, bei der Jagoda den Deckhengst zu spielen. Karol war ... so aufmerksam und hilfsbereit.«

Eine Weile herrschte Schweigen.

»Was geschah an dem Samstag, als Isabel Kerstner starb?«, fragte Pia. »Wir wissen, dass Ihr Mann dabei war, und wir sind davon überzeugt, dass Sie darüber auch Bescheid wissen.«

Frau Kampmann senkte den Blick.

»Frau Jagoda sagt, Ihr Mann und Karol hätten Isabel gemeinsam getötet. Ihr Mann behauptet das Gegenteil. Ohne die Aussage von Karol wird sich die Wahrheit nicht beweisen lassen. Da Frau Jagoda sich die besseren Anwälte leisten kann, sieht es schlecht aus für Ihren Mann.«

»Karol hat übrigens die besten Chancen, nie gefunden zu werden«, ergänzte Bodenstein. »Wir haben nämlich bei der Überprüfung seiner Arbeitspapiere festgestellt, dass diese genauso falsch waren wie der Name, den er angegeben hat.«

»Das bedeutet«, ließ Pia sich wieder vernehmen, »dass Ihr Mann und damit auch Sie und Ihre Kinder die Dummen sind, die alles allein ausbaden werden. Ihr Mann wird wegen Mordes lebenslang ins Gefängnis gehen, und ich glaube nicht, dass Marianne Jagoda Sie und die Kinder weiterhin auf Gut Waldhof wohnen lässt.«

In Frau Kampmanns Augen loderte unterdrückte Wut, aber sie schwieg.

»Was hat Marianne Jagoda mit dem Mord an Isabel Kerstner zu tun? Stimmt es, dass sie sich nur die Wohnung ansehen wollte und zufällig Zeugin wurde, wie Ihr Mann und Karol Isabel töteten?«

»Hat sie das gesagt?«, fragte Susanne Kampmann ungläubig.

»Ja.«

Die Frau schwieg einen Moment, dann platzte es aus ihr heraus.

»Das ist gelogen«, ihr Gesicht glühte vor Wut und Empörung.

»Ich weiß von Karol, dass es um diese Fotos ging, mit denen Isabel die Jagoda erpresst hat. Die Jagoda ging zum Schein auf die Erpressung ein, aber sie hatte längst beschlossen, dass Isabel sterben musste. Wenn man so viel Geld hat wie die Jagoda, dann kann man sich alles kaufen, auch einen Killer.«

Sie machte eine Pause, ihre Mundwinkel zuckten, und plötzlich hatte sie Tränen in den Augen.

»Marianne Jagoda glaubt, sie kann alle Menschen herumschieben wie Schachfiguren«, ihre Stimme klang mit einem Mal bitter. »Sie hat Gut Waldhof nur gekauft, um Robert zu kriegen. Wenn schon nicht ins Bett, dann wenigstens unter ihre Fuchtel. Sie war eifersüchtig auf mich, weil ich Roberts Frau war, dann hat sie Isabel gehasst und schließlich auch Robert. Jetzt will sie ihm den Mord an Isabel in die Schuhe schieben.«

»Wieso sollte sie das tun?«, hakte Pia nach.

»Aus Rache«, Susanne Kampmann zuckte die Schultern, »weil er sie nicht wollte, trotz ihres Geldes. Er war eine Fehlinvestition.«

»Aber er konnte ihr als Mitwisser doch gefährlich werden. Warum hat sie ihn am Leben gelassen?«

»Um zu sehen, wie er leidet. Die Jagoda ist total krank im Kopf. Ein fetter Minderwertigkeitskomplex auf zwei Beinen.«

»Wissen Sie, wie Isabel gestorben ist?«, fragte Bodenstein, und Susanne Kampmann nickte.

»Die Jagoda hatte alles genau geplant und an alles gedacht«, sagte sie. »Um den Verdacht auf Isabels Mann zu lenken, musste Karol aus seinem Auto zwei Ampullen Eutha entwenden. Das ist nicht sehr schwer, denn wenn die Tierärzte im Stall Pferde behandeln, schließen sie ihr Auto nie ab. Das weiß jeder. Die Jagoda hatte Karol genau gesagt, was er tun sollte. Er hat die beiden Ampullen also aus den Schubfächern in Kerstners Auto geholt, etwa eine Woche vor dem Mord an Isabel. Dafür hat er zwei Ampullen mit Wasser reingelegt, damit es Kerstner bei der Überprüfung seiner Bestände nicht auffällt, dass ein so gefährliches Mittel fehlt. Dazu hat er die Schildchen der echten Ampullen umgeklebt. Eine Handvoll Einwegspritzen und Kanülen wegzunehmen fällt schon gar nicht auf.«

Bodenstein erinnerte sich an den Tag in der Pferdeklinik, als er dabei zugesehen hatte, wie ein Pferd eingeschläfert wurde. Die erste Injektion, die Kerstner dem Pferd verabreicht hatte, hatte nicht gewirkt. Es war durchaus möglich, dass Frau Kampmann die Wahrheit sagte und in der Ampulle nur Wasser gewesen war.

»Das hat Karol Ihnen alles erzählt?«, fragte Pia jetzt. »Hat er Ihnen so sehr vertraut?«

»Ja, das hat er. Aber er war auch ziemlich sauer auf die Jagoda. Sie hatte ihm zweihunderttausend Euro versprochen und nicht gegeben. Er hat Isabel umgebracht und von diesem Turm geworfen, zweimal die ganze Wohnung geputzt und bis auf den Rohbau auseinandergenommen, weil sie diese Fotos haben wollte, er hat dreimal alle Koffer durchwühlt, die sie schon gepackt hatte – und dann lachte die Jagoda ihn aus. ›Pech für dich‹, hat sie zu ihm gesagt, ›Kampmann war dabei und hat alles gesehen.‹ Er sollte auch meinen Mann töten, bevor er das Geld bekam.«

»Warum hat er das nicht getan?«, wollte Bodenstein wissen. »Es konnte ihm doch egal sein.«

»Robert hat Karol immer fair und gut behandelt. Vielleicht hat er sich gedacht, er kriegt das Geld auch auf eine andere Art. Und so war es ja auch. Ich habe 1,5 Millionen Euro vom Konto von Gut Waldhof auf ein Konto in Litauen überwiesen.«

»Wieso war so viel Geld auf dem Konto der Reitanlage?«, fragte Pia erstaunt.

»Haben Sie das noch nicht gehört?«, Susanne Kampmann lächelte bitter. »Marianne Jagoda hat den Spaß an der Reitanlage verloren, nachdem nichts so lief, wie sie es sich ausgemalt hatte. Sie hat Gut Waldhof vor drei Tagen verkauft.«

Bodenstein und Pia wechselten einen raschen Blick. Das hatten sie wirklich nicht gewusst.

»Ich habe gewartet, bis das Geld da war«, sagte Susanne Kampmann, »dann hieß es handeln, denn die Jagoda hätte es nicht lange auf dem Konto stehenlassen. Zu dumm, dass es ausgerechnet an diesem Tag so ein Durcheinander gab.«

»Wissen Sie, wer der Käufer von Gut Waldhof ist?«, wollte Bodenstein wissen.

»Ja, natürlich weiß ich das«, Susanne Kampmann nickte. »Friedhelm Döring hat Gut Waldhof gekauft. Er war schon immer scharf darauf.«

Marianne Jagoda schien sich sehr sicher zu fühlen. Als Bodenstein und Pia eine halbe Stunde später an ihrer Haustür klingelten, öffnete sie im Bademantel und mit frisch gewaschenen Haaren.

»Sie schon wieder«, sagte sie und ließ die beiden einfach in der offenen Tür stehen. Bodenstein warf Pia einen kurzen Blick zu, dann folgten sie der Frau in die Küche ihres Hauses.

»Sie haben Gut Waldhof verkauft«, sagte Bodenstein, »warum?«

»Ich hatte keinen Spaß mehr daran«, Marianne Jagoda zuckte die Schultern und setzte sich an den Küchentisch, um eine Literpackung Mövenpick-Eis in sich hineinzulöffeln. »Und Döring wollte es unbedingt haben.«

»Für 1,5 Millionen Euro ist eine Reitanlage in der Lage ja auch ein Schnäppchen«, Bodenstein beobachtete, wie Frau Jagoda den Löffel sinken ließ.

»Wie kommen Sie auf diese Summe?«, fragte sie misstrauisch.

»Das ist die Summe, die Frau Kampmann vom Konto des Gutes auf ein Konto in Litauen überwiesen hat«, erwiderte Pia und ergötzte sich an dem Ausdruck der Fassungslosigkeit in Marianne Jagodas Gesicht.

»Ach, das wussten Sie noch gar nicht?« Pia tat scheinheilig. »Stimmt ja, Sie waren ja in der Zisterne eingesperrt, während Karol und Frau Kampmann Ihre Konten und den Tresor geplündert haben. Karol hat sich mit Ihrem Auto und dem Geld aus dem Staub gemacht.«

Frau Jagoda legte den Löffel mit einem Knall auf die Tischplatte. »So ein mieser, hinterhältiger Dreckskerl«, zischte sie erbost. »Was fällt diesem Schwein eigentlich ein?«

»Frau Kampmann sagte, Sie hätten Karol noch Geld geschuldet«, sagte Bodenstein.

»Ich?« Marianne Jagoda sprang auf. »Ich habe ihm weiß Gott nichts geschuldet! Wie kommt sie dazu, solche Behauptungen aufzustellen?«

»Na ja«, Bodenstein hob die Schultern, »das Geld und Ihr Auto sind auf jeden Fall weg. Da die Arbeitspapiere von Karol gefälscht waren, werden wir ihn wohl auch bei einer internationalen Fahndung nicht erwischen. Pech für Sie, Frau Jagoda.«

Marianne Jagoda starrte Bodenstein an, sie lief dunkelrot an, und ihre Augen funkelten vor Zorn.

»Pech für ihn«, sagte sie dann. »Ich weiß, wie er heißt und wo er herkommt. Ich habe seine echten Papiere damals behalten, als Döring ihm neue besorgt hat.«

»Wieso hat er das überhaupt getan?«

»Keine Ahnung. Ist mir auch egal. Ich will mein Geld und mein Auto zurück«, in ihrem rasenden Zorn über den Betrug und die erlittenen Demütigungen vergaß Marianne Jagoda alle Cleverness und tappte mitten in die von Bodenstein geschickt gestellte Falle. Sie stampfte wie ein wütender Elefant direkt ins Wohnzimmer, riss ein Bild von der Wand und schmetterte es auf den Boden. Es war ihr in ihrer Wut gleichgültig, dass die Polizei beobachtete, wo sich der geheime Tresor, der sogar bei der Hausdurchsuchung unentdeckt geblieben war, befand. Mit den Fingernägeln fuhr sie in eine kaum sichtbare Fuge im Putz und öffnete eine Klappe, hinter der sich ein Wandsafe verbarg. Nach kurzem Wühlen zog sie einen Umschlag hervor, sah kurz hinein und knallte ihn Bodenstein in die Hand.

»Hier«, schnaubte sie zornig, »verhaften Sie diesen miesen kleinen Dieb.«

»Das werden wir tun«, Bodenstein nickte, »allerdings muss ich Sie auch verhaften.«

»Mich?« Marianne Jagoda lachte schrill. »Das hatten wir doch schon. Verschwinden Sie aus meinem Haus, sonst zeige ich Sie an.«

Bodenstein griff in die Innentasche seines Sakkos.

»Hier«, sagte er, »ist der Haftbefehl gegen Sie. Ich verhafte Sie wegen Anstiftung zum Mord an Isabel Kerstner. Sie müssen nichts mehr sagen, was Sie belasten könnte, und Sie haben das Recht auf anwaltlichen Beistand.«

»Ihr könnt mir gar nichts beweisen«, sagte Marianne Jagoda höhnisch, »rein gar nichts.«

»Stimmt«, Bodenstein lächelte, »wir nicht. Aber Karol kann es. Und da wir dank Ihnen nun seine wahre Identität kennen, werden wir ihn finden und hierher bringen lassen. Er wird ganz sicher gegen Sie aussagen, oder zweifeln Sie daran?«

Da erst begriff Marianne Jagoda, zu welch gigantischem Fehler sie sich hatte provozieren lassen. Sie betrachtete Bodenstein aus schmalen Augen, dann gab sie sich fürs Erste geschlagen.

»Ich habe Sie unterschätzt, Herr Hauptkommissar«, gab sie zu, »aber erst mal müssen Sie ihn finden. Bis dahin komme ich gegen Kaution auf freien Fuß. Und dann sehen wir weiter.«

Sonntag, 11. September 2005

Pia saß in ihrem Büro und tippte den abschließenden Bericht in ihren Computer. Marianne Jagoda hatte die erste Nacht im Untersuchungsgefängnis hinter sich, Susanne Kampmann war ins Krankenhaus gefahren, um ihren untreuen, aber reumütigen Ehegatten abzuholen. Dr. Michael Kerstner und Anna Lena Döring hatten auf dem argentinischen Konsulat in Frankfurt die kleine Marie abgeholt. Friedhelm Döring war auf die Krankenstation ins Untersuchungsgefängnis Weiterstadt gebracht worden, in dem auch Hans Peter Jagoda untergebracht war. An seiner neu erworbenen Reitanlage würde er nicht viel Freude haben. Kestutis Dautartas, alias Karol, der in Wirklichkeit kein Pole, sondern Litauer war, war von der litauischen Polizei in seinem Heimatort Klaipéda verhaftet worden. Marianne Jagodas Cayenne hatte die Frankfurter Polizei in der Nähe des Hauptbahnhofs sichergestellt. In Karols Zimmer auf Gut Waldhof waren einige der Gepäckstücke gefunden worden, die Isabel Kerstner vierzehn Tage zuvor für ihre Reise in ihr neues Leben in Argentinien gepackt hatte. In einem der Koffer fand sich der fehlende Schuh, der Grund für die ersten Zweifel an einem Suizid gewesen war.

Pia grinste, als sie hörte, wie ihr Chef seinem Sohn detaillierte Anweisungen gab, was er im Haus und im Garten noch zu erledigen hatte. Sie wusste, dass Cosima am späten Abend aus Südamerika zurückkommen würde. Wenig später beendete Bodenstein das Telefonat und kam in Pias Büro. Er ließ sich auf den Besucherstuhl vor ihrem Schreibtisch fallen, verschränkte die Arme hinter dem Kopf und grinste sie an.

»Was ist?«, erkundigte Pia sich. »Sie sehen so zufrieden aus.«

»Bin ich auch«, gab Bodenstein zu, »hochzufrieden. Wir haben den Fall gelöst.«

»Sieht so aus«, Pia nickte und gab einen Druckbefehl. Sie streckte ihren verkrampften Rücken und gähnte hinter vorgehaltener Hand. Heute Nacht würde sie wie eine Tote schlafen und morgen erst um acht Uhr im Büro erscheinen.

»Was haben Sie heute Nachmittag vor?«, fragte Bodenstein.

»Um eins treffe ich mich mit meinem Noch-Ehemann«, erinnerte Pia ihn, »wieso fragen Sie?«

»Wir haben eine Einladung zu einem Grillfest bekommen«, sagte Bodenstein. »Raten Sie mal, von wem.«

»Keine Ahnung. Von Nierhoff?«

»Unsinn«, Bodenstein lächelte, »von Rittendorf. Sie feiern die Rückkehr von Kerstners Tochter. In der Pferdeklinik.«

»Und dazu haben sie uns eingeladen?« Pia nahm den Stapel Papier aus dem Drucker. »Ich fasse es nicht.«

»Sie werden mich doch nicht alleine dahin gehen lassen, oder?«

»Ist das ein dienstlicher Befehl oder moralische Erpressung?«, erkundigte sich Pia mit einem Lächeln und heftete den Abschlussbericht in einen Ordner.

»Weder noch«, Bodenstein wurde ernst, »Ihr Ehemann geht eindeutig vor. Aber eines möchte ich Ihnen noch sagen.«

»Und das wäre?«

»Es war unser erster gemeinsamer Fall«, erwiderte Bodenstein, »und ich möchte mich bei Ihnen für die gute Zusammenarbeit bedanken. Ich finde, wir beide sind ein gutes Team.«

Pia ließ sich nicht anmerken, wie gut ihr dieses aufrichtige Lob tat.

»Na«, sagte sie trocken, »das ist ja fast so gut wie das Bundesverdienstkreuz.«

Sie lächelten sich verständnisinnig an.

»So, und jetzt machen Sie Feierabend und treffen sich mit Ihrem Mann«, Bodenstein erhob sich. »Ich fahre aufs Grillfest.«

»Sie müssen noch den Abschlussbericht unterschreiben«, Pia schob die Papiere über den Schreibtisch, »dann dürfen Sie gehen.«

EPILOG

Im Hof der Tierklinik war ein großer Schwenkgrill aufgebaut, Tische und Bänke standen unter den Ästen der weit ausladenden Kastanie, und es duftete nach gegrilltem Fleisch. Bodenstein lächelte. Hier hatten sie früher sehr oft gegrillt, früher, als der alte Dr. Hansen noch gelebt hatte, und als Inka und er jung und Freunde ohne Hintergedanken gewesen waren.

»Hallo, Oliver«, Inka erhob sich von einer Bank, auf der sie neben zwei anderen Frauen gesessen hatte, und kam auf ihn zu. »Schön, dass du kommen konntest.«

»Ich habe mich über die Einladung gefreut«, erwiderte Bodenstein. »Wer ist denn der Gastgeber?«

»Wir alle«, Inka lächelte, es war ein befreites, fröhliches Lächeln.

»Dann ist das hier auch für euch alle«, Bodenstein drückte ihr die Flasche Champagner, die er noch schnell als Gastgeschenk aus dem Keller geholt hatte, in die Hand.

»Das wäre nicht nötig gewesen«, sagte Inka, »komm mit. Lass uns feiern und etwas über alte Zeiten quatschen.«

Sie ergriff seine freie Hand und zog ihn mit sich. Dr. Michael Kerstner war wie verwandelt. Die dunklen Ränder unter seinen Augen waren verschwunden, sein fröhliches Lachen verjüngte ihn um zehn Jahre. Von seiner kurzen, aber folgenreichen Begegnung mit Teddy zeugte nur noch eine schmale Narbe an der Augenbraue, ansonsten hatte er sich ausgesprochen gut und schnell erholt. Kerstner begrüßte Bodenstein mit einem herzlichen Händedruck und versicherte noch einmal seine Dankbarkeit. Die kleine Marie schien kein Trauma von ihrer Entführung davongetragen zu haben. Sie spielte mit ein paar anderen Kindern im Hof und machte einen genauso glücklichen Eindruck wie ihr Vater, der eigentlich gar nicht ihr Vater war. Auch Anna Lena Döring, in Jeans und kariertem Hemd und mit offenen Haaren, war eine andere geworden. Sie wirkte entspannt und schüttelte Bodenstein lächelnd die Hand.

Er wusste, dass ihr Leidensweg ein Ende gefunden hatte, denn ihr entmannter Mann würde eine sehr lange Zeit gefilterte Luft atmen. Außer der gesamten Belegschaft der Pferdeklinik waren Kerstners Eltern und Geschwister mit ihren Kindern da, ebenso wie die Familie von Anna Lena Döring und Valentin Helfrich mit Frau. Sylvia Wagner reichte Bodenstein die Hand und zwinkerte ihm komplizenhaft zu.

»Ich habe niemandem etwas gesagt«, raunte sie ihm zu.

»Ich weiß Ihre Diskretion zu schätzen«, erwiderte Bodenstein mit einem leicht gequälten Grinsen. Hinter dem Grill stand Thordis und winkte ihm lächelnd zu. Wenig später saß Bodenstein an einem der Tische, von Thordis fürsorglich mit einem Steak und einem Krug Bier bewirtet. Während er mit gutem Appetit aß und trank, dachte er über den gelösten Fall nach. Im Laufe der Ermittlungen war er in so viele Sackgassen geraten wie nur selten zuvor. Was hatten sie nicht alles hinter dem Mord an Isabel Kerstner vermutet, welche Motive und Komplotte hatten sie erwogen! Und dann stellte sich heraus, dass es weder um gewaltige Geldsummen noch um Menschenhändler oder sonst etwas Spektakuläres gegangen war, sondern ganz profan um Eifersucht, Rache und die Vertuschung einer Straftat. Ganz nebenbei hatten Bodenstein und seine Mitarbeiter die Deckel zu allerhand Kloaken geöffnet und den Mord am Ehepaar Drescher aufgeklärt.

Dazu hatten sie einen internationalen Ring von organisierten Menschenhändlern und ein ganzes Netz von Drogenkurieren enttarnt. Bodenstein erlaubte es sich, stolz auf sein Team zu sein. Nun waren die Staatsanwälte damit beschäftigt, Klarheit in die einzelnen Vorgänge zu bringen. Die Kollegen vom Dezernat für Wirtschaftskriminalität und Betrug waren im Einsatz, denn der Bankrott der JagoPharm und der Inhalt der Unterlagen, die Frau Döring Bodenstein übergeben hatte, zogen weite Kreise. Bodensteins Blick wanderte zu dem großen Holzkohlegrill, an dem drei Männer standen. Georg Rittendorf, Florian Clasing und Valentin Helfrich – die drei Freunde, Brüder einer Verbindung, die für einen Mitbruder und Freund alles getan hatten, sogar etwas höchst Ungesetzliches, ja Kriminelles. Bodenstein war fest davon überzeugt, dass es diese drei Männer gewesen waren, die Friedhelm Döring entführt und gefoltert und damit nicht nur Anna Lena das Leben gerettet, sondern auch ihren Freund Kerstner für erlittene Demütigungen und Qualen gerächt hatten. Auge um Auge, Zahn um Zahn. In diesem Augenblick wandte sich Rittendorf um, ihre Blicke trafen sich. Der Tierarzt sagte etwas zu seinen Freunden, dann kam er zu Bodenstein herüber und setzte sich ihm gegenüber an den Tisch.

»Ich habe Ihnen ein frisches Bier mitgebracht«, sagte er und lächelte.

»Oh, danke«, erwiderte Bodenstein, der seines gerade ausgetrunken hatte, »sehr aufmerksam.«

»Sie sehen nachdenklich aus«, stellte der Tierarzt fest, »dabei haben Sie Ihren Fall doch gelöst, sogar mehr als das.«

»Ja, der Fall ist gelöst«, Bodenstein nickte. »Ich habe nur gerade nachgedacht.«

»Das hört sich gefährlich an. Und worüber haben Sie nachgedacht?« Rittendorf warf ihm einen wachsamen Blick zu.

»Über Freundschaft ... im Allgemeinen und Besonderen.«

NELE NEUHAUS

Mordsfreunde

Kriminalroman

Weltbild

Für meine Schwester Claudia

Donnerstag, 15. Juni 2006

Es war Viertel vor acht in der Frühe, als Hauptkommissar Oliver von Bodenstein vom Summen seines Handys um die Aussicht auf einen freien Tag gebracht wurde. Als Leiter des Dezernats für Gewaltkriminalität bei der Regionalen Kriminalinspektion in Hofheim war er seit drei Jahren für die hässliche Seite der Menschheit zwischen Main und Taunus zuständig, zuvor hatte er zwanzig Jahre lang beim K11 in Frankfurt gearbeitet. Bodenstein richtete sich auf und tastete schlaftrunken nach seinem Handy. Cosima würde den ganzen Tag am Schneidetisch verbringen, um ihren neuen Dokumentarfilm in die Endfassung für die Premiere in drei Wochen zu bringen. Lorenz und Rosalie gingen längst ihre eigenen Wege und waren nicht mehr besonders erpicht darauf, Wanderungen oder Ausflüge mit ihrem Vater zu unternehmen. Also hatte er für heute freiwillig den Bereitschaftsdienst übernommen. Er griff nach dem Handy auf dem Nachttisch. Eine unterdrückte Nummer, auch das noch.

»Oliver, hier ist Inka Hansen. Entschuldige die frühe Störung.«

Dr. Inka Hansen war Tierärztin und eine Jugendfreundin von Bodenstein. Im vergangenen Jahr hatte er in einem Mordfall ermittelt, bei dem die Ehefrau von Inkas Kollegen Dr. Kerstner ermordet worden war – und so hatten sich ihre Wege wieder gekreuzt.

»Ich bin im Opel-Zoo in Kronberg«, erklärte Inka. »Die Tierpfleger haben eben etwas gefunden, das aussieht wie eine Hand. Eine echte.«

»Ich komme sofort«, sagte Bodenstein und setzte sich auf.

»Musst du weg?«, murmelte Cosima. Sie lag auf dem Bauch, das Gesicht halb im Kopfkissen vergraben. Ein Anruf zu ungewöhnlicher Zeit an einem Feiertag brachte sie längst nicht mehr aus der Ruhe. Dreiundzwanzig Jahre war es her, dass sie sich quasi zu Füßen eines Selbstmörders kennengelernt hatten – Bodenstein ein junger Kriminalkommissar bei seinem ersten Toten, sie, die Fernsehreporterin, die über den spektakulären Fall des Börsenmaklers, der sich in seinem Büro erhängt hatte, berichten wollte.

»Ja, leider«, Bodenstein küsste ihre schlafwarme Wange und machte sich gähnend auf den Weg ins Badezimmer. »Im Opel-Zoo liegt etwas, das wie ein Leichenteil aussieht.«

»Ach Gott«, sie rollte sich wenig beeindruckt unter ihrer Decke zusammen und war schon wieder eingeschlafen, als Bodenstein zehn Minuten später frisch rasiert und gekleidet die Treppe hinunterging.

Als er eine Viertelstunde später über den Bahnübergang in Kelkheim fuhr, rief er seine Kollegin Pia Kirchhoff an. Vor der Eisdiele San Marco sah die Straße aus wie ein Schlachtfeld. Schräg gegenüber befand sich eine ›Public Viewing Area‹ mit einer Großleinwand für die Fußball-Weltmeisterschaft, vor der gestern Hunderte begeisterter Zuschauer den knappen 1:0-Sieg der deutschen Nationalmannschaft über Polen erlebt und danach ausgiebig gefeiert hatten. Es dauerte beinahe eine Minute, bis sich Pia Kirchhoff meldete.

»Guten Morgen, Chef«, sie klang ein wenig atemlos, »ich habe heute frei! Erinnern Sie sich?«

»Sie *hatten* frei«, antwortete Bodenstein. »Im Opel-Zoo

haben sie eine menschliche Hand gefunden. Glauben sie zumindest. Ich sage der Spurensicherung Bescheid. Kümmern Sie sich um einen Arzt?«

»Ich habe gerade einen Fachmann in der Nähe«, sagte Pia Kirchhoff.

»Doch nicht etwa Dr. Henning Kirchhoff?« Bodenstein grinste.

»Nur damit Sie keine voreiligen Schlüsse ziehen«, Pias Stimme klang belustigt, »er hat mich heute Nacht lediglich bei der Geburtshilfe unterstützt.«

Kriminalkommissarin Pia Kirchhoff gehörte seit einem knappen Jahr zum Team des K11 der Regionalen Kriminalinspektion in Hofheim. Nach der Trennung von ihrem Ehemann Dr. Henning Kirchhoff, dem stellvertretenden Leiter der Frankfurter Rechtsmedizin, hatte sie sich einen Hof mit einem großen Grundstück in Unterliederbach gekauft, wo sie mit ihren Tieren lebte, und war in ihren alten Beruf bei der Kriminalpolizei zurückgekehrt.

»Geburtshilfe?« Bodenstein ging vom Gas, um nicht von der Kamera im Starenkasten stadtauswärts geblitzt zu werden.

»Mein zweites Fohlen ist letzte Nacht gekommen. Ein kleiner Hengst. Wir haben ihn ›Neuville‹ getauft.«

»Herzlichen Glückwunsch. Wieso ›Neuville‹?«

»Sie haben wohl mit Fußball gar nichts am Hut, Chef«, Pia lachte, »Oliver Neuville hat gestern in der Nachspielzeit das entscheidende Tor geschossen.«

»Aha«, Bodenstein fuhr durch Fischbach, folgte der abknickenden Vorfahrt und bog an der Ampel rechts in Richtung Königstein auf die B455 ab, »ich brauche Sie leider trotzdem. Vielleicht dauert es ja nicht lange.«

Mitten im Wald kurz vor dem Ortseingang von Schneidhain musste Bodenstein das Tempo verlangsamen und schließlich anhalten, denn die Straße war voller Menschen. Zuerst dachte er an einen Unfall, aber dann bemerkte er auf dem Waldparkplatz auf der rechten Straßenseite Dutzende von Autos. Mehrere Leute entrollten Plakate und errichteten Schautafeln. Bodenstein versuchte zu lesen, was darauf stand, und fuhr zusammen, als zwei Mädchen von etwa fünfzehn oder sechzehn Jahren an sein Autofenster klopften und ihm bedeuteten, dasselbe herunterzulassen.

»Was ist denn hier los?«, fragte Bodenstein.

»Eine Gemeinschaftsaktion vom BUNTE, der ALK und ULK«, sagte das eine Mädchen, eine langhaarige Brünette mit sorgfältig geschminkten Augen und makellos manikürten Acrylfingernägeln. »Wussten Sie, dass die Trasse der B8-Westumgehung vierspurig genau hier entlang führen soll?«

Sie wedelte mit einem Flugblatt vor seiner Nase herum.

Bodenstein beobachtete zwei Frauen, die ein Transparent entrollten. »DIE B8 ZERSTÖRT DIESEN WALD«, las er.

»Es werden dafür Tausende von Bäumen gefällt«, das zweite Mädchen war blond und trug zum bauchfreien »KEINE B8«-T-Shirt eine Jeans mit einem Gürtel mit Glitzerschnalle. »Wertvolle Biotope und intakte Wälder werden durchschnitten. Die Lärm- und Schadstoffbelastung für die Menschen in Königstein wird beträchtlich ansteigen.«

Bodenstein hörte mit einem Ohr zu, was ihm die Mädchen mit missionarischem Eifer erzählten. Er kannte die Argumente der B8-Gegner, hielt sich selbst aber weder für einen Gegner noch für einen Befürworter der geplanten »Taunus-Autobahn«.

Die Mädchen fuhren fort, ihn mit Zahlen und Fakten zu bombardieren.

»Ich habe es eilig«, unterbrach Bodenstein sie, »tut mir leid.«

»Klar, Ihnen ist unser Wald hier total egal!«, rief ihm die

Brünette verächtlich nach. »Hauptsache, Sie können mit Ihrem fetten BMW richtig Gas geben!«

»Na los, verpesten Sie die Luft ordentlich mit Kohlenmonoxid!«, ergänzte die Blonde. Bodenstein musste grinsen. Zu seiner Zeit waren jugendliche Naturschützer im Bundeswehrparka herumgelaufen, hatten sich Palästinensertücher um den Hals gebunden und mit Absicht tagelang die Haare nicht gewaschen. Die zwei bauchfreien Taunus-Törtchen, wie sein Sohn die Töchter gutsituierter Eltern aus Königstein und Umgebung spöttisch zu nennen pflegte, sahen aus, als hätten sie sich heute Morgen eine Stunde vor dem Spiegel für ihren Einsatz zurechtgemacht. Wahrscheinlich hatte die Mami sie mit ihrem blankpolierten Touareg oder Cayenne hergefahren. So änderten sich die Zeiten.

Hätte nicht im Opel-Zoo eine Hand auf ihn gewartet, so hätte er sich die Zeit genommen und den Gören erklärt, dass ihm die Zerstörung der Wälder keineswegs gleichgültig war. Kaum jemand kannte die Gegend besser als er, schließlich war er auf dem historischen Hofgut, das im Tal zwischen Ruppertshain, Fischbach und Schneidhain lag, aufgewachsen. Nachdem er selbst ein Jurastudium und später eine Karriere bei der Kriminalpolizei vorgezogen hatte, war es nun sein jüngerer Bruder Quentin, der die Familientradition fortsetzte und aus dem jahrhundertealten Gutshof ein beliebtes Ausflugsziel gemacht hatte. Und Quentin war von den wieder aktuellen Ausbauplänen der B8 nicht besonders angetan, sollte die neue Straße doch keine hundert Meter an Hofgut Bodenstein vorbeiführen.

Drei Minuten später hatte Bodenstein den Königsteiner Kreisel erreicht. Die großangelegten Umbauarbeiten waren für die Zeit der Fußball-Weltmeisterschaft ausgesetzt worden. An den Fahnenstangen rings um den Springbrunnen flatterten brasilianische Flaggen. Das ganze Städtchen Königstein war vor Freude außer sich gewesen, als sich die Nachricht verbreitet hatte, dass ausgerechnet die Weltstars der brasilianischen Fußball-Nationalmannschaft im Hotel Kempinski in Falkenstein Quartier beziehen würden. Jetzt war in ganz Königstein die Enttäuschung groß, weil sich keiner der südamerikanischen Fußballgötter irgendwo blicken ließ.

Dr. Christoph Sander, der Direktor des Opel-Zoos, war ungefähr Mitte vierzig, mittelgroß, kräftig, aber nicht dick. Sein Händedruck war fest, sein Blick direkt. In seinen dunklen Augen lag ein Ausdruck der Besorgnis.

»Ich hoffe, ich irre mich«, er deutete auf einen der Grashaufen in der Nähe, »aber ich fürchte, das Ding da ist wirklich eine Hand.«

Dr. Henning Kirchhoff zog ein Paar Latexhandschuhe aus der Tasche, streifte sie über und ging in die Hocke.

»Sie haben sich nicht geirrt«, sagte er nur Sekunden später zum Zoodirektor. »Das ist zweifellos die linke Hand eines Menschen. Sie wurde kurz oberhalb des Handgelenks abgetrennt. Und das nicht unbedingt mit chirurgischer Präzision.«

Kirchhoff fischte die Hand aus dem Gras und betrachtete sie genauer.

»Wer hat die Hand gefunden?«, fragte Bodenstein.

»Der Elefantenpfleger«, erwiderte Sander. »Er hat die Tiere wie jeden Morgen aus dem Stall ins Gehege gelassen, nachdem er das Gras verteilt hatte. Dass irgendetwas nicht in Ordnung ist, hat er erst gemerkt, als die Elefanten unruhig wurden.«

»Was meinen Sie«, wandte Bodenstein sich an Dr. Kirchhoff, »wie lange ...«

»Ich hoffe, Sie fragen mich jetzt nicht nach einem exakten Todeszeitpunkt«, unterbrach der Rechtsmediziner ihn und betrachtete nachdenklich den Stumpf, an dem die Hand über dem Handgelenk abgetrennt worden war.

»Gehörte die Hand zu einem Mann oder zu einer Frau?«

»Eindeutig männlicher Herkunft.«

Bodenstein drehte sich beinahe der Magen um, als er sah, wie Kirchhoff mit dem Leichenteil umging, daran schnupperte und tastete. Er warf seiner Kollegin einen raschen Blick zu, aber Pia Kirchhoff betrachtete zu seiner Überraschung weder die abgetrennte Hand noch ihren Ehemann, sondern Zoodirektor Sander, der mit verschränkten Armen dastand und aussah, als kämpfe er mit einem Brechreiz.

»Wie lange werden Sie hier brauchen?«, wollte Sander wissen. »Um neun kommen die ersten Besucher, außerdem erwarten wir ein Team vom Fernsehen.«

»Die Spurensicherung müsste in ein paar Minuten da sein«, antwortete Bodenstein. »Wie kann die Hand hier in das Gehege gelangt sein?«

»Keine Ahnung«, der Zoodirektor zuckte die Schultern, »vielleicht mit dem Gras. Wir mähen jeden Morgen frisches Gras auf der Wiese oberhalb der Straße.«

»Das könnte eine Erklärung sein«, Bodenstein nickte nachdenklich. »Aber das würde auch bedeuten, dass es noch weitere Leichenteile geben könnte. Am besten, Sie lassen alle Grashaufen im Zoo von Ihren Leuten untersuchen.«

Sander nickte grimmig und marschierte wenig später in Begleitung von Kirchhoff und der Hand davon.

Um Punkt neun Uhr öffnete der Zoo seine Pforten, und die ersten Besucher strömten herein, vorwiegend Familien mit Unmengen kleiner Kinder im Schlepptau. Bodenstein und Pia blieben am Restaurant Sambesi zurück. Inka Hansen hatte ihn nur zu Sander geführt und sich dann zu Bodensteins Erleichterung ohne eine Anspielung auf das, was im letzten

Sommer geschehen war, verabschiedet. Seit ihrer letzten Begegnung waren knapp neun Monate vergangen. Heute konnte er nicht mehr verstehen, welcher Teufel ihn damals geritten hatte, aber er hätte Cosima zweifellos mit ihr betrogen, wenn Inka ihn nicht zurückgewiesen hätte. Er beobachtete die lange Menschenschlange, die sich vor dem Kassenhäuschen gebildet hatte, und fühlte sich um zehn Jahre zurückversetzt. Damals hatte er mit seinen Kindern gerne und häufig Ausflüge in den Opel-Zoo unternommen. In dem Moment summte sein Handy.

»Wir haben einen Fuß gefunden«, verkündete der Zoodirektor missvergnügt, »bei den Elchen. Rechts am Elefantengehege vorbei, dann links Richtung Waldlehrpfad. Ich warte auf Sie.«

»Ich bin das erste Mal im Opel-Zoo«, sagte Henning Kirchhoff, als er den Fuß in Augenschein nahm. »Das ist ja ein riesiges Gelände!«

»Zweihundertsiebzigtausend Quadratmeter«, Sander stemmte grimmig die Arme in die Seiten, »und überall können Leichenteile herumliegen. Ich habe den Streichelzoo sperren lassen. Es wäre ein Alptraum, wenn ein Kind den Kopf finden würde.«

Der Fuß steckte in einem abgetragenen braunen Lederslipper der Marke »Camel active«, Größe 44, und war oberhalb des Knöchels abgetrennt.

»Der Fuß wie auch der Arm wurden nicht mit einem glatten Schnitt abgetrennt, sondern eher abgerissen«, sagte Kirchhoff und betrachtete den abgetrennten Fuß genau, dann hob er den Kopf. »Kann ich mir das Mähwerk mal ansehen?«

»Ja, natürlich«, Dr. Sander blickte sich um. Die Zoobesucher strömten durch die Wege wie Blut durch die Adern eines menschlichen Körpers. In Kürze würden sie überall auf dem

Gelände unterwegs sein, an den Tiergehegen, auf dem Waldlehrpfad, den Grill- und Rastplätzen, der Kamelreitbahn, in den Toiletten. Nicht auszudenken, was geschah, wenn tatsächlich jemand ein Leichenteil fand! Sein Handy klingelte mit einer melodiösen Tonfolge.

»Ja?«, meldete er sich, dann hörte er einen Moment zu. Bodenstein beobachtete, wie sich Sanders Gesicht verdüsterte.

»Was gibt's?«, fragte er.

»So eine verdammte Scheiße!«, sagte der Zoodirektor aus tiefster Seele. »Ich glaube, ich lasse den Zoo räumen und sage dem Fernsehteam ab. Im Mufflongehege liegt auch etwas.«

Um halb elf wurde der inzwischen eingetroffene Leichenspürhund auf der Wiese oberhalb der B455 fündig. Bodenstein und Pia drängten sich durch die Menschenmenge, die vom Fußweg unterhalb der Wiese neugierig zugesehen hatte, wie eine Hundertschaft der Polizei Quadratmeter um Quadratmeter absuchte. Der Einsatzleiter erwartete sie mit dem Hundeführer nicht weit vom unteren Parkplatz entfernt.

»Eine männliche Leiche«, sagte er. »Und ein Fahrrad. Hier vorne, keine drei Meter von der Böschung zum Parkplatz entfernt.«

Es duftete würzig nach frisch gemähtem Gras. Stahlblau wölbte sich der Himmel über den dichten Mischwäldern des Taunus. Von der Wiese aus hatte man einen herrlichen Blick über die Kronberger Burg bis zu der in der Ferne glitzernden Skyline von Frankfurt. Ein friedlicher, schöner Junimorgen, viel zu schön, um eine verstümmelte Leiche anzuschauen. Bodenstein zog sich Latexhandschuhe an und trat zu der Leiche hin. Der Mann lag auf dem Bauch, zur Hälfte im hohen Gras. Er war mit einem khakifarbenen T-Shirt und Boxershorts bekleidet. Erwartungsgemäß fehlten der linke Arm bis zum Ellbogen und das linke Bein bis zum Knie, aber es war kein Blut zu sehen. Der Fotograf schoss Bilder aus allen Perspektiven, die Männer von der Spurensicherung suchten die Gegend um den Fundort nach verwertbaren Spuren ab.

»So wie es aussieht, werden Sie keine weiteren Teile in Ihrem Zoo finden«, sagte Dr. Kirchhoff zum Zoodirektor, der mit versteinerter Miene ein wenig abseits stand, »sonst scheint noch alles an ihm dran zu sein.«

»Da bin ich aber froh«, gab Sander sarkastisch zurück.

»Sollen wir ihn jetzt umdrehen?«, fragte einer der Männer von der Spurensicherung. Bodenstein nickte und hielt unwillkürlich die Luft an. Der Anblick des Toten war nichts für schwache Nerven. Die Hitze hatte den Verwesungsprozess begünstigt, Gesichtszüge waren kaum noch zu erkennen, Insekten und Ameisen hatten schon damit begonnen, das tote Gewebe zu besiedeln.

»Jesusmariaundjosef«, der Zoodirektor wandte sich ab und übergab sich in den Graben zwischen Wiese und Parkplatz. Bodenstein hatte das stabile Nervenkostüm und die Souveränität von Sander bisher bewundert. Der Mann hatte seine Mitarbeiter, den Zoo und sich selbst in einer Ausnahmesituation wie dieser gut im Griff. Im Fach Krisenmanagement hatte er fraglos eine Eins mit Sternchen verdient.

»Er hatte keine Papiere bei sich«, ließ sich Kirchhoff vernehmen, nachdem er die spärliche Bekleidung des Toten untersucht hatte. »Und die Leichenflecke lassen sich noch ein wenig wegdrücken, aber kaum noch.«

»Was bedeutet das?« Bodenstein drang süßlicher Verwesungsgeruch in die Nase, und er trat einen Schritt zurück.

»Er ist nicht länger als sechsunddreißig Stunden tot. Aber auch nicht viel weniger.«

Bodenstein rechnete nach.

»Das wäre irgendwann Dienstagabend gewesen«, sagte er.

»Geht es Ihnen gut?« Pia Kirchhoff sah den Zoodirektor besorgt an. Sander holte tief Luft und atmete wieder aus. Er war schneeweiß im Gesicht.

»Ich kenne den Mann«, sagte er mit gepresster Stimme und flüchtete im Sturmschritt von der Wiese über den Parkplatz. Pia holte ihn ein und erwischte gerade noch rechtzeitig seinen Arm, als er ohne nach rechts oder links zu schauen die stark befahrene Bundesstraße überqueren wollte. Sie riss ihn unsanft zurück. Ein silberner BMW rauschte nur wenige Zentimeter an ihnen vorbei, der Fahrer drückte auf die Hupe und zeigte ihnen einen Vogel.

»Jetzt beruhigen Sie sich erst mal«, sagte Pia. Sander atmete tief durch.

»Ich bin eigentlich nicht besonders zart besaitet«, sagte er dann, »aber das hat mich jetzt doch umgehauen.«

»Das verstehe ich.« Pia nickte verständnisvoll. »Wer ist der Mann?«

»Hans-Ulrich Pauly. Lassen Sie uns in mein Büro gehen, dann erzähle ich Ihnen mehr.«

Kurz bevor sie den Container erreicht hatten, in dem während der derzeit laufenden umfangreichen Bauarbeiten die provisorischen Büros der Zooleitung untergebracht waren, kam ihnen ein junger Mann von etwa zwanzig Jahren im Schlenderschritt entgegen. Er trug eine grüne Hose, derbe Arbeitsschuhe und ein weißes T-Shirt, wie alle Tierpfleger des Zoos.

»Was ist denn da oben auf der Wiese los?«, fragte er den Zoodirektor. »Hab ich was verpasst?«

Sander blieb stehen.

»Wo kommst du denn jetzt her?«, fuhr er den jungen Mann an. »Um sieben Uhr geht's bei uns los und nicht erst, wenn du ausgeschlafen hast! Ich dachte, wir waren uns darüber einig, dass du hier keinen Sonderstatus hast.«

Der Junge tat zerknirscht.

»Kommt nicht wieder vor, Chef. Sorry.«

Pia starrte ihn an. Er hatte ein bemerkenswert hübsches Gesicht, schulterlange dunkelblonde Haare, ungewöhnlich grüne Augen und eine Haut, um die ihn jedes Mädchen beneidet hätte. Sander erinnerte sich wohl in diesem Moment daran, dass er nicht alleine war.

»Das ist Lukas van den Berg«, erklärte er Pia, »unser Praktikant. Lukas, das ist Kriminalkommissarin ...«

»... Pia Kirchhoff«, ergänzte Pia.

»Hallo«, Lukas van den Berg lächelte mit schneeweißen Zähnen.

»Auf der Wiese oben wurde die Leiche von diesem Tierschützer gefunden«, sagte Sander nun, »diesem Pauly.«

Das Lächeln verschwand mit einem Schlag aus dem Gesicht des Jungen. Er wirkte, als habe ihm jemand einen Fausthieb in den Magen versetzt.

»Was? Ulli Pauly?«, fragte er sichtlich betroffen.

»Ja, genau der. Mausetot«, der Zoodirektor ging weiter. »Hat uns mal wieder jede Menge Aufregung beschert.«

»O Mann, das gibt's doch nicht«, Lukas war blass geworden. »Ich hab ihn vorgestern noch gesehen. Ich ... ich meine ... ach du Scheiße ...«

Sander blieb wie angewurzelt stehen und drehte sich um.

»Was soll das heißen: Du hast ihn vorgestern gesehen?«, fragte er.

»Das kann nicht wahr sein«, der Junge legte in einer Geste des Entsetzens die Hände über Mund und Nase und schüttelte ein paar Mal den Kopf.

»Hallo«, Sander ergriff ihn unsanft an der Schulter, »ich hab dich was gefragt! Wo hast du diesen Kerl gesehen? War er hier im Zoo?«

»Nein, ich ... ach, Mann ... ich konnte es Ihnen ja nicht

sagen, sonst wären Sie gleich zu meinem Vater gerannt«, Lukas' Stimme klang mit einem Mal trotzig, »ich find den Job hier ja ganz okay, aber ich brauch ein bisschen mehr Kohle, als ich hier kriege.«

Sander ließ den jungen Mann los, als habe er sich die Finger verbrannt.

»Ich glaub's ja nicht«, sagte er mit mühsamer Beherrschung. »Du arbeitest also immer noch in dieser ... dieser Öko-Kneipe! Und vielleicht programmierst du nachts auch noch die Webseiten mit den Hetzkampagnen für diesen Psychopathen! Kein Wunder, dass du morgens nicht aus dem Bett kommst!«

»Ich krieg von meinem Vater keinen Cent!«, begehrte Lukas auf. »Und hier verdien ich auch nur ein Taschengeld! Was sollte ich denn machen? Ulli hatte nichts dagegen, dass ich hier arbeite ...«

»Aber *ich* hatte etwas dagegen, dass du für diesen Typen arbeitest!«, schrie Sander so unvermittelt, als ob die Anspannung der letzten Stunden endlich ein Ventil gefunden hätte. »Du hast mir hoch und heilig versprochen, dass du nichts mehr mit ihm zu tun hast! Du hast mich angelogen!«

»Ich wollte es Ihnen längst sagen!«, schrie Lukas zurück. »Aber Sie rasten ja immer gleich aus, wenn es um Ulli geht!«

»Kannst du mir das etwa verdenken, nach all den Scherereien, die ich wegen dieses Typen hatte?«

Pia stand neben den beiden Männern und drehte den Kopf wie eine Zuschauerin bei einem Tennismatch. Die vorbeigehenden Zoobesucher blickten neugierig herüber.

»Geht das auch in einer zivilisierten Lautstärke?«, mischte sie sich ein. »Wir können im Büro weiterreden, ohne dass es jeder mitbekommt.«

»Bitte lassen Sie mich mit ihm reden«, bat Pia den aufgebrachten Zoodirektor, als die Tür des Containers ins Schloss gefallen war. Sander musterte sie, dann stieß er einen Seufzer aus und nickte. Lukas hatte sich unterdessen auf einen Stuhl vor den Schreibtisch des Zoodirektors gesetzt, das Gesicht in den Händen vergraben. Pia setzte sich auf den zweiten Stuhl.

»Vielleicht haben Sie sich ja auch nur geirrt«, murmelte der Junge und blickte Pia aus grasgrünen Augen verunsichert an, »und es ist gar nicht Ulli.«

»Woher kanntest du Herrn Pauly?«, fragte Pia. Lukas schluckte und vermied es, Sander anzusehen.

»Ich arbeite im Grünzeug«, sagte er tonlos und schob sich eine Haarsträhne hinter das Ohr. »Das ist das vegetarische Bistro in Kelkheim, das Ulli und Esther gehört.«

»Wann hast du ihn vorgestern gesehen?«, erkundigte Pia sich.

»Weiß nicht genau«, der Junge überlegte eine Weile, »am frühen Abend irgendwann. Im Bistro war eine Besprechung, wegen der Info-Veranstaltung heute.«

»Pauly hat sich unter anderem auch gegen den Ausbau der B8-Westumgehung engagiert«, meldete sich Sander aus dem Hintergrund. »Die Umweltverbände von Königstein und Kelkheim organisieren zurzeit regelmäßig Info-Veranstaltungen gegen den Straßenausbau.«

»Genau«, Lukas nickte, »heute soll es eine Trassenbegehung in Schneidhain und am Naturfreundehaus geben ... ich kann's echt nicht fassen. Ich hab Ulli schon ewig gekannt. Er war mal mein Biolehrer.«

»An welcher Schule?«, fragte Pia neugierig.

»FSG«, sagte Lukas und ergänzte: »Friedrich-Schiller-Gymnasium. In Kelkheim. Er ist ein supercooler ...«

Er brach ab.

»Ich meine, er *war* ... ein supercooler Typ«, murmelte der

Junge, »der hatte es voll drauf. Ehrlich. Hat immer Zeit für einen gehabt und ein offenes Ohr. Wir waren oft bei ihm zu Hause, haben mit ihm gequatscht. Der Ulli hatte voll vernünftige Ansichten.«

Lukas blickte zu Sander hinüber.

»Auch wenn Sie das nicht glauben«, fügte er mit einem aggressiven Unterton hinzu. Der Zoodirektor stand mit verschränkten Armen hinter seinem Schreibtischsessel, betrachtete Lukas mitleidig und schwieg.

Zehn Minuten später war Pia allein mit Sander im Bürocontainer, in dem es schon jetzt, am Vormittag, erstickend heiß war.

»Sie scheinen ein ziemlich persönliches Verhältnis zu Ihrem Mitarbeiter zu haben«, sagte Pia. »Sie mögen ihn, nicht wahr?«

»Ja, ich mag ihn. Und er tut mir leid«, gab Sander zu.

»Warum denn das?«

»Er hat es nicht einfach«, der Zoodirektor hielt sich bedeckt. »Lukas' Vater übt starken Druck auf den Jungen aus. Er ist im Vorstand einer großen Bank und erwartet von seinem Sohn, dass er denselben Weg einschlägt.«

Sander lehnte sich an das Fenster und verschränkte die Arme.

»Lukas ist hochintelligent und hat sich in der Schule nur gelangweilt. In der zehnten Klasse ist er von der Bischof-Neumann-Schule geflogen, dann war er ein halbes Jahr auf einem Internat. Da musste sein Vater ihn wieder abholen. Anderthalb Jahre hat er gar nichts gemacht, dann lernte er diesen Pauly kennen. Der hat irgendwie Zugang zu Lukas gefunden und ihn davon überzeugt, wenigstens die Schule fertig zu machen.«

Pia nickte.

»Lukas ist hier nicht nur ein einfacher Praktikant, oder?«

»Wie kommen Sie darauf?«

»Sie haben vorhin zu ihm gesagt, er hätte hier keinen Sonderstatus. Wie haben Sie das gemeint?«

Der Zoodirektor schien verblüfft über Pias gutes Gedächtnis.

»Sein Vater ist einer unserer Stiftungsräte«, erklärte er. »Er hat mich gebeten, Lukas für ein paar Monate als Praktikanten einzustellen.«

Sander zuckte die Schultern.

»Zuerst fand er den Einfluss, den Pauly auf seinen Sohn hatte, gar nicht so schlecht. Lukas entwickelte plötzlich Ehrgeiz und machte letztes Jahr ein gutes Abitur, alles war gut.«

»Aber?«

»Die Paulyitis nahm Ausmaße an, die Lukas' Vater nicht gefielen«, fuhr Sander fort. »Er hatte das Konto, das sein Vater für ihn eingerichtet hatte, bis auf den letzten Cent geplündert und angeblich Pauly das Geld für seine ›Projekte‹ geschenkt. Da hat sein Vater ihm alle Bezüge gestrichen. Daraufhin nahm Lukas diesen Kellnerjob in Paulys Ökokneipe an, tauchte nicht mehr zu Hause auf und ließ nach einer Woche die Banklehre sausen. Im letzten Herbst wurde er verhaftet, weil er mit anderen jungen Leuten in die Büros eines Pharmakonzerns eingebrochen war, um gegen Tierversuche zu demonstrieren. Damals hat Heinrich van den Berg seinem Sohn den Umgang mit Pauly verboten und mich um Rat gefragt.«

»Wieso ausgerechnet Sie?«, wollte Pia wissen.

»Wir sind quasi Nachbarn. Lukas war mit meiner mittleren Tochter in einer Klasse, er geht bei uns praktisch ein und aus.«

»Dann ist sein Praktikum hier also eine Art Bewährungsstrafe.«

»Ich denke, Lukas' Vater sieht das so«, Sander nickte. »Er

wollte die Verantwortung für den Jungen auf jemand anderen abwälzen. In diesem Fall auf mich. Na ja.«

Er stieß sich vom Fensterbrett ab, öffnete einen Schrank und suchte eine Weile darin herum.

»Nichts mehr zu trinken da«, stellte er schließlich fest. »Soll ich uns Kaffee aus dem Restaurant holen?«

»Für mich nicht«, lehnte Pia dankend ab. »Ich habe heute Nacht sicher eine ganze Kanne getrunken.«

»Warum denn das? Hatten Sie heute Nacht etwa schon eine Leiche?«

»Nein, nein«, Pia lächelte, »ich hatte einen erfreulicheren Grund, nicht zu schlafen. Eine Fohlengeburt.«

»Ach«, Sander setzte sich hinter den Schreibtisch und musterte Pia so neugierig, als ob sie sich vor seinen Augen in ein seltenes Tier verwandelt hätte. Und zum ersten Mal an diesem Tag lächelte Dr. Sander. Ein freundliches, wohlwollendes Lächeln, das sein ernstes Gesicht unvermittelt aufstrahlen ließ und völlig veränderte.

»Pferde als Ausgleich zu Ihrer Arbeit mit Toten und Mördern«, Sander betrachtete sie prüfend, als sei er sich noch nicht ganz im Klaren darüber, wie er sie einschätzen sollte.

»Genau«, Pia lächelte zurück. »Ich lebe mit meinen Pferden Tür an Tür.«

»*Sie* leben mit Ihren Pferden Tür an Tür?«, fragte Sander. Das Gespräch drohte in eine ziemlich private Richtung abzudriften. Nicht, dass es Pia unangenehm gewesen wäre, Sander war ihr sympathisch, aber sie hatte leider keine Zeit zum Plaudern.

»Sie wollten mir mehr über den Toten erzählen. Woher kannten Sie ihn?«

Sanders Lächeln verschwand augenblicklich.

»Pauly hat vor ein paar Jahren eine Interessengemeinschaft gegen die Tierhaltung in Zoos gegründet und in Leserbriefen und Internetforen unsachliche Hetzkampagnen gegen Zoos im Allgemeinen und im Besonderen angezettelt«, erwiderte er. »Unter anderem auch gegen uns. Ich bin ihm das erste Mal vor zwei Jahren begegnet, als er vor dem Zoo mit ein paar jungen Leuten Flugblätter verteilt und gegen die Elefantenhaltung demonstriert hat. Lehrer haben offenbar jede Menge Zeit.«

Das klang abfällig.

»Wir haben in den letzten Jahren sehr viel für die Verbesserung der Haltungsbedingungen unserer Tiere getan«, fuhr der Zoodirektor fort. »Diesem Pauly war das alles nicht genug. Er war der Meinung, dass es überhaupt keine Zoos geben dürfe. Und mit seiner Meinung hat er nie hinter dem Berg gehalten. Er hat gerne große Reden geschwungen, viel Wind gemacht und Leute beschimpft.«

»Hat er Ihnen Probleme gemacht?«, erkundigte Pia sich.

»Er hat keine Tiere befreit oder Parolen an die Gehege geschmiert, wenn Sie so etwas meinen«, Sander runzelte die Stirn. »Aber er hat eben ständig gegen irgendetwas protestiert, via Internet oder hier vor Ort Unruhe gestiftet, am liebsten dann, wenn im Zoo richtig viel los war.«

Sander machte eine abwehrende Handbewegung.

»Ich habe öfter mit ihm diskutiert, ihn sogar hierher eingeladen, ihm erklärt, was wir tun und weshalb wir das tun. Reine Zeitverschwendung. Ich kann mit berechtigter Kritik umgehen, aber nicht mit Polemik. Und ich kann es nicht leiden, wie dieser Pauly die Menschen aufgehetzt hat. Er war unsachlich. Kompromisslos in seinen Ansichten. Jugendliche finden das toll. Cool. Sie haben Lukas ja eben gehört. Ich finde es gefährlich. Im Leben ist nicht alles nur schwarz oder weiß.«

»Wann haben Sie das letzte Mal mit ihm gesprochen?«, wollte Pia wissen.

»Am Sonntag«, antwortete der Zoodirektor. »Dieser Kerl tauchte mit einer Abordnung seiner Jünger auf und fing wieder an zu stänkern. Da ist mir der Kragen geplatzt.«

Pia konnte sich lebhaft vorstellen, was passierte, wenn Dr. Christoph Sander der Kragen platzte. Nach ihrem ersten Eindruck von der Leiche war Pauly ein eher schmächtiger Mann gewesen – kein Gegner für den vor Vitalität strotzenden Zoodirektor.

»Was ist passiert?«, fragte sie.

»Es gab eine Diskussion«, erwiderte Sander vage. »Der Kerl fing an, mir die Worte im Mund herumzudrehen. Irgendwann wurde es mir zu dumm. Ich habe ihn rausgeworfen und ihm Hausverbot erteilt.«

Pia legte den Kopf schief.

»Jetzt ist er keine fünfzig Meter vom Zoo entfernt tot aufgefunden worden.«

»Und er hat es noch im Tod fertiggebracht, gegen mein Hausverbot zu verstoßen«, Sander lächelte mit bitterer Belustigung. »Zumindest ... teilweise.«

»Könnte der Zoodirektor etwas mit dem Tod von Pauly zu tun haben?«, fragte Bodenstein seine Kollegin, nachdem sie ihm von ihrem Gespräch und Sanders Schlagabtausch mit Lukas van den Berg erzählt hatte.

»Nein, das glaube ich nicht«, Pia schüttelte den Kopf.

»Der Junge ist noch zum Leichenfundort gekommen und wollte Pauly sehen«, erzählte Bodenstein. »Er wirkte sehr betroffen und machte sich Sorgen um Paulys Lebensgefährtin. Ich hatte den Eindruck, er mochte die beiden.«

Pia pflichtete ihrem Chef bei. »Er arbeitet in dem Bistro, das Pauly und seiner Lebensgefährtin gehört. Und da hat er Pauly das letzte Mal am Dienstagabend gesehen.«

Bodenstein drückte auf die Fernbedienung seines Autoschlüssels, und der BMW antwortete mit einem zweifachen Blinken.

»Ihr Mann ist schon nach Frankfurt ins Institut gefahren. Sie müssen meine Dienste als Chauffeur in Anspruch nehmen.«

»Auch das noch«, grinste Pia. »Aber sagen Sie, hat Lukas, ich meine, haben Sie dem Jungen die Leiche –«

Bodenstein zog die Augenbrauen hoch. »Wo denken Sie hin!«

Galant öffnete er Pia die Beifahrertür. »Ich habe Ostermann und Frau Fachinger ins Büro beordert. Nur Behnke ist nicht erreichbar.«

»Er hatte doch Karten für das Spiel in Dortmund gestern Abend«, erinnerte Pia ihren Chef. Ihr Kollege Frank Behnke hatte Glück beim komplizierten Kartenverkauf der FIFA gehabt, nur der Tod hätte ihn von der Fahrt nach Dortmund abhalten können.

Das Haus von Hans-Ulrich Pauly war das letzte Haus vor dem Wendehammer am Ende des Rohrwiesenwegs in Kelkheim-Münster, dahinter erstreckten sich nur noch Wiesen und Felder bis zum Wald, hinter dem der Gutshof »Hof Hausen vor der Sonne« mit seinem Golfplatz lag. Bodenstein und Pia stiegen vor dem von Efeu überwucherten Haus mit Butzenscheiben und Schlagläden zwischen einem mächtigen Walnussbaum und drei großen Fichten aus. Pia drückte auf die Klingel, die an einem altersschwachen Jägerzaun angebracht war. Hinter dem Haus erhob sich vielstimmiges Hundegebell. Die von Unkraut bedeckten Waschbetonplatten, die zur Haustür führten, ließen darauf schließen, dass der Haupteingang wenig benutzt wurde.

»Keiner da«, stellte Bodenstein fest, »gehen wir hintenherum.«

Er ging zum Tor und drückte dagegen. Es war offen. Sie

betraten einen Hof. Überall wuchsen üppige Pflanzen in großen Kübeln, Hängegeranien und Petunien blühten in Ampeln verschiedener Größe. Auf Tapeziertischen an der Hauswand standen unzählige Blumentöpfe mit Pflanzen in allen Wachstumsstadien, daneben lagen Gärtnerwerkzeug und Säcke mit Blumenerde. Weiter hinten erstreckte sich ein großer, verwilderter Garten mit einem Teich und mehreren Gewächshäusern. Bodenstein zuckte zusammen, als eine ganze Hundemeute um die Hausecke bog, allen voran eine undefinierbare Mischung aus Wolfshund, Husky und Schäferhund mit hellblauen Augen. Ihm folgten ein Rhodesian Ridgeback und zwei kleinere Mischlingshunde, die so aussahen, als seien sie im Tierheim die Hässlichsten gewesen. Alle vier wedelten heftig mit dem Schwanz und schienen sich über den unerwarteten Besuch zu freuen.

»Wachhunde sind das aber nicht«, Pia lächelte und ließ die Hunde an sich schnuppern. »Seid ihr ganz alleine zu Hause?«

»Passen Sie bloß auf«, warnte Bodenstein seine Kollegin, »der Graue sieht gefährlich aus.«

»Ach was«, Pia kraulte den großen Hund hinter den Ohren, »hm, du bist ganz lieb, was? Dich würde ich auf der Stelle mitnehmen.«

»Aber nicht in meinem Auto«, Bodenstein bemerkte eine offen stehende Tür. Er ging die beiden Stufen hoch und blickte in eine große Küche. Offenbar war dies der eigentliche Haupteingang. Auf den Treppenstufen standen mehrere Schuhpaare, leere Blumentöpfe und allerhand Krimskrams.

»Hallo?«, rief Bodenstein ins Hausinnere. Pia quetschte sich an ihrem Chef vorbei und blickte sich in der Küche um. Der geflieste Boden war mit Abdrücken von Hundepfoten übersät, auf der Arbeitsplatte benutzte Teller und Töpfe, auf dem Tisch zwei Einkaufstüten, die noch nicht ausgepackt waren. Pia öffnete die Tür. Im Wohnzimmer herrschte das blanke Chaos. Bücher waren aus den Regalen an den Wänden gezogen und auf dem Boden verstreut worden, Sessel waren umgekippt, Bilder von den Wänden gerissen und die Glastür, die auf die Terrasse und in den Garten führte, stand sperrangelweit offen.

»Ich rufe die Spurensicherung an«, Bodenstein angelte sein Handy aus seiner Tasche. Pia ging weiter und zog sich dabei Latexhandschuhe an. Der Raum neben dem Wohnzimmer schien das Arbeitszimmer Paulys gewesen zu sein. Auch hier sah es aus wie nach einem Bombenanschlag. Der Inhalt aller Regale und Aktenschränke befand sich auf dem Fußboden, die Schubladen des wuchtigen Holzschreibtisches waren herausgezogen und ausgeleert worden. Die Plakate an den Wänden ließen Rückschlüsse auf die politische Einstellung der Hausbewohner zu. Verblichene Aufrufe zu längst marschierten Demonstrationen gegen Atomkraftwerke, die Startbahn West und Castor-Transporte, ein Poster von Greenpeace und Ähnliches mehr. Ein Flachbildschirm lag zertrümmert in einer Ecke des Raumes, dazwischen ein Tintenstrahldrucker und ein brutal misshandelter Laptop.

»Chef«, Pia arbeitete sich vorsichtig Richtung Tür, um keine Spuren zu zerstören, »das war kein Einbruch. Hier ist …«

Sie zuckte zusammen, als Bodenstein direkt vor ihr auftauchte.

»Schreien Sie nicht so«, er grinste, »ich höre noch ganz gut.«

»Wie können Sie mich so erschrecken!« Pia verstummte, weil irgendwo im Haus ein Telefon zu klingeln begann. Sie folgten dem Läuten die Treppe hinauf in den ersten Stock. Die Vandalen hatten die Zimmer oben verschont. Im Badezimmer brannten alle Lampen, vor der Dusche lag ein Handtuch auf dem Boden, daneben verstreut ein Paar Jeans, ein

Hemd und benutzte Unterwäsche. Pia fühlte sich nie wohl dabei, wenn sie in die intimste Privatsphäre fremder Menschen eindrang, aber es gehörte eben dazu, wenn man mehr über das Umfeld eines Toten erfahren musste. Wo mochte wohl Paulys Lebensgefährtin sein? Der Kleiderschrank im Schlafzimmer war geöffnet, einige Kleidungsstücke lagen auf dem Bett. Das Telefon war verstummt.

»Sieht so aus, als hätte Pauly geduscht und wollte sich gerade umziehen«, sagte Pia, »dafür spricht, dass er quasi nur mit Unterwäsche bekleidet war.«

Bodenstein nickte.

»Da liegt das Telefon«, er ergriff das tragbare Siemens-Telefon, das achtlos hingeworfen zwischen frischen Hemden und Jeans auf dem Bett lag, und drückte auf die hektisch blinkende Taste.

»Sie haben vierunddreißig neue Nachrichten«, verkündete die Computerstimme. »Nachricht eins, Dienstag, 13. Juni, 15:32 Uhr.«

»Ulli, ich weiß genau, dass du da bist«, sagte eine Frauenstimme, *»ich hab's satt mit deiner Hinhaltetaktik. Ich habe wahrhaftig alles versucht, um mich gütlich mit dir zu einigen, aber du bist ja so was von stur! Nur damit du's weißt: Es ist mir egal, wenn du jetzt mit dieser Aufnahme zu deinem Anwalt rennst, ich kriege sowieso wieder recht. Ich gebe dir noch eine letzte Chance: Um halb neun bin ich bei dir. Wenn du nicht da sein solltest oder wieder den Stolzen spielst, dann passiert was, das schwör ich dir.«*

Es piepste, dann folgten vier Anrufe, bei denen weder eine Nummer angesagt noch aufs Band gesprochen worden war. Ein Anruf um kurz vor 17:00 Uhr war scheinbar entgegengenommen wurden, denn er brach ab, nachdem ein Mann *»Hallo, Herr ...«,* gesagt hatte. Um 20:13 Uhr hatte wieder ein Mann aufs Band gesprochen.

»Hier spricht Carsten Bock«, sagte eine tiefe Männerstimme, *»mir ist zu Ohren gekommen, welche Unverschämtheiten Sie am Montag in aller Öffentlichkeit von sich gegeben haben. Das ist Rufmord und üble Nachrede. Ich habe bereits juristische Schritte gegen Sie eingeleitet, und ich erwarte umgehend eine schriftliche Entschuldigung von Ihnen und eine öffentliche Richtigstellung der Sachverhalte in der Zeitung.«*

Bodenstein und Pia wechselten einen raschen Blick. In der Nacht vom Dienstag auf Mittwoch hatte es noch zwei Anrufe ohne Nummer gegeben, am Mittwochabend hatte erneut ein Mann angerufen.

»Hey, Ulli, ich bin's, Tarek. Du solltest dir echt mal ein Handy anschaffen, Mann! Ich bin jetzt wieder im Lande. Wir haben die Präsentation fertig und auf die Seite geladen. Kannst dir's ja mal anschauen. Bis später.«

Alle weiteren Anrufe stammten von Paulys Lebensgefährtin Esther, die ein Dutzend Mal aufs Band gesprochen hatte, erst fragend, dann besorgt, schließlich wütend. In dem Moment fuhr unten ein Taxi vor und die Hunde stimmten ein wildes Begrüßungsgebell an.

Esther Schmitt begrüßte im Hof ihre Hunde, die aufgeregt jaulend und bellend um sie herumtanzten, dann betrat sie das Haus durch die Küchentür, eine Reisetasche in der Hand und eine Laptoptasche über der Schulter. Sie war eine zierliche Frau um die vierzig, mit einem blassen, sommersprossigen Gesicht und rotblondem Haar, das sie zu einem lockeren Zopf geflochten hatte.

»Wie sieht's denn hier aus?«, sagte sie, »kaum ist man mal drei Tage weg …«

»Nicht erschrecken«, sagte Bodenstein. Esther Schmitt zuckte trotz der Warnung erschrocken zusammen. Mit einem

Knall ließ sie die Reisetasche fallen und wich einen Schritt zurück.

»Wer sind Sie?«, fragte sie mit weit aufgerissenen Augen. »Was tun Sie hier?«

»Mein Name ist Bodenstein. Das ist meine Kollegin Frau Kirchhoff«, Bodenstein hielt seine Marke hoch. »Kriminalpolizei Hofheim.«

»Kriminalpolizei?« Die Frau schien verwirrt.

»Sind Sie Frau Esther Schmitt?«, fragte Bodenstein.

»Ja. Was ist denn eigentlich hier los?« Sie drängte sich an Pia und Bodenstein vorbei und zog scharf die Luft ein, als sie das verwüstete Wohnzimmer sah. Sie wandte sich um, streifte die Tasche mit dem Laptop von der Schulter und legte sie achtlos auf den klebrigen Küchentisch. Über einem zerknitterten Leinenrock trug sie ein gemustertes Tunikakleid, die nackten Füße mit schmutzigen Zehen steckten in Ledersandalen, die bequem, aber wenig elegant aussahen.

»Wir müssen Ihnen eine traurige Mitteilung machen«, sagte Bodenstein. »Heute Morgen haben wir die Leiche Ihres Lebensgefährten gefunden. Es tut mir sehr leid.«

Es dauerte ein paar Sekunden, bis seine Worte Esther Schmitts Gehirn erreichten.

»Ulli ist tot? O Gott«, sie starrte Bodenstein ungläubig an, dann setzte sie sich auf die Kante eines Küchenstuhls. »Wie ist er ... gestorben?«

»Das wissen wir noch nicht genau«, antwortete Bodenstein. »Wann haben Sie das letzte Mal mit Herrn Pauly gesprochen?« Die Frau verschränkte die Arme vor der Brust.

»Am Dienstagabend«, ihre Stimme klang tonlos. »Ich war seit Montag in Alicante auf einem Vegetarier-Kongress.«

»Gegen wie viel Uhr haben Sie am Dienstag mit Herrn Pauly telefoniert?«

»Spät. Es war ungefähr zehn. Ulli wollte am Computer

noch die Flyer für die Trassenbegehung fertig machen, aber kurz vor meinem Anruf hatte er mal wieder Besuch von seiner Exfrau.«

Ihr Gesicht verzog sich zu einer Grimasse, aber sie gestattete sich keine Träne.

»Sollen wir jemanden anrufen?«, fragte Pia.

»Nein«, Esther Schmitt erhob sich und blickte sich um. »Ich komm schon klar. Wann kann ich hier aufräumen?«

»Wenn die Spurensicherung alles untersucht hat«, erwiderte Bodenstein. »Es wäre sehr hilfreich, wenn Sie uns mitteilen könnten, ob irgendetwas fehlt.«

»Wieso?«

»Vielleicht hat dieses Durcheinander gar nichts mit dem Tod Ihres Lebensgefährten zu tun«, gab Bodenstein zu bedenken. »Wir vermuten, dass er am späten Dienstagabend starb. Danach wird das Haus einen ganzen Tag lang offen gestanden haben.«

Die Hunde bellten im Hof. Autotüren schlugen zu, wenig später erschienen die Beamten der Spurensicherung in der Küchentür.

»Ich verstehe«, Esther Schmitt blickte ihn aus geröteten Augen an, dann zuckte sie die Schultern. »Ja, ich sage Ihnen Bescheid. Sonst noch etwas?«

»Uns würde interessieren, mit wem Ihr Lebensgefährte in der letzten Zeit Ärger oder Probleme hatte«, Bodenstein reichte Esther Schmitt seine Visitenkarte. Sie warf einen flüchtigen Blick darauf, dann hob sie den Kopf.

»Es war kein Unfall, nicht wahr?«, fragte sie.

»Nein«, erwiderte Bodenstein, »wahrscheinlich nicht.«

Pia erreichte die Villa an der Kennedyallee in Sachsenhausen, in der das Rechtsmedizinische Institut untergebracht war, um halb drei. Das Innere des Gebäudes war ihr vertraut. In den sechzehn Jahren ihrer Ehe hatte sie unzählige Stunden in den Sektionsräumen im Keller des Instituts zugebracht, denn Henning gehörte zu der Sorte Wissenschaftler, die sich ganz und gar ihrem Beruf und ihren Forschungen verschreiben. Staatsanwältin Valerie Löblich war kurz vor Pia eingetroffen. Die Leiche von Pauly lag entkleidet unter der hellen Lampe auf dem Metalltisch, die abgetrennten Körperteile hatte Hennings Assistent Ronnie Böhme anatomisch korrekt dazugelegt. Der Verwesungsgeruch war atemberaubend.

»Wurden die Gliedmaßen von dem Mähwerk abgetrennt?«, erkundigte Pia sich, nachdem sie Kittel und Mundschutz angezogen hatte

»Ja, eindeutig«, Kirchhoff beugte sich über die Leiche und begutachtete die Haut Zentimeter um Zentimeter durch ein Vergrößerungsglas. »Er war allerdings schon eine Weile tot, bevor das passiert ist. Nach einer ersten oberflächlichen Untersuchung bin ich zu der Überzeugung gelangt, dass die Leiche innerhalb der letzten vierundzwanzig Stunden mindestens einmal umgelagert wurde. Todesursächlich waren sicherlich die Kopfverletzungen. Da drüben sind die Röntgenbilder.«

Er nickte zum Leuchtkasten hinüber.

»Könnte er mit dem Fahrrad gestürzt sein?«, fragte die Staatsanwältin, eine attraktive Brünette in den frühen Dreißigern. Trotz der Hitze draußen trug sie einen schicken Blazer, einen superkurzen, engen Rock und Seidenstrümpfe.

»Hören Sie mir eigentlich zu? Ich habe doch gerade gesagt, dass die Leiche umgelagert wurde«, Kirchhoffs Stimme hatte einen gereizten Unterton. »Wie soll er denn das nach einem tödlichen Fahrradunfall wohl selber fertiggebracht haben?«

Pia und Ronnie wechselten einen vielsagenden Blick. Jeder von ihnen hatte früher gelegentlich unbedarfte Fragen gestellt und dafür bissige Kommentare einstecken müssen. Henning Kirchhoff war ein brillanter Rechtsmediziner, aber ein wenig umgänglicher Mensch. Staatsanwältin Löblich ließ sich allerdings nicht so leicht beeindrucken.

»Ich hatte nicht gefragt, ob er beim Sturz vom Fahrrad gestorben ist«, erwiderte sie unbeirrt, »sondern nur, ob er gestürzt sein könnte.«

Dr. Henning Kirchhoff blickte auf.

»Stimmt«, erkannte er an. »Er ist nicht gestürzt, sonst hätte er Abschürfungen an den Fingerknöcheln und den unteren Gliedmaßen. Hat er aber nicht.«

»Danke. Sehr freundlich, Herr Dr. Kirchhoff.«

Pia beobachtete, wie Henning den Brustkorb der Leiche geschickt und rasch mit einem Y-Schnitt öffnete, die Rippen mit der Rippenschere durchzwickte, um an die inneren Organe zu gelangen. Sie kannte den Ablauf, der einem strengen Protokoll folgte. Jeden seiner Handgriffe und jeden Befund sprach Henning in das Mikrophon, das er um den Hals trug. Die Sekretärin würde später den Obduktionsbericht nach Band abtippen. Ronnie wog und vermaß die entnommenen Organe, notierte jeden festgestellten Wert.

»Steatosis hepatis – und das als Vegetarier«, stellte Henning fest und hielt der Staatsanwältin das Organ mit einem spöttischen Lächeln unter die Nase. »Wissen Sie, was das heißt?«

»Fettleber«, Staatsanwältin Löblich lächelte ungerührt. »Geben Sie sich keine Mühe, Dr. Kirchhoff. Ich werde Ihnen nicht die Freude machen, in Ohnmacht zu fallen.«

Mit einer Lupe begutachtete der Rechtsmediziner jeden Millimeter des sorgfältig rasierten Schädels, zog mit der Pinzette winzige Partikel aus der Wunde und legte sie für die Untersuchung im Labor in Plastikbecher, die Ronnie augenblicklich beschriftete.

»Man hat ihm mit einem stumpfen Gegenstand den Schädel eingeschlagen«, sagte er schließlich. »In der Wunde an der Schädelvorderseite finden sich Spuren von Metall und Rost. Die hintere Wunde stammt vom Sturz.«

Mit seinem Skalpell machte er einen Schnitt in die Haut der hinteren Schädelhälfte, zog die Kopfhaut nach vorne über das Gesicht des Toten und untersuchte die Schädelknochen.

»Wir haben hier ein ganz charakteristisches Bild von zwei Bruchsystemen«, kommentierte Kirchhoff. »Zuerst erfolgte der Schlag, dann der Bruch des Schädelknochens durch den Sturz.«

»Ist das schon tödlich?«, wagte Pia zu fragen.

»Nicht unbedingt«, Kirchhoff griff zur elektrischen Säge, mit der er den Schädelknochen öffnete. »Häufig kommt es nach Verletzungen dieser Art zu interkraniellen Blutungen, es entwickelt sich eine fortschreitende Hirnschwellung. Der zunehmende Hirndruck führt zu einer Atemlähmung, dann zum Kreislaufstillstand und infolgedessen zum klinischen Tod. Das kann relativ schnell gehen oder Stunden dauern.«

»Das bedeutet, dass er noch eine ganze Weile gelebt haben kann.«

Henning nahm das Gehirn aus der Schädelhöhle, betrachtete es kritisch und zerschnitt es in schmale Scheiben.

»Keine Blutungen«, sagte er schließlich, reichte das Gehirn an Ronnie weiter, beugte sich vor und untersuchte den Schädel von innen. Dann drehte er den Kopf der Leiche zur Seite, ging zum Leuchtkasten hinüber und studierte noch einmal die Röntgenbilder.

»Bei ihm ist es schnell gegangen«, sagte er schließlich. »Durch den Sturz ist die Halswirbelsäule von der Schädelbasis abgerissen und gebrochen. Er war sofort tot.«

Die Beamten von der Spurensicherung arbeiteten gerade in der Küche und im Arbeitszimmer, als Esther Schmitt bereit war, einige Fragen zu beantworten. Es erschien Bodenstein immer unfair, Menschen zu befragen, die gerade einen schmerzlichen Verlust erlitten hatten und noch unter Schock standen, aber aus langer Erfahrung wusste er, dass er bei diesen ersten Gesprächen das meiste erfuhr.

»Wo haben Sie Ulli gefunden?«, fragte Esther Schmitt.

»In der Nähe des Opel-Zoos in Kronberg«, erwiderte Bodenstein und sah, wie sich die Augen der Frau ungläubig weiteten.

»Am Opel-Zoo? Dann hat sicher dieser Zoodirektor etwas damit zu tun! Er hat Ulli gehasst, weil der ihm immer wieder unter die Nase gerieben hat, was für eine Tierquälerei die Zootierhaltung ist. Vor ein paar Wochen hat dieser Kerl mich beinahe überfahren, mit voller Absicht!«, sagte sie grimmig. »Wir haben auf dem Parkplatz vor dem Zoo Flyer verteilt, da kam er mit seinem Geländewagen angerast. Er hat uns gedroht, er würde jeden von uns mit eigenen Händen in kleine Stücke zerlegen und an seine Wölfe verfüttern, wenn wir nicht in zehn Sekunden vom Parkplatz verschwunden wären.«

Bodenstein hörte aufmerksam zu.

»Erst letzten Sonntag hat er Ulli Hausverbot erteilt«, fuhr Esther Schmitt fort. »Ich sage Ihnen, der Mann ist zu allem fähig.«

Das sah Bodenstein anders. Sander mochte temperamentvoll und impulsiv sein, aber deswegen nicht unbedingt gleich ein Mörder.

»Eine Frau hatte auf dem Anrufbeantworter eine ziemlich unfreundliche Nachricht hinterlassen«, sagte er. »Wer kann das gewesen sein?«

»Wahrscheinlich Ullis Ex, die Mareike«, antwortete Esther Schmitt abfällig. »Die hat gleich nach der Scheidung wieder geheiratet, einen Architekten aus Bad Soden. Sie und ihr Mann stampfen diese Wohnbunker aus dem Boden, einer wie der andere. Die ganze Straße hier haben sie schon damit zugepflastert, und jetzt sind sie scharf auf dieses Grundstück.«

»Für mich hörte es sich so an, als hätte sie Herrn Pauly gedroht«, forschte Bodenstein, »sie erwähnte einen Anwalt.«

»Ulli und sie haben das Grundstück mit dem Haus zu gleichen Teilen geerbt«, bestätigte Esther Schmitt. »Als Mareike auszog, hat sie Ulli das Haus überlassen. Das hat sie schnell bereut. Jetzt möchte sie es wiederhaben. Deshalb gibt es seit Jahren einen Rechtsstreit.«

»Sie hat Herrn Pauly ein Ultimatum gestellt und damit gedroht, dass etwas passiert«, Bodenstein beobachtete die Frau aufmerksam. »Halten Sie die Exfrau Ihres Lebensgefährten für fähig, dass sie ...«

»Der traue ich alles zu«, unterbrach Esther Schmitt ihn schroff. »Sie und ihr Mann wollen sechs Doppelhaushälften auf dieses Grundstück bauen. Da geht es um richtig viel Geld.«

»Mit wem lag Ihr Lebensgefährte noch im Streit?«

»Er war vielen Leuten unbequem. Ulli hat oft Missstände aufgedeckt und kein Blatt vor den Mund genommen.«

In diesem Augenblick ratterte ein großer Traktor mit zwei Anhängern voller Heuballen am Haus vorbei. Der Fahrer, ein weißhaariger Hüne in einem schmutzigen Unterhemd, starrte neugierig in den Hof.

»Der da stand mit Ulli auch auf Kriegsfuß«, sagte Esther Schmitt, »Erwin Schwarz von gegenüber. Er ist im Magistrat und glaubt, er kann sich alles erlauben.«

Bodenstein wusste als Kelkheimer Bürger, dass Erwin Schwarz ein entschiedener Befürworter der B8-Westumgehung und ein enger Freund von Bürgermeister Funke war, und nahm sich vor, dem Nachbarn von Pauly später einen Besuch abzustatten.

»... genauso, wie dieser widerliche Conradi«, Esther

Schmitt presste die Lippen zusammen, eine steile Unmutsfalte erschien zwischen ihren Augenbrauen. »Der hat erst neulich einen Hund von uns erschossen. Angeblich, weil er gewildert hat. Aber das stimmt nicht. Chaco war schon vierzehn und fast blind. Conradi hat hier die Jagd gepachtet und nur einen Grund gesucht, uns eins auszuwischen.«

»Meinen Sie den Metzger Conradi aus der Bahnstraße?«, vergewisserte sich Bodenstein.

»Ja, genau der. Ulli hat ihn mal angezeigt, weil er nicht beschautes Wildschweinfleisch zu Steaks verarbeitet hat.«

»Und welchen Grund hatte Bauer Schwarz, Ihren Lebensgefährten nicht zu mögen?«

»Der Schwarz ist ein ganz übler Umweltsünder. Ulli hat öffentlich gemacht, dass er seine Wiesen und Äcker als Müllkippe benutzt und Düngemittel in den Liederbach entsorgt. Natürlich konnte Schwarz das mit seinen Beziehungen irgendwie vertuschen, aber er hat Ulli dafür gehasst.«

Die Beamten von der Spurensicherung in ihren weißen Papieranzügen arbeiteten an den Treppenstufen, die in die Küche führten. Einer von ihnen wandte sich um.

»Wir haben hier was gefunden«, sagte er zu Bodenstein. »Das sollten Sie sich mal ansehen.«

»Ich komme«, erwiderte Bodenstein und bedankte sich bei Esther Schmitt. Dann fiel ihm noch etwas ein.

»Kennen Sie jemanden namens Tarek?«, fragte er.

»Ja«, die Frau nickte, »er kümmert sich im Bistro um den Computerkram.«

»Und Lukas van den Berg?«

»Den kenne ich auch, natürlich. Er arbeitet im Grünzeug an der Bar. Wieso fragen Sie?«

»Nur so«, Bodenstein wandte sich zum Gehen, »vielen Dank.«

Esther Schmitt zuckte die Schultern und verschwand mit

den Hunden grußlos im Garten. Bodenstein trat zu den Beamten der Spurensicherung.

»Was habt ihr?«, erkundigte er sich.

»Blutspritzer«, einer der Beamten zog seinen Mundschutz herunter und wies auf die Hauswand neben der Küchentür. »An der Wand, den Schuhen und den Blumen. Es ist denkbar, dass es menschliches Blut ist.«

Bodenstein ging in die Hocke und begutachtete die Spritzer, die auf den ersten, flüchtigen Blick wie Blattläuse aussahen.

»Die Hunde hatten Blut an den Pfoten«, fuhr der Beamte fort. »Wir haben in der Küche blutige Pfotenabdrücke gefunden. Es kann sein, dass die Hunde das Blut von den Stufen abgeleckt haben. Und am Tor haben wir einen blutigen Handabdruck gefunden. Allerdings müssen wir warten, bis es dunkel ist, bevor wir mit Luminol arbeiten können.«

Er bückte sich und hielt Bodenstein einen Beutel mit einem rostigen Hufeisen entgegen.

»Das lag vor der Treppe«, er deutete auf einen Nagel neben der Küchentür, »da hat es ursprünglich wohl mal gehangen. Wenn mich nicht alles täuscht, ist Blut an dem Hufeisen. Wahrscheinlich ist das die Mordwaffe, und der Mann wurde genau hier getötet.«

Bodenstein betrachtete das Hufeisen in dem Plastikbeutel. Es war so verrostet, dass es schwer bis unmöglich sein würde, brauchbare Fingerabdrücke zu finden.

»Sehr gut«, sagte er, »vielleicht haben wir Glück und der Handabdruck am Tor stammt vom Mörder.«

»Wir werden den Abdruck mal durch die AFIS-Datenbank jagen«, erwiderte der Beamte. »Vielleicht kommt was dabei heraus.«

Die Staatsanwältin stand noch in der offenen Tür und sprach leise mit Henning. Ihre Körpersprache drückte aus, was Pia schon während der ganzen Obduktion nicht verborgen geblieben war: Valerie Löblich war scharf auf Henning. Immer wieder hatte sie Fragen gestellt und sich mit ihrem tiefen Dekolleté über den Sektionstisch gelehnt. Natürlich hatte Henning nichts bemerkt. Wenn vor ihm eine Leiche lag, hätte Angelina Jolie nackt neben ihm stehen können, er hätte sie wahrscheinlich nicht einmal angesehen. Aber nun war die Obduktion vorbei, und ihm schien zu dämmern, dass sich das Interesse der schönen Staatsanwältin ganz und gar nicht nur auf Paulys sterbliche Überreste beschränkte. Er lachte über irgendetwas, was sie gesagt hatte, und sie kicherte albern. Ronnie Böhme legte die entnommenen Organe samt Gehirn zurück in die Körperhöhle, um den Y-Schnitt danach zuzunähen. Sein Blick begegnete dem von Pia, er hob die Augenbrauen und rollte die Augen. Als Antwort zuckte sie nur die Schultern. Henning war ein attraktiver Mann mit einem beeindruckenden Ruf. Eigentlich war es verwunderlich, dass er nicht schon längst eine Neue hatte. Obwohl sie es war, die sich von ihm getrennt hatte, verspürte Pia doch einen Stich, der sich wie Eifersucht anfühlte. Schließlich verabschiedete sich die Staatsanwältin, und Pia folgte Henning hinauf in sein Büro im Erdgeschoss.

»Läuft da was zwischen dir und der Löblich?«, erkundigte sie sich beiläufig. Henning blieb stehen und musterte Pia aufmerksam.

»Würde es dich stören, wenn es so wäre?«

Das war eine Frage, über die sie bisher wenig nachgedacht hatte. In ihrer Vorstellung lebte er seit ihrer Trennung im Zölibat, wie sie selbst auch. Allein der Gedanke, dass es nicht so sein könnte, störte sie tatsächlich.

»Nein«, log Pia, »es würde mich nicht stören.«

Er hob die Augenbrauen.

»Schade«, sagte er dann. In diesem Augenblick summte Pias Handy.

»Entschuldige«, beinahe erleichtert kramte sie das Telefon hervor und berichtete ihrem Chef in knappen Worten vom Ergebnis der Obduktion. Henning wartete, bis sie das Gespräch beendet hatte.

»Wann kriege ich den Obduktionsbericht?«, fragte Pia.

»Morgen früh«, antwortete Henning.

Sie blickten sich an.

»Was machst du heute Abend?«, fragte er. »Ich würde gern bei dir vorbeikommen und nach dem Fohlen schauen. Ich bringe auch ein Fläschchen Wein mit …«

»Ich weiß nicht, wie lange ich heute noch zu tun haben werde«, wich Pia aus und steckte ihr Handy ein. Sie war sich nicht sicher, ob sie einen Fehler machte, wenn sie ihm gestattete, wieder auf den Birkenhof zu kommen, aber dann zuckte sie die Schultern.

»Okay«, sagte sie, »heute Abend bei mir. Aber ich weiß nicht, wann ich nach Hause komme.«

»Kein Problem«, sagte er. »Ich kann warten.«

Im Hof gegenüber von Paulys Haus herrschte rege Betriebsamkeit. Wie alle Landwirte auf der Welt lebte auch Erwin Schwarz weniger nach dem Kalender als nach dem Wetter, und die anhaltende Hitze der vergangenen Tage hatte perfekte Bedingungen für die Heuernte geschaffen. Schwarz war einer der letzten Kelkheimer Landwirte, allerdings waren die Äcker, die er bewirtschaftete, weniger geworden. Für stillgelegte Flächen gab es mehr Geld vom Staat, als er mit Raps oder Weizen hätte verdienen können. Bodenstein klopfte an eine offen stehende Tür.

»Komme Se rin!«, rief jemand von innen. Bodenstein betrat eine große Bauernküche. Im Innern des Hauses war es dämmerig und angenehm kühl, verglichen mit den Temperaturen draußen. Eine Standuhr tickte laut, es roch säuerlich.

Als sich seine Augen an das Dämmerlicht gewöhnt hatten, erblickte Bodenstein den großen Mann in blauer Latzhose und einem schweißfleckigen Unterhemd, der vorhin auf dem Traktor an ihm vorbeigefahren war. Er saß auf der Eckbank am Tisch, vor ihm, auf der gewürfelten Plastiktischdecke, standen eine Flasche Wasser und ein Glas mit eingelegten Essiggurken. Bodenstein kannte Erwin Schwarz nur von Fotos aus der Kelkheimer Zeitung, auf denen er immer vorteilhaft in Anzug und Krawatte abgebildet war, wenn er offiziell als Stadtverordneter in Aktion war.

»Mein Name ist Bodenstein von der Kripo Hofheim«, stellte er sich vor. Schwarz warf ihm einen Blick aus wässrigen Augen zu.

»Habbe Sie net grad da drübbe vorm Schmitte-Schorsch seim Haus gestanne? Was isn da los?« Schwarz trank einen Schluck Wasser. Bodenstein war zwar selbst der hessischen Mundart nicht mächtig, aber er verstand sie mühelos.

»Wir haben heute Morgen die Leiche von Herrn Pauly gefunden«, antwortete er.

»Ach«, Landwirt Schwarz riss erstaunt die Augen auf.

»Wir vermuten, dass Herr Pauly am späten Dienstagabend vor der Tür zu seiner Küche erschlagen worden ist. Ich möchte gerne wissen, ob Sie irgendetwas gehört oder gesehen haben.«

Erwin Schwarz kratzte sich nachdenklich die schweißfeuchten Haarsträhnen über seiner sonnenverbrannten Glatze.

»Dienstaachabend«, murmelte er, »da war isch net dahaam. Da war isch beim Stammtisch, beim Lehnert gewese, bis um drei viertel zwölf ungefähr.«

Der »Lehnert« war eine beliebte Traditionsgaststätte in Münster schräg gegenüber vom alten Rathaus und hieß in Wirklichkeit Zum Goldenen Löwen. Von dort aus waren es bis in den Rohrwiesenweg etwa fünf Minuten mit dem Auto.

»Ist Ihnen vielleicht etwas aufgefallen, als Sie vorbeigefahren sind?«, fragte Bodenstein. »Als wir heute in das Haus gekommen sind, standen alle Türen offen, und alles war verwüstet.«

»Des tät mir net uffalle«, erwiderte Erwin Schwarz in einem verächtlichen Tonfall. »Wisse Se, was bei dene tachtäschlisch fürn Zerkus is? Da is als was annerst. Die junge Leut komme mit ihrne Mopeds und Audos, die lache un kreische, als wärn se allaans uff der Welt. Und dann die Köder von dem Pauly, die laafe überall rum und scheiße alles voll. Der Kerl is Lehrer, der soll unsere Kinner erziehe. Des muss mer sisch mal vorstelle!«

»Wie war Ihr Verhältnis zu Ihrem Nachbarn?«, erkundigte Bodenstein sich.

»Mer warn kei Freunde«, Schwarz kratzte nun den Pelz auf seiner speckigen Brust. »Der Pauly war'n unangenehmer Zeitgenosse, der hatte als was zu meckern. Des hat nix dademit zu due, dass mer polidisch net aaner Meinung warn.«

»Womit dann?«

»Der war'n falscher Fuffzischer«, sagte Erwin Schwarz. »Dem sei Exfraa, dem Schmitte-Schorsch sei aa Enkelin, die Mareike, die hat des Haus geerbt, net der. Als se nach der Trennung ausgezooche is, is der Pauly im Haus geblibbe. Dabei isses em gar net. Am Dienstaach war die Mareike wieder mal da, da habbe se gestridde wie die Kesselfligger. Des hat mir die Matthes-Else von geescheübber erzählt.«

Im Türrahmen erschien ein junger Mann.

»Die Press geht wieder, Vadder«, sagte er, ohne Bodenstein zu beachten. »Soll ich erst die groß Wies am Wald übbe mache oder die obbe am Kloster?«

Erwin Schwarz erhob sich mit einem Ächzen, schob die Träger der Latzhose über seine Schultern und verzog das Gesicht.

»Die Bandscheib«, erklärte er Bodenstein, dann wandte er sich seinem Sohn zu. »Du fährst enuff zum Kloster. Uff dere Wies am Wald mache mer klaane Balle.«

Der junge Mann nickte und verschwand.

»Mir sin midde in de Heuernt«, sagte Schwarz zu Bodenstein, »mer müsse des gude Wedder ausnutze.«

»Dann will ich Sie nicht länger aufhalten«, Bodenstein lächelte freundlich und legte eine seiner Visitenkarten auf die Plastiktischdecke. »Danke für die Auskünfte. Falls Ihnen noch irgendetwas einfällt, rufen Sie mich bitte an.«

Elisabeth Matthes wohnte in einem jener alten Häuser, dessen Tage gezählt waren. Ein Schild im Vorgarten kündigte bereits den baldigen Abriss an. Als Bodenstein auf die Klingel drückte, wurde ihm beinahe in derselben Sekunde die Haustür geöffnet, als hätte die Nachbarin schon auf ihn gewartet. Frau Matthes führte Bodenstein in eine penibel aufgeräumte Küche. Sie war ungefähr Mitte siebzig, von schwerer Osteoporose gebeugt, aber der Blick aus ihren blauen Augen war scharf und wachsam. Zuerst befriedigte Bodenstein ihre Neugier, indem er ihr berichtete, dass Hans-Ulrich Pauly tot sei.

»Das war ja klar, dass es eines Tages so kommen musste«, sagte die Matthes-Else mit bebender Stimme. »Der hat sich ja auch mit jedem angelegt, der Pauly.«

Sie konnte das Gespräch zwischen Pauly und seiner Exfrau beinahe Wort für Wort wiedergeben, wusste noch die genaue Uhrzeit – kurz vor halb neun – und hatte auch den Mann erkannt, der Pauly etwa eine halbe Stunde später aufgesucht hatte.

»Ich war gerade im Garten, um die Blumen zu gießen, da hab ich den Pauly in seinem Vorgarten stehen sehen«, Frau Matthes stützte sich am Küchentisch ab. »Er hat sich über den Zaun mit dem Siebenlist vom Küchen Rehmer unterhalten. Das war einer von seinen Spezis. Wobei …«

Sie legte die Stirn in Falten und dachte nach.

»Eigentlich haben sie gestritten. Der Siebenlist hat zum Pauly gesagt, er würde sich von ihm nicht mit alten Kamellen erpressen lassen.«

Aber Else Matthes hatte an dem Abend noch mehr beobachtet. Als sie gegen halb elf die Mülltonne an den Straßenrand geschoben hatte, war ein Mädchen mit einem Moped aus Paulys Hoftor geschossen, so schnell, dass es die Kontrolle verloren hatte und auf der Straße gestürzt war.

»Bei denen war ja immer Halligalli«, Frau Matthes war die Missbilligung in Person. »Wie im Taubenschlag. Rücksicht war für die ein Fremdwort. Die sind mitten …«

»Kannten Sie das Mädchen mit dem Moped?«, unterbrach Bodenstein die Frau, bevor sie sich in unwichtigen Details ergehen konnte.

»Nein, die sehen ja alle gleich aus. Jeans, kurze Hemdchen, bei denen der halbe Bauch rausguckt«, sagte sie nach kurzem Nachdenken. »Ich glaub, blond war sie.«

»Und was für ein … Motorrad war das?«

Die Matthes-Else grübelte einen Moment, dann erhellte sich ihr faltiges Gesicht.

»Ein Roller!«, sagte sie beinahe triumphierend. »So nennt man die Dinger. Knallgelb. Wie von der Post.«

Dann schien ihr etwas Unglaubliches einzufallen. Sie beugte sich näher zu Bodenstein hin und senkte die Stimme zu einem Flüsterton.

»Meinen Sie, *die* hat den Pauly umgebracht, Herr Kommissar?«

Als Bodenstein um halb sechs im Kommissariat in Hofheim eintraf, hatten Kai Ostermann und Kathrin Fachinger schon einiges über Hans-Ulrich Pauly in Erfahrung bringen können. Wie Zoodirektor Sander am Vormittag zu Pia gesagt hatte, hatte Pauly sich ausgiebig des Mediums Internet bedient, um seine Meinung zu allen möglichen Themen kundzutun.

»Wenn ihr mich fragt«, sagte Ostermann, »dann gab es jede Menge Leute, die ein Motiv hatten, den Kerl umzubringen.«

»Wieso?« Bodenstein zog sein Jackett aus und hängte es über eine Stuhllehne. Sein Hemd war völlig durchgeschwitzt.

»Ich habe seinen Namen gegoogelt«, Ostermann lehnte sich zurück. »Er war in zig Umwelt-, Natur- und Tierschutzbünden aktiv, hat sich gegen die Singvogeljagd in Italien starkgemacht, gegen die Castor-Transporte, er hat eine Klage wegen Feinstaub initiiert, gegen Schlachtpferdetransporte demonstriert. Eine seiner eigenen Webseiten heißt ›Tiere ohne Gitter‹, kurz ToG.«

»Kein Wunder, dass Pauly für den Direktor vom Opel-Zoo ein rotes Tuch war«, bemerkte Pia trocken.

»Aber das ist nur das eine«, sagte Ostermann. »Pauly hat noch eine andere Webseite, die sich *›Das Kelkheimer Manifest‹* nennt, und da wettert er gegen alles, was ihm in Kelkheim nicht passt. Im Moment hauptsächlich gegen den geplanten Ausbau der B8, aber auch gegen die neue Stadtmitte Nord, die Bebauung des Varta-Geländes und so weiter. Er beleidigt ein paar Leute richtig übel.«

»Wen zum Beispiel?«, fragte Bodenstein.

»Den Kelkheimer Bürgermeister Dietrich Funke, einen Mann namens Norbert Zacharias, der wohl für den B8-Ausbau zuständig ist. Und noch jemand namens Carsten Bock …«

»Bock?«, unterbrach Pia ihren Kollegen. »Der hat doch bei Pauly etwas auf den Anrufbeantworter gesprochen! Pauly sollte sich wegen irgendeiner Äußerung entschuldigen.«

»Richtig«, Bodenstein nickte. »Wer ist dieser Mann?«

»Der Chef der Bock Consult, die im Auftrag der Städte Kelkheim und Königstein schall- und verkehrstechnische Gutachten erstellt hat«, antwortete Ostermann. »Die Ergebnisse führten dazu, dass die B8-Angelegenheit im Bundesverkehrswegeplan ganz plötzlich als vordringlich eingestuft wurde. Damit stünde einer Realisierung der Straße nichts mehr im Wege. Pauly behauptet, dahinter steckten wirtschaftliche und finanzielle Interessen der ›Vordertaunus-Mafia‹, zu denen er Funke, Zacharias, Bock und einige weitere Leute zählt. Er bezeichnete sie als Verbrecher, Amigos, korrupte Halunken und so weiter.«

Kathrin Fachinger schrieb die Namen aller Personen, die Ostermann erwähnte, mit Edding auf die große Tafel, die an der Wand des Büros hing. Bodenstein ergriff den Stift und schrieb ›Schwarz‹, ›Exfrau Mareike‹, ›Conradi‹ und ›Siebenlist‹ dazu.

»Sie wissen etwas, was wir nicht wissen«, stellte Pia fest.

»Ich habe einige aufschlussreiche Gespräche geführt«, erwiderte Bodenstein und fügte den Namen ›Zoodirektor Sander‹ hinzu.

»Warum denn der?«, fragte Pia erstaunt.

»Weil mir die Lebensgefährtin von Pauly sagte, dass er Pauly und sein Gefolge neulich bedroht und beinahe überfahren habe.«

»Ich sehe schon«, Pia seufzte, »das wird eine Heidenarbeit.«

»Übrigens, wir haben wahrscheinlich auch die Mordwaffe«, sagte Bodenstein. »Ein altes Hufeisen, an dem die Kollegen von der KTU Blut gefunden haben. Es lag direkt neben der Treppe zur Küche.«

Freitag, 16. Juni 2006

Um kurz vor acht betraten Bodenstein und Pia das Gebäude des Friedrich-Schiller-Gymnasiums. Obwohl offiziell ein Brückentag, wurde der Freitag nach Fronleichnam vom Lehrerkollegium für eine Gesamtkonferenz genutzt. Gleich links vom Eingang befand sich hinter einer Milchglastür das Sekretariat, und dort trafen Bodenstein und Pia das halbe Kollegium in erregter Diskussion an.

»… unmöglich, dass er sich nicht einmal meldet«, empörte sich ein Mann mit Schnauzbart und altmodischer Kassenbrille. »Ich habe auf jeden Fall keine Lust, seinen ganzen Unterricht zu übernehmen.«

»Es ist gar nicht seine Art, einfach nicht zu erscheinen und nicht Bescheid zu sagen.«

»Zu Hause geht niemand ans Telefon, und sein Handy ist ausgeschaltet«, verkündete die Sekretärin von ihrem Schreibtisch aus.

»Vielleicht taucht er noch auf«, ein anderer Lehrer regte sich nicht besonders auf, »es ist erst Viertel vor acht.«

»Falls Sie über Ihren Kollegen Pauly sprechen«, sagte Bodenstein, nachdem sein höflicher Gruß zweimal ignoriert worden war, »er wird heute nicht kommen.«

Alle verstummten und blickten auf. Bodenstein stellte sich und Pia vor, dann räusperte er sich. »Herr Pauly wurde gestern Morgen tot aufgefunden.«

Mit einem Schlag verstummten alle Gespräche; eine Welle kollektiver Betroffenheit ging durch den kleinen Raum.

»Nach ersten Ermittlungen gehen wir davon aus, dass er einem Gewaltverbrechen zum Opfer gefallen ist.«

»O mein Gott«, murmelte eine Frau mit erstickter Stimme und begann zu schluchzen. Die anderen schwiegen. Bodenstein blickte in die Runde, sah schockierte und erschütterte Gesichter. Die Direktorin, eine energische Mittfünfzigerin mit kurzem eisgrauem Haar und runder Brille, bat Bodenstein und Pia in ihr Büro. Auch Ingeborg Wüst war sichtlich betroffen, als sie von Bodenstein erfuhr, was mit ihrem Kollegen geschehen war. Pauly war seit sechzehn Jahren Lehrer am Schiller-Gymnasium, er hatte Biologie, Deutsch und Politikwissenschaften unterrichtet.

»Wie war er so, als Mensch und als Lehrer?«, fragte Pia.

»In fachlicher Hinsicht über alle Zweifel erhaben«, erwiderte die Direktorin. »Die Schüler respektierten ihn, er hat seine Arbeit ernst genommen und für die Probleme der Schüler immer ein offenes Ohr gehabt.«

Pia dachte an Lukas van den Berg, der durch Paulys Einfluss an die Schule zurückgekehrt war und sein Abitur gemacht hatte.

»Hatte er in der letzten Zeit Probleme mit Kollegen oder Schülern?«, wollte Bodenstein wissen.

»Probleme gibt es immer«, Ingeborg Wüst sann eine Weile über eine passende Formulierung nach. »Herr Pauly konnte Menschen begeistern – aber auch genau das Gegenteil erreichen. Man liebte oder man hasste ihn. So kann man es wohl ausdrücken.«

Die schlimme Nachricht hatte sich schon im Lehrerkollegium herumgesprochen, als Bodenstein und Pia das Lehrerzimmer betraten. Chantal Zengler, die Frau, die vorhin im Schulsekretariat in Tränen ausgebrochen war, berichtete, dass Pauly Ärger mit einem Schüler gehabt hatte. Patrick Weishaupt, ein Schüler aus der dreizehnten Jahrgangsstufe, behauptete, Pauly habe ihn durchs Abitur fallen lassen, weil er ihn nicht leiden konnte. Mit Tränen in den Augen berichtete sie von einer Auseinandersetzung, deren Zeugen sie und ihr Kollege Dr. Gerhard am Dienstag nach der Schule geworden waren. Sie hatten zu dritt das Schulgebäude verlassen, Chantal Zengler und Dr. Gerhard waren zu ihren Autos, Pauly zu seinem Fahrrad gegangen, als ein Auto angerast kam und Pauly beinahe überfahren hätte. Sie hielt inne und presste die Lippen zusammen.

»Es sah nach Ärger aus. Deshalb haben wir gewartet.«

»Warum? Wer war der Fahrer des Autos?«

»Patrick Weishaupt. Er hat Herrn Pauly beschimpft. Dr. Gerhard und ich sind näher hingegangen. Patrick hat geschrien: ›Das nächste Mal fahre ich dich über den Haufen! Ich mach dich fertig‹ und Ähnliches. Als er uns gesehen hat, ist er wie ein Wahnsinniger mit quietschenden Reifen weggefahren. Pauly war ganz außer sich. Er sagte, dass Patrick ihn dafür verantwortlich machen würde, weil er durchs Abitur gefallen sei.«

»Halten Sie den Jungen für fähig, Herrn Pauly tatsächlich etwas anzutun?«, forschte Pia. Die Lehrerin zuckte die Schultern.

»Ich weiß es nicht«, sagte sie, »aber er war wirklich sehr aufgebracht.«

Dr. Peter Gerhard, der Oberstufenleiter der Schule, bestätigte die Geschichte. Patrick Weishaupt hatte fest damit gerechnet, das Abitur zu bestehen, und sich deshalb bereits an einer Universität in den USA angemeldet. Die Enttäuschung des Jungen war nachvollziehbar.

Die Adresse in Schlossborn, die Pia von der Schulsekretärin erhalten hatte, entpuppte sich als eine Villa im mediterranen Stil mit Säulen vor der Eingangstür. Vor einer Doppelgarage stand ein schwarzer Chrysler Crossfire. Pia drückte auf die Klingel. Erst nach einem zweiten, nachdrücklichen Läuten wurde die Tür von einem jungen Mann geöffnet, der verschlafen ins helle Tageslicht blinzelte.

»Sind Sie Patrick Weishaupt?«, fragte Pia.

»Wer will das wissen?«, erwiderte der junge Mann unhöflich. Er sah aus, als sei er gerade erst aus dem Bett gekrochen, seine Haare standen in alle Richtungen ab, und er war nur mit einem grauen T-Shirt und einer schmuddeligen Jogginghose bekleidet. Seine Gesichtshaut war fettig und unrein, er roch nach abgestandenem Alkohol und altem Schweiß.

»Die Kripo«, Pia hielt ihm ihre Marke vor die Nase.

»Ja, ich bin Patrick Weishaupt. Um was geht es?«

»Gestern Morgen wurde die Leiche von Hans-Ulrich Pauly gefunden«, begann Bodenstein. »Er wurde erschlagen.«

»Oops«, Patrick Weishaupt zuckte unbeeindruckt die Schultern, »so 'n Pech. Und was hab ich damit zu tun?«

»Im besten Fall gar nichts«, erwiderte Bodenstein. »Uns wurde allerdings erzählt, dass Sie Herrn Pauly am Dienstagmittag vor der Schule beschimpft und massiv bedroht haben.«

»Pauly war'n Idiot«, der junge Mann machte keinen Hehl aus seiner Abneigung. »Der konnte mich nicht leiden, weil ich nicht auf seine bekloppte Öko-Masche abgefahren bin. Um mir eins reinzuwürgen, hat er mir das Abi versaut. Klar, dass ich sauer war.«

»Sauer sein und jemanden bedrohen ist ein Unterschied«, sagte Pia.

»Ich hab den doch nicht bedroht«, Patrick Weishaupt fuhr sich mit der rechten Hand durch sein ungewaschenes Haar.

»Ich wollte mit ihm reden. Mein Vater hat einen Anwalt eingeschaltet. Es geht um einen einzigen lächerlichen Punkt.«

»Sie hatten fest damit gerechnet, das Abitur zu bestehen, und bereits einen Studienplatz in Aussicht. Ist das so?«, fragte Pia.

»Ja«, Patrick Weishaupt musterte sie abschätzend. »Für einen Studienplatz in den USA muss man sich rechtzeitig bewerben.«

»Ohne Abitur wird nichts daraus«, sagte Bodenstein. »Was werden Sie jetzt machen?«

»Mein Anwalt meint, dass ich eine Nachprüfung machen kann«, antwortete Patrick Weishaupt. »Bei einer Notendifferenz von mehr als sechs Punkten zum vorhergehenden Halbjahr ist das möglich. Deswegen wollte ich mit Pauly reden.«

»Zeugen Ihrer Unterredung mit Herrn Pauly hatten aber einen ganz anderen Eindruck als den, dass Sie nur mit Ihrem Lehrer reden wollten«, Pia hätte dem jungen Mann am liebsten geraten, sich so schnell wie möglich unter die Dusche zu stellen, so stark roch er nach Schweiß.

»Sie meinen den Gerhard und die Zengler«, Patrick Weishaupt verzog das Gesicht. »Ist doch logisch, dass die zu ihrem Pauker-Kollegen halten. Ich war vielleicht ein bisschen aufgebracht, mehr nicht.«

»Na ja«, Bodenstein lächelte, »was haben Sie am Dienstag gemacht, nachdem Sie mit Herrn Pauly gesprochen haben?«

»Ich war bei 'nem Kumpel«, der junge Mann dachte nach. »Später haben wir uns im San Marco getroffen und das Fußballspiel Frankreich gegen die Schweiz geguckt.«

»Was ist mit Ihrer Hand passiert?« Pia wies auf den Verband, den Weishaupt um seine linke Hand gewickelt hatte.

»Hab mich an 'nem kaputten Glas geschnitten.«

»Das sieht übel aus. Sie haben einen Bluterguss bis über das Handgelenk«, stellte Pia fest. »Und mit Ihrem linken Bein ist auch irgendetwas nicht in Ordnung. Sie können kaum auftreten. Haben Sie deshalb seit Dienstag nicht mehr geduscht?«

»Wie bitte?« Patrick Weishaupt klappte beinahe der Mund auf.

»Sie riechen stark nach Schweiß«, Pia rümpfte die Nase. »Ziehen Sie doch mal bitte das linke Hosenbein hoch.«

»Warum denn das?« Der junge Mann versuchte, seine Unsicherheit mit Aggressivität zu überspielen. »Was soll das eigentlich? Ich muss mich von Ihnen hier nicht so anmachen lassen!«

Bodenstein warf seiner Kollegin einen raschen Blick zu. Er konnte sich auch nicht ganz erklären, was sie damit bezweckte.

»Wie haben Sie sich am Bein verletzt? Etwa auch durch ein Bierglas?« Pia merkte, dass der Junge etwas zu verbergen hatte. »Oder sind Sie vielleicht von einem Hund gebissen worden?«

»So'n Quatsch! Was für'n Hund denn?«

»Zum Beispiel ein Hund von Herrn Pauly.«

»Ey, jetzt reicht's mir aber«, fuhr Patrick Weishaupt auf. »Wollen Sie mir was anhängen?«

»Nein, natürlich nicht«, Pia lächelte. »Gute Besserung. Falls Ihnen noch etwas zum Dienstag einfällt, rufen Sie mich an.«

Sie drückte dem jungen Mann ihre Visitenkarte in die unverletzte Hand und wandte sich zur Haustür. Bodenstein folgte ihr hinaus. In dem Augenblick fuhr ein silberner Porsche neben den Crossfire, eine dunkelhaarige Frau in den späten Vierzigern blickte zu ihnen hinüber.

»Kann ich Ihnen helfen?«, rief sie, angelte nach ihrer Handtasche auf dem Beifahrersitz und stieg aus. Die Ähnlichkeit zwischen ihr und Patrick war unverkennbar.

»Sind Sie die Mutter von Patrick?« Pia blieb stehen.

»Ja«, die Frau blickte misstrauisch zwischen Pia und Bodenstein hin und her. »Ist etwas passiert? Wer sind Sie?«

»Kripo Hofheim. Patricks Lehrer Pauly wurde tot aufgefunden, und wir haben Ihrem Sohn ein paar Fragen gestellt.«

»Worüber? Was hat er damit zu tun?«

»Wahrscheinlich gar nichts«, Pia lächelte beruhigend. »Wir sind ja auch schon wieder weg. Aber ... eine Frage hätte ich doch noch.«

»Und die wäre?«

»Wie und wann hat sich Ihr Sohn an der Hand und am Bein verletzt?«

Die Frau zögerte ein paar Sekunden zu lange.

»Das weiß ich nicht«, sagte sie dann und lachte nervös. »Patrick ist neunzehn. In dem Alter sagen Jungs ihren Müttern nicht mehr alles.«

»Ja, natürlich«, Pia wusste, dass sie gelogen hatte, »vielen Dank.«

Die Frau sah ihnen nach, dann klapperte sie auf hohen Absätzen schnurstracks auf die Haustür der mediterranen Villa zu.

»Wie kommen Sie darauf, dass er eine Bissverletzung haben könnte?«, fragte Bodenstein auf dem Weg zum Auto.

»Der blutige Handabdruck am Tor bei Pauly«, erinnerte Pia ihn. »Es war nur so ein Schuss ins Blaue, aber für mich sah es wie ein Volltreffer aus. Und Patricks Mutter weiß genau Bescheid.«

Bodenstein schüttelte erstaunt den Kopf. »Ganz schön scharfsinnig von Ihnen.«

Auf der Fahrt zum Kommissariat wanderten Pias Gedanken von Patrick Weishaupt und Pauly zu Henning. Die Erinnerung an die vergangene Nacht stürzte sie unvermittelt in unerklärliche Düsternis. Als sie gestern zusammen auf der Terrasse gesessen, geredet und Rotwein getrunken hatten, war ihr ganz plötzlich bewusst geworden, wie sehr sie die Gesellschaft eines anderen Menschen vermisste. Sie hatte dieses Gefühl als Niederlage empfunden und sehr viel mehr getrunken, als sie vertrug. Und schließlich war sie dort gelandet, wo sie mit Henning nie mehr hatte landen wollen, nämlich im Bett. Aber statt Henning hatte sie einen anderen Mann vor ihrem inneren Auge gesehen, und der Gedanke an ihn hatte sich nicht mehr vertreiben lassen.

»Wenn wir jemanden finden würden, der das Auto von Patrick in der Nähe von Paulys Haus gesehen hat«, sagte Bodenstein, während er durch den Königsteiner Kreisel fuhr, »dann hätten wir einen Grund, ihn vorzuladen und ihm Fingerabdrücke und eine Blutprobe abzunehmen.«

»Hm«, machte Pia nur und setzte ihre Sonnenbrille auf.

»Was ist denn los mit Ihnen?«, fragte Bodenstein. »Gestern waren Sie so blendender Laune und heute blasen Sie Trübsal. Ist etwas mit dem Fohlen?«

»Nein«, entgegnete Pia, »dem geht's gut.«

»Was ist es dann?«

»Ich hab in den letzten Nächten wenig Schlaf bekommen«, redete Pia sich heraus. Es war keine gute Idee gewesen, Henning wiederzutreffen. Aber das konnte sie ihrem Chef ganz sicher nicht sagen.

Wenig später lauschten die Mitarbeiter des K11 Kathrin Fachinger, die einen Artikel mit der Überschrift »*Wilder Westen im Kelkheimer Parlament*« aus der aktuellen Ausgabe der *Taunus-Umschau* vorlas. Bodenstein lauschte mit gerunzelter Stirn.

»Zu einer handfesten Auseinandersetzung in bester Wildwest-Manier kam es am vergangenen Montagabend in der

Sitzung des Kelkheimer Stadtparlaments. Nach einem heftigen verbalen Schlagabtausch zum Thema ›Weiterbau der B8‹ zwischen Hans-Ulrich Pauly (ULK) und der CDU-Fraktion streckte der Stadtverordnete Franz-Josef Conradi (CDU), von Pauly mehrfach abfällig als der ›Worschtkönig aus der Bahnstraße‹ bezeichnet, Pauly kurzerhand mit einer geraden Rechten zu Boden.

Hintergrund der Streitigkeiten: Pauly, engagierter Gegner des B8-Ausbaus, wartete in der Sitzung in gewohnt schonungsloser Manier mit pikanten Details auf, die der Öffentlichkeit bisher nicht bekannt waren oder verschwiegen wurden. Er behauptete, dass während der Planungsphase für die B8 eklatante Fehler bei der Verkehrsprognose gemacht wurden. Verantwortlich für die Unstimmigkeiten zwischen Verkehrs-Vorhersage und tatsächlich gemessenen Verkehrszahlen scheint Norbert Zacharias zu sein, ehemaliger Bauamtsleiter der Stadt Kelkheim, der erst vor kurzem einen gut dotierten Beratervertrag als ausschließlich Zuständiger für die B8-Umgehung erhalten hatte. Zufall oder Absicht, dass die Consulting-Firma von Zacharias' Schwiegersohn Carsten Bock sämtliche Gutachten für den Straßenausbau erstellt hat? Eigenartig fand Pauly auch, dass die Herren Stadtverordneten Schwarz und Conradi vor nicht allzu langer Zeit scheinbar wertloses Grünland erworben haben, das sich rein zufällig auf dem Gelände der geplanten B8-Trasse befindet und im Falle einer Realisierung der Straße das Zehnfache wert sein dürfte. Der ULK-Stadtverordnete jedenfalls wittert Vetternwirtschaft und Vorteilsnahme und stellte die Frage, welches Interesse ein frühzeitig pensionierter Bauamtsleiter, ein scheidender Bürgermeister und andere an der Verwirklichung einer Straße haben, deren ›Verkehrsbedarf zusammenschmilzt wie Eis im Sonnenschein‹.

Nach Conradis Faustschlag brach der Stadtverordneten-

Vorsteher die Sitzung kurzerhand ab. Noch am gleichen Abend verkündete Conradi, dass er nur zu gerne gegen Paulys Grabstein pinkeln würde. Auch der von Bürgermeister Dietrich Funke (CDU) tags zuvor in kleiner Runde scherzhaft gemachte Vorschlag, unangenehme Kontrahenten im Streit um den wieder aktuell gewordenen Ausbau der B8 am besten mit einem Betonklotz an den Füßen im Braubachweiher zu versenken, gewinnt vor dem Hintergrund der Ereignisse vom Montagabend an Brisanz. Die Sache schwelt auf jeden Fall heftig weiter; wir werden berichten.«

»Pauly hatte sich viele Feinde gemacht«, überlegte Bodenstein laut. »Angefangen beim Direktor vom Opel-Zoo, über seine Nachbarn bis hin zu den Vertretern der Stadt Kelkheim.«

»Seine Exfrau nicht zu vergessen«, warf Pia ein.

»Und Metzgermeister Conradi«, ergänzte Kathrin Fachinger.

»Was hat es denn mit dieser B8-Sache eigentlich auf sich?« Frank Behnke spielte gelangweilt mit einem Kugelschreiber. Als gebürtiger Sachsenhäuser betrachtete er alles, was sich außerhalb der Frankfurter Stadtgrenzen befand, als tiefste Provinz. Ostermann umriss mit knappen Worten die B8-Problematik, an der sich seit beinahe dreißig Jahren die Gemüter der Kelkheimer Bürger erhitzten. 1979 hatten junge Leute aus Kelkheim und Königstein im Liederbachtal in der Nähe der Roten Mühle den bereits für die geplante Straße aufgeschütteten Damm besetzt, ein Hüttendorf errichtet und fast zwei Jahre dort ausgeharrt. Pauly war einer jener Dammbesetzer gewesen. Später hatte er in Kelkheim die Unabhängige Liste Kelkheim, kurz ULK, mitbegründet und seitdem heftige Oppositionspolitik betrieben. Nach der Räumung des Damms im Mai 1981 war es eine ganze Weile still um den Ausbau der Straße geworden, die zurzeit bei Kelkheim-Hornau endete.

Mit dem Argument, das berüchtigte Nadelöhr des Königsteiner Kreisels zu entlasten, an dem sich zu den Hauptverkehrszeiten regelmäßig lange Staus bildeten, war vor ein paar Jahren die Diskussion um den Ausbau der Straße neu entflammt. In einem Raumordnungsverfahren wurde derzeit geklärt, ob tatsächlich Bedarf für den Ausbau der vierspurigen Schnellstraße bestehe.

»Vor ein paar Tagen haben Vertreter der Umweltschutzverbände aus Kelkheim und Königstein dem Regierungspräsidenten zweitausend schriftliche Einwendungen gegen den Straßenausbau übergeben.« Ostermann hatte sich umfassend informiert. »Die Planungsunterlagen für den Straßenausbau wurden in den Rathäusern von Kelkheim und Königstein zur Einsichtnahme durch die Bürger ausgelegt, die Einwendungen einreichen können. Es gab heftige Vorwürfe, weil die Unterlagen ausgerechnet in den Osterferien ausgelegt wurden, in Königstein sogar nur in den Büros im Rathaus, wo eine gründliche Einsichtnahme so gut wie gar nicht möglich war.«

»Komm zur Sache, Kai«, Behnke wurde ungeduldig. »Wird die Straße jetzt gebaut oder nicht?«

»Genau da kommen wir zu dem Punkt, an dem sich Pauly ziemlich weit aus dem Fenster gelehnt hat.« Ostermann räusperte sich. »Letzten Montag hat er auf seiner ›Kelkheimer-Manifest-Seite‹ im Internet ein Pamphlet veröffentlicht, in dem er behauptet, dass die automatische Zählstelle in Höhe des Königsteiner Friedhofs von der Bock Consult bei der Berechnung der Verkehrsprognosen absichtlich außer Acht gelassen wurde. Außerdem sei in den Gutachten nicht erwähnt worden, dass sich der Kreisel in Königstein bereits im Umbau befindet, der den Verkehr erheblich entlastet wird.«

Ostermann blätterte in seinen Notizen.

»Angeblich hat Pauly schriftliche Beweise für geheime

Absprachen zwischen der Stadt, dem Hessischen Straßenverkehrsamt, dem Ministerium für Straßenbau in Berlin und der Bock Consult.«

Bodenstein hörte schweigend zu. Im Großen und Ganzen waren ihm die Fakten um den Straßenausbau bekannt. Neu waren allerdings auch ihm die angezweifelten Gutachten und die offensichtliche Vetternwirtschaft. Es war durchaus denkbar, dass hinter Paulys Tod tatsächlich persönliche Motive einiger Entscheidungsträger steckten. Hatte er sterben müssen, weil er kriminelle Absprachen und illegale Vereinbarungen aufgedeckt hatte?

Bürgermeister Dietrich Funke begrüßte Bodenstein und Pia mit der offiziellen Herzlichkeit des routinierten Kommunalpolitikers. Er führte sie zu einer Sitzecke in seinem großen Büro.

»Bitte, nehmen Sie Platz«, sagte er mit einem freundlichen Lächeln. »Was führt die Kriminalpolizei zu mir?«

»Gestern Morgen wurde die Leiche von Hans-Ulrich Pauly gefunden«, begann Bodenstein ohne große Einleitung und beobachtete, wie das Lächeln vom Gesicht des Bürgermeisters verschwand und einem fassungslosen Ausdruck wich. »Wir müssen davon ausgehen, dass er einem Gewaltverbrechen zum Opfer gefallen ist.«

»Das ist ja entsetzlich«, Bürgermeister Funke schüttelte den Kopf.

»Wir haben gehört, dass es am Montagabend während einer Sitzung zu einem Eklat gekommen ist«, fuhr Bodenstein fort.

»Ja, das steht ja wohl auch heute in der Zeitung«, der Bürgermeister machte keinen Versuch, den Vorfall zu beschönigen. »Pauly und ich konnten uns nicht besonders leiden. Ich war sozusagen sein Lieblingsfeind. Es fing vor fünfundzwanzig Jahren an, als Pauly und einige andere junge Leute das legendäre Dorf auf dem Damm bauten. Ich war damals sicher, dass sie nicht lange durchhalten und vor dem Winter aufgeben würden.«

Funke setzte die Brille ab und rieb sich die Augen.

»Im Nachhinein denke ich, dass meine Haltung und Reaktion damals ein besonderer Ansporn für sie war, erst recht durchzuhalten. Später gründeten sie die ULK und erreichten bei der Kommunalwahl auf Anhieb 11,8 Prozent. Seitdem war Pauly im Stadtparlament und stets darauf bedacht, mir das Leben schwerzumachen.«

Der Bürgermeister schob sich wieder die Brille auf die Nase und lächelte wie ein gutmütiger, freundlicher Frosch.

»Am Montag ging es um die Pläne zum Ausbau der B8«, fuhr er fort. »Das Land Hessen hat ein Raumordnungsverfahren eingeleitet, und wir – die Städte Kelkheim und Königstein – trugen die erforderlichen Zahlen und Fakten zusammen. Eine unabhängige private Consultingfirma erarbeitete ausführliche Gutachten über die zu erwartende Verringerung der derzeitigen Lärm- und Umweltbelastungen und eine Entlastung des Verkehrs in den Innenstädten. Die neue Straße wird die Verkehrssituation erheblich entschärfen.«

»Auf der Webseite von Pauly klingt das ganz anders«, wandte Pia ein.

»Es ist unstrittig, dass der neuen Straße wirklich einige schöne Spazierwege und Baumbestände zum Opfer fallen werden«, erwiderte der Bürgermeister. »Aber die Verhältnismäßigkeit zwischen dem Nutzen der Straße für Zehntausende von Pendlern aus dem Hintertaunus, den Bewohnern der betroffenen Städte und dem Schaden für die Natur sollte doch bedacht werden. Pauly neigte zu Polemik.«

»Er hat einigen Magistratsmitgliedern Korruption und finanzielles Eigeninteresse vorgeworfen«, Pia lächelte freundlich. »Außerdem hat er Sie und andere Herren als ›Vordertaunus-Mafia‹ bezeichnet.«

»In diesem Tonfall hat er uns am Montag wieder einmal beschimpft, das ist richtig«, bestätigte Funke und seufzte. »Pauly wurde persönlich und unsachlich, aber das waren wir von ihm seit vielen Jahren gewöhnt. Adjektive wie ›korrupt‹ und ›mafiös‹ gehörten zu seinem üblichen Wortschatz.«

»Ich kann mir nicht vorstellen, dass er ohne jeglichen Beweis solche Verdächtigungen geäußert hat«, beharrte Pia.

»Sein unbeherrschter Auftritt hat seinen eigenen Parteifreunden missfallen«, erwiderte Funke. »Pauly hatte für nichts Beweise, wie üblich. Viele derjenigen, die von ihm so übel beschimpft und verleumdet wurden, haben es nicht so gelassen aufgenommen wie ich. Wäre er jetzt nicht tot, so könnte er sich auf einige Anzeigen wegen Rufmord und Verleumdung freuen.«

»Zum Beispiel von Carsten Bock«, merkte Pia an.

»Zum Beispiel«, der Bürgermeister nickte.

»Wenn ich das richtig sehe«, sagte Pia, »dann sind es Gutachten von Herrn Bock gewesen, die für das Misstrauen der Umweltorganisationen gesorgt haben, nicht wahr? Es ist ja schon ein wenig pikant, dass ausgerechnet Bocks Schwiegervater zum Beauftragten für das Straßenbauprojekt gemacht wurde.«

Bürgermeister Funke überlegte einen Moment.

»So betrachtet, mag es so aussehen«, bestätigte er dann. »Wenn ich ehrlich bin, habe ich darüber nicht nachgedacht. Jemand musste die Koordination übernehmen. Zacharias war jahrelang der Leiter des Bauamtes hier in Kelkheim. Er kennt sich mit dem Prozedere aus, ist ein Fachmann.«

»Aber es gibt der Sache doch wohl einen etwas eigenartigen Beigeschmack, wenn der eigene Schwiegersohn teure Gutachten erstellt, die sich bei genauerer Überprüfung als falsch herausstellen.«

»Es wurden Fehler gemacht«, räumte der Bürgermeister ein. »Wir sind alle nur Menschen. Nur jemand wie Pauly konnte da eine Absicht hineininterpretieren.«

Er warf einen Blick auf die Uhr an seinem Handgelenk.

»Ich habe nur noch eine Frage«, Pia schrieb weiter, ohne aufzublicken. »Wer hat Herrn Zacharias als Beauftragten für das Straßenbauprojekt vorgeschlagen?«

Dem Bürgermeister war diese Frage offensichtlich unangenehm.

»Nun ja, Bock fragte mich nach einem geeigneten Mann«, gab er nach kurzem Zögern zu, »und Zacharias kennt sich hervorragend mit allen Vorschriften und Anforderungen aus, die im Zusammenhang mit einem solchen Projekt stehen. Wenn ich es recht bedenke, hat Bock mich auf die Idee gebracht, Zacharias vorzuschlagen. Aber ich hielt die Wahl für gut. Zacharias ist ein Fachmann und unparteiisch dazu.«

»Sind Sie da ganz sicher?«

»Natürlich. Sonst hätte ich das nicht unterstützt«, erwiderte Funke unbehaglich. »Zweifeln Sie etwa daran?«

»Ja«, Pia nickte, »daran zweifeln wir mittlerweile.«

Der Wirt des Goldenen Löwen bestätigte wenig später, dass Erwin Schwarz am vorausgegangenen Dienstagabend beim Stammtisch gewesen sei, wie jeden Dienstag.

»Wann ist Herr Schwarz gegangen?«, fragte Pia.

»Genau weiß ich's nicht«, der Wirt hob die Schultern, »aber es war spät. Er war einer der Letzten. Einer der anderen Stammtischler hatte noch angeboten, ihn nach Hause zu fahren, weil er ganz ordentlich geladen hatte.«

»Haben Sie zufällig mitbekommen, über was sich die Herren unterhalten haben?«, wollte Bodenstein wissen.

»Ich nicht, aber vielleicht unsere Bedienung«, der Wirt winkte einer üppigen blondierten Frau Mitte fünfzig, die gerade mit einem leeren Tablett durch den Schankraum kam. Ihre Erinnerung an den letzten Stammtischabend war detailliert.

»Der Schwarze Erwin war mal wieder auf hundertachtzig«, sagte sie. »Es ging um irgendeine Sitzung und um den Pauly, den Nachbarn vom Schwarz. Mit dem haben die es mindestens einmal pro Abend.«

»Wer gehört noch zur üblichen Runde?«, erkundigte Bodenstein sich. Die Frau überlegte kurz, dann zählte sie ein paar Namen auf, unter anderem die von Metzgermeister Conradi und Norbert Zacharias.

»Waren die beiden am Dienstag auch hier?«

»Der Conradi nicht, nein«, sie schüttelte den Kopf, »der hatte irgendetwas anderes zu tun, aber der Zacharias war da. Ungefähr bis zehn, dann ist er weg. Er war den ganzen Abend ziemlich still. Danach hat der Schwarz erst richtig losgelegt.«

Zwei Männer betraten den Schankraum und gingen zu einem der Tische neben dem Tresen.

»Ist das nicht Buchhändler Flöttmann?«, erkundigte sich Bodenstein bei der Bedienung. Die Frau wandte sich um.

»Ja, das ist er«, bestätigte sie. »Der Flöttmann und der Siebenlist, zwei Freunde vom Pauly.«

»Siebenlist?«, fragte Pia. »Vom Möbelhaus Rehmer?«

»Genau der«, die Kellnerin nickte und fügte in einem vertraulichen Tonfall hinzu: »Seitdem die Frau vom Flöttmann mit dem Manthey vom Reisebüro abgehauen ist, kommt er fast jeden Mittag hierher zum Essen. Manchmal ist der Siebenlist dabei, und hin und wieder war auch der Pauly da.«

Bereitwillig offenbarte sie ihr profundes Wissen über die verschlungenen Windungen des geheimen Privatlebens ihrer Stammkunden.

»Mindestens einmal in der Woche gönnt sich der Pauly ein Schnitzel oder ein Rumpsteak. Immer nur Gemüse und Tofu, das ist wohl nicht das Wahre. Und neulich saß sogar der Zacharias dabei, aber das darf der Schwarze Erwin natürlich nicht wissen.«

Die beiden Männer bemerkten Bodenstein und Pia erst, als diese direkt neben dem Tisch standen, so vertieft waren sie in eine mit leisen Stimmen geführte, aber ziemlich erregte Diskussion. Beide hatten natürlich schon von Paulys Tod gehört, Esther Schmitt hatte sie gestern angerufen, und Flöttmann war sogar zu ihr hingefahren, um sie zu trösten. Er war groß und hager mit einem gepflegten Fünf-Tage-Bart und randloser Brille, sein graumeliertes Haar lichtete sich an der Stirn.

»Wir waren Freunde seit unserer gemeinsamen Schulzeit«, Flöttmann zog an seiner Zigarette. »Ich bin total schockiert.«

Stefan Siebenlist, der Geschäftsführer des Möbelhauses Rehmer, war ein dicklicher Mann mit Stirnglatze, Brille und einem markanten Feuermal an der linken Schläfe, dem man den früheren Dammbesetzer nicht mehr ansah. Er hatte wässrige Augen und einen feuchten Händedruck, den Pia sich unauffällig an ihrer Jeans abwischte. Flöttmann und Siebenlist hatten gemeinsam mit Pauly die Schule besucht, als Oberschüler aus Protest gegen konservative Elternhäuser mit der ultralinken Szene, den Atomkraftgegnern und der RAF sympathisiert, um Ende der siebziger Jahre ein ideologisches Zuhause bei den neu gegründeten GRÜNEN zu finden. Ihre tatkräftige Beteiligung an der Besetzung des B8-Dammes im Mai 1979 war aus voller Überzeugung geschehen. Doch während Pauly seine linke Gesinnung und seine Protesthaltung während des Studiums weiter kultiviert hatte, hatten es seine Freunde für besser gehalten, sich den sozialen Normen anzupassen. Wolfgang Flöttmann hatte die Buchhandlung seiner Eltern übernommen, Stefan Siebenlist hatte Bärbel Rehmer geheiratet und war seit zehn Jahren Geschäftsführer des renommierten Möbelhauses Rehmer. Beide galten in Kelkheim als angesehene Bürger und hatten entscheidend dazu beigetragen, die ULK in der Stadt zu etablieren. Vor ein paar Jahren hatte Siebenlist den Vorsitz übernommen, nachdem die anderen Mitglieder Pauly als zu radikal abgewählt hatten.

»Ich kann nichts Schlechtes über Ulli sagen«, Flöttmann schob mit dem Zeigefinger die Brille hoch zur Nasenwurzel. »Er konnte einerseits hitzköpfig und kompromisslos sein, andererseits aber großherzig und großzügig. Er war mein Freund, auch wenn wir oft und sehr kontrovers diskutiert haben. An Ulli konnte man sich reiben. Er wird mir fehlen.«

Er lächelte traurig und seufzte.

»Vor allen Dingen tut es mir schrecklich leid, dass wir uns bei unserer letzten Begegnung gestritten haben. Jetzt gibt es keine Möglichkeit mehr für eine Versöhnung.«

»Wieso haben Sie sich gestritten?«, fragte Bodenstein.

»Ulli hat uns mit seinen öffentlichen Verunglimpfungen in letzter Zeit leider mehr geschadet als genutzt«, Flöttmann drückte seine Zigarette im Aschenbecher aus. »Sehr viele Kelkheimer sind gegen den Ausbau der B8, wir erfahren große Unterstützung – nicht nur aus den Reihen unserer Mitglieder. Aber wir müssen bei allem Engagement und aller Leidenschaft sachlich bleiben. Ulli wollte das nicht verstehen. Als ich ihn am Montag bei der Parlamentssitzung bremsen wollte, hat er mich beschimpft. Ich habe es ihm nicht übelgenommen. Ich kannte ihn ja.«

»Was genau war denn am Montag los?«, erkundigte Bodenstein sich.

»Es ging wieder mal um den Ausbau der B8«, erwiderte Flöttmann, »ein Schreiben des Regierungspräsidenten wurde verlesen, in dem das Raumordnungsverfahren als abgeschlossen und die zweitausend Einwendungen der Bürger als unbedeutsam bezeichnet wurden. Als es von der CDU-Fraktion Beifall gab, hat Ulli losgelegt. Er behauptete, er habe Unterlagen über die falschen Zahlen, die die Bock Consult ihren sämtlichen Gutachten zugrunde gelegt hatte. Die waren übrigens keine bloße Spekulation, sondern Tatsache. Darüber hatten wir schon mit der Vorsitzenden des BUNTE und dem Vorsitzenden der Königsteiner ALK gesprochen. Wir waren uns einig, dass wir aufgrund dieser Zahlen neue Gutachten fordern würden. Pauly behauptete aber, dass wir damit keine Chance hätten, weil die Korruption bis nach Berlin reiche. Beamte des Landesamtes, des Regierungspräsidiums und des Verkehrsministeriums hätten die Finger im Spiel.«

Pia machte sich Notizen.

»Aber Ulli hatte noch mehr auf Lager«, sagte Flöttmann. »Schwarz und Conradi sind fast geplatzt, als Ulli jedes ihrer Grundstücke auf der geplanten Trasse samt Flur- und Flurstücksnummer aufgezählt hat.«

»Schwarz hat Wiesen im Liederbachtal«, ergänzte Siebenlist, »Conradi in der Nähe von Schneidhain, Zacharias überall einige und Stadtverordnetenvorsteher Nickel oben auf dem Reis. Delikat ist, dass sie diese Wiesen erst vor kurzem erworben haben, kurz bevor die Trassenführung öffentlich bekannt geworden ist.«

»Wieso ist das delikat?« Pia verstand nicht ganz.

»Weil sie dabei von ihrem Insiderwissen Gebrauch gemacht haben«, Siebenlist tupfte sich die Stirn mit einem Taschentuch ab. »Sie haben den Quadratmeter für zwei Euro gekauft, als Acker- oder Grünland. Bei einem Bau der Straße werden sie vom Land Hessen mindestens zehn Euro bekommen. Die früheren Besitzer der Grundstücke sind ziemlich verärgert und wollen sogar klagen.«

»Verständlich«, Bodenstein räusperte sich, »aber welche Beweise hatte Pauly denn nun für seinen Verdacht, verschiedene Ministerien hätten sich bestechen lassen?«

»Angeblich Kopien vom Schriftverkehr zwischen der Bock Consult und den Bestochenen. Ich habe sie aber nie gesehen.«

»Welches Interesse sollte die Firma Bock am Bau der Straße haben?«, erkundigte Pia sich. »Sie haben doch nur die Gutachten angefertigt.«

»Die Bock Consult ist nur ein Unternehmen von vielen unter dem Dach der Bock Holding«, antwortete Siebenlist. »Pauly hatte ausführlich recherchiert. Zu dieser Holding gehören Firmen für Straßenbau, Hoch- und Tiefbau, für Straßenmarkierung und die Errichtung von Leitplanken. Schon seit Jahren erhalten diese Unterfirmen sämtliche Aufträge der Städte Kelkheim und Königstein, denn sie geben eigenartigerweise bei jeder öffentlichen Ausschreibung das günstigste Angebot ab.«

»Das ist aber doch wirklich interessant«, sagte Bodenstein.

»Es wäre ein Knaller, wenn wir das hätten beweisen können«, erwiderte Siebenlist. »Aber ich fürchte, dass wir das nicht mehr hinkriegen. Durch Ullis Beschimpfungen sind jetzt alle Beteiligten gewarnt, und ich wette, die Reißwölfe sind schon heiß gelaufen.«

»Wen hat Pauly konkret verdächtigt?«, hakte Bodenstein nach.

»In erster Linie Zacharias, außerdem Georg Schäfer, den Leiter vom Bauamt des Main-Taunus-Kreises, und Carsten Bock, den Geschäftsführer der Bock Consult.«

»Warum sind Sie am Dienstagabend noch mal bei Pauly gewesen?«, wollte Bodenstein wissen. Siebenlist zögerte.

»Ich wollte noch mal mit ihm reden. In Ruhe.«

»Worüber?«

»Na ja, über den Montagabend eben.«

»Sie haben Pauly aber auch vorgeworfen, er wolle Sie mit einer alten Kamelle erpressen«, Bodenstein bemerkte, dass Siebenlist erschrak. »Erzählen Sie uns, um was es da ging?«

»Ach, eine uralte Sache«, Siebenlist tat gelassen, aber er presste seine Finger so fest um das Apfelweinglas, dass die Fingerknöchel weiß hervortraten. »Ulli hatte das nicht so gemeint. Ich war nur erst ziemlich wütend.«

»Wie wütend?«, fragte Pia.

»Wie meinen Sie das?« Er warf ihr einen irritierten Blick zu.

»Waren Sie wütend genug, um ihn umzubringen?«

»Ich möchte doch sehr bitten«, Siebenlist gab sich konsterniert, »ich habe körperliche Aggression mein Leben lang gehasst. Für mich ist Gewalt keine Lösung.«

Pia bemerkte, wie seine Finger zitterten.

»Das ist für viele Menschen keine Lösung«, sie lächelte. »Aber oft erscheint sie jemandem, der in Bedrängnis gerät, als die einzige Lösung. Zum Beispiel dann, wenn eine längst vergessene Jugendsünde die Existenz bedroht.«

Siebenlist lief der Schweiß nun in Bächen über die feisten Wangen.

»Erzählen Sie uns von Ihrem Gespräch mit Pauly am Dienstagabend«, forderte Bodenstein den Mann auf, der ein Gesicht machte, als bereue er jedes Wort, das er gesagt hatte.

»Womit hat Pauly Ihnen gedroht, dass Sie so wütend geworden sind?«

»Es ging um einen Unfall«, erwiderte Siebenlist unbehaglich. »Das war 1982. Ich weiß gar nicht, wie er darauf gekommen ist. Aber er hat es mir immer nachgetragen, dass ich die Wahl zum Vorsitzenden der ULK gewonnen habe. Er warf mir damals vor, ich hätte Intrigen gegen ihn geschmiedet. Ulli hat sich immer als Verfolgten gesehen, als Märtyrer, als Opfer von Verschwörungen. In Wirklichkeit hat er es einfach zu nichts gebracht.«

»Aber Sie schon«, warf Pia ein. »Sie sind ein angesehener Bürger, Vorsitzender des Kelkheimer Gewerbevereins, Geschäftsführer eines der renommiertesten Möbelgeschäfte. Ein netter kleiner Skandal – auch wenn er schon vierundzwanzig Jahre zurückliegt – würde Ihrem Ansehen ordentlich schaden, nicht wahr?«

Dem Mann drohten die Augen aus dem Kopf zu quellen.

»Ich habe Ulli nichts getan«, sagte er. »Ich habe nur mit ihm geredet, mehr nicht. Als ich weggefahren bin, war er noch höchst lebendig.«

»Wo sind Sie hingefahren?«

»In mein Büro. Ich hatte noch ein paar Angebote zu schreiben und keine Lust auf den Fußballrummel.«

»Zeugen?«

»Die Putzfrau war bis um zehn da. Danach war ich allein.«

Bodenstein und Pia wechselten einen Blick, der bei Siebenlist einen erneuten, heftigen Schweißausbruch hervorrief.

»Nach unseren Erkenntnissen starb Herr Pauly etwa gegen 22:30 Uhr«, sagte Pia. »Sie waren wütend auf ihn und am selben Abend sogar noch bei ihm. Sie haben kein Alibi für die Tatzeit.«

»Aber das ist doch Unsinn«, meldete sich Flöttmann zu Wort. »Wir waren Freunde, hatten nur eine Meinungsverschiedenheit. Andere hatten viel eher einen Grund, ihm den Tod zu wünschen.«

»Wer denn zum Beispiel?«

Flöttmann zögerte einen Moment.

»Ich will hier niemanden zu Unrecht verdächtigen«, er blickte rasch zu seinem Freund Siebenlist hinüber. »Es war eine sehr emotionsgeladene Situation, in der man schon mal etwas sagt, was man nicht so meint.«

»So wie Conradi, der gesagt hat, er würde gerne an Paulys Grabstein pinkeln?«, fragte Bodenstein.

»Genau«, Flöttmann rückte seine Brille gerade. »Das ist doch Quatsch.«

»Möglich«, erwiderte Bodenstein, während sich die Kellnerin mit den bestellten Essen der beiden Herren näherte, »aber vor dem Hintergrund dessen, dass Pauly einen Tag später ermordet wurde, gewinnt eine solche Bemerkung unwillkürlich an Bedeutung.«

Flöttmann ließ sich sein Mittagessen schmecken, aber Siebenlist schien der Appetit vergangen zu sein, er rührte seinen Teller kaum an.

Behnke und Kathrin Fachinger hatten in der Zwischenzeit mit vielen Nachbarn aus dem Rohrwiesenweg gesprochen, die entweder Fußball geguckt oder in ihren Gärten gesessen hatten. Niemand hatte etwas gehört oder gar etwas Auffälliges bemerkt. Allerdings hatten einige der Nachbarn die Aussagen von Erwin Schwarz und Elisabeth Matthes bestätigt, dass bei Pauly immer etwas los gewesen sei. Man war leidlich an geräuschvoll an- und abfahrende Mopeds und Autos gewöhnt, an bellende Hunde, eine immer zugeparkte Straße, an lautes Gelächter und Geschrei – selbst wenn Dienstagnacht etwas geschehen wäre, hätte es niemand als ungewöhnlich empfunden. Hendrik Keller, der Verfasser des Artikels bei der *Taunus-Umschau*, hatte Ostermann erzählt, dass er am Sonntagabend auf der Terrasse des Ausflugslokals Zum fröhlichen Landmann zufällig am Nachbartisch des Bürgermeisters gesessen und das Gespräch zwischen Funke und seinen Freunden mit angehört hatte – ohne Schwierigkeiten, wie er versicherte, denn niemand habe sich Mühe gegeben, leise zu sprechen. Die Männer hatten eine Weile auf Norbert Zacharias gewartet, dann aber ohne ihn gespeist. Funke hatte vermutet, dass dem ehemaligen Bauamtsleiter vor dem Erörterungstermin mit den Naturschutzorganisationen nicht ganz wohl sei, ein anderer hatte die Befürchtung geäußert, Zacharias könne noch umkippen. Dem hatte ein Dritter mit den Worten widersprochen, Zacharias sei nicht das Problem, viel wichtiger sei es, Pauly vor dem Termin mundtot zu machen, wenigstens vorübergehend.

»Zacharias hat für die Tatzeit kein Alibi«, stellte Pia fest. »Die Bedienung im Goldenen Löwen sagte, er sei um zehn Uhr gegangen.«

»Und im Moment sieht es so aus, als habe dieser Zacharias am meisten von allen zu verlieren«, stimmte Ostermann zu.

»Sehe ich auch so«, Bodenstein nickte und warf einen Blick auf seine Uhr. »Ich werde ihn mal besuchen.«

»Was machen wir?«, erkundigte sich Pia.

»Sie und Behnke fahren in Paulys Bistro, das müsste ja jetzt auf sein.«

Ihm entging nicht ihr missvergnügter Blick. Behnke war derjenige Kollege, den Pia am wenigsten leiden konnte. Ihre Abneigung beruhte auf Gegenseitigkeit. Entgegen ihrer ersten Annahme, er verüble ihr die Anerkennung Bodensteins, hatte sie in der Zwischenzeit begriffen, dass Behnke sie einfach nicht zu mögen schien. Pia fand ihren Kollegen arrogant, seine Vorliebe für frauenfeindliche Witze platt und kindisch und den Kult, den er mit seinem aufgemotzten Auto betrieb, peinlich.

Während sie noch überlegte, ob sie ihren Chef wohl überreden könnte, mit ihr zu tauschen, summte ihr Handy.

»Hallo, Henning«, sagte sie, als sie die Nummer des Anrufers sah. »Was gibt's?«

»Ich habe mir den Toten vom Opel-Zoo noch mal angeschaut«, erwiderte Kirchhoff. »Er hat eine Weile auf dem Rücken gelegen, bevor er auf der Wiese abgelegt wurde. Die Flecken sind zwar ziemlich verblasst, aber ich bin mir sicher, dass ich an den Aufliegestellen an der Schulter und am Gesäß Abdrücke einer Oberflächenstruktur erkenne, die an eine Holzpalette erinnert.«

»Eine Palette?« Pia blieb stehen.

»Ja, dazu passen auch die Holzsplitter, die ich gestern im Hautgewebe der Waden und Oberarme gefunden habe. Du erinnerst dich, ich bin zuerst nicht drauf gekommen, woher sie stammten.«

»Holzpaletten können überall herumstehen. Hast du nicht noch mehr?«

»Doch«, sagte Kirchhoff, »ich habe an den Rückseiten der Beine und Arme und in den Haaren Spuren von Natriumchlorid gefunden.«

»Natriumchlorid?« Pia stutzte. »Was ist das?«

»Ich weiß, dass du in Chemie schlecht warst«, Kirchhoff klang belustigt, »aber das gehört eigentlich zur Allgemeinbildung: Natriumchlorid ist Kochsalz.«

»Mit wem sollen wir denn hier reden?« Behnke blickte sich lustlos um. Es war noch nicht viel los im Grünzeug, nur an einem der hinteren Tische saßen drei junge Frauen und tranken Kaffee.

»Es werden schon ein paar Leute auftauchen«, Pia hatte sich das Grünzeug als eine schmuddelige Kneipe mit bärtigen, diskutierenden Altachtundsechzigern vorgestellt und war von dem geschmackvoll und modern eingerichteten Bistro im Erdgeschoss eines Eckhauses an der Hauptstraße angenehm überrascht. Im vorderen Bereich standen chromblitzende Barhocker an mehreren Bistrotischen, und entlang eines langen, verspiegelten Tresens weiter hinten im Gastraum gruppierten sich gemütliche, mit Leder bezogene Stühle um Holztische. Neben dem Eingang zur Küche führte eine weit geöffnete Tür in einen Innenhof, in dem Biertische und Bänke in Reihen standen. An der Wand zwischen Bar und Kücheneingang hing ein großes, gerahmtes Schwarzweißfoto von Hans-Ulrich Pauly mit einem Trauerflor. Pia blieb stehen und betrachtete den Mann, an dem sich in ganz Kelkheim offenbar die Geister geschieden hatten. Krause, graue Locken, ein schmales Gesicht, eine runde Brille. Er wirkte auf Pia nicht unbedingt charismatisch. Was hatte dieser Mann wohl an sich gehabt, um gleichermaßen Bewunderung und Hass auf sich zu ziehen? Sie steuerte auf einen der Tische zu und setzte sich. Wie aus dem Nichts erschien ein junges Mädchen und trat an ihren Tisch.

»Hallo, ich bin Aydin«, sagte sie, reichte ihnen die Speisekarte und servierte ihnen einen Berg Tacochips. Behnke stopfte sich eine Handvoll Chips in den Mund und starrte dem Mädchen anerkennend nach. Er hatte sich in den Ledersessel gefläzt und kehrte wie üblich den Macho heraus.

»Ich esse hier nichts«, verkündete er. »Von dem Tofu- und Gemüsekram krieg ich Ausschlag.«

»Ach was, haben Sie etwa gestern Gemüse gegessen?«, fragte Pia süffisant. Behnke warf ihr einen verärgerten Blick zu. Die Allergien, mit denen er gerade in den Sommermonaten zu kämpfen hatte, waren sein wunder Punkt. Er sagte aber nichts, weil Aydin zurückkehrte. Pia bestellte einen Mangosaft und einen Kräuterbagel mit Frischkäse. Vier Mädchen betraten das Bistro und setzten sich an den Tresen, hinter dem ein junger Mann an einer Stereoanlage herumhantierte. Wenig später ertönte leise Hintergrundmusik. Behnke hatte sich schließlich für ein Hawaii-Sandwich entschieden und kaute missmutig. Pia beobachtete die jungen Leute, die nach und nach von draußen hereinkamen. Die meisten von ihnen blieben im vorderen Bereich des Bistros, setzten sich an die hohen Tische oder an den Tresen. Sie wirkten traurig und betroffen, unterhielten sich mit gedämpften Stimmen und umarmten sich gegenseitig tröstend. Einige der jungen Leute schlenderten allerdings quer durch das Bistro und verschwanden hinter einer Tür mit der Aufschrift »Privat«. Es war kurz nach halb sieben, als Lukas van den Berg zur Tür hereinkam. Er war sofort umringt von trostsuchenden Mädchen, die schluchzten und sich von ihm umarmen ließen. Nach einer Weile ging Lukas hinter den Tresen und machte sich an die Arbeit. Wieder kamen zwei Jungen herein, überm Arm Motorradhelme. Sie grüßten Lukas, beachteten die vorwiegend weibliche Trauergesellschaft nicht weiter und gingen zielstrebig auf die Tür hinten im Bistro zu. Offenbar gab es unter den Jugendlichen einige, die der Tod von Pauly nicht besonders aus der Fassung brachte.

Falls das Architektenehepaar Graf das Haus, in dem sich ihr Büro befand, selbst entworfen hatte, dann waren sie Könner ihres Fachs. Bodenstein war ehrlich beeindruckt von dem ungewöhnlich restaurierten Fachwerkhaus in der Bad Sodener Altstadt. Seit einer guten Viertelstunde saß er in einem angenehm klimatisierten Besprechungszimmer im Erdgeschoss. Sein Besuch bei Norbert Zacharias war ergebnislos verlaufen. Entweder war der Mann tatsächlich nicht zu Hause gewesen, oder er hatte sich hinter herabgelassenen Rollläden in seinem Bungalow mit schlechtem Gewissen verschanzt. Bodenstein hatte seine Visitenkarte gut sichtbar an den Briefkasten geklemmt und beschlossen, später noch einmal vorbeizuschauen. Es war halb sechs, als Mareike Graf endlich von der Baustelle zurückkehrte und sofort ins Besprechungszimmer kam. Bodenstein stellte fest, dass Pauly seinem Typ Frau treu geblieben war. Mareike Graf war ebenso zierlich und hübsch wie Esther Schmitt, wenn auch ungleich gepflegter. Das schmalgeschnittene Leinenkleid und der taillierte Blazer betonten ihre mädchenhafte Figur. Sie machte nicht den Eindruck, als sei sie gewalttätig, wie Esther Schmitt behauptet hatte.

»Entschuldigen Sie bitte meine Verspätung«, sie lächelte ein atemloses, bezauberndes Grübchenlächeln und reichte ihm die Hand. »Hat man Ihnen etwas zu trinken angeboten?«

»Ja, danke«, Bodenstein lächelte auch und setzte sich wieder.

»Ich habe schon gehört, dass mein geschiedener Mann tot ist«, sagte Mareike Graf. »So etwas spricht sich schnell herum. Herr Schwarz hat mich gestern angerufen.«

»Wie lange waren Sie und Herr Pauly verheiratet?«, fragte Bodenstein und überlegte, wem Landwirt Schwarz gestern wohl nicht die frohe Botschaft vom Ableben seines ungeliebten Nachbarn verkündet hatte.

»Vierzehn Jahre«, erwiderte Mareike Graf und verzog das hübsche Gesicht zu einer Grimasse. »Er war mein Lehrer, und ich war mir schon in der neunten Klasse darüber klar, dass er der Mann meines Lebens sein würde.« Sie lachte geringschätzig. »So kann man sich irren.«

»Was hat Sie an ihm fasziniert?«

»Er hatte Visionen«, ihre Stimme klang nüchtern, »ich fand es toll, wie überzeugt er von dem war, was er tat.«

»Was war der Grund für Ihre Trennung?«, fragte Bodenstein.

»Ich hatte ihn durchschaut«, Mareike Graf zuckte anmutig die Schultern. »Er stellte sich gerne als selbstlosen Kämpfer für eine bessere Welt dar, aber das war er nicht. In Wirklichkeit war er ein schwacher Mensch, der dauernd Selbstbestätigung suchte. Am liebsten umgab er sich mit jungen Leuten, die an seinen Lippen hingen. Diese Bewunderung brauchte er wie ein Fisch das Wasser. Er lief zu Höchstform auf, je mehr Leute vor ihm saßen und ihn anbeteten. Dabei hat er sie alle betrogen. Von wegen Vegetarier.«

Sie schnaubte verächtlich.

»Den jungen Leuten predigte er das Gegenteil von dem, was er selber tat. Zuerst hat es mich nicht gestört, dass zu jeder Tages- und Nachtzeit irgendwelche Jünger von ihm bei uns herumsaßen, aber je älter ich wurde, umso eigenartiger fand ich diese Sit-ins. Ich entwickelte mich weiter, Ulrich nicht. Vor allen Dingen seine Vorliebe für Achtzehnjährige, die ihn kritiklos anhimmeln, war geblieben.«

»Hat er Sie betrogen?«

»Wahrscheinlich. Keine Ahnung. Wir waren in den letzten acht Jahren unserer Ehe ohnehin getrennt von Tisch und Bett.«

»Die Lebensgefährtin Ihres Exmannes ist aber keine achtzehn mehr«, stellte Bodenstein fest.

»Eine Achtzehnjährige hat kein Geld«, Mareike Graf schnaubte mit einer Mischung aus Belustigung und Verachtung. »Esther gehört immerhin das Haus, in dem das Bistro ist. Außerdem hat sie ohne zu murren Ulrichs Schulden beglichen.«

»Er hatte Schulden?«

»Wie ein Stabsoffizier«, Mareike Graf lächelte spöttisch. »Mein Exmann liebte es, Leute anzuzeigen. Eigentlich wäre es schlauer von ihm gewesen, er hätte sich eine Rechtsanwältin geangelt.«

»Wieso haben Sie das Haus Ihrem geschiedenen Mann überlassen, als Sie ausgezogen sind?«

»Ich habe ihm gar nichts überlassen, diesem Schnorrer«, Mareike Graf richtete sich auf, ihre blauen Augen blitzten.

»Das hätte er gerne gehabt, aber ich habe ihm an dem Tag, als ich ausgezogen bin, gesagt, dass er nur noch so lange in dem Haus wohnen kann, bis er etwas anderes gefunden hat. Ich wollte das Haus verkaufen und ihn abfinden.«

»Wir haben eine Nachricht von Ihnen auf dem Anrufbeantworter von Herrn Pauly gefunden«, sagte Bodenstein. »An dem Abend, an dem er gestorben ist, waren Sie noch einmal bei ihm.«

»Stimmt«, Mareike Graf nickte, »meine Geduld war am Ende. Wir haben bisher drei der geplanten sechs Doppelhaushälften verkauft und mussten schon dreimal den Baubeginn verschieben. Ein Käufer ist mittlerweile abgesprungen, ein anderer droht mit Klage.«

»Was hofften Sie an dem Abend zu erreichen?«

»Ich habe Ulrich Geld angeboten, wenn er innerhalb von einem Monat aus dem Haus auszieht«, sie lächelte. »Fünfzigtausend Euro.«

»Das ist viel Geld.«

»Verglichen mit dem, was es uns kostet, die Bebauung des Grundstücks immer wieder zu verschieben, ist es erträglich.«

»Hatten Sie das Geld am Dienstagabend dabei?«

»Ja.«

»Hat Herr Pauly das Geld genommen?«

»Dem Anblick konnte er nicht widerstehen«, erwiderte Mareike Graf. »Er hat das Geld nachgezählt und mir die Einwilligung unterschrieben, dass er bis zum 31. Juli ausziehen wird.«

Zwar hatte Bodenstein noch keinen abschließenden Bericht der Spurensicherung vorliegen, aber wenn die Beamten so viel Bargeld gefunden hätten, hätte man es ihm mitgeteilt. Hatte Pauly das Geld noch verstecken können, bevor sein Mörder gekommen war? War er vielleicht des Geldes wegen ermordet worden? Menschen mordeten schon für sehr viel weniger als fünfzigtausend Euro. Aber wer hatte überhaupt gewusst, dass Pauly von seiner Exfrau an dem Abend Geld bekommen hatte?

»Eine Zeugin hat erzählt, dass Sie und Ihr Exmann am Dienstagabend heftig gestritten haben«, sagte Bodenstein. »Stimmt das?«

»Das wird die Matthes-Else von gegenüber gesagt haben«, Mareike Graf strich sich eine blonde Strähne hinter das Ohr. »Sie hat recht. Zuerst haben wir uns angeschrien – wie immer, wenn wir uns gesehen haben. Nach der Geldübergabe war er dann ganz friedlich.«

Sie rollte die Augen und lachte.

»Zeigen Sie mir die Einwilligung, die Herr Pauly unterschrieben hat?«, bat Bodenstein.

»Selbstverständlich«, Mareike Graf ergriff ihre Aktentasche, legte sie auf den Tisch und ließ die Schlösser aufschnappen. Wenig später reichte sie Bodenstein ein Blatt in einer Klarsichthülle.

»Darf ich das behalten?«

»Wenn es Ihnen nichts ausmacht, gebe ich Ihnen eine Kopie.«

»Das Original wäre mir lieber«, Bodenstein lächelte. »Ich versichere Ihnen, dass Sie es von mir zurückbekommen.«

»Gut«, Mareike Graf erhob sich und wollte hinaus zum Kopierer gehen, der im Nachbarraum stand.

»Nehmen Sie es bitte nicht aus der Hülle«, Bodenstein folgte ihr. Sie wandte sich um und warf ihm einen seltsamen Blick zu.

»Fingerabdrücke, nicht wahr?«, schloss sie messerscharf. »Sie glauben mir nicht.«

»Ich glaube erst einmal alles«, entgegnete Bodenstein und lächelte entwaffnend. »Bis ich vom Gegenteil überzeugt werde.«

»Passiert hier mal bald was? Ich hab heute noch was vor«, nörgelte Behnke, und Pia fragte sich zum wiederholten Mal, weshalb ihre sämtlichen Kollegen den Kerl zu mögen schienen. In ihren Augen war er schlicht ein Kotzbrocken.

»Ich geh mal kurz für kleine Mädchen«, sagte sie und stand auf. In Wahrheit war sie neugierig, was sich hinter der Tür mit der Aufschrift »Privat« verbarg, durch die mittlerweile bestimmt schon fünf oder sechs junge Männer verschwunden, aber nicht wieder herausgekommen waren. Rasch vergewisserte sie sich, dass ihr niemand Beachtung schenkte, öffnete die Tür und ging hindurch. Sie ging einen Flur entlang, bis sie vor einer massiven Metalltür stand, die keine Klinke hatte. Links neben der Tür war ein Kartenlesegerät in die Wand eingelassen. *»For members only«* stand da, *»bitte Karte einführen«*.

»Was ist denn das?«, murmelte Pia und lauschte an der Tür. Außer der gedämpften Musik aus dem Bistro war kein Laut zu hören. Plötzlich öffnete sich die Tür, durch die sie eben gekommen war. Zwei junge Männer betraten hinter ihr den Flur.

»... der Tarek hat wohl echt einen an der Klatsche«, sagte einer der beiden. »Wie kann er nur so was machen, der Arsch? Wenn mein Alter das rauskriegt, reißt der mir den Kopf ab!«

Er verstummte, als er Pia erblickte.

»Hey«, der andere, ein pickliger Dürrer mit fettigen, schmutzigblonden Haaren, musterte sie anzüglich von Kopf bis Fuß. »Wo willst du denn hin, Süße?«

Pia überlegte kurz, ob sie den Jungen erklären sollte, sie habe sich auf der Suche nach der Toilette verirrt, dann entschied sie sich aber für die Wahrheit.

»Ich würde gerne wissen, was da hinter der Tür los ist«, sagte sie.

»Hast du ’ne Clubkarte?«, fragte der Picklige und beantwortete die Frage im nächsten Satz. »Eher nicht. Ich kenn dich nämlich nicht.«

»Und wer bist du? Der Manager?«, konterte Pia.

»Ich bin Dean Corso«, grinste das pubertäre Pickelgesicht frech. »Und das ist mein Freund, Boris Balkan.«

»Wie Johnny Depp siehst du aber nicht gerade aus«, erwiderte Pia, die den Film »Die neun Pforten« gesehen hatte, und zog ihren Ausweis hervor, »Kripo Hofheim.«

»Oh, das Auge des Gesetzes«, spottete der Picklige, unbeeindruckt von Pias Ausweis und ihren cineastischen Kenntnissen. »Sie sind trotzdem nicht im Club und müssen deshalb draußen bleiben.«

Pia sah den anderen Jungen an. Er war ungefähr achtzehn oder neunzehn, hatte dunkle, lockige Haare, die ihm bis auf die Schultern hingen, und wirkte abwesend. In der Hand hielt er eine Plastikkarte. Ein dritter Junge tauchte auf. Wie der dürre Pickelhering trug auch er eine viel zu große Skaterhose, ein schlabberiges T-Shirt und offene Turnschuhe. Pia fragte sich, wie sich die Mädchen heutzutage in solche schlampigen Gestalten verlieben konnten.

»Was geht ab?«, fragte er die beiden anderen lässig und starrte Pia an. Pia starrte zurück.

»Was läuft da drin?«, wollte sie wissen. »Wenn’s nichts Illegales ist, müsst ihr es nicht vor mir verstecken.«

»Es ist nicht illegal«, sagte der Picklige, »es ist einfach nur – privat. Es geht Sie nichts an, okay?«

»Nein, nicht okay«, Pia tippte Behnkes Nummer.

»Sind Sie ins Klo gefallen?«, fragte Behnke charmant wie üblich.

»Kommen Sie mal durch die Tür, auf der ›Privat‹ steht«, entgegnete Pia, »sofort.«

»Verstärkung nützt Ihnen auch nichts«, der Picklige breitete die Arme aus und verstellte ihr grinsend den Weg, während der Lockige rasch seine Karte durch den Schlitz des Lesegerätes zog. Die Tür sprang mit einem Summen auf, die drei Jungen huschten hindurch, und Pia blieb alleine zurück. Da erschien Behnke. Pia erklärte ihm, was geschehen war, aber ihr Kollege zuckte nur uninteressiert die Schultern.

»Wenn die uns nicht reinlassen, haben wir keine Chance«, sagte er.

»So schnell gebe ich mich nicht geschlagen«, Pia klopfte mit der Faust gegen die Eisentür. »Ich lass mich doch nicht von diesen Pubertätspickelgesichtern aussperren!«

»Holen Sie sich einen Durchsuchungsbeschluss«, Behnke blickte auf die Uhr, »ich hab übrigens seit elf Minuten Feierabend.«

»Dann hauen Sie doch ab!«, fuhr Pia ihn wütend an.

»Stellen Sie sich vor, das tue ich auch«, damit drehte er sich auf dem Absatz um und ging. In dem Augenblick, als er durch die Tür zurück ins Bistro verschwand, öffnete sich die Eisentür. Der lockige Junge hielt Pia mit genervtem Gesichtsausdruck die Tür auf.

»Kommen Sie rein«, sagte er. »Sonst geben Sie ja doch keine Ruhe.«

»Das hast du gut erkannt«, antwortete Pia. »Was ist das hier?«

»Ein Internetcafé«, der Junge ging vor ihr her. »Wir wollen nicht jeden hier drin haben, deshalb die Karte.«

Sie gingen eine Treppe hinunter und einen Flur entlang. Ein dumpfes, rhythmisches Wummern drang aus einem Raum, dessen Tür der Lockige jetzt öffnete. Die Musik war ohrenbetäubend. Pia blickte in einen großen, fensterlosen Kellerraum mit kahlen Wänden und einer Neonröhre an der Decke. Armdicke Kabelstränge liefen über den nackten Beton und verschwanden irgendwo im Boden. Etwa zehn Flachbildschirme flimmerten auf einem Tisch in der Mitte, ringsum saßen die jungen Männer, die Pia beim Verlassen des Bistros beobachtet hatte, starrten konzentriert auf die Monitore und klapperten auf den Tastaturen herum.

»Was tun die da?«, schrie Pia dem lockigen Jungen ins Ohr. Er warf ihr einen Blick zu, als ob er an ihrem Verstand zweifelte.

»Surfen«, schrie er zurück, »was sonst?«

Die zwei Stunden in der Gesellschaft von Behnke hatten Pias Laune nicht gerade verbessert, außerdem hatte sie dröhnende Kopfschmerzen. Die Wirkung von der Aspirin am Morgen hatte längst nachgelassen, und sie bereute nicht nur die Nacht mit Henning, sondern auch die fünf Gläser Rotwein, zu denen sie sich hatte hinreißen lassen. Das Bistro hatte sich mittlerweile gefüllt. Sie bemerkte, dass ihr die jungen Mädchen, die an der Bar saßen, auffällig unauffällige Blicke zuwarfen. Lukas lächelte und hob grüßend die Hand. Sie trat ans Ende des Tresens.

»Hallo, Frau Kirchhoff«, sagte er freundlich und warf sich das Handtuch, mit dem er eben Gläser abgetrocknet hatte, über die Schulter. »Möchten Sie was trinken?«

»Hallo, Lukas«, Pia war sich der Blicke aus mindestens zwanzig eifersüchtigen weiblichen Augenpaaren bewusst, die sich in ihren Rücken bohrten, »danke, nein. Ich wollte bezahlen.«

»Ich sage Aydin Bescheid«, Lukas lehnte sich näher zu ihr hin, sein Gesicht wurde ernst. »Haben Sie schon herausgefunden, wer Ulli …?«

»Bisher leider nicht«, antwortete Pia und blickte ihm in die faszinierenden Augen. Noch nie hatte sie ein so unglaubliches Grün gesehen.

»Ist Esther heute Abend hier?«, fragte sie.

»Nein«, Lukas schüttelte den Kopf, »sie ist ziemlich fertig. Aber wir kriegen das schon hin.«

»Weißt du, was Pauly an dem Dienstagabend gemacht hat, nachdem er das Bistro verlassen hatte?«, wollte Pia wissen.

»Keine Ahnung«, Lukas hob die Schultern, »nach der Versammlung ist er mit seinem Fahrrad nach Hause gefahren, so gegen Viertel nach acht vielleicht.«

Pia bemerkte, dass plötzlich irgendetwas hinter ihr Lukas' Aufmerksamkeit auf sich zog. Er wirkte mit einem Mal abgelenkt.

Ein ganzer Schwarm junger Mädchen hatte das Bistro betreten. Für Pia sahen sie sich in ihren hautengen Hüftjeans und knappen T-Shirts alle ähnlich: hübsch, langhaarig, bauchfrei. Sie hatte den Eindruck, dass die Mädchen zu ihrer Zeit lange nicht so hübsch gewesen waren und nicht ganz so großen Wert auf dieses perfekte, beinahe uniform wirkende Styling gelegt hatten.

»Ich will dich nicht aufhalten«, sagte sie deshalb, »du musst arbeiten. Aber vielen Dank.«

»Gern geschehen. Wenn Sie noch Fragen haben – Sie wissen ja, wo Sie mich finden.«

Bodenstein hatte Pia am Grünzeug abgeholt und kein Wort über Behnkes pünktlichen Feierabend verloren. Vor dem Haus von Esther Schmitt standen zwei Streifenwagen mit blinkendem Blaulicht, Neugierige hatten sich auf den Balkonen der benachbarten Reihenhäuser und dem gegenüberliegenden Bürgersteig versammelt.

»Was ist denn hier los?« Bodenstein bremste hinter einem der Streifenwagen. »Hoffentlich nicht noch eine Leiche.«

Sie sprangen aus dem Auto und betraten den Hof. Aus dem Innern des Hauses erklangen hysterische Stimmen und lautes Gepolter. Auf der Treppe zur Küche saß eine junge Polizeibeamtin und drückte ein Handtuch gegen eine blutende Kopfwunde, ein anderer Beamter kam ihnen in der Küche entgegen. Er hatte eine Platzwunde an der Lippe.

»Was ist da drin los?«, wollte Bodenstein wissen.

»Die Nachbarn haben uns angerufen, weil sie dachten, hier wird einer umgebracht. Also, so was habe ich noch nicht erlebt«, schimpfte der Beamte, »ich habe Verstärkung angefordert.«

Bodenstein und Pia betraten das Wohnzimmer und blieben angesichts des grotesken Bildes, das sich ihnen bot, fassungslos im Türrahmen stehen. Ein Beamter hielt eine um sich tretende, nur noch halb bekleidete Esther Schmitt im Schwitzkasten, ein anderer kämpfte mit einer zierlichen blonden Frau, die heftig aus der Nase blutete. Verblüfft erkannte Bodenstein Mareike Graf, die offenbar ganz und gar nicht das anmutige, mädchenhafte Geschöpf war, für das er sie gehalten hatte.

»Ruhe!«, schrie einer der Polizisten entnervt. »Schluss jetzt!«

Die Frauen beachteten ihn nicht und zankten weiter in einer Stimmlage, die hart an der Schmerzgrenze lag.

»Wenn du glaubst, dass du auch nur noch eine Nacht in meinem Haus bleiben darfst, dann hast du dich geschnitten, du Schlampe, du!«, keifte Mareike Graf.

»*Dein* Haus, dass ich nicht lache!«, pöbelte Esther Schmitt zurück. Von Trauer um den so eben verstorbenen Lebensgefährten keine Spur.

»Was ist das hier für ein Theater?«, fragte Bodenstein mit erhobener Stimme. Die beiden Frauen verstummten und starrten ihn wild an, dann kam zumindest Mareike Graf wieder zur Besinnung und hörte auf, sich gegen den Griff des Polizisten zu wehren.

»Ich will mein Geld wiederhaben«, erklärte sie. »Die da

hat kein Recht, in diesem Haus zu leben. Das habe ich ihr gesagt, und da ist sie auf mich losgegangen.«

»Das ist doch gar nicht wahr!«, schrie Esther Schmitt aufgebracht. »Du bist auf mich losgegangen, du durchgedrehte Psychopathin!«

»Sie hat das Geld, das ich meinem Exmann gegeben habe, unterschlagen«, sagte Mareike Graf so würdevoll, wie es möglich war, während ihr das Blut aus der Nase strömte. »Sie besitzt sogar die Frechheit zu behaupten, sie hätte das Geld nie gesehen!«

»Ich hab kein Geld gesehen!«, kreischte ihre Kontrahentin, dunkelrot vor Zorn.

»Du lügst!« Mareike Graf ballte wieder die Fäuste. »Du miese Erbschleicherin!«

»Fragt sich, wer hier die Erbschleicherin ist!«, versetzte Esther Schmitt gehässig. »Du gehörst auf jeden Fall in den Knast!«

»Das ist eine gute Idee«, Bodenstein wandte sich an seine Kollegen von der Kelkheimer Polizei. »Nehmt die beiden Damen mit und lasst sie mindestens zwei Stunden in der Zelle abkühlen. Wenn sie sich beruhigt haben, könnt ihr sie wieder laufen lassen.«

Mareike Graf fügte sich widerstandslos und ließ sich hocherhobenen Kopfes abführen, Esther Schmitt dagegen wehrte sich wie eine Katze vor dem Tierfänger. Die Polizisten diskutierten noch über die Schlägerei, aber Bodenstein interessierte das Geld, das die eine gesucht und die andere angeblich nie gesehen haben wollte.

»Wenn Mareike Graf um halb neun hier war und Pauly das Geld gegeben hat«, überlegte Pia, »und er etwa um halb elf gestorben ist, dann hatte er zwei Stunden Zeit, um das Geld irgendwo zu verstecken.«

»Vielleicht hat jemand genau danach gesucht und dabei

das Haus so verwüstet«, Bodenstein blickte sich im Wohnzimmer um.

»Es könnte ein Raubmord gewesen sein«, überlegte Pia, »es sind schon Leute wegen weitaus weniger Geld umgebracht worden.«

»Raubmörder machen sich nicht die Mühe, die Leiche zu verstecken«, widersprach Bodenstein.

Eine Stunde lang durchsuchten sie verstärkt von den beiden inzwischen verarzteten Polizeibeamten das ganze Haus vom Keller bis zum Dachboden, ohne auch nur einen einzigen Geldschein zu finden.

Es war kurz nach neun, als sie die Suche ergebnislos einstellten, das Haus abschlossen und nach Hofheim aufs Kommissariat fuhren. Ostermann saß noch an seinem Computer. Er hatte bereits die von Bodenstein telefonisch erbetene Auskunft über Mareike Graf vorliegen.

»1988 gab es eine Vorstrafe, die aber gelöscht ist, weil sie nach Jugendstrafrecht verurteilt wurde«, las Ostermann vor, »1991 und 1992 wurde sie wegen Tätlichkeiten zu Geldstrafen und gemeinnütziger Arbeit verurteilt, 1998 Bewährungsstrafe wegen Körperverletzung, 2002 verurteilt wegen Hausfriedensbruch und Vandalismus, 2003 verurteilt wegen Nötigung und Körperverletzung. Sie ist zurzeit auf Bewährung.«

»Wie man sich doch in Menschen täuschen kann«, sagte Bodenstein und leistete Esther Schmitt in Gedanken Abbitte.

Ostermann ließ gerade auch ihren Namen durch den Computer laufen. Sie hatte ebenfalls gegen Gesetze verstoßen, war wegen Versicherungsbetruges, Nötigung, Beleidigung und Körperverletzung vorbestraft.

»Zwei wirklich reizende Damen«, bemerkte Pia spöttisch.

»Wir haben auch Ergebnisse aus dem Labor«, sagte Ostermann. »Die Überprüfung des Handabdrucks am Tor hat zwar nichts ergeben, aber das Blut ist identisch mit Blutspuren in Paulys Arbeitszimmer und im Wohnzimmer.«

Bodenstein und Pia wechselten einen Blick.

»Ich tippe auf Patrick Weishaupt«, sagte Pia. »Ich würde seine Verletzungen zu gerne mal begutachten lassen.«

Bodensteins Handy summte. Es war Cosima.

»Ich hatte heute einen entsetzlichen, sauerstoffarmen Tag in stickigen Schneideräumen«, sagte sie. »Kannst du vielleicht etwas vom Chinesen mitbringen, wenn du nach Hause kommst?«

Bodenstein verließ Ostermanns Büro, um in sein eigenes zu gehen. »Du klingst müde. Geht es dir gut?«

»Ja, ich liege auf der Terrasse und gucke in den Abendhimmel«, antwortete Cosima betont heiter, aber da war etwas in ihrer Stimme, das Bodenstein aufhorchen ließ.

»Mit dir stimmt doch etwas nicht«, argwöhnte er. »Ist etwas passiert?«

Cosima zögerte. »Ich hatte einen kleinen Unfall«, räumte sie ein, »nichts Tragisches, nur Blechschaden.«

»Einen Unfall? Wo? Warum?«

»Es war nichts«, wiegelte Cosima ab, »wirklich. Mach dir keine Sorgen.«

Bodenstein schwante nichts Gutes. Was Cosima als »nichts« zu bezeichnen pflegte, bedeutete für andere Leute eine mittlere Katastrophe. Erst im letzten Jahr hatte sie sich bei ihrer Anden-Expedition den Fußknöchel gebrochen, als der Jeep, in dem sie gesessen hatte, abgerutscht und in eine mehrere hundert Meter tiefe Schlucht gestürzt war. Sie hatte im letzten Augenblick aus dem Auto springen können.

»Ich bin in einer Viertelstunde zu Hause«, Bodenstein war besorgt. »Und ich bringe uns etwas zu essen mit, in Ordnung?«

Samstag, 17. Juni 2006

Um vier Uhr morgens begann das Handy von Bodenstein auf dem Nachttisch zu summen, es leuchtete und vibrierte hektisch. Schlaftrunken fuhr er hoch. Es war Elisabeth Matthes, die Bodenstein aufgeregt mitteilte, dass Paulys Haus lichterloh in Flammen stand.

»Das darf doch nicht wahr sein«, fluchte Bodenstein und drückte auf den Lichtschalter neben dem Bett.

»Was ist passiert?«, fragte Cosima schlaftrunken.

»Das Haus von dem Toten, den wir am Opel-Zoo gefunden haben, brennt«, erwiderte Bodenstein, während er schon in seine Kleider fuhr. »Schlaf nur weiter. Ich bin gleich zurück.«

Wie er befürchtet hatte, war ihr Unfall gestern alles andere als eine Lappalie gewesen. Cosima hatte auf der A66 in der Höhe von Wallau die Kontrolle über ihr Auto verloren. Dank Airbags und Sicherheitsgurt hatte sie nicht mehr davongetragen als ein Schleudertrauma und einen ordentlichen Schrecken, aber der X5 war an der Leitplanke ziemlich beschädigt worden.

Bodenstein ergriff seine Jacke, die neben der Tür zur Garage hing. Er tätschelte dem Hund zum Abschied den Kopf, öffnete die Tür zur Garage und drückte auf den Lichtschalter. Ihm blieb vor Schreck beinahe das Herz stehen, als er am Kofferraum des Oldtimers seines Sohnes zwei Gestalten in inniger Umarmung erblickte, die nun erschrocken auseinanderfuhren.

»Herrgott, Lorenz, was machst du denn um vier Uhr morgens in der Garage?«, fuhr er seinen Sohn an, erst dann erkannte er das Mädchen in seiner Begleitung.

»Hallo, Herr von Bodenstein«, Thordis Hansen war ganz rot im Gesicht und zupfte verlegen an ihrem äußerst knappen T-Shirt. Bodenstein blickte irritiert zwischen seinem Sohn und der Tochter von Inka Hansen hin und her. Er hatte gar nicht gewusst, dass sich die beiden kannten. Bei seinen Ermittlungen im vergangenen Spätsommer, als Inkas Kollege Dr. Kerstner im Verdacht gestanden hatte, seine Frau Isabel getötet zu haben, hatte er Thordis kennengelernt. Sie hatte mit dazu beigetragen, dass er den Mord an Isabel Kerstner ziemlich rasch aufgeklärt hatte.

»Wir ... äh ... ich wollte Thordis nur schnell meinen Sunbeam zeigen«, stotterte Lorenz, nicht minder verlegen. Thordis kicherte nervös, und Bodenstein kapierte, dass er die beiden nur zwei Minuten später wohl in einer sehr viel peinlicheren Situation überrascht hätte. Er erinnerte sich an seine Erlebnisse mit der jungen Frau im letzten Sommer. Sie hatte ihm damals unmissverständlich signalisiert, dass sie nichts gegen eine nähere Bekanntschaft einzuwenden gehabt hätte; der Altersunterschied und die Tatsache, dass er verheiratet war, hatten sie nicht die Bohne interessiert. Thordis Hansen war auf jeden Fall ein anderes Kaliber als die Mädchen, die sein Sohn sonst anschleppte. Woher kannten sie sich? War es etwas Ernstes zwischen den beiden? Er war sich nicht ganz sicher, ob es ihm gefiel, wenn Thordis in Zukunft in seinem Haus ein und aus gehen würde.

»Na, dann mach das mal«, bevor die Situation noch peinlicher werden konnte, drückte er auf einen Schalter, das Garagentor ging auf. »Gute Nacht.«

Die Kelkheimer Feuerwehren aus drei Stadtteilen kämpften mit einem Großaufgebot gegen ein Übergreifen der Flammen auf das benachbarte Reihenhaus. Bodenstein hatte sein Auto weiter vorne abgestellt und ging zu Fuß näher. Er blieb stehen und beobachtete die Einsatzkräfte, schwarze Silhouetten vor dem glühend roten Inferno, in das sich Haus, Bäume und Schuppen verwandelt hatten. Kreuz und quer lagen die Schläuche, die Motoren und Aggregate der Löschfahrzeuge brummten, aus mehreren Schläuchen spritzte Wasser in die hochlodernden Flammen, wo es augenblicklich zischend verdampfte. Die ganze Szenerie, das stumme Zucken der Blaulichter unter der dicken schwarzen Rauchwolke, hatte auf die Entfernung etwas Wahnsinniges an sich. Bodensteins erster Gedanke war, dass der Brand Mareike Graf ziemlich gut in den Kram passen würde. Ein Mann kam quer über die Straße auf ihn zu.

»Hallo, Bodenstein«, sagte er, »was machen Sie denn hier?«

Bodenstein erkannte Jürgen Becht, seinen Kollegen vom K10, zuständig für Brandsachen.

»In dem Haus wurde der Mann ermordet, den wir vorgestern am Opel-Zoo gefunden haben«, erklärte er. »Gestern Abend haben wir noch das ganze Haus durchsucht.«

Noch hundertfünfzig Meter vom Brandort entfernt war die Hitze des Feuers zu spüren.

»Die Feuerwehr geht von Brandstiftung aus.« Becht zog an seiner Zigarette und starrte missmutig in die Flammen.

»Wieso?«, fragte Bodenstein. »Wie können sie das beurteilen?«

»Um zehn vor vier kam der Notruf von der Nachbarin«, erklärte Becht. »Sie hat gegen zwanzig vor vier ein Auto anfahren hören, dann klirrte es, und Minuten später stand schon das Haus in Flammen. Wie klingt das für Sie?«

»Ziemlich eindeutig. Sie hat übrigens auch mich angerufen.«

Plötzlich fiel Bodenstein ein, dass er gestern die Anweisung gegeben hatte, die beiden Frauen nach zwei Stunden laufen zu lassen!

»War noch jemand im Haus, als das Feuer ausbrach?«, fragte er besorgt.

»Ja«, Becht nickte, »die beiden hatten ziemliches Glück. Die Frau ist mit einer leichten Rauchvergiftung und ein paar oberflächlichen Brandwunden davongekommen.«

»Die beiden?«, vergewisserte Bodenstein sich.

»Ja«, erwiderte Jürgen Becht, »die Bewohnerin und ein Mann. Bevor die Feuerwehr kam, ist der aber abgehauen. Die Frau ist im Krankenhaus in Bad Soden. Zur Beobachtung.«

Durch das Chaos der Löscharbeiten näherte sich Elisabeth Matthes im Morgenrock. Bodenstein begrüßte sie und bedankte sich für den Anruf.

»Ich habe in der Küche gesessen, weil ich nicht schlafen konnte«, Elisabeth Matthes glühte vor Wichtigkeit, entzückt darüber, einmal im Mittelpunkt von aufregenden Ereignissen stehen zu können und einen aufmerksamen Zuhörer gefunden zu haben. »Da habe ich das Auto kommen hören. Es fuhr bis in den Wendehammer, ganz langsam.«

Sie machte eine dramatische Pause.

»Haben Sie erkannt, was es für ein Auto war?«, fragte Bodenstein.

»Selbstverständlich«, sie nestelte einen Zettel aus der Tasche ihres Morgenrocks und reichte ihn Bodenstein. »Ein weißer Lieferwagen. Die Autonummer war seltsam. ERA-82 TL.«

Bodenstein warf einen Blick auf den Zettel. Ein polnisches Kennzeichen. Die Nachbarin hatte einen Mann aussteigen und zum Haus von Pauly gehen sehen, wenig später hatte es geklirrt, und dann hatte es auch schon nach Feuer gerochen.

»Ich habe den Mann aus dem Tor kommen und weglaufen sehen. Da hat's schon gebrannt«, Frau Matthes dachte nach, ob sie etwas bei ihrer Schilderung vergessen hatte. Bodenstein reichte den Zettel an seinen Kollegen Becht weiter und bat ihn darum, das polnische Kennzeichen zu überprüfen. Mit einem Krachen stürzten die Dachbalken ein, ein heller Funkenregen spritzte in den verrauchten Nachthimmel.

»Ich habe mich gewundert, dass die Hunde gar nicht gebellt haben«, sagte die Nachbarin, »die machen doch sonst immer sofort Theater.«

»Ist Ihnen sonst noch etwas aufgefallen? Ist der Mann, der weggelaufen ist, in den weißen Lieferwagen gestiegen?«

Frau Matthes zögerte. Ein großer, glatzköpfiger Mann, der bei den Löschfahrzeugen gestanden und mit den Feuerwehrleuten gesprochen hatte, kam näher. Bodenstein erkannte Erwin Schwarz, den Landwirt von gegenüber.

»Nein, mehr habe ich nicht gesehen«, die redselige Frau hatte ihn auch erkannt und wirkte plötzlich eingeschüchtert, beinahe verängstigt. Noch bevor Bodenstein etwas sagen konnte, war sie fluchtartig in ihrem Vorgarten und im Haus verschwunden.

Die Helligkeit des Vormittags machte das Ausmaß der Zerstörung, das Feuer und Löschwasser angerichtet hatten, wirklich sichtbar. Esther Schmitt stand mit ausdrucksloser Miene vor den rauchenden Trümmern des Hauses. Sie trug eine formlose Leinenhose, ein fleckiges T-Shirt und Sandalen, die Kleidung, in der sie aus dem brennenden Haus geflüchtet war. Ihr Gesicht und ihre Arme zierten einige Brandblasen, die rechte Hand war verbunden. Die Feuerwehr war bis auf zwei Leute, die die schwelenden Reste des Brandes überwachten, abgezogen, den gesamten Brandort hatte man weiträumig abgesperrt.

»Mir geht's gut«, Esther Schmitt wandte den Blick nicht von der Ruine, als Bodenstein sich nach ihrem Befinden erkundigte.

»Wo waren Sie, als das Feuer ausgebrochen ist?«, fragte er.

»Im Bett. Ich bin erst wach geworden, als ich husten musste. Da stand unten schon alles in Flammen.«

»Wie sind Sie aus dem Haus rausgekommen?«

»Durchs Fenster. Ich bin am Efeu runtergeklettert«, Esther Schmitt ballte die Fäuste. »Alle meine Tiere sind in dem Feuer qualvoll gestorben. Diese Mistkerle.«

»Haben Sie eine Vermutung, wer das Feuer gelegt haben könnte?«

Esther Schmitt starrte Bodenstein aus geröteten Augen an.

»Die Grafs natürlich«, ihre Stimme klang bitter. »Wer sonst hätte ein Interesse daran haben können, dass das Haus abbrennt?«

»Die Feuerwehr sagte, dass Sie Besuch von einem Mann hatten«, bemerkte Bodenstein. »Wer war das? Warum ist er weggelaufen?«

»Ich hatte keinen Besuch und bestimmt nicht von einem Mann«, sagte Esther Schmitt knapp. »Vielleicht war es der Brandstifter.«

»Frau Schmitt«, Bodenstein zog eine Kopie der Vereinbarung zwischen den Grafs und Pauly hervor, »haben Sie wirklich nichts von dem Geld gewusst, das Frau Graf Ihrem Lebensgefährten gegeben haben will?«

»Nein«, Esther Schmitt streifte das Blatt mit einem uninteressierten Blick, »wieso sollte ich Sie anlügen? Das Geld ist mir auch völlig egal.«

Ein grüner Lieferwagen mit Werbeaufschrift vom Bistro Grünzeug näherte sich, hielt ein paar Meter entfernt an. Ein junger dunkelhaariger Mann stieg aus und kam näher. Er war etwa Mitte zwanzig und hatte leicht asiatisch anmutende Gesichtszüge.

»Hallo, Esther«, er wirkte besorgt. »Bist du in Ordnung?«

»Hallo, Tarek«, sie zwang sich zu einem Lächeln, »ja, mir geht's gut. Danke, dass du mich abholst.«

»Ist doch selbstverständlich«, der junge Mann nickte Bodenstein und Pia kurz zu, dann wandte er sich wieder an Esther Schmitt.

»Ich warte im Auto«, sagte er.

»Nein, warte«, sie griff nach seinem Arm und brach plötzlich in Tränen aus. Der junge Mann legte den Arm um sie.

»Ich habe nur noch eine Frage«, sagte Pia.

»Muss das jetzt sein?« Der junge Mann warf Pia einen verständnislosen Blick zu. »Sie sehen doch, dass sie unter Schock steht.«

Pia wusste auch nicht weshalb, aber trotz allem, was der Frau in den letzten achtundvierzig Stunden an Schicksalsschlägen widerfahren war, empfand sie kein Mitleid. Sie hatte das Gefühl, dass Esther Schmitt in Wirklichkeit nicht so niedergeschmettert und schockiert war, wie sie sich gab. Gestern Abend, beim Kampf mit Mareike Graf, war ihr auf jeden Fall von der Trauer um ihren ermordeten Lebensgefährten nichts anzumerken gewesen.

»Ich war gestern in Ihrem Bistro«, sagte Pia. »Mir ist aufgefallen, dass einige junge Leute durch eine Tür, auf der ›Privat‹ steht, verschwunden und nicht wieder aufgetaucht sind. Was befindet sich hinter dieser Tür?«

In den verweinten Augen von Esther Schmitt erschien ein wachsamer Ausdruck. Das erste Mal an diesem Morgen sah sie Pia richtig an.

»Nichts weiter. Da geht es in den Keller«, erwiderte sie mit einer leisen, unsicheren Kleinmädchenstimme, die nicht zu ihr passte.

An der Art, wie ihr Blick für einen winzigen Augenblick nervös hin und her zuckte, merkte Pia, dass irgendetwas nicht in Ordnung war mit dem angeblichen Internetcafé. Bevor sie etwas sagen konnte, mischte sich der junge Mann ein.

»Jetzt lassen Sie sie doch in Ruhe«, sagte er energisch. »Kommen Sie später noch mal vorbei.«

Esther Schmitt brach wieder in Tränen aus und ließ sich von dem jungen Mann zum Lieferwagen führen.

»Nicht nur Pauly scheint eine Vorliebe für Achtzehnjährige gehabt zu haben«, bemerkte Pia trocken. »Auch die Super-Vegetarierin steht auf junges Gemüse.«

Bodenstein blickte den beiden nach und grinste leicht. In dem Moment fuhr ein Traktor aus dem Hoftor des Bauern Schwarz, und Pias Handy summte. Bodenstein signalisierte ihr, dass er mit dem Fahrer des Traktors reden wollte. Pia nickte und klappte ihr Handy auf. Es war Henning, der ihr bestätigte, dass die Verletzungen an Patrick Weishaupts Hand und Wade zweifellos von Hundebissen stammten. Sie bat ihn, dem Jungen noch eine Blutprobe und Fingerabdrücke abzunehmen, dann überquerte sie die Straße und ging zu ihrem Chef, der mit dem etwa fünfundzwanzigjährigen Mann auf dem Traktor sprach.

»... keine Ahnung, was Sie meinen«, hörte Pia den Mann über den Motorenlärm sagen. Er war rotblond und stämmig, das runde Gesicht von den Narben einer grausamen Pubertätsakne gezeichnet.

»Sie haben frische Brandwunden im Gesicht und an den Unterarmen«, beharrte Bodenstein und deutete auf die Arme des Mannes, auf denen sich Brandblasen gebildet hatten. »Warum?«

»Unser Boiler ist kaputt«, behauptete der Mann. »Hab mich gestern beim Duschen verbrüht. Darf ich weiterfahren? Ich muss ins Feld.«

Bodenstein trat zurück und ließ den Traktor vorbeiknattern.

»Wer war das?«, erkundigte sich Pia.

»Der Sohn von Erwin Schwarz«, erklärte Bodenstein. »Ich habe den Verdacht, dass mir die Nachbarin gestern etwas über die Familie Schwarz erzählen wollte. Als sie den Alten erkannte, bekam sie Angst.«

Er starrte einen Moment nachdenklich vor sich hin.

»Kollege Becht meint, dass die Spur mit dem weißen Lieferwagen uninteressant ist«, sagte er dann. »Am Montag ist Sperrmüll. Viele Leute haben Sachen draußen stehen, und die Polen und Litauer fahren ja immer wieder durch die Straßen, um alles mitzunehmen, was ihnen irgendwie brauchbar erscheint. Er meint, dass es einfach Zufall war.«

Mittlerweile waren Beamte von der Spurensicherung eingetroffen, verstärkt von Spezialisten des Landeskriminalamtes. In Spezialanzügen und mit Atemschutzmasken wagten sie sich in die schwelenden Überreste des Hauses, von dem nur noch geschwärzte Mauern und glühend heißer Schutt übrig waren.

»Henning hat zweifelsfrei festgestellt, dass Patricks Verletzungen von Hundebissen stammten«, sagte Pia und verzog bei der Erinnerung an den freundlichen, zottigen Hund mit den blauen Augen das Gesicht. »Vielleicht finden die Kollegen in der Asche wenigstens noch die Zähne der Hunde. Dann hätten wir womöglich den Beweis, dass Patrick Weishaupt hier im Haus war.«

Die Metzgerei Conradi befand sich in einem Eckhaus an der Bahnstraße, Kelkheims alteingesessener Einkaufsmeile, die bei den Einwohnern noch immer höher im Kurs stand als die schicke neue Stadtmitte an der Frankenallee. Kurz vor dem Wochenende herrschte im Laden großer Andrang. Bodenstein und Pia stellten sich hinten an und warteten geduldig, bis sie an der Reihe waren. Die Chefin war schlecht gelaunt, aber Bodenstein wusste von Cosima, dass sie das immer war, vor allen Dingen, wenn sie mal wieder eine Diät machte. Viele Kunden kamen angeblich nicht nur wegen Conradis guter Wurst, sondern weil die bissigen Kommentare von Frau Conradi und die häufig im Laden ausgetragenen Wortgefechte zwischen Chef und Chefin einen hohen Unterhaltungswert besaßen. Auch heute wurden die Anwesenden nicht enttäuscht.

»Ich hätte gern ein schönes, mageres Kotelett«, sagte eine Dame.

»Wollen Sie's essen oder einrahmen?«, schnauzte Frau Conradi. Die Dame lächelte nur. Sie war offenbar Stammkundin.

»Darfssonstnochwassein?« Das klang drohend.

»Drei Scheiben gekochten Schinken. Aber nicht die oberste Scheibe.«

Frau Conradi hieb ihre Vorlegegabel in den Schinken aus der Auslage und klatschte drei Scheiben auf das gewachste Papier. Die hübsche Verkäuferin schob sich hinter ihr her zur Kasse und tippte etwas ein.

»Bitte schön?« Frau Conradi nahm Bodenstein ins Visier. In ihr verdrossenes Gesicht waren Falten der Verbitterung eingegraben.

»Mein Name ist Bodenstein, das ist meine Kollegin, Frau Kirchhoff ...«, begann Bodenstein mit seiner üblichen Vorstellung.

»Schön für Sie«, unterbrach sie ihn. »Was darf's sein?«

»Wir möchten gerne Ihren Mann sprechen.«

»Wieso? War was nicht in Ordnung? Das können Sie mir auch sagen.«

»Kripo Hofheim«, Pia zückte ihren Ausweis. »Holen Sie bitte Ihren Mann.«

Frau Conradi starrte sie aus schmalen Augen an, dann knallte sie die Gabel auf die Arbeitsfläche und verschwand.

Der Laden hatte sich wieder gefüllt, die blonde Verkäuferin bediente in Abwesenheit ihrer Chefin im Akkord. Nach ein paar Minuten erschien ein großer, dunkelblonder Mann in einem schneeweißen Kittel und einer rotweiß karierten Schürze. Metzgermeister Conradi hatte ein markantes Gesicht und strahlend blaue Augen. Die weibliche Kundschaft im Laden, die er reihum namentlich begrüßte, bekam bei seinem Anblick hungrige Blicke.

»Hallo«, Conradi lächelte freundlich. »Sie wollten zu mir? Kommen Sie doch außen herum in den Hof.«

Bodenstein und Pia verließen den Laden und betraten den Hinterhof, in dem ein Lieferwagen mit geöffneter Klappe stand.

»Kein Wunder, dass Frau Conradi Konkurrenz fürchtet«, bemerkte Pia.

»Wieso?«, fragte Bodenstein verwundert.

»Sie sehen das nicht«, sagte Pia, »Sie sind ein Mann.«

»Was sehe ich nicht?«

»Der Typ sieht einfach umwerfend aus.«

Conradi erschien in der Hintertür und bedeutete ihnen, näher zu kommen. Bodenstein und Pia folgten ihm durch die weißgeflieste Wurstküche in ein kleines Büro.

»Sie kommen sicher wegen Pauly«, sagte er, nachdem Bodenstein und Pia auf zwei Stühlen vor seinem Schreibtisch Platz genommen hatten. »Der Schwarze Erwin hat mir erzählt, dass er tot ist. Ich habe schon erwartet, dass Sie früher oder später hier auftauchen.«

»Wieso das?«, fragte Pia. Aus der Nähe betrachtet, sah Conradi noch immer gut aus. Die grauen Schläfen und die Lachfältchen um seine Augen schadeten dem Gesamteindruck nicht.

»Jeder weiß, dass ich diesen rechthaberischen Körnerfresser nicht leiden konnte«, Conradi gab sich keine Mühe, seine Abneigung zu verbergen.

»Sie haben neulich einen seiner Hunde erschossen«, sagte Bodenstein.

»Stimmt«, Conradi nickte, »er hat seine Köter immer frei herumlaufen lassen. Tiere ohne Gitter, ha! Ich bin als Jagdpächter für das Wild verantwortlich und habe ihm mehrfach gesagt, dass er die Viecher wenigstens in der Schonzeit einsperren soll. Übrigens wusste ich gar nicht, dass es einer von Paulys Hunden war. Er hatte noch nicht mal ein Halsband an, und später kam raus, dass Pauly sich für vier Hunde die Steuer gespart hat. Deswegen hat er die ganze Sache auch nicht an die große Glocke gehängt, wie es sonst seine Art war.«

»Wann war das?«

»Vor ein paar Wochen. Einen Tag später marschierte er in meinen Laden und bezeichnete mich vor allen Kunden als Tiermörder und Killer«, Conradi zog eine Grimasse. »Er liebte solche Auftritte. Ich hab ihn rausgeworfen. Am nächsten Morgen waren die Fensterscheiben vom Laden mit Beschimpfungen beschmiert.«

»Haben Sie sich das einfach so gefallen lassen?«, fragte Pia. Conradi zuckte die Schultern.

»Meine Frau hat sich darum gekümmert«, sagte er, »sie hatte eh noch ein Hühnchen mit ihm zu rupfen. Wegen unserem Sohn.«

Conradis Gesicht verdüsterte sich.

»Der sollte eine Lehre machen, um irgendwann das Geschäft zu übernehmen, aber dieser verdammte Pauly hat ihm den Floh ins Ohr gesetzt, er müsse Abitur machen und studieren. Plötzlich hat sich unser Sohn vor seinen feinen Freunden für uns geschämt, hat einen großen Bogen um unseren Laden gemacht und lieber am Computer herumgeklimpert. Vor ein paar Wochen ist er ausgezogen.«

»Wo waren Sie am vergangenen Dienstagabend?«, fragte Bodenstein.

»Wieso?«, fragte Conradi misstrauisch. »Glauben Sie etwa, ich hätte was mit Paulys Tod zu tun?«

»Ganz unverdächtig sind Sie nicht«, erwiderte Bodenstein. »Sie waren wütend auf Pauly. Jemand hat uns erzählt, dass Sie ihn am Montagabend niedergeschlagen haben.«

Conradi lächelte dünn.

»Er war völlig außer Rand und Band an dem Abend«, gab er zu. »Als er mich das dritte Mal abfällig als den ›Wurschtkönig aus der Bahnstraße‹ bezeichnet hat, hat's mir gereicht.«

»Heute steht in der Zeitung, dass Sie am Montag geäußert haben, Sie würden gerne auf Paulys Grabstein pinkeln«, sagte Pia. »Das können Sie dann ja bald tun.«

Das Gesicht von Metzgermeister Conradi lief dunkelrosa an.

»Warum waren Sie am Dienstag nicht wie üblich beim Stammtisch im Goldenen Löwen?«

Wenn Conradi darüber erstaunt war, dass die Kriminalpolizei das wusste, ließ er es sich nicht anmerken.

»Ich war an dem Abend …«, begann er, verstummte aber, als seine Frau in der Tür des Büros auftauchte und mit verschränkten Armen im Türrahmen stehen blieb wie eine Abgesandte der Inquisition.

»Also?«, fragte Bodenstein nach.

»Er hat zwei Spanferkel zum Golfclub gefahren«, erwiderte Frau Conradi anstelle ihres Mannes. Der schien sich plötzlich in seiner Haut nicht mehr ganz wohl zu fühlen.

»Aha«, Pia machte sich eine Notiz. »Wann waren Sie wieder zu Hause?«

Conradi öffnete den Mund zu einer Antwort, aber seine Frau war wieder schneller. Und jetzt war klar, dass sie ihrem Mann keineswegs helfen wollte.

»Um zwei Uhr morgens«, sagte sie scharf. »Stockbesoffen war er.«

»Red doch nicht so einen Quatsch!«, fuhr Conradi seine Frau an. »Hast du im Laden nichts zu tun? Verschwinde!«

»Wo waren Sie denn bis um zwei Uhr morgens?«, fragte Pia nach.

»Ich war im Golfclub«, sagte Conradi, »bis das Essen beendet war. Dann …«

»Das würde mich auch interessieren«, unterbrach Frau Conradi ihn.

»Raus hier!« Er sprang auf und ging zur Tür. Seine Frau wich vor ihm zurück.

»Ich wette, du warst wieder bei irgendeiner Tussi«, sie lachte gehässig. »Du kannst die Finger ja nicht von den Weibern lassen!«

Conradi knallte die Tür zu und wandte sich wieder Bodenstein und Pia zu.

»Ich war nicht betrunken«, sagte er verlegen, »aber stimmt, ich war danach bei einer Bekannten.«

»Wie heißt diese Bekannte? Wo wohnt sie? Und wann sind Sie bei ihr eingetroffen?«, wollte Pia wissen.

»Ich will nicht, dass sie Schwierigkeiten bekommt«, Conradi wand sich unbehaglich.

»Die Schwierigkeiten bekommen Sie, wenn Sie uns kein nachprüfbares Alibi für die Nacht von Dienstag auf Mittwoch vorweisen können«, Pia zuckte die Schultern. Conradi ließ sich wieder auf seinen Stuhl sinken. Bodenstein und Pia warteten, bis sich der Mann endlich zu einer Antwort durchgerungen hatte.

»Also gut«, sagte er schließlich, »wahrscheinlich kriegen

Sie es sowieso raus. Ich hab mich mit Mareike getroffen. Mareike Graf.«

Diese Antwort verschlug Bodenstein und Pia kurzfristig die Sprache.

»*Die* Mareike Graf?«, vergewisserte Pia sich. »Die Exfrau von Pauly?«

»Wir kennen uns schon lange«, Conradi zuckte die Schultern. »Sie hat eine Weile beim Lehnert als Kellnerin gejobbt, als sie Pauly verlassen hatte. Eines Tages kamen wir ins Gespräch. Und seitdem, na ja …«

»Sie ist doch noch gar nicht so lange wieder verheiratet«, wandte Bodenstein ein.

»Kennen Sie ihren Mann?« Conradi winkte ab. »Der hat nur seine Arbeit, das Golfspielen und seine Oldtimerrallyes im Kopf. Zwischen dem und Mareike ist das so eine Art Vernunftehe.«

Sein Blick wanderte zur geschlossenen Tür.

»Wie bei mir«, fügte er mit bitterem Unterton hinzu.

Bodenstein und Pia wechselten einen Blick. Weder Conradi noch Mareike Graf hatten ein echtes Alibi für die Tatzeit und zweifellos ein oder sogar mehrere Motive, Pauly den Tod zu wünschen. Als Jagdpächter besaß Conradi Schlüssel für sämtliche Schranken im Wald, konnte also leicht vom Golfplatz aus direkt an Paulys Haus herangefahren sein. Er war kräftig genug, eine Leiche in seinen Lieferwagen zu heben. Motiv – Mittel – Gelegenheit, alles war vorhanden.

Auch privat schienen die Grafs gerne im Glashaus zu sitzen. Die Villa hinter mannshohen, blickdichten Buchsbaumhecken auf dem Dachberg in Bad Soden bestand zum größten Teil aus riesigen Fenstern. In der Einfahrt hinter einem hohen, schmiedeeisernen Tor parkte ein Oldtimer Jaguar-Cabrio vor einer geöffneten Garage, in der noch zwei weitere Autos standen.

»Dieses Auto würde meinem Sohn vor Neid die Tränen in die Augen treiben«, Bodenstein drückte auf die Klingel. »Wenn ich mich nicht täusche, ist das ein Jaguar XK120 aus den fünfziger Jahren.«

Ein schlanker, grauhaariger Mann in Polohemd und heller Jeans mit Bügelfalten kam aus dem Haus. Er mochte um die fünfzig sein, hatte einen Schnauzbart und trug eine Brille. Über seiner Schulter hing ein Golfsack, aus dem ein paar Schläger ragten.

Bodenstein hielt seinen Ausweis hoch.

»Kriminalpolizei Hofheim. Wir möchten zu Frau Graf.«

Der Mann öffnete das Tor und musterte Bodenstein und Pia kurz. »Meine Frau kommt sofort. Sie sind sicher wegen ihrem Exmann da.«

»So ist es«, Bodenstein nickte. »Sind Sie auf dem Weg zum Golfplatz?«

»Ja. Wir haben heute ein Turnier. Vereinsmeisterschaften.«

»Aha. Wo spielen Sie?«

»Hof Hausen vor der Sonne«, Graf warf einen raschen Blick auf die Uhr an seinem Handgelenk.

»Sie fahren ein schönes Auto«, bemerkte Bodenstein, »ein XK 120, nicht wahr?«

»Stimmt genau«, Graf lächelte mit Besitzerstolz. »Baujahr 1953. Ich habe das Auto vor zehn Jahren als Schrotthaufen gekauft und komplett restaurieren lassen. Ich fahre leidenschaftlich gerne Oldtimerrallyes.«

Mit klappernden Absätzen näherte sich Mareike Graf. Selbst an einem Samstagvormittag war sie elegant gekleidet, die dreireihige Perlenkette an ihrem Hals musste ein kleines Vermögen wert sein.

»Guten Morgen«, gurrte sie strahlend und tätschelte ihrem

Mann den Arm. »Musst du nicht los, Häschen? Es ist schon Viertel nach elf.«

Es war eindeutig, dass sie ihn los sein wollte, bevor Bodenstein oder Pia mit dem Grund ihres Besuches herausrücken konnten. Der Blick, mit dem Manfred »Häschen« Graf seine hübsche Ehefrau verschlang, ließ sich ganz und gar nicht mit dem Begriff »Vernunftehe« in Einklang bringen. Mareike Graf drückte ihrem Mann einen Kuss auf die Wange und wartete, bis er sich in seinen Jaguar XK 120 gesetzt und winkend rückwärts aus der Ausfahrt gefahren war. Ihr Gesicht war makellos geschminkt, und wenn Pia nicht mit eigenen Augen gesehen hätte, wie sich dieses zierliche, gepflegte Püppchen mit Esther Schmitt geprügelt hatte, hätte sie es nicht für möglich gehalten.

»Was kann ich für Sie tun?«, flötete sie.

»Was haben Sie Ihrem Mann eigentlich erzählt, wo Sie gestern gewesen sind?«, fragte Pia. Frau Graf war ihr gestriger Auftritt kein bisschen peinlich.

»Die Wahrheit natürlich«, antwortete sie. »Mein Mann und ich haben keine Geheimnisse voreinander.«

»Aha«, Pia betrachtete Mareike Graf abschätzend, »dann weiß er ja sicher auch von Ihrem Verhältnis mit Franz-Josef Conradi.«

Das hatte Mareike Graf nicht erwartet.

»Wie kommen Sie denn darauf?« Einen Augenblick rang sie um Fassung, hatte sich aber schnell wieder im Griff.

»Herr Conradi hat es uns gesagt«, entgegnete Pia.

»Na ja, es stimmt«, räumte Mareike Graf ein, als sie merkte, dass leugnen zwecklos war. »Für Sie mag sich das eigenartig anhören, dass ich mit einem anderen Mann als meinem eigenen schlafe, aber es ist nicht so. Ich kenne Manfred seit meinem Studium. Er war Dozent an der Uni in Darmstadt, ich hatte mich in ihn verliebt.«

Sie zuckte geziert die Schultern.

»Manfred hatte als junger Mann Hodenkrebs. Er hat ihn überlebt, aber seitdem ist er … nun ja … Sie verstehen.«

»Nein«, sagte Pia gnadenlos, »ich verstehe nicht.«

Mareike Graf funkelte sie wütend an.

»Er kann nicht mehr«, sagte sie deutlich. »Vor unserer Hochzeit haben wir die Vereinbarung getroffen, dass ich …«

»Dass Sie – was?«, beharrte Pia.

»Mein Verhältnis zu Herrn Conradi ist sehr diskret«, erwiderte Mareike Graf kühl. »Es geht niemanden etwas an, was sich in meiner Ehe abspielt oder nicht, und schon gar nicht die Polizei.«

»Ich fürchte doch«, mischte Bodenstein sich ein. »Herr Conradi hat für die Zeit, als Ihr Exmann ermordet wurde, kein anderes Alibi als das, dass er mit Ihnen zusammen war.«

»Wieso braucht er denn ein Alibi?«, fragte Mareike erstaunt.

»Weil er verdächtig ist«, sagte Bodenstein. »Genauso wie Sie. Wo waren Sie am vergangenen Dienstag zwischen 21:30 und 23:00 Uhr?«

»Ich war gegen halb neun bei Ulrich«, erinnerte sie sich ohne das geringste Zögern, als hätte sie mit dieser Frage gerechnet. »Nachdem er die Einverständniserklärung unterschrieben hatte, bin ich zum Golfclub gefahren. Der Vorsitzende hat seinen sechzigsten Geburtstag gefeiert.«

»Wie lange waren Sie dort?«

»Als Herr Conradi fertig war mit dem Aufräumen, sind wir nach Sulzbach in unsere Wohnung gefahren«, sie lächelte beinahe spöttisch. »Starkeradweg 52, vierter Stock.«

»Wann genau ist das gewesen?«

»Mein Gott«, Mareike Graf verdrehte die Augen, »ich

schaue doch nicht dauernd auf die Uhr! Gegen elf vielleicht.«

»Sie sind vorher nicht noch mal bei Ihrem Exmann vorbeigefahren?«

»Nein! Wieso denn auch?«

»Um sich mit Hilfe von Herrn Conradi Ihr Geld wiederzuholen.«

»Unsinn«, Mareike Graf schüttelte den Kopf.

»Sie wissen ja sicherlich schon, dass Ihr Haus im Rohrwiesenweg letzte Nacht abgebrannt ist«, sagte Pia. »Die Feuerwehr geht von Brandstiftung aus. Falls sich das Geld noch im Haus befunden haben sollte, wird nun nichts mehr davon da sein.«

Mareike Graf starrte sie einen Moment an, dann erschien ein amüsiertes Lächeln auf ihrem Gesicht.

»Na, so was«, sagte sie, »das Haus ist abgebrannt. Wie auf Bestellung.«

»Sie sagen es«, Pia nickte, »wir haben uns auch schon gedacht, dass die Brandstifter Ihnen einen großen Gefallen getan haben.«

»Wollen Sie mir unterstellen, ich hätte das Feuer gelegt?« Mareike Graf stemmte empört die Arme in die Taille. »Das ist unverschämt! Mein Mann hat mich um halb zwölf in Kelkheim bei der Polizei abgeholt, und danach war ich zu Hause. Ich war völlig erschöpft.«

»Es könnte von langer Hand geplant worden sein«, Pia beobachtete die Frau scharf.

»Warum hätte ich Ullrich dann noch das Geld geben sollen? Das ergibt doch gar keinen Sinn!«

»Haben Sie es ihm denn wirklich gegeben?«, erwiderte Pia. »Können Sie uns einen Abbuchungsbeleg zeigen?«

Mareike Graf ließ sich nicht so schnell den Schneid abkaufen.

»Selbstverständlich kann ich das«, sagte sie schnippisch. »War es das jetzt? Ich habe noch einen Termin.«

»Ja«, sagte Bodenstein, »das war's erst mal. Ein schönes Wochenende, Frau Graf.«

»Ich habe gerade alle Untersuchungsergebnisse aus dem Labor bekommen«, begrüßte Ostermann Pia und Bodenstein eine halbe Stunde später im Besprechungsraum.

»Das ist gut«, Pia hängte ihre Tasche über die Lehne eines Stuhles, »neue Spuren werden wir nämlich vom Tatort nicht mehr kriegen. Das Haus von Pauly ist letzte Nacht abgebrannt.«

Kathrin Fachinger kam herein, gefolgt von Frank Behnke, der Pia geflissentlich übersah.

Als sie alle um den Tisch Platz genommen hatten, begann Ostermann mit den Ergebnissen, die aus dem Labor des Landeskriminalamts gekommen waren. Das Hufeisen war zweifellos die Tatwaffe. Man hatte Blut und Haare des Opfers feststellen können, aber keine Fingerabdrücke des Täters. Paulys Notebook war so nachdrücklich beschädigt worden, dass die Experten dem Gerät bisher keine Daten entlocken konnten. Der abgebrochene Spiegel und die abgesplitterten gelben Plastikteile, die auf der Straße vor Paulys Hofeinfahrt gelegen hatten, stammten von einem Motorroller der Marke Honda.

»Wir haben Patrick Weishaupt mit Bisswunden an Hand und Bein ohne Alibi«, resümierte Pia, »dazu Conradi, Mareike Graf und Stefan Siebenlist mit starken Motiven und äußerst wackligen Alibis und ein unbekanntes Mädchen mit einem gelben Roller als mögliche Tatverdächtige. Im ganzen Haus gibt es Blutspuren, die identisch mit dem Handabdruck am Tor sind. Ich denke, wenn wir wissen, zu wem dieses Blut gehört, haben wir auch den Mörder von Pauly.«

»Das Mädchen scheidet aus«, erwiderte Ostermann. »Sie kann den Toten nicht weggeschafft haben.«

»Vielleicht hatte sie einen Helfer«, vermutete Kathrin.

»Aber vielleicht ist sie auch nur deshalb so überstürzt geflüchtet, weil sie die Leiche von Pauly gesehen hat«, gab Bodenstein zu bedenken, »und womöglich den oder die Täter. Das bedeutet, dass wir möglichst schnell dieses Mädchen finden müssen.«

Das Telefon auf dem Tisch klingelte. Bodenstein, der am nächsten saß, nahm ab. Er hörte einen Augenblick zu, nickte und bedankte sich.

»Das war Dr. Kirchhoff«, sagte er und blickte in die Runde. »Der blutige Handabdruck am Tor und die Blutspuren in Paulys Haus stammen von Patrick Weishaupt.«

»Ich hab's gewusst«, Pia schlug mit der flachen Hand auf die Tischplatte. »Jetzt bin ich ja mal gespannt, wie sich dieses ungewaschene Bürschchen da wieder herauswindet.«

»Ich kümmere mich um den Haftbefehl«, sagte Ostermann.

»Gut«, Bodenstein erhob sich, »Frau Fachinger und Frank, Sie hören sich mal auf Hof Hausen vor der Sonne und bei den Nachbarn im Starkeradweg in Sulzbach um. Ich möchte wissen, wann Conradi und Frau Graf den Golfclub verlassen haben und in der Wohnung eingetroffen sind.«

»Bis Patrick hier ist, würde ich gerne noch mal mit Lukas sprechen«, Pia ergriff ihre Tasche. »Er scheint im Grünzeug jeden zu kennen, vielleicht auch ein Mädchen mit einem gelben Roller.«

Die Parkplätze am Opel-Zoo waren überfüllt. Bei dem herrlichen Wetter hatte es zahlreiche Besucher in den Zoo gelockt. Pia schob sich mit den Menschenmassen den Weg hinunter zur unteren Kasse und überlegte, wie sie Lukas in diesem Gewühl finden sollte. Sie bezahlte den Eintritt, ließ sich eine Quittung geben und nahm einen Prospekt über den Zoo mit. Einen Moment blickte sie sich unschlüssig um, dann ging sie zu einem Schaukasten hinüber, in dem ein Plan des Zoos hing.

»Kann ich Ihnen helfen?«, sagte plötzlich jemand hinter ihr. Pia drehte sich um. Ihr Herz machte einen heftigen Satz, als sie in die dunklen Augen von Zoodirektor Sander blickte.

»Hallo, Frau Kirchhoff«, er reichte ihr die Hand und sah sie forschend an. »Sind Sie dienstlich hier oder als Besucherin?«

»Leider dienstlich«, erwiderte Pia. »Ich bin auf der Suche nach Lukas. Ich habe ein paar Fragen an ihn.«

»Da sind Sie umsonst hergekommen. Lukas hat frei. Kann ich Ihnen vielleicht weiterhelfen?«

»Wahrscheinlich nicht. Aber das ist nicht weiter schlimm«, sie lächelte. Sander lächelte auch.

»Hätten Sie Lust auf einen Kaffee oder ein Eis?«, schlug er vor. Pia dachte kurz an Patrick Weishaupt, entschied aber, dass der Junge ruhig auf sie warten konnte.

»Gerne«, antwortete sie. Sie folgte dem Zoodirektor zum Restaurant Sambesi, auf dessen Terrasse noch ein paar Tische frei waren. Wenig später saßen sie sich mit Kaffee und Magnum-Eis gegenüber.

»Vielen Dank«, Pia lächelte und entfernte das Papier vom Eis. »Das ist doch mal eine nette Abwechslung.«

»Stimmt«, bestätigte Sander und betrachtete kurz seine linke Hand, über die eine tiefe, blutige Schramme verlief.

»Das sieht aus, als ob es weh tut«, stellte Pia fest. »Was ist passiert? Etwa schon wieder das Kreiselmähwerk?«

Sander grinste schief. »Ein paar Erdmännchen wollten sich ihr Gehege lieber von außen als von innen ansehen«, erwiderte er. »Sie haben sich heftig gegen den Freiheitsentzug gewehrt.«

»So was kenne ich«, Pia leckte an ihrem Eis und betrachtete Sander eingehend. Seit ihrer ersten Begegnung spukte ihr der Mann im Kopf herum. Irgendetwas an ihm hatte ihr vom ersten Moment an gefallen, und sie wollte ergründen, was es war.

»Haben Sie schon eine Spur im Fall Pauly?« Sander ließ seine Frage beiläufig klingen, aber sein Gesicht wirkte plötzlich angespannt.

»Dutzende«, erwiderte Pia. »Die Lebensgefährtin von Pauly ist übrigens fest davon überzeugt, dass Sie etwas damit zu tun haben. Sie sagte, dass Sie ihm neulich damit gedroht hätten, ihn umzubringen und an die Wölfe zu verfüttern.«

Sander zwang sich zu einem Lächeln, doch seine Augen blieben ernst.

»Das hab ich im Zorn gesagt«, gab er zu.

»Eine gefährliche Formulierung, wenn man bedenkt, dass Teile von Paulys Leiche tatsächlich im Tierfutter gefunden wurden«, Pia legte den Kopf schräg. Sie durfte nicht zulassen, dass sie aus Sympathie für Sander den Blick für das Wesentliche verlor.

»Alle Indizien sprechen für eine Affekttat«, sagte sie. »Paulys Mörder war wütend und aufgebracht.«

Sander musterte sie stirnrunzelnd.

»Halten Sie mich für fähig, einen Menschen zu töten?«

»Ich kenne Sie nicht gut genug, um das beurteilen zu können«, Pia legte den Holzstiel vom Eis in den Aschenbecher, »aber ich weiß, dass Menschen im Zorn zu Dingen fähig sind, an die sie in normalem Geisteszustand nicht einmal denken würden.«

Sander betrachtete nachdenklich die Verletzung an seiner Hand. Dann blickte er wieder auf. Seine äußerliche Gelassenheit reichte nicht bis in seine Augen.

»Ich bin vielleicht aufbrausend«, gab er zu, »aber so kaltblütig, dass ich jemanden umbringen und danach quasi vor meiner Haustür ablegen würde, bin ich sicher nicht.«

Pia stützte ihre Ellbogen auf den Tisch und legte ihr Kinn auf die verschränkten Hände. Warum hatte dieser Mann sie zu Eis und Kaffee eingeladen? Einfach, weil er sie leiden konnte, oder weil er ihr Informationen über den Stand der Ermittlungen entlocken wollte? Pia wünschte sich, sie könnte ihr berufsbedingtes Misstrauen für eine Weile vergessen.

»Worüber wollten Sie mit Lukas sprechen?«, erkundigte Sander sich, als Pia nichts mehr sagte.

»Eine Nachbarin hat in der Tatnacht ein blondes Mädchen mit einem gelben Roller aus Paulys Einfahrt kommen sehen. Dieses Mädchen suchen wir jetzt. Wir gehen davon aus, dass es Pauly gut gekannt hat.«

Pia meinte, ein winziges Aufflackern in Sanders Augen zu sehen, aber sie konnte sich auch geirrt haben.

»Das Mädchen hat womöglich die Leiche gesehen. Oder den Täter. Sie war so durcheinander, dass sie mit dem Roller auf der Straße gestürzt ist. Wir haben Lackspuren und einen abgebrochenen Außenspiegel gefunden.«

Plötzlich summte ihr Handy. Es war Ostermann, der ihr mitteilte, dass Patrick Weishaupt eingetroffen war, zeitgleich mit seinem wütenden Vater und einem eifrigen Anwalt.

»Ich muss los«, Pia erhob sich. »Die Pflicht ruft. Danke für den Kaffee und das Eis. Und für das Gespräch. Haben Sie übrigens zufällig Lukas' Handynummer?«

»Ja, die habe ich«, Sander stand ebenfalls auf.

»Können Sie sie mir per SMS schicken?«

»Klar«, der Zoodirektor grinste schief. »SMS schreiben kann ich dank meiner Töchter mittlerweile richtig gut.«

Patrick Weishaupt wartete mit trotziger Miene in einem der Verhörräume, als Pia in Hofheim eintraf. Eigentlich verhörte Pia Verdächtige oder Zeugen in ihrem Büro, aber die nüchterne Atmosphäre des Verhörraumes mit der verspiegelten Scheibe wirkte auf die meisten Menschen einschüchternd und schien Pia im Fall von Patrick Weishaupt daher angebracht. Leider hatten sie noch keinen Beweis dafür, dass einer von Paulys Hunden dem Jungen die Bisswunden zugefügt hatte, denn die Spurensicherung hatte in dem qualmenden Schutthaufen bisher keine verwertbaren Spuren sicherstellen können.

»Ich will meinen Anwalt sprechen«, sagte der Junge zur Begrüßung.

»Später«, erwiderte Pia. Ostermann und sie setzten sich ihm gegenüber an den Tisch.

»Zuerst möchten wir von dir wissen, wie ein blutiger Abdruck deiner Hand an das Hoftor von Pauly gekommen ist und warum überall im Haus dein Blut war.«

»Ich hab den Pauly nicht umgebracht«, fuhr der Junge auf.

»Bisher sieht aber alles so aus«, sagte Pia. »Und es ist gar nicht günstig für dich, wenn du lügst. Es gibt ganz eindeutige Beweise dafür, dass du am Tatabend im Haus deines Lehrers gewesen bist. Wenn du uns erklären kannst, was du da zu suchen hattest, könnte das deine Lage verbessern. Im Moment gehen wir nämlich davon aus, dass du etwas mit dem Mord an Pauly zu tun hast.«

Patrick setzte eine ausdruckslose Miene auf, aber in seinen Augen flackerten Angst und Unsicherheit. Er war längst nicht so cool, wie er sich gab.

»Okay«, sagte er und zuckte die Schultern. »Ich war bei Pauly. Ich wollte mit ihm reden, aber er war nicht da.«

»Wann war das?«

»Keine Ahnung. Nach dem Spiel. Ich hab mit ein paar Kumpels an der Eisdiele das Fußballspiel geguckt. Wir haben was getrunken.«

»Wie heißen deine Kumpels?«, fragte Ostermann. »Und Telefonnummern hätte ich auch gerne.«

»Wieso?«

»Weil ich überprüfen will, was du uns erzählst. Also?«

Patrick nannte drei Namen und Telefonnummern, Ostermann nickte und ging hinaus.

»Was hast du gesehen, als du in Paulys Haus warst?« Pia ließ den Jungen nicht aus den Augen.

»Den Pauly auf jeden Fall nicht. Ich hab nach ihm gerufen, aber es war niemand da. Dann bin ich ins Haus rein, stand ja alles sperrangelweit offen.«

»Weiter«, Pia trommelte mit den Fingerspitzen auf die Tischfläche. Patrick hatte ein Motiv für den Mord. Er war wütend auf Pauly gewesen und dazu angetrunken.

»Ey, Scheiße, ich hab den nicht umgebracht, Mann!«, fuhr der Junge auf. »Er war gar nicht da! Ich bin in sein Arbeitszimmer. Der Laptop war an, und ich dachte, der feige Sack versteckt sich irgendwo vor mir. Plötzlich hatte ich einen Riesenzorn und hab alles kurz und klein geschlagen.«

»Hast du im ganzen Haus nach ihm gesucht? Pauly hätte ja oben sein können. Im Bad vielleicht.«

»So weit bin ich nicht gekommen«, Patrick kratzte sich an seiner pickligen Stirn.

»Wieso?«

»Weil plötzlich die Hunde aufgetaucht sind. Ich hab keine Ahnung, wo die vorher gewesen sind, aber grad, als ich nach oben gehen wollte, kamen sie durch die Küche. Das eine Vieh hat mich voll ins Bein und in die Hand gebissen. Ich bin weggerannt, hab ihnen die Küchentür vor der Schnauze zugeschlagen.«

»Versuche dich zu erinnern, wann du bei Pauly gewesen bist«, forderte Pia den Jungen auf.

»Ich bin losgefahren, als das Spiel rum war. Es war so Viertel nach elf, halb zwölf vielleicht.«

»Bist du dir sicher?«

»Ich bin mir sicher, dass ich das Spiel bis zum Schluss gesehen hab.«

Elisabeth Matthes hatte das Mädchen mit dem gelben Roller um halb elf aus der Hofeinfahrt kommen sehen. Das Fußballspiel hatte um neun Uhr angefangen, war also spätestens um elf zu Ende gewesen. Laut vorläufigem Obduktionsbericht war Pauly irgendwann zwischen 22 und 23 Uhr gestorben. Pia begann an ihrem Verdacht gegen Patrick Weishaupt zu zweifeln. Das, was der Junge erzählte, hörte sich schlüssig an.

»Warum hast du uns das alles nicht gleich gesagt?«, fragte sie.

»Mann, ich bin da eingebrochen«, gab der Junge zu. »Und dann hab ich noch aus Zorn alles verwüstet. Da hab ich lieber erst mal gelogen. Übrigens war nach mir noch jemand bei Pauly.«

»Aha. Und wer?«

»So'n alter Knacker«, erwiderte Patrick. »Ich bin zu meinem Auto gerannt und hab mir was um die Hand gebunden. Als ich wegfahren wollte, hab ich gemerkt, dass ich meinen Schlüssel verloren hatte.«

»Und? Was war dann?« Pia musste sich zur Geduld mahnen.

»Ich war grad wieder vorne am Hoftor, da kam dieser Opa angefahren«, erinnerte Patrick sich. »Die Hunde kamen angeschossen. Ich hab mich hinter dem Tor versteckt und mir fast in die Hose gemacht. Aber der Opa hat einem von den Kötern in den Hintern getreten, da sind sie alle abgezischt. Der hatte wohl auch tierisch Zorn auf den Pauly.«

»Hat er nach ihm gerufen?«, fragte Pia.

»Ja, ein paar Mal«, Patrick Weishaupt nickte. »Dann ist er ins Haus rein. Aber gerade als ich abhauen wollte, kam er wieder rausmarschiert.«

»Und was hast du gemacht?«

»Ich hab gewartet, bis er weg war. Ins Haus hab ich mich nicht mehr getraut. Dann ist mir eingefallen, dass ich den Schlüssel gehabt haben muss, weil ich ja mein Auto aufgeschlossen hab. Und so war's auch. Der Schlüssel steckte draußen im Schloss.«

Pia gab dem Beamten hinter der Glasscheibe, die als Spiegel getarnt war, ein Handzeichen, damit er die Aufnahme stoppte, und ging hinaus auf den Flur. Dort erwarteten sie Bodenstein, Ostermann und Behnke.

»Er hat mit dem Mord nichts zu tun«, sagte Pia. »Er war zwar im Haus, hat da auch vor Zorn alles verwüstet, aber Pauly war nicht mehr da.«

»Ich habe einen von seinen Kumpels erreicht«, sagte Ostermann. »Der sagte, Patrick wäre um zehn nach elf losgefahren, nachdem er gesagt hat, er würde jetzt den Pauly klatschen gehen.«

»Das hört sich nach einem echten Vorsatz an«, bemerkte Behnke.

»Den hatte er auch zweifellos«, stimmte Pia zu. »Aber ihm ist jemand zuvorgekommen. Und nach ihm war auch noch jemand im Haus, ich tippe auf Schwarz.«

»Wir lassen ihn gehen«, entschied Bodenstein. Pia nickte und blickte auf ihr Handy, das sie während des Verhörs von Patrick stumm geschaltet hatte. Sander hatte ihr die Handynummer von Lukas wie versprochen per SMS geschickt. Sie lächelte, als sie las, was er noch geschrieben hatte. *Ich hoffe, Sie halten mich nicht wirklich für den Mörder. Mit einem Tatverdächtigen würden Sie sicher nicht mal essen gehen, oder?*

»Liebesgrüße aus Moskau?« Behnke zog die Augenbrauen hoch.

»Nein«, erwiderte Pia kühl, »das ist die Nummer von Lukas. Er war nicht im Opel-Zoo, aber ich will heute noch mit ihm reden. Wir müssen das Mädchen mit dem Roller finden.«

»Ja«, Bodenstein nickte, »sie könnte wirklich etwas gesehen oder beobachtet haben. Soll ich mitkommen?«

»Vielleicht sollte ich zuerst alleine mit ihm reden«, sagte Pia. »Ich habe das Gefühl, dass er offener ist, wenn das Gespräch nicht ganz so förmlich abläuft.«

»Genau«, Behnke grinste anzüglich, »vielleicht treffen Sie sich mit ihm zu einem lauschigen Spaziergang in der Abenddämmerung.«

Pia zählte innerlich bis zehn und verkniff sich eine scharfe Antwort.

»Rufen Sie ihn an«, auch Bodenstein überhörte Behnkes Bemerkung. »Wir warten ab, was Ihnen der Junge erzählt. Ich bin auf jeden Fall heute Abend zu Hause erreichbar.«

Pia ging in ihr Büro und wählte Lukas' Nummer. Er meldete sich schon nach dem dritten Klingeln. Sie sagte ihm, dass sie gerne mit ihm sprechen würde, und schlug das Grünzeug als Treffpunkt vor.

»Heute Abend gehe ich in Königstein auf die Burg, auf ein Rockkonzert«, erwiderte Lukas.

»Dann viel Spaß«, sagte sie, »vielleicht können wir uns morgen sehen.«

»Was haben Sie heute Abend vor?«, fragte Lukas zu Pias Erstaunen.

»Nichts weiter. Warum?«

»Kommen Sie doch hin«, schlug Lukas vor. »Mittelalter rockt die Burg. Das ist echt cool.«

Pia fand die Vorstellung, auf ein Rockkonzert in der Königsteiner Burgruine zu gehen, gar nicht schlecht. Es war Jahre her, dass sie auf einem Konzert gewesen war. Tina Turner im alten Frankfurter Waldstadion, vor sieben oder acht Jahren.

»Sie können es sich ja überlegen«, sagte Lukas. »Ich warte an der Kasse auf Sie, so um acht. Okay?«

Warum eigentlich nicht?

»Okay«, erwiderte Pia, »dann bis um acht an der Burg.«

Es war ein warmer Sommerabend, die Luft samtweich und voller Düfte. Pia hatte einen Parkplatz am Ölmühlweg gefunden und schloss sich den Massen junger Leute an, die durch die Gassen der Königsteiner Altstadt hinauf zur Burg strömten. Es war ein seltsames Gefühl, alles so unverändert vorzufinden, die verwinkelten, kopfsteingepflasterten Sträßchen und Gassen, die kleinen Geschäfte, die versteckten Höfe und Hauseingänge, die ihr damals so vertraut gewesen waren, weil man sich dort gut vor den Blicken zufällig vorbeikommender Lehrer verstecken konnte, wenn man die Schule schwänzte. Viele Jahre lang war Pia den Weg von der katholischen Mädchenschule zum Busbahnhof gelaufen, später hatten sie und ihre Freundinnen nach der Schule oder in Freistunden gerne im Park am Luxemburger Schloss, in dem das Amtsgericht untergebracht war, auf den Bänken gesessen, heimlich Zigaretten geraucht und über die ersten Erfahrungen mit Jungs gekichert und getuschelt. Das dreitägige Burgfest im Sommer war das Großereignis gewesen, dem alle Jugendlichen der drei Königsteiner Gymnasien entgegengefiebert hatten. Freundschaften waren in diesen Tagen des Ausnahmezustandes entstanden oder zerbrochen. Pia hob den Kopf und blickte hinauf zu der gewaltigen, scharf gezeichneten Silhouette der Burgruine vor dem goldenen Abendhimmel. Nach dem Abitur hatte sie den Bezug zu Königstein verloren, ihr Lebensmittelpunkt hatte sich woandershin verlagert. Sie hatte lange nicht mehr an ihre Schulzeit gedacht.

Eine Menschentraube wartete in freudiger Erwartung auf das Konzert vor dem Kassenhäuschen direkt am Burgtor. Lukas lehnte an der Burgmauer, die Arme vor der Brust verschränkt, die Haare offen. Er trug ein schwarzes T-Shirt und eine enge, ausgewaschene Jeans, nicht den formlosen Schlabberlook, den die meisten Jungen heutzutage bevorzugten, und blickte suchend in die Menge. Pia lächelte bei dem Gedanken daran, was sie vor fünfundzwanzig Jahren wohl dafür gegeben hätte, mit einem solchen Jungen eine Verabredung zu bekommen. Als er sie nun sah, hob er die Hand. Wenig später stand sie vor ihm, ein wenig atemlos vom steilen Aufstieg.

»Hey, da sind Sie ja«, er musterte sie mit einem anerkennenden Lächeln, und offenbar gefiel ihm, was er sah. »Sie sehen cool aus.«

»Danke«, Pia lächelte erstaunt und ein wenig geschmeichelt. Sie gingen durch die Kasse und ließen die Tickets abreißen.

»Was steht denn da auf deinem T-Shirt?« Pia las den Schriftzug und grinste. »*Verführer* – na, so was.«

»Das ist ein Gedicht von Hermann Hesse«, erklärte Lukas ernst. »Saltatio Mortis, das ist die eine Gruppe, die heute Abend hier spielt, haben es vertont. Hintendrauf steht der Rest.«

Er drehte sich um und präsentierte ihr seine Rückseite, die nicht weniger ansehnlich war als der Rest von ihm.

»Der Kuss, um den ich innigst mich bemühte, die Nacht, um die ich lang voll Glut geworben, war endlich mein und war gebrochne Blüte«, las Pia. »Das klingt aber traurig.«

»Ist es nicht wirklich oft so«, sagte Lukas, »dass etwas, nach dem man sich gesehnt und auf das man lange gewartet hat, in echt dann nicht so ist, wie man es sich vorgestellt hat?«

»O ja«, stimmte Pia zu. »Die Realität ist meistens enttäuschend.«

»Nicht nur das«, Lukas wirkte plötzlich angespannt, beinahe gequält. »Die Jagd nach etwas, die Vorfreude, das, was man sich vorstellt, ist hundertmal schöner als die Wirklichkeit. Wenn man sein Ziel erreicht hat, stellt man fest, dass es die Anstrengung gar nicht wert war. Was übrig bleibt, ist nur noch ... Leere.«

»Du bist ja ein richtiger Philosoph«, Pia lächelte. Lukas blieb dicht vor ihr stehen. Seine Miene wurde düster.

»Ich sehnte glühend fort mich vom Genuss«, sagte er, ohne den Blick von Pias Augen abzuwenden, *»nach Traum, nach Sehnsucht und nach Einsamkeit. O Fluch, dass kein Besitz mich kann beglücken, dass jede Wirklichkeit den Traum vernichtet.«*

»Welchen Besitz meinst du?«, fragte Pia. »Materiellen Besitz oder – Liebe?«

Lukas hob die Augenbrauen, dann lächelte er flüchtig.

»Materieller Besitz macht nicht glücklich«, erwiderte er, »das beobachte ich, seitdem ich denken kann. Meine Eltern, die Eltern von meinen Freunden – die meisten von ihnen können sich alles leisten, was man für Geld kaufen kann, und sind trotzdem nicht glücklich.«

»Niemand ist immer glücklich«, sagte Pia. »Das wäre ja nicht zu ertragen.«

Sie schlenderten zur Burgmauer, ließen den Menschenstrom weiterziehen. Pia stemmte ihre Hände auf die bröckelige Mauer und blickte auf die Stadt Königstein hinunter, die von der Abendsonne in ein rosiges Licht getaucht wurde. Schwalben schossen in Pärchen durch die laue Sommerluft, ließen sich auf der Jagd nach Insekten vom Luftstrom treiben, um dann im Sturzflug wieder herabzuschießen. Die Musiker der ersten Gruppe stimmten ihre Instrumente ein, begleitet von frenetischem Jubel, der durch die dicken Mauern nur gedämpft zu hören war.

»Ich glaube, der größte Fehler, den man machen kann, ist der, dass man zu viel erwartet«, sagte sie. »Zu große Erwartungen führen häufig zu sehr großen Enttäuschungen.«

»Das ist doch spießig«, widersprach Lukas. »Ich erwarte viel, ich will *alles* erleben, nicht nur ein bisschen! Und ich will ... das Spiel selbst bestimmen.«

Ein paar junge Leute, die vorbeigingen, feixten und riefen ihm einen Gruß zu.

»Ich halte dich auf.« Pia merkte, dass sie sich ziemlich weit vom eigentlichen Grund ihres Treffens entfernt hatte.

»Nein, nein, schon gut«, sagte Lukas schnell. »Sie halten mich nicht auf, im Gegenteil. Ich find's cool, dass ich mich so mit Ihnen unterhalten kann. Der Letzte, mit dem ich das konnte, war Ulli.«

Ein Schatten flog über sein Gesicht, er seufzte niedergeschlagen.

»Alles ist anders, seitdem er nicht mehr da ist. Ohne ihn wird das Grünzeug nur noch ein Bistro wie tausend andere sein.«

Er blickte auf und straffte die Schultern.

»Aber Sie wollten mich was fragen«, sagte er.

»Wir suchen ein Mädchen, das einen gelben Roller fährt«, kam Pia zur Sache.

»Ein Mädchen mit einem gelben Roller?« Lukas sah sie aufmerksam an. »Ich kenn ziemlich viele Mädchen.«

Er sagte das nicht, um Pia zu beeindrucken, es war einfach die Feststellung einer Tatsache.

»Du kannst ja mal drüber nachdenken«, sagte Pia. »Der Roller muss beschädigt sein.«

»Okay«, Lukas nickte.

»Kennst du Patrick Weishaupt?«, fragte Pia. »Er gibt Pauly die Schuld daran, dass er durchs Abi gefallen ist. Angeblich konnte Pauly ihn nicht leiden.«

»Quatsch! Patrick ist ein fauler Sack, er ist selbst schuld«, Lukas' Gesicht verdunkelte sich. »Ulli war immer gerecht. Er hat sich nicht einschüchtern lassen, weder von Patricks Vater noch von dem von Franjo oder Jo.«

»Was meinst du damit?«

»Ulli lag unsere Zukunft am Herzen«, Lukas zuckte die Schultern. »Er wollte für jeden von uns das Beste. Nee, wirklich, Ulli hätte noch nicht mal Patrick durchs Abi fallen lassen.«

Im großen Innenhof der Burg war eine Bühne aufgebaut, vor der sich eine Menschenmenge drängte. Gewaltige Boxen sorgten für den richtigen Sound, und eine Phalanx von Scheinwerfern tauchte mit zuckenden Blitzen und bunten Farbspielen die verfallenen Gemäuer der Burg in geheimnisvolle Lichter. Der Besucherstrom wurde dünner. Vereinzelt kamen noch Gruppen von Nachzüglern, die sich beeilten, in den Burghof und zur Bühne zu kommen.

»Gehen wir nach vorne«, schlug Lukas vor. Er ergriff Pias Hand und bahnte ihnen einen Weg bis beinahe ganz vorne vor die Bühne. Unvermittelt fand sie sich umgeben von der wogenden Menge, schwitzenden jungen Leuten mit ekstatisch verzerrten Gesichtern und glänzenden Augen, die mit den Armen in der Luft herumfuchtelten und sich im Takt der Musik bewegten. Die Musik war rhythmisch und rockig, mit teilweise melancholischen und fast philosophischen Texten. Lukas kannte alle Texte auswendig, er sang, tanzte und klatschte mit. Die Menge wogte nach vorne, Pia wurde gegen andere Menschen gedrängt, was aber niemand störte, auch sie nicht. So war das bei Rockkonzerten, wenn man sich direkt vor die Bühne wagte.

In der Umbaupause nach dem Auftritt der zweiten Gruppe ergriff Lukas wieder wie selbstverständlich Pias Hand. Er zog sie einfach mit sich, und sie ließ es sich gefallen. Ein paar junge Leute folgten ihnen. Sie waren ausgelassen, lachten und diskutierten über die Musik. Pia erkannte den jungen Mann, der Esther an der Ruine des Hauses abgeholt hatte, und den pickligen Blonden aus dem Flur vom Grünzeug.

»Oh, da ist ja Mr Dean Corso persönlich«, sagte sie. »Wo ist denn heute dein Freund Boris Balkan?«

Schlagartig verstummte das Gelächter. Pia bemerkte eine betretene Anspannung und verstohlene Blicke. »Deinen richtigen Namen kenne ich ja nicht«, setzte sie nach.

»Lars«, erwiderte der Picklige verlegen. Pia schaute sich um, aber die jungen Leute wichen ihrem Blick aus. Zwei andere junge Männer stießen mit einem Tablett voller Biergläser zu ihnen. Erleichtert griffen alle zu und ließen sich das Bier schmecken, Pia lehnte dankend ab.

»Stellst du mir deine Freunde vor?«, bat sie Lukas.

»Klar«, er wischte sich mit dem Handrücken den Schaum von der Oberlippe und deutete auf einen nach dem anderen. Lars, Kathi, Tarek, Jens-Uwe, Andi, Sören, Franjo, Toni, Markus.

»Da drüben, das sind Jo und Svenja«, er wies auf ein Pärchen, das ein Stück abseits an der Burgmauer stand und offenbar miteinander stritt. Pia erkannte den jungen Mann mit den dunklen Locken wieder, der sich Boris Balkan genannt und ihr gestern die Tür zu dem Raum mit den Computern im Grünzeug geöffnet hatte. Auf der Bühne baute die nächste Band ihre Instrumente auf, bejubelt von der Menge, die begeistert die Namen der Bandmitglieder skandierte.

»Ich muss langsam los«, sagte Pia zu Lukas. »Meine Pferde sind noch auf der Koppel und müssen in den Stall. Aber es war echt ein schöner Abend. Danke.«

Lukas sah sie an. Sein Gesicht glänzte leicht vor Schweiß, er lächelte nicht.

»Ach, ich hab auch keine Lust mehr, hier zu bleiben«, sagte er leichthin. »Die anderen beiden Bands interessieren mich nicht so.«

In Pias Kopf begannen sämtliche Alarmglocken zu klingeln. Mochten es andere Frauen in ihrem Alter schmeichelhaft finden, so viel Aufmerksamkeit von einem jungen, attraktiven Mann zu bekommen – ihr war es nicht ganz geheuer. Sie verließen die Burg, nahmen den Weg durch den Wald. Der Kies knirschte unter ihren Schuhen, als sie schweigend nebeneinander hergingen. Unwillkürlich dachte Pia an Behnkes spöttische Bemerkung vom Nachmittag.

»Ich liebe die Burg«, sagte Lukas nach einer Weile. »Es ist zwar streng verboten, aber wir machen hin und wieder heimlich Partys in den Gewölben oder hängen da einfach nur ab. Mittlerweile kennen wir jeden Winkel besser als die Leute vom Burgverein.«

»Das haben meine Freunde und ich früher auch getan«, erwiderte Pia. »Gerade weil es verboten war, hat es so viel Spaß gemacht.«

»Genau«, Lukas lächelte. Sie kamen an der evangelischen Kirche vorbei. Plötzlich blieb der Junge stehen.

»Wenn ich nicht einundzwanzig wäre, sondern fünfunddreißig, dann würden Sie jetzt nicht weglaufen, stimmt's?«, sagte er leise.

»Wie meinst du das?«, fragte Pia erstaunt. »Hast du den Eindruck, dass ich weglaufe?«

»Ja«, er nickte, »vor mir. Warum?«

Pia fragte sich, was sie gesagt oder getan hatte, um irgendwelche irrigen Hoffnungen in Lukas zu wecken und in eine solche Situation zu geraten.

»Lukas«, sagte sie freundlich, »bitte geh zurück zur Burg, zu deinen Freunden. Ich könnte deine Mutter sein.«

»Sind Sie aber nicht.«

Im Schein der nahen Straßenlaterne erkannte sie zu ihrer eigenen Überraschung einen Ausdruck des Verlangens in seinen Augen.

»Ich mag Sie«, Lukas' Stimme klang rau, »sehr sogar. Ich mag Ihre Augen und Ihren Mund und die Art, wie Sie lächeln …«

Pia traute ihren Ohren kaum. Was sollte das? Versuchte er etwa, sie zu verführen? Lukas legte seine Hände auf ihre Schultern, er zog sie an sich, sein Gesicht war nur ein paar Zentimeter von ihrem entfernt. Mit einem Mal empfand sie seine Nähe und körperliche Überlegenheit als Bedrohung. Schon einmal hatte ihr jemand solche Komplimente gemacht. Damals war es ihr nicht gelungen, den Mann vorzeitig in die Schranken zu weisen, und sie hatte deshalb die schrecklichsten Erfahrungen ihres Lebens machen müssen.

»Ich mag dich auch, Lukas«, sie befreite sich mit sanftem Nachdruck aus seinen Armen. »Aber nicht so.«

»Warum nicht?« Er steckte die Hände in die Taschen seiner Jeans und wippte auf den Fußzehen. »Bin ich zu jung?«

»Ja«, erwiderte sie schließlich, »außerdem bin ich verheiratet. Was kriegst du von mir für die Eintrittskarte? Ich kann die Kosten absetzen.«

»Nein, schon gut. Ich hab Sie eingeladen«, er strich sich das Haar aus dem Gesicht. »Ich hoffe, es hat Ihnen ein bisschen gefallen.«

Er wirkte enttäuscht, trug die Zurückweisung aber mit Fassung.

»Das hat es«, erwiderte Pia.

Einen langen Moment sah er sie eindringlich an, dann lächelte er.

»Na dann. Gute Nacht«, er hob grüßend die Hand und wandte sich zum Gehen.

Sonntag, 18. Juni 2006

»Wie war's auf der Burg?«

Pia fuhr herum und sah ihren Chef an der Kaffeemaschine stehen.

»Was machen Sie denn schon so früh hier?«, fragte sie. Es war erst kurz vor acht.

»Ich wollte mal vor Ihnen da sein«, Bodenstein grinste. »Auch einen Kaffee? Sie sehen so aus, als ob es gestern spät geworden ist.«

»Eigentlich nicht«, Pia ergriff dankbar die Tasse, die er ihr hinhielt. »Um zwölf war ich zu Hause.«

»Konnte Lukas Ihnen etwas über das Mädchen sagen?«

»Er hat versprochen, sich umzuhören.«

»Mehr nicht?«

»Nichts Konkretes. Er hat mir von Pauly vorgeschwärmt«, sagte Pia. »Man liebte oder man hasste ihn, wie es Direktorin Wüst gesagt hat. Gleichgültig war er wohl den wenigsten.«

»Hat Lukas etwas über dieses Internetcafé im Grünzeug gesagt?«, erkundigte sich Bodenstein.

»Nein. Es gab keine Gelegenheit mehr, darüber zu sprechen.«

»Bei einem Konzert ist das schwierig«, Bodenstein schenkte sich noch einen Kaffee nach. Pia war froh, dass ihr Chef nicht mehr wissen wollte. Sie hatte die halbe Nacht wach gelegen und über Lukas' Verhalten nachgedacht. Um halb zwei morgens hatte er ihr noch eine SMS geschickt. *»Ich hoffe, Sie nehmen mir mein Verhalten nicht übel«*, hatte er geschrieben, *»aber ich habe alles so gemeint, wie ich es gesagt habe.«*

Sie hatte nicht darauf geantwortet.

»Wir waren gestern Abend bei meinem Bruder zum Essen, und ich habe von ihm ein paar sehr interessante Dinge erfahren«, sagte Bodenstein gerade. Pia wusste, dass Quentin von Bodenstein, der das familieneigene gleichnamige Hofgut samt Landwirtschaft, Reitbetrieb und Gastronomie betrieb, ein absoluter Gegner des Straßenausbaus war.

»Die letzte Vorstandssitzung des Königsteiner BUNTE-Ortsverbandes hat vor zehn Tagen bei Quentin stattgefunden«, berichtete Bodenstein. »Pauly hatte einen Tag zuvor der Vorsitzenden erzählt, dass er an vertrauliche E-Mail-Korrespondenz zwischen der Bock Consult und Sachbearbeitern beim Hessischen Landesamt für Verkehrswesen und beim Bundesverkehrsministerium gelangt ist. Aus diesen E-Mails soll angeblich hervorgehen, dass die beiden Ministeriumsmitarbeiter hohe Summen von Bock erhalten sollten, wenn verschiedene Straßenbauprojekte durch seine Firmen realisiert werden könnten. Unter anderem eben auch die B8.«

Pia stellte die Kaffeetasse auf ihren Schreibtisch und setzte sich.

»Wo sind diese E-Mails?«, fragte sie. »Und wer hat sie Pauly besorgt?«

Sie ließ ihren Computer hochfahren, rückte die Tastatur ihres Computers zurecht und gab ihr Passwort ein.

»Wahrscheinlich sind sie auf dem Notebook, das Patrick demoliert hat. Die Identität seines Informanten hat Pauly nicht preisgegeben, aber er hat versichert, dass es jemand sei, der Bock gut kennt.«

»Warum die Heimlichtuerei?«, wollte Pia wissen. »Pauly hat doch sonst alles sofort publik gemacht.«

»Entweder«, überlegte Bodenstein, »wollte er seinen Informanten schützen, oder er ist auf illegalem Weg an die Informationen gelangt und hatte keinen eindeutigen Beweis für die Echtheit der E-Mails.«

»Damit können wir Bock leider gar nichts nachweisen«, Pia öffnete ihr E-Mail-Postfach und überflog die eingegangenen Mails. »Ich habe eine E-Mail vom Labor bekommen. Ach, schau mal einer an. Sie haben die Fingerabdrücke auf dieser Einverständniserklärung zwischen Mareike Graf und Pauly analysiert.«

»Und?«, fragte Bodenstein neugierig.

»Es sind nicht nur die von Mareike Graf und Pauly drauf«, erwiderte Pia. »Na, das ist ja interessant.«

Das Bistro Grünzeug war geschlossen, aber das Tor zum Hof stand offen. Bodenstein und Pia trafen Esther Schmitt im Innenhof an, der mit seinen zahllosen Topfpflanzen wie eine grüne Oase wirkte. Sie saß an einem der Tische im morgendlichen Sonnenschein, vor sich ein Becher mit Kaffee und die Sonntagsausgabe der *FAZ*. »Guten Morgen«, grüßte Bodenstein höflich.

»Guten Morgen«, erwiderte sie erstaunt. »Was führt Sie denn um diese Uhrzeit an einem Sonntagmorgen hierher?«

»Ihre Fingerabdrücke, die wir an einer Stelle gefunden haben, an der sie nicht sein dürften.«

»Und wo sollen sie sein?«, fragte sie. Bodenstein neigte den Kopf zur Seite und schenkte ihr ein warmes und vertrauliches Lächeln, als seien sie Komplizen.

»Es erscheint uns rätselhaft«, er senkte seinen Bariton beinahe zu einem Flüstern, so dass sie sich ein Stück zu ihm hinbeugen musste, »aber Ihre Fingerabdrücke sind auf der Einverständniserklärung, die Herr Pauly ein paar Stunden, bevor er ermordet wurde, unterschrieben hat. Für seine Unterschrift hat er von Mareike Graf angeblich fünfzigtausend Euro erhalten, die bis jetzt spurlos verschwunden sind.«

Pia verdrehte die Augen. Wenn Bodenstein diese Verhörtaktik anwandte, kam sie sich überflüssig vor. Allerdings verfing sein Charme unbestreitbar bei der spröden Esther, denn sie war so zugänglich wie noch nie.

»Dafür gibt es eine Erklärung«, sagte sie bereitwillig. »Mareike war am Donnerstag gleich bei mir, kaum dass der Schwarz ihr erzählt hatte, was mit Ulli passiert ist. Sie hielt mir das Blatt hin und sagte, sie gebe mir achtundvierzig Stunden, um aus dem Haus zu verschwinden.«

Pia musste sich beherrschen, ruhig und gelassen zu bleiben.

»Also haben Sie doch von dem Geld gewusst«, stellte sie fest. »Warum haben Sie uns angelogen?«

Esther Schmitts Blick streifte Pia nur flüchtig und saugte sich sofort wieder an Bodensteins Gesicht fest.

»Ich dachte mir, dass die Grafs das Geld schon verschmerzen können«, gab sie freimütig zu. »Ich wollte es als kleine Entschädigung behalten.«

»Wo war es denn?«, erkundigte Bodenstein sich. »Und wo ist es jetzt?«

»Ulli hatte es in eine leere Hundefutterdose gesteckt und in den Kühlschrank gestellt«, erwiderte Esther Schmitt. »Diese Dose war unser Geheimversteck, wenn es denn mal etwas zu verstecken gab. Ich schätze mal, dass es mit dem Kühlschrank verbrannt ist. Es war mir nicht gegönnt.«

Sie seufzte.

»Aber ich bin unhöflich. Setzen Sie sich doch. Möchten Sie einen Kaffee trinken?«

Pia wollte schon ablehnen, aber Bodenstein kam ihr zuvor.

»Wir möchten Ihnen keine Mühe machen«, er lächelte treuherzig, »aber ein Kaffee wäre wirklich wunderbar.«

»Natürlich«, Esther Schmitt sprang auf und verschwand wie der Blitz durch die Hintertür ins Bistro, nachdem sie sich genau nach Bodensteins Kaffee-Vorlieben erkundigt hatte.

»Trainieren Sie Ihren Löwenbändiger-Charme eigentlich regelmäßig vor dem Spiegel?«, fragte Pia spöttisch.

»Was heißt hier Löwenbändiger-Charme?« Bodenstein tat konsterniert. »In bestimmten Situationen kommt meine angeborene Freundlichkeit eben besser an als Ihre direkte Art.«

»Passen Sie bloß auf, dass die Rote Zora das nicht missversteht«, warnte Pia ihn. »Die verspeist Sie mit Haut und Haaren zum Frühstück.«

»Ich kann mit rothaarigen Frauen umgehen«, versicherte Bodenstein.

»Na dann, viel Glück«, Pia ließ den Blick durch den Hof wandern. Sie glaubte sich daran zu erinnern, dass der Innenhof am Freitagabend, als sie einen flüchtigen Blick aus dem Flurfenster geworfen hatte, noch ganz anders ausgesehen hatte. Kahl, bis auf ein paar Topfpflanzen.

»Erinnern Sie sich an die Pflanzen in Paulys Hof?«

»Ja, natürlich«, Bodenstein blickte sie verwundert an. »Wieso?«

»Schauen Sie sich mal um«, sagte Pia. »Das ist ja hier der reinste Dschungel. So sah es vorgestern noch nicht aus.«

»Ich verstehe nicht ganz«, erwiderte Bodenstein.

»Vielleicht ist das Haus gar nicht so überraschend in Flammen aufgegangen«, sagte Pia. »Ich bin mir ziemlich sicher, dass ich diese blauen Hortensien in Paulys Hof gesehen habe. Außerdem finde ich es erstaunlich, dass unsere Kollegen in den Resten des Hauses nicht die kleinste Spur von einem der Hunde gefunden haben. Keine Zähne, keine Knochen, kein Halsband – nichts.«

»Sie denken, Frau Schmitt hat ihre Pflanzen und Tiere in Sicherheit gebracht und dann das Haus angezündet?«

»Genau«, Pia nickte. Mehr konnte sie nicht sagen, weil Esther Schmitt schon wieder mit einem Tablett in der Tür erschien. »Vergessen Sie das Internetcafé nicht«, zischte Pia.

Esther Schmitt servierte Bodenstein strahlend eine große Tasse Latte macchiato mit extra Sahne. Pia stellte sie die Tasse hin, ohne sie auch nur anzusehen. Bodensteins Strategie schien aufzugehen. Ausführlich berichtete Esther Schmitt von Paulys Meinungsverschiedenheiten mit seinen Freunden Siebenlist und Flöttmann, über die Recherchen, die er angestellt hatte, um an die Geheimnisse der Kelkheimer »Mafia« zu gelangen. Sie erzählte von jahrelangen Zwistigkeiten mit Bürgermeister Funke, Schwarz, Conradi und anderen, dabei blieb sie erstaunlich sachlich. Was hatte sie mit Pauly verbunden? Die große Liebe schien es nicht gewesen zu sein.

»Wie ist Herr Pauly an die Beweise gekommen, die er angeblich gegen Zacharias und Bock in der Hand hatte?«, fragte Bodenstein.

»Darüber hat er mit mir nicht gesprochen«, gab Esther Schmitt zu. »Er hat immer furchtbar geheimnisvoll getan und stundenlang mit Lukas und Tarek am Computer gesessen. Er wollte mir alles erzählen, sobald er genaue Fakten in der Hand hatte. Aber dazu ist er nicht mehr gekommen.«

Pia glaubte ihr nicht.

»Lukas van den Berg?«, wagte sie eine Zwischenfrage.

»Ja.«

»Kennt er sich gut mit Computern aus?«, fragte Bodenstein.

»O ja«, Esther Schmitt nickte, »er und Tarek sind Genies! Sie haben nicht nur unsere Webseite gemacht, sondern auch ein spezielles Abrechnungsprogramm für das Bistro geschrieben, so ganz nebenbei, wie andere einen Einkaufszettel schreiben.«

»Die beiden sind sicherlich auch auf die Idee mit diesem

Internetcafé gekommen, stimmt's?«, bemerkte Bodenstein beiläufig. Pia, die sich aufs Zuhören und Beobachten verlegt hatte, bemerkte, dass Esther Schmitt für den Bruchteil einer Sekunde die Gesichtszüge entgleisten.

»Das Internetcafé, ja, ja«, sagte sie schnell. »Möchten Sie noch einen Latte macchiato trinken, Herr Hauptkommissar?«

»Ich fürchte, das verzeiht mir mein Blutdruck nicht«, lehnte Bodenstein höflich ab, obwohl er noch nie Probleme damit gehabt hatte. »Dabei habe ich wirklich selten einen so guten Kaffee getrunken.«

Pia verdrehte die Augen, aber Esther Schmitt schien unter seinen Blicken beinahe dahinzuschmelzen; sie drückte ihre kleinen Brüste heraus und kicherte wie ein Backfisch. Kaum vier Tage nach dem Tod ihres Lebensgefährten war sie ganz offensichtlich auf der Suche nach einem neuen Mann.

»Ach ja«, Bodenstein tat, als würde es ihm gerade wieder einfallen. »Würden Sie uns noch schnell den Keller zeigen?«

Jetzt war die Rote Zora in der Klemme. Pia hätte sie vielleicht mit einer knappen Absage beschieden, zu Bodenstein wollte sie aber nicht unhöflich sein. Sie betraten das Haus, gingen durch die Tür mit der Aufschrift »Privat«. Esther Schmitt sortierte eine Weile klappernd die Schlüssel. Schließlich steckte sie einen Schlüssel ins Schloss. Ihre Miene verdunkelte sich, sie warf Bodenstein einen hilfesuchenden Blick zu.

»Geht nicht auf«, sie stellte sich ratlos, »ich weiß auch nicht, wieso.«

»Sie brauchen eine Chipkarte«, half Pia ihr auf die Sprünge.

»Ach, richtig. Das ist ja seit kurzem so«, Esther Schmitt lächelte verlegen. »Da habe ich gar nicht mehr dran gedacht.

Tut mir leid, wirklich. Ich kann Ihnen im Moment nicht weiterhelfen.«

Wenig später gingen sie die Bahnstraße entlang.

»Was für eine Schauspielerin«, grinste Bodenstein.

»Nur halb so gut wie Sie«, entgegnete Pia. »Mit diesem Internetcafé ist irgendetwas faul. Ich würde gerne Ostermann mit einem Durchsuchungsbeschluss hinschicken.«

»Das machen wir«, Bodenstein warf einen Blick auf die Uhr im Armaturenbrett. »Zwanzig vor elf. Zeit für die Kirche.«

Das Kelkheimer Kloster mit seinem markanten Kirchturm beherrschte weithin sichtbar als Wahrzeichen der Stadt die Landschaft. Begleitet vom Läuten der Kirchenglocken strömten die Gläubigen in die Kirche, vorwiegend ältere Leute, aber auch junge Familien mit Kindern.

»Was machen wir hier?«, fragte Pia, als Bodenstein auf dem Parkplatz anhielt.

»Wir holen Herrn Zacharias ab«, entgegnete Bodenstein. »Er hatte die Gelegenheit, sich bei uns zu melden, was er nicht getan hat.«

»Woher wissen Sie, dass er hier ist?«, wollte Pia erstaunt wissen.

»Er ist im Pfarrgemeinderat von St. Josef und geht jeden Sonntag hier in die Kirche.«

»Und woher wissen Sie das nun schon wieder?«

»Weil ich auch dort in die Kirche gehe«, erwiderte Bodenstein, »leider nur noch unregelmäßig in der letzten Zeit. Ah, da ist er!«

Er stieg aus seinem Auto aus. Pia folgte ihm. Norbert Zacharias war ein feiner älterer Herr, schlank und hochgewachsen, mit einem weißen Haarschopf und einem schmalen, sonnengebräunten Gesicht, der bei Bodensteins Anblick erschrocken zusammenzuckte.

»Ich hätte mich gleich morgen bei Ihnen gemeldet«, versicherte er und verriet damit, dass er Bodensteins Visitenkarte gefunden hatte.

»So lange können wir nicht mehr warten«, entgegnete Bodenstein höflich. »Sie müssen uns aufs Kommissariat begleiten.«

»Hat das nicht noch eine Stunde Zeit?« Zacharias blickte sich unbehaglich um, seine weißgelockte Frau machte ein Gesicht, als würde sie vor Scham am liebsten im Erdboden versinken. Bodenstein blieb unnachgiebig. Zacharias händigte seiner Frau den Autoschlüssel aus und ergab sich widerspruchslos in sein Schicksal.

»Sie sitzen ganz schön in der Bredouille«, stellte Bodenstein fest, als sie sich wenig später in seinem Büro gegenübersaßen. »Wieso haben Sie überhaupt diesen Beratervertrag angenommen?«

»Der Bürgermeister hat mich dazu gedrängt«, antwortete Zacharias, »er sagte, ich würde mich mit den Vorschriften und Abläufen besser auskennen als jeder andere, außerdem sei der Vertrag gut dotiert.«

»Aber gerade vor dem Hintergrund dessen, dass Sie damals wegen des Vorwurfs der Bestechlichkeit von Ihrem Amt als Bauamtsleiter der Stadt Kelkheim zurücktreten mussten, hätten Sie eigentlich ablehnen müssen«, sagte Bodenstein.

Zacharias errötete leicht.

»Ich musste nicht zurücktreten«, protestierte er schwach, »ich bin in Rente gegangen. Ich habe mich weder damals noch heute bestechen lassen.«

»Pauly hat etwas anderes behauptet«, erwiderte Bodenstein. »Er hat Ihnen vorgeworfen, dass Sie von den falschen Zahlen, die die Ingenieure Ihres Schwiegersohnes allen Gutachten zugrunde gelegt haben, gewusst hatten. Er behauptete weiterhin, die Dauerzählstelle in Königstein sei absichtlich vergessen worden, weil sich die dort gemessenen geringeren Verkehrszahlen ungünstig auf die Gutachten ausgewirkt hätten. Was sagen Sie zu diesen Vorwürfen?«

»Ich gebe zu, dass es auf den ersten Blick so aussehen mag.« Zacharias hatte sich sehr gründlich auf die Befragung durch die Leute vom Bund für Umwelt-, Natur- und Tierschutz in Europa, kurz BUNTE, und andere B8-Gegner vorbereitet. »Die Berechnungen und Messungen, die im Vorfeld eines Raumordnungsverfahrens gemacht werden müssen, sind außerordentlich umfangreich und komplex. Weder ich noch die Mitarbeiter der Firma Bock haben die Zahlen der Zählstelle in Königstein mit Absicht unberücksichtigt gelassen. Es ist ein Fehler passiert.«

»Ein Fehler, der allerdings weitreichende Folgen hatte«, sagte Bodenstein, »denn der geplante Ausbau der B8 wurde ja in erster Linie mit einer Verkehrsentlastung begründet. Wenn aber die Verkehrszahlen viel niedriger sind als den Berechnungen zugrunde gelegt, dann entfällt das Hauptargument für den Ausbau der Straße, oder nicht?«

»Es geht ja nicht nur um den Verkehr«, erwiderte Zacharias. »Eine große Rolle spielt auch die Umweltbelastung durch Schadstoffe und Lärm.«

»Wie auch immer«, Bodenstein blätterte in seinen Unterlagen, »Pauly hat behauptet, es gäbe Mauscheleien zwischen den Verantwortlichen der Städte Kelkheim und Königstein und dem Hessischen Landesamt für Straßenbau und Verkehr und sogar dem Bundesministerium. Er sagte, es gehe einzig und allein um das finanzielle Interesse der Firma Bock und um Eigeninteressen verschiedener Grundstücksbesitzer im Gebiet der geplanten Trasse.«

»Das ist doch Unsinn und typisch für Pauly«, Zacharias winkte ab. »Vermutungen und Spekulationen, die jeder

Grundlage entbehren. Warum beschäftigt sich die Polizei überhaupt damit?«

»Weil wir den Mörder von Herrn Pauly suchen«, sagte Pia. »Er hatte herausgefunden, dass die Herren Schwarz und Conradi und auch Sie vor nicht allzu langer Zeit ziemlich wertloses Grünland erworben haben, das sich genau im Bereich der geplanten Straße befindet. Es kann Ihnen nicht recht gewesen sein, dass er diese Tatsachen publik gemacht hat.«

Darauf erwiderte Norbert Zacharias nichts.

»Sie haben am Dienstagabend gegen 22 Uhr den Stammtisch im Goldenen Löwen verlassen«, kam Bodenstein zum eigentlichen Kern seines Anliegens. »Wo sind Sie danach gewesen?«

»Ich bin eine Weile herumgefahren und war dann in meinem Garten im Schmiehbachtal. Ich wollte für eine Weile allein sein.«

»Wo genau sind Sie ... herumgefahren?« Pia ging um den Schreibtisch herum und lehnte sich neben dem Stuhl ihres Chefs ans Fensterbrett. »Zufällig auch im Rohrwiesenweg?«

Die Röte in Zacharias' Gesicht wurde um ein paar Nuancen dunkler. Er fuhr sich mit einer Hand übers Kinn.

»Ach, warum soll ich lügen?«, sagte er nach einer Weile mit müder Stimme. »Ja, ich war im Rohrwiesenweg. Ja, ich war bei Pauly im Hof. Ich hatte eigentlich nur vor, mit ihm zu reden, ganz vernünftig, von Mann zu Mann.«

»Haben Sie es getan?«, fragte Pia.

»Was getan?« Zacharias blickte sie misstrauisch an.

»Mit Pauly geredet.«

»N... nein«, er schüttelte den Kopf. »Ich hatte gerade den Hof betreten, als ein Mädchen mit einem Moped auftauchte. Das Mädchen guckte mich an und stellte das Moped ab. Da verließ mich der Mut, und ich bin wieder zu meinem Auto gegangen.«

Bodenstein wandte sich um und sah Pia an, dann stand er auf.

»Diese Geschichte sollen wir Ihnen glauben, Herr Zacharias?«, sagte er. »Ich denke, es war ganz anders. Sie waren im Hof und gerieten mit Pauly in Streit. Im Zorn erschlugen Sie ihn, genau in dem Moment, als das Mädchen mit dem Moped kam. Sie hat Sie und Pauly gesehen.«

»Nein, nein, das ist nicht wahr!«, unterbrach Zacharias ihn und sprang auf. »Ich habe Pauly gar nicht gesehen, ich …«

»Setzen Sie sich wieder hin«, Bodensteins Stimme wurde scharf, »ich glaube Ihnen kein Wort. Sie hatten ein starkes Motiv, Sie waren zum Tatzeitpunkt am Tatort, und Sie hatten die Mittel, um den Mann zu töten und seine Leiche später abzutransportieren. Ich nehme Sie hiermit vorläufig fest wegen des Verdachtes, Hans-Ulrich Pauly getötet zu haben.«

»Aber ich habe es nicht getan«, flüsterte Zacharias beschwörend, »wirklich nicht. So glauben Sie mir doch!«

»Dann drücken Sie die Daumen, dass wir das Mädchen mit dem Moped finden«, erwiderte Bodenstein und griff zum Telefon, um einen Beamten zu rufen, der Zacharias in eine der Zellen bringen sollte.

Montag, 19. Juni 2006

Nach der kriminaltechnischen Untersuchung von Zacharias' Mercedes Kombi sah es düster für ihn aus. Obwohl das Auto vor nicht allzu langer Zeit äußerst gründlich gereinigt, der Teppichboden im Kofferraum sogar shampooniert und mit chemischen Reinigungsmitteln behandelt worden war, hatte man zweifelsfrei Blutspuren festgestellt. Aufgrund dieser Beweise hatte der Haftrichter am Montagmittag eine Entlassung Zacharias' gegen Zahlung einer Kaution abgelehnt und den Haftbefehl bestätigt. Vor seinem Abtransport ins Untersuchungsgefängnis Weiterstadt hatte Bodenstein noch einmal mit dem Mann gesprochen. Zacharias hatte zusammengesunken auf der Pritsche in seiner Zelle gesessen, ohne Gürtel, Krawatte und Schnürsenkel bot der Mann ein Bild des Jammers. Immer wieder hatte er beteuert, er habe Pauly nicht einmal gesehen, geschweige denn getötet, und das Blut im Kofferraum seines Autos stamme nicht von einem Menschen, sondern von einem Wildschwein, das er von einem befreundeten Jäger gekauft und zu Conradi zwecks fachgerechter Zerlegung transportiert habe.

»Erzählen Sie mir irgendetwas, das Sie entlastet«, hatte Bodenstein gesagt. »Nennen Sie mir einen Zeugen, der Sie zu einem bestimmten Zeitpunkt irgendwo gesehen hat und so Ihre Unschuldsbeteuerungen untermauern kann. So, wie es sich im Moment darstellt, sieht es nicht gut für Sie aus.«

Zacharias hatte sein Gesicht in den Händen verborgen und immer nur den Kopf geschüttelt. Er sei direkt von Pauly zu seinem Gartengrundstück gefahren und dort bis zum nächsten Morgen geblieben. Warum? Weil er allein sein wollte. Weil er begriffen hatte, dass sein eigener Schwiegersohn ihn nur benutzt hatte. Weil er das Gejammer seiner Frau nicht mehr hören konnte. Ganz zum Schluss, als Bodenstein schon hatte gehen wollen, hatte er endlich etwas Vernünftiges von sich gegeben.

»Ich kenne das Mädchen mit dem Moped«, hatte Zacharias mit dumpfer Stimme gesagt. »Es war die Freundin meines Enkelsohnes Jonas.«

Bodenstein und seine Mitarbeiter hielten Staatsanwalt und Haftrichter am Montagvormittag ordentlich auf Trab. Ein Paar, das im zweiten Stock des Hauses Starkeradweg 52 in Sulzbach wohnte, hatte Mareike Graf und Conradi Dienstagnacht um halb eins im Treppenhaus gesehen. Den Golfclub hatten beide laut Aussage mehrerer Gäste aber bereits um kurz nach zehn verlassen. Weder Frau Graf noch ihr Liebhaber konnten oder wollten erklären, wo sie sich in diesen gut zwei Stunden aufgehalten hatten. Dazu kam der Befund aus der Rechtsmedizin, dass Paulys Leiche Totenflecken mit dem Muster einer Palette aufgewiesen hatte, wie sie in einem der beiden Lieferwagen der Metzgerei Conradi lag. In Kombination mit den Motiven, die Mareike Graf und auch Conradi hatten, war die Ausstellung der Haftbefehle kaum mehr als eine Formsache. Für eine Vorführung von Vater und Sohn Schwarz in der Rechtsmedizin reichte der Verdacht, dass Erwin Schwarz am Dienstagabend noch einmal in Paulys Haus gewesen war und wahrscheinlich gemeinsam mit seinem Sohn das Haus drei Nächte später angezündet hatte. Außerdem hatte Pia einen Durchsuchungsbeschluss für die

Räume des Bistros Grünzeug erhalten. Mit diesem in der Tasche machte sich Ostermann in Begleitung von einigen Beamten auf den Weg in die Hauptstraße.

Die ausgebrannten und inzwischen abgekühlten Trümmer des Hauses von Pauly wurden ein weiteres Mal gründlich von Experten des Landeskriminalamtes untersucht, als Pia an der Ruine vorbei auf den Hof von Erwin Schwarz fuhr.

Bodenstein hörte sich gerade mit unbewegter Miene die Vorwürfe von Frau Schwarz an. Renate Schwarz war eine stämmige, energische Person mit einem harten Gesicht, in das Wind und Wetter, aber auch viele Sorgen tiefe Falten gegraben hatten.

»Mein Mann und mein Sohn sollen das Haus vom Pauly angezündet haben?« Sie stemmte die Arme in die Seiten. »Sind jetzt alle auf einmal bekloppt geworden? Warum hätten die das denn tun sollen?«

Bodenstein überhörte die Beschimpfungen.

»Ist Ihnen in der Nacht zu Samstag nicht aufgefallen, dass Ihr Mann nicht im Haus war?«, fragte er.

»Natürlich ist mir das aufgefallen«, entgegnete die Frau in einer Stimmlage, die in den Ohren schmerzte, »er war draußen bei der Feuerwehr. Wir mussten ja befürchten, dass der Brand auf unseren Hof übergreift.«

»Beruhigen Sie sich«, sagte Bodenstein besänftigend.

»Beruhigen!«, schnaubte die Bauersfrau empört. »Sie haben meinen Mann und meinen Sohn verhaftet! Wie soll ich denn da ruhig sein?«

»Sie sind nicht verhaftet«, berichtigte Bodenstein. »In ein paar Stunden sind sie wieder da.«

»Sie sollten ganz woanders nach dem Mörder von diesem Pauly suchen als hier bei uns«, riet sie Bodenstein und Pia, »der halbe Ort hatte Gründe, ihn zur Hölle zu wünschen.

Wir haben zu seinen Lebzeiten genug unter diesem grässlichen Kerl gelitten.«

»Inwiefern?«

»Wissen Sie, wie oft die die Straße so zugeparkt haben, dass wir mit den Traktoren und Maschinen nicht mehr durchgekommen sind?«, erregte sich die Frau. »Im Sommer haben sie bis morgens früh im Garten gesessen, gelacht und gesungen, die Köter vom Pauly haben bei uns das Heu vollgeschissen und eine von unseren Katzen totgebissen!«

Frau Schwarz redete sich immer mehr in Rage und präsentierte dabei unabsichtlich ein potenzielles Mordmotiv nach dem anderen. Bodenstein und Pia lauschten interessiert und hüteten sich davor, sie zu unterbrechen.

»... und diese rothaarige Zicke«, ereiferte sich die Bauersfrau, »wie die mit unserem Matthias umgesprungen ist, das war eine Frechheit! Sobald der Pauly aus dem Haus war, hat sie ihn rüber gerufen und im Garten schuften lassen wie einen Leibeigenen! Ich hab ihm immer gesagt, dass die ihn nur ausnutzt, aber das wollte er ja nicht hören. Er hat sich eingebildet, er hätte Chancen bei der! Pah! Die hat dem Bub nur den Kopf verdreht, damit sie einen billigen Sklaven hat, sonst gar nichts!«

Pias Handy summte. Es war Ostermann, und er hatte schlechte Nachrichten.

Zehn Minuten später stand Pia in einem völlig leer geräumten Keller unterhalb des Bistro Grünzeug.

»Mist«, sagte sie. »Zu spät.«

»Die Vögel sind ausgeflogen«, bestätigte Ostermann. »Was jetzt?«

Pia überlegte einen Augenblick. Wenn sie wollte, hätte sie das Lokal schließen und durchsuchen lassen können, aber das erschien ihr als reine Zeitvergeudung. Sie hatte die Computer mit eigenen Augen gesehen, die Kabelstränge, die vielen Bildschirme, das elektronische Kartenlesesystem, die Überwachungskamera am Eingang. Wenn jemand die Energie aufgewandt hatte, das alles innerhalb kürzester Zeit an einen anderen Ort zu transportieren, dann war sicherlich auch alles andere, was irgendwie verdächtig oder verboten sein konnte, längst aus den Räumen des Grünzeug entfernt worden. Sie wusste ja nicht einmal, wonach sie genau suchte.

»Wir nehmen uns die direkten Nachbarn vor«, entschied sie deshalb und schickte die Beamten in die Nachbarhäuser, Ostermann und sie gingen zurück ins Bistro. Esther Schmitt stand hinter dem Tresen und sonnte sich unverhohlen in ihrem Triumph.

»Und?«, rief sie und grinste hämisch.

»Sie haben ordentliche Mieter gehabt«, erwiderte Pia. »Die haben Ihnen die Räume besenrein übergeben.«

»Tatsächlich?« Esther Schmitt riss die Augen auf. »Na, so was!«

»Zeigen Sie uns bitte den Mietvertrag? Und die Kontoauszüge des Kontos, auf das die Mietzahlungen eingegangen sind?«

Da verging der Frau das Grinsen.

»Es gibt keinen Mietvertrag«, sagte sie schroff, »und auch keine Mietzahlung. Ich habe den Raum kostenlos zur Verfügung gestellt.«

»Ich weiß ja, dass Sie gerne nur die halbe Wahrheit erzählen«, Pia lächelte. »Das mit den fünfzigtausend Euro fiel Ihnen ja auch erst etwas später ein. Aber vielleicht können Sie sich daran erinnern, wem Sie den Raum zur Verfügung gestellt haben und wozu.«

Esther Schmitt lief rot an.

»Wir haben jetzt nichts zu tun. Meine Kollegen können Ihnen gerne suchen helfen«, schlug Pia vor. »Ich gehe doch davon aus, dass Sie die Miete nicht schwarz kassiert haben. Und auch die Stromkosten für die vielen Computer müssen erheblich gewesen sein.«

»Ist ja gut«, Esther Schmitt knallte das Handtuch auf die Spüle. »Ein paar von den Jungs hatten irgendwann die Idee, ein Internetcafé zu eröffnen. Sie hatten nicht viel Geld und wollten auch nicht lauter Fremde dabeihaben. Deshalb haben Ulli und ich Ihnen diesen Raum zur Verfügung gestellt. Unentgeltlich. Dafür haben sie hin und wieder im Bistro ausgeholfen oder uns mit ihrem Know-how unterstützt.«

»Die Jungs. Das klingt ziemlich vage. Gibt es auch Namen?«

»Lukas und Tarek. Die anderen kenne ich nur mit Spitznamen.«

»Vielleicht kennen Sie ja die Namen Ihrer weiblichen Kundschaft besser«, sagte Pia. »Wir suchen nämlich nach einem Mädchen mit einem gelben Roller, bei dem der Außenspiegel abgebrochen ist. Sie war am Tatabend bei Ihrem Lebensgefährten und ist möglicherweise eine sehr wichtige Zeugin. Angeblich ist sie die Freundin eines Jungen namens Jonas Bock. Kennen Sie den?«

Esther Schmitts Gesicht verfinsterte sich. Es konnte ihr nicht gefallen, dass in ihrer Abwesenheit junge Mädchen in ihrem Haus ein und aus gegangen waren.

»Nie gehört«, erwiderte sie schroff.

»Na gut«, Pia zuckte die Schulter. »Aber wenn Sie ein Mädchen kennen, das einen beschädigten gelben Roller fährt, rufen Sie uns bitte an. Wir sind davon überzeugt, dass sie regelmäßig hier verkehrt.«

»Ich höre mich um«, versprach Esther Schmitt zurückhaltend, »aber hier wimmelt es von kleinen Mädchen mit Rollern.«

»Ich gehe davon aus, dass Ihnen an einer Aufklärung des

Mordes an Ihrem Lebensgefährten gelegen ist«, erwiderte Pia kühl. »Sie haben meine Nummer.«

Die Beamten, die im Nachbarhaus gewesen waren, kehrten zurück und berichteten, dass tags zuvor alle Computer von ein paar jungen Männern mit einem Miettransporter der Firma Turtle Rent abtransportiert worden waren. Sie hatten dreimal fahren müssen, aber offenbar nicht sehr weit, denn sie waren immer nach einer Stunde wieder zurück. Das würde sich überprüfen lassen, denn irgendjemand musste das Auto angemietet haben.

Pias Handy meldete sich just in dem Augenblick, als sie unter der Dusche stand und sich die Haare wusch. Mit einem Fluch drehte sie das Wasser ab und stürzte aus der Dusche. Das Handy lag in der Küche auf dem Tisch.

»Kirchhoff!«, meldete sie sich atemlos und betrachtete verärgert die Wasserlache, die sich unter ihren Füßen bildete.

»Christoph Sander«, sagte eine Männerstimme, »entschuldigen Sie bitte die Störung um diese Uhrzeit.«

Pias Herz machte unwillkürlich ein paar rasche Schläge.

»Sie stören nicht«, erwiderte sie schnell. »Was macht Ihre Hand?«

»Meine Hand?« Sander klang irritiert. »Ach so, das. Ist schon fast wieder verheilt.«

Pia merkte, dass sie ihn aus dem Konzept gebracht hatte.

»Ich habe über unser Gespräch am Samstag nachgedacht«, sagte Sander, »über das Mädchen, das Sie suchen.«

Pia war ein winziges bisschen enttäuscht, dass es ihm nur um den Fall ging.

»Die beste Freundin meiner Tochter fährt einen gelben Roller«, fuhr Sander fort. »Als die beiden eben zusammen weggefahren sind, habe ich gesehen, dass bei Svenjas Roller ein Spiegel abgebrochen ist. Da ist mir wieder eingefallen, was Sie mir gesagt haben.«

»Wie heißt das Mädchen?«, fragte Pia aufmerksam.

»Svenja. Svenja Sievers.«

Der Name löste bei Pia eine verschwommene Erinnerung aus. Sie hatte ihn vor nicht allzu langer Zeit schon einmal gehört. Aber wo? Und in welchem Zusammenhang?

»Meine Tochter ist mit Svenja eng befreundet«, erklärte Sander, »aber seit ein paar Tagen ist das Mädchen völlig verändert. Am Samstag muss sie auch noch Streit mit ihrem Freund gehabt haben und ist seitdem nur noch am Heulen.«

Pia richtete sich auf und versuchte ihre Gedanken zu ordnen.

»Kannten die Mädchen Pauly?«, fragte sie.

»Bedauerlicherweise, ja«, antwortete Sander. »Durch Svenjas Freund sind sie in die Pauly-Clique geraten. Zum Glück besaß meine Tochter genug gesunden Menschenverstand, um diesen Typen zu durchschauen, aber Svenja hat sich von Pauly schwer beeindrucken lassen.«

Pia ging zurück ins Badezimmer und wickelte sich ein Handtuch um ihren Körper, als könnte Sander sie sehen.

»Wo sind die Mädchen jetzt?«, fragte sie.

»Ich weiß es nicht. Antonia hat nichts gesagt.«

»Wo wohnt Svenja?«, wollte Pia wissen. »Was ist mit ihren Eltern? Wissen die vielleicht, wo die Mädchen sind?«

»Ich fürchte, die wissen noch weniger als ich«, antwortete Sander. »Svenja versteht sich nicht gut mit ihrer Mutter, und ihr Stiefvater arbeitet Nachtschicht am Flughafen.«

»Es ist wohl aussichtslos, jetzt einfach aufs Geratewohl nach den beiden zu suchen«, Pia setzte sich auf den Rand der Badewanne und dachte nach.

»Der Mann, der das Mädchen gesehen hat, sagte, es könne

sich um die Freundin von Dr. Bocks Sohn Jonas handeln. Das kann dann ja nicht die Freundin Ihrer Tochter sein.«

Einen Moment war es still in der Leitung.

»Doch, natürlich«, sagte Sander, »Svenja ist die Freundin von Jo.«

Svenja. Jo. Plötzlich kehrte die Erinnerung zurück. *Da drüben, das sind Jo und Svenja.* Das hatte Lukas vorgestern Abend auf der Burg zu ihr gesagt, und Pia erinnerte sich, dass sie diesen Jo am Tag zuvor im Grünzeug gesehen hatte. Allmählich begriff sie die Zusammenhänge. Boris Balkan hieß in Wirklichkeit Jonas und war der Sohn von Dr. Carsten Bock, der auf dem Anrufbeantworter von Pauly die Ankündigung hinterlassen hatte, er werde ihm seine Anwälte auf den Hals hetzen. Jonas' Großvater war also Norbert Zacharias, der bis an den Hals im Schlamassel und unter Mordverdacht in U-Haft saß. Aber Jonas war ein Freund von Pauly und Stammgast im Bistro Grünzeug. Auf wessen Seite stand der Junge?

Cosima hatte für den Abend ihre Mitarbeiter eingeladen, die mit ihr in den vergangenen Monaten an dem Filmprojekt gearbeitet hatten. Sie wollten noch einige Details besprechen, aber in erster Linie die Fertigstellung des Films feiern. Bodenstein half ihr, den Tisch auf der Terrasse zu decken, stellte Sekt kalt und holte einen guten Rotwein aus dem Keller. Er war gerade dabei, die Flaschen zu entkorken, als Rosalie mit ihrem Mopedhelm über dem Arm aus der Garage in die Küche kam. Sie sah Cosima wie aus dem Gesicht geschnitten ähnlich, hatte zu ihrem Ärger auch ihr tizianrotes Haar geerbt, das sie im Moment allerdings platinblond gefärbt hatte.

»Du bist ja schon da«, sagte sie ohne große Begeisterung zu ihrem Vater, öffnete die Kühlschranktür und blickte hinein.

»Nette Begrüßung«, Bodenstein dachte an die Zeiten zurück, als ihm seine Tochter abends noch vor Freude um den

Hals gefallen war, und musterte sie missbilligend. »Fährst du in dem Aufzug mit dem Moped durch die Gegend?«

Rosalie trug eine Jeans, die so tief auf den Hüften saß, dass man die Bändchen ihres Strings sehen konnte, ihr Hemdchen ließ den ganzen Bauch frei. So liefen die Nutten im Bahnhofs-Viertel herum.

»Was bleibt mir anderes übrig?«, erwiderte sie spitz. »Ich hab ja kein eigenes Auto, und Mama hat ihr's zu Schrott gefahren.«

Bodenstein schüttelte den Kopf. Lorenz wurde allmählich wieder vernünftig, aber Rosalie durchlebte noch die letzten Trotzphasen einer ziemlich heftigen Pubertät mit allen Begleiterscheinungen. »Übrigens«, verkündete sie nun, »ich hab für die Sommerferien einen megacoolen Job.«

»Sag bloß, du hast die Praktikantenstelle bei Lovells bekommen?«

»Nö«, sagte Rosalie und tauchte die Spitze ihres Zeigefingers in eine der Grillsoßen. »Ich hab einen Job im Cas Viajes in Soller auf Malle.«

»Wie bitte?« Bodenstein warf seiner Tochter einen irritierten Blick zu. »Als was denn?«

»Du findest es wahrscheinlich nicht so doll«, Rosalie platzierte ihren kleinen Popo auf der Arbeitsplatte geschickt zwischen einer Platte mit eingelegten Auberginen und Zucchini und einer Schale mit Salat, »als Küchenhilfe und Kellnerin. Aber es gibt immerhin achthundert Euro, Kost und Logis sind frei. Und mein Chef ist Claudio Belcredi!«

Bodenstein stellte die Weinflasche ab.

»Du willst als *Küchenhilfe* auf Mallorca arbeiten?«, vergewisserte er sich. »Hast du einen Sonnenstich abbekommen? Ich denke, du wolltest Jura studieren und im Sommer ein Praktikum bei dieser Kanzlei in Frankfurt machen!«

»Jura ist doch öde«, Rosalie schüttelte den Kopf. »Ich will

Köchin werden. Weißt du, wer mir diesen geilen Job auf Malle vermittelt hat?«

»Ich ahne es schon«, Bodenstein stieß einen Seufzer aus. »Den Floh hat dir Maître St. Clair ins Ohr gesetzt.«

Jean-Yves St. Clair war der französische Starkoch, den seine Schwägerin vor einer Weile für ihr Schlosshotel engagiert hatte. Cosima hatte Bodenstein erzählt, dass Rosalie heimlich für den temperamentvollen Südfranzosen schwärmte.

»Er hat mir gar nichts ins Ohr gesetzt«, bestritt Rosalie und schlenkerte lässig mit den Beinen, aber Bodenstein sah, dass sie rot geworden war. »Er hat mir nur geraten, dass ich Erfahrungen in einer Küche sammeln soll, bevor ich mich ernsthaft entscheide, Köchin werden zu wollen.«

Cosima betrat die Küche.

»Geh da runter, Rosalie«, sagte sie. Das Mädchen gehorchte, schlängelte sich an der Mutter vorbei und öffnete wieder den Kühlschrank.

»Lass das«, Cosima zog sie vom Kühlschrank weg und schloss wieder die Tür.

»Ich will doch bloß was trinken«, beschwerte Rosalie sich.

»Hol dir was aus der Garage.«

»Das ist pisswarm … ich …«

»Raus jetzt hier!«, schrie Cosima ihre Tochter an.

»Wer schreit hat unrecht«, erwiderte Rosalie beleidigt und verschwand.

»Sie geht mir auf die Nerven«, Cosima lehnte sich gegen die Spüle und stieß einen Seufzer aus. »Alles geht mir auf die Nerven.«

Bodenstein betrachtete seine Frau. Cosima war immer schlank gewesen, aber mittlerweile wirkte sie ungesund dünn. Sie war blass, unter den Augen lagen bläuliche Schatten, die er nie zuvor an ihr bemerkt hatte.

»Du brauchst dringend ein bisschen Ruhe«, sagte er. »Ich bin froh, dass du den Film endlich fertig hast.«

»Das glaube ich, dass du froh bist«, erwiderte Cosima sarkastisch. »Ich weiß, dass es dir nicht passt, dich den ganzen Abend über den Film unterhalten zu müssen, weil du in Gedanken nur bei deinem *Fall* bist.«

Dieser Vorwurf war ungerecht und entsprach in keiner Weise der Wahrheit.

»Ich habe hier alles am Hals«, Cosimas Stimme wurde schrill. »Ich bin hier nur noch die Köchin und Putzfrau und muss zusehen, wie ich das alles unter einen Hut kriege!«

Bodenstein konnte sich die Heftigkeit von Cosimas Ausbruch nicht erklären und war sich keiner Schuld bewusst. Eine Weile hörte er ihren Tiraden schweigend zu.

»Du verschwindest jeden Morgen und überlässt mir alles«, warf Cosima ihm schließlich vor. »Und was deine Kinder tun, interessiert dich überhaupt nicht.«

»Moment mal«, unterbrach Bodenstein sie konsterniert, »ich interessiere mich sehr wohl für alles, was du und die Kinder tun. Ich habe …«

»Lüg doch nicht!« Cosima wurde laut. »Aber weißt du was? Setz dich doch einfach in dein Auto und kümmere dich um deinen *Fall*! Ich komme hier auch gut ohne dich klar, wenn du keine Lust hast, mit meinen Freunden zu reden.«

»Was ist denn in dich gefahren?«, erwiderte Bodenstein nun auch mit erhobener Stimme. Rosalie tauchte in der Küche auf.

»Oh, ein Ehekrach«, sagte sie, und im nächsten Moment brach Cosima, die Unerschütterliche, in Tränen aus, drängte sich an Rosalie vorbei und rannte aus der Küche. Vater und Tochter blickten sich hilflos und verwirrt an.

»Was ist denn in die gefahren?«, fragte Rosalie. »Wechseljahre oder was?«

»Sprich nicht so respektlos von deiner Mutter«, Bodenstein hatte seinen Ärger sofort vergessen und folgte Cosima besorgt die Treppe hinauf ins Schlafzimmer. Aus dem Badezimmer hörte er lautes Schluchzen. Cosima saß auf dem Rand der Badewanne, die Wimperntusche lief in schwarzen Streifen über ihre Wangen. Bodenstein ging neben ihr in die Hocke und berührte vorsichtig ihr Knie. Sie schluchzte hysterisch, dann lachte sie genauso hysterisch, und plötzlich sackte sie ohnmächtig in sich zusammen. Bodenstein konnte nur knapp verhindern, dass sie mit dem Kopf auf die Fliesen schlug. Er nahm Cosima in die Arme, trug sie ins Schlafzimmer und legte sie aufs Bett. Rosalie stand mit betroffenem Gesicht in der Tür.

»Ich glaube, die Party können wir absagen«, sagte Bodenstein.

Vor dem Grünzeug standen einige Fahrräder, Mopeds und Motorroller. Ein gelber Roller war nicht dabei. Pia betrat das Bistro. Der Anblick von Lukas hinter dem Tresen verursachte ein hohles Gefühl in ihrem Magen. Es war nicht viel los an diesem Abend, das übliche jugendliche Stammpublikum schien sich woanders zu amüsieren. Lukas begrüßte sie erfreut und schien ihr die Zurückweisung vom Samstagabend nicht nachzutragen.

»Hallo«, Pia setzte sich auf einen der Barhocker, die alle unbesetzt waren, »hier ist ja nicht sehr viel los.«

»Fußball«, er deutete mit dem Daumen hinter sich Richtung Hof. »Möchten Sie etwas trinken?«

»Gerne. Was kannst du mir empfehlen?«

»Meine Spezialität ist Sex on the beach«, er zwinkerte ihr zu und sah dabei einfach umwerfend aus. Pia vermutete, dass mindestens fünfzig Prozent aller Mädchen nur seinetwegen Stammgast im Grünzeug waren.

»Das Thema haben wir doch geklärt« entgegnete sie trocken. »Ich habe Lust auf eine Piña Colada. Aber sei sparsam mit dem Rum.«

»Alles klar.«

Pia beobachtete, wie Lukas gekonnt den Drink für sie mixte.

»Sag mal«, sie stützte ihr Kinn in die Hand, »was weißt du über dieses mysteriöse Internetcafé im Hinterzimmer, das seit heute plötzlich nicht mehr existiert?«

»Daran war doch nichts mysteriös«, erwiderte Lukas erstaunt. »Es hat sich nach und nach entwickelt und natürlich auch herumgesprochen. Als immer mehr Leute auftauchten, die Ulli und Esther hier nicht so gerne haben wollten, haben wir es zu einer Art Club gemacht. Off limits sozusagen.«

»Und weshalb ist es jetzt nicht mehr da?«

»Esther wollte auf einmal einen Mietvertrag und Miete haben. Das hat einigen von uns nicht gepasst.«

Er stellte Pia den fertigen Cocktail hin, hübsch verziert und mit exotischem Obst garniert. Das klang glaubwürdig. Esther Schmitt war geldgierig.

»Zum Wohl«, er lehnte sich ihr gegenüber an den Tresen.

»Verstehst du dich gut mit ihr?« Pia probierte die Piña Colada und war begeistert. »Hm, lecker …«

»Mit Esther? Ja, doch«, Lukas zögerte. »Sie ist zwar nicht wie Ulli, aber eigentlich in Ordnung.«

Er stützte sich mit den Ellbogen auf den Tresen.

»Wie meinst du das?«, fragte Pia neugierig.

»Esther ist die Geschäftsführerin hier. Sie muss auf die Kosten schauen. Ulli waren Umsatzzahlen, Lohnkosten, Einkaufspreise oder die Steuererklärung völlig egal. Er hatte dauernd neue Ideen und spontane Einfälle, aber Esther hat ihn immer gebremst.«

Er lächelte traurig.

»Ulli meinte, sie sei eine kleinkarierte Erbsenzählerin. Er hatte große Visionen und keine Lust, sich mit Alltäglichem herumzuschlagen.«

»Wo habt ihr die Computer hingebracht?«, erkundigte Pia sich.

»In ein Lagerhaus, drüben im Gewerbegebiet in Münster«, antwortete Lukas. »Es gehört dem Vater von einem Kumpel. Da machen wir dann weiter.«

»Mit was?«

»Mit dem Internetcafé nur für Mitglieder«, er grinste, und Pia dachte unwillkürlich an den Ausdruck des Verlangens in seinen Augen. Auf die Art und Weise kriegte er sicher jedes Mädchen rum – ein paar Komplimente, tiefe Blicke aus seinen grasgrünen Augen, ein Hauch von Melancholie, ein Gedicht …

»Hast du eigentlich keine Freundin?« Pia schlürfte den letzten Rest der Piña Colada mit dem Strohhalm aus dem Glas.

»Nein«, Lukas ergriff das leere Glas. »Möchten Sie noch eine?«

»Aber dann bitte ganz ohne Alkohol«, Pia nickte. »Warum nicht? So wie du aussiehst, müssen dir die Mädchen doch scharenweise nachlaufen.«

Für den Bruchteil einer Sekunde verdüsterte sich Lukas' Gesicht.

»Es gibt für mich nichts Langweiligeres als kleine Mädchen, die mich kritiklos anhimmeln. Ich hasse leichte Beute.«

Pia sah den Jungen nachdenklich an. Haderten nicht nur Hässliche, Dicke und Picklige mit ihrem Aussehen? Konnte auch Schönheit eine Bürde sein?

»Du bist schon oft enttäuscht worden«, Pia wusste, dass sie sich auf gefährliches Terrain begab, aber es interessierte sie wirklich. Lukas ließ den Cocktailshaker sinken. Zwischen seinen Augenbrauen erschien eine Falte.

»Meine Erwartungen sind wohl einfach zu hoch«, erwiderte er.

»Deine Erwartungen, was die Mädchen betrifft?«

»Nein, was das Leben betrifft«, er widmete sich wieder der Herstellung von Pias Drink. »Sie können es mit diesem Cocktail vergleichen. Sie wissen, wie er schmecken sollte, und freuen sich darauf, aber dann schmeckt er nur nach Wasser. Fade. So geht es mir häufig.«

Er stellte Pia die zweite, diesmal alkoholfreie Piña Colada hin.

»Das klingt ja furchtbar frustrierend«, sagte Pia.

»Die meisten Dinge sind mir nicht wichtig genug, als dass sie mich frustrieren könnten«, Lukas verschränkte die Arme und sah sie mit geneigtem Kopf an. »Ich suche Herausforderungen. Am liebsten solche, die auf den ersten Blick unüberwindlich erscheinen.«

Er lächelte entwaffnend. Pia ging auf diese Bemerkung nicht ein und nahm einen Schluck. Es war an der Zeit, zum eigentlichen Grund ihres Besuches zu kommen.

»Dein Freund Jo heißt in Wirklichkeit Jonas Bock, stimmt's?«

»Ja.«

»Und seine Freundin heißt Svenja?«

»Stimmt«, Lukas blickte Pia aufmerksam an. »Wieso?«

»Weil Svenja einen gelben Roller fährt«, entgegnete Pia. Lukas zog überrascht die Augenbrauen hoch, aber bevor er etwas sagen konnte, rauschte Aydin mit ein paar Bestellungen herein. Im Hof grölten die Fußballzuschauer, wahrscheinlich war ein Tor gefallen. Aydin warf Pia einen argwöhnischen Blick zu, lehnte sich wartend an den Tresen und beobachtete Lukas dabei, wie er die Getränke fertig machte. An der Art und Weise, wie sie ihn anschmachtete, erkannte Pia, dass auch sie leichte Beute für den Jungen wäre.

»Also ist Svenja das Mädchen, das Sie suchen«, sagte Lukas, als Aydin mit dem vollen Tablett wieder abzog. »An sie hätte ich gar nicht gedacht.«

»Was kann Svenja am Dienstag von Pauly gewollt haben?«, wollte Pia wissen.

»Keine Ahnung«, Lukas spülte die benutzten Gläser, die Aydin hingestellt hatte. »Vielleicht weiß Toni das. Antonia Sander.«

»Ich weiß, wer Antonia ist. Hast du eine Ahnung, wo die Mädchen jetzt sein könnten?«

Lukas rutschte ein Glas aus der Hand und zerbrach.

»Mist«, murmelte er und sammelte die Scherben auf. »Vielleicht tauchen sie später noch hier auf.«

»Weißt du, ob Jo und Svenja wegen irgendetwas in der letzten Zeit Streit hatten?«, erkundigte sich Pia.

»Sie stellen ja Fragen«, Lukas lächelte, aber Pia hatte den Eindruck, als sei er plötzlich auf der Hut. »Woher soll ich das denn wissen?«

»Ich habe gehört, dass sich Jonas und Svenja am Samstag noch heftig gestritten haben«, sagte Pia.

»Davon habe ich nichts mitbekommen«, sagte Lukas. »Aber ich bin auch nicht mehr auf die Burg zurückgegangen.«

»Und am Sonntag, als ihr die Computer abgebaut habt, hat Jonas auch nichts darüber zu dir gesagt?«, fragte Pia.

»Kein Wort. Er war mies drauf, aber ich hab gedacht, das wäre wegen dem Krach mit Esther.«

Eine Gruppe junger Leute betrat das Bistro, ließ sich lachend und Stühle rückend vorne an den Bistrotischen nieder. Lukas hatte keine Zeit mehr zum Plaudern. Weil er ihr kein Geld abnehmen wollte, legte Pia zehn Euro auf den Tresen, bedankte sich und stand auf.

»Svenja hat ganz sicher nichts mit dem Mord an Ulli zu tun«, sagte Lukas, »sie hat ihn gemocht, wie wir alle hier.«

»Aber vielleicht hat sie den Mörder gesehen«, erwiderte Pia. »Wenn er sie auch gesehen hat, ist sie in großer Gefahr. Falls du sie heute Abend noch siehst, sag ihr bitte, dass sie sich unbedingt bei mir melden soll, okay?«

»Klar. Mach ich«, er nickte und beugte sich vor, »und Frau Kirchhoff …«

»Ja?«

»Meine SMS war übrigens ernst gemeint.«

Dienstag, 20. Juni 2006

Die halbe Nacht hatte Bodenstein über den wahren Grund für Cosimas Aus- und Zusammenbruch nachgedacht. Insgeheim hoffte er, dass es nur am Stress der letzten Tage gelegen hatte, aber die Sorge, seine Frau könnte ernsthaft krank sein, beunruhigte ihn tief. Es war sechs Uhr, als er aufstand und nach unten ging, um Pia Kirchhoff anzurufen. Er hatte kein gutes Gewissen, sie und seine Mitarbeiter zu diesem Zeitpunkt der Ermittlungen im Stich zu lassen, aber er wollte Cosima heute nicht alleine lassen.

Als Pia bei der morgendlichen Besprechung verkündete, dass sich Bodenstein aus privaten Gründen für den Tag abgemeldet hatte und sie deshalb die Leitung der Ermittlungen übernehmen würde, begehrte Frank Behnke sofort auf. Unnötigerweise wies er darauf hin, er habe als Dienstältester das Recht auf die Vertretung Bodensteins.

»Wenn der Chef das so sehen würde, hätte er Sie angerufen und nicht mich«, sagte Pia. »Wir haben viel zu tun und sollten uns jetzt nicht um Kompetenzen streiten.«

Behnke lehnte sich zurück und verschränkte die Arme.

»Wie möchten Sie denn die Arbeit aufteilen, Frau Kollegin?« Seine Stimme troff vor Sarkasmus. Pia ging nicht darauf ein. Sie griff nach der Akte, die in der Mitte des Tisches lag, aber Behnke war schneller und zog sie zu sich hin. Er grinste boshaft.

»Ja, werfen Sie ruhig mal einen Blick rein«, Pia lächelte kühl. »Ich kenne den Inhalt, aber Sie müssen ja einiges nachlesen, so oft, wie Sie in den letzten Tagen pünktlich Feierabend gemacht haben.«

Das saß. Behnke lief rot an und gab der Akte einen Stoß, so dass sie in Pias Richtung über den Tisch schlitterte und mit einem Knall auf dem Boden landete.

»Leute, hört doch auf damit«, mahnte Ostermann, erhob sich und bückte sich nach dem Ordner, »ihr benehmt euch kindisch. Wir werden wohl einen Tag ohne den Chef rumkriegen.«

Pia und Behnke starrten sich quer über den Tisch feindselig an.

»Ich schlage vor«, sagte Ostermann, »Frank und Kathrin reden mit Mareike Graf, Conradi und Zacharias. Pia macht sich auf die Suche nach diesem Mädchen …«

»Genau. Am besten in ihrer neuen Lieblingskneipe, diesem Öko-Bistro«, warf Behnke ein. »Vielleicht ist der schöne Lukas auch da, mit dem unterhält sie sich ja so gerne.«

Pia spürte, wie sich ihr Magen zu einem zornigen Knoten zusammenzog. Sie konnte sich kaum noch beherrschen.

»Das Mädchen mit dem gelben Roller heißt Svenja Sievers«, sagte sie, »das habe ich gestern erfahren.«

»Ach? Und wann wollten Sie uns das verraten?«

»Sie wüssten es schon, wenn Sie mich nicht unterbrochen hätten«, entgegnete Pia eisig. »Hat jemand ein Problem mit der Arbeitseinteilung, die Kai vorgeschlagen hat?«

Sie blickte in die Runde. Kathrin Fachinger betrachtete eingehend ihren Kugelschreiber, Ostermann sah Behnke an, und der zuckte nur die Schultern. Ein tolles Team, wahrhaftig!

»Gut«, sie erhob sich, »dann bis später.«

Kurz darauf stand Ostermann in der Tür zu seinem Büro und suchte nach den passenden Worten.

»Ich kenne Frank schon seit fünfzehn Jahren«, sagte er schließlich, »wir waren zusammen auf der Polizeischule und auf Streife. Er ist eigentlich kein übler Kerl.«

»Ach ja?« Pia ergriff ihre Tasche. »Das hat er bis jetzt vor mir aber gut geheim gehalten. Ich finde, er ist ekelhaft arrogant und hält sich für was Besonderes.«

Ostermann zögerte.

»Dasselbe denkt er auch von dir«, sagte er. Pia starrte ihn an, als ob er versucht hätte, ihr hinterrücks ein Messer in den Hals zu rammen.

»So ist das also. Ihr redet hinter meinem Rücken über mich. Das hätte ich von dir nicht gedacht, Kai.«

»Ich habe Frank gefragt, was er für ein Problem mit dir hat«, gab Ostermann zu. »Ich mag dich gut leiden, Pia. Ich schätze dich sehr als Kollegin. Es tut mir einfach leid, dass du und Frank keinen Draht zueinander findet.«

»Das liegt nicht an mir«, Pia ging an ihm vorbei in ihr gemeinsames Büro. Ostermann folgte ihr.

»Viele hier denken, dass du eigentlich nur aus Spaß arbeitest«, Ostermann setzte sich an seinen Schreibtisch, der dem von Pia gegenüberstand. »Ich meine, du hast dir diesen Hof gekauft, hast Pferde ... Das ist bei einem Beamtengehalt nur schwer möglich, oder?«

Pia musterte ihn aus schmalen Augen.

»Jetzt kapiere ich, wie der Hase läuft«, sagte sie kühl, »und deshalb verrate ich dir jetzt etwas, worüber ich sonst nicht spreche. Mein Schwager ist Börsenspezialist und hat mir in der Zeit des Neuen Marktes gelegentlich Tipps gegeben. Im Gegensatz zu vielen anderen war ich so clever und habe auf seinen professionellen Rat hin im richtigen Moment verkauft. Meinen Hof verdanke ich einigen Start-ups am Neuen Markt, von denen heute keiner mehr spricht.«

Ostermann machte ein verblüfftes Gesicht. In dem Moment summte Pias Handy. Es war Zoodirektor Sander. Der Klang seiner Stimme besänftigte augenblicklich ihren Zorn. Er entschuldigte sich, dass er nicht früher angerufen hatte, aber er war die ganze Nacht im Dienst gewesen, weil eine Giraffe gekalbt hatte. Als er heute Morgen nach Hause gekommen war, war seine Tochter schon auf dem Weg in die Schule.

»Wo könnte Svenja jetzt wohl sein?« Pia angelte nach Notizblock und Kugelschreiber.

»Sie macht eine Lehre als Arzthelferin in Kelkheim«, erwiderte Sander, »bei einem Dr. Kohlmeyer. Aber ich rufe eigentlich aus einem anderen Grund an.«

»Und der wäre?«

»Ich habe gerade meine E-Mails durchgesehen und dabei eine gefunden, die mich ziemlich beunruhigt. Absender ist Jonas Bock, und Inhalt ist ein Link zur Homepage von Svenja.«

»Und?«

»Schauen Sie sich's mal an. Ich leite Ihnen die E-Mail weiter.«

Pia bedankte sich und ließ ihren Computer hochfahren. Wenig später klickte sie die E-Mail von Sander an und den Link, der sie auf die Webseite »www.svenja-sievers.de« führte. Auf der Startseite öffnete sich ein Fenster mit der Überschrift »Nackte Tatsachen von der geilen Svenja ...«. Ungläubig betrachtete Pia amateurhaft aufgenommene Fotos, die ein junges Mädchen in peinlichen Situationen zeigten: nackt, halbnackt, offensichtlich völlig betrunken und sogar beim Geschlechtsverkehr mit einem Mann, dessen Gesicht nicht zu erkennen war. Pia verstand überhaupt nichts mehr. Absender der E-Mail, bei der der Verteiler unterdrückt war, war Jonas Bock. Aber wieso sollte er einen solchen Link verschicken? Er war der Freund des Mädchens, angeblich sogar mit Svenja verlobt! Wie kamen diese wirklich peinlichen Fotos auf die private Homepage des Mädchens? Pia schickte den Link weiter an Kai und bat ihn herauszufinden, wer der wahre Absender der E-Mail war.

»Ich glaube nicht, dass das wirklich der Freund des Mädchens verschickt hat«, sagte sie, nachdem sie ihrem Kollegen kurz den Grund ihres Misstrauens erläutert hatte.

»Wer sonst?«

»Jemand, der dem Mädchen schaden will«, Pia klickte sich durch den Rest der ansonsten harmlosen Webseite. »Jemand, der eifersüchtig auf sie und Jonas ist. Mich würde auch interessieren, wem diese E-Mail geschickt worden ist.«

»Ich sage dir Bescheid, wenn ich etwas herausfinde.«

»Okay«, Pia ergriff ihre Tasche und stand auf, »und Kai?«

»Ja?« Ihr Kollege blickte fragend auf.

»Danke für deine Vermittlungsversuche. Das ist echt nett von dir.«

Eine halbe Stunde später hatte Pia von Dr. Kohlmeyer, dem Chef von Svenja Sievers, erfahren, dass das Mädchen seit über einer Woche nicht mehr zur Arbeit erschienen war. Der Arzt war verständlicherweise verärgert, und die Tatsache, dass pornographische Fotos seiner Auszubildenden im Internet kursierten, machte es nicht eben besser. Auf dem Weg zum Ausgang des neuen Kelkheimer Gesundheitszentrums an der Frankenallee, in dem sich die Praxis von Dr. Kohlmeyer befand, rief Pia bei Zoodirektor Sander an.

»Svenjas Chef hat diese E-Mail auch bekommen«, erklärte sie ihm, »sie war seit Mittwoch nicht mehr arbeiten, und wegen dieser Fotos will er ihr jetzt den Ausbildungsvertrag kündigen. Was meinen Sie, wo ich Jonas finden kann?«

»So ein Drecksack«, sagte Sander, und Pia wusste nicht

genau, ob sich diese Aussage auf Jonas Bock oder Dr. Kohlmeyer bezog, »ich schätze, Jonas ist in der Schule. Wenn ich mich richtig erinnere, steckt er mitten im Abi.«

Aber Jonas Bock war nicht in der Schule. Er erschien nicht zur mündlichen Prüfung um Viertel vor zehn und auch später nicht. Die Schulsekretärin rief bei den Eltern zu Hause an, aber dort meldete sich am Telefon nur eine Haushälterin, die nicht wusste, wo Jonas war. Im Büro seines Vaters hieß es, Dr. Bock sei außer Haus. Die Großzügigkeit der Schulleitung und der Prüfer des Staatlichen Schulamtes kannte schließlich Grenzen. Um zwölf Uhr galt die mündliche Prüfung von Jonas Bock als nicht erbracht. Damit war er durchs Abitur gefallen. Die anderen Abiturienten tuschelten in den Gängen und vor der Schule miteinander und spekulierten, weshalb Jo Bock wohl nicht erschienen war. Pia verließ das Schulgebäude und ging zu einer Gruppe von jungen Leuten, die zu ihrem bestandenen Abitur die Sektkorken knallen ließen.

»Er hat gestern wohl zu wild gefeiert«, vermutete einer der Schüler, der einen Pappbecher mit Sekt in der Hand hielt. »Vielleicht hat er verpennt.«

»Gefeiert?«, fragte Pia überrascht nach. »Was denn?«

»Seinen Geburtstag«, erwiderte der Junge trocken. »Jo hatte gestern Geburtstag.«

Als Pia sich in ihr Auto setzte, rief Kathrin Fachinger an, die in den vergangenen zwei Stunden gemeinsam mit Behnke erst Mareike Graf und dann Franz-Josef Conradi verhört hatte. Beiden schien über Nacht der Ernst ihrer Lage klar geworden zu sein, denn sie hatten unabhängig voneinander zugegeben, was sie in der Zeit zwischen ihrer Abfahrt am Golfplatz und dem Eintreffen im Starkeradweg getan hatten.

»Sie sind vom Golfplatz aus in den Wald gefahren und haben sich im Wald auf einem Hochsitz vergnügt«, sagte Kathrin, »und später dann noch mal auf der Motorhaube von Conradis Lieferwagen.«

Pia spielte kurz mit dem Gedanken, Bodenstein zu fragen, was sie tun sollte. Aber wenn sie in seiner Abwesenheit die Leiterin des K11 sein wollte, musste sie solche Entscheidungen selber treffen können.

»Lasst die beiden gehen«, sagte sie zu ihrer Kollegin. Mareike Graf und Franz-Josef Conradi hatten feste Wohnsitze, es drohte keine Flucht- oder Verdunklungsgefahr. »Habt ihr auch schon mit Zacharias gesprochen?«

»Ja. Aber der sagt kein Wort ohne seinen Anwalt.«

»Auch gut«, Pia startete den Motor. »Wir sehen uns später.«

Familie Sievers wohnte in Bad Soden im vierten Stock eines hässlichen Mehrfamilienhauses aus den sechziger Jahren in der Königsteiner Straße gegenüber dem Bahnhof. Pia fand einen Parkplatz im Hof, der um diese Uhrzeit beinahe leer war. Ihre Gedanken kreisten um Lukas. Weshalb hatte er ihr gestern nichts von Jonas' Geburtstagsfeier gesagt? Ganz sicher waren Svenja und Sanders Tochter auf dieser Feier gewesen, aber warum Lukas nicht? Er war doch ein guter Freund von Jonas. Seltsam. Pia musste eine ganze Weile suchen, bis sie die richtige Klingel auf einem der vierzig Schildchen mit vorwiegend ausländischen Namen gefunden hatte. Gerade als sie klingeln wollte, rief Ostermann an. Die E-Mail mit dem Link zu Svenjas Homepage war von einem Hotmail-Konto, das auf den Namen Jonas Bock lautete, an 147 Adressen verschickt worden.

»Da wollte jemand das Mädchen richtig übel bloßstellen«, sagte Pia. »Kriegst du raus, wer wirklich hinter der Hotmail-Adresse steckt?«

»Ich glaube nicht«, nahm Ostermann ihr jede Hoffnung.

»Aber sag mal, hast du schon einmal von *Double Life* gehört?«

»Nein«, antwortete Pia verwundert. »Was soll das sein?«

»Ein Internetspiel, eine virtuelle Welt. Die Mitspieler können sich eine Figur kaufen und in der Welt von *Double Life* leben, einkaufen, eine Wohnung einrichten ...«

»Ein Abklatsch von *Second Life* also«, sagte Pia.

»Mehr als das. In *Double Life* kann man Menschen umbringen, betrügen, stehlen, einbrechen. Das ist sogar das Ziel des Spiels. Für jede kriminelle Handlung gibt es Geld vom Paten, den niemand kennt. Die Figuren wissen auch nicht, welche von ihnen ein Killer ist.«

»Ich verstehe nicht ganz, auf was du hinauswillst.«

»*Double Life* ist vor ein paar Monaten verboten worden, weil es Gewalt verherrlicht. Seitdem sind die Leute wie verrückt danach. Es gibt keine offizielle Webseite mehr, keinen einzigen Zugang. Die *Double-Life*-Community ist in die Unterwelt des Internet abgetaucht, hat aber einen rasenden Zulauf. Seit Wochen versuchen Computerexperten vom BKA und von Interpol vergeblich, den Server zu finden, auf dem *Double Life* läuft.«

»Wie kommst du überhaupt darauf?« Pia verstand nur noch Bahnhof.

»Ich habe den Link zu *Double Life* auf der Homepage von Svenja Sievers gefunden«, sagte Ostermann. »Und das ist echt ein Hammer.«

Das Mädchen, das Pia an der Wohnungstür im vierten Stock erwartete, war nicht Svenja Sievers, sondern ihre Freundin Antonia. Pia musterte die Tochter von Zoodirektor Sander. Sie hatte ein hübsches, frisches Gesicht, dunkles, lockiges Haar und die Augen ihres Vaters.

»Solltest du nicht eigentlich in der Schule sein?«, fragte

Pia. Antonia zog eine Augenbraue hoch, dann zuckte sie die Schultern.

»Svenja geht's mies. Ich konnte sie nicht alleine lassen. Kommen Sie rein.«

Pia folgte ihr in die Wohnung.

»Wo seid ihr gestern gewesen, Svenja und du? Und warum ist Jonas heute nicht zu seinem mündlichen Abi erschienen?«

Antonia warf einen Blick zu einer Tür, die nur angelehnt war.

»Svenja hat gestern Abend mit Jo Schluss gemacht«, sagte sie mit gesenkter Stimme. »Nach allem, was er getan hat, konnte sie gar nicht anders. Aber seitdem ist sie total fertig.«

»Was ist denn passiert?«

»Svenja und Jo hatten am Samstagabend Streit«, erzählte Antonia und blickte immer wieder zu der Tür. »Auf der Burg, in Königstein. Erst war alles okay, aber dann ... dann ...«

Sie zögerte, entschloss sich für einen goldenen Mittelweg.

»Jo ist einfach abgehauen, hat Svenja stehen lassen. Den ganzen Sonntag hat er sich nicht gemeldet, und dann ... das!«

»Du meinst diese E-Mail und die Fotos auf Svenjas Homepage?«

»Woher wissen Sie davon?«, fragte Antonia misstrauisch.

»Von deinem Vater«, erwiderte Pia. »Er hat heute Morgen die E-Mail bekommen. Genau wie Svenjas Chef und 145 andere Leute.«

»Ich fasse es nicht!« Antonia schüttelte fassungslos den Kopf. »Gestern Abend hat Jo noch steif und fest behauptet, er hätte nichts damit zu tun. So ein verlogener Mistkerl!«

»Wann habt ihr von den Fotos erfahren?«, fragte Pia.

»Gestern Nachmittag«, antwortete Antonia. »Tarek hat mich angerufen. Er hat die E-Mail so um vier bekommen.

Wir haben dann gleich nachgesehen und hatten sie auch beide. Svenja ist ausgetickt.«

»Verständlich«, Pia nickte. »Woher stammen die Fotos? Wer hat sie gemacht?«

»Wer wohl«, Antonia schnaubte, »Jonas natürlich! Mit seinem Handy. Das hätte ich ihm echt niemals zugetraut.«

»Warum löscht ihr die Bilder nicht einfach?«

»Das haben wir ja versucht, aber es geht nicht! Svenja hat keinen Zugriff mehr auf ihre eigene Seite«, sagte Antonia. »Jo kennt sich mit so was aus. Er hat sicher irgendeine Sperre eingebaut.«

»Aber warum soll er das gemacht haben? Er ist doch Svenjas Freund. Da kann er sie doch nicht so bloßstellen!«

Antonia zuckte die Schultern. Pia sah ein, dass sie von ihr nichts über den Grund des Streits zwischen Svenja und ihrem Freund erfahren würde.

»Hast du Hans-Ulrich Pauly gekannt?«, fragte sie deshalb.

»Ja, klar«, das Mädchen verzog das Gesicht. »Wir sind ja dauernd im Grünzeug. Der Pauly war nie mein Fall. Svenja ist aber total auf ihn abgefahren. Sie hat ihn angebetet.«

»Warum?«, wollte Pia wissen.

»Keine Ahnung«, antwortete Antonia. »Ich hab mich erst drüber lustig gemacht, aber ihr war es voll ernst. Sie hat für ihn Flyer verteilt, stundenlang an Info-Ständen herumgestanden und war sogar einmal mit bei meinem Vater im Zoo. Er ist … Sie wissen, wer mein Vater ist, oder?«

»Ja.«

Antonia knabberte nachdenklich an ihrer Unterlippe.

»Ich konnte Pauly nicht besonders leiden. Er war ein Besserwisser und irgendwie schleimig. Und die Esther, die ist total ätzend. Ich habe nie kapiert, was die alle an den beiden finden.«

»Hat Svenja dir erzählt, dass sie an dem Abend, als Pauly ermordet wurde, bei ihm war?«

»Was?« Antonia sah ehrlich erstaunt aus. »Nein, das hab ich nicht gewusst. Sie war nachmittags kurz bei mir. Später hat sie noch mal angerufen und voll geheult. Ich konnte nicht weg, weil ich …«

Im Türrahmen des Zimmers, zu dem Antonia immer wieder hinübergeschaut hatte, erschien ein Mädchen. Antonias Erklärung, sie sei hier, weil es ihrer Freundin schlecht gehe, war nicht gelogen. Svenja sah schrecklich aus, das hübsche Gesicht verwüstet und verquollen vom Weinen, die dunkelblonden Haare strähnig.

»Hallo«, flüsterte sie. Antonia eilte zu ihrer Freundin und legte den Arm um sie.

»Bleib doch im Bett«, sagte sie energisch, »komm.«

Sie führte sie zurück ins Zimmer und drängte sie sanft auf das zerwühlte Bett. Pia blickte sich in dem kleinen Raum um. Stereoanlage, Fernseher, Computer – das schien heutzutage beinahe zur Standardausstattung eines Jugendzimmers zu gehören. Poster an den Wänden, Robbie Williams, Justin Timberlake, Herbert Grönemeyer. Dazu jede Menge Klamotten, die auf dem Boden und in einem Sessel lagen. Die Rollläden waren heruntergelassen, nur durch eine Ritze fiel Sonnenlicht. Es roch muffig.

»Soll ich Sie und Svenja alleine lassen?«, fragte Antonia höflich.

»Nein, nein, bleib nur da«, erwiderte Pia. Svenja hüllte sich in ihre Bettdecke ein, Antonia setzte sich auf den Bettrand.

»Svenja«, begann Pia mit ihrer sanftesten Stimme, »ich muss dringend mit dir über Dienstagabend sprechen. Es kann sein, dass du in großer Gefahr bist.«

Svenja schwieg, wandte nur den Kopf zur Seite. Ihr langes Haar fiel wie ein Vorhang über ihr Gesicht.

»Warum bist du bei Pauly gewesen?«, fragte Pia. Sie wartete geduldig, aber vergeblich auf eine Antwort.

»Wir haben einen Mann festgenommen, der gesehen hat, wie du in den Hof gefahren bist«, fuhr sie fort, »und später hat eine Nachbarin beobachtet, wie du mit dem Roller gestürzt bist. Was ist passiert? Hast du den Mörder von Pauly gesehen?«

Das Mädchen hob den Kopf. Pia schauderte, als sie die Hoffnungslosigkeit und Verzweiflung hinter dem Schutzschild der Ausdruckslosigkeit in Svenjas Augen erkannte. Sie hatte große Probleme, aber wenn sie nicht darüber sprechen wollte, konnte sie sie nicht zwingen.

»Hast du Pauly am Dienstag noch gesehen?«, fragte Pia weiter. »Hast du mit ihm gesprochen? Bitte, Svenja, antworte mir. Es ist wirklich sehr wichtig.«

Keine Antwort, keine Reaktion.

»Was war gestern Abend auf Jo's Geburtstagsfeier? Warum hattest du Streit mit ihm?«

Eine Träne rann über die Wange des Mädchens. Dann noch eine. »Wie kann er nur so gemein sein«, flüsterte sie plötzlich. »Ich schäme mich so! Ich kann mich nie mehr irgendwo sehen lassen!«

Svenja schluchzte auf. Mit dem Handrücken wischte sie die Tränen ab, die aber immer weiter flossen. Antonia stand auf und holte ein Kleenex. Svenja putzte sich die Nase.

»Ich versteh das nicht«, murmelte sie undeutlich, »wir hatten uns doch wieder vertragen. Und dann lügt er noch und behauptet, er hätte das nicht gemacht. Ich bin total ausgerastet, hab ihn angeschrien, er soll wenigstens ehrlich sein. Und dann bin ich einfach weggerannt …«

Pia blickte zu Antonia, die bestätigend nickte.

»Wo seid ihr hingegangen?«, fragte Pia. »Seid ihr noch im Grünzeug gewesen?«

Svenja schüttelte heftig den Kopf.

»Da geh ich nie wieder hin«, stieß sie hervor. »Ich geh überhaupt nie wieder irgendwohin!«

»Wo könnte Jonas jetzt sein?«, erkundigte Pia sich. »Er ist heute nicht zum mündlichen Abi erschienen.«

Svenja senkte den Blick und ergriff ihr Handy, das neben dem Kopfkissen lag.

»Er hat mir gestern Nacht noch eine SMS geschickt, aber ich hab ihm nicht drauf geantwortet. Ich kann ihm niemals verzeihen, dass er das gemacht hat und dass er mich auch noch angelogen hat! Ich will ihn nie, nie mehr sehen!«

Sie verbarg ihr Gesicht in beiden Händen, begann hemmungslos zu weinen. Pia vermutete, dass eher das Gegenteil der Fall war.

»Zeigst du mir die SMS?«, bat sie freundlich. Das Mädchen hielt ihr das Handy hin, ohne aufzusehen.

»Es tut mir solied was ibh getan habe«, las Pia, *»ich war nur sp wutend auf dibh. Ich wünschue, ibh hätte es nichu getbn und ich wunschte, du wüqdest mir verzdihen. Ich weip, das ibh das nie mer gutmachen knn, aber ogne dich kann ibh nicht lebn. Verzeih mir, mein Sbhatz. Vfrzeih mir ales. Deim JB.«*

Die vielen Fehler im Text bewiesen, dass der Junge die SMS entweder in Eile oder im betrunkenen Zustand geschrieben hatte. Pia schaute auf das Display des Handys. Jonas hatte Svenja die Nachricht um kurz vor elf geschickt, etwa anderthalb Stunden nachdem Svenja mit ihm Schluss gemacht hatte. Plötzlich beschlich Pia eine düstere Vorahnung. Der Inhalt der SMS klang verzweifelt, fast wie ein Abschiedsbrief. Pia machte Antonia ein Zeichen. Sie ging hinaus, das Mädchen folgte ihr.

»Wo hat die Party stattgefunden?«

»Auf dem Gartengrundstück von Jo's Opa«, sagte Antonia, »warum?«

»Wo ist das genau?« Pia überhörte ihre Frage. Antonia erklärte es, so gut sie konnte.

»Hör zu, Antonia«, sagte Pia eindringlich, »bitte tu mir einen Gefallen. Bleib bei Svenja und ruf deinen Vater an. Sag ihm, wo du bist, er macht sich große Sorgen um dich und Svenja.«

»Der reißt mir den Kopf ab, wenn er hört, dass ich schwänze«, erwiderte Antonia und verdrehte die Augen.

»Dann ruf deine Mutter an.«

»Geht schlecht«, das Mädchen verzog das sommersprossige Gesicht. »Sie ist tot.«

»Wie bitte?« Pia, die gerade die Nummer von Ostermann eintippen wollte, hielt inne und starrte Antonia verblüfft an.

»Hirnschlag. Ich war erst zwei, als sie gestorben ist.«

»Das tut mir leid«, sagte Pia, aufrichtig betroffen.

»Sie können ja nichts dafür«, antwortete Antonia. »Ich rufe meinen Vater an. Und ich bleibe hier bei Svenja. Versprochen.«

Pia fuhr die Alleestraße hoch Richtung Sinai, bog in Höhe des Wasserturmes ins Feld ab und raste die betonierten Feldwege entlang. Hinter Eberhards Scheune, einem beliebten Ausflugslokal, lenkte sie ihren Nissan durch die Unterführung der B8 und erreichte das Schmiehbachtal, das sich mit malerischen Streuobstwiesen, Wald und Äckern zwischen Kelkheim-Hornau, Bad Soden und Liederbach erstreckte.

Ein eingezäuntes Grundstück am Wald mit einem Tor, hatte Antonia gesagt. An einer mächtigen Eiche bog Pia rechts in einen geschotterten Weg ein, holperte am Waldrand entlang, bis sie an eine Abzweigung kam. Weiter geradeaus. Nach ungefähr fünfhundert Metern erblickte sie auf der linken Seite das hölzerne Tor, das Antonia beschrieben hatte. Sie bremste so heftig, dass die Schottersteinchen spritzten, und sprang aus dem Auto. Das Tor stand offen. Pia betrat das ordentlich gemähte Grundstück, das etwas abschüssig am Hang lag. Unter ein paar mächtigen Fichten stand ein Gartenhaus, umgeben von einem Jägerzaun und sorgfältig beschnittenen Büschen. Vor der Hütte erwarteten sie die Reste einer Party. Pia ließ ihren Blick über leere Red-Bull-Dosen, zerbrochene und halbleere Bier- und Wodkaflaschen, benutzte Pappteller und Becher, Essensreste und anderen Müll schweifen, dann blickte sie auf. Ihr Herz setzte einen Schlag aus. Die düstere Vorahnung hatte sie nicht getrogen.

»Verdammt, Jonas«, sagte sie beim Anblick der Leiche, die am Giebel der Hütte hing, »warum hast du das getan?«

Nur zwanzig Minuten später wimmelte das Grundstück von Menschen. Zuerst war der Notarzt eingetroffen, Minuten später der erste Streifenwagen, dann erschien auch Frank Behnke, zeitgleich mit den Kollegen von der Spurensicherung. Pia hatte kurz überlegt, ihn aber dann angerufen, auch wenn sie ganz gut alleine klargekommen wäre. Sie wollte sich nicht nachsagen lassen, alle Arbeit und Verantwortung in Bodensteins Abwesenheit an sich zu reißen.

»Wie kommen Sie darauf, dass es sich um Jonas Bock handelt?«, fragte Behnke von oben herab, kaum dass er aus seinem Auto ausgestiegen war. Er blickte sich um, ohne seine Sonnenbrille abzusetzen.

»Weil ich ihn kenne«, Pia ging über den Rasen hinunter zur Hütte. »Außerdem gibt es Fotos von ihm auf der Webseite seiner Freundin.«

»Scheint 'ne wilde Party gewesen zu sein«, Behnke blickte zu der Leiche des Jungen hinüber, die gerade vom Polizeifotografen aus allen Winkeln fotografiert wurde. »Er hatte wohl keine Lust, das alles alleine aufzuräumen, da hat er sich lieber aufgehängt.«

Spätestens jetzt bereute Pia ihren Anruf. Behnkes blöde Sprüche gingen ihr schon nach zwei Minuten auf die Nerven. Der Notarzt hatte mit der Leichenschau begonnen.

»Tod durch Erhängen«, sagte er zu Pia. »Voll ausgeprägte Leichenstarre, großflächige Leichenflecken mit Blutaustritten an den Füßen, Fingerspitzen und Unterschenkeln.«

»Suizid«, kommentierte Behnke, die Hände in den Taschen seiner Jeans vergraben, und wandte sich an die Streifenpolizisten. »Ihr könnt ihn abhängen.«

»Moment noch«, sagte Pia auf das Risiko hin, von ihrem Kollegen vor allen Anwesenden abgekanzelt zu werden. Sie trat näher an den Leichnam heran, blickte in das im Tod erstarrte, viel zu junge Gesicht. Der Kopf des Jungen war nach vorne gekippt, sein Gesicht blau angelaufen, grün schillernde Schmeißfliegen summten um ihn herum. Sein linker Schuh lag einen Meter entfernt auf der obersten Stufe der kleinen Treppe, die auf die Veranda führte, an der Tür der Hütte lag eine umgekippte leere Bierkiste. War Jonas durch den Streit mit seiner Freundin wirklich so verzweifelt gewesen, dass er sich am Abend seines neunzehnten Geburtstags das Leben genommen hatte, oder steckte noch mehr dahinter?

»Sind Sie fertig mit der Leichenschau, Frau Doktor?«, sagte Behnke sarkastisch. »Darf jetzt auch mal der echte Arzt an die Arbeit gehen?«

Pia verspürte ein beinahe unbezähmbares Verlangen, ihm gegen das Schienbein oder besser noch einen halben Meter höher zu treten, aber sie beherrschte sich.

»Bitte«, sagte sie und trat zurück. Zwei Beamte befreiten den Toten aus der Schlinge und legten ihn nach Anweisung des Arztes auf ein einigermaßen müllfreies Stück Rasen neben der Hütte. Pia hatte in den vergangenen sechzehn Jahren viele Leichen auf dem Seziertisch der Frankfurter Rechtsmedizin gesehen und gelernt, auf kleinste Hinweise zu achten, auf scheinbar unbedeutende Details, die mehr verrieten, als auf den ersten Blick sichtbar war. Sie wusste selbst nicht, weshalb sie an einem Suizid zweifelte, obwohl alles auf den ersten Blick perfekt zu passen schien.

»Woher kommt das Blut an seinen Lippen?«, fragte sie den Arzt. »Kann er sich auf die Zunge gebissen haben?«

»Nein, das glaube ich nicht«, der Arzt schüttelte den Kopf. »Wegen der Leichenstarre kann ich den Kiefer nicht öffnen. Aber er hat irgendetwas im Mund.«

Er wies auf eine Rötung an der linken Gesichtshälfte des Toten.

»Sehen Sie hier. Das könnte von einem heftigen Schlag stammen. Dadurch, dass wenig später der Tod eingetreten und durch das freie Hängen in der Luft das Blut in die unteren Extremitäten gesackt ist, kam es nicht zu einem Bluterguss.«

»Man kann sich einen Mord auch konstruieren«, bemerkte Behnke mürrisch und blickte auf die Uhr.

»Auf dem T-Shirt sind Blutflecken«, der Arzt ließ sich nicht beirren. »Es ist möglich, dass die von einer anderen Person stammen, weil ich an der Leiche keine Verletzungen feststellen kann, bei denen Blut geflossen ist.«

Pia nickte nachdenklich. Einer der Beamten, die das Grundstück nach Spuren absuchten, machte rufend und winkend auf sich aufmerksam. Pia und Behnke gingen ein Stück die Wiese hinauf. Der Boden war von der Sonne ausgedörrt und steinhart, der gelbliche Rasen so kurz rasiert, dass weder Fuß- noch Reifenspuren zu erkennen waren.

»Da«, der Beamte wies auf den Boden, »ein Handy.«

Pia bückte sich und ergriff das Gehäuse des Mobiltelefons mit ihrer behandschuhten Rechten. Es handelte sich um ein silberfarbenes Modell von Motorola, das vor allen Dingen bei jungen Leuten beliebt war. Der Rückendeckel fehlte, ebenso Akku und SIM-Karte. Das Telefon sah nicht so aus, als ob es schon lange hier liegen würde. Pia bat die Kollegen, nach den anderen Teilen des Telefons zu suchen, und blickte sich nachdenklich um. Neben den Polizeiautos waren einige Spaziergänger stehen geblieben und starrten neugierig zu ihnen hinüber. Pia rief Bodenstein an und berichtete ihm von dem Leichenfund.

»Wir sind uns noch nicht ganz sicher, ob es wirklich ein Selbstmord war«, bezog sie ihren Kollegen mit in den Kreis der Zweifler ein. »Es gibt ein paar Ungereimtheiten.«

Behnke verdrehte die Augen und ging wieder hinunter zur Hütte.

»Hören Sie auf Ihren Instinkt«, riet Bodenstein. »Brauchen Sie mich?«

»Ich muss den Eltern von Jonas die Nachricht vom Tod ihres Sohnes überbringen«, Pia senkte die Stimme. »Das mache ich nicht gern allein, aber noch weniger gern mit Behnke.«

»Holen Sie mich ab«, erwiderte Bodenstein. »Ich bin zu Hause.«

Pia klappte ihr Handy zu und ging zurück zur Hütte.

»Was meinen Sie, Doktor?«, wandte sie sich an den Arzt.

»Sieht nach Suizid aus«, erwiderte der, »aber sicher bin ich nicht.«

»Dann rufe ich den Staatsanwalt an«, sagte Pia. »Ich möchte, dass der Junge obduziert wird. Was denken Sie, Herr Behnke?«

»Wer bin ich, dass ich Ihre Meinung anzweifeln könnte?«, entgegnete Behnke mit übertriebener Unterwürfigkeit. »Nach Ihrer jahrelangen einschlägigen Erfahrung auf dem Gebiet der Rechtsmedizin werden Sie das schon alles richtig einschätzen.«

Pia blickte ihn an. Jetzt reichte es ihr wirklich.

»Gibt es irgendeinen Grund?«, wollte sie wissen.

»Einen Grund wofür?«, erwiderte Behnke.

»Für Ihr Verhalten mir gegenüber. Habe ich Sie irgendwann beleidigt, gekränkt oder verärgert? Mit niemandem habe ich Probleme, nur mit Ihnen.«

»Ich weiß nicht, wovon Sie reden«, Behnke behielt stur die Sonnenbrille auf der Nase.

»Wir sind ein Team«, antwortete Pia, »wir sollten zusammenarbeiten und nicht gegeneinander. Es ist mir wichtig, dass wir uns gut verstehen.«

»Ach ja?«, erwiderte er und ging ohne ein weiteres Wort zu seinem Auto. Pia spürte, wie der Zorn in ihr hochkochte. Sie fühlte sich wie eine Idiotin.

»Arrogantes Arschloch«, sagte sie, gerade laut genug, damit er es hörte. Fast wünschte sie sich, er würde stehen bleiben und etwas erwidern, aber das tat er nicht.

Der Johanniswald in Königstein war eine noble Wohngegend im Wandel der Zeiten. Immer mehr Hauseigentümer der ersten Generation verkauften ihre Bungalows und Villen aus den sechziger und siebziger Jahren an gutverdienende junge Anwälte oder Investmentbanker aus der Frankfurter City. Die neuen Bewohner rissen sie entweder ab, um neu zu bauen, oder gestalteten die Häuser völlig um. Auf dem Weg zum Rotkehlchenweg passierten Pia und Bodenstein drei Baustellen, der Asphalt der Straße bestand nur noch aus Schlaglöchern und Flickwerk. Aber es war nicht zu übersehen, dass hinter den hohen Mauern und Hecken Menschen wohnten, die sich keine Gedanken darum machen mussten, was der Liter Superplus kostete. Kaum eines der am Straßenrand parkenden Autos hatte weniger als zweihundert PS unter der Motorhaube. Die Villa von Carsten Bock stellte selbst die protzigsten Häuser in einer Wohngegend wie dem

Johanniswald in den Schatten. Pia lenkte ihren alten Nissan durch ein schmiedeeisernes Tor, das weit offen stand. Rechts und links von der Auffahrt, die durch einen parkartig angelegten Garten führte, standen jede Menge Autos.

»Nette Bude«, bemerkte Pia, als sie das Haus erblickte. Der Begriff »Haus« war eindeutig untertrieben. Vor ihnen stand ein aus hellem Sandstein erbautes normannisches Schloss mit Spitzdächern, Türmchen und hohen Sprossenfenstern. Sechs Stufen führten zu einer drei Meter hohen dunkelgrünen Haustür, deren Vordach von massiven Säulen getragen wurde. Pia erinnerte sich an die Informationen, die Ostermann über die Geschäfte des Herrn Dr. Bock herausgefunden hatte. Die Bock Holding war ein weitverzweigtes Firmenkonglomerat, das weltweit agierte. Gegründet worden war dieses Imperium von Carsten Bocks Vater, der durch Patente in der Baubranche eine Unmenge Geld gescheffelt hatte. Der Aufsichtsratsvorsitzende, ein Mann namens Heinrich van den Berg, war allerdings überraschend Anfang Juni von seinem Posten zurückgetreten.

Vom Garten her schallten Gelächter und die Stimme eines Fußballkommentators zu ihnen herüber, in der Luft lag der Duft von gegrilltem Fleisch.

»Sie haben eine Party«, stellte Pia unbehaglich fest. »Ich glaube, ich will nicht da reingehen.«

»Ich kann mir auch etwas Angenehmeres vorstellen«, versicherte Bodenstein seiner Kollegin. Er betätigte den Türklopfer aus Messing. Nichts geschah.

»Die gucken das Fußballspiel«, Pia hatte es sich heute ein halbes Dutzend Mal von allen Beamten am Fundort der Leiche anhören müssen, dass um sechzehn Uhr die Übertragung des Spiels Deutschland gegen Ecuador begann. »Da drüben ist auch eine Klingel.«

Bodenstein drückte auf die Taste. Wenig später näherten

sich Schritte, die große Tür wurde geöffnet. Eine Frau erschien im Türrahmen und musterte sie.

»Sie wünschen bitte?«

Sie war genau der Typ Frau, den Pia in diesem Schloss erwartet hatte. Schlank, fast knochig, flachbrüstig und sehr gepflegt vom perfekten blonden Pagenkopf bis zu den kurzgeschnittenen Fingernägeln. Trotz der hochsommerlichen Temperaturen trug sie ein Kaschmirtwinset Größe 34, die in diesen Kreisen obligate schlichte, aber sicherlich echte Perlenkette und Designerjeans. »Mein Name ist Bodenstein, das ist meine Kollegin Frau Kirchhoff. Wir sind von der Kripo in Hofheim«, übernahm Bodenstein und zog seinen Ausweis hervor. »Sind Sie Frau Bock?«

»Ja. Worum geht es?«

»Wir müssen mit Ihnen und Ihrem Mann sprechen«, sagte Bodenstein. Frau Bock trat einen Schritt zurück und ließ sie in eine gewaltige Eingangshalle eintreten. Ein Blick in den übermannshohen goldgefassten Spiegel neben der Tür ließ Pia bewusst werden, weshalb sie sich in der Gesellschaft von Damen wie Frau Bock niemals wohl fühlen würde – der Unterschied zwischen ihnen war überdeutlich: sie selbst in Jeans und einem von Körbchengröße 85C ziemlich prall gefüllten T-Shirt, blondem Pferdeschwanz und Sommersprossen, das war wie eine MTV-Moderatorin neben Sabine Christiansen. Swatch und Chopard. C & A und Armani. Die Hausherrin führte sie durch die Halle in einen großen Salon. Weit geöffnete Fenstertüren führten hinaus auf eine große Terrasse. Über den Garten hinweg bot sich ein spektakulärer Ausblick auf das Rhein-Main-Gebiet. Am anderen Ende der Terrasse, oberhalb eines blau schimmernden Pools saßen etwa dreißig Leute in bequemen Rattansesseln und verfolgten das Fußballspiel auf einer riesigen Leinwand. Ein Mann erhob sich bei ihrem Anblick von einer Gartenliege, überquerte die Terrasse und betrat den Salon. Groß, grauhaarig, mit kantigen Gesichtszügen entsprach Dr. Carsten Bock äußerlich ganz der Vorstellung, die sich Pia von dem Mann gemacht hatte, nachdem sie dessen sonore Stimme auf Paulys Anrufbeantworter gehört hatte.

»Carsten, die Herrschaften sind von der Kriminalpolizei«, sagte Frau Bock.

»Aha«, ihr Mann nickte unbeeindruckt. »Womit können wir Ihnen helfen? Ich habe wenig Zeit.«

»Wir haben eine schlimme Nachricht für Sie«, Bodenstein ließ sich nicht einfach abwimmeln. Das Gesicht von Frau Bock versteinerte. Ihre Augen weiteten sich angstvoll, ihre Fingernägel gruben sich in ihre vor der mageren Brust verschränkten Arme.

»Jonas«, flüsterte sie. »O mein Gott, Jo ist etwas passiert.«

»Geht es um unseren Sohn?«, fragte Bock. »Um Jonas?«

»Ja«, Bodenstein nickte ernst, »es tut mir sehr leid, Ihnen das sagen zu müssen, aber Ihr Sohn Jonas ist tot.«

Ein paar Sekunden lang geschah nichts. Die Eltern des toten Jungen starrten ihn mit jener schockierten Mischung aus Verständnislosigkeit und Unglauben an, die Bodenstein nur zu gut kannte. Es war immer dasselbe.

»Nein«, flüsterte Frau Bock, »das ist nicht wahr.«

Das Gesicht von Carsten Bock war zu Stein erstarrt, er wollte den Arm um die Schultern seiner Frau legen, aber die stieß ihn heftig weg.

»Nein!«, schrie sie unvermittelt, »nein! *Nein!*«

Sie stürzte sich in sprachloser Verzweiflung auf Bodenstein, ihre Fäuste trommelten auf ihn ein, die Tränen rannen über ihr Gesicht. Pia ergriff ihre Handgelenke und hielt sie fest. Daraufhin brach die Frau weinend zusammen. Ein etwa sechzehnjähriger Junge erschien in der offenen Tür, stürzte zu ihr hin und fiel neben ihr auf die Knie.

»Mama!«, rief er verstört. »Mama, was hast du denn? Was ist los?«

»Dein Bruder ist tot«, sagte sein Vater mit tonloser Stimme. Draußen johlten die Fans im Fußballstadion, der Reporter kommentierte begeistert die Spielzüge der deutschen Mannschaft. Die Gäste der Bocks hatten offenbar mitbekommen, dass etwas Schlimmes geschehen war, denn jemand schaltete den Ton des Fernsehers ab. Plötzlich war es ganz still, bis auf das verzweifelte Schluchzen von Jonas' Mutter, die zusammengekrümmt auf dem Boden lag. Carsten Bock beugte sich über seine Frau und berührte sie an der Schulter.

»Fass mich nicht an!«, kreischte sie und schlug und trat nach ihm. Dann blieb sie wimmernd liegen. Der Junge stand hilflos daneben.

»Soll ich einen Arzt anrufen?«, fragte Pia leise.

»Es ist einer im Haus«, erwiderte Bock. Diesmal wehrte sich seine Frau nicht, als er sich bückte, sie hochhob und durch die Halle zur Treppe trug. Bei jedem Schritt pendelte ihr Kopf hin und her, das Wimmern war verstummt.

»Kommen Sie mit«, sagte Bock knapp. »Du auch, Benjamin.«

Bodenstein und Pia wechselten einen raschen Blick. Das war die bei weitem schlimmste Situation, die sie seit langem erlebt hatten. Pia ging hinaus auf die Terrasse. Die Gäste hatten sich von ihren Plätzen erhoben, starrten sie mit betroffenen Mienen an. Niemand sprach ein Wort, hinter ihnen lief stumm das Fußballspiel auf der riesigen Leinwand weiter.

»Die Feier ist vorbei«, sagte Pia und ging zurück ins Haus.

Bodenstein und Pia warteten in der Bibliothek, in der verglaste Bücherschränke bis unter die hohe, stuckverzierte Decke reichten. Minuten später betrat Carsten Bock den Raum und schloss die Tür hinter sich.

»Was ist passiert?«, fragte er leise, sein Gesicht war blass, aber beherrscht. Er trat hinter einen der Sessel und legte seine Hände auf die Lehne.

»Wir haben Jonas auf dem Grundstück Ihres Schwiegervaters im Schmiehbachtal gefunden«, sagte Pia. »Er ist heute nicht zu seiner mündlichen Abiturprüfung erschienen und hat seiner Freundin eine SMS geschickt, die wie ein Abschiedsbrief klang. Deshalb sind wir zu dem Grundstück gefahren. Dort hat er gestern Abend seinen Geburtstag gefeiert.«

»Ich muss Ihnen erklären, weshalb wir Jonas nicht ... nicht vermisst haben«, Bock räusperte sich und suchte einen Moment lang nach den passenden Worten. »Er ist vor einer Weile hier ausgezogen und wohnte seitdem bei ... einem Freund.«

»Wieso das?«, erkundigte Bodenstein sich.

»Wir hatten Meinungsverschiedenheiten«, Bock setzte sich auf die vorderste Kante des Sessels und vergrub sein Gesicht in den Händen.

»Wie ... wie ist er ...?«, fragte er dumpf und blickte auf.

»Er wurde erhängt aufgefunden. Allerdings können wir im Moment noch nicht eindeutig sagen, ob es ein Suizid war oder nicht«, sagte Bodenstein. Obwohl er das sichere Gefühl hatte, dass Bock ihm die Wahrheit über den Auszug seines Sohnes verschwieg, tat ihm der Mann leid. Ein Kind zu verlieren war das Schlimmste, was Eltern widerfahren konnte. Wie viel schlimmer musste es erst sein, wenn man die letzten Worte mit seinem Kind im Streit gewechselt hatte?

»Was bedeutet das?«, fragte Bock.

»Es ist nicht auszuschließen, dass er ermordet wurde«, sagte Bodenstein. »Aus diesem Grund hat der Staatsanwalt eine Obduktion angeordnet.«

Carsten Bock fuhr sich mit der Hand über das Gesicht.

»Wie geht es jetzt weiter? Muss ich … ich meine …«, er konnte nicht mehr weitersprechen.

»Nein. Wir haben Ihren Sohn zweifelsfrei identifiziert«, sagte Bodenstein.

»Aber wir müssen in den nächsten Tagen noch einmal mit Ihnen und Ihrer Frau sprechen«, fügte Pia hinzu.

»Warum?« Bock starrte sie aus blutunterlaufenen Augen an. »Jonas ist tot. Was gibt es da noch zu reden?«

»Wenn Ihr Sohn tatsächlich einem Gewaltverbrechen zum Opfer gefallen ist, ist es unsere Aufgabe, den Täter zu finden«, antwortete Pia. »Dazu brauchen wir Informationen über Jonas, seinen Freundeskreis und sein ganzes Umfeld.«

»Außerdem«, sagte Bodenstein, »wurde am Dienstagabend ein Mann namens Hans-Ulrich Pauly getötet. Wir haben eine Nachricht von Ihnen auf seinem Anrufbeantworter gefunden. Vielleicht haben Sie schon gehört, dass wir Ihren Schwiegervater unter dringendem Tatverdacht verhaftet …«

»Sie haben … *was* getan?«, unterbrach Bock ihn entgeistert und ließ die Hände sinken. Pia bemerkte ein winziges, panisches Flackern in seinen Augen, das sogleich wieder erlosch.

»Das wissen Sie noch nicht?« Bodenstein war überrascht. »Wir haben Herrn Zacharias am Sonntag festgenommen. Er hat für die Tatzeit kein Alibi und wurde am Tatort gesehen, was er übrigens nicht bestreitet.«

Carsten Bock erhob sich ruckartig, trat ans Fenster und starrte hinaus.

»Bitte gehen Sie jetzt«, sagte er, ohne sich noch einmal umzudrehen. »Ich muss das jetzt alles erst einmal verarbeiten.«

»Glauben Sie ihm, dass er das mit seinem Schwiegervater nicht gewusst hat?«, fragte Pia, als sie wenig später wieder zurück nach Kelkheim fuhren.

»Das ist schon seltsam«, sagte Bodenstein nachdenklich, »aber vielleicht hat Zacharias' Frau vor lauter Scham selbst ihrer Tochter nichts darüber erzählt.«

»Oder Frau Bock hat ihrem Mann nichts davon erzählt«, vermutete Pia. »Zwischen den beiden scheint es nicht zum Besten zu stehen. Haben Sie gesehen, wie sie ihn weggestoßen hat?«

»Ja, das habe ich.«

»Bock hat komisch reagiert, als Sie ihm von Zacharias erzählt haben.«

»Er hatte zehn Minuten vorher erfahren, dass sein Sohn tot ist«, gab Bodenstein zu bedenken. »Da reagieren Menschen eben irrational.«

»Nein«, widersprach Pia, »ich finde, er hat überhaupt nicht irrational reagiert. Als Sie Zacharias erwähnten, hat er richtig erschrocken ausgesehen. Dabei sollte man meinen, dass ...«

Ihr Handy summte.

»Kirchhoff«, meldete sie sich.

»Handy am Steuer. Dreißig Euro Strafe«, murmelte Bodenstein, und Pia schnitt eine Grimasse. Es war Ostermann.

»Hier wartet ein Matthias Schwarz auf dich. Du hast ihn herbestellt.«

Pia hatte den Sohn von Landwirt Schwarz glatt vergessen. Sie sagte Ostermann, dass sie in ein paar Minuten da sein würde.

»Ach, ich muss Sie ja noch nach Hause fahren, Chef«, fiel ihr dann ein.

»Lassen Sie nur«, erwiderte Bodenstein, »ich fahre mit. Was ist eigentlich mit unseren Verdächtigen?«

Pia drosselte das Tempo in der Höhe der Ausfahrt zur Roten Mühle auf sechzig, passierte die Abfahrt nach Hornau und zur B8 und gab dann wieder Gas. Sie berichtete Bodenstein vom Ergebnis der Verhöre, die Behnke gemeinsam mit Kathrin Fachinger durchgeführt hatte, und von ihrem gestrigen Besuch im Bistro Grünzeug. Über ihre Probleme mit Behnke verlor sie kein Wort.

Matthias Schwarz war untersetzt und vierschrötig. Sein Gesicht war beinahe kreisrund und krebsrot, sein Blick irritierend unstet. Pia bot ihm einen Platz an, wies darauf hin, dass ein Aufnahmegerät mitlaufen würde, und ließ ihn Angaben zu seiner Person machen. Matthias Schwarz, 26, gelernter Fliesenleger, derzeit arbeitslos und wohnhaft bei seinen Eltern im Rohrwiesenweg, fühlte sich sichtlich unwohl. Pia betrachtete ihn forschend.

»Wie ist Ihr Verhältnis zu Ihrer Nachbarin Frau Schmitt?«, fragte sie, ohne erst lange um den heißen Brei herumzureden. Schwarz junior schluckte, sein Adamsapfel zuckte krampfhaft auf und ab.

»Wie ... wie meinen Sie das?«

»Ihre Mutter vermutet, dass Frau Schmitt etwas von Ihnen gewollt hat. Stimmt das?«

Schwarz errötete heftig bis unter die dünnen rotblonden Haare.

»Nein, das stimmt nicht«, er schüttelte den Kopf. »Ich hab ihr bloß mal im Garten was geholfen. Sonst nichts.«

»Hm«, Pia blätterte in irgendwelchen Unterlagen und tat so, als würde sie etwas nachschauen. »Sie haben ein paar Einträge im Bundeszentralregister. Körperverletzung, Nötigung, noch mal Körperverletzung, diesmal sogar eine gefährliche.«

Schwarz grinste mit dümmlicher Verlegenheit, als sei er stolz auf seinen wenig ruhmreichen Lebenslauf.

»Wann haben Sie Frau Schmitt das letzte Mal gesehen oder mit ihr gesprochen?«

»Am Samstag.« Er kratzte sich am Kopf, ihm schien überhaupt nicht zu dämmern, auf was Pia hinauswollte.

»Am Samstag. Um wie viel Uhr? Wann genau?«

Schwarz überlegte angestrengt.

»Frau Schmitt hat Ihnen gesagt, was Sie mir sagen sollen, habe ich recht?«, fragte Pia nach einer Weile. Der junge Mann wich ihrem Blick aus, das schlechte Gewissen stand ihm ins Gesicht geschrieben.

»Sie hat gesagt, es könnte komisch aussehen, wenn einer erfährt, dass ich bei ihr war, wo doch der Pauly gerade erst gestorben ist«, gab er schließlich zu. Damit hatte die schlaue Frau Schmitt zweifellos recht. Es sah komisch aus. Aber noch viel komischer sah es aus, dass sie in ihrer Trauer an eine mögliche Wirkung nach außen gedacht hatte. Ein Gedanke schlich sich in Pias Kopf. Möglicherweise waren sie auf einer völlig falschen Fährte, was den Mord an Pauly betraf! Sein plötzliches Ableben war vielleicht ganz nach Plan erfolgt, indem Esther Schmitt ihren treu ergebenen Nachbarssohn als Werkzeug missbraucht hatte, um den ungeliebten Lebensgefährten aus dem Weg zu schaffen. Auf einmal wurde Pia bewusst, dass sie über Frau Schmitt eigentlich gar nichts wussten. Sie war die Inhaberin des Bistros Grünzeug, die Besitzerin des Hauses, aber wie war es um ihr Vermögen bestellt? Gab es womöglich eine Lebensversicherung, die Pauly zu ihren Gunsten abgeschlossen hatte? Frau Schmitts Trauer hielt sich auf jeden Fall auffällig in Grenzen.

»Wenn Frau Schmitt Sie um etwas gebeten hat, dann haben Sie das auch getan, nicht wahr?«, fragte Pia. Schwarz nickte. Dann erinnerte er sich an das Aufnahmegerät.

»Ja«, sagte er, »immer.«

»Was bekamen Sie als Gegenleistung?«

Matthias Schwarz blickte Pia verständnislos an.

»Als Gegenleistung? Wofür?«, fragte er.

»Hat sie Ihnen Geld gegeben, wenn Sie etwas für sie erledigt haben?«

»N... nein.«

»Was dann?« Pia ließ ihre Stimme absichtlich spöttisch klingen. »Sie haben ja wohl nicht aus reiner Nächstenliebe bei ihr im Garten geschuftet. Oder etwa doch?«

Sie hatte beim Umgang mit dummen Menschen wie Matthias Schwarz die Erfahrung gemacht, dass diese äußerst empfindlich reagierten, wenn sie begriffen, dass man sie ausgenutzt oder betrogen hatte. Ihre Worte brauchten ein wenig Zeit, um in Schwarz' Gehirn die gewünschte Wirkung hervorzurufen, deshalb sprach Pia weiter.

»Herr Schwarz«, sagte sie, »mir liegt ein Bericht über die Brandwunden in Ihrem Gesicht, an Ihren Händen und Unterarmen vor. Es handelt sich dabei nicht um Verbrühungen mit heißem Wasser. Waren Sie in der Nacht auf Samstag im Haus von Frau Schmitt?«

Der Mann zögerte. An seiner Miene konnte Pia ablesen, dass ihm erste Zweifel an seiner Angebeteten gekommen waren.

»Die Esther war immer nett zu mir«, antwortete er auf Pias vorletzte Frage. »Ich hab nicht bei ihr geschuftet, nur gelegentlich was geholfen. Dafür muss sie mir kein Geld geben.«

»Aha«, Pia lächelte, »Sie sind also ein guter Samariter.«

Das war das Letzte, was ein junger Mann sein wollte, der stolz auf sein Vorstrafenregister war.

»Quatsch!«, stieß er hervor und richtete seinen wässrigen Blick kurz auf Pia, senkte ihn aber gleich wieder, »ich habe ... ich wollte ...«

Er brach ab.

»Sie hatten gehofft, dass Esther eines Tages erkennen würde, dass Sie in sie verliebt sind. Habe ich recht?«

Eine dunkle Röte kroch vom Hals an aufwärts in sein Mondgesicht. Er schluckte krampfhaft.

»Aber das tat sie nicht«, fuhr Pia fort. »Sie waren für sie einfach eine billige, praktische Arbeitskraft.«

Sie merkte an seinem Gesichtsausdruck, dass sie einen empfindlichen Punkt getroffen hatte.

»Erzählen Sie mir von Samstagnacht«, forderte sie ihn auf. »Sie waren bei Esther Schmitt. Haben Sie mit ihr geschlafen?«

Matthias Schwarz machte den Eindruck, als wäre er kurz davor zu platzen. Er rieb seine Handflächen an seiner Jeans.

»Nein«, murmelte er, »sie hat gesagt, sie könnte das nicht, so kurz nachdem der Pauly gestorben ist. Sie bräuchte noch Zeit. Wir müssten es langsam angehen lassen.«

»Sie hat Sie also vertröstet«, Pia zog die Augenbrauen hoch. »Und das haben Sie akzeptiert?«

Schwarz antwortete nicht. In ihm brodelte ein Gemisch aus Unverständnis, Zweifel und Zorn. Seine bedingungslose Loyalität zur angebeteten Nachbarin schwand.

»Sie hat mich abends angerufen, so um elf«, sagte er mit gepresster Stimme. »Ich sollte sie am Bistro abholen. Sie hat geheult. Ich hab sie nach Hause gebracht, da hat sie mich umarmt und gesagt, ich sollte dableiben, sie hätte alleine Angst. Sie hat sich ins Bett gelegt, ich musste auf der Couch schlafen.«

Er brach ab, kämpfte mit sich selbst.

»Ich konnte nicht schlafen. Ich hab drüber nachgedacht, wie ich's machen kann, dass sie vielleicht doch … na ja. Irgendwann ist sie aufgestanden, hat geguckt, ob ich schlafe. Ich hab mich nicht gerührt. Dann ist sie runtergegangen, plötzlich hat's nach Feuer gerochen. Da kam sie hoch, hat mich an der Schulter gerüttelt und geschrien, es würde brennen.«

Pia wartete geduldig, bis er weitersprach.

»Als wir draußen im Hof standen, war Esther plötzlich total außer sich.«

Ihr war nämlich die wertvolle Hundefutterdose im Kühlschrank eingefallen. Deshalb hatte sie den Nachbarssohn zurück in die Flammen geschickt. Dabei hatte Schwarz sich die Brandwunden zugezogen. Anschließend hatte Esther Schmitt ihn nach Hause geschickt und zum Stillschweigen verdonnert.

»Wo waren die Hunde und die anderen Tiere?«, fragte Pia.

Schwarz hatte mittlerweile das ganze Ausmaß seiner liebeskranken Dummheit und Chancenlosigkeit in Bezug auf Esther Schmitt erkannt. Ohne gefragt worden zu sein, erzählte er, dass er am Tag zuvor mehrere Kisten voller Bücher und Kleider und alle Pflanzen aus dem Hof ins Bistro Grünzeug transportiert hatte. Danach hatte er die Hunde in die Hundepension einer Freundin von Esther nach Taunusstein gebracht. Damit war es eindeutig: Die Brandstiftung war von Esther Schmitt geplant worden.

»Eine letzte Frage noch«, sagte Pia, als der Mann verstummte. »Wo waren Sie am Dienstagabend, als Pauly ermordet wurde?«

Schwarz starrte wie betäubt vor sich hin, Pia musste ihre Frage zweimal wiederholen, bevor er langsam den Kopf hob. Sie erkannte, wie tief ihn die Wahrheit über seine Angebetete kränkte.

»Ich hab Fußball geguckt«, sagte er tonlos.

Mittwoch, 21. Juni 2006

Es war kurz nach drei, als Pia vor dem großen Tor des Birkenhofs anhielt. Sie und Ostermann hatten die halbe Nacht damit verbracht, die Daten der Festplatte von Paulys Notebook durchzugehen, aber es gab keinen einzigen Beweis dafür, dass Pauly irgendetwas gegen irgendjemand in der Hand gehabt hatte. Hatte er wirklich nur leere Drohungen ausgestoßen? Pia stieg bei laufendem Motor aus und wollte aufschließen. Ihr Herz begann zu klopfen, als sie feststellte, dass das Tor nur angelehnt war.

»Das gibt's doch nicht«, murmelte sie. Sie vergaß nie abzuschließen, denn gerade im Sommer war auf dem asphaltierten Weg, der parallel zur A66 von Unterliederbach bis nach Zeilsheim führte, viel los. Am späten Nachmittag und frühen Abend wimmelte es von Joggern, Spaziergängern, Inlineskatern, Fahrradfahrern und den Kunden des benachbarten Elisabethenhofs. Pia beugte sich vor und betrachtete im Licht der Autoscheinwerfer das Schloss. Es war nicht beschädigt. War sie vorhin, als sie rasch die Pferde hereingeholt und gefüttert hatte, so zerstreut gewesen, dass sie nicht abgeschlossen hatte? Mit einem unguten Gefühl fuhr sie auf ihr Grundstück, stieg wieder aus und schloss hinter sich das große Tor. Am Stall drückte sie auf den Schalter für die Außenbeleuchtung und sah nach den Pferden. Die Stuten blinzelten sie verschlafen an, ihre Fohlen lagen schlafend im Stroh. Alles in Ordnung.

Pia beruhigte sich etwas. Es war eine milde Sommernacht, die Luft war lau und duftete nach Flieder und den Rosen, die sich an der Wand des Stallgebäudes hochrankten. Sie ging zu ihrem Haus und bekam den nächsten Schrecken. Die Haustür stand sperrangelweit offen. Wenn Henning hier gewesen wäre, hätte er sie angerufen, außerdem war er geradezu zwanghaft, was das Abschließen betraf. Auf der nahegelegenen Autobahn war so wenig los, dass Pia ihren Puls in den Ohren pochen hörte. Sie ging zurück zu ihrem Auto, startete den Motor und machte die Scheinwerfer an. Dann wählte sie die 110. Sekunden später meldete sich der Beamte auf der Wache.

»Könnt ihr mal jemanden bei mir vorbeischicken?«, bat Pia, nachdem sie erklärt hatte, was los war.

»Klar. Kommt gleich jemand. Gehen Sie nicht alleine ins Haus.«

»Ganz sicher nicht. Ich spiele doch nicht die Heldin.« Pia klappte ihr Handy zu und fuhr zurück zum Tor, um es für die Kollegen zu öffnen. Mit klopfendem Herzen und ihrer SigSauer in den schweißfeuchten Händen wartete sie auf den Streifenwagen, der nur Minuten später auftauchte.

Pia beobachtete, wie in einem Zimmer nach dem anderen das Licht aufflammte. Ihr Puls sank auf eine normale Frequenz. Wenig später erschien einer der beiden uniformierten Kollegen in der Haustür und winkte ihr zu.

»Hier ist niemand«, sagte er und steckte seine Waffe zurück ins Halfter. »Schauen Sie mal selbst, ob irgendetwas fehlt.«

Pia ging von Raum zu Raum, aber alles sah so aus, wie sie es verlassen hatte.

»Ist ja auch nichts für eine Frau, so alleine hier zu wohnen«, bemerkte der andere Beamte.

»Was schlagen Sie vor?« Pia setzte sich auf einen Küchenstuhl. Sie spürte, dass sie noch immer am ganzen Körper zitterte. »Soll ich mir irgendeinen Kerl angeln?«

»Nicht gleich einen Mann«, der Beamte grinste. »Ein Hund reicht fürs Erste sicher auch. Hier haben Sie doch massig Platz, und jetzt gehen Sie schlafen. Wir bleiben draußen im Hof. Unser Dienst ist um sechs zu Ende, wenn bis dahin nichts mehr passiert, bleiben wir solange hier.«

Mit einem tiefen Gefühl der Dankbarkeit wartete Pia, bis die beiden draußen waren, dann löschte sie alle Lichter, zog sich aus und ging ins Bett. Obwohl sie fest davon überzeugt war, kein Auge zumachen zu können, schlief sie nach ein paar Minuten tief und fest ein.

Gegen Mittag kam das vorläufige Obduktionsergebnis aus der Rechtsmedizin. Bevor der Junge gestorben war, musste es einen Kampf gegeben haben, denn Jonas hatte massive Abwehrverletzungen an Händen und Unterarmen, in seinem Mund und zwischen seinen Zähnen befand sich menschliches Gewebe. Jonas Bock war durch den Verschluss der Halsschlagadern, der die Blutversorgung des Gehirns unterbrochen hatte, gestorben, also durch Erhängen. Aber ob er durch eigene Hand aus dem Leben geschieden war oder durch Fremdeinwirkung, das vermochte selbst Professor Kronlage, der die Obduktion durchgeführt hatte, nicht zu sagen. Besonders seltsam war das Ergebnis der DNA-Analyse der Gewebeprobe aus Jonas' Mund und der Blutflecken aus seinem T-Shirt, denn sie stimmte beinahe vollkommen mit der eigenen DNA des Jungen überein.

»Haben wir schon den Bericht aus dem Labor über den Strick und den Haken?«, erkundigte sich Bodenstein. Er blickte auf und schaute in übernächtigte Gesichter. Pia Kirchhoff und Ostermann hatten bis morgens die Festplatte des Computers durchsucht, und Behnke hatte den Sieg der deutschen Fußballnationalmannschaft ausgiebig gefeiert. Nur Kathrin Fachinger sah ausgeschlafen und erholt aus.

»Ja«, Ostermann blätterte die Faxe durch, die am Morgen aus dem Labor des LKA gekommen waren, »warten Sie … hier … sie haben an dem rostigen Haken, an dem die Leiche hing, eine deutliche Polierspur festgestellt und den Abrieb auf dem Nylonseil nachgewiesen.«

»Das könnte bedeuten, dass ihn jemand hochgezogen hat«, vermutete Bodenstein. »Aber da muss er noch gelebt haben, denn er ist ja durch das Erhängen gestorben.«

»Vielleicht hat er es selber getan, und der Strick hat nachgegeben«, sagte Behnke. Pia blätterte mit einem unterdrückten Gähnen die Fotos durch, die die Spurensicherung am Fundort der Leiche gemacht hatte. Plötzlich hielt sie inne.

»Guckt euch das mal an!«, sagte sie und hielt ein Foto hoch, das von schräg hinten aufgenommen worden war. »Fällt euch was auf?«

Die anderen betrachteten das Bild eingehend.

»Was meinst du?«, fragte Kathrin Fachinger.

»Stell dir vor, du willst dich aufhängen und ziehst dir eine Schlinge um den Hals«, Pia war plötzlich hellwach. »Wie machst du das?«

Kathrin Fachinger tat so, als würde sie sich eine imaginäre Schlinge um den Hals legen, ergriff mit einer Hand ihr schulterlanges Haar und zog es zur Seite.

»Stopp!«, rief Pia. Alle blickten sie erstaunt und verwirrt an.

»Schaut auf das Foto«, sagte Pia aufgeregt. »Seine Haare sind *unter* dem Strick eingeklemmt! Wenn er sich selbst aufgehängt hätte, hätte er sie vorher herausgezogen. So wie Kathrin eben.«

Bodenstein sah sie an und lächelte anerkennend.

»Das könnte ein Indiz für eine Fremdeinwirkung sein«, bestätigte er.

»Der Kerl hatte 2,5 Promille Alkohol im Blut«, widersprach

Behnke. »Da waren ihm seine Haare wahrscheinlich völlig wurscht!«

»Glaube ich nicht«, Pia schüttelte den Kopf, »das ist ein Reflex bei Langhaarigen.«

»Das würde bedeuten, dass Jonas ermordet wurde«, sagte Kathrin Fachinger nachdenklich.

»Genau«, Pia nickte.

»Und bevor er gestorben ist, hat er seinen Mörder gebissen«, stellte Bodenstein fest.

»Also muss Jonas' Mörder eine Bisswunde haben«, jetzt, wo auch Bodenstein die Beweise für einen Mord anerkannt hatte, schwenkte Behnke sofort auf diese Linie ein. »Wir sollten mit allen Partygästen sprechen. Außerdem könnten wir Speichelproben von allen nehmen.«

»Ja, das ist gut«, Bodenstein nickte. »Wir laden alle vor.«

»Wir haben auch die Auswertung der SIM-Karte, die auf dem Grundstück von Zacharias gefunden wurde, bekommen«, sagte Ostermann gerade. »Es war das Handy von Jonas Bock.«

Außer einer Unmenge von Klingeltönen, Logos und Telefonnummern hatte der Junge auch Fotos auf der Karte gespeichert, und die schauten sich die Mitarbeiter des K11 nun auf Ostermanns Bildschirm an. Das Lieblingsmotiv von Jonas war seine Freundin Svenja gewesen; ihr hübsches Gesicht fand sich auf beinahe vierzig Fotos.

»Mein Gott, was die für einen Scheiß fotografieren«, bemerkte Behnke. Autos, leere Flaschen in einer Reihe, lachende, grimassenschneidende Jugendliche, verschwommene Bilder von irgendwelchen Dokumenten.

»Kannst du das hier vergrößern?«, bat Pia. »Was ist das wohl?«

Ostermann klickte mit der Maus hin und her, die Bilder wurden größer, die Qualität allerdings noch schlechter.

»Lass mir etwas Zeit. Ich kriege das schon so hin, dass man es lesen kann.«

»Da, schaut mal«, Pia deutete auf eines der Fotos, »das ist Pauly. Wie Svenja den anhimmelt! Und da ... das ist Lukas!«

Sie schaute genauer hin. Svenja hatte sich in Lukas' Arme geschmiegt und lächelte in die Linse von Jonas' Kamera.

»Bisschen jung vielleicht, aber hübsch«, Behnke grinste anzüglich. »Kein Wunder, dass Sie mit ihm allein sein wollten.«

Pia reagierte nicht auf seine Provokation.

»Das hier ist das letzte Foto, das gemacht wurde«, Ostermann drehte das Bild am Bildschirm nachdenklich hin und her. »Was ist denn das?«

»Druck es doch mal aus«, schlug Pia vor. Sekunden später surrte der Ausdruck aus dem Drucker.

»Was halten Sie davon, Chef?« Pia reichte Bodenstein das Bild.

»Hm«, Bodenstein überlegte, »sieht aus wie ein Ultraschallbild von einem Fötus.«

»Das finde ich auch. Was hat so ein Foto auf Jonas' Handy zu suchen?«

»Ganz einfach«, sagte Bodenstein. »Seine Freundin ist schwanger.«

»Das wäre ein Ding«, Pia schüttelte den Kopf. Es wäre allerdings eine Erklärung für Svenjas schlechtes Aussehen. Bei manchen Schwangeren hielt die typische Übelkeit den ganzen Tag über an.

»Er hatte ungefähr hundert SMS auf dem Handy«, sagte sie. »Die letzte hat er an Svenja geschrieben, um 22:56 Uhr. Kurz darauf muss er gestorben sein. Kronlage schätzt, dass der Tod zwischen 22:30 Uhr und 23:00 Uhr eingetreten ist.«

Pia blätterte in den Ausdrucken.

»Die letzten Anrufe hat Jonas um 22:19 Uhr und 22:23 Uhr getätigt, jeweils an Svenja. Um 22:11 Uhr hat er den letzten Anruf entgegengenommen, leider hatte der Anrufer seine Nummer unterdrückt. Danach kamen noch vier Anrufe, die er nicht mehr annehmen konnte, ab 0:22 Uhr war das Handy aus.«

Bodenstein blickte sie abwartend an, während sie suchend hin und her blätterte.

»Es gab nur Jonas' Fingerabdrücke an dem Gerät«, sagte sie, »und kein erkennbares Motiv für einen Mord. Und warum war das Handy noch über eine Stunde lang angeschaltet?«

Dr. Carsten Bock öffnete ihnen in schwarzem Hemd und schwarzer Hose die Tür, sein ohnehin hageres Gesicht war eingefallen, er wirkte übernächtigt.

»Wie geht es Ihrer Frau?«, erkundigte Bodenstein sich, als sie die Empfangshalle der schlossähnlichen Villa in Richtung Bibliothek durchquerten.

»Wie soll es ihr schon gehen? Sie hat Beruhigungsmittel genommen«, erwiderte Bock. »Ihre Mutter ist bei ihr.«

Er ließ Bodenstein und Pia vorbei in die Bibliothek gehen, dann schloss er die Tür hinter sich.

»Haben Sie schon Neuigkeiten?«

»Ihr Sohn starb durch Fremdeinwirkung«, Bodenstein nickte. »Der Täter muss ihn aufgehängt haben, um seine Tat zu vertuschen.«

»Und was werden Sie jetzt tun?« Die Stimme von Bock klang belegt.

»Wir suchen nach jemandem, der ein Motiv hatte, Jonas zu töten«, sagte Pia. »Nicht weit vom Fundort haben wir sein Handy gefunden. Allerdings werden wir aus den Namen in seinem Adressbuch und den Fotos, die er gemacht hat, nicht klug. Wir hoffen, dass Sie uns weiterhelfen können.«

»Ich werde es versuchen.«

Pia ließ das Gesicht von Bock nicht aus den Augen. Irgendetwas an dem Mann weckte ihr Misstrauen. Er verhielt sich nicht so, wie sich Eltern verhielten, die mit dem gewaltsamen Tod ihres Kindes konfrontiert wurden. Dr. Carsten Bock war weit von einem Schock entfernt, seine Kälte und Emotionslosigkeit ließen Pia frösteln. Sie öffnete ihre Tasche, holte die Ausdrucke der Fotos aus Jonas' Handy hervor und reichte sie dessen Vater, der sie rasch durchblätterte.

»Erkennen Sie irgendwelche Personen oder Orte, an denen die Bilder gemacht worden sein könnten?«, fragte sie. »Hier, die Freundin Ihres Sohnes kannten Sie doch sicher, oder?«

»Ja, natürlich kenne ich Svenja«, antwortete Bock, »und das hier ist Lukas van den Berg. Einige kommen mir bekannt vor, aber ich kann Ihnen nicht mit Namen weiterhelfen.«

»Können Sie uns den Namen des Freundes sagen, bei dem Jonas wohnte, nachdem er hier ausgezogen ist?«

Bock blätterte in den Fotos, tippte auf ein Bild und verzog sein Gesicht.

»Bei dem hier. Tarek Fiedler.« Pia betrachtete das Foto und erkannte den jungen Mann mit den asiatisch anmutenden Gesichtszügen und dem schulterlangen schwarzen Haar, der Esther Schmitt am Samstagmorgen mit dem Lieferwagen an der Ruine ihres Hauses abgeholt hatte. Außerdem hatte Pia ihn am gleichen Abend auch auf der Burg in Königstein gesehen.

»Sie hatten kein gutes Verhältnis zu Ihrem Sohn, oder?«, fragte Bodenstein. Bock zögerte.

»Jonas hatte sich in den letzten Monaten sehr verändert«, er fuhr sich mit einer Hand über sein hageres Gesicht. »Früher hat er gerne Sport gemacht, war ein guter Tennisspieler und begeisterter Segler. An den Wochenenden haben wir oft Touren mit dem Mountainbike gemacht. Aber seitdem er diesen Tarek kennengelernt hatte, interessierte ihn das alles nicht mehr. Auf einmal hockte er nur noch am Computer und redete übers Geldverdienen.«

»Sie haben den Freund Ihres Sohnes nicht gemocht?«, erkundigte Pia sich. Bock wirkte plötzlich angespannt.

»Nein«, er reichte ihr die Fotos. »Ich fand ihn auf Anhieb unsympathisch. Jonas hatte immer einen großen Freundeskreis, aber auf einmal drehte sich alles nur noch um diesen Tarek. Als ich herausgefunden habe, dass Tarek sich bei uns als IT-Manager beworben hatte, wurde ich misstrauisch.«

»Wieso?«, fragte Pia.

»Ich hatte den Eindruck, dass es Tarek nicht wirklich um meinen Sohn ging, sondern Jonas für ihn lediglich Mittel zum Zweck war.« Bock machte eine kurze Pause. »Wir haben uns bei der Stellenvergabe für einen anderen Bewerber entschieden. Da hat Jonas Tarek mit zu uns nach Hause gebracht, sie wollten nicht verstehen, dass ich mit Personalentscheidungen nichts zu tun habe. Jonas drängte mich, Tarek einzustellen.«

»Aber das haben Sie nicht getan«, vermutete Pia. Bock musterte sie.

»Ich habe einen Personalchef, der weiß, worauf es ankommt. Wenn er Tarek nicht wollte, wird er seine Gründe gehabt haben. Wir stellen niemanden ein, nur weil er ein Freund meines Sohnes ist. Das habe ich Jonas und Tarek gesagt.«

»Und daraufhin gab es Streit.«

»Noch nicht. Ich habe die Bewerbungsunterlagen angefordert und festgestellt, dass Tarek überhaupt keine Qualifikationen für die Stelle hatte. Weder ein abgeschlossenes Studium noch Berufserfahrung. Ich habe ihm angeboten, er könne im Callcenter oder auf unseren Baustellen arbeiten, wenn er unbedingt einen Job bräuchte. Aber das wollte er nicht. Er wurde unverschämt und drohte mir sogar.«

»Ach? Was hat er gesagt?«

»Ich weiß es nicht mehr im Detail. Er war gekränkt, fühlte sich wohl herabgesetzt. Ich habe ihm klipp und klar zu verstehen gegeben, dass er in meinem Haus nichts mehr verloren hat.«

»Wie reagierte Jonas darauf?«

»Genau so, wie sein Freund Tarek es ihm vorgemacht hatte.« Bocks Miene wurde finster. »Er wurde unsachlich, schrie herum, dass er nichts mehr mit mir zu tun haben wolle und seine Zukunft sowieso nicht als Betriebswirt oder Ingenieur sähe, sondern als Biologe.«

»Und da warfen Sie ihn raus«, bemerkte Pia. Dr. Carsten Bock blickte sie an. In seinen eisblauen Augen lag kein Funken Wärme.

»Nein«, erwiderte er, »ich habe ihn nicht rausgeworfen. Jonas ist von alleine ausgezogen.«

Jonas' Zimmer befand sich im zweiten Stock des Hauses und war ungefähr so groß wie Pias ganzes Haus. An der größten Wand hing ein riesiges Foto, mindestens drei auf sechs Meter groß. Es zeigte eine Panoramaansicht von Kelkheim und Königstein, eine rote Linie schlängelte sich quer durch die Wälder und über Wiesen.

»Was ist denn das?« Pia trat ein paar Schritte zurück, um das Bild in seiner vollen Größe betrachten zu können.

»Eine Computersimulation von der geplanten Trasse der neuen B8«, sagte Bock von der Tür aus.

»Haben das Ihre Ingenieure entworfen?« Pia war beeindruckt. Alle Details stimmten, Häuser, das Kelkheimer Kloster, die Königsteiner Burg, Schloss Bodenstein, die Dresdner-

Bank-Ausbildungsstätte am Bangert – es sah beinahe aus wie ein Foto.

»Nein«, Bocks Stimme klang bitter. »Das hat mein Sohn gemacht. Nicht für mich, sondern für seine neuen Freunde, die B8-Gegner.«

Er fuhr sich mit der Hand über sein Gesicht. Für einen winzigen Moment glaubte Pia schon, der Mann würde sich endlich zu einer Emotion hinreißen lassen und in Tränen ausbrechen, aber nach ein paar Sekunden hatte er sich wieder im Griff.

»Wo ist Jonas' Computer?« Bodenstein wies auf den Schreibtisch. Dort stand ein Flachbildschirm, das Kabel, an dem er einmal an einen Rechner angeschlossen gewesen war, lag lose auf der Tischplatte.

»Wahrscheinlich hat er ihn mitgenommen, als er ausgezogen ist.«

Bodenstein öffnete die Schubladen des Schreibtisches. Allerhand Krimskrams, Schulbücher, DVD-Rohlinge – nichts Besonderes. Er nahm ein paar Bücher heraus und schlug sie auf. Aus einem Buch fielen ein paar abgegriffene Fotos heraus. Sie zeigten alle ein Mädchen mit langem blondem Haar und einen Mann in inniger Umarmung. Der Mann war nicht zu erkennen, weil jemand mit Eddingstift sein Gesicht zugekritzelt hatte.

»Sie haben nichts dagegen, dass ich die Bilder mitnehme, oder?«, wandte Bodenstein sich an Dr. Bock. Der hob nur die Augenbrauen und zuckte die Schultern. Er wollte die Fotos nicht einmal sehen.

»Waren Sie mit der Beziehung zwischen Ihrem Sohn und Svenja eigentlich einverstanden?«, fragte Pia.

»Das war nichts Ernstes.«

Pia zog den Abzug von dem Ultraschallbild hervor und reichte es dem Vater des toten Jungen.

»Dieses Bild war auf Jonas' Handy gespeichert. Wir vermuten, dass Svenja schwanger ist.«

Bock warf einen flüchtigen Blick darauf. Sein Gesicht blieb ausdruckslos, aber an seiner Wange zuckte ein Muskel.

»Vielen Dank, Herr Dr. Bock«, mischte sich Bodenstein nun ein. »Wir wollen Sie nicht länger stören.«

»Warum hatten Sie es plötzlich so eilig?«, fragte Pia ihren Chef, als sie das Bock'sche Anwesen verlassen hatten und wieder im Auto saßen. »Ich war nahe davor, diesem Eisblock eine menschliche Regung zu entlocken.«

Bodenstein nahm die Fotos aus der Tasche und reichte sie Pia.

»Die waren in einem von Jonas' Schulbüchern«, sagte er, »es sieht so aus, als habe der Junge sie sich ziemlich oft angesehen.«

»Das Mädchen könnte Svenja sein«, Pia blätterte die Bilder durch. »Aber den Kerl kann man nicht erkennen. Vielleicht kriegen die im Labor den Eddingstift weg.«

»Das hoffe ich auch.«

»Dieser Dr. Bock ist ein furchtbarer Typ«, sagte Pia. »Eiskalt!«

»Es muss ihn tief gekränkt haben, dass sich sein Sohn mit seinen Gegnern solidarisiert hat«, erwiderte Bodenstein. »Pauly hat sich auf gefährliches Terrain begeben, als er sich mit Bock angelegt hat.«

»Bock hat Pauly aus demselben Grund gehasst wie Conradi«, überlegte Pia laut. »Er hat seinen Sohn gegen ihn aufgehetzt, mehr noch. Jonas hat sich ganz offen auf die Seite der Feinde seines Vaters geschlagen.«

»Aber Bock ist nicht der Typ, der jemanden mit einem Hufeisen erschlägt«, entgegnete Bodenstein.

»Vielleicht hat er ihn im Affekt erschlagen«, spann Pia den

Faden weiter. »Svenja hat ihn beobachtet und Jonas davon erzählt. Als der seinen Vater anzeigen wollte, musste auch er sterben. Das erklärt, weshalb die DNA, die wir an der Leiche gefunden haben, der von Jonas so ähnlich ist. Es war sein Vater.«

Bodenstein warf seiner Kollegin einen belustigten Seitenblick zu.

»Beide Fälle gelöst. Verhaften wir Bock als Serienkiller und machen wir uns auf eine saftige Verleumdungsklage gefasst«, er grinste.

»Aber es könnte doch sein«, widersprach Pia.

»Ich glaube nicht, dass es so einfach ist.«

»Auf jeden Fall gibt es zwischen beiden Morden eine Verbindung«, sagte Pia. »Da bin ich sicher.«

»Zweifellos überschneiden sich die Bekanntenkreise von Pauly und Jonas«, sagte Bodenstein. »Aber die Vorgehensweise der Täter war jeweils eine völlig andere. Pauly kann im Affekt getötet worden sein, da waren Emotionen mit im Spiel. Bei Jonas war das etwas anderes. Der Junge wurde aufgehängt. Vorsätzlich getötet.«

Kathrin Fachinger kehrte mit erstaunlichen Neuigkeiten von der Testamentseröffnung aus Wiesbaden zurück. Pauly war keineswegs so unvermögend gewesen, wie Mareike Graf angenommen hatte. Er hatte seine Anteile an der Grünzeug Gastro GmbH Esther Schmitt vermacht, ebenso alle persönlichen Dinge, die mittlerweile dem Brand zum Opfer gefallen waren. Seinen Aktienbesitz hatte er zu gleichen Teilen Lukas van den Berg und Jonas Bock für den Aufbau ihrer Computerfirma hinterlassen. Der Wert der Aktien hatte sich am Tag, als das Testament verfasst wurde, auf dreiundachtzigtausend Euro belaufen. Ostermann hatte erfahren, dass Pauly zwei Lebensversicherungen abgeschlossen hatte, bei denen jeweils

Esther Schmitt als Begünstigte im Todesfall eingetragen war. Ungefähr dreihunderttausend Euro würden sie schnell über den Verlust ihres Lebensgefährten hinwegtrösten. Das Sahnehäubchen aber war eine zusätzliche Brandversicherung. Im Schadensfall sollten er, Esther Schmitt und Mareike Graf als Miteigentümerin des Hauses satte einhundertfünfzigtausend Euro bekommen. Diese Nachricht lieferte Jürgen Becht und seinen Kollegen vom K10, die durch die Aussage von Matthias Schwarz ohnehin schon die Verhaftung von Esther Schmitt wegen gefährlicher Brandstiftung vorbereitet hatten, den letzten Beweis. Sie waren schon auf dem Weg nach Kelkheim, um sie festzunehmen.

Der Gartenbaubetrieb Sommer befand sich in dem neuen Gewerbegebiet auf dem Gelände des ehemaligen US-Camps Eschborn gegenüber von Mann Mobilia. Bodenstein war zu Norbert Zacharias ins Untersuchungsgefängnis gefahren, deshalb hatte er Pia und Behnke gebeten, mit Tarek Fiedler zu sprechen. Sie fanden ihn hinter den Treibhäusern. Er war damit beschäftigt, verschnürte Pflanzen auf die Ladefläche eines LKW zu laden, und pfiff dabei vor sich hin.

»Hallo, Herr Fiedler«, sagte Pia. Tarek Fiedler hielt in seiner Arbeit inne und wandte sich um.

»Hallo«, erwiderte er und blickte Pia und Behnke mit einer Mischung aus Neugier und Argwohn an. »Hab ich was verbrochen?«

Offenbar besaß er Erfahrung im Umgang mit der Polizei. Er war etwa Anfang zwanzig, sein schmales Gesicht mit dem auffällig sinnlichen Mund und den dunklen Augen wollte nicht recht zu den muskulösen, tätowierten Oberarmen und den Piercings in seinen Ohrläppchen passen.

»Nein, haben Sie nicht«, Pia stellte sich und Behnke vor. »Es geht um Ihren Freund Jonas Bock.«

Tarek zog seine Arbeitshandschuhe aus.

»Ich hab's schon gehört«, sagte er. »Er hat sich erhängt.«

»Ach. Wer hat Ihnen das denn gesagt?«, fragte Pia.

»Ein Freund. Schlechte Nachrichten sprechen sich schnell herum.«

»Wir gehen davon aus, dass Jonas ermordet worden ist, genauso wie Hans-Ulrich Pauly.«

Diese Mitteilung schien den jungen Mann nun doch zu überraschen.

»Jo ist ermordet worden?«, fragte er bestürzt.

»Es sieht alles danach aus«, bestätigte Pia. »Können Sie uns erzählen, ob Jonas mit irgendwem Streit hatte?«

»Er hatte Zoff mit seiner Freundin«, Tarek war von der Nachricht wirklich mitgenommen. »Mehr weiß ich nicht. Dann hat er sich über Esther geärgert. Am Sonntag hat er kaum ein Wort geredet, und am Montag war er auch mies drauf.«

»Was für eine Computerfirma ist das, die Lukas und Jonas aufbauen wollen?«

»Lukas, Jo und *ich*«, verbesserte Tarek Fiedler. »Die Off Limits Internetservices GmbH.«

»Ach? Eine GmbH ... Und was machen die so?«

»Gestaltung von Internetauftritten«, sagte Tarek Fiedler. »Im Moment entwickeln wir ein System mit einem eigenen Server, über den die Kunden ihre Webseiten online verwalten können.«

»Was heißt ›wir‹?«, fragte Pia. »Sind Sie auch daran beteiligt?«

Tarek Fiedler hob die Augenbrauen.

»Sie denken wohl, ich bin nur ein dämlicher Gärtner, was?« Seine Stimme hatte plötzlich einen aggressiven Beiklang. »Klar. Ein tätowierter und gepiercter Halbchinese aus dem Kohlenpott, der als Gärtner für die feinen Leute hier schuftet, muss ein Depp sein.«

»Das habe ich nicht gesagt«, erwiderte Pia kühl. »Aber um IT-Manager bei der Firma Bock zu werden, waren Sie auf jeden Fall nicht qualifiziert genug.«

Damit hatte sie einen wunden Punkt getroffen. Der junge Mann starrte sie an, dann lachte er ohne Erheiterung.

»Ich hab halt keinen reichen Vater, der mir ein Studium finanziert«, sagte er. »In Deutschland muss man ja für alles irgendeinen Abschluss und ein Zeugnis haben.«

»Man braucht keinen reichen Vater zum Studieren«, antwortete Pia. »Wozu gibt es BAföG?«

Obwohl ihr Dr. Bock nicht sympathisch war, konnte sie dessen Abneigung gegen Tarek Fiedler nachvollziehen. Die Herablassung in Tareks Augen verwandelte sich in Feindseligkeit. Pia bemerkte, dass ihre Taktik, den jungen Mann aus der Reserve zu locken, aufzugehen schien. Genau in diesem Augenblick ergriff Behnke, der bisher geschwiegen hatte, das Wort.

»Woher haben Sie Jonas gekannt?«, fragte er.

»Aus dem Grünzeug«, erwiderte Tarek. »Ich hab Esther kennengelernt, als ich im Tierheim in Sulzbach gearbeitet habe. Sie ist die Vorsitzende vom Tierschutzverein.«

»Ach, im Tierheim haben Sie auch schon gearbeitet?« Pia tat erstaunt. »Sie halten es wohl nirgendwo lange aus, hm?«

Tarek warf ihr einen kurzen Blick zu, dann wandte er sich an Behnke.

»Was soll denn das hier werden? Will die mich anmachen, oder was?«

Behnke nutzte die Gelegenheit, die sich ihm bot.

»Ist jetzt ja gut, Frau Kirchhoff. Kommen wir zur Sache«, sagte er mit der nachsichtigen Herablassung eines Lehrers, der eine besserwisserische Schülerin in die Schranken weisen musste. Pia warf ihrem Kollegen einen wütenden Blick zu. Tarek Fiedler bemerkte das und grinste spöttisch.

»Warum habt ihr am Sonntag die Computer abgebaut?«, fragte Behnke.

»Esther wollte Miete von uns haben. Da hatten wir keinen Bock drauf.«

»Konnten Sie sie nicht überreden, auf die Miete zu verzichten?«

»Ich verstehe mich gut mit Esther«, gab Tarek zu, »aber wenn es ums Geschäft geht, ist sie knallhart.«

»Ich hatte den Eindruck, dass Sie sich nicht nur gut mit ihr verstehen, sondern ziemlich vertraut mit ihr sind«, sagte Pia und warf Behnke einen warnenden Blick zu, sie nicht wieder zu unterbrechen. »Ist das erst so, seitdem ihr Lebensgefährte tot ist?«

Tarek machte sich kaum die Mühe, sie anzusehen.

»Ulli war ein guter Freund von mir«, antwortete er. »Deshalb kümmere ich mich ein bisschen um Esther, jetzt, wo sie ganz alleine dasteht.«

»Aha«, sagte Pia.

»Will die mir was unterstellen?«, wandte Tarek sich an Behnke. »Bei der blöden Fragerei komm ich mir so vor, als würde ich etwas Schlimmes tun, nur weil ich einer Freundin in einer Notlage zur Seite stehe.«

»Regen Sie sich nicht auf«, sagte Behnke und lächelte solidarisch, »meine Kollegin meint es nicht so.«

Nun war es an Pia, wütend zu sein. Was tat Behnke da? Wollte er sie mit Absicht vor diesem Tarek bloßstellen, oder glaubte er etwa, der junge Mann sei so dämlich, um auf eine billige Variante der ›Good Cop/Bad Cop‹-Masche hereinzufallen?

»Wieso war Lukas am Montagabend nicht auf Jonas' Party, sondern im Grünzeug?«, fragte er jetzt. »Er war doch Jonas' bester Freund.«

Tarek zögerte kurz.

»Die beiden hatten ziemlichen Krach«, sagte er schließlich, »ich habe aber keine Ahnung, um was es ging.«

Behnke mochte ihm seine gespielte Ahnungslosigkeit abnehmen, aber Pia glaubte ihm kein Wort. Tarek Fiedler wusste ganz sicher, weshalb sich seine Freunde gestritten hatten. Er erzählte, was sich bei Jonas' Party abgespielt hatte, und bestätigte damit die Version von Svenja. Nach dem Streit mit seiner Freundin hatte sich Jonas vollkommen betrunken, Tarek hatte die Party gegen 22:00 Uhr verlassen.

»Jonas hat bei Ihnen gewohnt«, sagte Behnke. »Warum ist er zu Hause ausgezogen?«

»Weil sein Alter ein Riesenarschloch ist«, Tarek schnaubte angewidert. »Jo hatte keine Lust mehr, sich von ihm dauernd in sein Leben reinquatschen zu lassen.«

»Daran sind Sie wohl nicht ganz unschuldig«, sagte Pia. Tarek reagierte nicht darauf, er würdigte Pia keines Blickes und tat so, als sei sie Luft.

»Jo waren seine Freunde wichtiger als sein Vater«, sagte er an Behnke gewandt. »Familie hat man, Freunde kann man sich aussuchen.«

»Da ist was Wahres dran«, bestätigte Behnke. Pia verdrehte die Augen. Da hatten sich ja zwei gefunden.

»Wenn Sie so ein guter Freund von Jonas waren, können Sie uns vielleicht auch erklären, warum er das mit den E-Mails und den Fotos auf der Webseite von Svenja gemacht hat«, Pia ließ sich nicht einfach ausschließen. Tarek öffnete den Mund zu einer Erwiderung, besann sich aber anders und zuckte nur die Achseln.

»Er hat gesagt, er wär's nicht gewesen«, sagte er. »Aber wer soll das sonst gemacht haben?«

»Jemand, der ein Interesse daran hatte, Jonas und Svenja auseinanderzubringen«, sagte Pia. »Wer könnte das sein?«

»Weiß nicht«, sagte Tarek. Er war ein geübter Lügner, der

trotz der Nachricht vom Tod eines guten Freundes nicht die Kontrolle verlor.

»Kann es sein, dass Svenja Jonas betrogen hat und er sich deswegen an ihr rächen wollte?«

»Möglich. Svenja ist eine Schlampe«, Tareks Stimme klang abfällig. »Wenn die was getrunken hat, ist sie lzf.«

Behnke grinste.

»LZF?«, fragte Pia. »Was bedeutet das?«

Tarek blickte sie spöttisch an, der Ausdruck in seinen Augen war pure Herablassung.

»Leicht zu ficken«, erwiderte er.

Norbert Zacharias war nur noch ein Schatten seiner selbst. Aber bei dem Gespräch, das auf Zacharias' ausdrücklichen Wunsch ohne seinen Anwalt geführt wurde, gab er zu verstehen, dass es ihm nicht unrecht war, in Untersuchungshaft zu sitzen.

Bodenstein war überrascht. Er hatte angenommen, dass es für Norbert Zacharias, der viel Wert auf sein Ansehen legte, der Gipfel der Schande sein musste, unter Mordverdacht im Gefängnis zu sitzen. Der Haftrichter hatte eine Beschwerde von Zacharias' Anwalt abgelehnt, ebenso eine Freilassung gegen Zahlung einer Kaution.

»Heute Abend findet dieser Erörterungstermin statt«, sagte Zacharias. »Ich hätte hundert aufgebrachten Leuten erklären müssen, wie wir auf die Zahlen für die Gutachten gekommen sind und warum wir diese Zählstelle in Königstein nicht berücksichtigt haben. Tja, und dafür habe ich eigentlich keine Erklärung.«

»Aber Sie sagten doch, es sei aus Versehen geschehen?«, fragte Bodenstein nach.

»Aus Versehen!« Zacharias gab ein resigniertes Schnauben von sich. »Glauben Sie etwa, dass ein Unternehmen wie die

Bock Consult so etwas tatsächlich vergisst? Die Zählstelle wurde nicht vergessen, sondern absichtlich außer Acht gelassen, weil die dort gemessenen Zahlen nicht in das Planungskonzept passten.«

Bodenstein begriff.

»Das bedeutet, Pauly hatte recht mit seinen Verdächtigungen?«

»Absolut«, Zacharias nickte.

»Welche Auswirkungen hätten die richtigen Zahlen auf die Gutachten und das ganze Planungsverfahren gehabt?«, wollte Bodenstein wissen.

Norbert Zacharias seufzte.

»Fatale«, gab er zu. »Hochrechnungen und Prognosen auf der Basis der tatsächlichen Verkehrszahlen würden die Argumentation der Straßenbefürworter ad absurdum führen. In Wirklichkeit besteht kein dringender Bedarf für die Straße, schon gar nicht dann, wenn der Königsteiner Kreisel umgebaut ist.«

»Aha«, Bodenstein betrachtete den Mann, der zusammengesackt auf seinem Stuhl saß. »Was passiert, wenn Sie das eingestehen?«

»Tja«, Zacharias zuckte die Schultern, »das Hessische Landesamt für Straßen und Verkehrswesen hat ja schon empfohlen, neue Gutachten mit den richtigen Zahlen in Auftrag zu geben. Allerdings von einem neutralen Gutachter, der nachweislich nichts mit mir oder mit Bock zu tun hat. Ich fürchte, es wird kein neues Raumordnungsverfahren mehr geben.«

»Was bedeutet das für Sie persönlich?«

»Ich verliere den Beratervertrag«, er machte nicht den Eindruck, als ob ihm das schlaflose Nächte bereiten würde.

»Was sagt Ihr Schwiegersohn dazu? Welche Konsequenzen hat das alles für ihn und seine Firma?«

Zacharias blickte auf. Unter seinen Augen lagen dunkle Schatten.

»Wenn die Straße nicht gebaut wird, geht ihm ein großer Auftrag durch die Lappen«, sagte er. »Er wird viel Geld verlieren.«

»Wieso das?«, erkundigte Bodenstein sich. »Das Geld für die Gutachten hat er doch sicher schon bekommen, insofern haben nur die Auftraggeber ihr Geld in den Sand gesetzt.«

»Ganz so einfach ist es nicht«, bekannte Zacharias. »Da hängt noch viel mehr dran. Aber das führt jetzt zu weit.«

»Ich weiß nicht, ob es zu weit führt«, Bodenstein beugte sich vor. »Was wusste Ihr Enkelsohn über diese ganze Sache?«

Plötzlich erschien ein alarmierter Ausdruck in Zacharias' stumpfen Augen, er richtete sich auf.

»Jonas? Was soll er gewusst haben?«

»Das würde ich gerne wissen«, sagte Bodenstein. »Es ist sehr wichtig. Wir vermuten nämlich, dass Pauly seine Informationen von Jonas erhalten haben könnte. Pauly war Jonas' Tutor, die beiden haben sich gut verstanden. Zu seinem Vater hingegen hatte Jonas kein gutes Verhältnis.«

Zacharias starrte nur vor sich hin.

»Herr Zacharias«, mahnte Bodenstein, »antworten Sie bitte. Ich frage Sie das nicht aus Spaß. Ihr Enkelsohn ist am Montagabend ermordet worden.«

Augenblicklich wich alle Farbe aus dem Gesicht des ehemaligen Bauamtsleiters der Stadt Kelkheim.

»Jonas ist tot?«, flüsterte er fassungslos. »Das kann nicht sein.«

»Doch, leider«, sagte Bodenstein. »Er hatte mit Freunden seinen Geburtstag auf Ihrem Gartengrundstück gefeiert. Am nächsten Tag haben wir dort seine Leiche gefunden.«

»O mein Gott, Jo«, flüsterte Zacharias, »Jo, was habe ich nur angerichtet!«

Er begann am ganzen Körper zu zittern, Tränen glänzten in seinen Augen. Nur mit größter Mühe gelang es ihm, seine Fassung aufrechtzuerhalten. Bodenstein kam sich beinahe grausam vor, den Mann so zu quälen, aber er spürte, dass Zacharias nur noch einen kleinen Anstoß brauchte, um ihm etwas Wichtiges zu gestehen.

Die Sanders wohnten in Bad Soden in einem schlichten Einfamilienhaus aus den fünfziger Jahren, das mit seinem altmodischen Charme und der zum Teil von Efeu bewachsenen Fassade nicht mehr so recht zwischen die neu erbauten Paläste passte, die, ähnlich wie im Johanniswald in Königstein, mittlerweile auch dieses Wohngebiet der Besserverdienenden dominierten. Vor der Garage parkte ein alter Passat mit einem Kindersitz auf der Rückbank, daneben stand ein knallgelber Motorroller, bei dem ein Außenspiegel fehlte. Pia betätigte die Klingel. Im Innern des Hauses ertönte ein melodisches Läuten, wenig später öffnete eine junge Frau mit einem Kleinkind im Arm die Tür. Pia stellte sich vor und fragte nach Antonia und Svenja.

»Sie sind draußen im Garten«, sagte die junge Frau, ganz offensichtlich eine von Antonias älteren Schwestern. »Kommen Sie doch rein.«

»To-ni!«, das Kind klatschte in die Händchen, »To-ni! To-ni!«

Pia lächelte es pflichtschuldig an und folgte der jungen Frau ins Haus. Sie hatte schon vor einer ganzen Weile festgestellt, dass ihr das Gen für mütterlichen Überschwang beim Anblick von kleinen Kindern und Babys völlig fehlte.

»Sie waren im Zoo, als die Leiche von diesem Mann gefunden worden ist, nicht wahr? Mein Vater hat von Ihnen erzählt.«

»Lei-che!«, jauchzte das kleine Kind. »Lei-che! To-ni!«

Pia war es im Allgemeinen ziemlich gleichgültig, was man von ihr erzählte, aber in diesem speziellen Fall hätte sie nur zu gerne gewusst, was Dr. Sander seinen Töchtern über sie erzählt haben mochte.

»Ist Ihr Vater auch da?« Sie stellte die Frage beiläufig, als ob es sie nicht sonderlich interessierte, und war selbst überrascht darüber, wie begierig sie darauf war, mehr über den Mann zu erfahren, der sie bis in ihre Träume verfolgte.

»Nein«, erwiderte die junge Frau, »Papa ist im Zoo.«

Sie führte Pia durchs Haus in den Wintergarten. Im ganzen Haus herrschte ein gemütliches Durcheinander. Überall auf dem Parkettfußboden, der schon bessere Tage gesehen hatte, lag Kinderspielzeug herum, auf der abgeschabten Ledercouch im Wohnzimmer dösten zwei Katzen, eine dritte, schneeweiße, saß vor einem großen Aquarium, das auf einer antiken Anrichte im Esszimmer stand, und belauerte die Fische. In der großen Küche war der Mittagstisch noch nicht abgeräumt, ein Radio dudelte halblaut.

»Ich hole die beiden«, sagte die junge Frau.

»Danke«, Pia nickte der jungen Frau zu und blickte sich um. Der Wintergarten war groß, voller exotischer Pflanzen und mit behaglichen dunklen Ledersesseln eingerichtet. Auf einem niedrigen Tisch lagen ein paar aufgeschlagene Bücher und Zeitschriften, ein Schreibblock mit handschriftlichen Notizen, dazwischen standen ein leeres Weinglas und eine halbleere Flasche Rotwein. Pia beugte sich vor und las die Titel einiger Bücher. Es handelte sich um zoologische Fachliteratur; offenbar war der Wintergarten der Lieblingsplatz von Dr. Sander. Plötzlich fühlte sie sich wie ein Eindringling und war froh, als Antonia in Begleitung von Svenja Sievers aus dem Garten hereinkam. Svenja sah heute nur wenig besser aus als gestern. Ihr spitzes, bleiches Gesicht war ausdruckslos wie das einer Porzellanpuppe, und in ihren übergroßen, viel zu stark geschminkten Rehaugen lag ein glasiger Ausdruck. Pia setzte sich in einen der Sessel, die Mädchen nahmen ihr gegenüber auf der Couch Platz. Sie holte das Foto mit dem Ultraschallbild aus ihrer Tasche und reichte es den beiden. Svenja warf nur einen kurzen Blick darauf, Antonia zog die Stirn in Falten.

»Bist du schwanger, Svenja?«, fragte Pia.

»Wieso?« Das Mädchen tat überrascht.

»Weil dieses Foto hier auf Jonas' Handy war«, erwiderte Pia.

»Wie kommen Sie an Jo's Handy?«, fragte Svenja misstrauisch.

»Es tut mir sehr leid, euch das sagen zu müssen«, sagte Pia so behutsam wie möglich, »aber Jonas ist tot.«

Antonia zog scharf die Luft ein und wurde blass, Svenja starrte Pia wie hypnotisiert an.

»O Gott«, flüsterte sie, die Augen vor Entsetzen geweitet, »daran bin nur ich schuld ... hätte ich nicht ...«

Sie brach ab, und Antonia legte tröstend die Arme um die Freundin, obwohl sie selbst mit aller Kraft um Fassung rang. Eigentlich hatte Pia den beiden Mädchen die schrecklichen Details von Jonas' Tod ersparen wollen, aber sie konnte Svenja nicht in dem Glauben lassen, sie hätte ihren Freund in den Selbstmord getrieben.

»Nein, Svenja«, sagte sie deshalb, »du hast nichts damit zu tun. Jonas hat sich nicht umgebracht. Er wurde ermordet.«

Aus der Küche drang die heitere Stimme eines Radiomoderators, es ging um Fußball. Um etwas anderes ging es zurzeit nur sehr selten.

»Ich muss nach Hause«, Svenja stand unvermittelt auf. Sie atmete keuchend und sah aus wie ein Gespenst. Antonia ergriff ihr Handgelenk, aber Svenja stieß die Freundin heftig von sich und rannte ins Haus. Mit einem dumpfen Knall fiel die Haustür hinter ihr ins Schloss. Antonia warf Pia einen hilflosen Blick zu.

»Lass sie gehen«, sagte Pia. »Das ist ein schlimmer Schock für sie, den sie erst mal verarbeiten muss.«

Antonia ging zurück zur Couch und setzte sich. Einen Moment lang verbarg sie ihr Gesicht in den Händen und schüttelte den Kopf. Auch ihr machte die entsetzliche Nachricht schwer zu schaffen.

»Svenja ist so anders geworden«, sagte sie bedrückt. »Früher hatten wir nie Geheimnisse voreinander, aber jetzt ...«

»Sie ist schwanger, stimmt's?« Pia betrachtete das Mädchen. Antonia zögerte einen Moment.

»Ja«, gab sie dann zu, »sie hat es letzte Woche erfahren, als sie beim Frauenarzt ein neues Rezept für die Pille holen wollte.«

»War das zufällig am Dienstag?«, fragte Pia.

»Ja«, Antonia war erstaunt. »Wie kommen Sie darauf?«

Die weiße Katze, die vorhin die Fische im Aquarium belauert hatte, kam in den Wintergarten, strich um Antonias Beine und sprang auf ihren Schoß. Das Mädchen vergrub die Finger in dem weichen Fell und streichelte das Tier automatisch.

»Es muss einen Grund gegeben haben, weshalb sie abends zu Pauly gefahren ist«, entgegnete Pia. »Das wäre eine Erklärung. Sie wollte einen Ratschlag von ihm oder Trost.«

»Kann sein«, Antonias Stimme klang auf einmal bitter. »Mir hat sie's ja nicht einmal gesagt, dass sie bei ihm war. Aber Svenja war total verrückt mit dem Pauly. Seitdem sie ihn kannte, hat sie kein Fleisch mehr gegessen und war gegen Autos und Umweltverschmutzung und so. Das hat sie früher nicht die Bohne interessiert.«

»Warum haben Jo und Svenja am Samstag auf der Burg gestritten?«

»Das hat Svenja mir nicht erzählt.«

Antonia war verletzt, weil ihre beste Freundin offensichtlich große Geheimnisse vor ihr hatte.

»Was war Jonas für ein Mensch?«, fragte Pia. »Hast du ihn gemocht?«

Antonia überlegte einen Moment.

»Ja, eigentlich schon«, sagte sie, »obwohl er sich auch total verändert hat. Alles hat sich verändert, seit ... ach, egal.«

»Seit wann?«, fragte Pia nach. Antonia konnte nicht mehr weitersprechen, weil sie weinen musste. Pia wartete geduldig, bis sie sich wieder unter Kontrolle hatte.

»Wie hat Jo darauf reagiert, als Svenja ihm gesagt hat, dass sie schwanger ist?«, fragte sie.

»Ich glaube, er war ziemlich sauer.« Antonia wischte sich die Tränen ab. »Svenja kam am Dienstag mit diesem Ultraschallbild zu mir und war ganz durcheinander. Dann hat sie Jo das Bild geschickt. Er hat ihr eine SMS zurückgeschickt. Als Svenja die gelesen hat, ist sie in Tränen ausgebrochen und weggefahren. Sie wollte ihn suchen und mit ihm reden.«

»Das hätte sie vielleicht zuerst tun sollen«, sagte Pia nüchtern.

»Ja, vielleicht«, Antonia zuckte die Schultern, »sie hatte an dem Abend auch übelst Krach mit ihm. Später hat sie mich ja noch mal angerufen und geheult.«

Das Mädchen verstummte, als die weiße Katze plötzlich den Kopf hob und von ihrem Schoß sprang. Pias Herz machte unvermittelt einen Satz, als Dr. Christoph Sander und Lukas auf den Treppenstufen erschienen, die in den Wintergarten führten. Die Katze strich miauend und um Aufmerksamkeit heischend um Sanders Beine. Antonia sprang auf und flüchtete in die Arme ihres Vaters.

»Papa«, schluchzte sie und klammerte sich an ihm fest. «Jo ist tot!«

»Was?« Lukas wurde blass und blickte fassungslos zu Pia hinüber. »Nein! Das ist doch nicht wahr, oder?«

»Doch, leider«, Pia erhob sich und ging zu den Männern hinüber. »Ich habe ihn gestern gefunden.«

Norbert Zacharias hatte fünf Minuten lang mit sich gerungen, er schien vor Bodensteins Augen im Zeitraffer zu altern.

»Ich habe es viel zu spät durchschaut«, flüsterte er plötzlich. »Ich habe geglaubt, sie wollten mich tatsächlich als Berater, weil ich mich mit den Vorschriften bei Raumordnungs- und Planungsverfahren auskenne. Aber das war nicht so. In Wirklichkeit brauchten sie einen Sündenbock. So wie damals ...«

Er schloss die Augen und kämpfte vergeblich gegen die Tränen.

»Ich bin nicht bestechlich«, stieß er hervor, »vielleicht bin ich einfach zu gutgläubig.«

»Um was ging es damals?«, fragte Bodenstein.

»Um die Bebauungspläne im Kelkheimer Stadtgebiet«, Zacharias' Stimme klang tonlos. »Der Regionale Planungsverband hatte Bauerwartungsland in Ruppertshain, Fischbach und Münster in Bauland umgewandelt. Da fiel Funke und Schwarz auf, dass ihre Grundstücke in Münster knapp außerhalb der ausgewiesenen Bereiche lagen. Sie hatten beide schon Pläne gemacht und wollten ihre Grundstücke an die Baugesellschaft meines Schwiegersohnes verkaufen. Das war für sie eine Katastrophe. Sie beschimpften mich, ich hätte die Pläne falsch gelesen und warum denn wohl in Ruppertshain gebaut werden sollte. Kurzum, sie zwangen mich dazu, beim Verband eine Änderung zu erwirken. Das sorgte natürlich in der Bevölkerung für gewaltige Empörung. Die Ruppertshainer liefen Sturm, als sie erfuhren, dass nur noch ein schmaler Streifen unterhalb des Zauberbergs Bauland werden sollte. Aber die geänderten Bebauungspläne wurden vom Magistrat abgesegnet, Funke, Schwarz und Conradi verkauften ihre Grundstücke in der Stadtmitte für viel Geld an meinen Schwiegersohn, und der baute dort im großen Stil. Die Opposition erzwang eine Überprüfung, man entdeckte meine Intervention und natürlich die Verbindung zu Bock – und schon war der Skandal da. Funke riet mir, ich solle aus gesundheitlichen Gründen in Rente gehen, bevor es ein Disziplinarverfahren geben konnte. Er versprach mir, mich nicht hängen zu lassen.«

»Stimmt es, dass die Firmen Ihres Schwiegersohnes in der Vergangenheit immer wieder bei öffentlichen Ausschreibungen die niedrigsten Gebote abgaben und regelmäßig Bauaufträge der Stadt erhielten?«, fragte Bodenstein.

»Ja«, Zacharias nickte, »das stimmt. Egal, was in Kelkheim und Umgebung gebaut wird, das macht fast immer eine Firma meines Schwiegersohnes. Dafür, dass er von den Verantwortlichen die Angebote der Konkurrenz bekommt, zahlt er ihnen etwas.«

»Pauly lag also gar nicht falsch, wenn er von ›Mafia‹ gesprochen hat«, sagte Bodenstein.

»Er lag überhaupt nicht falsch«, Zacharias nickte müde. »Er hatte mit allem recht.«

»Wenn ich das alles richtig verstehe, dann hatte Ihr Schwiegersohn durch Pauly die größten Schwierigkeiten zu erwarten«, resümierte Bodenstein. »Natürlich wäre es auch für diejenigen, die billige Grundstücke auf der geplanten Trasse erworben haben, ärgerlich gewesen, wenn sie nun kein Geld vom Land dafür bekommen, aber Dr. Bock wäre mehr als nur ein lukrativer Auftrag entgangen. Wobei ... wie konnte er sicher sein, dass er den Auftrag für den Bau der Straße tatsächlich bekommt? Das zu entscheiden ist doch nicht Sache der Städte Kelkheim und Königstein, oder doch?«

»Nein«, bestätigte Zacharias, »das hätte das Hessische

Landesamt für Straßen- und Verkehrswesen entschieden. Aber mein Schwiegersohn hat gute Beziehungen zu den betreffenden Entscheidungsträgern. Seine Beziehungen reichen bis nach Berlin.«

»Woher hat Pauly das alles gewusst?«, fragte Bodenstein. »Von Jonas?«

Zacharias verzog das Gesicht, als wolle er in Tränen ausbrechen.

»Ich fürchte, ja«, sagte er mit gepresster Stimme. »Neulich waren Jonas und sein Freund Tarek bei mir im Garten. Sie haben mir dort hin und wieder geholfen, Jonas' Freund arbeitet ja als Landschaftsgärtner. An dem Tag ging es mir schlecht. Mein Schwiegersohn hatte mir gedroht, wenn ich etwas über diese falschen Zahlen sagen würde, würde ich es bitter bereuen. Meine Tochter hat einen Ehevertrag unterschrieben, in dem sie bei einer Scheidung auf alles verzichtet, und Carsten drohte, er werde sie am ausgestreckten Arm verhungern lassen, wenn ich die Sache nicht bis zum Ende durchziehen würde.«

»Er hat Sie also erpresst«, Bodenstein war nicht wirklich erstaunt. Pia hatte mit ihrer Einschätzung, was Bock betraf, recht behalten.

»Ja«, sagte Zacharias, »an dem Abend habe ich jede Menge getrunken, und irgendwann habe ich Jonas und seinem Freund davon erzählt. Ich war so enttäuscht, als ich erkannt habe, dass mich sogar mein eigener Schwiegersohn nur benutzt hat, und dass ich im Falle einer Entdeckung wieder einmal das Bauernopfer sein sollte.«

»Wie hat Ihr Enkelsohn reagiert?«, erkundigte Bodenstein sich.

»Er ist explodiert«, erinnerte Zacharias sich. »Er hasst seinen Vater. Ich hätte wissen müssen, dass er es nicht einfach auf sich beruhen lassen würde. Jonas hat Pauly die nötigen

Informationen beschafft. Jetzt ist nicht nur Pauly tot, sondern auch Jonas! Und ich muss damit leben, dass ich zwei Menschen auf dem Gewissen habe!«

»Bis jetzt ist noch gar nicht erwiesen, ob Pauly oder Jonas wegen dieser Sache sterben mussten«, versuchte Bodenstein den Mann zu beruhigen. »Was haben Sie am Dienstagabend bei Pauly gewollt?«

»Ich wollte ihm sagen, dass ich ihn unterstützen würde«, sagte Zacharias müde, »aber ich wollte ihn auch warnen und bitten, alles etwas ruhiger angehen zu lassen. Um meinem Schwiegersohn wirklich einen Strich durch die Rechnung zu machen, hätten wir an die Leute herankommen müssen, die er bestochen hat. Daran war nach Paulys Auftritt nicht mehr zu denken, die sind jetzt alle gewarnt.«

»Haben Sie mit Pauly gesprochen?«, wollte Bodenstein wissen.

»Nein«, Zacharias schüttelte den Kopf, »als ich das Mädchen sah, bekam ich Angst. Offiziell war ich Paulys Gegner. Ich wollte nicht bei oder mit ihm gesehen werden.«

Bodenstein blickte Zacharias unverwandt an. Er glaubte ihm.

»Wir werden Sie gehen lassen«, sagte er.

»Nein«, erwiderte der Mann zu Bodensteins Überraschung schnell, »bitte nicht.«

»Wie bitte?«

»Hier bin ich sicher«, Zacharias senkte den Kopf. »Was glauben Sie wohl, warum ich ohne Anwalt mit Ihnen sprechen wollte?«

»Sagen Sie es mir«, sagte Bodenstein, »ich habe mich schon gewundert.«

»Der Anwalt, der mich vertreten soll, ist ein Anwalt, der für meinen Schwiegersohn arbeitet.«

Sander streichelte seiner Tochter übers Haar, sein beunruhigter Blick begegnete dem von Pia.

»Weiß Svenja das schon?«, fragte er leise. Pia nickte stumm. Lukas gab einen Laut von sich, eine Mischung aus Schluchzen und Stöhnen, dann setzte er sich auf die Treppenstufe und vergrub sein Gesicht in seinen Armen. Pia bemerkte einen schneeweißen Verband an seiner rechten Hand, der bis über den Ellbogen reichte. Antonia löste sich von ihrem Vater, setzte sich neben Lukas und schlang beide Arme um ihn. Der Junge lehnte sein Gesicht an ihres. Pia sah, dass ihm die Tränen über das Gesicht liefen. Sander kam die beiden Stufen hinunter in den Wintergarten. Er war verschwitzt, sah erschöpft und gestresst aus.

»Lassen Sie uns in den Garten gehen«, schlug er vor und trat durch die geöffnete Glastür ins Freie. Pia folgte ihm. An der Hausmauer wuchsen Tomaten in großen Töpfen, in den Beeten blühten Hortensien, und die Kletterrosen verströmten einen betäubend süßen Duft.

»Was für ein beschissener Tag«, sagte Sander. »Ich komme gerade aus dem Krankenhaus. Ein Dromedar hat Lukas angegriffen und ihm den ganzen Arm zerfleischt, und das vor den Augen einer Kindergruppe! Er hat noch Glück im Unglück gehabt. Wären nicht der Pfleger und der Zoopädagoge dazugekommen, hätte es böse ausgehen können.«

Pia blickte in den Wintergarten, wo Lukas und Antonia eng umschlungen auf den Treppenstufen saßen und gemeinsam um den toten Freund trauerten. Sander setzte sich auf die niedrige Mauer zwischen Terrasse und Garten.

»Was ist mit Jonas passiert?«, fragte er und sah Pia an.

»Wir haben ihn erhängt aufgefunden«, antwortete sie. »Es muss einen heftigen Kampf gegeben haben, in dessen Verlauf Jonas seinen späteren Mörder gebissen hat. Zwischen seinen Zähnen haben wir menschliches Gewebe gefunden.«

Dr. Sander verzog das Gesicht.

»O Gott«, murmelte er. »Wie hat Svenja reagiert?«

»Sie ist weggelaufen«, erwiderte Pia. »Sie macht auf mich einen verstörten Eindruck.«

»Ja, das Mädchen ist völlig durch den Wind«, bestätigte Sander. »Seitdem sie in den Dunstkreis dieses unseligen Pauly geraten ist, hat sie sich vollkommen verändert. Allmählich mache ich mir ernsthaft Sorgen um die Mädchen.«

»Nicht ganz zu Unrecht«, erwiderte Pia ernst. »Zwei Morde in ihrem engsten Bekanntenkreis, und Svenja war kurz vor oder nach dem Mord an Pauly bei ihm. Leider spricht sie nicht mit mir darüber.«

Sander fuhr sich mit beiden Händen durch sein dunkles, lockiges Haar und stützte dann die Ellbogen auf seine Knie.

»Was soll ich machen?«, sagte er düster, mehr zu sich selbst als zu Pia. »Ich kann Toni nicht den Umgang mit ihren Freunden verbieten, auch wenn ich es am liebsten tun würde. Aber dann würde sie sich heimlich mit ihnen treffen und anfangen, mich zu belügen.«

Während er sprach, wurde Pia bewusst, dass ihre Gedanken mit einem Mal um etwas ganz anderes kreisten als um ihre Ermittlungen. Christoph Sander besaß eine physische Präsenz, die ihr Herz klopfen ließ, und das verunsicherte sie. Es war lange her, dass ein Mann solche Gefühle in ihr ausgelöst hatte, viel zu lange. Plötzlich und ganz unvermittelt wusste sie, weshalb sie Henning keine zweite Chance mehr geben konnte. Sie wollte nichts Aufgewärmtes, nichts Altbekanntes, nein, sie sehnte sich nach einem neuen Anfang, nach aufgeregtem Herzklopfen und weichen Knien, nach Leidenschaft und Abenteuer. Jahrelang hatte sie sich selbst belogen, hatte sich eingeredet, sie sei zufrieden mit der emotionslosen Routine ihres Lebens. Das stimmte nicht, oder nicht mehr.

»... alles in mir sträubt sich dagegen, dass Antonia mit

Leuten wie Jonas zu tun hat«, hörte sie Sander sagen und riss sich zusammen.

»Was meinen Sie damit: Leute wie Jonas?«, fragte sie.

»Verwöhnte, egoistische Blagen. Respektlos, gefühllos, nur auf der Suche nach dem ultimativen ›Kick‹.« Sanders Stimme klang sarkastisch. »Ihre Eltern stopfen sie mit materiellen Dingen voll, um ihr schlechtes Gewissen zu beruhigen.«

»Wie gut haben Sie den Jungen gekannt?«

»Er war öfter mit Svenja hier.«

»Und?«

»Was und?« Er blickte sie an, wachsam und angespannt. Dieser Blick ging Pia durch Mark und Bein.

»Was für einen Eindruck hatten Sie von ihm?«

»Einen, der offensichtlich falsch war. Diese Sache mit der E-Mail und den Bildern im Internet hätte ich ihm nicht zugetraut. Das zeigt, was für ein Mensch er wirklich war! Diese Kinder wissen nicht mehr, was richtig oder falsch ist, respektieren keine Gefühle, kennen keine Grenzen und keine Werte mehr.«

»Aber gerade Jonas hatte Werte, die ihm wichtig waren«, widersprach Pia. »Er hat sich gegen den Ausbau dieser Straße engagiert, für den Natur- und Umweltschutz.«

»Wie kommen Sie denn darauf?«

Pia erzählte ihm von der Computersimulation, die Jonas angefertigt hatte. Sander warf ihr einen zweifelnden Blick zu.

»Haben Sie gewusst, dass Svenja schwanger ist?«, fragte sie.

»Wie bitte?« Auf Sanders Gesicht erschien ein fassungsloser Ausdruck.

»Sie hat es letzten Dienstag erfahren«, sagte Pia. »Ich vermute, dass das auch der Grund war, weshalb sie abends zu Pauly gefahren ist. Sie wollte vielleicht seinen Rat.«

»Ausgerechnet von dem«, Sander schnaubte verächtlich und schüttelte den Kopf. »Als hätte den interessiert, was mit anderen ist.«

»Am Dienstag hatten Svenja und Jonas Streit«, fuhr Pia fort. »Am Samstag haben sie wieder gestritten, sonntags hat sie ihn nicht gesehen, am Montag waren die Bilder im Internet. Abends war er tot.«

Sander blickte Pia an.

»Auf was wollen Sie hinaus?«

Pia wagte kaum, ihn anzusehen, weil sie befürchtete, er könne an ihren Augen ablesen, welche Gefühle er in ihr auslöste. Gleichzeitig ärgerte sie sich über ihre fehlende Distanz.

»Die Bilder im Internet sollten doch wohl beweisen, dass Svenja ihren Freund betrogen hat. Wenn er nun angenommen hat, dass er gar nicht der Vater des Kindes war, dann erklärt das die ganze Sache mit der Webseite und der E-Mail an Svenjas Freunde und Verwandte. Gekränkte Eitelkeit. Rache.«

Einen Moment sagte keiner von ihnen etwas.

»Papa?« Antonia erschien mit verweintem Gesicht auf der Terrasse. Sander wandte sich zu ihr um.

»Ist es okay, wenn ich mit zu Lukas gehe? Er ist total fertig.«

»Natürlich. Aber komm nicht so spät nach Hause«, Sander nickte und wartete, bis die beiden jungen Leute verschwunden waren.

»Lukas«, er seufzte, »er hat mir heute Morgen verkündet, dass er das Praktikum abbrechen will.«

»Den Job im Grünzeug ist er wohl auch los«, erwiderte Pia. »Ich glaube, dass Esther Schmitt nach Paulys Testamentseröffnung nicht mehr sonderlich gut auf Lukas zu sprechen ist. Pauly hat Lukas und Jonas ein Aktienpaket im Wert von ungefähr achtzigtausend Euro hinterlassen.«

Sander klappte beinahe der Mund auf vor Staunen.

»Nicht zu fassen. Wenn das der alte van den Berg erfährt, springt er im Dreieck!«

»Apropos«, sagte Pia, »wie gut kennen Sie Lukas' Vater?«

»Relativ gut«, erwiderte Sander. »Er ist im Stiftungsrat des Zoos. Und wir sind quasi Nachbarn.«

»Wussten Sie, dass Lukas' und Jonas' Väter geschäftliche Beziehungen pflegten?«

»Möglich«, Sander betrachtete Pia aufmerksam. »Van den Berg ist im Vorstand einer Bank, Jonas' Vater Vorstandsvorsitzender einer großen Firma. Solche Leute kennen sich häufig.«

»Er war Aufsichtsratsvorsitzender der Bock Holding«, sagte Pia.

»Die großen Wirtschaftsbosse schustern sich gegenseitig gerne lukrative Jobs zu«, entgegnete Sander. »Und was ist lukrativer als ein Posten in einem Aufsichtsrat?«

»Stimmt«, Pia lächelte, »mich interessiert nur, warum van den Berg den Posten aufgegeben hat.«

»Soll ich ihn das fragen?« Sander stellte diese Frage ganz ernsthaft. »Ich sehe ihn heute Abend.«

Pia überlegte einen Augenblick. »Vielleicht gibt es ja eine Gelegenheit, das Thema irgendwie zur Sprache zu bringen.«

»Das dürfte angesichts der Vorfälle nicht schwierig sein«, sagte Sander. Pia warf einen Blick auf ihre Uhr. Sie gingen zurück in den Wintergarten und weiter ins Haus. Annika bügelte eifrig, das Kind saß in seinem Laufställchen und spielte vor sich hin. Als Sander das Wohnzimmer betrat, zog es sich an den Gitterstäben hoch.

»Opa, hoch! Opa, mit! Mit!«, rief das Kind und streckte die Ärmchen aus. Ein unvermitteltes Lächeln erschien auf Sanders düsterem Gesicht, er ergriff das Kind und hob es hoch in die Luft. Annika hielt beim Bügeln inne, beobachtete ihren Vater und ihr begeistert jauchzendes Kind. Pia verspürte plötzlich einen Stich. Sie wusste auch nicht weshalb, aber sie konnte den Anblick familiärer Idylle nur schwer ertragen. Den ganzen Tag über hatte sie erfolgreich das offene Tor und die Haustür verdrängt, aber plötzlich holte sie die Angst vor der Einsamkeit wie eine bedrohliche Gewitterwolke ein.

»Frau Kirchhoff, warten Sie!«, rief Sander ihr nach. »Ich habe mein Auto direkt hinter Ihres gestellt!«

Pia ging ein bisschen schneller, aber er holte sie am Gartentor ein, noch immer lächelnd.

»Was ist denn?« Das Lächeln verschwand von seinem Gesicht, er musterte sie mit einem prüfenden Blick.

»Gar nichts«, erwiderte Pia. »Was soll sein?«

»Sie sehen plötzlich so ... bedrückt aus.«

Konnte der Mann zu allem Überfluss auch noch ihre Gedanken lesen?

»Ich habe zwei Mordfälle aufzuklären«, erwiderte Pia. Warum konnte nicht auch sie einfach irgendjemandem um den Hals fallen und sich trösten lassen, so wie es Antonia eben getan hatte? Zu gerne hätte sie Sander erzählt, was sie seit gestern Nacht bedrückte, aber was würde er von ihr denken, wenn sie, eine Fremde, ihm gestand, dass sie sich plötzlich davor fürchtete, abends ganz alleine auf ihrem Hof zu sein? Der Mann hatte wahrhaftig genug eigene Sorgen und würde sich vielleicht noch von ihr bedrängt fühlen.

»Kommen Sie mich doch mal wieder im Zoo auf ein Eis besuchen«, sagte Sander in diesem Moment. »Das würde mich freuen.«

Pia zwang sich zu einem Lächeln.

»Gerne. Sobald ich diese Fälle gelöst habe, habe ich hoffentlich wieder mehr Zeit für angenehme Dinge.«

Sie standen neben Sanders Auto und sahen sich an. Pia wich seinem Blick aus. Sie hasste es, verunsichert zu sein, und Christoph Sander verunsicherte sie über alle Maßen.

»Ich muss los«, sie kramte den Autoschlüssel aus der Tasche. »Einen schönen Abend noch.«

»Danke«, er machte ihr Platz, damit sie vorbeigehen konnte, »für Sie auch. Ich rufe Sie an, wenn ich etwas von Lukas' Vater erfahre.«

Pia spürte, dass ihr Herz klopfte und ihre Hände zitterten, als sie das Auto wenig später rückwärts aus der Einfahrt setzte. Sie war dabei, sich gefühlsmäßig zu verstricken, und das war nicht gut, gar nicht gut. Um im Gewirr falscher Fährten, zu dem sich die Ermittlungen auswuchsen, den Überblick zu behalten, brauchte sie einen klaren Kopf.

Donnerstag, 22. Juni 2006

Pia wurde wach, weil sie der Strahl einer Taschenlampe mitten ins Gesicht traf. Ihr Herz schlug heftig gegen ihre Rippen, sie lag wie gelähmt im Bett, unfähig auch nur den kleinen Finger zu rühren. Sie spürte, dass jemand im Schlafzimmer war. Der kalte Angstschweiß brach ihr am ganzen Körper aus, aber sie konnte nicht weglaufen, nicht schreien, nicht nach ihrer Dienstwaffe greifen, die sie neben ihrem Bett liegen hatte. Die Lampe ging aus, ihre Augen gewöhnten sich an die Dunkelheit, und plötzlich erkannte sie mehr als nur die Umrisse eines Mannes.

»Lukas!«, flüsterte sie und wäre am liebsten vor Erleichterung in hysterisches Kichern ausgebrochen. »Was soll das? Wie bist du hier rein gekommen?«

Sie schämte sich, weil sie wegen der Hitze nur einen Slip trug, sonst nichts. Lukas beugte sich über sie, seine schönen grünen Augen waren gerötet und geschwollen vom Weinen. Seine Nähe war ihr nicht unangenehm, nicht wie am Samstagabend. Im Gegenteil. Sie spürte seine Hände auf ihrem Körper und schloss die Augen. Aber plötzlich ergriff er unsanft ihre Handgelenke, bog sie nach hinten und drückte sie mit dem Gewicht seines Körpers auf das Bett. Sie wollte ihn von sich wegschieben, aber er war stärker als sie. Pia öffnete die Augen, und als sie Lukas' verzerrtes Gesicht sah, bekam sie Angst. Sie kämpften miteinander, stumm und verbissen.

Er war so schwer, sie konnte sich nicht mehr bewegen und bekam kaum noch Luft. Sie wollte schreien, aber kein Ton kam aus ihrer Kehle. Ihr wurde voller Panik bewusst, dass es nichts nützte, wenn sie schrie, denn niemand würde sie hören. Es gab keine Nachbarn, keine zufällig vorbeikommenden Spaziergänger – niemanden. Sie war allein und völlig wehrlos. Die Tränen schossen schmerzhaft in ihre Augen, rannen über ihr Gesicht und verstopften ihre Nase. Auf einmal richtete Lukas sich auf. Sein Blick bohrte sich in ihren. Er lächelte mitleidig und legte die Hände um ihren Hals.

»Bitte nicht«, wimmerte sie, »bitte, bitte …«

»Du bist eine Enttäuschung für mich, Pia«, flüsterte er heiser. »Weißt du, was ich mit Leuten mache, die mich enttäuschen?«

Und dann drückte er zu.

Pia starrte in die Dunkelheit. Ihr T-Shirt war schweißnass, ihr Herz hämmerte in ihrer Brust, und sie zitterte am ganzen Körper. Stocksteif lag sie im Bett und wartete darauf, dass sich ihr Herzschlag beruhigte. Es war Jahre her, dass sie einen solchen Traum gehabt hatte. Sie beugte sich zum Lichtschalter und machte das Licht an. Halb vier morgens. Das Fenster stand offen, aber die Nacht hatte keine Abkühlung gebracht. Pias Mund war staubtrocken, ihre Kehle schmerzte, und sie merkte, dass sie tatsächlich geweint hatte. Mit zitternden Knien stand sie auf und ging hinüber in die Küche. Seit zwei Wochen hatte sie keine Zigarette angerührt. Jetzt durchsuchte sie alle Jacken, die im Flur an der Garderobe hingen, und fand in der Innentasche einer Winterjacke noch ein altes Päckchen. Der erste Zug hatte die Wirkung eines Joints, sie war ganz benommen, aber ihre Finger hörten auf zu zittern, und der Angstschweiß trocknete auf ihrer Haut. Viele Jahre hatte sie nicht mehr an das gedacht, was im Sommer 1989, bei einem Urlaub in Frankreich, ganz harmlos begonnen und in einer entsetzlichen Katastrophe geendet hatte. Über Monate hinweg war die Angst ihr ständiger Begleiter gewesen. Im Laufe der Jahre hatte sie diese entsetzlichen Erlebnisse verdrängt und irgendwann nicht mehr daran gedacht. Pia duschte ausgiebig, zog frische Unterwäsche an und schlüpfte in Jeans und T-Shirt. Noch ganz unter dem Eindruck des Alptraums öffnete sie die Haustür und sog die frische Luft tief in die Lungen. Über dem Taunus war der Himmel noch dunkel, aber im Osten zeigte sich ein erster heller Streifen und kündigte einen weiteren heißen Tag an. Pia ging zum Stall hinüber. Sie mochte die Stunde vor der Dämmerung, diese eigenartige unwirkliche Stimmung zwischen Nacht und Tag. Die Vögel stimmten ihr Frühkonzert in den Bäumen hinter dem Haus an, die Pferde wieherten erfreut, als sie Pia erblickten. Nichts war tröstlicher und beruhigender als tägliche Routine, deshalb fütterte Pia die Pferde, auch wenn es eigentlich noch eine Stunde zu früh dafür war. Auch Hühner, Enten und Gänse bekamen ihre Morgenration. Sie überquerte den Hof und wunderte sich, weshalb die Meerschweinchen noch nicht fiepten. Normalerweise warteten die pelzigen Tierchen auf sie und wieselten an das Gitter des ehemaligen Hundezwingers, in dem sie den Sommer verbrachten.

»Na, schlaft ihr noch?« Pia griff nach dem Hebel, mit dem die Tür des Zwingers verschlossen wurde. Aber der Hebel war nach oben gedreht und die Tür, die sie zum Schutz gegen Raubtiere und Katzen mit dünnmaschigem Maschendraht verstärkt hatte, stand offen. Ihr Innerstes verkrampfte sich, und ihr wurde übel, als sie sah, was geschehen war: Ein Marder oder ein Fuchs musste in den Zwinger eingedrungen sein und hatte alle Meerschweinchen getötet. Das war zu viel nach dieser grässlichen Nacht. Pia brach in Tränen aus und sank schluchzend auf die Knie ins feuchte Gras.

Eine Stunde später nippte sie an ihrem Kaffee und versuchte sich zusammenzureißen. Erst das offene Tor und die offene Haustür und jetzt die toten Meerschweinchen. Sie zwang sich, nicht darüber nachzudenken, und starrte stattdessen auf den Bildschirm ihres Computers. Sie klickte noch einmal die E-Mail von Dr. Sander an, danach den Link zu Svenjas Homepage.

»Error 404«, erschien auf ihrem Bildschirm, *»die angeforderte Seite wurde nicht gefunden.«*

Jemand hatte den Inhalt gelöscht. Und dieser Jemand konnte nicht Jonas gewesen sein, denn der war tot.

»Kai«, sagte Pia zu ihrem Kollegen, »die ganze Webseite von Svenja Sievers wurde gelöscht! Wie geht denn das?«

Ostermann tat, worum sie ihn gebeten hatte.

»Das hat das Mädchen sicherlich selbst gemacht«, erwiderte er ein paar Sekunden später. »Oder der Anbieter.«

»Aber Svenja hat angeblich keinen Zugriff mehr auf ihre Seite«, sagte Pia nachdenklich, »das hat mir ihre Freundin gestern erzählt. Kannst du herausfinden, wer das gemacht hat?«

»Ich versuch's«, Ostermann nickte und machte sich an die Arbeit. Es war erst Viertel nach sieben, aber Pia wollte wissen, ob Sander mit Lukas' Vater gesprochen hatte. Sie wählte Sanders Nummer, Sekunden später hörte sie seine Stimme dicht an ihrem Ohr.

»Ich hätte Sie auch angerufen«, sagte er, »aber ich wusste nicht, ob ich Sie schon so früh stören konnte.«

Plötzlich überkam Pia der Wunsch, diesem Mann, den sie eigentlich kaum kannte, mehr über sich zu erzählen.

»Heute hätten Sie ruhig schon um vier Uhr anrufen können«, erwiderte sie deshalb.

»Wieso?«, fragte Sander aber. »Hatten Sie wieder einen Toten?«

»Nicht einen, sondern fünfzehn«, sagte Pia, »tote Meerschweinchen. Und das zwei Tage, nachdem aus unerklärlichen Gründen mein Hoftor und die Haustür offen standen, als ich nach Hause kam.«

»Vielleicht sollten Sie da draußen nicht so ganz alleine leben«, hielt Sander sich brav in die Richtung, in die Pia ihn lockte.

»Dasselbe haben meine Kollegen schon gesagt«, erwiderte sie. »Aber ich kann mir ja nicht schnell irgendwo einen Mann suchen, damit ich nicht alleine leben muss.«

»Was ist denn mit Ihrem Mann?«, erkundigte sich Sander. Seine Stimme klang neugierig. Pia schämte sich ein bisschen für ihre Manipulation, aber nur ein ganz kleines bisschen. Früher einmal war sie eine Meisterin in diesem uralten Spiel der Verführung zwischen Mann und Frau gewesen, früher, als sie noch sorglos und ohne Angst gewesen war. Dann hatte sie Henning getroffen, dessen wissenschaftlich strukturierter Geist vollkommen unempfänglich für Andeutungen und emotionale Spielchen war. Erst die Begegnung mit Lukas hatte etwas in ihr verändert und ihre Lust an diesem Spiel neu geweckt.

»Der wohnt in Frankfurt«, sagte sie nun und ließ es beiläufig klingen. »Aber eigentlich wollte ich Ihnen nicht von meinen toten Meerschweinchen vorjammern. Hatten Sie gestern die Gelegenheit, mit Lukas' Vater zu sprechen?«

»Ja«, antwortete Sander, »sogar ziemlich ausführlich. Er hatte von Jonas' Tod noch nichts gewusst und war schockiert. Der Grund, weshalb er seinen Posten als Aufsichtsratsvorsitzender bei Bock aufgegeben hat, war, dass er mit der Arbeit des Vorstandes nicht mehr einverstanden gewesen ist. Er hat sich nur vage geäußert, aber wenn ich ihn richtig verstanden habe, dann ging es um ein Projekt im Nahen Osten und dubiose Geschäftspartner.«

Sie sprachen noch eine Weile, dann bedankte Pia sich für die Informationen und legte auf. Als sie aufblickte, begegnete sie dem belustigten Blick von Ostermann.

»Was ist?«, fragte sie.

»Nichts«, er zuckte die Schultern und grinste leicht, »das, was du gerade gemacht hast, hat mich nur an etwas erinnert.«

»Was habe ich denn gerade gemacht?« Pia tat arglos.

Ostermanns Grinsen vertiefte sich, er lehnte sich zurück. »Du benutzt deine Ermittlungen dazu, nebenbei dein ganz privates Netz auszuwerfen. Wer ist denn der Fisch?«

»Welcher Fisch?« Pia fühlte sich ertappt.

»Ich habe mich auch mal in so einem Netz verfangen«, Ostermann zog die Augenbrauen hoch. »War eigentlich gar nicht so verkehrt. Vielleicht wäre mehr draus geworden, wenn mir das mit dem Bein nicht passiert wäre.«

Als Bodenstein um kurz vor acht ins Büro kam, war er gereizter Stimmung. Er hörte seinen Mitarbeitern bei der morgendlichen Besprechung kaum zu. Cosima hatte den Zwischenfall vom Montagabend mit keinem Wort mehr erwähnt. Mehr als ihre ungerechten Vorwürfe, die weh taten, belasteten ihn die Sorgen, die er sich um sie machte. Irgendetwas stimmte nicht mit ihr. Heute sollten endlich die Ergebnisse der Blutuntersuchung kommen, und dann … Er bemerkte, dass die Augen seiner Mitarbeiter fragend auf ihn gerichtet waren.

»Ich habe alle Freunde von Jonas erreicht und herbestellt«, wiederholte Ostermann. »Wer kümmert sich um sie?«

»Sie und Frau Fachinger«, bestimmte Bodenstein, »fragen Sie sie, wo sie am Abend von Paulys Tod und am Montagabend waren. Machen Sie ihnen klar, weshalb wir sie nach Bisswunden untersuchen müssen. Außerdem will ich wissen, warum sich Jonas und Lukas gestritten haben. Frau Kirchhoff, Sie sprechen noch mal mit Lukas. Vielleicht kann er im Computer von Jonas nach diesen E-Mails suchen.«

Pia nickte, auch wenn ihr nicht ganz wohl bei dem Gedanken war, Lukas nach diesem nächtlichen Alptraum zu treffen.

»Was ist übrigens mit dieser Sache, mit der Pauly seinem Freund Siebenlist gedroht hat?«

Daran hatte Pia überhaupt nicht mehr gedacht!

»Die Akte liegt auf meinem Schreibtisch«, sagte sie und verschwand, um sie zu holen.

»Gibt es irgendwelche Hinweise aus der Bevölkerung, denen man nachgehen sollte?«, erkundigte Bodenstein sich bei seinen Mitarbeitern. Alle schüttelten den Kopf.

»Mittwochabend hat Deutschland gegen Polen gespielt«, sagte Kathrin Fachinger, »da haben wohl alle vor dem Fernseher gesessen. Wir haben leider überhaupt keine gescheiten Hinweise bekommen.«

Pia kehrte mit einer Akte in der Hand zurück.

»Am 17. August 1982 kam es auf einer Party zu einem Todesfall«, sagte sie. »Ein Mädchen namens Marion Rehmer fiel nach dem Genuss mehrerer Cocktails ins Koma und starb auf dem Weg ins Krankenhaus an einem Zuckerschock. Es hat Ermittlungen wegen fahrlässiger Tötung, unterlassener Hilfeleistung und Körperverletzung gegeben, unter anderem gegen Stefan Siebenlist. Es gab aber keine Beweise, und es kam auch nie zu einer Anklage. Die ganze Sache wurde als Unfall zu den Akten gelegt.«

Zwischen Bodensteins Augenbrauen erschien eine steile Unmutsfalte.

»Geht an die Arbeit«, er erhob sich abrupt. »Wir sehen uns heute Nachmittag. Frau Kirchhoff, Sie kommen in mein Büro.«

Die Runde löste sich unter allgemeinem Stühlerücken auf,

und Pia folgte ihrem Chef mit einem flauen Gefühl im Magen. Bodenstein schloss die Tür hinter sich und drehte sich um.

»Wann haben Sie die Akte gelesen?«, fragte er knapp.

»Als sie gekommen ist«, erwiderte Pia, die sich keinen Reim auf das eigenartige Verhalten ihres Chefs machen konnte.

»Und bei der Lektüre ist Ihnen nichts aufgefallen?«

»N... nein.«

Bodenstein ging hinter seinen Schreibtisch und setzte sich.

»Ich halte Ihnen zugute, dass Sie durch den Mord an Jonas Bock abgelenkt waren«, sagte er förmlich. »Das tote Mädchen hieß Marion Rehmer. Stefan Siebenlist hat eine Bärbel Rehmer geheiratet, und wenn mich mein Gedächtnis nicht im Stich lässt, hat er uns erzählt, dass das Anfang der achtziger Jahre geschehen ist. Die Erbin vom Küchenhaus Rehmer. Waren die Mädchen vielleicht verwandt?«

Pia wurde rot. Das hätte ihr wirklich auffallen müssen.

»Ich habe es tatsächlich übersehen«, gestand sie. »Tut mir leid. Ich fahre gleich zu Siebenlist.«

»Tun Sie das«, sagte Bodenstein kühl, »ich weiß, dass wir ziemlich viel zu tun haben, aber gerade wenn es um einen Mann geht, der für die Tatzeit kein Alibi hat, sollten Sie doch ein wenig aufmerksamer sein.«

»Ja, Chef«, sagte Pia kleinlaut.

»Fragen Sie Siebenlist nach seinem Alibi«, Bodenstein griff nach dem Telefonhörer, um Cosima anzurufen. »Wenn er nicht mehr hat als neulich, nehmen Sie ihn fest.«

Pia nickte, blieb aber noch stehen. Sie glaubte nicht, dass Siebenlist Pauly getötet und danach auch noch abtransportiert hatte. Ihr Verdacht galt Matthias Schwarz. Paulys Hunde kannten ihn, weil er oft genug bei Esther Schmitt gewesen war, sie hätten ihm nichts getan. Außerdem wäre es für Schwarz überhaupt kein Problem gewesen, die Leiche abzutransportieren.

»Was gibt es noch?«, fragte Bodenstein ungehalten.

»Nichts«, sagte Pia und ging hinaus.

Sie fuhr nicht sofort nach Kelkheim, sondern setzte sich an ihren Computer und suchte in den Zeitungsarchiven von 1982 nach Artikeln über den Todesfall. Bei der *Taunus-Umschau* wurde sie fündig, denn die hatte ihr Archiv bis ins Jahr 1973 digitalisiert.

»Was wollte der Chef noch von dir?«, erkundigte sich Ostermann.

»Ich hab was übersehen«, antwortete Pia, die es zu schätzen wusste, dass Bodenstein sie wenigstens nicht vor versammelter Mannschaft heruntergeputzt hatte. Trotzdem hatte sein Verhalten sie verletzt. Sie druckte den Zeitungsartikel aus und hatte ihn gerade durchgelesen, als Bodenstein mit finsterer Miene in ihr Büro kam.

»Sie sind ja noch hier«, fuhr er sie an. Ohne ein weiteres Wort zu sagen, schnappte Pia sich ihre Tasche, stopfte den Ausdruck des Artikels hinein und ging stumm an Bodenstein vorbei hinaus. Sie wusste, dass ihr Chef sich Sorgen um seine Frau machte, aber er musste seinen privaten Frust wahrhaftig nicht an ihr auslassen!

Stefan Siebenlist war alles andere als erfreut, als er Pia durch den Ausstellungsraum seines Möbelgeschäfts kommen sah.

»Ich habe nur wenig Zeit«, sagte er mit einem bemühten Lächeln. Sie verzichtete bei der Erinnerung an seinen feuchten Händedruck auf eine förmliche Begrüßung.

»Ich auch. Machen wir's kurz. Ich habe mir die Akte von dem angeblichen Unfall im Jahr 1982 kommen lassen und …«

»Nicht hier!«, unterbrach Siebenlist sie. »Gehen wir in mein Büro.«

Pia folgte ihm in einen kleinen, vollgestopften Raum neben

der Küchenabteilung. Er schloss die Tür und blieb dicht vor Pia stehen.

»Wieso haben Sie uns nicht gesagt, dass das Mädchen, das damals gestorben ist, Ihre Schwägerin war?« Pia kam gleich auf den Punkt, denn sie wollte dieses Gespräch schnell hinter sich bringen. Sie hatte keine Erklärung dafür, aber Siebenlist flößte ihr körperliches Unbehagen ein.

»Was spielt denn das für eine Rolle?« Seine wässrigen Augen flackerten. »Es war ein Unfall.«

»Marion war die ältere Schwester Ihrer Frau«, antwortete Pia, »sie war verlobt. Sie und ihr Mann hätten das Möbelhaus geerbt.«

»Was wollen Sie damit sagen?«

»Der Tod Ihrer Schwägerin hat sich positiv auf Ihre berufliche Laufbahn ausgewirkt«, Pia sah ihn an.

»Unsinn«, bestritt Siebenlist. »Es gab damals weder eine Anklage noch ein Verfahren gegen mich. Ich habe nichts getan. Was soll das?«

Pia konnte es nicht leiden, wenn ihre Gesprächspartner ihr nicht in die Augen schauten, ganz plötzlich überkam sie wieder das Gefühl der Hilflosigkeit angesichts der körperlichen Überlegenheit eines Mannes. »Ich sage Ihnen, was ich denke«, sie zwang sich zu äußerlicher Gelassenheit. »Pauly wusste, was damals passiert ist, und Sie hatten Angst, dass eine Wahrheit ans Licht kommt, die Sie vierundzwanzig Jahre lang verbergen konnten. Deshalb haben Sie Ihren einzigen Mitwisser getötet.«

Siebenlist fuhr nervös mit der Zunge über seine fleischigen Lippen.

»Marion ist ins Koma gefallen, nachdem sie ein paar Cocktails getrunken hatte. Sie wussten, dass sie Diabetikerin war, erkannten aber unverhofft Ihre Chance, nämlich indem Sie dem Notarzt verschwiegen, was mit dem Mädchen los war.

Marion starb, Ihre Frau erbte das Möbelhaus, Sie wurden Chef.«

»Das können Sie nicht beweisen«, sagte Siebenlist. »Und Sie können mir wegen dieser alten Geschichte kein Mordmotiv andichten.«

»Ach nein? Sie waren wütend auf Pauly, hatten Angst um Ihren Ruf und Ihr Ansehen und sind bei ihm gesehen worden. Für den späteren Abend haben Sie kein Alibi«, Pia zuckte die Schultern. »Das reicht für einen Haftbefehl. Und wenn wir uns noch etwas umhören, werden wir vielleicht mehr erfahren, als Ihnen recht sein kann. Unterlassene Hilfeleistung ist schon schlimm genug.«

»Das ist alles längst verjährt.«

»Im juristischen Sinne ist es das«, Pia ergriff ihr Handy, um einen Streifenwagen zu rufen. »Die Familie Ihrer Frau mag das anders sehen. Haben Sie einen Anwalt? Am besten bestellen Sie ihn gleich aufs Kommissariat. Ich nehme Sie nämlich vorläufig fest.«

Allmählich schien dem Mann zu dämmern, dass sie es ernst meinte.

»Sie können mich doch nicht vor allen meinen Kunden und Mitarbeitern abführen!«, rief er. »Wissen Sie, was das bedeutet? Morgen weiß ganz Kelkheim, dass ich unter Mordverdacht stehe!«

»Bringen Sie mir ein Alibi für den Dienstagabend und erinnern Sie sich, was vor vierundzwanzig Jahren wirklich geschehen ist«, sagte Pia. »Dann können Sie für den Rest Ihres Lebens unbehelligt Betten und Küchen verkaufen.«

»Ich lasse es nicht zu, dass Sie mir wegen so einer alten Geschichte alles ruinieren, was ich mühsam aufgebaut habe«, in Siebenlists Augen blitzte es drohend auf. Er machte einen Schritt in ihre Richtung, und Pia glaubte schon, er wolle sich auf sie stürzen und sie würgen. Aber plötzlich griff er sich an die Brust, schwankte und taumelte. Er lockerte seine Krawatte und stützte sich mit beiden Händen am Schreibtisch ab.

»Erzählen Sie mir jetzt, was ich wissen will, oder soll ich meine Kollegen anrufen? Was haben Sie am Abend des 13. Juni getan, nachdem Sie bei Pauly waren?«

»Mein Herz«, flüsterte Siebenlist mit gepresster Stimme, »o Gott, mir ist schlecht.«

Pia blickte ratlos auf seinen Rücken. Das fehlte noch, dass dieser grässliche Mensch vor ihren Augen zusammenbrach und sie gezwungen war, ihm Erste Hilfe zu leisten! Er riss die Schubladen seines Schreibtisches auf und wühlte in ihnen herum.

»Meine Frau …«, japste Siebenlist und ging in die Knie, »rufen … Sie … meine Frau … bitte …«

Mit einem Röcheln kippte er zur Seite und schlug dumpf auf dem Boden auf. Pia fluchte und riss die Tür auf. Das durfte doch alles nicht wahr sein!

Noch eine ganze Weile, nachdem er aufgelegt hatte, starrte Bodenstein das Telefon an. Er wünschte, das, was Cosima ihm gerade erzählt hatte, hätte ihn beruhigt, aber Blutbild hin oder her, er merkte doch, dass mit ihr seit Wochen irgendetwas nicht in Ordnung war. Dazu kam dieser vertrackte Fall, der sich zu einem zähen, zeitraubenden Geschäft entwickelte. Dauernd öffneten sich neue Abgründe, tauchten Verdächtige mit neuen, starken Motiven auf, die sich bei genauerer Überprüfung aber als Sackgassen entpuppten. Das Telefon klingelte auf der internen Leitung. Es war Ostermann, er klang ungewöhnlich aufgeregt.

»Chef«, sagte er, »ich habe gerade die Fotos von der SIM-Karte aus Jonas' Handy bekommen. Das müssen Sie sich anschauen.«

»Ich komme.« Vielleicht bekam er ja endlich etwas Greifbares in die Hand, mit dem er den nach handfesten Ergebnissen lechzenden Kriminaldirektor Nierhoff glücklich machen konnte. Wenig später betrachtete er die Vergrößerungen der Fotos, die nach einer Spezialbehandlung im Labor nun deutlich zu erkennen waren. Jonas hatte Dokumente, Unterlagen und sogar E-Mails von einem Computermonitor mit seinem Handy abfotografiert.

»Damit sitzt Bock ganz schön in der Klemme«, Ostermann grinste zufrieden. »Ich bin gespannt, wie er das erklären will.«

Bodenstein überflog die Korrespondenz zwischen Bock und einem Sachbearbeiter beim Hessischen Landesamt für Straßen- und Verkehrswesen. Mehrere E-Mails waren hin- und hergegangen, und Jonas hatte alle kopiert. Dasselbe hatte er mit E-Mails zwischen seinem Vater und einem Beamten vom Bundesverkehrsministerium getan. Offenbar hatte keiner von ihnen damit gerechnet, dass diese E-Mails jemals von einem unbefugten Dritten gelesen werden könnten, denn sie hatten sich nicht die Mühe gemacht, irgendetwas zu chiffrieren.

»Das scheint mir wirklich Sprengstoff zu sein«, bestätigte Bodenstein, »und hier haben wir auch Schäfer vom Bauamt in Hofheim. Er hat Bock im Anhang die Angebote der Mitbewerber für den 1. Bauabschnitt der Stadtmitte Nord geschickt.«

»Verbotene Preisabsprache«, Ostermann nickte, »Bestechung, alles da. Was unternehmen wir?«

»Gar nichts. Diese Angelegenheit fällt nicht in unseren Bereich«, sagte Bodenstein. »Sie rufen die Kollegen vom K30 in Frankfurt an und leiten diese Dokumente an sie weiter. Erläutern Sie denen unseren Verdacht. Vielleicht haben sie gegen Bock schon etwas vorliegen.«

Der Notarzt stand mit blinkendem Blaulicht vor dem Eingang des Möbelhauses und sorgte damit für einen Stau auf der Frankfurter Straße. Pia sah schweigend zu, wie die Sanitäter Siebenlist auf einer Trage aus seinem Geschäft trugen. Die feindseligen und vorwurfsvollen Blicke von Ehefrau und Belegschaft hielten sie nicht davon ab, einen Streifenwagen zu rufen, der den Notarztwagen ins Krankenhaus eskortieren sollte. Ob Siebenlist sich durch einen vorgetäuschten Herzanfall einer Verhaftung entziehen wollte oder ob der Anfall echt war – das würde sich herausstellen. Viel mehr als das beschäftigte Pia ihre Panik, als sie geglaubt hatte, Siebenlist wolle sich auf sie stürzen. Hatte sie keine Nerven mehr für ihren Beruf? Die Türen knallten, die Sirene heulte auf, und der Krankenwagen setzte sich in Bewegung. Pia atmete erleichtert auf und überquerte die Frankfurter Straße. Sie hatte ihr Auto im Hof der Kelkheimer Polizeistation geparkt und ging nun die Bahnstraße entlang, vorbei an der Metzgerei Conradi bis zum Bistro Grünzeug. Zu ihrer Überraschung stand die Eingangstür offen, und ein junger Mann schleppte gerade das große hölzerne Werbeschild auf die Straße, auf dem die Angebote des Tages angekündigt wurden. In dem Moment hielt eine schwarze M-Klasse direkt vor der Tür des Grünzeug, und eine blonde Frau stieg aus. Im lindgrünen Kostümchen, mit einer riesigen Paris-Hilton-Sonnenbrille auf der Nase und hohen Absätzen stöckelte Mareike Graf die Treppenstufen hinauf und verschwand im Innern des Bistros.

»Was macht die denn hier?«, murmelte Pia und beschloss, sich näher an das Haus heranzuwagen. Sie schlenderte am Bistro vorbei. Das Tor zum Hof stand offen. Pia spähte um die Ecke. An einem der Tische in der Sonne saß Esther Schmitt. Wie sie richtig vermutet hatte, war sie wohl gegen Kaution auf freien Fuß gesetzt worden. Mareike Graf kam aus der Tür des Bistro, dann begrüßten sich die beiden Frauen, die sich vor ein paar Tagen noch geprügelt und übel beschimpft hatten, und setzten sich einträchtig zusammen an den Tisch. Von ihrem Gespräch konnte Pia nichts verstehen. Wieso hatten die beiden eine Feindschaft vorgetäuscht, die in Wirklichkeit nicht existierte? An der ganzen Sache war irgendetwas faul.

Eine Viertelstunde später reichte ihr Mareikes Ehegatte die Hand.

»Meine Frau ist leider nicht da«, sagte Graf, nachdem er Pia in das gläserne Besprechungszimmer geführt hatte. »Sie hat ein paar Besichtigungstermine auf verschiedenen Baustellen. Soll ich sie anrufen?«

»Ihre Frau ist auf keiner Baustelle«, Pia betrachtete den Mann. Er tat ihr leid, denn er war völlig arglos und hatte keinen blassen Schimmer von dem, was seine Frau hinter seinem Rücken trieb.

»Sie sitzt zusammen mit Esther Schmitt im Hof des Grünzeug in Kelkheim. Ich habe sie dort vor zehn Minuten noch gesehen.«

»Ja, aber ...«, begann Graf, verstummte aber wieder.

»Hat Ihre Frau Ihnen erzählt, weshalb sie am Montag festgenommen wurde?«, fragte Pia.

»Ja«, Architekt Graf nickte, »die Polizei hat ihr vorgeworfen, sie hätte den Brand gelegt.«

»Falsch«, Pia schüttelte den Kopf, »sie wurde festgenommen, weil sie kein Alibi für die Zeit hatte, als ihr Exmann ermordet wurde.«

»Ich verstehe nicht ganz«, der arme Manfred Graf sah verstört aus. »Was soll Mareike denn mit dem Tod von Pauly zu tun haben?«

»Im Endeffekt nichts«, sagte Pia, »sie hat uns dann ja ein Alibi gegeben. Sie war mit Herrn Conradi zusammen.«

»Mit dem Metzger aus Kelkheim?«, fragte Graf erstaunt nach.

»Ja«, nickte Pia, »Ihre Frau sagte, Sie würden ihr Verhältnis mit Conradi akzeptieren, weil Sie vor Jahren an Krebs erkrankt waren und seitdem impotent sind.«

Manfred Graf hörte Pia mit wachsender Fassungslosigkeit zu. Er wurde abwechselnd blass und rot im Gesicht.

»Haben Sie etwa nichts davon gewusst?«, fragte Pia nach.

»Nein.« Manfred Graf setzte sich und trank einen Schluck Perrier. Er sah erschüttert aus. »Weder hatte ich Krebs, noch bin ich impotent.«

»Über die Vorstrafen Ihrer Frau sind Sie aber im Bilde, oder?«

»Vorstrafen?« Der Architekt machte den Eindruck, als ob er nicht mehr viele Neuigkeiten über seine Angetraute ertragen konnte.

»Sie und Ihre Frau kennen sich doch von der Uni«, sagte Pia, »also schon ziemlich lange. Dann müssen Sie doch wissen, dass sie zuletzt im Jahr 2003 wegen Nötigung und Körperverletzung zu einer Bewährungsstrafe verurteilt worden ist.«

»Ich weiß nicht, woher Sie diesen Unsinn mit der Uni haben«, erwiderte Manfred Graf matt. »Mareike hat vor ungefähr fünf Jahren hier in meinem Büro als Sekretärin angefangen.«

»Als Sekretärin?« Nun war es an Pia, erstaunt zu sein. »Sie sagte uns, sie hätte Architektur studiert.«

»Hat sie auch. Drei oder vier Semester«, sagte Graf. »Als ich sie kennenlernte, jobbte sie als Kellnerin. Sie lebte in Scheidung und brauchte Geld. Ich habe mich in sie verliebt, drei Tage nach ihrer Scheidung haben wir geheiratet. Ich bin …«

Das Läuten des Telefons auf dem Tisch unterbrach ihn

mitten im Satz. Er blickte zu der Dame am Empfang hinüber, die wild gestikulierte. Mit einem Seufzer nahm er den Hörer ab und hörte ein paar Sekunden zu.

»Sagen Sie, dass ich gleich zurückrufe«, sagte Graf, »nein … nein … das ist mir egal, auch wenn es Bock persönlich ist.«

Damit legte er auf, nahm seine Brille ab und rieb seine Nasenwurzel mit Daumen und Zeigefinger.

»Bock?«, fragte Pia neugierig nach. »Dr. Carsten Bock?«

»Ja«, Graf setzte wieder die Brille auf. Er sah plötzlich alt und deprimiert aus. Pia bedauerte, dass sie ihm lauter schreckliche Wahrheiten hatte sagen müssen.

»Die Bock Hoch- und Tiefbau ist unser größter Auftraggeber«, sagte er. Seine Augen hatten jeden Glanz verloren. »Im Augenblick planen wir für sie ein großes Projekt in Kelkheim und ein anderes in Wiesbaden. Aber nach alldem, was ich gerade gehört habe, überlege ich, ob ich nicht doch auf sein Angebot eingehe.«

»Was für ein Angebot?«

»Bock möchte gerne ein eigenes Architekturbüro haben. Bisher war ich stolz auf meine Selbständigkeit und habe abgelehnt, aber ich glaube, ich denke noch einmal darüber nach.«

»Tun Sie's nicht«, sagte Pia impulsiv.

»Wieso?« Ein Funken Neugier erschien in Grafs Augen. »Wissen Sie etwas über Bock? Kennen Sie ihn?«

»Kennen wäre zu viel gesagt«, antwortete Pia, »ich habe ihn zweimal gesehen.«

»Sie mögen ihn nicht, stimmt's?« Graf verzog sein Gesicht zu einem traurigen Lächeln. »Ich auch nicht. Vor allen Dingen traue ich ihm nicht über den Weg. Aber meine Frau drängt mich, sein Angebot anzunehmen.«

Pia ahnte, weshalb. Eine Scheidung von einem steinreichen Privatier war lukrativer als die von einem nur einigermaßen wohlhabenden Architekten. »Denken Sie besser noch mal darüber nach«, Pia legte ihm ihre Karte hin. »Ach, eine Frage noch. Ihre Frau hatte am Freitagabend einen heftigen Streit mit Esther Schmitt. Heute sitzen die beiden am Tisch, als seien sie die besten Freundinnen. Können Sie sich das erklären?«

»Vielleicht verstehen Sie sich jetzt, wo Pauly tot ist, wieder besser«, sagte Graf.

»Wieso wieder?«, fragte Pia verwundert.

»Mareike und Esther waren früher zusammen in der Schule und tatsächlich die besten Freundinnen. Bis zu diesem Vorfall.«

»Welchem Vorfall?« Pia wurde neugierig.

»Esther war mit Gunter Schmitt, Paulys bestem Freund, zusammen, die vier waren eng miteinander befreundet. Schmitt erkrankte an ALS. Er hat Esther vier Tage vor seinem Tod geheiratet, als er sich schon überhaupt nicht mehr bewegen konnte und auf der Intensivstation lag. Pauly hat Esther getröstet, als Schmitt gestorben ist. Ein bisschen zu intensiv vielleicht. Mareike hat die beiden am Tag nach Schmitts Beerdigung zusammen im Bett überrascht. Da war die Freundschaft beendet.«

Pia begann zu verstehen.

»Das Haus, in dem das Grünzeug ist, hat Esthers verstorbenem Mann gehört?«

»Genau«, Graf nickte bestätigend. »Esther hat nicht nur das Haus in der Bahnstraße geerbt, sondern auch noch Immobilien in Frankfurt.«

Er lächelte plötzlich.

»Da konnte Mareike mit ihrem kleinen Häuschen nicht mithalten. Pauly hatte ihr angeboten, bei ihnen wohnen zu bleiben. Aber aus dem Schlafzimmer hätte sie ausziehen müssen.«

»Es war also gar nicht Mareike, die sich von Pauly getrennt hatte«, stellte Pia fest.

»O nein«, erwiderte Manfred Graf, »das war genau andersherum.«

Das Haus der van den Bergs lag ganz am Ende der Freiligrathstraße in Bad Soden und war von der Straße aus nicht einzusehen. Auf Pias Klingeln meldete sich eine weibliche Stimme. Wenig später summte der Türöffner, und Pia betrat das weitläufige Grundstück. Sie folgte dem gepflasterten Fußweg neben der Auffahrt bis hoch zum Haus, einem Bungalow mit vergitterten Fenstern, der sich unter ein mächtiges Schieferdach mit halbrunden Dachgauben duckte. Vor der Doppelgarage parkte ein Smart. Die Haushälterin erwartete Pia bereits in der geöffneten Haustür.

»Lukas ist krank«, sagte sie mit einem osteuropäischen Akzent.

»Ich werde ihn nicht lange stören«, versicherte Pia, »aber ich muss ihn dringend sprechen.«

Im Innern war das Haus größer, als man von außen annehmen konnte. In der Empfangshalle mit dem spiegelnden Marmorboden im Schachbrettmuster hätte ein Ball stattfinden können, die Bilder an den Wänden waren sicherlich echt und ein Vermögen wert. Pia kannte die Häuser richtig reicher Leute in Frankfurt: Dieses Haus stand ihnen in nichts nach. Sie folgte der Haushälterin eine Treppe hinauf unter das Dach. Ob Lukas an ihr auch seine Verführungskünste ausprobiert hatte? Die Frau blieb vor einer Tür stehen und klopfte an.

»Sie haben Besuch, Lukas!«, rief sie und öffnete die Tür. Dann trat sie zur Seite und ließ Pia eintreten. Das Zimmer war erstaunlich spartanisch eingerichtet. Ein Einbauschrank, ein Bett unter der Dachschräge, ein Schreibtisch unter der Gaube. Auf einem Tisch stand ein aufgeklappter Laptop,

Kleider lagen auf dem Boden herum, an der Wand hing dasselbe große Panoramafoto wie im Zimmer von Jonas Bock, allerdings in einer etwas kleineren Dimension. Über dem Schreibtisch waren Fotos an die Wand gepinnt. Pia blickte zum Bett hinüber. Als der Junge sich umdrehte und sie anblickte, zuckte sie unwillkürlich zusammen. Genauso hatte er letzte Nacht in ihrem Traum ausgesehen, so traurig mit geschwollenen Augen und wirren Haaren.

»Hallo«, murmelte er, »tut mir leid, dass ich hier so liege, aber mir geht's total dreckig.«

»Das sehe ich. Vielleicht sollte ich dich besser ins Krankenhaus fahren«, Pia war ernsthaft besorgt. Der Junge war in keinem guten Zustand, dazu staute sich unter dem Dach die Hitze. Es war erstickend heiß.

»Nein, ich will nicht ins Krankenhaus«, Lukas' Blick fiel auf die Haushälterin, die immer noch in der Tür stand.

»Sie können gehen, Irina«, sagte er, »und rufen Sie nicht gleich meinen Vater an. Es ist alles okay.«

Die Frau drehte sich kommentarlos um und schloss die Tür hinter sich.

»Mein Vater hat diese russische Spionin als Aufpasserin für mich eingestellt«, er ließ sich wieder in die Kissen sinken. »Hin und wieder macht er's mit ihr und glaubt, ich würde es nicht merken. Aber es ist wohl sein einziger Spaß. Ich gönne es ihm.«

»Wo ist deine Mutter?« Pia ging zum Fenster und öffnete es weit, dann ergriff sie den Schreibtischstuhl und rückte ihn neben das Bett.

»In Boston«, Lukas verzog das Gesicht, »am MIT. Sie hat dort eine Gastprofessur für Elektrotechnik und Informatik.«

»Ach«, Pia war erstaunt.

»Die erste Ehe meines Vaters war kinderlos«, sagte Lukas mit einem sarkastischen Unterton. »Er hat beschlossen, sein wertvolles Erbgut nur mit einer Intelligenzbestie zu kreuzen, wie er selbst eine ist. Meine Mutter – seine zweite Frau – erschien ihm geeignet.«

Er lachte unfroh.

»Den ersten Intelligenztest haben sie mit mir gemacht, als ich dreizehn Monate war – wahrscheinlich um sicherzugehen, dass ich mich nicht als Fehlinvestition erweisen würde. Bei einem IQ unter 150 hätten sie mich wohl zur Adoption freigegeben.«

Die Bitterkeit in seiner Stimme tat Pia in der Seele weh. Das klang nicht nach einer glücklichen, unbeschwerten Kindheit. Sie dachte an das, was Sander ihr über die van den Bergs erzählt hatte.

»Wie verstehst du dich mit deinen Eltern?«, fragte sie.

»Ich arbeite daran, ihren Erwartungen gerecht zu werden«, erwiderte Lukas matt. »Vielleicht schaffe ich es eines Tages mit dem Nobelpreis. Bis dahin versuche ich, mich ihren Kontrollen zu entziehen, so gut ich kann. Ich wette, die Spionin ruft meinen Vater in dieser Sekunde schon an, um ihm zu sagen, dass die Polizei bei mir ist.«

»Hat er einen Grund, dir zu misstrauen?«

»Mein Vater traut grundsätzlich niemandem«, Lukas schnitt eine Grimasse. »Er leidet unter einem pathologischen Kontrollzwang.«

Er starrte nachdenklich an die Decke.

»Dein Vater glaubt, du hättest Pauly Geld gegeben«, sagte Pia, die sich an ihr erstes Gespräch mit Dr. Sander erinnerte, an dem Tag, an dem Paulys Leiche gefunden worden war. In Lukas' Augen blitzte ein Funke auf, der gleich wieder erlosch.

»Ja, das glaubt er«, bestätigte er, »stimmt aber nicht. Ich habe seine Kohle gewinnbringend investiert, nämlich in unsere Firma.«

Dann besann er sich.

»Nein«, murmelte er, »nicht mehr ›unsere‹ Firma. Jo ist ja nicht mehr da.«

»Apropos«, nutzte Pia die passende Gelegenheit, zum Anlass ihres Besuchs zu kommen. »Ich wollte dich bitten, für mich im Computer von Jonas etwas nachzuschauen. Ich vermute, du weißt, wo er ist, oder?«

Lukas nickte, verzog das Gesicht und rieb sich die Augen.

»Ich vermisse Jo. Wir hatten so viele Pläne zusammen, und jetzt ... ist er einfach nicht mehr da.«

»Stimmt es, dass ihr euch gestritten habt? Weshalb?«

»Wer behauptet das«, fragte Lukas misstrauisch, »etwa Tarek?«

»Wie kommst du auf ihn?«

»Weil er mitbekommen hat, dass Jo und ich in einer Sache eine Meinungsverschiedenheit hatten«, Lukas seufzte, »das kommt vor, wenn man zusammenarbeitet. Aber ein Streit war das nicht.«

»Warst du deshalb nicht auf Jonas' Geburtstagsparty?«

Lukas zögerte für den Bruchteil einer Sekunde.

»Ich musste arbeiten. Ich wollte Esther nicht hängen lassen, wie es die anderen gemacht haben.«

Pia betrachtete nachdenklich sein Gesicht. Offenbar hatte zwischen den Firmeninhabern nicht nur eitel Sonnenschein geherrscht. Lukas drehte sich auf die Seite, stützte das Gesicht in seine unverletzte Hand und sah Pia unverwandt an. Die Sonne, die durch die Ritzen der Jalousien fiel, zeichnete helle Streifen an die Wand des Zimmers und verlieh den ungewöhnlich grünen Augen des Jungen einen goldenen Glanz.

»Ich bin echt traurig wegen Ulli und Jo«, sagte er leise. »Aber wenn das nicht passiert wäre, hätte ich Sie nie kennengelernt. Ich träume jede Nacht von Ihnen.«

Ohne den Blick von ihren Augen zu wenden, warf er die

Bettdecke zurück. Er trug nur eine Unterhose. Wovon genau er träumte, war kaum zu übersehen. Pia klopfte das Herz in Erinnerung an ihren gestrigen Alptraum bis in den Hals, und sie überlegte, ob Lukas sie in Verlegenheit bringen oder verführen wollte.

»Die männliche Physiognomie beeindruckt mich nicht mehr besonders«, sagte sie mit einer Gelassenheit, die sie nicht empfand. »Ich habe schon ziemlich viele nackte Männer gesehen.«

»Echt?«

»Mein Mann ist Rechtsmediziner«, erklärte Pia. »Was meinst du, wie viele männliche Leichen ich auf seinem Sektionstisch gesehen habe? Und sie waren alle nackt.«

Während nebenan im Badezimmer das Wasser einer Dusche rauschte, betrachtete Pia die Fotos an der Wand über dem Schreibtisch. Es waren vorwiegend Schnappschüsse von jungen Leuten. Mehrere zeigten Lukas und Antonia, eng umschlungen, Arm in Arm, auf einem Moped, zusammen mit Jonas, Svenja und Tarek Fiedler. Ein paar Minuten später kehrte Lukas mit feuchten Haaren zurück ins Zimmer, um seine Hüften hatte er ein Handtuch geschlungen. Offenbar scheute er den Vergleich mit Pias Vergleichsmaterial aus der Rechtsmedizin.

»War Antonia mal deine Freundin?«, fragte Pia und deutete auf eines der Fotos. Lukas zog ein frisches T-Shirt aus dem Schrank und streifte es über den Kopf. Dann schlüpfte er in eine Unterhose.

»Toni ist immer noch meine Freundin«, erwiderte er, »aber nicht so, wie Sie denken. Sie ist meine *beste* Freundin. Wir haben noch nie miteinander geschlafen. Sex macht nämlich alles kaputt.«

»Habt ihr etwas Neues erfahren?«, erkundigte sich Bodenstein bei seinen Mitarbeitern.

»Nichts«, Kathrin Fachinger schüttelte missmutig den Kopf. »Keiner hatte auch nur einen Kratzer. Die letzten beiden, die Jonas Bock lebend gesehen hatten, waren Franjo Conradi, der Sohn des Metzgers, und Lars Spillner alias Dean Corso.«

Vier Stunden lang hatten Ostermann und sie zwölf junge Männer und drei Mädchen aus der Clique um Jonas Bock vernommen. Jedem von ihnen hatten sie dieselben Fragen gestellt: Wie lange warst du auf der Party von Jonas? Hattest du Streit mit ihm? Weißt du, ob er mit jemandem Streit hatte? Hatte er sich in der letzten Zeit verändert? Sie alle hatten sich widerspruchslos nach Bisswunden untersuchen und DNA-Proben von der Mundschleimhaut abnehmen lassen.

»Die Party war um halb elf zu Ende«, ergänzte Ostermann, »Jonas war betrunken und hat sie beschimpft. Jeder von ihnen hatte nachmittags diese E-Mail von Jonas bekommen, aber niemand kann sich einen Reim darauf machen.«

»Was haben sie an dem Abend gemacht, an dem Pauly getötet wurde?«, wollte Bodenstein wissen.

»Einige waren im Grünzeug«, Kathrin Fachinger blätterte in den Protokollen, »ein paar von ihnen waren mit Jonas in der Public Viewing Area am Eiscafé San Marco zum Fußballgucken. Er hat ziemlich viel getrunken. Kurz nach der Halbzeitpause ist Svenja aufgetaucht und wollte mit ihm reden, aber er hat sie abblitzen lassen.«

»Wusste jemand von Svenjas Schwangerschaft?«

»Nein.«

»Hat jemand den Mann auf dem Foto mit Svenja erkannt?«, fragte Bodenstein.

»Angeblich niemand«, Ostermann rieb sich erschöpft den Nacken. »Pia hat vorhin angerufen. Stefan Siebenlist hat kein

Alibi. Als sie ihn festnehmen wollte, bekam er einen Herzanfall. Er ist jetzt im Krankenhaus.«

Ostermann fasste in kurzen Worten zusammen, was Pia über Siebenlist, Mareike Graf und Esther Schmitt berichtet hatte.

»Die beiden waren früher die dicksten Freundinnen, bis Esther Mareike den Mann ausgespannt hat.«

»Wer? Wen?«, fragte Bodenstein irritiert.

»Pia war bei Manfred Graf«, sagte Ostermann. »Sie hat erfahren, dass Graf weder Krebs hatte noch impotent ist. Pauly hatte Mareike verlassen, nachdem Esther von ihrem verstorbenen Mann geerbt hatte und dadurch zu einer besseren Partie wurde.«

Bodenstein runzelte nachdenklich die Stirn. Hatten sich Mareike Graf und Esther Schmitt nach Jahren der Feindschaft wieder versöhnt, um gemeinsam Profit aus Paulys Tod zu schlagen? Und Siebenlist als Paulys Mörder? Durchaus vorstellbar. Der Mann hatte viel zu verlieren.

Die große Halle im Kelkheimer Gewerbegebiet wirkte von außen unscheinbar und unbenutzt. Zwischen den Waschbetonplatten wuchs Unkraut, allerhand Unrat und Holzabfälle lagerten auf dem Gelände. Lukas führte Pia um das Gebäude herum bis zur Rückseite und schloss eine durch Kameras gesicherte Eisentür auf. Sie betraten eine Halle, die bis auf ein paar verstaubte Regale vollkommen leer war. Durch die blinden Glasfenster fiel nicht mehr als ein dämmeriges Zwielicht.

»Sind wir hier richtig?« Pias Stimme hallte in dem großen Raum.

»Ja«, Lukas ging auf eine schwere Eisentür am hinteren Ende der Halle zu. »Das ganze Equipment ist ein Vermögen wert. Das können wir nicht einfach mitten in die Halle stellen, wo es jeder sehen könnte.«

Die Eisentür war gesichert wie Fort Knox. Kameraüberwachung, ein Kartenlesegerät wie im Grünzeug, dazu musste noch ein Code eingegeben werden, bis die Tür aufging. Lukas drückte auf einen Lichtschalter, eine Neonröhre an der Decke flackerte auf und spendete bläulich fahles Licht in dem fensterlosen Raum.

»Willkommen in der Zentrale der Off Limits Internetservices«, sagte Lukas, und Pia blieb der Mund offen stehen. Unversehens fand sie sich in einer Art Hightechlabor wieder, das nur sehr entfernt an das Hinterzimmer mit den Computern erinnerte. Die Tische standen in einer langen Reihe, Pia zählte vierzehn Flachbildschirme, die sich jeweils gegenüberstanden. Das Gewirr von Kabeln, das über den gefliesten Boden verlief, war beachtlich. Ringsum an den Wänden standen Regale, in die blinkende und summende Geräte eingebaut waren. Eine Klimaanlage sorgte für eine Temperatur, die Pia nach den 30 Grad draußen als unangenehm kalt empfand.

»Du liebe Güte!«, rief sie fassungslos. »Das könnt ihr doch unmöglich an einem Sonntag hierher geschafft haben!«

»Haben wir auch nicht«, Lukas lächelte. »Unser Rechenzentrum war schon immer hier. Die Computer im Grünzeug waren quasi unsere Versuchsobjekte.«

»Was ist das hier?« Pia trat näher an die Konsolen heran, betrachtete die Lichtchen und Schalter, Regler und Leuchtdioden.

»Das ist das Herzstück von Off Limits – unser eigener Server«, erklärte Lukas nicht ohne Stolz. »Wir bieten unseren Kunden eigene Hosts an. Das heißt, ein Kunde mietet bei uns einen Host, er kann sich von seinem PC zu Hause auf unserem Server einloggen und bequem seine Webseite verwalten und bearbeiten. Wir entwerfen Webseiten für unsere Kunden nach ihren Vorstellungen, und ich habe eine Software geschrieben, einen Editor, mit dem die Kunden online an ihrer Webseite arbeiten können, so simpel wie Word.«

»Aha«, Pia verstand allmählich, um was es ging, und war beeindruckt. »Wer hat das hier denn alles zusammengebaut?«

»Wir selbst, nach und nach«, Lukas grinste belustigt. »Dafür habe ich die Kohle von meinem Vater gebraucht.«

»Und wer ist ›wir‹?«, wollte Pia wissen.

»Jo, Tarek und ich sind die Geschäftsführer«, sagte er, dann korrigierte er sich, »waren, meine ich. Jetzt sind es wohl nur noch Tarek und ich.«

Er lächelte, ein bisschen stolz und ein bisschen traurig.

»Wir haben noch zwei Programmierer, Fischi und Franjo. Lars ist für das Netzwerk zuständig, Markus macht die Buchhaltung, schreibt die Rechnungen und so weiter.«

»Eine richtige Firma«, stellte Pia fest.

»Genau«, Lukas setzte sich an den ersten Computerbildschirm. »Mit Steuernummer und Handelsregistereintrag.«

»Ich verstehe nicht, weshalb du das heimlich machst«, Pia setzte sich auf einen der Rollhocker. »Dein Vater müsste vor Stolz doch platzen, wenn er das hier sieht.«

»Mein Vater«, Lukas lockerte mit den Fingern den Verband an seiner rechten Hand und verzog das Gesicht, »ist alles andere als stolz. Er hält das hier für sinnlosen Zeitvertreib und will, dass ich Banker werde. Eigentlich erstaunlich, dass ein Mann in seiner Position einen derart beschränkten Horizont hat.«

»Wann kümmerst du dich um das hier alles?«, fragte Pia neugierig.

»Meistens nachts«, Lukas lächelte sie an, »aber Tonis Vater hat Verständnis, dass ich jetzt keine Zeit mehr habe, diese Farce mit dem Praktikum im Zoo weiterzuspielen.«

In dem Moment, als er sich an den Rechner gesetzt hatte,

ging eine Verwandlung mit ihm vor, und Pia erkannte voller Respekt, dass dies hier wirklich seine Welt war. Während er hochkonzentriert und ohne die Augen vom Bildschirm zu wenden im geheimnisvollen Innern der miteinander vernetzten Computer nach dem suchte, worum Pia ihn gebeten hatte, ließ sie ihren Blick durch den Raum wandern. An einer Wand hing das Panoramafoto, das sie mittlerweile schon kannte. Auf diesem fehlte allerdings die rote Linie, die die Trasse der B8 darstellte. Sie stand auf und schlenderte hin. Aus der Nähe betrachtet sah das Foto anders aus als jenes, das bei Jonas und Lukas an der Wand hing. Es war kein Foto, sondern eher ein Stadtplan, eingeteilt in ein Netz von Buchstaben und Nummern. Pias Blick fiel auf einen Schriftzug am oberen Rand des Bildes. *»Make your most terrific discovery – sign up to your Double Life!«*

»Hier«, sagte Lukas plötzlich, und sie wandte sich um, »das muss es sein. Wow, er hat sich in den Rechner von seinem Alten gehackt.«

Ein anerkennendes Lächeln flog über sein Gesicht, verlosch aber gleich wieder.

»Was brauchen Sie?«, fragte er nüchtern.

»Am besten die ganze Festplatte.«

»Das geht leider nicht. Der Rechner gehört zum Netzwerk«, Lukas rollte mit dem Stuhl zu einem anderen Schreibtisch und öffnete eine Schublade, »aber ich kopiere Ihnen den ganzen Kram auf einen USB-Stick. Dann können Sie sich raussuchen, was Sie brauchen.«

Er arbeitete schweigend und konzentriert.

»Fertig«, sagte er nach einer Weile und reichte Pia einen kleinen silbernen Gegenstand.

»Danke«, sie lächelte. »Wusstest du eigentlich, dass Pauly dir und deinen Freunden eine Menge Geld hinterlassen hat?«

Der Junge blickte sie erstaunt an.

»Unsinn«, sagte er, »Ulli war arm wie eine Kirchenmaus.«

»Nicht ganz. Er hat euch für eure Firma ein Aktienpaket im Wert von ungefähr achtzigtausend Euro hinterlassen.«

Lukas' Finger lagen still auf der Maus. Sein versteinertes Gesicht wirkte im Neonlicht totenbleich, er schluckte krampfhaft.

»Warum sagen Sie so etwas?«, fragte er mit belegter Stimme.

»Weil es so ist. Meine Kollegin war bei der Testamentseröffnung.«

Lukas starrte Pia stumm an, dann senkte er den Kopf und stützte seine Stirn in die unverletzte linke Hand. Bestürzt erkannte sie, dass er weinte.

»Lukas ...«, sie wollte zu ihm gehen, ihn trösten oder sich dafür entschuldigen, dass sie ihm weh getan hatte, aber er machte eine abwehrende Handbewegung. Die Nachricht, dass Pauly ihn in seinem Testament so großzügig bedacht hatte, schien ihm einen Schock versetzt zu haben.

»Nicht«, flüsterte er mit mühsamer Beherrschung, »bitte. Ich möchte jetzt alleine sein.«

Pia nickte und ergriff ihre Tasche. Als sie sich an der Tür noch einmal zu ihm umdrehte, hatte er das Gesicht auf die Tastatur gelegt, und seine Schultern zuckten.

Bodenstein erhob sich und ging ins benachbarte Büro. Pia Kirchhoff war zurück. Sie, Behnke und Kathrin Fachinger standen hinter Ostermann und blickten über dessen Schultern auf den Monitor.

»Was gibt's?«, erkundigte Bodenstein sich.

»Ich habe die Beweise, die Pauly gegen Bock in der Hand hatte«, erklärte Pia, ohne ihn anzusehen. »Lukas hat die gesamte Korrespondenz zwischen Bock und Leuten in verschiedenen Ämtern und Ministerien von Jonas' Rechner kopiert.«

Sie trug ihm seine harsche Zurechtweisung vom Morgen noch immer nach. Bodenstein tat so, als bemerke er es nicht.

»Lässt sich daraus etwas machen?«, fragte er.

»Ich denke schon«, Ostermann nickte. »Unsere Kollegen werden jubeln. Jonas muss sich regelmäßig in den Computer seines Vaters gehackt haben. Es dauert eine Weile, bis ich alle Daten gesichtet habe.«

»Sie haben drei Stunden«, sagte Bodenstein. »Wir fahren in der Zwischenzeit zum Hof von Schwarz, Haftbefehl und Durchsuchungsbeschluss sind auf dem Weg hierher. Frau Matthes hat mir bestätigt, dass sie Matthias Schwarz in der Nacht des Brandes erkannt hat, als er das Haus verlassen hat.«

»Deshalb können wir ihn nicht verhaften«, Behnke machte ein langes Gesicht. Bodenstein entging sein wiederholter Blick zur Uhr nicht.

»Haben Sie etwas Dringendes vor heute Abend?«, fragte er scharf.

»Nein«, Behnke zuckte verstimmt die Schultern. Natürlich hatte er etwas vor. Brasilien spielte gegen Japan. Bodenstein verspürte einen Anflug von Schadenfreude. Nicht nur ihm war der Abend verdorben. In der gleichen Sekunde schämte er sich für diesen Gedanken. Sonst war er ein ausgeglichener Mensch, der Kollegen, Vorgesetzten und Verdächtigen eher mit seiner ruhigen Gelassenheit auf die Nerven ging.

»Wir verhaften Schwarz auch nicht wegen des Brandes«, sagte er, »aber wenn er kein tadelloses Alibi für den Dienstagabend vorweisen kann, ist er wegen Mordverdacht dran.«

»Und wenn er ein Alibi hat?«, erkundigte sich Kathrin Fachinger.

»Dann nehmen wir Svenja in die Zange«, antwortete Bodenstein und fügte hinzu: »Das hätte sowieso längst geschehen müssen.«

Pia Kirchhoff blickte ihn vorwurfsvoll an.

»Ihr Freund wurde am Montag ermordet«, sagte sie kühl. »Sie ist schwanger und labil. Ich musste befürchten, dass sie sich etwas antut, wenn ich ihr noch ein paar Fragen mehr gestellt hätte.«

Ostermann, Behnke und Fachinger wechselten rasche Blicke. Weder war ihnen die unterschwellige Aggressivität ihres Chefs noch die Spannung zwischen ihm und Pia entgangen, aber niemand hatte eine Erklärung dafür.

»Sagen Sie mir Bescheid, wenn der Haftbefehl da ist«, Bodenstein ging in sein Büro und schlug die Tür ein wenig heftiger hinter sich zu als beabsichtigt. Dann griff er zum Telefon und rief Cosima an.

»Du schaffst es nicht, stimmt's?«, meldete sie sich.

»Vielleicht doch«, erwiderte Bodenstein unglücklich. Cosima klang so gelassen wie immer, wenn er ihr wegen eines unvorhergesehenen Ereignisses kurzfristig absagen musste. Das geschah nicht zum ersten Mal. Aber zum ersten Mal dachte er daran, dass es sie störte, wenn er das tat.

»Ich habe ein schlechtes Gewissen, seit du gesagt hast, mir wären meine Fälle wichtiger als alles andere. Das stimmt nämlich nicht. Nur manchmal kann ich eben nicht einfach alles stehen und liegen lassen.«

»Ach, das habe ich doch nicht so gemeint«, sie lachte etwas. »Ich war an dem Abend schlecht drauf.«

»Vielleicht warst du aber einfach nur ehrlich und hast das gesagt, was du wirklich denkst«, beharrte Bodenstein.

Einen Moment lang war es still.

»Ich weiß seit über zwanzig Jahren, dass du gelegentlich länger arbeiten musst«, sagte Cosima ernst. »Ich mache dir keinen Vorwurf draus.«

Sie sagte genau das, was er hatte hören wollen, aber es gefiel ihm nicht. Er hätte das Thema jetzt auf sich beruhen lassen sollen, aber er konnte nicht. Irgendetwas in ihm suchte Streit.

»Das heißt, es ist dir recht, dass ich länger arbeiten muss.«

»Was ist denn in dich gefahren?«, fragte Cosima verwundert. »Das habe ich doch gar nicht gesagt!«

»Aber gemeint.«

»Hör mal«, Cosimas Stimme wurde schärfer, »ich entschuldige mich hiermit in aller Form dafür, dass mir unbedacht Worte herausgerutscht sind. Ich habe Verständnis für deine Arbeit, so wie du Verständnis für meine hast. Okay? In Zukunft werde ich genau aufpassen, was ich sage, jetzt, wo ich weiß, dass du plötzlich jedes Wort auf die Goldwaage legst!«

»Ich lege …«, begann Bodenstein heftig, aber Cosima ließ ihn nicht zu Wort kommen.

»Du weißt, wo wir heute Abend sind«, unterbrach sie ihn. »Ich freue mich, wenn du es schaffst, hinzukommen. Und wenn nicht, bin ich nicht sauer auf dich. Bis später.«

Bodenstein starrte auf den Hörer in seiner Hand. Heißer Zorn kochte in ihm hoch, Zorn auf sich selbst und auf Cosima, weil sie recht hatte und er nicht. In dem Moment klopfte es an der Tür. Pia trat ein und schloss die Tür hinter sich.

»Ist der Haftbefehl da?«, schnauzte Bodenstein.

»Nein.«

»Warum stören Sie mich dann?«

»Wenn Sie zu stolz sind, den ersten Schritt zu machen, dann tue ich das eben«, sagte sie furchtlos. »Ich kann nicht gescheit arbeiten, wenn ich innerlich dauernd darauf warte, dass Sie in die Luft gehen wie eine Rakete.«

Bodenstein öffnete schon den Mund zu einer heftigen Entgegnung, aber plötzlich stellte er fest, dass sein Zorn verpufft war.

»Ich weiß auch nicht, was mit mir los ist«, gestand er.

»Jeder hat mal einen schlechten Tag. Ich wollte vorschlagen, dass wir zu Schwarz fahren und Sie den Abend freinehmen.«

»Wollen Sie mich loswerden?«, fragte er misstrauisch.

»Sie wissen, dass ich tausendmal lieber mit Ihnen als mit Behnke zusammenarbeite«, sagte Pia trocken. »Aber in Ihrer jetzigen Verfassung sind Sie kaum besser als er an einem seiner guten Tage.«

Wider Willen musste Bodenstein grinsen. Die Frau hatte Courage. Er hätte sich niemals ins Büro seines Chefs getraut, wenn der eine solche Laune gehabt hätte.

»Und was soll ich stattdessen machen?«, fragte er.

»An meinem Hochzeitstag würde mir schon etwas Besseres einfallen«, entgegnete Pia. Bodenstein warf einen Blick auf den Wandkalender. Er hatte keine Ahnung, woher sie das wusste, aber sie hatte recht. Deshalb wollte Cosima also mit ihm und den Kindern essen gehen!

»Verflucht«, murmelte er.

»Holen Sie einen Strauß Blumen und fahren Sie nach Hause«, schlug Pia vor. »Und falls Sie zu Ihrer Frau ähnlich nett waren wie zu uns, dann entschuldigen Sie sich einfach.«

Bodenstein blickte auf und lächelte zerknirscht. »Es tut mir leid, dass ich so unfair war. Ehrlich.«

»Schon okay«, Pia lächelte auch, »und jetzt gehen Sie, bevor die Blumenläden zumachen und Sie nur noch halbvergammelte Blumen in Zellophanfolie an der Tanke bekommen.«

Als Pia, Kathrin Fachinger und Behnke verstärkt von fünfzehn Polizeibeamten am Hof der Familie Schwarz eintrafen, waren Erwin Schwarz und seine Frau gerade im Begriff, wegzufahren.

»Entschuldigen Sie die Störung«, Pia zog den Durchsuchungsbeschluss hervor. »Aber wir müssen Ihren Hof und Ihr Haus durchsuchen.«

»Wieso?« Erwin Schwarz richtete sich zu seiner vollen Größe auf. Pia ließ sich nicht einschüchtern.

»Steht alles da drin«, sie drückte ihm das Blatt in die Hand, während ihre Kollegen im ganzen Hof und im Haus ausschwärmten. Aus dem Augenwinkel nahm sie eine Bewegung in der Scheune wahr, dann knallte eine Tür, und wenig später heulte der Motor eines Autos auf. Behnke reagierte sofort. Gefolgt von drei Beamten lief er aus dem Hoftor und sprang vor die Kühlerhaube von Matthias Schwarz' Golf. Panisch verriss der junge Mann das Lenkrad und gab gleichzeitig Gas, einer der Beamten konnte nicht mehr rechtzeitig zur Seite springen und wurde über die Motorhaube und das Dach des Autos geschleudert. Pia rannte zu dem am Boden liegenden Beamten, der sich vor Schmerzen krümmte. Schwarz hielt nicht an, sondern raste mit durchdrehenden Reifen den Rohrwiesenweg entlang.

»Was jetzt?«, rief Behnke.

»Ich kann mir denken, wo er hinfährt«, Pia tippte eine Nummer in ihr Handy. »Rufen Sie einen Notarztwagen für den Kollegen.«

Die Hausdurchsuchung auf dem Hof der Familie Schwarz verlief unter dem schrillen Protestgeschrei von Mutter Schwarz und wüsten Drohungen des Bauern, die Pia völlig kalt ließen. Sie wertete die Flucht von Matthias Schwarz als schlechtes Gewissen und war nicht erstaunt, als Beamte der Kelkheimer Polizeistation ihn eine Viertelstunde später vor dem Bistro Grünzeug festnahmen. Schwarz hatte bei seiner

Angebeteten Esther Schmitt Schutz gesucht, den diese ihm jedoch kühl verwehrte. Um kurz nach acht war alles vorbei, und Pia machte sich mit Behnke auf den Weg zurück nach Hofheim, um Matthias Schwarz zu verhören, der apathisch in einem der Verhörräume hockte.

»Widerstand gegen die Staatsgewalt«, zählte Behnke auf, »tätlicher Angriff auf einen Polizeibeamten, gefährliche Körperverletzung, die noch zu Totschlag werden kann, Fahrerflucht ... Sie sitzen richtig tief drin im Schlamassel. Warum sind Sie abgehauen?«

Pia und Kathrin Fachinger standen hinter der Scheibe und beobachteten mitleidslos, wie Behnke seinen aufgestauten Frust über einen verdorbenen Fußballabend an Schwarz ausließ. Der starrte nur stumm vor sich auf den Tisch und sagte keinen Ton. Was mochte ihn mehr mitgenommen haben – sein folgenschwerer Ausraster oder die Tatsache, dass Esther Schmitt ihn so eiskalt abserviert hatte? Nach einer halben Stunde brach Behnke das Verhör ergebnislos ab und ließ den Mann in eine Zelle bringen.

»Was machen wir jetzt?«, fragte er wenig später im Büro in die Runde.

»Wir lassen ihn eine Nacht drüber schlafen«, entschied Pia.

»Er ist unser Mann«, sagte Ostermann mit Bestimmtheit. »Er hat die Tat praktisch zugegeben. Ich habe eine SMS auf seinem Handy gefunden, die er am 14. Juni an die Schmitt geschickt hat. ›*Ich hab gemacht, was du wolltest*‹, hat er geschrieben.«

»Das kann sich auf alles Mögliche beziehen«, Pia schüttelte den Kopf. »Vielleicht sollte er die Tomaten ernten oder den Rasen mähen.«

»Nachdem sie vorher geschrieben hat: ›*Sieh zu, dass das Schwein weg ist, bis ich wiederkomme*‹?«

»Das Schwein?«, vergewisserte Pia sich.

»Ja.«

»Okay«, sie seufzte, »tut mir leid, Leute, aber dann müssen wir doch noch mal an die Arbeit. Herr Behnke, wollen Sie noch mal mit Schwarz reden oder lieber mit Esther Schmitt?«

»Ich fahre zur Schmitt«, Behnke griff nach dem Ausdruck der SMS, den Ostermann gemacht hatte. »Das Spiel ist jetzt eh vorbei.«

Kathrin Fachinger folgte ihm, Pia ging wieder nach unten zu den Zellen und ließ Matthias Schwarz erneut vorführen.

»Ich wollt niemanden umfahren«, sagte er als Erstes, »ehrlich nicht. Ich hab vor Aufregung vergessen, dass der Wagen Automatik hat.«

»Warum sind Sie überhaupt abgehauen?«

Er vergrub den Kopf in seinen Händen und schwieg.

»Herr Schwarz, Sie machen die Sache nicht besser, wenn Sie schweigen«, sagte Pia eindringlich. »Der Haftrichter wird Ihre Flucht als Schuldeingeständnis werten. Warum sind Sie weggefahren?«

Schweigen. Ein leerer Blick.

»Wir haben auf Ihrem Handy eine SMS von Esther Schmitt gefunden«, Pia war gespannt, wie Schwarz auf die Erwähnung ihres Namens reagieren würde. »Sie hat Ihnen geschrieben, Sie sollten zusehen, dass das *Schwein* weg ist, bevor sie zurück sei. Und Sie haben daraufhin am 14. Juni geantwortet, Sie hätten getan, um was Esther Sie gebeten hatte.«

Die wasserhellen Augen von Matthias Schwarz richteten sich stumm auf Pias Gesicht. Dann ließ er den Kopf wieder sinken.

»Meine Mutter hatte recht«, murmelte er, »sie hat mich nur ausgenutzt.«

»Was haben Sie in Esthers Auftrag getan?«, fragte Pia hartnäckig nach. »Wo waren Sie am Dienstagabend, als Pauly ermordet wurde?«

Sie sah, wie sich die Backenmuskulatur des Mannes anspannte.

»Herr Schwarz, ich warte«, erinnerte sie ihn nach ein paar Augenblicken. Ohne jede Vorwarnung ließ er seine Faust auf den Tisch krachen. Seine muskulöse Gestalt, multipliziert mit ohnmächtiger Wut und durchaus legitimen Rachegelüsten, ergaben ein bedrohliches Gemisch.

»Dieses verlogene Miststück!«, stieß Schwarz hervor und starrte Pia wild an. »Ihr Scheißweiber seid alle hinterhältig!«

»Beruhigen Sie sich«, mahnte Pia, aber vergeblich. Der Damm war gebrochen, und Matthias Schwarz befreite sich vom Joch des Sklavendaseins, indem er aufsprang, den Tisch mit beiden Händen packte und ihn mit erstaunlicher Kraft quer durch den kleinen Raum schleuderte. Pia hatte sich mit einem schnellen Satz zur Seite in Sicherheit gebracht, der Beamte, der in einer Ecke gestanden hatte, stürzte sich auf den wie wahnsinnig Tobenden, aber er konnte nicht verhindern, dass der Mann seinen Kopf immer wieder gegen die Wand schlug, bis ihm das Blut über die Stirn lief. Es bedurfte der Hilfe von drei Kollegen aus der Wache, bis Schwarz ächzend am Boden lag, die Hände auf dem Rücken gefesselt. Pia hatte schon einiges erlebt, aber ein so heftiger Wutausbruch hatte in der Sammlung ihrer schlimmsten Verhör-Erlebnisse noch gefehlt. Sie ging vor Schwarz in die Hocke.

»Haben Sie am Dienstag, dem 13. Juni, Ihren Nachbarn Hans-Ulrich Pauly getötet?«, fragte sie. Er starrte sie aus blutunterlaufenen Augen an, so enttäuscht und verletzt, dass sie unwillkürlich Mitleid mit ihm bekam.

»Ja«, seine Muskeln wurden schlaff, »ja, das hab ich getan. Esther hat es so gewollt.«

Als Pia zu Hause auf dem Birkenhof aus ihrem Auto stieg, war sie nur noch müde. Sie hatten zwar ein Geständnis, aber nicht den wirklichen Mörder, da war sie sicher. Matthias Schwarz war durch Esther Schmitts abweisendes Verhalten tief gekränkt. Er hatte die Lebensgefährtin seines Nachbarn verehrt, bewundert und geliebt. Sie war die Sonne im beschränkten Universum seines schlichten Geistes gewesen, aber sie hatte seine Liebe und Loyalität nur mit Füßen getreten, ihn abgeschüttelt wie ein lästiges Insekt. Schwarz war nicht besonders intelligent, aber er hatte die Chance zur Rache erkannt und genutzt, indem er Esther als diejenige, die ihm den Auftrag für den Mord gegeben hatte, ans Messer lieferte. Behnke hatte Esther Schmitt verhaftet, auch wenn sie heftig protestierte und behauptete, das »Schwein« sei tatsächlich ein Schwein gewesen, ein vietnamesisches Hängebauchschwein, das Schwarz angeschleppt und ihr verehrt hatte. Das hörte sich schlüssig an und entsprach sicher auch der Wahrheit. Spätestens morgen, wenn es um die Details der Tat ging, würde sich Schwarz' Geständnis als Lüge entpuppen. Bodenstein teilte Pias Meinung. Sie hatte ihn angerufen und erleichtert festgestellt, dass seine Stimme entspannt geklungen hatte. Ihr Blick fiel auf den leeren Hundezwinger. Unwillkürlich zuckten die Erinnerung an das Meerschweinchen-Massaker und die Angst der vergangenen Nacht in ihr hoch, an die sie den ganzen Tag über nicht gedacht hatte. Sie ging hinüber zum Stall. Bis sie alle Arbeiten im Garten erledigt und die Tiere versorgt hatte, war die Sonne untergegangen, und die Nacht dämmerte herauf. Im Kühlschrank fand sich noch ein Rest Grüne Soße und ein paniertes Schnitzel, das sie einfach in die Mikrowelle legte. Plötzlich flog die Hauptsicherung heraus, der Mikrowellenherd ging aus, gleichzeitig erlosch das Licht, und die Stimme des Nachrichtensprechers brach mitten im Wort ab. Wie gelähmt stand Pia in der Küche, das Blut rauschte in ihren Ohren. Eine weitere Nacht wie die letzte würde sie nicht ertragen. Fluchtartig verließ sie ihr Haus, setzte sich in ihr Auto und fuhr nach Frankfurt. Es war ihr gleichgültig, wie Henning ihr unvermutetes Auftauchen werten würde, sie sehnte sich nach seiner sachlichen Gelassenheit, die jede Angst und alle bösen Geister vertreiben konnte. Sie fand nach kurzer Suche eine Parklücke und betrat wenig später das Haus, in dem sie viele Jahre gewohnt hatte. Henning hatte darauf bestanden, dass sie die Schlüssel behielt, wohl in der Hoffnung, sie eines Tages zur Rückkehr überreden zu können. Anstandshalber drückte sie auf die Klingel. Als sich nichts rührte, steckte sie den Schlüssel ins Schloss und betrat die Wohnung, die ihr bis in den letzten Winkel vertraut war. Der Fernseher lief laut. In der Küche herrschte das typische Durcheinander, das Henning gerne der Putzfrau hinterließ. Leere Gläser, benutzte Teller, eine halbvolle Flasche Rotwein, Überreste seiner Kochkunst. Pia lächelte. Früher hatte sie jeden Abend aufgeräumt, weil sie morgens nicht gerne in eine schmutzige Küche kam. Sie betrat das Wohnzimmer und blieb wie angewurzelt im Türrahmen stehen. Ohne wirklich zu begreifen, was sie sah, starrte sie auf die ekstatisch ineinander verschlungenen Gliedmaßen zweier Menschen, die sich auf der massiven Platte des Wohnzimmertisches keuchend und hemmungslos liebten. Eigenartigerweise galt Pias erster Gedanke dem Tisch, den Henning und sie damals bei einem Antiquitätenhändler in der Leipziger Straße für zweitausenddreihundert D-Mark gekauft hatten. Sie war nicht gefasst auf den schmerzhaften Stich der Eifersucht, der sie durchzuckte. Gleichzeitig wurde sie wütend, als sie begriff, dass Henning gelogen hatte. Ohne Kostüm und Seidenstrümpfe war Staatsanwältin Löblich nur noch mäßig attraktiv – mit ausgeprägter Cellulitis an den Oberschenkeln und einem dicken Hintern. Sie überlegte kurz, ob sie einfach wieder verschwinden sollte, aber dann konnte sie der Versuchung nicht widerstehen.

»Der Tisch ist nicht so stabil, wie er aussieht«, sagte sie und beobachtete mit boshafter Genugtuung einen klassischen Coitus interruptus.

»Pia!«, keuchte Henning erschrocken. »Was tust du hier?«

»Ich wollte nur meine Schlüssel zurückbringen. Entschuldige die Störung.«

Henning tastete nach seiner Brille, die irgendwo auf dem Boden neben dem Tisch lag. Staatsanwältin Löblich tat dasselbe und versuchte gleichzeitig, beschämt ihre Blöße mit dem erstbesten Kleidungsstück zu bedecken, das ihr in die Finger geriet.

»Ich lege die Schlüssel auf den Küchentisch«, Pia wandte sich ab. »Viel Spaß noch.«

»Warte!«, rief Henning. Bevor er hinter ihr herlaufen konnte, legte sie die beiden Schlüssel auf die Anrichte neben der Wohnungstür und ging hinaus. Sie hatte einen Kloß im Hals, als sie zu ihrem Auto rannte und Hennings Rufe vom Balkon aus ignorierte. Komisch eigentlich. Sie selbst hatte die Trennung gewollt, und doch hatte sie sich nie zuvor in ihrem Leben so einsam und alleine gefühlt wie in diesem Moment.

Freitag, 23. Juni 2006

Sie fuhr ziellos durch die ganze Stadt. Zurück auf den Birkenhof wollte sie nicht, denn sie fürchtete sich mittlerweile vor dem leeren Haus und der Einsamkeit. Pia konnte Henning keinen Vorwurf machen, immerhin war sie es, die ihn verlassen hatte, nicht umgekehrt. Wie dumm von ihr, einfach in die Wohnung zu marschieren! Obwohl ihr die Tränen über das Gesicht liefen, musste sie plötzlich beinahe hysterisch lachen. Was für eine peinliche Situation!

Ob Henning wohl gerade einen zweiten Versuch mit der Löblich wagte? Just in diesem Moment klingelte ihr Handy. Es war Henning! Kein zweiter Versuch also. Pia missachtete das beharrliche Klingeln. Irgendwann schien er zu merken, dass sie nicht drangehen würde, deshalb verlegte er sich aufs SMS-Schreiben. Neugierig klappte Pia das Gerät auf und stellte fest, dass die eingegangene Kurznachricht von Lukas und nicht von Henning stammte. *Sind Sie wach? Ich würde gerne mit Ihnen reden. Kann nicht schlafen. Lukas.*

Lukas. Er und Christoph Sander schlichen sich abwechselnd und ohne dass sie es irgendwie verhindern konnte in ihre Träume! Da Henning als Gesellschafter gegen das Alleinsein ausgefallen war, erschien ihr Lukas als willkommene Alternative.

Eine halbe Stunde später saß Lukas an ihrem Küchentisch. Er war blass, seine Augen waren stumpf und vom Weinen gerötet. Pia schlug ihm ein paar Rühreier in die Pfanne und schnitt zwei Scheiben Brot ab. Sie stellte ihm den Teller hin und sah zu, wie er mit Appetit aß und jeden Bissen betrachtete, bevor er ihn in den Mund schob. So aßen nur Einzelkinder, aber nicht die mit vielen Geschwistern, die immer befürchteten, zu kurz zu kommen. Lukas aß in aller Ruhe, ein wenig Farbe kehrte in sein Gesicht zurück.

»Danke«, sagte er, nachdem er mit einem Stück Brot den Teller sauber gewischt hatte. »Ich spüle dafür.«

»Ich habe eine Spülmaschine«, Pia lächelte. »Schone lieber deinen Arm. Tut er noch weh?«

»Es geht«, erwiderte Lukas, »jetzt wäre mir nach einem Drink zumute. Soll ich uns etwas mixen?«

»Viele Zutaten habe ich nicht.«

»Darf ich mal schauen?«

»Bitte.«

Er öffnete Kühlschrank und Schränke und förderte eine Flasche Wodka, Tomatensaft und ein Fläschchen mit Tabasco zutage.

»Bloody Mary?«, schlug er vor.

»Wieso nicht?«

Während er mischte und mixte, Eiswürfel zerkleinerte und hin und wieder probierte, zündete Pia sich eine Zigarette an. Sie hatte sich vom Schock des Anblicks von Hennings nacktem Hintern zwischen den Schenkeln einer fremden Frau erholt und fühlte sich in Lukas' Gesellschaft schon wieder besser. Auch wenn sie versucht hatte, sich das im vergangenen Jahr einzureden, so musste sie sich eingestehen, dass sie fürs Alleinleben nicht geschaffen war. Lukas erzählte von den Plänen, die Jo und er gehabt hatten. Wenig später stießen sie an und schlürften die Bloody Mary. Dann eine zweite und eine dritte. Es schmeckte verteufelt gut, und die Schatten der Angst wurden klein und unwichtig.

»Kannte Jo sich gut mit Computern aus?«, fragte Pia.

»Ja, ziemlich gut«, erwiderte Lukas. »Er und Franjo haben viel gelernt.«

»Du und Tarek seid also die Besten am Computer?«

»Ich bin besser«, sagte er ohne falsche Bescheidenheit. »Ich bin nämlich noch nie erwischt worden.«

»Ach. Und Tarek schon?«

»Ich dachte, ihr hättet alle Namen durch euren Computer laufen lassen«, Lukas runzelte erstaunt die Stirn. »Tarek hat vor fünf Jahren einen Wurm geschrieben und auf der halben Welt damit Rechner und Netzwerke lahmgelegt. Microsoft hatte ein fettes Kopfgeld ausgesetzt, da hat ihn ein Kumpel verpfiffen. Er hat acht Monate gesessen, der Rest ging auf Bewährung.«

Pia konnte sich Tarek, den braungebrannten Gärtner, nur schwer als Computerhacker vorstellen.

»Hast du denn auch etwas Illegales gemacht?«

Lukas grinste und schob Pia ein frisches Glas hin.

»Früher schon. Ich habe mich oft in fremde Computer gehackt und sicher fünfzig Viren, Würmer und Trojaner geschrieben«, gab er zu, »aber ich hab sie nie losgelassen. Mir ging es eigentlich immer darum, Sicherheitslücken zu finden. Ich bin keiner, der mutwillig irgendetwas zerstört.«

»Ist es nicht furchtbar schwierig, solche Sachen zu schreiben?«

»Für mich nicht«, behauptete Lukas. »Ich liebe Herausforderungen.«

»Make your most terrific discovery«, zitierte Pia den Satz, den sie auf dem Panoramabild gelesen hatte. Lukas hörte auf zu grinsen.

»Wie bitte?«, fragte er.

»Den Satz habe ich heute bei euch gelesen«, erklärte Pia. »Er stand auf diesem Panoramafoto, wie es auch bei dir an der Wand hängt. Was bedeutet das?«

»Nichts. Es ist eine Werbung für ein Internetspiel, das mittlerweile verboten ist.«

Plötzlich erinnerte sich Pia an das, was Ostermann ihr neulich erzählt hatte. *Double Life,* das verbotene Internetspiel. Ja, so ging der Spruch weiter, irgendetwas mit *Double Life.*

»Double Life«, sagte sie laut.

»Sie kennen das Spiel?« Lukas rührte in seinem Glas.

»Auf der Webseite von Svenja war ein Link zu *Double Life*«, Pia nickte, »mein Kollege hat mir davon erzählt. Interpol sucht nach dem Server.«

»Stimmt«, Lukas lehnte sich zurück und betrachtete Pia eingehend. »Deshalb ist es so populär. Meine Freunde spielen es immer noch.«

In Pias Kopf fügten sich einige lose Enden zusammen.

»Dean Corso und Boris Balkan?«

»Genau«, Lukas lächelte belustigt. »Die Jungs waren neulich auf der Burg zu Tode erschrocken, als Sie die Namen erwähnt haben.«

Plötzlich knallte es, und die Sicherung flog wieder raus. Pia stand auf und merkte, dass sie viel zu viel getrunken hatte. Mühsam tastete sie sich bis zum Sicherungskasten und kicherte, als sie über ihre Schuhe stolperte. Die Sicherung ließ sich nicht mehr hineindrücken. Nach drei Sekunden sprang sie wieder heraus.

»Pech«, Pia tastete sich zurück, »irgendwo habe ich Kerzen.«

Lukas leuchtete mit ihrem Feuerzeug. Pia zog die Schubladen nacheinander auf und fand eine Packung mit Teelichtern. Sie zündete ein paar an und stellte sie auf den Küchentisch.

»Gemütlich«, stellte Lukas fest und lächelte. Die Art, wie er sie ansah, weckte die Erinnerung an seine Verführungsversuche.

»Ich glaube, ich fahre dich jetzt besser nach Hause«, murmelte sie.

»Nach vier Bloody Marys lasse ich Sie nicht mehr fahren«, erwiderte Lukas. »Auf keinen Fall.«

»Stimmt«, sagte Pia, »ich bin betrunken.«

Eigentlich war sie froh, dass er bei ihr war. Seine Gegenwart nahm der kaputten Sicherung jede Bedrohlichkeit.

»Ich hole dir Bettzeug«, sagte sie. »Du kannst auf der Couch schlafen.«

Der Kelkheimer Hauptfriedhof hatte schon manche große Beerdigung erlebt, aber die von Hans-Ulrich Pauly sprengte die Kapazitäten des großen Parkplatzes. Bis unter der Brücke zum Schmiehbachtal parkten die Autos an diesem heißen Freitagmittag. Der Himmel war wolkenlos und von einem herrlichen Blau, in dem man ertrinken konnte. Bodenstein und Pia hielten sich im Hintergrund und beobachteten die herbeiströmenden Trauergäste. Hinter einem Baum unweit der Grube, die für Paulys Sarg ausgehoben worden war, wartete der Polizeifotograf mit Kamera und Teleobjektiv, um die Trauernden abzulichten, denn Bodenstein und Pia hofften, dass Paulys Mörder auf dem Friedhof sein würde. Stefan Siebenlist war nicht vernehmungsfähig, seine Frau hatte aber einen Anwalt eingeschaltet. Matthias Schwarz war wieder auf freiem Fuß, denn er hatte sich schon bei der ersten Vernehmung hoffnungslos in Widersprüche verstrickt. Der Polizeibeamte, den er über den Haufen gefahren hatte, war mit einem gebrochenen Arm, einer Gehirnerschütterung und zahllosen Prellungen glimpflich davongekommen, insofern würde sich Schwarz nur wegen schwerer Körperverletzung verantworten müssen. Kein Grund, ihn in einer Zelle sitzen zu lassen.

Direkt hinter dem Sarg schritt Esther Schmitt mit würdevoll versteinerter Miene, die tränenlosen Augen hinter einer Sonnenbrille verborgen. Hinter ihr ging schweigend die gesamte Belegschaft und jugendliche Stammkundschaft des Grünzeug, manche schluchzten und hielten sich an den Händen. Pia sah Lukas, an dessen unverletzten Arm sich Svenja Sievers wie eine Ertrinkende klammerte.

»Sieh an, der schöne Lukas hat sich aber ziemlich schnell an die Freundin seines toten Freundes herangemacht«, bemerkte Bodenstein in dem Moment mit einem leicht ironischen Unterton.

»Ich glaube eher, sie trösten sich gegenseitig«, nahm Pia den Jungen in Schutz, ohne zu wissen, weshalb sie vor ihrem Chef Partei für ihn ergriff.

»Sagen Sie bloß, Sie fallen auch auf seine hübsche Fassade herein«, Bodenstein warf Pia einen spöttischen Blick zu. »Hat er Ihnen mit seinen grünen Augen den Kopf verdreht?«

»Quatsch«, erwiderte sie unbehaglich. Ihr Handy vibrierte stumm in ihrer Tasche. Pia beachtete es nicht. Wahrscheinlich war das wieder Henning, zum dreißigsten oder vierzigsten Mal.

»Ich traue dem Bürschchen nicht über den Weg«, führte Bodenstein seine Überlegungen mit halblauter Stimme fort, und jedes seiner Worte verstärkte das ungute Gefühl in Pias Innern. »Er ist so ein richtig *netter* Kerl, ein Schauspieler par excellence. Irgendwie kommt er mir vor wie eine leere Leinwand, auf die jeder seine eigenen Vorstellungen von ihm projizieren kann.«

»Das stimmt nicht«, hörte Pia sich sagen. »Sie kennen ihn doch gar nicht. Er ist sehr unglücklich und einsam.«

»Ach ja?«

»Sein bester Freund ist tot, sein Mentor auch. Seine Eltern sind ständig unterwegs und haben kaum Zeit für ihn.«

Bodenstein hob die Augenbrauen. »Diese Mitleidsmasche zieht bei Ihnen? Das hätte ich nicht gedacht.«

»Dr. Sander hat mir das erzählt«, verteidigte Pia sich. »Er hat auch Verständnis für den Jungen.«

»Sanders Verständnis hält sich meines Erachtens nach in Grenzen«, sagte Bodenstein. »Er unterstützt lediglich die erzieherischen Maßnahmen von Lukas' Vater. Ich kann Ihnen übrigens aus eigener leidvoller Erfahrung als Vater sagen, dass Jungen in Lukas' Alter alles wollen, außer Verständnis. Viel lieber suhlen sie sich in Selbstmitleid und fühlen sich von der ganzen Welt und speziell von ihren Eltern tragisch missverstanden.«

Pia wollte das Thema nicht weiter vertiefen. Lukas war anders. Er hatte ihr doch nicht nur etwas vorgespielt! Oder etwa doch? *Verführer*, dachte sie, schüttelte aber den Kopf, um diesen Gedanken zu vertreiben. Bodensteins Worte hatten Zweifel gesät, die sich mit nadelspitzen Zähnchen in ihr Gehirn nagten und sie an ihr Gespräch mit Lukas am Abend des Mordes an Jonas erinnerten. Wieso hatte er mit keinem Wort die Geburtstagsparty seines Freundes erwähnt? Warum hatte er ihr nichts von dem Streit zwischen Jonas und Svenja am Samstag auf der Burg erzählt? Plötzlich war ihr unwohl zumute. Sie schauderte bei dem Gedanken daran, was Bodenstein dazu sagen würde, wenn er jemals erfahren sollte, dass Lukas die Nacht in ihrem Haus verbracht hatte!

Eine Stunde später war alles vorbei, die Trauergesellschaft hatte den Friedhof verlassen. Erst als Esther Schmitt, begleitet von Wolfgang Flöttmann und ein paar anderen Getreuen, an ihnen vorbeiging, fiel Bodenstein auf, dass sie Svenja verpasst hatten.

»Kann nicht sein«, Pia schüttelte den Kopf. «Zumindest Lukas wäre mir aufgefallen. Vielleicht sind sie noch am Grab.«

Aber am Grab trafen sie nur noch die Friedhofsarbeiter an, die trotz sengender Sonne schnell arbeiteten und schon fast den ganzen Erdaushub wieder auf den Sarg geschaufelt hatten.

»Ich rufe Lukas an«, Pia ergriff ihr Handy und wählte seine Nummer. Die Computerstimme meldete sich. *The person you are calling is not avaible at present* ... Natürlich, während der Beerdigung hatte er sein Handy sicher abgeschaltet, das gehörte sich auch so.

»Fahren wir zu Svenja nach Hause«, schlug Bodenstein vor, »sie wird wohl irgendwann dort auftauchen. Vielleicht tröstet der schöne Lukas sie noch ein bisschen intensiver.«

Pia erwiderte nichts auf diese sarkastische Bemerkung. Es machte ihr zu schaffen, dass Bodenstein so überhaupt nichts von Lukas hielt. War ihr Blick für die Realität durch ihre Zuneigung zu dem Jungen getrübt, oder konnte Bodenstein Lukas nur einfach deshalb nicht leiden, weil er gut aussah, frei nach dem Motto: Im Hühnerhof darf es nur einen Gockel geben? Je länger sie darüber nachdachte, desto mehr leuchtete ihr diese Erklärung ein. Dennoch blieb ein Zweifel wie ein kleiner Stachel in ihrem Fleisch stecken.

Lukas' Handy blieb aus und Svenja verschwunden. Weder bei Lukas noch bei Svenja war jemand zu Hause.

»Wo können die beiden noch sein?« Bodenstein warf Pia einen Blick zu. »Sie kennen Lukas doch mittlerweile ganz gut.«

Pia spürte, wie sie rot wurde. Erst als sie merkte, dass Bodenstein das ohne jeden Hintergedanken gesagt hatte, einfach weil es der Wahrheit entsprach, entspannte sie sich wieder.

»Vielleicht in seiner Firma in Münster«, mutmaßte sie. Da

waren sie aber auch nicht. Sie waren auch nicht im Grünzeug und nicht in Zacharias' Garten im Schmiehbachtal. Überhaupt fragte Pia sich, wie Lukas und das Mädchen sich fortbewegten, denn Lukas hatte kein Auto. Zumindest hatte sie ihn noch nie Auto fahren sehen. Wieder wählte sie seine Nummer, und endlich war das Handy an.

»Weißt du, wo Svenja ist?«, fragte Pia ihn und lehnte sich an den Kotflügel von Bodensteins BMW. Ihr Chef war zu der Hütte hinuntergelaufen, vor der Jonas gestorben war.

»Nein«, antwortete Lukas. »Wir waren zusammen auf der Beerdigung. Danach wollte sie nach Hause.«

»Da ist sie bis jetzt nicht aufgetaucht. Wie seid ihr überhaupt vom Friedhof weggekommen? Ich habe euch gar nicht herauskommen sehen.«

»Ich bin mit Tarek gefahren, Svenja mit ihrem Roller.«

»Wo bist du jetzt?«

»Warum? Wollen Sie mich sehen?«

»Nein, ich muss arbeiten«, Pia sah sich nach ihrem Chef um.

»Und später?« Er senkte die Stimme. »Sehen wir uns später noch? Es war schön gestern Abend. Wirklich.«

Großer Gott! Auf was hatte sie sich da bloß eingelassen?

»Spielst du wieder den Verführer?«, fragte Pia leichthin.

Ein paar Sekunden sagte Lukas nichts.

»Warum sagen Sie das?« Er klang verletzt. »Ich habe mich gestern Nacht doch total anständig benommen.«

Pia bereute augenblicklich, was sie gesagt hatte. Er hatte recht. Und sie selbst war froh gewesen, Lukas bei sich zu haben. Es war unfair von ihr, den Jungen vor den Kopf zu stoßen.

»Ich hab's nicht so gemeint«, sagte sie deshalb schnell, »aber wir müssen wirklich dringend mit Svenja sprechen. Wo kann sie sein?«

»Vielleicht bei Toni«, vermutete Lukas.

»Stimmt. Daran hatte ich gar nicht gedacht. Danke.«

»Bitte«, Lukas lachte leise, »übrigens: Unsere Haushälterin hat sich heute für zwei Wochen in den Ural verpisst, ich hab also ein Auto. Ich könnte heute Abend zu Ihnen kommen, wenn Sie das möchten. Falls wieder die Sicherung rausfliegt und es Ihnen alleine zu unheimlich ist.«

Pia stutzte. Wie kam er darauf? Hatte sie ihm gesagt, dass sie sich alleine im Haus unwohl fühlte? Pia sah, dass Bodenstein die Wiese hochkam, und ging nicht auf Lukas' Bemerkung ein.

»Ich melde mich bei dir. Okay?«, sagte sie schnell.

»Versprochen?«

»Ja, versprochen. Bis später.«

Gerade als Bodenstein und Pia wieder ins Auto steigen wollten, weil bei Sanders niemand die Haustür öffnete, fuhr der grüne Pick-up vom Opel-Zoo vor die Garage, und Dr. Sander stieg aus. Bodenstein registrierte ein erfreutes Lächeln, das beim Anblick von Pia Kirchhoff über das Gesicht des Zoodirektors huschte.

»Hallo«, rief er und kam näher. »Wollen Sie zu mir?«

»Hallo, Herr Dr. Sander«, erwiderte Bodenstein, »eigentlich suchen wir Svenja Sievers. Wir hatten gehofft, dass sie bei Ihrer Tochter ist.«

»Und? Ist sie das nicht?«

»Es ist überhaupt niemand zu Hause«, erwiderte Bodenstein.

»Ich kann Toni anrufen«, bot Sander an. Er sah aus, als hätte er auf einer Baustelle gearbeitet. Seine Schuhe, sein Hemd und die Jeans starrten vor Dreck.

»Ich sehe etwas ramponiert aus«, entschuldigte er sein Aussehen, als ob er Bodensteins Gedanken gelesen hätte. »Im

Moment geht es im Zoo drunter und drüber. Heute ist ein Impala ausgerückt und in den See gefallen, der eigentlich nur ein Tränkebecken werden sollte.«

»Und dann waren Sie gleich mit baden«, bemerkte Pia.

»Irgendwer musste das Vieh ja rausholen«, er lachte. »Aber die Abkühlung war gar nicht so schlecht.«

»Besser als ein Eis?«, fragte Pia in einem beinahe koketten Tonfall, der Bodenstein aufhorchen ließ.

»Der Abkühlungseffekt tritt deutlich schneller ein«, erwiderte Sander lächelnd. Bodenstein blickte zwischen seiner Kollegin und dem Zoodirektor hin und her. Dann fiel sein Blick auf die Pritsche des grünen Pick-up, zwischen allerhand Krempel bemerkte er eine alte Holzpalette.

»Fahren Sie dieses Auto immer?«, fragte er zusammenhanglos.

»Was?« Sander blickte ihn überrascht an. »Den Pick-up meinen Sie?«

Bodenstein nickte.

»Hin und wieder«, Sander schien leicht irritiert. »Wir haben drei von diesen Pick-ups. Wenn sie im Zoo nicht gebraucht werden, nehme ich gelegentlich einen mit nach Hause.«

Bodenstein entging nicht der fragende Blick, den Sander Pia Kirchhoff zuwarf, und auch nicht das ratlose Schulterzucken, mit dem sie ihm zu verstehen gab, dass sie keine Ahnung hatte, auf was ihr Chef hinauswollte.

»Ich würde das Auto gerne kriminaltechnisch untersuchen lassen«, sagte er zu dem Zoodirektor.

»Von mir aus«, erwiderte der. »Ich habe nichts dagegen. Was versprechen Sie sich davon?«

»Die Leiche von Pauly hat auf einer Holzpalette gelegen, bevor sie auf der Wiese abgelegt wurde«, erklärte Bodenstein und beobachtete, wie Sanders Miene erstarrte.

»Moment mal«, fuhr der Zoodirektor auf, »wollen Sie mir

etwa unterstellen, ich hätte etwas mit dem Tod von diesem Kerl zu tun?«

Bodenstein betrachtete ihn nachdenklich.

»Ich unterstelle gar nichts«, entgegnete er ruhig. »Was haben Sie am Dienstagabend letzte Woche gemacht?«

Sanders Miene wurde grimmig. »Ich war in London«, sagte er. »Mein Flugzeug ist gegen halb zehn gelandet, dann bin ich mit einem Taxi nach Hause gefahren, habe meinen Koffer ausgepackt, geduscht und bin ungefähr um zwölf ins Bett gegangen. Ich habe noch die Quittung vom Taxi und das Flugticket. Wenn Ihnen meine Töchter als Zeugen genehm sind, können Sie sie fragen.«

Der letzte Satz klang sarkastisch.

»Wer kann sonst noch mit dem Auto gefahren sein?«, fragte Bodenstein.

»Im Prinzip jeder meiner Mitarbeiter«, erwiderte Sander. »Soweit ich weiß, haben alle einen Führerschein.«

»Wie viele sind das?«

»Ohne mich – dreiundvierzig.«

»Könnten Sie herausfinden, wer das Auto benutzt hat?«

Sander warf Bodenstein einen finsteren Blick zu.

»Vielleicht sollten Ihre Leute erst einmal untersuchen, ob die Leiche überhaupt auf der Pritsche gelegen hat, bevor ich meine Zeit unnütz vergeude.«

»Gute Idee«, sagte Bodenstein kühl. »Wir nehmen das Auto gleich mit.«

Sander zuckte die Schultern, dann hakte er den Autoschlüssel aus seinem Schlüsselbund und reichte ihn Pia.

»Ich melde mich bei Ihnen, falls meine Tochter weiß, wo Svenja ist«, sagte er. »Ist das in Ordnung?«

»Selbstverständlich«, Bodenstein nickte, »und nehmen Sie meinen Verdacht nicht persönlich. Wir müssen jeder Spur nachgehen.«

»Ist schon klar«, Sander wandte sich ab, »schönen Abend noch.«

Pia hatte am Steuer des grünen Pick-up gerade das Ortsschild stadtauswärts passiert, als Sander anrief und ihr mitteilte, Antonia sei mit ihren beiden Schwestern im Freibad. Sie hatte keine Ahnung, wo Svenja war. Seit drei Tagen hatte sie nichts von ihr gehört.

»Es tut mir leid, wie mein Chef Sie behandelt hat«, sagte Pia.

»Er hat ja recht«, Sanders Stimme klang nicht beleidigt. »Wenn sich herausstellt, dass die Leiche von Pauly in dem Pick-up gelegen hat, habe ich echt ein Problem. Ich weiß nämlich nicht, wer mit dem Auto herumgefahren ist, und ich bezweifle, dass mir das jemand freiwillig sagt. Meine Leute wissen, dass ich es nicht mag, wenn sie die Fahrzeuge für Privatfahrten benutzen.«

»Dann rede ich mit den Leuten. Ganz offiziell«, erwiderte Pia.

»Dagegen hätte ich nichts einzuwenden. Sie kriegen auch ein Eis, wenn Sie heiser werden.«

Sie konnte sein Lächeln förmlich sehen und lächelte auch.

»Das ist doch mal ein Angebot«, sagte sie. »Hauptsache, ich muss nicht in die Gazellen-Tränke springen.«

Sander lachte.

»Wie lange müssen Sie heute arbeiten?«, fragte er unvermittelt.

Pia spürte, wie ihr Herz einen Satz machte.

»Kommt drauf an, ob wir Svenja noch finden«, sagte sie. »Falls nicht, könnte ich jetzt Schluss machen. Wieso?«

»Ab Montag präsentieren wir den Besuchern die neuen Anlagen, natürlich noch ohne Tiere«, antwortete er. »Vielleicht hätten Sie ja Lust, mit mir einen Rundgang zu machen.«

»Das wäre klasse«, entgegnete Pia erfreut. »Ich kläre gleich ab, ob ich Feierabend machen kann.«

Die Mitarbeiter des Dezernats für Wirtschaftskriminalität hatten sich mit Feuereifer auf die Informationen über die Bock Holding gestürzt, die Ostermann ihnen am Morgen zur Verfügung gestellt hatte. Sie hatten in der Vergangenheit bereits mehrfach Hinweise darauf erhalten, dass Bock seine Aufträge auf nicht ganz einwandfreie Art erhielt, aber bisher hatten sie keine ausreichenden Beweise für eine offizielle Untersuchung in den Händen gehabt. Das hatte sich mit den vorliegenden E-Mails geändert, und das zweifelsfrei authentische Material, das Pia von Lukas erhalten hatte, würde Bock und seine Auftraggeber in ernsthafte Schwierigkeiten bringen.

»Ist Zacharias eigentlich wieder zu Hause?«, erkundigte Pia sich. Sie hatte den Pick-up in der Werkstatt abgeliefert und die Kriminaltechniker von der Spätschicht gebeten, das Auto so schnell wie möglich zu untersuchen.

»Er wurde auf freien Fuß gesetzt«, Bodenstein nickte.

»Wir sollten eine TÜ für alle Anschlüsse und Mobiltelefone von Bock beantragen«, schlug Pia vor. »Er wird befürchten, dass sein Schwiegervater Geheimnisse ausplaudert.«

»Gute Idee«, sagte Bodenstein, »rufen Sie den Staatsanwalt an.«

»Könnte das vielleicht jemand anderes übernehmen?« Pia war ein bisschen verlegen. »Wenn nichts Dringendes mehr anliegt, würde ich gerne für heute Schluss machen.«

Bodenstein warf ihr einen erstaunten Blick zu, denn sie hatte während laufender Ermittlungen noch nie darum gebeten, pünktlich Feierabend machen zu dürfen.

»Hat der Fisch etwa schon angebissen?«, erkundigte sich Ostermann beiläufig, und Pia warf ihm einen finsteren Blick zu.

Bodensteins Neugier war schlagartig geweckt.

»Ich lasse mein Handy an«, sagte Pia. »Wenn Svenja auftaucht …«

»Nein, nein«, unterbrach Bodenstein sie, »gehen Sie nur. Falls wir das Mädchen finden sollten, rede ich mit ihr. Ich bin heute dran.«

Pia wusste genau, dass ihr Chef sich sofort auf Ostermann stürzen und ihn wegen seiner Bemerkung löchern würde, sobald sie das Büro verlassen hatte. Aber es war ihr egal. Sie freute sich auf den ersten freien Abend seit zehn Tagen, und noch mehr freute sie sich darauf, diesen Abend in Gesellschaft von Christoph Sander verbringen zu können.

Die letzten Besucher hatten vor einer Stunde den Zoo verlassen, nun gehörte das weitläufige Gelände nur noch den Mitarbeitern und den Tieren. Sander und Pia begannen den Rundgang in dem gerade fertiggestellten Verwaltungsgebäude, in dem sich unten ein großzügiger Eingangsbereich und oben die Büros für die Zooleitung befanden. Oberhalb des Zoos war ein Restaurant entstanden, durch dessen Panoramascheiben die Gäste in ein paar Wochen vom Tisch aus direkt auf die neue Afrika-Savanne blicken und Giraffen, Zebras, Impalas und Gnus im Freigehege beobachten konnten. Sander führte Pia an diesem Gehege vorbei zum neuen Giraffenhaus. Er erzählte von den Chancen und Möglichkeiten, die sich durch die neuen Gehege und Stallungen für den Zoo eröffneten. Pia hörte aufmerksam zu, bewunderte seine Begeisterung, seinen unverhohlenen Stolz auf das Geleistete. Immer wieder warf sie ihm unauffällige Blicke zu und bemerkte, dass sie ihn unwillkürlich mit Henning verglich, zum Nachteil ihres Noch-Ehemannes.

Sie gingen den Weg unterhalb der Afrika-Savanne entlang, vorbei an den freiheitsliebenden Erdmännchen, und bogen in den Philosophenweg ein, den Fußweg, der, von Kronberg nach Königstein führend, den Zoo in seiner ganzen Länge durchschnitt.

»Wollten Sie schon immer Zoologe werden?«, erkundigte Pia sich.

»Biologe«, korrigierte Sander, »ja, eigentlich schon. Ich bin durch beide Eltern erblich vorbelastet. Sie waren ...«

Pias Handy summte. Sie entschuldigte sich und ging dran. Entgegen ihrer Befürchtung waren es weder Henning noch Bodenstein, sondern Lukas.

»Hey, Lukas«, sagte sie, damit Sander wusste, mit wem sie sprach. »Hast du herausgefunden, wo Svenja ist?«

»Nein«, erwiderte der Junge, »ich habe überall rumtelefoniert, aber niemand weiß was. Wo sind Sie gerade?«

»Noch unterwegs«, Pia hielt ihre Antwort bewusst vage. Erstens ging es Lukas gar nichts an, was sie tat, und zweitens wollte sie vermeiden, bei Sander den Eindruck allzu großer Vertrautheit mit dem Jungen entstehen zu lassen.

»Darf ich später bei Ihnen vorbeikommen?«

»Ich glaube, das ist keine gute Idee«, sagte Pia. »Ich muss jetzt auch Schluss machen. Danke, dass du mich noch mal angerufen hast.«

»Moment!«, rief Lukas, bevor sie das Gespräch beenden konnte.

»Ja?«

»Hab ich was falsch gemacht? Sind Sie sauer auf mich?«

»Nein. Ich habe nur gerade sehr wenig Zeit.«

»Okay. Wenn ich was von Svenja höre, melde ich mich.«

Eine Weile gingen Pia und Sander schweigend weiter.

»Ist es nicht unglaublich, was Lukas mit seiner Computerfirma auf die Beine gestellt hat?«, fragte sie schließlich.

»Computerfirma?« Sander blickte sie erstaunt an. »Er hat mir etwas von einem Internetcafé erzählt.«

»Nein, das ist viel mehr als das«, sagte Pia. »Lukas hat mir alles gezeigt und erklärt, es ist beeindruckend. Sie haben eine richtige Firma mit Angestellten, programmieren Webseiten und bieten ihren Kunden ein Programm an, mit dem man online die Seiten verwalten und gestalten kann.«

»Ach«, Sander blieb stehen.

»Ich wundere mich eigentlich, dass Sie nichts davon wissen. Lukas hat zu mir gesagt, dass Sie Verständnis dafür hätten, wenn er diese Farce mit dem Praktikum im Zoo beendet.«

»Das hat er gesagt?«, vergewisserte sich Sander.

»Ja, so ungefähr. Außerdem hat er erzählt, dass er das Geld von seinem Vater in seine Firma gesteckt und nicht Pauly gegeben hat.«

»Er scheint Vertrauen zu Ihnen zu haben«, stellte Sander fest, »das ist gut. Mich hält er nur noch für einen Erfüllungsgehilfen seines Vaters. Dabei würde es mich freuen, wenn er seinen Weg macht. Ich hoffe nur, dass ihm seine komplizierte Psyche nicht einen Strich durch die Rechnung macht.«

»Wie meinen Sie das?«, fragte Pia erstaunt.

»Lukas hat früh ein paar schmerzliche Verluste einstecken müssen«, erklärte Sander. »Nestwärme kennt er nicht, und die braucht jedes Kind. Nicht nur Kleider, Essen, Bildung und ein Dach über dem Kopf.«

Sie schlenderten weiter, vorbei am Kudu-Gehege und an den Euro-Kängurus. Sander holte seinen Schlüsselbund heraus und öffnete das Tor, das vom Philosophenweg wieder auf das Gelände des Zoos führte.

»Ich vermute, Sie wissen, wovon Sie sprechen«, sagte Pia. »Toni hat mir erzählt, dass Sie Ihre Frau verloren haben.«

»Vor fünfzehn Jahren«, bestätigte Sander nach kurzem Zögern. »Von einem Tag auf den anderen stand ich alleine mit drei kleinen Töchtern da.«

»Was ist passiert?«, fragte Pia leise.

»Hirnschlag. Ohne jede Vorwarnung. Carla lag zwei Monate im Koma, bevor sie starb.«

Sander stieß einen Seufzer aus. »Es passierte eine Woche, bevor wir nach Namibia auswandern wollten. Nach ihrem Tod habe ich diese Pläne aufgegeben und bin in Deutschland geblieben. Es war zwar nicht einfach, aber ich glaube, ich habe es mit den Mädchen ganz gut hingekriegt.«

Er lächelte, ein flüchtiger Schimmer, der gleich wieder erlosch.

»Ich habe ein gutes Verhältnis zu meinen Töchtern«, sagte er, »und selbst als Annika mir vor zwei Jahren verkündet hat, sie sei schwanger, war das keine Katastrophe. Vielleicht ist das der Grund, weshalb Lukas oder auch Svenja so gerne bei uns sind.«

»Svenja scheint mir auch ein armes Ding zu sein«, sagte Pia.

»Allerdings. Manche Leute denken tatsächlich, es reicht, wenn sie ihren Kindern nur genug Geld geben«, Sanders Stimme wurde hart. »Wie bei Lukas auch. Ich kenne den Jungen, seitdem er neun Jahre alt ist. Schon damals hatte er Probleme.«

»Inwiefern?«

»Er hat sich Freunde ausgedacht, sich in seine eigene Welt zurückgezogen. Sein Vater hat ihn mit elf Jahren das erste Mal zu einem Psychiater geschickt, anstatt sich einfach etwas mehr mit dem Jungen zu beschäftigen.«

»Glauben Sie, dass Lukas krank ist?«, fragte Pia. Das Unbehagen und die Zweifel waren plötzlich wieder da.

»Er stand immer unter einem hohen Erwartungsdruck«, sagte Sander. »Diesen Druck hat er dadurch kompensiert, dass er alles, was er getan hat, bis zum Exzess getrieben hat: Sport, Rauchen, Drogen, Sex. Vor ein paar Jahren hatte er einen Nervenzusammenbruch, danach hat er die Schule abgebrochen. Es war seine Art, sich gegen seinen Vater aufzulehnen, dabei wollte er immer nur Liebe und Anerkennung. Eigentlich ist er ein sehr unglücklicher Junge.«

»Sein Vater müsste doch vor Stolz platzen«, sagte Pia. »Lukas bringt am Computer unglaubliche Sachen fertig.«

»Das ist in van den Bergs Augen reine Zeitvergeudung«, entgegnete Sander. »Der Mann stammt aus einer anderen Generation. Lukas soll eine Banklehre machen, zur Bundeswehr gehen, studieren. Der Grund, weshalb er im Zoo arbeitet, ist der, dass sein Vater meint, er müsse Disziplin lernen.«

»Ich finde es ungeheuer diszipliniert, wenn jemand ganze Computerprogramme schreiben kann, tagsüber als Tierpfleger und abends in einem Bistro arbeitet und dazu noch eine Firma leitet.«

Allmählich begann Pia Lukas' Verhalten zu begreifen. Er war verzweifelt auf der Suche nach Anerkennung, nach echter, aufrichtiger Zuneigung, die sich nicht bloß auf sein Aussehen reduzierte.

»Er ist unglücklich über sein gutes Aussehen«, sagte sie.

»Ich weiß«, Sander nickte. »Vor ein paar Wochen erst hat er mich gefragt, wie er herausfinden kann, ob ein Mädchen es ernst mit ihm meint oder nur sein Äußeres und das Geld seines Vaters sieht. Ein schweres Problem für einen jungen Menschen.«

»Was haben Sie ihm geraten?«, wollte Pia wissen. Sander antwortete nicht sofort. Er betrachtete die Luchse in ihrem Gehege, die bei Einbruch der Dämmerung aus ihren Verstecken gekommen waren und nun reglos dasaßen und zurückstarrten.

»Dass er damit aufhören soll, mit jedem Mädchen gleich ins Bett zu steigen«, Sanders Tonfall war sachlich, aber Pia schoss das Blut ins Gesicht. »Ich habe versucht, ihm zu erklären, dass es ein großer Irrtum ist, Sex mit Liebe zu verwechseln.«

»Sex macht alles kaputt«, sagte Pia.

»Wie bitte?« Sander musterte sie erstaunt.

»Das hat Lukas zu mir gesagt. Er hat recht«, Pia spürte, wie ihr Herz klopfte und ihr abwechselnd heiß und kalt wurde. Da stand sie mutterseelenallein mit dem Mann, der sie seit ihrer ersten Begegnung fasziniert hatte, und sprach mit ihm über intimste Sachverhalte so beiläufig wie über das Wetter.

»Womit? Dass Sex alles kaputtmacht?«, fragte Sander. Der Ausdruck in seinen dunklen Augen ließ ihre Knie weich werden.

»Nein«, sie wich seinem Blick nicht aus, »dass Sex nicht gleichbedeutend ist mit Liebe. Die Lektion habe ich auf eine ziemlich schmerzliche Weise lernen müssen. Es hat mich tief erschüttert, als ich gemerkt habe, dass mein Glaube an die große Liebe eine alberne Illusion war.«

»Wieso?«, fragte Sander.

»Weil es sie nicht gibt. Es ist nur ein Märchen.«

Christoph Sander betrachtete sie forschend und aufmerksam.

»Das wäre traurig«, er blickte wieder zu den Luchsen hinüber. »Carla und ich kannten uns seit der Schulzeit. Es war nicht der ganz große Knall, die Liebe auf den ersten Blick, aber es war gut. In den letzten fünfzehn Jahren habe ich nie mehr eine Frau getroffen, die mich auch nur annähernd interessiert hätte.«

Als er sich ihr plötzlich wieder zuwandte, wurde Pia heiß. Die Sonne war hinter dem Taunus verschwunden, es wurde dämmerig. Der nahe Wald strömte einen betäubenden Duft nach Harz und wildem Knoblauch aus. Sanders Gesichtszüge waren im Halbdunkel kaum zu erkennen.

»Aber dann habe ich *Sie* kennengelernt, und auf einmal dachte ich, vielleicht gibt es doch eine zweite Chance im Leben.«

Pias Kehle war wie zugeschnürt. Sie konnte nicht antworten, war erschüttert und gleichzeitig tief berührt von diesem Geständnis. Auf einmal musste sie an Ostermanns albernes ›Petri Heil‹ denken. Sie standen sich gegenüber, sahen einander in die Augen. Sander machte einen Schritt auf sie zu, dann noch einen. In dem Moment, als sie schon glaubte, dass er sie in die Arme nehmen würde, klingelte sein Handy.

»Entschuldigung«, sagte er bedauernd. »Aber da muss ich drangehen. Das ist der Familienklingelton.«

»Kein Problem«, Pia verschränkte die Arme und wandte sich den Wildkatzen zu, vor denen sie stehen geblieben waren. Mit einem Ohr hörte sie, wie Sander sagte, sie solle ihm die SMS schicken, er werde die Polizei benachrichtigen. Sie blickte sich zu ihm um, blieb aber auf Distanz. Das, was zwischen ihnen hätte geschehen können, musste vorläufig eine Hoffnung bleiben.

»Toni hat von Svenja eine SMS erhalten«, sagte Sander nüchtern, und Pia brauchte ein paar Sekunden, um ihre Gedanken wieder auf den Fall zu konzentrieren, von dem sie sich innerlich meilenweit entfernt hatte. Wenig später las er ihr die Kurznachricht vor. *Hi Toni, tut mir leid, dass ich einfach abhaue, aber ich kann das alles nicht mehr aushalten. Ich melde mich, mir geht's gut, mach dir keine Sorgen. Svenja.*

Pia kramte ihrerseits nach dem Handy und rief Bodenstein an.

»Wir müssen sofort ihr Handy orten«, sagte sie zu ihrem Chef, »und mit den Eltern reden.«

»Ich kümmere mich darum«, erwiderte Bodenstein.«Schicken Sie mir die Nachricht. Wir treffen uns vor dem Haus von Svenjas Eltern.«

Anita Percusic war eine magere Person mit hellblond gefärbtem Haar, verlebten Gesichtszügen und einem runzligen Dekolleté, das einen jahrelangen, exzessiven Solarienmissbrauch verriet. Bodenstein schätzte das biologische Alter von Svenjas Mutter auf Anfang fünfzig.

»Wahrscheinlich schläft sie bei einer Freundin«, sagte sie mit der tiefen Stimme einer starken Raucherin, als Bodenstein sie vom Verschwinden ihrer Tochter unterrichtete. »Manchmal vergisst sie, mir Bescheid zu sagen.«

Sie ging in die Küche und zündete sich eine Zigarette an.

»Wir vermuten, dass Ihre Tochter Augenzeugin eines Mordes war«, sagte Bodenstein.

»Was? Wer ist denn ermordet worden?«

»Hans-Ulrich Pauly, der Lehrer von Svenjas Freund«, Pia fragte sich, ob eine Mutter wirklich so wenig über das Leben ihrer Tochter wissen konnte. »Svenja kannte ihn gut. Ihm gehörte ein Bistro in Kelkheim, in dem sie und Toni oft sind.«

»Werfen Sie Svenja irgendetwas vor?« Die Frau lehnte sich gegen die Arbeitsplatte aus Granit und blinzelte, weil ihr Rauch in die Augen geraten war.

»Nein. Wir wollen nur mit ihr sprechen.«

»Ihre Tochter ist schwanger«, mischte Pia sich ein. »Und ihr Freund Jonas, der wohl der Vater ist, wurde am Montagabend ermordet.«

»Was?« Anita Percusic ließ die Zigarette sinken. »Jonas ist tot?«

Bodenstein und Pia wechselten einen Blick.

»Ja«, sagte Bodenstein. »Hat Ihre Tochter Ihnen das nicht erzählt?«

»Nein«, murmelte Svenjas Mutter. Sie legte die brennende Zigarette achtlos in den Aschenbecher und setzte sich auf einen Küchenstuhl. Die Nachricht von Jonas' Tod schien sie erheblich mehr zu schockieren als die Schwangerschaft und das Verschwinden ihrer Tochter.

Einen Moment lang war es totenstill.

»Und was soll ich jetzt machen?«, fragte Svenjas Mutter ratlos und vorwurfsvoll zugleich. »Was erwarten Sie von mir?«

»Wo kann Svenja sein?«, wollte Bodenstein wissen. »Sie war seit letzter Woche nicht mehr arbeiten. Vor ein paar Stunden hat sie ihrer Freundin eine SMS geschrieben, danach aber das Handy ausgeschaltet, so dass wir es leider nicht orten können.«

Frau Percusic machte eine hilflose Geste.

»Wissen Sie überhaupt irgendetwas über Svenja?« Pia konnte kaum fassen, wie gleichgültig die Frau war. »Ihre Tochter ist noch minderjährig. Sie verletzen Ihre Aufsichtspflicht.«

»Hören Sie«, Anita Percusic blickte auf, »mein Mann arbeitet am Flughafen Schicht, und ich schufte von morgens bis abends, um Svenja ein Moped, einen Computer, einen MP3-Player und den ganzen anderen Mist zu bezahlen, damit sie mit ihren reichen Freunden mithalten kann. Aber alles, was ich von ihr kriege, ist Undank und ein motziges Gesicht!«

»Dürfen wir uns Svenjas Zimmer ansehen?«, bat Bodenstein.

Svenjas Mutter erhob sich, ging zum Zimmer ihrer Tochter und machte Licht. Das Bett war nicht gemacht, Kleider lagen herum, und es roch so, als sei seit Tagen nicht gelüftet worden. Pia setzte sich an den Schreibtisch des Mädchens und schaltete den Computer an. Es tat sich gar nichts. Sie bückte sich unter die Schreibtischplatte und stellte fest, dass das Gehäuse des Computers aufgeschraubt worden war. Die Festplatte fehlte. Pia machte ihren Chef darauf aufmerksam.

»Frau Percusic?«, rief Bodenstein. Die Mutter tauchte im Türrahmen auf, eine neue Zigarette brannte zwischen ihren Fingern.

»Hat Svenja ein Tagebuch geführt?«

»Nur in ihrem Computer. Und im Internet. Ein ... Bluff, oder so.«

»Blog«, schlug Pia vor.

»Genau. Block.«

»Könnte Svenja zu Verwandten gegangen sein?«, forschte Bodenstein. »Gibt es einen Ort, an dem sie sich besonders wohl gefühlt hat, im Urlaub oder bei einer Klassenfahrt? Was ist mit ihrem leiblichen Vater?«

»Den kennt sie gar nicht«, erwiderte Frau Percusic. »Meine Mutter lebt in Berlin. Ich kann mir nicht vorstellen, dass sie da hin ist. Und sonst – Urlaub, Klassenfahrt? Nee, da weiß ich nichts.«

Im Zimmer des Mädchens fanden sich keine Fotoalben, keine Briefe, keine Zettelchen, Konzertkarten oder andere Erinnerungen, wie junge Mädchen sie gerne aufbewahren. Das Zimmer hätte jeder x-beliebigen Person gehören können, so wenig Persönliches war zu finden. Das war eigenartig.

»Hat Svenja sich in der letzten Zeit irgendwie verändert?«

»Keine Ahnung. Sie hat ja kaum den Mund aufgekriegt.«

»Warum?«

»Warum, warum – was weiß ich!«

Pia holte ein paar Fotos aus ihrer Tasche, unter anderem einen Ausdruck von dem Bild von Svenjas Webseite, das das Mädchen mit einem Mann zeigte. Anita Percusic betrachtete das Foto und verzog angewidert das Gesicht.

»Wo haben Sie das her?«, fragte sie. Bodenstein erklärte es ihr. Die Frau sah genauer hin, schluckte.

»So ein Schwein«, murmelte sie und gab Pia das Foto zurück.

»Erkennen Sie den Mann?«, wollte Pia wissen.

»Nein«, Anita Percusic wandte sich abrupt ab, ging ins Wohnzimmer und setzte sich auf die Ledercouch. Bodenstein und Pia folgten ihr.

»Frau Percusic«, Bodensteins Stimme klang eindringlich, »Ihre Tochter ist in großen Schwierigkeiten. Wenn Sie den Mann auf dem Foto erkannt haben, sollten Sie uns sagen, wer es ist.«

»Ich habe ihn nicht erkannt«, die Frau klemmte die Hände zwischen ihre Knie und starrte vor sich hin. Pia erblickte auf einer Anrichte Fotos in silbernen Rahmen. Sie ergriff eines von Svenja, auf dem sie in die Kamera lachte. Das Mädchen hatte sich seither sehr verändert. Ein Hochzeitsfoto stach ihr besonders ins Auge.

»Wann haben Sie geheiratet?«, erkundigte sie sich.

»Vor drei Jahren. Wieso?«

»Ihr Mann ist noch ziemlich jung.«

»Na und? Ich bin achtunddreißig, das ist ja auch noch nicht alt«, erwiderte Frau Percusic spitz.

»Wie versteht Svenja sich mit ihrem Stiefvater? Wie heißt Ihr Mann?«

»Ivo. Sie verstehen sich gut, glaube ich.«

Bodenstein und Pia wechselten einen Blick. Anita Percusic wusste sehr viel mehr, als sie zugeben wollte. Aber warum sagte sie nichts? Wen wollte sie schützen? Was hatte sie zu verbergen?

Samstag, 24. Juni 2006

»Svenjas Mutter hat den Mann auf dem Foto erkannt«, sagte Bodenstein, als sie nach draußen traten und den Parkplatz überquerten. »Warum sagt sie nicht, wer er ist?«

»Vielleicht ist es der Stiefvater«, vermutete Pia.

»Das ist mir auch durch den Kopf gegangen«, Bodenstein nickte. »Nichts gegen Svenjas Mutter, aber im Vergleich zu ihrer hübschen, siebzehnjährigen Tochter ist sie eine alte Krähe. Und dieser junge Kerl hat das Mädchen den ganzen Tag vor Augen.«

Er zückte den Autoschlüssel.

»Fahren wir jetzt gleich zum Flughafen, oder warten wir bis morgen früh?«

Pia zog es nicht nach Hause. Sie hatte noch keinen Elektriker nach der defekten Sicherung schauen lassen und wusste, dass sie nach ihrem verwirrenden Erlebnis mit Sander ohnehin kein Auge zumachen würde.

»Von mir aus jetzt gleich«, erwiderte sie deshalb.

Eine Viertelstunde später brausten sie über das Frankfurter Kreuz zum Flughafen, der nachts mit seinen Lichtern dafür sorgte, dass der Himmel im Rhein-Main-Gebiet nie wirklich dunkel wurde. Pia mochte den Anblick des Flughafens bei Nacht, empfand ihn als ebenso tröstend wie hell erleuchtete Tankstellen in düsteren Winternächten. Sie warf einen Blick auf die Uhr. Viertel vor eins. Was wohl Sander gerade tat? Sie waren schweigend bis zu ihrem Auto gegangen, ihr Abschied war knapp und sachlich verlaufen.

Bodenstein manövrierte seinen BMW geschickt in eine Parklücke vor der Ankunftshalle A. Sie betraten die Ankunftshalle und mussten die gewaltigen Gebäude des Flughafens auf der Suche nach einem geöffneten Informationsschalter bis Halle C durchqueren.

»Was hat Ostermann vorhin mit dem Fisch gemeint?«, fragte er beiläufig. Auch wenn Pia diese Frage schon längst erwartet hatte, war sie unvorbereitet.

»Nichts«, erwiderte sie ausweichend. »Ein blöder Witz.«

»Das glaube ich Ihnen nicht«, sagte Bodenstein. »Man müsste schon blind und blöd sein, um nicht zu bemerken, dass da zwischen Ihnen und Sander etwas im Gange ist.«

Pia spürte, wie ihr das Blut ins Gesicht schoss.

»Das stimmt nicht. Da ist überhaupt nichts im Gange«, sie nahm sich vor, Ostermann bei passender Gelegenheit den Hals umzudrehen.

»Kirchhoff hat also keine Chance mehr«, bemerkte Bodenstein, während sie an den verwaisten Gates vorbeigingen. Pia sprach mit ihrem Chef nur selten über ihr Privatleben, und wenn überhaupt, dann nur über Belanglosigkeiten. Sie blieb stehen.

»Ich habe meinen Noch-Ehemann gestern beim Beischlaf mit einer Staatsanwältin auf dem Wohnzimmertisch überrascht. Seitdem bin ich mir ziemlich sicher, dass er keine Chance mehr braucht.«

Es bereitete ihr echte Genugtuung, ihren Chef für ein paar Sekunden sprachlos zu sehen. Auch wenn Bodenstein insgeheim begierig auf jede Art von Klatsch war, hatte er so viel Offenheit sicher nicht erwartet. Doch zu ihrer Überraschung begann er plötzlich zu grinsen.

»Jetzt verstehe ich«, sagte er.

»Was verstehen Sie?«, erkundigte sich Pia misstrauisch.

»Warum Sie nicht drangehen, wenn Kirchhoff anruft«, erwiderte Bodenstein. »Das tut er doch wohl dauernd, oder?«

»Stimmt. Dauernd.« Pia grinste auch. »Seit gestern Nacht ungefähr fünfzigmal.«

Es dauerte eine gute Stunde und rund zwanzig Telefonate, bis Ivo Percusic auf dem riesigen Gelände des Frankfurter Flughafens ausfindig gemacht worden war und am Informationsschalter in der Ankunftshalle C auftauchte. Er arbeitete bei einer Sicherheitsfirma, die für den Gebäudeschutz zuständig war. Pia schauderte bei seinem Anblick. Durchtrainierte eins fünfundachtzig, militärisch kurzer Haarschnitt, kantige Gesichtszüge – in der schwarzen Uniform des Sicherheitsdienstes sah Ivo Percusic wie ein Mann aus, mit dem man sich besser nicht anlegen sollte.

»Ihre Stieftochter ist verschwunden«, sagte Bodenstein. »Wann haben Sie Svenja das letzte Mal gesehen?«

Diese Nachricht schien Percusic zu beunruhigen.

»Wie – verschwunden?«, fragte er.

»Sie hat ihrer Freundin eine SMS geschrieben, dass sie für eine Weile ›abhauen‹ würde.«

Bodenstein stellte Percusic dieselben Fragen wie zuvor der Mutter des Mädchens, aber im Gegensatz zu ihr wollte Percusic Veränderungen an Svenja bemerkt haben. Sie sei in der letzten Zeit aggressiv gewesen, habe oft in ihrem Zimmer gesessen und geweint. Über den Grund für ihren Kummer habe sie aber nicht mit ihm sprechen wollen. Nein, Svenja und er hätten keine Probleme miteinander gehabt, das Mädchen habe ihn gemocht und respektiert, wie er sie übrigens auch.

»Svenja ist schwanger. Wussten Sie das?«

Der Mann zögerte. Das erste Mal schlich sich ein Ausdruck des Unbehagens in sein bis dahin regloses Gesicht. Er nickte.

»Svenjas Mutter wusste das nicht«, sagte Bodenstein. »Wieso haben Sie es Ihrer Frau nicht erzählt?«

Ivo Percusic zuckte die Schultern.

»Vielleicht deshalb nicht, weil Sie mit Ihrer Stieftochter geschlafen haben?«

»Nein«, erwiderte Percusic. »Das habe ich nicht.«

»Herr Percusic«, Bodensteins Stimme klang eindringlich, »Svenja ist verschwunden, nachdem sie wahrscheinlich Augenzeugin eines Mordes wurde. Außerdem wurde ihr Freund am vergangenen Montag brutal ermordet. Das hier ist keine nette Unterhaltung, verstehen Sie das?«

Der Mann starrte Bodenstein an.

»Jonas ist tot?«, fragte er fassungslos. »Ermordet?«

»Haben Sie Jonas gekannt?«, wollte Pia wissen.

»Ja, klar hab ich das«, Percusic nickte bestürzt.

»Warum haben Sie Ihrer Frau nichts von der Schwangerschaft Ihrer Stieftochter erzählt?«, hakte Bodenstein nach. »Dafür muss es doch einen Grund geben.«

»Svenja wollte das nicht. Ich musste es ihr versprechen«, erwiderte der Mann. Er ballte seine Hände zu Fäusten, kämpfte mit sich. »Letzte Woche ist sie spät nach Hause gekommen, so um vier Uhr morgens. Sie war völlig durcheinander und hat mir erzählt, dass sie einen Unfall mit dem Moped gehabt hätte.«

»Dienstag letzte Woche?«, vergewisserte sich Bodenstein. Percusic nickte.

»Sie hat wie verrückt geheult«, sagte er, »ich konnte sie kaum beruhigen. Dann hat sie gesagt, sie wäre schwanger. Und wüsste nicht von wem.«

»Wer kommt denn als Vater in Frage?«, wollte Pia wissen.

»Das hat sie nicht gesagt«, Percusic machte eine hilflose Bewegung mit beiden Armen. »Sie hat mir gesagt, dass sie keinen Bock auf die Jungs in ihrem Alter hat, eigentlich auch nicht auf Jonas. Und dann hat sie mir erzählt, sie hätte was mit einem verheirateten Mann. Ich hab gedacht, sie lügt.«

Percusic sprach ein gutes Deutsch, er hatte nach zehn Jahren in Deutschland kaum noch einen Akzent.

»Hat Svenja Ihnen erzählt, was Jonas getan hat?«, fragte Pia. »Diese E-Mail, die Fotos auf der Webseite?«

Percusic nickte erneut.

»Was genau hat sie Ihnen erzählt?«

Ivo Percusic überlegte einen Moment, kratzte sich an seinem fast kahlrasierten Schädel.

»Svenja war wütend auf Jonas, weil der irgendwas gemacht hat«, erinnerte er sich. »Es hatte was mit Jos Vater und mit dem Pauly zu tun. Deswegen haben sie Krach gehabt. Sie hat den ganzen Sonntag im Bett gelegen und geheult. Zu mir hat sie gesagt, sie würd sich umbringen, wenn Jo die Wahrheit rauskriegt.«

»Welche Wahrheit?«, fragte Pia.

»Keine Ahnung«, Percusic wich ihrem Blick aus. Er hatte sehr wohl Ahnung. Warum sagte er nicht, was er wusste? Pia reichte ihm das Foto, das Svenja beim Beischlaf mit einem Mann zeigte.

»Erkennen Sie den Mann auf dem Bild?«, fragte sie. Percusic betrachtete es genau, seine Miene verfinsterte sich, aber er schüttelte den Kopf. Er log genauso, wie zwei Stunden zuvor seine Frau gelogen hatte.

»Wo waren Sie am Montagabend zwischen 23:00 und 0:00 Uhr?«, wollte Bodenstein wissen.

»Zu Hause. Alleine. Scheiße, Sie glauben mir nicht.«

»Stimmt«, Bodenstein nickte. »Sie mögen Svenja. Als Sie hörten, was Jonas ihr angetan hat, wurden Sie wütend. Sie wollten ihn zur Rede stellen. Das Gespräch geriet außer Kontrolle, Sie haben Jonas getötet.«

»Nein, verdammt. Das hab ich nicht.«

»Sie wussten von seiner Party. Svenja hat es Ihnen erzählt.«

»Und wenn schon. Ich war da nicht.«

»Wir haben DNA vom Mörder des Jungen. Wenn Sie uns eine Speichelprobe geben und Ihre DNA stimmt nicht mit der überein, die wir gefunden haben, dann sind Sie raus.«

Auf der Fahrt nach Hofheim sprach niemand im Auto ein Wort. Pias Handy piepte, kurz bevor sie die Abfahrt Hofheim-Nord erreicht hatten. Sie öffnete ihr Handy, befürchtete schon, es sei wieder Lukas. Aber die Meldung, die eingegangen war, stammte von Christoph Sander.

Sind Sie noch wach?

Sie tippte eine Antwort ein.

Ja. Muss noch arbeiten. Wieso sind Sie wach?

Keine Minute später piepte es wieder.

Das fragen Sie ernsthaft???

Bodenstein warf Pia einen fragenden Blick zu, aber sie grinste nur und tippte eine Erwiderung.

Nein. Ich denke auch drüber nach, was gewesen wäre, wenn …

Sie starrte wartend auf ihr Telefon, nachdem sie ihre Antwort abgeschickt hatte.

Wie können wir das herausfinden?, schrieb Sander zurück.

Pias Herz begann zu klopfen.

Indem wir uns treffen und da weitermachen, wo wir unterbrochen wurden …

Sie hatten das Kommissariat erreicht. Bodenstein fuhr bis an die Eingangstür und stieg aus.

Da ist es jetzt viel zu dunkel. Aber treffen klingt gut. Nur wo?

Widerstrebend stieg Pia aus. Bodenstein ging um sein Auto herum und öffnete die Tür, damit Ivo Percusic aussteigen konnte.

»Komme gleich«, Pia merkte, dass ihre Finger vor Aufregung zitterten.

Schlagen Sie was vor, schrieb sie. Bodenstein und Percusic verschwanden im Gebäude der Polizeiinspektion.

Frühstücken?

Pia überlegte einen Augenblick. Es war zwanzig nach drei. Bis sie mit Ivo Percusic fertig waren, würde es sicher fünf sein.

Klingt gut. Bei mir? Um sechs?

Sie zögerte eine volle Minute, bevor sie die SMS abschickte. Als sie es getan hatte, lehnte sie sich an den Kotflügel von Bodensteins Auto und starrte auf ihr Handy. Sie hatte das Gefühl, als hätte sie zehn Tassen Kaffee getrunken und in eine Steckdose gegriffen. Das Display leuchtete auf, und Pia lächelte.

Ich bringe Brötchen mit. Sie machen Kaffee. Wo wohnen Sie?

Es war Viertel vor sechs, als sich Pia von einem Streifenwagen nach Hause fahren ließ. Ivo Percusic hatte sich widerstandslos Blut abnehmen lassen und eine Speichelprobe abgegeben, aber er war wenig mitteilsam gewesen. Wirklich interessant war allerdings die Tatsache, dass Ivo Percusic bis zu seiner fristlosen Kündigung Anfang April bei Dr. Carsten Bock als Chauffeur und Bodyguard gearbeitet hatte. Und noch interessanter war, dass er Svenjas Mutter bei Bocks kennengelernt hatte, denn sie war viele Jahre die Haushälterin im Bock'schen Schloss gewesen. Der Streifenwagen bremste vor dem grünen

Tor des Birkenhofs, Pia bedankte sich bei den uniformierten Kollegen und stieg aus. In den hohen Pappeln gaben die Vögel ihr Morgenkonzert und begrüßten den heraufdämmernden Morgen. Pia schloss das Tor auf und ließ es offen stehen, denn die Klingel war kaputt. Die beiden Stuten blickten über die Halbtüren der Boxen und wieherten ihr erfreut und hoffnungsvoll entgegen. Sie schüttete ihnen Futter in die Tröge und verteilte einen halben Ballen Heu, bevor sie zum Haus ging. Gleich würde Christoph Sander kommen! Er hatte die ganze Nacht nicht schlafen können – ihretwegen! Pia zitterte vor Aufregung, als sie die Haustür aufschloss. Sie kontrollierte im Vorbeigehen die Sicherungen, sie waren noch alle drin. Plötzlich erstarrte sie. Die Wohnzimmertür stand weit offen! Ein heftiger Adrenalinstoß fuhr durch ihren ganzen Körper und ließ sie erzittern. Im Reflex griff sie nach ihrer Waffe und stellte fest, dass sie nicht da war. Natürlich, sie hatte sie gestern zu ihrer Verabredung mit Sander nicht mitgenommen, und als sie ihr Auto abgestellt hatte, um mit Bodenstein zum Flughafen zu fahren, war sie nicht mehr im Haus gewesen. Pia hörte ihren Herzschlag überlaut in den Ohren, als sie wie eine Einbrecherin auf Zehenspitzen durch ihr eigenes Haus schlich. Es war niemand da, alles sah unberührt aus. Erleichtert schloss sie die Wohnzimmertür und ging ins Schlafzimmer. Sie öffnete den Kleiderschrank und schaute nach ihrer Dienstwaffe, die sie gestern Abend wie üblich in die Schublade mit der Unterwäsche gelegt hatte. Ihre Knie wurden vor Erleichterung weich, als ihre Finger den Lauf der SigSauer P6 berührten.

»Gott sei Dank«, murmelte sie und lehnte sich gegen den Schrank. Ihr Blick fiel auf den Tisch neben ihrem Bett, und sie zuckte zusammen. Sie stand stocksteif da, spürte das Prickeln echter Panik wie einen eisigen Schauer im Nacken. Auf dem Tisch stand eine Vase mit einem Strauß blutroter Rosen. Und die hatte sie selbst dort nicht hingestellt.

Pia flüchtete aus dem Haus in die Box von Gretna und Neuville und kauerte am ganzen Körper zitternd in einer Ecke. Niemand wusste etwas von den roten Rosen, niemand, außer diesem Kerl, der sie damals monatelang verfolgt und schließlich vergewaltigt hatte. Sie hatte mit keiner Menschenseele darüber gesprochen, abgesehen von den Polizisten damals, und so war es ihr im Laufe der Jahre gelungen, die schrecklichen Erlebnisse zu verdrängen. Die Tränen ballten sich in ihrer Kehle zu einem Knoten zusammen, ihr ganzer Körper schmerzte vor Angst. In ihrer Abwesenheit war jemand in ihr Haus eingedrungen und hatte die Blumen neben ihr Bett gestellt, jemand, der genau wusste, was es mit den roten Rosen auf sich hatte! Sie konnte nicht länger alleine auf dem Hof leben. Nur der Gedanke daran, dass jemand in ihrem Haus, in ihrem Schlafzimmer gewesen war, erfüllte sie mit abgrundtiefem Entsetzen. Mit einer Hand wehrte sie das neugierige Fohlen ab, das versuchte, ihre Haare anzuknabbern. Der Traum vom Leben unter einem Dach mit ihren Tieren war ausgeträumt. Schon heute Abend würde sie sich ein Hotelzimmer nehmen und gleich am Montagmorgen einen Makler mit dem Verkauf des Hofes beauftragen. Keine Sekunde länger würde sie hier bleiben!

»Hallo?«

Die Silhouette eines Mannes erschien in der Tür der Box. Sein Anblick jagte Pias Adrenalinspiegel in Bruchteilen von Sekunden erneut in schwindelnde Höhen. Sie zuckte hoch, Neuville und Gretna machten einen erschrockenen Satz.

»Ist alles in Ordnung?«, sagte Dr. Christoph Sander besorgt. »Die Haustür stand offen, und da habe ich …«

Er brach ab und hob die Hände.

»Ich ergebe mich«, er wich einen Schritt zurück. Erst da bemerkte Pia, dass sie die Waffe auf ihn gerichtet hatte, und brach in Tränen aus.

»Oliver?«

Bodenstein fuhr herum und sah Cosima mit verschlafenem Gesicht in der Tür stehen.

»Ich wollte dich nicht wecken.«

»Hast du nicht. Ich war schon wach.«

Cosima trug nur ein T-Shirt, das Haar fiel ihr wirr ins Gesicht, und als sie sich nun gähnend an den Küchentisch setzte, sah sie ihrer Tochter so ähnlich wie eine ältere Schwester.

»Hast du heute Nacht überhaupt geschlafen?«, fragte sie.

»Nein«, erwiderte er, »tue ich dir leid?«

»Schrecklich«, sie lächelte. »Was hältst du davon, wenn wir noch mal ins Bett gehen? Du erzählst mir von deinem Fall, und ich erzähle dir auch etwas.«

»Gute Idee«, Bodenstein nickte und gähnte. »Ich bin nämlich dabei, den Überblick zu verlieren. Jede Spur sieht zuerst verheißungsvoll aus und endet dann im Nichts. Auf jeden Fall stehen beide Morde irgendwie miteinander im Zusammenhang.«

Er warf Cosima einen raschen Blick zu und bemerkte erleichtert und erfreut, dass sie ihm aufmerksam und interessiert zuhörte. In den vergangenen Wochen hatte er den Gedankenaustausch mit ihr vermisst. Um sie in ihrem angeschlagenen Zustand nicht noch zusätzlich zu belasten, hatte er ihr wenig von den beiden Fällen erzählt, aber heute Morgen schien sie ihm wieder ganz die alte Cosima zu sein, von Nervosität und Blässe war nichts mehr zu bemerken. Sie gingen nach oben. In dem Moment, als Bodenstein Schuhe, Anzug und Krawatte ausgezogen hatte, verbanden sich plötzlich und unvermittelt die Gedankenfetzen, die in einem wilden Durcheinander in seinem Kopf herumgewirbelt waren. Auf einmal erkannte er die Zusammenhänge glasklar, die er vorher nicht begriffen hatte.

»Jonas' Vater«, sagte er laut.

»Jonas' Vater?«, fragte Cosima vorsichtig nach. »Was ist mit ihm?«

Ivo Percusic und seine Frau hatten beide den Mann auf dem Foto sofort erkannt. Was, wenn Svenjas Behauptung, sie habe ein Verhältnis mit einem verheirateten Mann, gar nicht gelogen war? Auch wenn Bodenstein Bock nicht besonders sympathisch fand, so war es möglich, dass er in Lebensgefahr war. Percusic hatte Gründe genug, Hass auf die Familie Bock zu haben.

»Ich muss noch mal los«, er zog sich eilig wieder an und griff nach seinem Handy. »Wolltest du mir nicht etwas erzählen?«

»Nicht so zwischen Tür und Angel«, Cosima schlüpfte unter die Bettdecke. »Das hat Zeit, bis du wieder da bist.«

»Okay«, Bodenstein war in Gedanken schon wieder ganz woanders und lächelte nur zerstreut, während er vergeblich versuchte, Pia Kirchhoff auf dem Handy zu erreichen.

Im Dunkel der Pferdebox berichtete Pia Christoph Sander mit zittriger Stimme und von hysterischen Schluchzern unterbrochen, was geschehen war. Er hatte sich neben sie ins Stroh gesetzt, sie tröstend in die Arme genommen, und Pia hatte vor lauter Erleichterung angefangen zu weinen.

»Ich glaube, meine Nerven sind nicht mehr die besten«, gestand sie, nachdem sie sich etwas beruhigt hatte. »Erst die offenen Türen und jetzt dieser Blumenstrauß.«

Sander musterte sie mit besorgter Miene.

»Wer hat denn einen Schlüssel für das Tor?«, fragte er.

»Die Nachbarin, mein Noch-Ehemann, meine Eltern und ich«, Pia wischte sich mit dem Handrücken die Tränen ab. »Aber von denen würde niemand so etwas machen. Vor allen Dingen das mit den roten Rosen, das weiß ja niemand …«

Sie brach ab und schüttelte stumm den Kopf.

»Was hat es mit diesen Rosen denn auf sich?«, fragte Sander leise.

Pia verspürte in einer plötzlichen Anwandlung das starke Bedürfnis, ihm alles zu erzählen, was seit so vielen Jahren auf ihrer Seele lastete. Sie kannte ihn zwar kaum, trotzdem glaubte sie, ihm vertrauen zu können.

»Es ist schon ziemlich lange her«, begann sie nach kurzem Zögern stockend. »Ich war im Sommer nach dem Abitur mit Freunden in Frankreich. Da habe ich jemanden kennengelernt, einen Studenten aus Frankfurt. Für mich war es nur ein Flirt, aber für ihn war es mehr. Er fing an, mich zu verfolgen. Über Wochen und Monate hinweg hat er mich belästigt, mir aufgelauert und mich bedroht. Dreimal ist er heimlich in meiner Wohnung gewesen und hat mir immer einen Strauß roter Rosen neben das Bett gestellt.«

Die Erinnerung an diese grauenhafte Zeit ließ sie schaudern.

»Ich wusste mir nicht mehr zu helfen und habe Anzeige gegen ihn erstattet und der Polizei die Briefe gezeigt, die er mir geschrieben hat. Aber sie haben gesagt, sie könnten erst dann etwas tun, wenn etwas passiert sei«, Pia schluchzte auf. »Von einem Tag auf den anderen hörte der Kerl dann auf, mich zu verfolgen. Ich dachte schon, es wäre vorbei, aber da kam er in meine Wohnung und hat mich ... vergewaltigt und beinahe erwürgt.«

»O Gott«, Sander hielt sie ganz fest in seinen Armen. »Das ist ja entsetzlich.«

»Ich habe nie mit jemandem darüber gesprochen, nicht einmal mit meinem Mann«, sagte Pia. Ihr war ganz flau, teils vor Erleichterung, weil sie endlich, endlich diese Geschichte jemandem erzählt hatte, teils vor Sorge, Sander wäre von diesem Schatten aus ihrer Vergangenheit abgestoßen.

»Manchmal tut es gut, zu reden«, sagte er leise. Sie sahen sich an.

»Ich habe mir unser Frühstück eigentlich anders vorgestellt«, flüsterte Pia. »Es tut mir leid, dass ich so …«

»Nein, nein«, unterbrach er sie rasch, »es muss Ihnen gar nichts leidtun. Das ist schon in Ordnung. Aber Sie sollten wirklich etwas unternehmen. Können Sie nicht von Ihren Kollegen Polizeischutz bekommen?«

»Dann müsste ich ja über alles reden.«

»Das würde ich an Ihrer Stelle auch tun«, sagte Christoph Sander ernst. »Es nützt nichts, wenn man so etwas einfach totschweigt. Dann wird alles immer größer und schlimmer. Es ist viel besser, darüber zu sprechen. So viel wie möglich.«

Allein der Gedanke daran verursachte Pia Unbehagen. Jeder würde von ihrer Schwäche erfahren, von ihrer Angst und davon, dass sie gedemütigt, erniedrigt wurde und beinahe getötet worden wäre. Einen Moment war es ganz still. Christoph Sander zog sie enger an sich und streichelte zärtlich ihr Gesicht. Pia spürte, dass sein Herz nicht weniger heftig klopfte als ihres.

»Wir haben einen Zuhörer«, flüsterte er auf einmal. Pia hob den Kopf und sah das Fohlen, das sie mit drollig schiefgelegtem Kopf neugierig betrachtete. Da musste sie lachen. Sander lachte auch. Er stand auf, hielt ihr die Hand hin und zog sie hoch. Sie sahen sich an und wurden wieder ernst.

»Komm«, sagte er und ergriff ihre Hand, »jetzt werfen wir erst mal diese Rosen in den Müll.«

Das Tor von Bocks Grundstück stand sperrangelweit offen. Bodenstein fuhr hindurch und erblickte einen weißen Nissan Micra vor der Haustür der Villa. Das war das Auto, mit dem Anita Percusic vor ungefähr zwei Stunden ihren Mann auf dem Kommissariat abgeholt hatte. Ganz offensichtlich hatte er mit seiner Eingebung recht behalten. Hoffentlich kam er nicht zu spät! Er griff zum Funkgerät und forderte Verstärkung an, dann nahm er seine Waffe aus dem Handschuhfach, stieg aus und ging zur Haustür. Die Tür stand offen. Bodenstein befürchtete, dass Percusic bewaffnet und zu allem bereit war. Er entsicherte seine Waffe und betrat die große Eingangshalle. Auf der Freitreppe zum ersten Stock näherten sich rasche, schleichende Schritte.

»Benjamin!«, rief Bodenstein leise, als er den jüngeren Bruder von Jonas auf dem Treppenabsatz erkannte. Der Junge erstarrte und blieb stehen. Bodenstein ließ die Waffe sinken und bedeutete ihm mit einer Geste, näher zu kommen. Der Junge zögerte. Er blickte sich ängstlich um und huschte quer durch die Halle.

»Was ist hier los«, flüsterte Bodenstein, »wo sind deine Eltern?«

»Ich ... ich w... weiß nicht«, der Junge stotterte vor Angst und Aufregung. »Ich glaube, sie sind in der Bibliothek.«

»Ist Ivo alleine hier, oder ist jemand bei ihm?«, fragte Bodenstein.

»Alleine«, Benjamin war schneeweiß im Gesicht und zitterte am ganzen Leib. »Er hat gesagt, Papa hätte Jonas umgebracht.«

Bodenstein wusste, dass er keine Zeit mehr zu verlieren hatte.

»Du gehst jetzt hinaus«, er legte dem Jungen die Hand auf die Schulter und beugte sich zu ihm hinunter. »Da steht mein Auto, ein BMW. Du steigst ein und bleibst dort sitzen, bis ich zurückkomme. In Ordnung?«

Benjamin nickte mit angstvoll aufgerissenen Augen und verschwand durch die offene Haustür. Bodenstein hatte keine Ahnung, was ihn in der Bibliothek erwartete, aber er konnte nicht einfach vor der Tür stehen bleiben und auf seine Kollegen warten. Er holte tief Luft und riss die Tür auf. Seinen Augen bot sich eine erstaunliche Szenerie: Dr. Carsten Bock saß auf einem Stuhl, nur mit einem T-Shirt und einer Boxershorts bekleidet, hinter ihm stand seine Frau und hielt eine Waffe an seinen Hinterkopf. Ivo Percusic stand mit verschränkten Armen vor ihm. Frau Bock sah sich selbst nicht mehr ähnlich. Die gepflegte, beherrschte Hausherrin mit Perlenkette und Dauerlächeln hatte sich mit dem Tod ihres ältesten Sohnes in Luft aufgelöst, an ihre Stelle war eine verhärmte, blasse Frau getreten, die eine entsicherte .38er an den Kopf ihres Mannes hielt, bereit, jederzeit abzudrücken. Bodenstein erinnerte sich daran, wie Frau Bock ihren Mann weggestoßen hatte, bevor sie schreiend zusammengebrochen war. *Fass mich nicht an,* hatte sie gebrüllt. Hinter der prachtvollen Fassade des Schlosses war schon lange nichts mehr so gewesen, wie es nach außen hin den Anschein machte.

»Frau Bock«, sagte Bodenstein mit ruhiger Stimme, »legen Sie die Waffe weg.«

»Nein«, antwortete die Frau ohne auch nur aufzublicken, »ich denke nicht dran. Ich will jetzt endlich die Wahrheit wissen. Dieser Kerl hat mich lange genug belogen und betrogen.«

»Seien Sie vernünftig«, Bodenstein erkannte, dass Frau Bock zu allem entschlossen war. »Denken Sie an Benjamin. Er braucht Sie, wenn Ihr Mann erst im Gefängnis sitzt.«

»Im Gefängnis?« In den Augen von Frau Bock flackerte es, sie blickte zu Percusic hinüber. Carsten Bock sagte gar nichts. Er starrte geradeaus an die Wand, seine Augen waren ausdruckslos.

»Ja, im Gefängnis«, bestätigte Bodenstein. »Wir haben genug Beweise gegen ihn gesammelt. Er wird sich vor Gericht wegen Bestechung und Nötigung verantworten müssen.«

»Pah«, Frau Bock drückte die Mündung des Revolvers wieder gegen den Hinterkopf ihres Mannes, »da kommt er mit Hilfe seiner Anwälte und einer Kautionszahlung schnell wieder raus. Wussten Sie, dass er die Freundin seines Sohnes geschwängert hat?«

Ihre Stimme wurde schrill.

»Als Jonas das erfahren hat, musste er sterben!«

»Falls es wirklich so war, dann wird sich Ihr Mann auch dafür verantworten müssen«, sagte Bodenstein. »Aber wenn Sie ihn jetzt erschießen, kommen Sie auch ins Gefängnis.«

»Das ist mir scheißegal«, die Frau lachte rau. »Ich habe mir schon so oft gewünscht, dass dieses Schwein tot ist! Sie haben ja keine Ahnung, was er mir, meinem Vater und unseren Söhnen angetan hat!«

»Gerlinde, bitte nimm die Waffe runter«, sagte Bock nun mit mühsam beherrschter Stimme. »Ich erkläre dir alles. Ich habe nichts …«

»Du hältst dein Maul«, unterbrach seine Frau ihn grob und versetzte ihm einen Schlag mit der Waffe auf den Kopf. »Du hast mich lange genug für blöd gehalten.«

›Deeskalation‹, dachte Bodenstein. Aber wie konnte er Frau Bock davon überzeugen, ihm die Waffe auszuhändigen? Reden. Sie musste immer weiter reden. Die Frau war keine eiskalte Killerin. Hätte sie ihren Mann wirklich erschießen wollen, dann hätte sie das sofort und ohne zu zögern getan. Je mehr sie redete, umso größer war die Chance auf eine Gelegenheit, ihr die Waffe abnehmen zu können. Bodenstein blickte auf und begegnete dem Blick von Ivo Percusic. Er signalisierte Svenjas Stiefvater mit den Augen, bloß den Mund zu halten.

»Meinen Vater hast du ins offene Messer laufen lassen«, fuhr Frau Bock unterdessen fort und unterstrich jedes Wort mit einem Stoß der Revolvermündung gegen den Kopf ihres

Gatten. »Am ausgestreckten Arm wolltest du mich verhungern lassen! Du hast wohl gedacht, ich wüsste nicht, wie du wirklich bist, du Dreckschwein! Aber jetzt bist du zu weit gegangen. Du hast meinen Sohn umgebracht, weil du Angst hattest, dass er dir Schwierigkeiten macht. Sag es schon! Gib es zu!«

Dr. Carsten Bock verzog sein hageres Gesicht zu einer unwilligen Grimasse. Er machte nicht den Eindruck, als würde er vor Angst zittern.

»Ich gebe zu, dass ich mit diesem Mädchen eine Affäre hatte«, sagte er mit heiserer Stimme. »Aber mit Jonas' Tod habe ich nichts zu tun.«

»Ich glaube dir kein Wort«, Gerlinde Bock lächelte hasserfüllt, ihre Augen glänzten wie im Fieber, aber die Hände, die die Waffe hielten, zitterten nicht. »Du warst an dem Abend nicht in München, das weiß ich genau!«

»Frau Bock, geben Sie mir die Waffe. Bitte«, Bodenstein streckte bittend die Hand aus. »Alles, was Sie jetzt von Ihrem Mann bekommen, ist ein erzwungenes Geständnis, das vor einem Gericht keinerlei Bedeutung haben wird. Lassen Sie mich mit ihm sprechen.«

Ihre Augenlider flatterten, sie zögerte.

»Du hörst doch, was er sagt«, Bock richtete sich auf und machte einen verhängnisvollen Fehler, indem er den Hass seiner gedemütigten Ehefrau unterschätzte. »Tu jetzt endlich den verdammten Revolver runter, du blöde Kuh!«

Ein Zug der Entschlossenheit zuckte um ihren Mund, dann drückte sie ab. Bodenstein reagierte im Bruchteil einer Sekunde. Er versetzte ihrem Arm einen Stoß, der Schuss krachte ohrenbetäubend laut, aber die Kugel traf statt des Hinterkopfes von Bock nur ein Bücherregal. Gerlinde Bock taumelte vom unerwarteten Rückstoß der Waffe, und Bodenstein gelang es, ihr den Revolver abzunehmen. Da begann die Frau hysterisch zu kreischen, sie fiel auf die Knie und trommelte mit beiden Fäusten auf den Boden. Gleichzeitig stürmten die Polizisten, die Bodenstein angefordert hatte, in die Bibliothek. Bock und Percusic ließen sich widerstandslos abführen, Frau Bock beruhigte sich erst, als ihr Mann verschwunden war. Bodenstein ging neben ihr in die Knie und legte seine Hand auf ihre knochige Schulter.

»Warum haben Sie das getan«, flüsterte sie unter Tränen, »warum haben Sie mich daran gehindert, dieses Schwein zu erschießen?«

»Seien Sie froh, dass ich Sie daran gehindert habe«, erwiderte Bodenstein, »Ihr Sohn Benjamin braucht Sie. Ihr Mann wird nämlich eine ganze Weile im Gefängnis sitzen.«

Bodenstein trank die sechste oder siebente Tasse Kaffee, als Pia sein Büro betrat. Sie sah blass und mitgenommen aus, nicht viel besser als er selbst.

»Es tut mir leid«, wiederholte sie das, was sie vorhin am Telefon schon zu ihm gesagt hatte. »Ich hatte das Handy im Auto liegen lassen.«

»Schon okay«, Bodenstein stieß einen Seufzer aus.

»Hat Bock etwas über Svenja gesagt?«, fragte Pia.

»Er hatte wirklich ein Verhältnis mit ihr, aber er weiß angeblich nicht, wo sie jetzt ist. Dass er etwas mit der Ermordung seines Sohnes zu tun hat, streitet er ab. Die Kollegen vom K30 sind auf dem Weg hierher. Sie werden heute alle verhaften, die sich von Bock haben korrumpieren lassen.«

»Und wo ist Frau Bock?«

»In der Psychiatrie in Höchst«, Bodenstein nippte an seinem Kaffee und verzog das Gesicht. »Mein Gott, das war knapp. Um ein Haar hätte sie ihren Mann erschossen.«

»Wie ist es überhaupt so weit gekommen?«

»Percusic hatte Bock auf dem Foto mit Svenja erkannt«,

sagte er. »Er wollte seinen früheren Chef deswegen zur Rede stellen. Die ganze Sache ist eskaliert, als Frau Bock hörte, wie Percusic ihrem Mann vorwarf, er habe Jonas getötet, weil der von seinem Verhältnis mit Svenja erfahren hatte.«

»War es denn so?«

»Die Ähnlichkeit der DNA, die wir bei Jonas gefunden haben, spricht tatsächlich dafür, dass es ein enger Blutsverwandter getan hat. Aber Bock behauptet, er sei am Montagabend in München gewesen.«

»Wie sind Sie überhaupt darauf gekommen, dass Percusic zu Bock gefahren sein könnte?«, wollte Pia wissen.

»Intuition«, Bodenstein brachte ein schwaches Lächeln zustande, »Gott sei Dank ist die mir noch nicht ganz abhandengekommen.«

Als er nach Hause kam, saß Cosima in der Küche am Tisch und schrieb einen Einkaufszettel.

»Und?«, fragte sie neugierig.

»Frag nicht«, Bodenstein ging zum Kühlschrank und nahm sich einen Joghurt, »ich hatte den 7. Sinn.«

Er erzählte ihr eine kurze Version der Ereignisse vom Morgen.

»Gut, dass ich nicht weiß, was du so alles erlebst«, sagte Cosima. »Ich hätte wohl keine ruhige Minute mehr.«

»Ich bin selbst noch ganz zittrig«, gab Bodenstein zu. »Vielleicht habe ich aber auch nur zu wenig geschlafen und zu viel Kaffee getrunken.«

»Musst du noch mal weg?«

»Später«, er holte sich einen Löffel aus der Schublade und öffnete den Joghurt.

»Ich werde übrigens die Neuguinea-Expedition im Herbst absagen«, sagte Cosima beiläufig und schrieb weiter an ihrem Einkaufszettel. Bodenstein hielt beim Joghurtessen inne.

»Wieso denn das? Sag bloß, du wirst allmählich vernünftig.«

»Na ja«, Cosima sah ihn an und lächelte. »Ob das so vernünftig ist, wozu ich mich stattdessen entschlossen habe, ist fraglich.«

»Jetzt bin ich aber mal gespannt.«

»Ich habe es vor einer Woche erfahren«, sagte Cosima. »Zuerst war ich einfach schockiert. Irgendwie war ich gedanklich schon im Oma-Fach, und dann das …«

Bodenstein sah seine Frau verständnislos an.

»Ich habe erst geglaubt, ich wäre krank, weil ich damit überhaupt nicht gerechnet hätte«, Cosima wurde ernst. »Mit fünfundvierzig bin ich zwar nicht wirklich alt, aber mit der Vorstellung, noch mal mit Windeln und Stillen und all dem anfangen zu müssen, musste ich mich erst mal anfreunden.«

Allmählich begann Bodenstein zu begreifen.

»Nein«, sagte er ungläubig, »das ist nicht wahr, oder?«

»Doch«, sie nickte, »wir kriegen ein Kind.«

Bodenstein starrte sie sprachlos an. Dann begann er zu grinsen. Wenn er alles erwartet hätte, das nicht.

»Und deshalb lässt du Neuguinea ausfallen?«

»Hältst du mich deswegen für ein Weichei?« Cosima lächelte.

»Na ja, du scheinst im Alter etwas zimperlich zu werden«, entgegnete er, aber dann ging er zu ihr, zog sie in seine Arme und hielt sie fest an sich gedrückt. Cosima schlang ihre Arme um seinen Hals.

»Es tut mir leid, dass ich es dir nicht eher gesagt habe«, flüsterte sie, »aber ich musste erst mal selbst damit fertig werden. Ist es wirklich okay für dich? Noch mal das ganze Programm?«

»Ich bin … begeistert«, Bodenstein spürte, wie ihm vor

Glück die Tränen in die Augen stiegen. »Ach, Cosi, ich kann es gar nicht glauben, das ist großartig, wirklich!«

Sie sahen sich an und lächelten.

»Wer hätte das gedacht«, sagte Bodenstein leise. Er berührte ihre Wange, dann küsste er sie, erst zärtlich, dann mit wachsender Leidenschaft.

»Was ist denn in euch gefahren?«, ertönte hinter ihnen Rosalies Stimme. Sie unterbrachen ihren Kuss, sahen sich an und kicherten wie zwei Frischverliebte.

»Sollen wir es ihr sagen?«, fragte Bodenstein. Cosima nickte.

»Was sagen?« Rosalie blickte ihre Eltern misstrauisch an.

»Sag du's ihr«, forderte Bodenstein seine Frau auf. Cosima ließ ihn los, ging zu ihrer Tochter und umarmte sie.

»Stell dir vor, Rosi: Ich bin schwanger. Wir bekommen im Dezember ein Baby«, verkündete sie. Unsanft befreite Rosalie sich aus den Armen der Mutter.

»Wie bitte?« Sie war fassungslos und sah erst ihre Mutter, dann ihren Vater mit einem beinahe entsetzten Gesichtsausdruck an. »Das gibt's doch wohl nicht! Ist ja mega-peinlich!«

»Wieso?«, fragte Bodenstein. »Was ist denn daran peinlich?«

»Wisst ihr, wie alt ihr seid?«, erwiderte Rosalie vorwurfsvoll.

»Was meinst du damit?« Cosima grinste belustigt. »Zu alt zum Kinderkriegen oder zum Kindermachen?«

Das verschlug Rosalie die Sprache.

»Ich fasse es nicht«, stieß sie hervor und verschwand. Bodenstein grinste. Junge Menschen waren erstaunlich prüde und verdrängten zu gerne den Gedanken daran, dass ihre Eltern ebenso liebten und miteinander schliefen, wie sie selbst es taten. Er erinnerte sich daran, wie er mit etwa zwölf Jahren seine Eltern mal ›dabei‹ überrascht hatte. Wochenlang hatte er sie nicht ansehen können, ohne sich insgeheim für sie zu schämen.

»Jetzt sind wir bei ihr unten durch«, sagte er und ergriff Cosimas Hand. »Was hältst du davon, wenn wir ins Bett gehen und die Tür abschließen?«

»Und dann?« Cosima legte den Kopf schief und grinste.

»Das zeige ich dir dann schon«, erwiderte Bodenstein.

Die Vermisstenmeldung nach Svenja Sievers ging am Nachmittag und Abend durch Radio und Fernsehen. Eine Ortung ihres Handys war ergebnislos verlaufen; dem Bewegungsprofil zufolge war das Mobiltelefon zuletzt am Freitag um 20:07 Uhr in Bad Soden eingeschaltet worden, also ungefähr zu dem Zeitpunkt, als Svenja die SMS an Antonia Sander geschickt hatte. Seitdem war es ausgeschaltet. Es gab einige Hinweise aus der Bevölkerung, die sich aber bei genauerer Überprüfung als falsch herausstellten. Sämtliche Ermittlungen in beiden Mordfällen hatten die Beamten des K11 in eine Sackgasse geführt. Als Bodenstein bester Laune ins Kommissariat zurückkehrte, traf er seine Mitarbeiter in einem Zustand missmutiger Lethargie an. Die ausbleibenden Erfolge hatten eine demoralisierende Wirkung auf das ganze Team, die drückende Bruthitze in den unklimatisierten Büros ließ die Stimmung gegen den Nullpunkt sinken.

»Gibt es etwas Neues?«, fragte Bodenstein, obwohl er wusste, dass er sich die Frage hätte sparen können.

»Vorhin hat eine Andrea Aumüller angerufen«, sagte Kathrin Fachinger. »Sie gehört zu der Grünzeug-Clique und wollte mit Ihnen sprechen.«

»Ich rufe sie an«, sagte Bodenstein. »Geben Sie mir die Nummer.«

Er wollte seine Mitarbeiter gerade nach Hause schicken,

als Ostermann einen Laborbericht vom LKA aus dem Faxgerät zog.

»Wir haben etwas!«, verkündete er, nachdem er den Bericht überflogen hatte. »Die Leiche von Pauly hat tatsächlich auf der Ladefläche des Pick-ups vom Opel-Zoo gelegen.«

Bodensteins Blick begegnete kurz dem von Pia Kirchhoff.

»Die KTU hat Haare, Blut und Hautpartikel von Pauly an der Palette und an der Innenseite der Ladefläche gefunden, außerdem stimmt das Holz von der Palette mit den Splittern überein, die bei der Obduktion gefunden wurden«, berichtete Ostermann. »Es gab jede Menge Spuren von grobkörnigem Kochsalz, wie es zur Herstellung von Salzlecksteinen benutzt wird. Und es wurden Lackspuren von Paulys Fahrrad an der hinteren Verladeklappe festgestellt. Es ist absolut eindeutig.«

Für einen Moment war es ganz still. Dann räusperte Bodenstein sich.

»Frau Kirchhoff«, sagte er, »geben Sie mir die Nummer von Dr. Sander. Frank, Sie überprüfen Sanders Alibi. Stellen Sie fest, ob er wirklich mit der Maschine gekommen ist, die er uns genannt hat.«

»Ich könnte ...«, begann Pia, doch Bodenstein brachte sie mit einer Handbewegung zum Schweigen.

»Nein«, sagte er, »das mache ich. Sie fahren nach Hause.«

Pia seufzte und nickte. Bodenstein hielt sie für nicht mehr objektiv, was Sander betraf, deshalb schloss er sie von den Ermittlungen aus, und vielleicht hatte er ja recht. Sie schrieb ihrem Chef die Handynummer von Sander auf und reichte ihm den Zettel.

»Ich fahre dann jetzt«, sagte sie und ergriff ihre Tasche.

»Moment«, hielt Bodenstein sie zurück und musterte sie eindringlich. »Tun Sie jetzt bitte nichts Unbedachtes.«

Das klang wie eine Warnung.

»Wie meinen Sie das?«, fragte Pia.

»Halten Sie sich aus den Ermittlungen gegen Sander heraus. Und damit meine ich, Sie sollten ihn jetzt weder anrufen noch eine SMS schreiben.«

»Sie glauben doch wohl nicht im Ernst, dass er etwas mit dem Mord an Pauly zu tun hat?«

Bodenstein zögerte kurz.

»Er hatte ein Motiv und die Mittel«, erwiderte er, »ob er auch die Gelegenheit hatte, werde ich herausfinden.«

Dr. Christoph Sander erschien nur eine halbe Stunde, nachdem Bodenstein ihn erreicht hatte, auf dem Kommissariat in Hofheim. Er verlor kein Wort darüber, dass ihm die Unterbrechung seiner Arbeit an einem sonnigen Samstagnachmittag, an dem im Opel-Zoo Hochbetrieb herrschte, ausgesprochen ungelegen kam. Bodenstein führte ihn in sein Büro, bot ihm einen Kaffee an, den er dankend ablehnte, und präsentierte ihm die Fakten, die das Labor geliefert hatte.

»Der Mörder von Pauly steht in irgendeiner Verbindung zum Zoo«, sagte Bodenstein abschließend. »Er muss die Möglichkeit gehabt haben, das Auto zu benutzen. Auf jeden Fall sind Sie und Ihre Mitarbeiter nun in den Fokus unserer Ermittlungen geraten.«

»Alle meine Mitarbeiter haben Pauly gekannt, er hat ja oft genug Ärger gemacht«, Sander verschränkte die Arme vor der Brust, »aber dass jemand von ihnen so weit gehen würde, ihn zu töten und seine Leiche ausgerechnet auf die Wiese über dem Zoo zu legen, kann ich mir nicht vorstellen.«

»Was ist mit Ihnen? Sie sind nicht mit dem Flug aus London gekommen, den Sie uns genannt haben. Ihr Name taucht allerdings auf der Passagierliste eines Fluges auf, der schon um Viertel nach acht gelandet ist. Welche Erklärung haben Sie dafür?«

Sander musterte Bodenstein unverwandt aus wachsamen, dunklen Augen.

»Ich war auf den frühen Flug gebucht«, sagte er. »Ich hatte auch schon telefonisch eingecheckt, aber auf dem Weg nach Heathrow hatte es einen Unfall gegeben, ich stand mit dem Taxi im Stau. Als ich am Flughafen ankam, war die Maschine weg, deshalb habe ich die nächste genommen.«

Das klang glaubhaft, konnte aber genauso gut erfunden sein.

»Ich will ganz offen sein«, gab Bodenstein zu. »Im Augenblick spricht jede Menge gegen Sie. Motiv, Mittel, Gelegenheit – alles passt. Dazu könnte man Ihr freundschaftliches Verhältnis zu Frau Kirchhoff als Versuch betrachten, sie zu Ihren Gunsten zu beeinflussen.«

Sander zuckte mit keiner Wimper, seine Miene blieb ausdruckslos.

»Gegen Sie als Täter«, fuhr Bodenstein fort, »sprechen für mich der Fundort der Leiche und die Tatsache, dass wir überhaupt Spuren auf der Ladefläche des Pick-ups gefunden haben. Ich nehme an, dass Sie, wenn Sie Paulys Leiche tatsächlich irgendwo abgelegt hätten, einen anderen Ort als die Wiese am Zoo gewählt hätten. Außerdem hätten Sie die Palette entsorgen und das Fahrzeug gründlich reinigen können.«

Sander hob nur die Augenbrauen und schwieg. Bodenstein lehnte sich in seinem Schreibtischsessel zurück und betrachtete sein Gegenüber eingehend.

»Decken Sie jemanden?«, fragte er. Auf diesen Gedanken schien Sander überhaupt nicht gekommen zu sein.

»Nein«, er schüttelte überrascht den Kopf, »wieso sollte ich das tun und mich selbst dabei verdächtig machen?«

»Aus Sympathie zum Beispiel …«

»Sicher nicht. Ich verstehe mich mit allen meinen Mitarbeitern gut, aber so weit würde ich niemals gehen.«

»Auch nicht für einen Freund Ihrer Familie und Sohn eines Stiftungsratmitgliedes?«, forschte Bodenstein.

»Sie sprechen von Lukas«, Sander runzelte die Augenbrauen und sann einen Augenblick über diese Möglichkeit nach, verwarf sie aber augenblicklich. »Der Junge hätte doch überhaupt keinen Grund gehabt, Pauly umzubringen. Er mochte ihn.«

»Wie gut kennen Sie den Jungen?«, wollte Bodenstein wissen.

»Ziemlich gut«, erwiderte Sander, »und ziemlich lange.«

»Sehen Sie, ich kenne Lukas nicht besonders gut«, Bodenstein lehnte sich zurück und versuchte den Mann, der ihm gegenübersaß, einzuschätzen. »Aber im Gegensatz zu den meisten anderen Menschen ist er mir nicht besonders sympathisch. Er ist zu nett. Das kann täuschen.«

»Wie meinen Sie das?« Sander richtete sich auf.

»Lukas sieht gut aus, er ist intelligent und beliebt. Nicht einer von den vielen Leuten, die wir im Laufe der letzten Tage verhört haben, hat seinen Namen auch nur mit einem Wort erwähnt.«

»Wieso auch? Was soll er mit den Morden an Pauly oder an Jonas zu tun haben? Beide waren seine engen Freunde.«

»Es ist eine Angewohnheit von mir, Menschen zu misstrauen, denen andere Menschen überhaupt nicht misstrauen«, Bodenstein lächelte. »Meine Kollegin Frau Kirchhoff ist von Lukas ganz angetan. Ich habe den Eindruck, dass sie nicht mehr ganz neutral ist, was den Jungen betrifft.«

»Und woran kann das liegen?«

Die Männer sahen sich schweigend an.

»Emotionen können die Objektivität eines Menschen stark beeinflussen«, sagte Bodenstein, »davor sind nicht einmal erfahrene Kriminalbeamte gefeit. Frau Kirchhoff hat für Lukas Mitgefühl entwickelt, nicht zuletzt durch das, was Sie ihr über den Jungen erzählt haben. Mitgefühl ist eine sehr starke Emotion.«

Sander sagte nichts, blickte Bodenstein nur abwartend an.

»Für meine Begriffe«, fuhr dieser fort, »ist Lukas ein Meister der Manipulation. Er zeigt jedem Menschen das Gesicht, das derjenige gerade sehen will oder das ihm für seine Belange nützlich erscheint. Jeder sieht in Lukas also nur das, was er sehen will. Den wahren Lukas kennt überhaupt niemand.«

Sander stützte nachdenklich das Kinn auf seine geballte Faust.

»Ich glaube, da überschätzen Sie den Jungen«, antwortete er. »Sie haben recht, er sieht gut aus und macht einen selbstsicheren Eindruck, aber eigentlich ist er ein zutiefst verunsicherter, sehr sensibler junger Mann auf der Suche nach Anerkennung und Rückhalt, die er von seinem Vater nicht bekommt.«

»Sie mögen ihn«, stellte Bodenstein fest.

»Ja, das ist wahr«, bestätigte Sander, »ich mag Lukas. Er hat einige sehr traumatische Erlebnisse verkraften müssen, als er klein war. Es tut mir in der Seele weh, dass er jetzt wieder leiden muss.«

»Pauly wurde vor seiner Küchentür erschlagen«, sagte Bodenstein. »Seine Leiche wurde auf die Ladefläche Ihres Pick-ups geladen und lag dort etwa vierundzwanzig Stunden lang, bevor sie auf die Wiese gelegt wurde. Dazu gehört etwas.«

»Genau. Kaltblütigkeit oder Hass. Beides traue ich Lukas gerade in Bezug auf diesen Pauly ganz und gar nicht zu. Im Übrigen hat der Junge noch nicht einmal einen Führerschein.«

»Wem trauen Sie es dann zu? Wer von Ihren Mitarbeitern, der Zugang zu dem Fahrzeug hatte, kann Pauly so sehr gehasst haben, um so etwas zu tun?«

»Niemand.«

»Dann frage ich mal anders: Wer von Ihren Mitarbeitern kann *Sie* so sehr hassen, um *Ihnen* mit dieser Tat eins auswischen zu wollen?«

»Sie denken, dass dies alles passiert sein könnte, um *mir* einen Mord in die Schuhe zu schieben? Warum?« Sander lächelte ungläubig.

»Vielleicht wollte sich jemand an Ihnen rächen. Gibt es einen ehemaligen Mitarbeiter, den Sie entlassen haben und der sich ungerecht behandelt fühlte?«

Zoodirektor Sander legte die Stirn in Falten und dachte nach. Bodenstein beobachtete ihn scharf.

»Einen gibt's tatsächlich«, sagte er nach einer ganzen Weile zögernd. »Das war einer von der Sorte Menschen, die sich grundsätzlich benachteiligt fühlen. Er war nur vier Wochen da, aber er hatte keinen Teamgeist, war faul und nachlässig. Ich habe ihn zweimal abgemahnt und dann vor ungefähr einem Monat fristlos entlassen. Er war deswegen so sauer, dass er auf mich losgegangen ist. Wir hatten eine handfeste Auseinandersetzung.«

»Verraten Sie mir seinen Namen? Ich würde das gerne überprüfen.«

»Er heißt Tarek. Tarek Fiedler.«

Bodenstein richtete sich auf. Tarek Fiedler! Das war der Freund von Lukas und Jonas Bock, der in der Gärtnerei in Schwalbach arbeitete und Esther Schmitt an der Ruine ihres Hauses abgeholt hatte! Er hatte Pauly zweifellos gekannt.

»Sie können gehen, Herr Dr. Sander«, sagte Bodenstein und griff nach der Akte Jonas Bock, die vor ihm auf dem Schreibtisch lag. »Danke, dass Sie gleich gekommen sind.«

»Bitte«, der Zoodirektor erhob sich und verließ das Büro, ohne Bodenstein die Hand zu geben.

Als Bodenstein eine halbe Stunde später vor der Tür der Wohnung von Tarek Fiedler in einem der Hochhäuser am Ostring in Schwalbach eintraf, prallte er beinahe mit einem jungen Mann zusammen, der mit mehreren Taschen bepackt gerade die Wohnung verließ. Der Junge fuhr zusammen und ließ vor Schreck die Taschen fallen.

»Bist du nicht Franjo Conradi?« Bodenstein glaubte sich an das Gesicht des Jungen von dessen Besuch auf dem Kommissariat zu erinnern.

»Ja. Wieso?« Der Junge wich ängstlich zurück. Im schummerigen Licht des fensterlosen Flurs erkannte Bodenstein Verletzungen in seinem Gesicht. Seine Lippe war dick geschwollen, das linke Auge zierte ein Veilchen, seine Brille war verbogen und ein Glas gesplittert.

»Was ist denn mit dir passiert?«, fragte er.

»Nichts«, der Junge bückte sich, um die Taschen wieder aufzuheben. Er war klein und schmächtig, seine fahrigen Bewegungen verrieten seine Anspannung. Franjo Conradi hatte Angst.

»Ist Herr Fiedler in seiner Wohnung?«, fragte Bodenstein. »Ich muss ihn dringend sprechen.«

»Nein, der ist in der Firma«, erwiderte Franjo nervös.

»Ziehst du aus?«

»Ja«, sagte der Junge wortkarg. Erstaunt bemerkte Bodenstein, dass er mit den Tränen kämpfte. Irgendetwas musste ihn tief erschüttert haben, denn Jungs in seinem Alter würden lieber aus dem 14. Stock eines Hochhauses springen, als vor fremden Leuten zu heulen.

»Hast du dich mit jemandem geprügelt? Mit Tarek? Ich dachte, ihr wärt Freunde und hättet gemeinsam diese Computerfirma.«

»Freunde!« Franjo gab einen Laut von sich, eine Mischung aus Lachen und Schluchzen. »Das waren wir mal, bevor Tarek aufgetaucht ist. Dem ging es immer nur ums Geld.«

Er hob die Hand an seine lädierte Lippe, die leicht blutete.

»Ich hab die ganze Scheiße mit der Firma und diesem dämlichen Spiel satt«, sagte er heftig, »ich dachte, denen ginge es echt darum, etwas zu verändern, zu verbessern. Aber das hat die überhaupt nicht interessiert! Ullis Ideen und Projekte waren denen scheißegal. Ich hab echt viel zu lange nicht geblickt, was da wirklich läuft.«

Der Junge war ein Idealist, der aus echter Überzeugung mit seinen Eltern gebrochen hatte.

»Wer sind ›die‹?«, fragte Bodenstein in der Hoffnung, dem enttäuschten Jungen ein paar Informationen zu entlocken. Aber diese Frage, von einem Polizisten gestellt, ging dem Jungen dann doch zu weit. Er antwortete nicht.

»Wie kommst du hier weg?«

»Keine Ahnung«, Franjo zuckte die Schultern.

»Wenn du willst, nehme ich dich mit. Ich fahre nach Kelkheim.«

Auf der Fahrt entspannte sich Franjo ein wenig. Er erzählte, dass Pauly ihn ermutigt hatte, seinen eigenen Weg zu gehen.

»Mein Vater versteht nicht, dass ich kein Metzger werden will«, sagte er, »er meint, ich wäre undankbar. Aber ich hab bei der Vorstellung, dass ich bis an mein Lebensende Wurst machen und hinter der Ladentheke stehen soll, einen Horror gekriegt.«

Bodenstein hörte schweigend zu. Er hatte Verständnis für Conradi empfunden, als der ihm voller Empörung erzählt hatte, Pauly habe seinen Sohn gegen ihn aufgehetzt. Aus dem Munde des Jungen klang das ganz anders. Franjo wollte kein Metzger werden, so, wie Lorenz nicht zur Polizei gehen wollte. Bodenstein erinnerte sich noch gut an die Enttäuschung seines Vaters, als er ihm damals mitgeteilt hatte, er wolle nicht der Erbe von Hofgut Bodenstein werden, sondern lieber Jura studieren und dann zur Polizei gehen. Er selbst hatte sich vorgenommen, seine Kinder nie zu einem Beruf zu zwingen, dennoch hatte er sich dabei ertappt, dass er Rosalie den Sommerjob als Küchenhilfe verbieten wollte. »Ich will Biologie studieren«, sagte Franjo gerade, »und auf einer Forschungsstation auf den Galapagosinseln arbeiten. Mein Vater hat mich ausgelacht und gesagt, er würde mich enterben.«

Bodenstein warf einen kurzen Seitenblick auf das übel zugerichtete Gesicht des Jungen.

»Deshalb hab ich auch mitgemacht«, fuhr Franjo fort. »Jo hat gesagt, wir würden ein Schweinegeld verdienen. Ich bin gut am Computer, ich kann programmieren, aber ich bin halt nicht – Lukas!«

»Wie meinst du das?«, fragte Bodenstein. Hatte er etwa endlich jemanden gefunden, der Lukas nicht mochte und bewunderte?

»Lukas ist ein Genie«, erwiderte Franjo dann aber zu seiner Enttäuschung. »Er liest Quellcodes wie andere Leute Bücher und kann Perl, Java, BASIC und C, zehnmal besser als Tarek. *Double Life* war seine Idee, aber jetzt meint Tarek, er müsste alles an sich reißen.«

»Können Lukas und Tarek sich gut leiden?«

»Lukas kommt mit jedem klar«, sagte Franjo, dann wurde seine Stimme bitter. »Tarek schleimt sich an Lukas ran, weil ohne ihn nichts geht. Das hat sogar Tarek kapiert.«

»Magst du Lukas?«

»Ja«, Franjo nickte, »er hat zwar hin und wieder mal Ausraster, aber das ist ja bei Genies oft der Fall. Wenn Lukas mal komisch war, hat Ulli zu uns gesagt, das wäre seine Krankheit. Tarek hat sich über Lukas lustig gemacht, natürlich nur heimlich, aber ich fand's total mies von ihm. Ich finde, Freunde sollten nicht schlecht voneinander reden.«

Das fand Bodenstein hochinteressant.

»Was für eine Krankheit hat Lukas denn?«, wollte er wissen.

»Ulli hat gesagt, Lukas wäre dissoziativ«, Franjo zuckte die Schultern. »Ich weiß nicht, was er damit gemeint hat.«

Bodenstein konnte sich auch nichts darunter vorstellen und beschloss, das später nachzuschlagen.

Tarek Fiedler verließ gerade die Lagerhalle im Münsterer Gewerbegebiet, in der die Internetfirma untergebracht war, als Bodenstein in den Hof fuhr. Er hatte sein Handy zwischen Ohr und Schulter eingeklemmt und diskutierte heftig und offensichtlich verärgert mit jemandem, während er die verschiedenen Schlösser an der Tür nacheinander abschloss. Als er Bodenstein erblickte, hob er grüßend die Hand und beendete sein Telefonat.

»Hallo, Herr ... ich hab Ihren Namen leider vergessen«, sagte er freundlich und lächelte. Von seiner Verärgerung war ihm nichts mehr anzumerken.

»Bodenstein. Haben Sie Zeit, mir ein paar Fragen zu beantworten?«

»Klar«, der junge Mann nickte. Sein Handy meldete sich mit einer Melodie, aber er beachtete es nicht.

»Die Leiche von Herrn Pauly wurde auf der Ladefläche eines Lieferwagens vom Opel-Zoo transportiert«, sagte Bodenstein, »wir fragen uns jetzt, wie sie dahin gekommen ist und wer die Gelegenheit hatte, dieses Auto zu benutzen.«

Das Lächeln auf dem Gesicht des jungen Mannes verschwand.

»Ach, ich verstehe«, sagte er. »Sie haben sicherlich mit Sander gesprochen. Ich hatte mit ihm Streit, als er mich gefeuert hat. Nicht zu fassen, dass er mir einen Autodiebstahl zutraut.«

»Tut er nicht«, erwiderte Bodenstein, »aber wir verfolgen jede Spur, auch wenn sie noch so unwahrscheinlich ist.«

Tareks Handy klingelte penetrant weiter.

»Wieso fragen Sie nicht Lukas nach dem Auto? Er nimmt immer die Pick-ups mit, wenn Sander nicht da ist.«

»Ich denke, er hat keinen Führerschein.«

»Keine Ahnung. Auto fahren kann er aber.«

Bodenstein fragte sich, wieso der junge Mann seinen Freund Lukas anschwärzte. War er vielleicht eifersüchtig? Er dachte daran, dass Sander Tarek Fiedler als einen Menschen charakterisiert hatte, der sich ständig ungerecht behandelt fühlte.

»Was machen Sie genau in der Firma von Lukas und Jonas?«, fragte er.

»Die Firma gehört uns zu gleichen Teilen«, verbesserte Tarek, »allerdings hatte ich nicht das Geld, das wir für die GmbH gebraucht haben, deshalb sind offiziell Lukas und Jo als Geschäftsführer eingetragen. Intern gibt's aber keine Hierarchie. Jeder macht das, was er am besten kann.«

»Und was können Sie am besten?«

»Programmieren«, Tarek lächelte. »Natürlich nur noch völlig legale Sachen. Ich habe meine Lektion gelernt.«

»Wie kommen Sie mit Lukas zurecht?«

»Meistens gut«, der junge Mann wurde nachdenklich. »In der letzten Zeit hat er sich ziemlich verändert.«

»Inwiefern?«

»Schwer zu sagen. Er ist manchmal ... total abwesend, dann flippt er ohne Grund aus und brüllt herum. Aber er kriegt ja auch wahnsinnigen Druck von seinem Vater. Der hat ihm den Geldhahn zugedreht, das ist schon bitter für jemanden wie Lukas.«

»Wieso?«

»Das Geld für die Firma kommt vom alten van den Berg und von Jo's Vater. Größtenteils, ohne dass die das mitbekommen haben. Lukas und Jo haben es ... hm ... geklaut ist nicht das richtige Wort. Sie wollen es zurückzahlen, mit Zinsen.«

Sein Handy klingelte wieder, diesmal mit einer anderen Melodie. Tarek Fiedler warf einen Blick aufs Display.

»Gibt es sonst noch etwas?«, fragte er ungeduldig. »Ich habe noch ziemlich viel zu tun.«

»Warum haben Sie Franjo Conradi zusammengeschlagen?«

»Wer behauptet denn so was?«

»Sie haben Verletzungen an den Fingerknöcheln«, bemerkte Bodenstein. »Und Franjo hat welche im Gesicht. Ich habe nur kombiniert.«

Plötzlich wirkte der junge Mann nervös.

»Wir hatten Streit. Nichts Wichtiges.«

»Dafür, dass es um nichts Wichtiges ging, sieht Franjo aber ziemlich mitgenommen aus«, sagte Bodenstein. »Wie sehen denn Leute nach einem Streit mit Ihnen aus, bei dem es um etwas Wichtiges ging?«

»Auf jeden Fall sind sie nicht tot«, Tarek Fiedler lächelte, aber seine Augen blieben ernst, »so wie ein Freund von mir, der mit jemandem Streit hatte.«

»Jonas?«

»Genau. Er hatte Streit. Mit Lukas.«

Die erdrückende Hitze des Tages war einem lauen Sommerabend gewichen. Von der Terrasse des Schlossrestaurants hatte man einen herrlichen Blick durch das Tal bis hoch nach Ruppertshain. Bodensteins Bruder Quentin hatte sich zu Cosima und ihm an den Tisch gesetzt, nachdem sie gegessen hatten.

»Ich habe übrigens eine neue Einstellerin bei mir im Stall«, sagte Quentin gerade. »Eure zukünftige Schwiegertochter. Thordis Hansen.«

»Tatsächlich?« Bodenstein erinnerte sich an die frühmorgendliche Begegnung neulich in der Garage, die beinahe peinlich geworden wäre. »Seit wann?«

»Seit vorgestern. Die Besitzverhältnisse auf Gut Waldhof sind noch immer ungeklärt, die Anlage verlottert.«

»Schade drum«, bemerkte Bodenstein. Im vergangenen Jahr hatte er nicht nur den alten, sondern auch den neuen Besitzer der noblen Reitanlage am Ortsrand von Kelkheim hinter schwedische Gardinen befördert.

»Mir soll's recht sein«, Quentin winkte einem der Kellner und deutete auf die leere Rotweinflasche. »Ich habe jetzt alle Boxen voll. Außerdem habe ich endlich einen positiven Bescheid vom Bauamt bekommen. Wenn wir jetzt noch die Finanzierung durchkriegen, können wir im nächsten Frühjahr mit dem Abriss der alten und dem Bau der neuen Reithalle beginnen.«

»Ach. Wie hast du das mit dem Bauamt hingekriegt?«, erkundigte sich Bodenstein bei seinem Bruder, »die hatten doch stärkste Bedenken wegen des Denkmalschutzes der alten Reithalle.«

»Der Leiter vom Bauamt geht gerne gut essen«, erwiderte Quentin.

»Das ist Bestechung.«

»Ach was«, Quentin winkte lässig ab. »Ihr Bullen nehmt alles viel zu genau.«

»Nicht nur wir Bullen«, sagte Bodenstein. »Übrigens sitzen der Leiter vom Bauamt und der, der ihn bestochen hat, seit heute Morgen in U-Haft. Und zwar genau deswegen. Ich hoffe für dich, dass er deinen Vorgang abgeschlossen und unterschrieben hat, sonst kannst du nur auf einen ebenso verfressenen Amtsnachfolger hoffen.«

»Red keinen Unsinn«, Quentin setzte sich kerzengerade auf.

»Tu ich nicht«, erwiderte Bodenstein. »Schäfer hat sich nicht nur von dir bestechen lassen.«

Neue Gäste erschienen auf der Terrasse, wurden von Quentins Frau Marie-Louise begrüßt und zum letzten freien Tisch geleitet.

»Ist das da drüben nicht Thordis' Mutter«, bemerkte Cosima in einem etwas spöttischen Tonfall, »euer beider Jugendschwarm?«

Die Brüder Bodenstein wandten die Köpfe. Tatsächlich. Es war Inka Hansen, in Begleitung einiger Herren und Damen. Bodenstein traute seinen Augen nicht, als er Dr. Christoph Sander erkannte.

»Schau mal einer an«, murmelte er.

»Das sind Vorstand und Stiftungsrat vom Opel-Zoo in Kronberg mitsamt Damen«, erklärte Quentin. »Sie kommen einmal im Monat zum Essen. Wenn im Herbst ihr eigenes Restaurant fertig ist, werden wir sie wohl als Gäste verlieren.«

Bodenstein beobachtete, wie Dr. Sander Inka Hansen galant den Stuhl zurechtrückte. Sie dankte ihm dafür mit einem Lächeln, für das er vor fünfundzwanzig Jahren bereitwillig gemordet hätte. So, wie es aussah, hatte sich Pia Kirchhoff vergebliche Hoffnungen auf diesen Sander gemacht. Die Art und Weise, wie der Zoodirektor und seine Tierärztin miteinander umgingen, sich anlächelten und gemeinsam in einer Speisekarte blätterten, zeugte von Vertrautheit. Ein attraktiver Witwer und eine nicht minder attraktive alleinstehende Frau, die durch ihre Arbeit viele Berührungspunkte und gemeinsame Interessen hatten – eine ideale Kombination. Wie passte dagegen eine noch verheiratete Kriminalbeamtin in das Leben eines Dr. Sander? Bodensteins Misstrauen gegen den Mann wurde stärker. Und ganz plötzlich wusste er, was ihn die ganze Zeit schon gestört hatte.

Pia hatte den ganzen Spätnachmittag und Abend in höchster Anspannung, wenn auch vergeblich, darauf gewartet, dass Sander sich bei ihr meldete. War er verärgert, weil sie ihn nicht gewarnt hatte? Oder hatte Bodenstein ihn womöglich etwa verhaftet? Die Ungewissheit machte sie schrecklich nervös.

Es war Viertel vor zehn, als ihr Handy summte. Zu ihrer Enttäuschung war es Bodenstein, nicht Sander.

»Frau Kirchhoff«, er sprach leise, im Hintergrund war das Klappern von Geschirr und Stimmengewirr zu hören. »Darf ich Ihnen eine sehr persönliche Frage stellen?«

»Wieso? Ich meine: ja. Natürlich.«

»Dr. Sander und Sie – ist das etwas Ernstes oder nur ein … hm … Flirt?«

Pia merkte, wie ihr Herz bei der Erwähnung von Sanders Namen bis in ihre Kniekehlen sackte. Unwillkürlich dachte sie an das, was heute Morgen vielleicht geschehen wäre, wenn ihr Chef nicht angerufen hätte.

»Wieso müssen Sie das wissen?«, fragte sie vorsichtig. »Oder sind Sie einfach mal wieder neugierig?«

»Nein, es ist ernst«, sagte Bodenstein mit gedämpfter Stimme. »Je länger ich über alles nachdenke, desto mehr habe ich das eigenartige Gefühl, dass wir – oder speziell Sie – Teil einer genau geplanten Inszenierung sind.«

»Wie kommen Sie darauf?« Pia schluckte beklommen und richtete sich auf. »Was für ein Interesse sollte …«, es fiel ihr schwer, seinen Namen auszusprechen, »… Sander daran haben, irgendetwas zu inszenieren?«

»Das ist mir auch nicht ganz klar. Es hängt vielleicht mit Svenja zusammen, der besten Freundin seiner Tochter. Oder mit Lukas. Die zwei sind irgendwie in unsere Fälle verwickelt, Sander weiß das und will sie schützen. Aber es ist nur so ein Gefühl von mir.«

Bodenstein und seine Gefühle! Die hatten ihn schon öfters getrogen. Pia dachte flüchtig an den Zusammenstoß zwischen ihrem Chef und einer Karatekämpferin im vergangenen Herbst, die er auch aus einem Gefühl heraus fälschlicherweise für tatverdächtig gehalten hatte.

»Ich bin gerade im Restaurant meines Bruders«, erklärte Bodenstein. »Sander ist auch hier. In Begleitung von Inka Hansen. Das muss nichts heißen, sie ist die Tierärztin vom Zoo, aber sie ... na ja ...«

»Aber was?« Pia schloss die Augen. Sollten all die schönen Worte, die SMS gestern Nacht, der verständnisvolle Trost heute Morgen, nur Teil eines perfiden Planes gewesen sein, um der verliebten Bullentante Sand in die Augen zu streuen? Die Bestätigung ihrer leisen Zweifel schmerzte wie eine offene Wunde.

»Die beiden machen einen ziemlich vertrauten Eindruck.«

»Warum auch nicht? Sie arbeiten ja täglich zusammen«, hörte Pia sich mit hohler Stimme sagen. »Zwischen ihm und mir ist nichts weiter als ... Nichts weiter eben.«

Sie hasste sich für ihre Träume, für ihre bescheuerte, kindische Verliebtheit, und sie hasste Bodenstein, weil er ihre schöne Illusion zerstört hatte. Die Enttäuschung verwandelte sich in Zorn. Als Bodenstein das Gespräch endlich beendet hatte, starrte sie blicklos in den Abendhimmel. Mit Tränen in den Augen grübelte Pia darüber nach, ob sie sich von Sander hatte benutzen lassen. Er musste schnell gemerkt haben, dass sie ihn sympathisch fand. Hatte er diese Schwäche ausgenutzt? War der Fisch etwa gar nicht in ihr Netz geschwommen, sondern sie in seines? Pia konnte nicht glauben, dass sie sich so sehr geirrt haben sollte – und doch saß der Mann, dem sie heute Morgen ihr schlimmstes Geheimnis anvertraut hatte, in diesem Augenblick mit einer anderen Frau beim Essen und verschwendete offenbar keine Gedanken mehr an sie, sonst hätte er sich wenigstens noch kurz gemeldet. Selten hatte sie sich so elend, so einsam gefühlt. Unmerklich hatten sich Beruf und Privatleben auf eine verhängnisvolle Weise miteinander vermischt. Pia dachte angestrengt nach, versuchte zurückzuverfolgen, wann sich der richtige Weg im Gewirr ihrer konfusen Träume und Ängste verloren hatte. Während sie noch in den Himmel starrte, schrillte wieder das Handy. Pia warf einen Blick auf das Display. Lukas! Er war jetzt genau der Richtige, um ihre verletzte Seele zu streicheln.

Ganz Deutschland befand sich im Ausnahmezustand, seitdem die deutschen Fußballer am Nachmittag die Schweden mit 2:0 im ersten Achtelfinalspiel bei der WM aus dem Wettbewerb geschossen hatten. Noch am späten Abend kurvten Autokorsos mit jubelnden, Fähnchen schwenkenden Fans durch die Straßen Frankfurts, ganz so, als ob Deutschland bereits Fußballweltmeister geworden wäre.

»Idioten«, sagte Lukas. »Die haben doch alle ein Rad ab.«

Pia warf ihm einen kurzen Blick zu. Er war nur eine Viertelstunde nach ihrem Telefonat bei ihr gewesen, schön wie ein Erzengel in einer engen Jeans, einem weißen Hemd mit aufgerollten Ärmeln und den offenen blonden Haaren. Sie hatte ihn nicht gefragt, wo er mit ihr hinfahren wollte. Hauptsache, sie musste nicht länger allein in ihrem Haus sitzen und über Christoph Sander und sein Verhalten grübeln.

»Was ist passiert?«, fragte Lukas, als sie im Smart von van den Bergs Haushälterin an der Messe vorbei in Richtung Innenstadt fuhren.

»Was soll passiert sein?«, entgegnete Pia.

»Sie sind anders als sonst«, stellte er fest. »Durcheinander und abwesend.«

»Ich habe zwei Morde aufzuklären und komme einfach nicht weiter«, sagte Pia, überrascht von Lukas' Sensibilität.

»Das ist es nicht. Jemand hat Sie verletzt. Hab ich recht?«

Seine Stimme war so voller Mitgefühl, dass Pia beinahe in Tränen ausgebrochen wäre.

»Schon gut«, Lukas gewährte ihr taktvoll den Moment, den sie brauchte, um die Kontrolle zurückzugewinnen. Er bog in die Mainzer Landstraße ein, dann in die Neue Mainzer.

»Wo fahren wir hin?«, erkundigte sich Pia.

»Cocktails trinken.«

»Hier? Im Bankenviertel?«

»Ja. Waren Sie schon mal im Maintower?«

Lukas war konzentriert auf der Suche nach einem Parkplatz und fand schließlich einen, der gerade groß genug war für den Smart.

»Nein«, Pia schüttelte den Kopf, »kommt man da einfach so rein?«

»Ich schon«, Lukas grinste. Daran zweifelte Pia keine Sekunde. Als sie sich dem Wolkenkratzer der Helaba näherten, in dem sich in 187 Metern Höhe ein Studio des Hessischen Rundfunks und ein Restaurant befanden, zückte er eine Plastikkarte. Er ergriff ihre Hand, drängte sich durch die wartenden Menschen und zog Pia mit sich. Hinter dem Granittresen der Rezeption beherrschten zwei junge Frauen und ein Mann in dunkelblauen Uniformen mit Dauerlächeln höflich und bestimmt die Einlasskontrolle. Lukas präsentierte dem Trio, dessen Gnade über Ge- oder Misslingen eines Samstagabends entschied, die Plastikkarte, die durch ein Lesegerät gezogen wurde.

»Dürfte ich bitte Ihren Personalausweis sehen?« Der Mann war misstrauisch. Seitdem Terroranschläge auf Hochhäuser nicht mehr bloße Utopie waren, hatte man auch in Frankfurt die Sicherheitsbestimmungen verschärft. Lukas reichte ihm den gewünschten Ausweis. Nach einer eingehenden Prüfung wurde das gefrorene Lächeln des Mannes herzlich, beinahe devot.

»Herzlichen Dank«, er gab Lukas den Ausweis und die Plastikkarte zurück. »Willkommen im Maintower. Bitte sehr …«

Das begehrte Eingangstürchen ging mit einem Surren auf, und Pia folgte Lukas durch eine Sicherheitskontrolle zu den Aufzügen.

»Wie hast du das denn hingekriegt?«, flüsterte Pia, als sie alleine mit einem Sicherheitsmann im Aufzug standen.

»Der Name meines Vaters öffnet in Frankfurt Tür und Tor«, Lukas zwinkerte ihr zu. Der Aufzug schoss in Sekunden einhundertsiebenundachtzig Meter hoch.

»Du willst mich beeindrucken«, stellte Pia fest.

»Natürlich«, Lukas grinste entwaffnend. »Wenn Sie schon mal mit mir ausgehen, dann nicht in irgendeine Spelunke.«

Beim Betreten des Maintower-Restaurants verschlug es Pia kurz den Atem. Acht Meter hohe Panoramascheiben gewährten einen Ausblick über die ganze Stadt. Zu ihren Füßen breitete sich ein grandioses Lichtermeer aus.

»Guten Abend, Herr van den Berg«, begrüßte sie die Restaurantleiterin genauso zuvorkommend wie zuvor das Bodenpersonal. »Was können wir für Sie tun?«

»Meine Freundin ist das erste Mal hier«, Lukas gab sich blasiert. »Deshalb möchte sie gerne am Fenster sitzen. Am liebsten in der Bar.«

»Selbstverständlich. Einen Moment bitte«, beflissen eilte die Frau davon. Sekunden später war der Tisch bereit, irgendjemand hatte für den Sohn des Bankvorstandes van den Berg den Platz räumen müssen. Die Aussicht aus den bis zum Boden reichenden Glasfenstern war atemberaubend, die Cocktails suchten ihresgleichen. Lukas' Gesellschaft tat Pia gut, seine Aufmerksamkeit und seine unaufdringliche Zuvorkommenheit waren Balsam für ihre enttäuschte Seele. Sander, Henning und ihre beruflichen Probleme waren so weit entfernt wie der Mond. Zum Teufel mit den Männern und den Gefühlen! Nach dem fünften Cocktail hatte sich Pias Laune erheblich gebessert.

»Hier wird's allmählich öde«, fand Lukas auf einmal. »Lass uns woanders hinfahren.«

»Ich bin dabei«, erwiderte Pia. Sie hatte einen ordentlichen Schwips, und unter Lukas' Blicken fühlte sie sich so jung und begehrenswert wie lange nicht mehr. Das Alarmsystem ihrer Vernunft hatte sich mit einem letzten, schwachen Flackern längst abgeschaltet. Seit Jahren war sie immer vernünftig und besonnen gewesen, aber in dieser Nacht wollte sie es einmal nicht sein.

Sonntag, 25. Juni 2006

Der Notruf ging um Viertel nach sieben bei der Zentrale ein. Der Anrufer teilte mit, dass im Haus des Nachbarn eine Leiche läge. Der wachhabende Beamte informierte die Besatzung eines Streifenwagens, unter der angegebenen Adresse nachzuschauen. Polizeiobermeister Krause und Polizeimeisterin Bernhardt waren gerade in der Nähe, fuhren in die Freiligrathstraße 52 und kletterten über das mit Kameras gesicherte Tor, nachdem sich auch nach mehrfachem Klingeln im Haus nichts rührte. Sie gingen durch einen parkähnlich angelegten Garten um die Villa herum zur Rückseite des Gebäudes, stiegen vorsichtig durch kunstvoll angelegte Blumenrabatten und betraten durch die weit geöffneten Terrassentüren das Haus. Wie der Nachbar gesagt hatte, fanden sie einen nur mit einer Badehose bekleideten Mann auf dem Parkettfußboden vor dem Schreibtisch. Um seinen Kopf hatte sich eine Blutlache gebildet, die bereits geronnen war. Polizeiobermeister Krause ging neben der Leiche in die Knie und legte die Finger an die Halsschlagader des Mannes.

»Ruf einen Notarzt an!«, sagte er zu seiner Kollegin. »Der Mann lebt noch!«

»Was ist passiert?«, fragte Bodenstein, der gleichzeitig mit den Beamten der Spurensicherung eingetroffen war.

»Jemand muss versucht haben, ihm den Schädel einzuschlagen«, erwiderte der Notarzt. »Er hat auch Blutergüsse an den Armen und Schultern.«

»Wie ist sein Zustand?«, erkundigte sich Bodenstein.

»Kritisch«, der Notarzt blickte auf, »er liegt sicher schon ein paar Stunden hier.«

»Ist das der van den Berg von der Deutschen Bank?«, fragte der Leiter der Spurensicherung. Bodenstein nickte. Die Kleidung van den Bergs hing ordentlich über einem der Liegestühle am Pool im Garten. Alles sah danach aus, als ob der Mann vor einer abendlichen Runde im Pool von einem Angreifer überrascht und im Haus niedergeschlagen worden war. Es hatte einen Kampf gegeben, davon zeugten zwei umgefallene Stühle und eine Stehlampe.

»Hier auf der Terrasse sind auch Blutspuren!«, rief einer der Beamten von der Spurensicherung. »Und hier liegt auch die Tatwaffe.«

»Was ist das?«

»Ein Briefbeschwerer.«

Bodenstein versuchte, den Tathergang zu rekonstruieren. Van den Bergs Angreifer musste aus dem Haus gekommen sein, denn niemand brachte einen Briefbeschwerer mit. Der Schwerverletzte hatte sich noch bis in sein Arbeitszimmer geschleppt, dort war es erneut zum Kampf gekommen. Aber wie war der Angreifer unbemerkt in das gut gesicherte Haus gelangt?

»Frau Kirchhoff meldet sich nicht«, sagte einer der uniformierten Beamten zu Bodenstein. »Ihr Handy ist aus.«

»Das Handy ist aus?« Bodenstein war darüber mehr verwundert als verärgert, denn normalerweise schaltete seine Kollegin ihr Mobiltelefon nie ab, schon gar nicht, wenn sie Bereitschaftsdienst hatte, wie an diesem Wochenende. Pia Kirchhoff war gewissenhaft, dazu eine Frühaufsteherin. Wenn ihr Handy nicht an war, dann hatte das einen Grund.

Er wandte sich vom Anblick des Schwerverletzten ab und rief auf der Festnetznummer seiner Kollegin an.

»Hallo«, hörte er ihre Stimme und war erleichtert, bis er begriff, dass es nur die Ansage vom Anrufbeantworter war. Da stimmte etwas nicht. Wäre sie krank gewesen, hätte sie sich bei ihm gemeldet. Der Beamte stand noch da und blickte ihn abwartend an.

»Schicken Sie eine Streife hin«, Bodenstein hatte plötzlich ein ungutes Gefühl. Hatte Pia gestern Abend doch noch mit Sander telefoniert? Hatten sie sich vielleicht getroffen? Er wandte sich an den Nachbarn der van den Bergs, der diskret ein Stück weit entfernt wartete, und erfuhr, dass es außer dem Sohn Lukas keine nahen Verwandten gab. Die Haushälterin war seit ein paar Tagen verreist. Gerade als er nach dem Hausarzt des Verletzten fragte, ging die Haustür auf, und ein junger Mann betrat die Eingangshalle.

»Das ist Lukas«, sagte der Nachbar betroffen. »Der arme Junge.«

»Was ist hier los?« Lukas ließ seinen Haustürschlüssel fallen und drängte sich an den Beamten und Sanitätern vorbei ins Arbeitszimmer seines Vaters. Ein paar Sekunden lang stand er stocksteif da und starrte seinen Vater fassungslos an.

»Papa«, murmelte er tonlos. »Papa, wach auf, bitte! Papa!«

»Dein Vater ist schwer verletzt und nicht bei Bewusstsein«, Bodenstein legte eine Hand auf die Schulter des Jungen. »Die Sanitäter bringen ihn ins Krankenhaus.«

Lukas schlug seine Hand weg. Er richtete sich auf und blickte die Männer aus blutunterlaufenen Augen wild an.

»Lasst uns in Ruhe! Haut ab hier!«, schrie er plötzlich unbeherrscht. »Verpisst euch aus unserem Haus, ihr Arschlöcher! Was habt ihr hier zu suchen? Raus! Ich rufe die Polizei!«

Bodenstein starrte den jungen Mann ungläubig an. Bisher

hatte er ihn nur freundlich und lächelnd erlebt, doch mit einem Mal schien eine aggressive, bösartige Person von seinem Körper Besitz ergriffen zu haben. Mit wutverzerrtem Gesicht stürzte sich Lukas auf den Beamten, der ihm am nächsten stand, und schlug mit beiden Fäusten auf ihn ein. Es bedurfte dreier Männer, ihn zu überwältigen.

»Mein Gott«, sagte der Notarzt, »das habe ich ja noch nie erlebt.«

»Ich auch nicht«, entgegnete Bodenstein. Ihm kam wieder sein Verdacht in den Sinn, dass sich hinter Lukas' hübscher Fassade etwas ganz anderes verbarg, als er es die Menschen gemeinhin sehen ließ. Bodenstein ging in die Hocke und ergriff ein Handgelenk des jungen Mannes, der keuchend auf dem Boden lag. Die Beamten hielten ihn vorsichtshalber noch fest, aber alle Energie war aus seinem Körper gewichen, und er leistete keinen Widerstand mehr.

»Dein Vater muss sofort ins Krankenhaus gebracht werden«, sagte Bodenstein ernst. »Er ist sehr schwer verletzt.«

»Was ist überhaupt passiert?« Lukas blickte ihn verwirrt an.

»Das wissen wir noch nicht genau.«

»Aber wir wollen doch heute zusammen zum Brunch ins Schlosshotel gehen«, murmelte er undeutlich, dann verzog sich sein Gesicht zu einer Grimasse, und er begann zu schluchzen.

»Lasst ihn los«, sagte Bodenstein. Er reichte Lukas die Hand, half ihm aufzustehen und legte ihm den Arm um die Schultern. Der Junge blickte sich unsicher um. Bei dem Kampf hatte sich der Verband von seinem Arm gelöst, die Wunde blutete leicht. Lukas starrte blicklos darauf. Unsicher, beinahe wie ein Betrunkener, schlurfte er zwischen Bodenstein und einem Beamten hinüber ins Wohnzimmer, es schien ihn unsägliche Kraft zu kosten, einen Fuß vor den anderen zu setzen.

»Ich muss im Schlosshotel anrufen und absagen«, flüsterte er.

Bodenstein hatte den Hausarzt der van den Bergs ausfindig gemacht, weil Lukas sich gegen die Beruhigungsspritze gewehrt hatte, die ihm der Notarzt verabreichen wollte. Dr. Bertram Röder traf im Hause van den Bergs ein, kurz nachdem Lukas' Vater mit dem Notarztwagen abtransportiert worden war. Der Junge saß apathisch auf einer Treppenstufe und starrte mit leerem Blick vor sich hin. Er hatte sich geweigert, auf sein Zimmer zu gehen, und da alle noch seinen gewalttätigen Ausbruch vor Augen hatten, versuchte niemand, ihn dazu zu zwingen.

»Was wird jetzt aus Lukas?«, fragte Bodenstein den Arzt. »Jemand sollte seine Mutter benachrichtigen. Wenn ich mich richtig erinnere, hat er gesagt, dass sie in Boston arbeitet.«

Dr. Bertram Röder warf ihm einen seltsamen Blick zu.

»Das hat Lukas erzählt?«, fragte er.

»Ja, so etwas in der Art«, Bodenstein nickte, »wieso?«

»Lukas' Mutter ist tot. Sie ist vor vierzehn Jahren an Krebs gestorben.«

Einen Augenblick herrschte völlige Stille in dem großen Haus. Bodenstein fiel etwas ein.

»Was bedeutet ›dissoziativ‹?«, fragte er den Arzt, dann erklärte er, was Franjo Conradi ihm erzählt hatte.

»Nun«, Röder räusperte sich, »es ist tatsächlich so, dass Lukas vor vielen Jahren psychologisch behandelt wurde. Man vermutete eine multiple Persönlichkeitsstörung.«

»Was ist das? Schizophrenie?«

»Im weitesten Sinne.«

Bodenstein blickte zu dem Jungen hinüber, der geistesabwesend auf seinen verletzten Arm starrte.

»Zur Ausbildung einer multiplen Persönlichkeit kommt es

durch traumatische Erlebnisse, vor allem in früher Kindheit. Viele multiple Patienten wurden emotional vernachlässigt, haben schon oft die Erfahrung gemacht, verlassen zu werden. Lukas hat seine Mutter verloren, als er sieben Jahre alt war.«

»Multiple Persönlichkeit«, Bodensteins Blick wanderte wieder zu Lukas, »ist das so wie Dr. Jekyll und Mr Hyde?«

»So in etwa. Die Ausbildung verschiedener Persönlichkeiten ist ein Selbstschutzmechanismus, die Persönlichkeitswechsel werden durch einen sogenannten ›trigger‹, ein auslösendes Moment, aktiviert.«

»Wie macht sich diese Störung bemerkbar?«

»Menschen, die unter einer multiplen Persönlichkeitsstörung leiden, haben Angst vor dem Verlassenwerden. Sie fallen oft durch Instabilität in persönlichen Beziehungen auf, durch impulsive sexuelle Aktivität, unangemessen heftige und unkontrollierte Zornausbrüche und dadurch, dass ihnen die Erinnerung an gewisse Zeiträume fehlt.«

»Das bedeutet«, Bodenstein legte die Stirn in Falten, »wenn die eine Persönlichkeit etwas tut, weiß es die andere mitunter gar nicht?«

»So etwas wurde schon beobachtet«, bestätigte Dr. Röder.

In dem Moment klingelte es an der Haustür. Einer der Polizeibeamten öffnete. Christoph Sander stürmte in die Halle, er wirkte sehr besorgt. Sein Blick fiel auf Lukas. Er ging vor ihm in die Hocke und ergriff seine Hand. Bodenstein konnte nicht verstehen, was er sagte, aber bemerkte, dass sich Lukas' stierer Blick mit Leben füllte. Sander strich dem Jungen übers Haar und nahm ihn tröstend in die Arme. Lukas vergrub sein Gesicht an der Schulter des Mannes.

»Papa stirbt!«, schluchzte er und klammerte sich an Sander fest wie ein verzweifeltes Kind. »Was soll ich denn jetzt bloß machen?«

Bodensteins Handy summte. Seine Hoffnung, es könnte Pia Kirchhoff sein, die ihm erklärte, sie habe vergessen, den Akku ihres Handys zu laden, wurde nicht erfüllt. Stattdessen meldete sich die Besatzung des Streifenwagens, die man zum Birkenhof geschickt hatte.

»Hier ist keine Menschenseele«, berichtete ein Beamter. »Das Tor ist zu. Aber vor dem Haus steht ein Geländewagen.«

»Gehen Sie rein«, Bodenstein senkte seine Stimme. »Schauen Sie nach, ob etwas passiert ist.«

»Wie denn?«, fragte der Polizist phantasielos.

»Fragen Sie auf dem Hof nebenan«, entgegnete Bodenstein scharf, »die haben einen Schlüssel, soweit ich weiß.«

Sander hatte Lukas dazu gebracht, mit ihm nach oben zu gehen, um sich eine Weile hinzulegen. Fünf Minuten später kam er die Treppe hinunter.

»Ich hab den Notarzt vor dem Haus stehen sehen«, sagte er. »Was ist passiert?«

»Lukas' Vater lag bewusstlos vor seinem Schreibtisch. Jemand hat ihn niedergeschlagen«, Bodenstein hegte keine besonders große Sympathie mehr für den Mann, erst recht nicht, seitdem er beobachtet hatte, wie Inka Hansen ihn angestrahlt hatte.

»O Gott«, Sander wirkte ehrlich betroffen, »dem Jungen bleibt auch gar nichts erspart. Was wird jetzt mit ihm?«

»Er sollte vorerst nicht alleine sein«, sagte Dr. Röder. Die beiden Männer schienen sich zu kennen.

»Dann schicke ich gleich meine Tochter hierher, damit sie bei ihm bleibt. Danach kann er zu uns kommen.«

»Das wäre gut. Er hat vorhin ein wenig die Nerven verloren.«

»Er ist völlig ausgerastet«, präzisierte Bodenstein, »hat einen Beamten angegriffen und unbeherrscht herumgebrüllt.«

»Erst wird ein guter Bekannter von ihm ermordet, dann sein bester Freund, und kurz darauf liegt sein Vater bewusstlos vor ihm«, entgegnete Sander heftig. »Was erwarten Sie von dem Jungen? Dass er genauso abgebrüht und gleichgültig ist wie Sie?«

Dieser Vorwurf verärgerte Bodenstein über alle Maßen. Es bedurfte seiner ganzen Beherrschung, die heftige Entgegnung, die ihm auf der Zunge lag, zurückzuhalten.

»Ist Frau Kirchhoff auch hier?«, erkundigte Sander sich nun.

»Nein«, Bodenstein hatte nicht vor, sich länger mit dem Mann zu unterhalten als notwendig. »Wieso fragen Sie?«

»Weil ich heute Morgen um kurz nach vier eine eigenartige SMS von ihr bekommen habe.«

»Eine SMS? Was hat sie Ihnen geschrieben?«

Sander kramte sein Handy aus der Hosentasche, ließ es aufschnappen und drückte auf den Tasten herum, bis er die Nachricht auf dem Display hatte. Er reichte Bodenstein das Gerät.

DOUblelIFE. Tark. Rosn.

»Was soll denn das bedeuten?« Bodenstein blickte auf.

»Tja«, Sander zuckte ratlos die Schultern, »wenn ich das wüsste.«

»Warum schreibt Ihnen Frau Kirchhoff um vier Uhr morgens eine SMS?«, fragte Bodenstein argwöhnisch. »Ging eine Korrespondenz voraus?«

Sanders Gesicht nahm einen verschlossenen Ausdruck an. »Sie meinen, ob ich ihr vorher geschrieben habe? Nein.«

»Aber in der Nacht zuvor haben Sie ihr geschrieben.«

»Stimmt«, Sander hielt Bodensteins Blick, ohne mit der Wimper zu zucken, stand. »Wie Sie richtig bemerkt haben, in der Nacht zuvor.«

Bodensteins Abneigung gegen Sander wuchs mit jedem

Wort, das dieser sagte. Was hatte der Mann bloß an sich? Er sah nicht übermäßig gut aus, war meistens mürrisch, und doch hatte er nicht nur Pia Kirchhoff, sondern auch der nüchternen, kühlen Inka den Kopf verdreht! Bodenstein konnte sich die nächste Bemerkung nicht verkneifen.

»Letzte Nacht stand Ihnen der Sinn dann eher nach Inka Hansen …«

»Wie kommen Sie denn darauf?«

»Stimmt es oder stimmt es nicht, dass Sie gestern mit ihr zusammen waren?«, beharrte Bodenstein in einem Anflug alberner Eifersucht.

»Ich weiß zwar nicht, was Sie mein Privatleben angeht«, sagte Sander mit einem sarkastischen Unterton, der Bodenstein noch mehr verärgerte, »aber ja: es stimmt. Wir waren zusammen essen. Danach bin ich nach Hause gefahren. Alleine. Ist Ihre Frage damit ausreichend beantwortet?«

»Das ist sie. Danke«, entgegnete Bodenstein frostig. Die beiden Männer maßen sich mit feindseligen Blicken, schließlich drehte sich Sander auf dem Absatz um und marschierte aus dem Haus.

»Ach, Dr. Sander!«, rief Bodenstein ihm nach. Der Mann blieb stehen und blickte sich widerwillig um.

»Wenn Lukas sich etwas beruhigt hat, rufen Sie mich bitte an. Ich muss mit ihm sprechen. Im Gegensatz zu Ihrer Annahme kann er nämlich durchaus Auto fahren. Den Pick-up vom Zoo hat er in Ihrer Abwesenheit gerne mal mit nach Hause genommen.«

Es bereitete Bodenstein eine kindische Genugtuung zu beobachten, wie Sander erst blass, dann rot wurde und sichtlich verärgert abzog. Wahrscheinlich würde er jetzt seine Töchter zur Rede stellen und erfahren, dass der schöne Lukas sein Vertrauen schamlos ausgenutzt hatte.

Auf dem Birkenhof war keine Spur von Pia Kirchhoff. Die Nachbarin hatte den Polizisten das Tor aufgeschlossen, und diese hatten Bodenstein angerufen, der eine Viertelstunde später eintraf. Ihr Auto stand unter dem Walnussbaum, im Haus waren die Rollläden hochgezogen, die Schlösser an allen Türen unversehrt. Nichts deutete auf ein gewaltsames Eindringen oder gar eine Entführung hin. Bodenstein rief den Noch-Ehemann seiner Kollegin an und erkundigte sich, ob er etwas von Pia gehört hatte, aber das war nicht der Fall. Kirchhoff war auch besorgt, denn es war nicht Pias Art, einfach zu verschwinden und niemandem Bescheid zu sagen. Er rief bei ihren Eltern und ihrer Schwester an, vergeblich. Gegen elf Uhr war klar, dass ihr etwas zugestoßen sein musste. Behnke wurde beauftragt, alle verfügbaren Beamten des Kommissariats aus dem Wochenende zu holen, um eine Sonderkommission zu bilden, die in allen Polizeistationen, Kranken- und Leichenschauhäusern der Region nach Pia Kirchhoff suchen sollten. Vielleicht war sie mit Freunden unterwegs gewesen, und es hatte einen Unfall gegeben, sie war überfallen, beraubt oder … nein, an diese letzte Möglichkeit wollte Bodenstein gar nicht erst denken. Wahrscheinlich stellte sich ihr Verschwinden im Nachhinein als ganz harmlos heraus. Die Nachbarin hatte weder etwas Ungewöhnliches gehört noch gesehen; am frühen Abend hatte sie noch mit Pia über den Zaun hinweg gesprochen. Sie wollte noch einmal ihren Mann und die Erntehelfer fragen, die in den Obstplantagen hinter dem Birkenhof arbeiteten, und versprach, sich um die Tiere und Blumen zu kümmern, bis Pia wieder da war. Tief beunruhigt fuhr Bodenstein nach Hofheim ins Kommissariat. Während der Fahrt grübelte er darüber nach, ob er durch seinen gestrigen Anruf bei seiner Kollegin eine Kurzschlussreaktion ausgelöst hatte, die letztendlich zu ihrem Verschwinden geführt hatte. Gingen Pia Kirchhoffs Gefühle für diesen Sander doch tiefer, als sie es ihm gegenüber zugegeben hatte? Warum hatte sie ihm diese eigenartige SMS geschickt? Eines war Bodenstein glasklar: Er misstraute dem Mann, den Inka Hansen gestern Abend so angelächelt hatte und dem offenbar auch seine Kollegin auf Anhieb verfallen war, aus tiefstem Herzen.

Die Anspannung bei den Mitarbeitern des K11 war anders als sonst, wenn nach Vermissten, nach Mördern oder ihren Opfern gesucht wurde. Diesmal galt die Suche einer der ihren, einer Kollegin, und nicht ein einziger Beamter der Kriminalinspektion hatte es sich nehmen lassen, bei der SoKo Pia dabei zu sein. Zweiunddreißig Männer und Frauen drängten sich in dem Besprechungsraum, als Bodenstein und Dr. Henning Kirchhoff eintraten. Ostermann berichtete, dass in keinem Krankenhaus in der Umgebung eine Frau eingeliefert worden war, auf die Pias Beschreibung passte. Jede Polizeistation in Hessen war über ihr Verschwinden unterrichtet worden. In Pias Haus hatte die Spurensicherung benutzte Kaffeetassen und Gläser aus der Spülmaschine sichergestellt, Bettzeug und ein Handtuch, an dem Blutspuren waren. Es widerstrebte Bodenstein, im Privatleben seiner Kollegin herumzuschnüffeln und intime Details vor allen Mitarbeitern zu besprechen, deshalb ergriff er das Wort. Wichtig waren zuerst die Überprüfung sämtlicher Telefonverbindungen von Handy und Festnetz und ein Bewegungsprofil ihres Handys, außerdem sollten weiterhin die Krankenhäuser überprüft werden. Ein Kollege vom Betrugsdezernat kam herein.

»Heute Morgen um halb fünf wurde eine Frau im Kreiskrankenhaus Idstein eingeliefert«, verkündete er. »Sie war bewusstlos und hatte keine Papiere bei sich. Ein Mitarbeiter der Autobahnmeisterei hat sie am Autobahnparkplatz Idstein gefunden. Von der Beschreibung her könnte es sich um Frau Kirchhoff handeln.«

Bodenstein blickte auf. Idstein?

»Auf was warten Sie?«, sagte er. »Fahren Sie hin!«

»Es gibt ein Problem. Die Frau ist vor anderthalb Stunden verstorben, ohne das Bewusstsein wiedererlangt zu haben.«

Die Stimmen der Beamten brachen ab wie ein Orchester, wenn der Dirigent das Pult betritt. Entsetzte Stille lag im Raum. Bodenstein erhob sich abrupt.

»Ich fahre hin«, sagte er.

»Ich komme mit«, Dr. Kirchhoff, der schweigend im Hintergrund gestanden und zugehört hatte, richtete sich auf. Er war blass, aber gefasst.

›Bitte, bitte, bitte, lieber Gott, lass es nicht Pia sein‹, betete Bodenstein stumm und inbrünstig, als er Kirchhoff und der sichtlich überarbeiteten und übermüdeten Oberärztin der Unfallchirurgie in die Katakomben des Idsteiner Kreiskrankenhauses folgte. Während der Fahrt von Hofheim nach Idstein hatten Kirchhoff und er kaum zehn Worte miteinander gewechselt, zu schrecklich war die Möglichkeit dessen, was sie am Ziel ihrer Fahrt erwarten konnte. Um Viertel vor zehn gestern Abend hatte er mit Pia telefoniert – er verfluchte sich für diesen Anruf! Auch wenn sich seine Kollegin stets kühl und gelassen gab, sie war auch ein Mensch, eine Frau, die sich womöglich in den falschen Mann verliebt hatte. Hatte sie Sander noch angerufen? War er zu ihr gefahren? Hatten sie gestritten? Hatte er sie im Verlaufe des Streits … Sie hatten den Kühlraum erreicht, in dem das Krankenhaus die Leichen aufbewahrte, bis sie in die Rechtsmedizin oder zum Bestattungsunternehmen gebracht wurden. Eine Bahre mit einem abgedeckten Körper stand in dem gefliesten Raum, eine Kühlmaschine brummte. Bodenstein starrte auf den Boden und ballte die Hände in den Taschen zu Fäusten. Er wollte es nicht sehen. Er wollte es nicht wissen. Das Laken, mit dem die Leiche bedeckt war, raschelte leicht, als die Ärztin es kommentarlos zurückzog.

»Das ist sie nicht«, hörte er Kirchhoff sagen, und die Erleichterung flutete durch Bodensteins Körper wie hochprozentiger Alkohol. Er schlug die Augen auf und trat mit zittrigen Knien an die Bahre. Die Frau war blond. Und das war auch schon alles, was sie an äußerlichen Merkmalen mit Pia Kirchhoff gemeinsam hatte.

Als Bodenstein eine Stunde später ins Kommissariat zurückkehrte, gab es eine erste Spur. Behnke und ein paar Kollegen hatten trotz großer sprachlicher Probleme mit sämtlichen der knapp fünfzig Erntearbeitern des Elisabethenhofes gesprochen, und zwei von ihnen erinnerten sich daran, dass Pia etwa gegen halb elf von einer Frau mit schulterlangem blondem Haar in einem Smart abgeholt worden war. Eine Entführung schied offenbar aus. Ostermann hatte von der Telekom das Bewegungsprofil ihres Handys erhalten. Sie war in Frankfurt gewesen, bis etwa um zwei Uhr morgens, zuletzt war das Telefon in Königstein geortet worden. Um kurz nach halb vier wurde es ausgeschaltet.

»Haben Sie auch schon die Liste der Telefonate?«, fragte Bodenstein.

»Heute ist Sonntag, Chef«, Ostermann schüttelte den Kopf. »So schnell sind die von der Telekom auch nicht.«

»Machen Sie Druck, auch im Labor. Ich will innerhalb der nächsten Stunde alle Ergebnisse haben«, sagte Bodenstein. »Haben Sie Kriminaldirektor Nierhoff erreicht?«

»Ja«, erwiderte Ostermann, »er plant schon die Pressekonferenz. Für einen halbtoten Bankvorstand lässt er sogar das Golfspielen sausen.«

Bodenstein enthielt sich eines Kommentars. Zwischen Nierhoff und ihm herrschte eine klare Arbeitsteilung, was die Öffentlichkeitsarbeit betraf, Bodenstein war froh darüber. Er holte sich die Akten Pauly und Jonas Bock und setzte sich an einen der Schreibtische, um alle Berichte zu lesen, die Pia verfasst hatte. Unkonzentriert überflog er die Vernehmungsprotokolle im Mordfall Jonas Bock. Plötzlich durchzuckte ihn eine flüchtige Erinnerung. Er blätterte zurück, in der Hoffnung, etwas zu lesen, was diese Erinnerung greifbar machte. Opel-Zoo. Sander. Lukas. Der Pick-up. Da war noch etwas gewesen, aber was nur? Bodenstein vermisste Pia und ihre beeindruckende Fähigkeit, sich an kleinste Details zu erinnern. In dem Moment fiel ihm die mysteriöse SMS ein, die Pia an Sander geschickt hatte. Er öffnete sein Handy und suchte die Nachricht, die Sander an ihn weitergeleitet hatte.

»Ostermann?«

»Ja?« Sein Mitarbeiter blickte hinter seinem Monitor hervor. Bodenstein reichte ihm sein Handy.

»Diese SMS hat Frau Kirchhoff letzte Nacht an Zoodirektor Sander geschickt.«

»DOUblelIFE. Tark. Rosn«, las Ostermann.

»Was halten Sie davon?«, fragte Bodenstein.

»*Double Life* ist ein Internetspiel, das vom Verfassungsschutz als gewaltverherrlichend eingestuft und deshalb verboten wurde. Auf der Webseite von Svenja habe ich einen Link dazu gefunden. Ich habe Pia davon erzählt.«

Bodenstein erinnerte sich an sein Gespräch mit Franjo Conradi und versuchte, sich den genauen Wortlaut dessen, was der Junge gesagt hatte, ins Gedächtnis zu rufen. *Dieses dämliche Spiel. Double Life war Lukas' Idee.*

»Rufen Sie Franjo Conradi und Tarek Fiedler an«, sagte er zu Ostermann, der ihm einen überraschten Blick zuwarf. «Sie sollen sofort hierher kommen, denn sie wissen etwas über dieses Spiel.«

Ostermann starrte seinen Chef verständnislos an.
»Ich habe gestern mit den beiden gesprochen«, erklärte er. »Tarek Fiedler hat mal im Opel-Zoo gearbeitet, er und Franjo Conradi haben eine Verbindung zu diesem *Double-Life*-Spiel und zu Lukas. Versuchen Sie, irgendetwas aus ihnen herauszubekommen.«
Er nahm sein Handy an sich, rief nach Behnke und ging zur Tür.

Vor der Villa der van den Bergs hatten sich die Ü-Wagen einiger Fernsehsender und Dutzende von Reportern eingefunden und warteten geduldig auf Neuigkeiten.
»Der Einzige, der wirklich vom Tod van den Bergs profitieren würde, wäre Lukas«, überlegte Bodenstein laut. »Für ihn als Täter spricht auch, dass wir keine Einbruchspuren am Haus gefunden haben.«
»Warum sollte Lukas seinen eigenen Vater umbringen wollen?«, fragte Behnke erstaunt. Bodenstein erinnerte sich an das, was Tarek Fiedler gesagt hatte.
»Weil er ihm kein Geld mehr gegeben hat. Weil er es satthatte, sich von seinem Vater Vorschriften machen zu lassen.«
»Glaube ich nicht. Der Junge war doch völlig schockiert.«
»War er das wirklich – oder hat er uns etwas vorgespielt? Lukas ist clever, außerdem ist er psychisch krank.«
Bodenstein hielt vor dem Haus der Sanders an.
»Schicken Sie die Presseleute nach Hofheim«, sagte Bodenstein zu seinem Kollegen. »Ich gehe zu Sanders und spreche mit Lukas.«
Aber Lukas war nicht bei den Nachbarn. Er habe sich geweigert, das Haus zu verlassen, sagte ihm die ältere Schwester von Antonia.
»Ist Ihr Vater bei ihm?«, erkundigte sich Bodenstein.

»Nein, Toni ist drüben«, erwiderte Annika Sander. »Papa ist im Zoo.«

Bodenstein bedankte sich und ging zurück zu seinem Auto. Die Pressemeute rüstete sich zum Aufbruch; Minuten später lag die Straße still und verlassen da. Bodenstein klingelte an der Tür, aber nichts regte sich. Behnke zögerte nicht lange und kletterte geschickt über das hohe Tor, dann öffnete er die Tür von innen. Sie gingen über den Rasen um das Haus herum. Die Fenstertüren des Wohnzimmers standen noch immer offen.

»Lukas?«, rief Bodenstein und betrat das Haus. »Lukas!«

Er fuhr erschrocken zusammen, als ein Mädchen in der Tür des Wohnzimmers erschien. Antonia Sander war blass und machte einen verstörten Eindruck. Der Anblick Bodensteins schien sie zu erleichtern.

»Ich habe die Klingel abgestellt«, erklärte sie Bodenstein. »Die haben in einer Tour Sturm geklingelt. Entschuldigung.«

»Schon in Ordnung«, Bodenstein musterte das Mädchen. »Wo ist Lukas? Wie geht es ihm?«

Antonia Sander zögerte.

»Er ist ganz komisch«, sagte sie leise, »kommen Sie.«

Sie drehte sich um, Bodenstein und Behnke folgten ihr durchs Wohnzimmer in die Halle und weiter in das Arbeitszimmer, in dem sie vor ein paar Stunden van den Berg gefunden hatten. Jemand hatte die Stühle und die Stehlampe wieder aufgestellt, der Blutfleck auf dem glänzenden Parkettfußboden war nicht entfernt worden. Hinter dem wuchtigen Mahagonischreibtisch saß Lukas und starrte blicklos vor sich hin.

»Hallo, Lukas.«

Der Junge warf Bodenstein einen flüchtigen Blick zu und lächelte verschwommen. Seine Augen waren blutunterlaufen und glänzten stark.

»Ich warte auf einen Anruf«, sagte er leise. »Mama hat doch meine Handynummer nicht.«

Bodenstein hatte eigentlich vorgehabt, den Jungen danach zu fragen, was er gestern Abend gemacht hatte, aber auf einmal empfand er Mitleid. Jetzt war nicht der richtige Moment für Fragen.

»Deine Mutter wird nicht anrufen, Lukas«, sagte er behutsam. »Dr. Röder hat uns gesagt, dass sie vor vierzehn Jahren gestorben ist.«

Lukas starrte ihn an. Sein Mund zuckte, er verschränkte die Arme vor der Brust und krümmte sich zusammen, als habe er Schmerzen. Eine Träne lief über sein Gesicht.

»Der Röder hat doch keine Ahnung«, sagte er mit gepresster Stimme, dann schien ihm etwas einzufallen. »Wo ist Frau Kirchhoff?«

»Sie ist … sie musste sich um etwas anderes kümmern«, erwiderte Bodenstein ausweichend.

»Ihr Handy ist aus«, sagte Lukas. »Ich habe schon versucht, sie anzurufen. Ist sie krank?«

»Nein.«

Lukas blickte zwischen Bodenstein und Behnke hin und her.

»Sie verheimlichen mir was«, stellte er fest. »Ihr ist doch nichts zugestoßen, oder?«

»Das kann ich dir im Augenblick leider nicht sagen, Lukas«, entschied sich Bodenstein für einen Mittelweg. »Fühlst du dich in der Lage, uns ein paar Fragen zu beantworten?«

»Muss das jetzt sein? Ich bin müde. Ich will schlafen.«

»Lass uns zu uns rüber gehen«, mischte sich Antonia ein, »ich mache uns Frühstück.«

Lukas' Augenlider flackerten, er blickte sich verwirrt um. Offenbar hatte er die Anwesenheit des Mädchens völlig vergessen.

»Toni«, sagte er, und plötzlich liefen ihm die Tränen über das Gesicht, »Toni! Papa ist im Krankenhaus. Er stirbt wahrscheinlich!«

Gegen Mittag war das Thermometer auf dreiunddreißig Grad im Schatten gestiegen. Kein Lufthauch regte sich, der Himmel wurde fahl. Die Stimmung im K11 war so bleiern wie das Wetter. Jede Polizeidienststelle in Deutschland war über das Verschwinden von Kriminalkommissarin Pia-Luise Kirchhoff, 38, 1,78 groß, schlank, blond, blaue Augen, informiert, alle Krankenhäuser im Main-Taunus-Kreis, Hochtaunuskreis, in Frankfurt, Darmstadt, Offenbach, Limburg und Gießen überprüft. Das Telefon klingelte und klingelte, aber kein Anruf brachte eine neue Erkenntnis. Tarek Fiedler war nicht zu erreichen, aber Franjo Conradi war der Aufforderung, umgehend aufs Kommissariat nach Hofheim zu kommen, gefolgt. Er saß steif auf einem Stuhl, fuhr bei jedem Geräusch und Telefonklingeln zusammen und blickte sich verängstigt um, sobald jemand das Büro betrat.

»Was weißt du über *Double Life*?«, fragte Ostermann. Er war zwar auf die Startseite des Spiels gelangt, aber es war ihm nicht gelungen, sich als Spieler zu registrieren. Beim dritten Versuch war der Hinweis FATAL ERROR erschienen, und er war rausgeflogen.

»Nichts«, log der schmächtige Junge mit dem übel zugerichteten Gesicht und starrte auf seine Hände. Ostermann hob die Augenbrauen. Franjo war von jemandem schwer eingeschüchtert worden. Warum? Was wusste er?

»Hör mal«, er beugte sich vor, »dieses Spiel ist mir völlig egal. Zwei Menschen, die du kanntest, sind tot. Svenja Sievers ist verschwunden, genauso wie meine Kollegin, Frau Kirchhoff. Wir wollen die beiden finden, bevor ihnen auch etwas zustößt, und wir sind mittlerweile sicher, dass Lukas etwas mit den Morden zu tun hat, deswegen musst du mir sagen, was du weißt. Dir wird nichts passieren, das verspreche ich dir.«

»Lukas?« Franjo blickte erstaunt auf. »Wieso Lukas?«

»Das kann ich dir nicht sagen. Aber ich muss wissen, was Lukas und Tarek Fiedler mit diesem Spiel zu tun haben.«

Bei der Erwähnung von Tareks Namen zuckte der Junge zusammen. Er kämpfte mit sich, entschloss sich dann aber zu reden.

»Lukas hat *Double Life* geschrieben. Ursprünglich war es nur als eine Computeranimation gedacht, die den Verlauf der geplanten B8-Trasse zeigt. Es sollte mit den Webseiten des BUNTE und der ULK verlinkt werden und als CD-Rom an alle Kelkheimer und Königsteiner Haushalte verteilt werden.«

Lukas, Jonas und Tarek hatten das Spiel, das Lukas aus der Computeranimation gemacht hatte, immer weiter entwickelt und ins Internet gestellt. Zuerst war es noch harmlos, die Mitspieler konnten mit einer Figur durch Kelkheim und Königstein laufen, im Grünzeug Essen bestellen, im Kelkheimer Kino Karten reservieren. Dann hatten sich Lukas und Jonas in den Rechner der Taunus-Sparkasse gehackt, um zu schauen, ob man auch Onlinebanking mit einbinden könnte. Sie wollten aus dem Spiel etwas Ähnliches machen wie Second Life in Amerika.

»Lukas hatte eine Client-Software entwickelt, mit der man online über unseren Server seine Seiten verwalten und bearbeiten kann«, erklärte Franjo. »Aus dieser Software wurde dann das Werkzeug, mit dem die Mitspieler in *Double Life* ihre Figur gestalten und sich im Spiel bewegen können. Um einen Account zu eröffnen, muss man bei der Registrierung seine Kreditkartennummer angeben, und für alles, was man macht, muss bezahlt werden. Das lief so ähnlich wie bei einem Internetshop.«

Ostermann nickte fasziniert. Sein Respekt vor den Jungen wuchs.

»Je mehr Leute mitgemacht haben, desto besser wurde *Double Life*, denn Lukas hat jedem Mitspieler Teile des Quellcodes zur Verfügung gestellt, damit sie an der Gestaltung mitarbeiten konnten. Aber Tarek hat alles versaut.«

»Wieso?«

Franjo blickte auf. »Wissen Sie, was ein TPS ist?«

»Ein Third-Person-Shooter«, Ostermann nickte, »wie bei Tomb Raider.«

»Genau«, bestätigte Franjo, »Tarek fand, es würde dem Spiel einen Kick geben, wenn es auch Verbrecher und Waffen gäbe.«

Er verzog das Gesicht zu einer Grimasse.

»Was hat Lukas dazu gesagt?«, fragte Ostermann.

»Zuerst nichts. Er hat an den Sicherheits- und Zugangscodes gearbeitet, mit deren Hilfe wir das Spiel später vor den Nachforschungen von Interpol versteckt haben. *Double Life* läuft auf unserem eigenen Server, aber Lukas hat es irgendwie hingekriegt, diesen Server mit einem anderen zu vernetzen, der über ein Portal irgendwo im Ausland sitzt. Da kommen die Bullen … äh … die Polizei nie drauf.«

Franjo stieß einen Seufzer aus.

»Wir konnten uns nicht mehr retten vor Anfragen. Nicht zu glauben, was die Leute für ein Geld ausgegeben haben, nur um einer von den Killern sein zu können. Ein Waffenschein kostet hundert Euro, die Waffenscheine konnte nur der Pate ausstellen.«

»Lukas?«, vermutete Ostermann, und Franjo nickte.

»Was passiert mit denen, die erschossen wurden?«

»Man ist für vierundzwanzig Stunden gesperrt, die Figur wandert so lange ins Verlies der Burg. Man kann sich freikaufen – oder warten.«

»Aber das Geld ist doch nur virtuell, oder nicht?«

»Nein. Man kann es sich auf sein Konto auszahlen lassen«, Franjo lächelte bitter, »*Double Life* ist eine Goldgrube. Und deshalb gab es Krach.«

Bodenstein saß an seinem Schreibtisch und schob die Akten über Jonas Bock und Pauly zur Seite, nachdem er sie wieder und wieder in der vergeblichen Hoffnung auf eine neue Erkenntnis oder einen Geistesblitz durchgeblättert hatte. Obwohl Bodenstein ehrliches Mitleid mit Lukas verspürte, misstraute er ihm. Er hatte wissentlich noch nie Umgang mit einem ›Multiplen‹ gehabt, konnte also auch nicht beurteilen, ob Lukas' eigenartiges Verhalten ein Symptom dieser psychischen Störung oder nur ein perfektes Theaterspiel war. Sicherheitshalber hatte Bodenstein dafür gesorgt, dass ein Streifenwagen vor dem Haus der Sanders stand, in dem er Lukas zurückgelassen hatte. Die offizielle Begründung für die Anwesenheit der Polizei war der Schutz vor Neugierigen oder aufdringlichen Reportern. In Wahrheit wollte Bodenstein wissen, ob Lukas das Haus verließ oder nicht. Er war der einzige Angehörige von Heinrich van den Berg, der Einzige, der ein Interesse an seinem Tod haben konnte. Aus dem Krankenhaus gab es nichts Neues. Van den Bergs Zustand hatte sich etwas stabilisiert, aber er war noch immer ohne Bewusstsein. Die Ärzte konnten nicht beurteilen, ob er durch die schweren Kopfverletzungen bleibende Schäden davongetragen hatte oder nicht. Ein heißer Windstoß fuhr durchs Fenster herein und wirbelte die Verhörprotokolle der Erntearbeiter vom Elisabethenhof von Bodensteins Schreibtisch. Mit einem unterdrückten Fluch machte er sich daran, die Blätter aufzusammeln. Und da war er, der Geistesblitz, auf den er gewartet hatte! Natürlich! Er hatte die Lösung längst vor Augen gehabt, sie aber nicht erkannt. Bodenstein sprang auf und ging hinüber in Ostermanns Büro.

Franjo Conradi saß an Ostermanns Computer und zeigte diesem, wie man das Portal von *Double Life* öffnen konnte. Er loggte sich mit einem Spielernamen ein, und vor den faszinierten Augen von Ostermann öffnete sich eine nahezu perfekte 3D-Simulation der Städte Kelkheim und Königstein, allerdings nur für ein paar Sekunden. Auf dem Bildschirm erschien eine Digitalanzeige, die in hoher Geschwindigkeit rückwärts lief. Wie bei einer Bombe.

»Was bedeutet das?«, wollte Ostermann wissen.

Franjo biss sich auf die Lippen.

»Lukas wollte *Double Life* abschalten«, sagte er schließlich. »Er hatte schon damit gedroht, als Jo noch nicht tot war, weil Jo und Tarek dauernd deswegen gestritten haben. Es fing an, als sich ein paar Softwarefirmen für *Double Life* interessiert haben. Lukas wollte das Spiel unter keinen Umständen verkaufen, Jo und Tarek haben ihn aber immer wieder gedrängt.«

»Es gab Angebote von Softwareherstellern?«

»Mehrere. Die Japaner haben drei Millionen geboten, die Amis noch mehr.«

»Drei Millionen Dollar?« Ostermanns ungläubiger Blick begegnete dem von Bodenstein.

»Euro«, Franjos Stimme klang tonlos. »Lukas hat gesagt, er würde seine Welt nicht verkaufen, vorher zerstört er sie. Tarek ist ausgeflippt und hat Lukas vorgeworfen, er hätte ja leicht reden, weil er eines Tages die Kohle von seinem Vater erben würde. Tarek ging es immer nur ums Geld, bei allem.«

»Und was hat es mit diesem Countdown auf sich?«

»Der Countdown bedeutet, dass Lukas die Deinstallation gestartet hat. In sechs Stunden und vierunddreißig Minuten startet der Rechner eine Denial-of-Service-Attacke und aktiviert einen Wurm, den Lukas selber programmiert hat. Er wird sämtliche Server und Rechner, mit denen der von *Double*

Life vernetzt ist, lahmlegen. Und gegen ›Svenja‹ waren Sober, MyDoom oder Sasser der reinste Kindergeburtstag.«

Ostermann glaubte dem Jungen jedes Wort. Lukas ging es nicht um Geld, ihm ging es um seine Hackerehre. Lieber würde er sich mit einem gigantischen Knall aus der Community verabschieden, als sein geistiges Eigentum zu vermarkten.

»Svenja?«, fragte Bodenstein, der näher gekommen war. »Wieso hat Lukas den Wurm so genannt?«

Franjo warf ihm einen kurzen Blick zu.

»Tarek meint, weil er total versessen auf Svenja ist. Aber umgekehrt ist es nicht genauso.«

»Was meinst du damit?«, wollte Bodenstein wissen. Franjo verzog das Gesicht.

»Na ja«, druckste er. »Ich hab keine Ahnung, aber Tarek behauptet, es hätte Lukas verrückt gemacht, dass Svenja das einzige Mädchen ist, das nicht in ihn verliebt ist.«

Bodenstein starrte den Jungen an. In seinem Gehirn ordneten sich die losen Puzzlestücke wie von selbst und fügten sich zu einem logischen Ganzen zusammen, das er bis dahin nicht verstanden hatte. Behnke und Kathrin Fachinger kamen herein, als Ostermanns Telefon klingelte. Er nahm ab und lauschte eine Weile.

»Das war das Labor«, sagte er schließlich betroffen. »Die DNA vom Blut an einem Küchenhandtuch stimmt mit der von der Gewebeprobe aus Jonas' Mund überein. Sein Mörder war also bei Pia im Haus.«

»Ich kann mir denken, wer das war«, murmelte Bodenstein. »Ich war blind.«

»Dr. Bock?«, vermutete Behnke. »Oder Sander?«

»Nein«, Bodenstein schüttelte den Kopf. »Kommt mit in mein Büro.«

»Und ich?«, meldete sich Franjo Conradi schüchtern.

Bodenstein blickte den Jungen an, der wie ein verschrecktes Kaninchen aussah.

»Wo warst du an dem Abend, als Pauly ermordet wurde?«

»Im Grünzeug. Auf der Versammlung«, erwiderte der Junge. »Das habe ich neulich doch schon …«

»Kannst du dich erinnern, ob Lukas den ganzen Abend da war?«

Der Junge zog die Stirn in Falten und überlegte angestrengt.

»Die Versammlung war so um halb neun zu Ende«, sagte er. »Wir saßen vorne im Bistro. Die Svenja kam rein, total verheult. Ich weiß das noch, weil ein paar Jungs blöde Bemerkungen gemacht haben.«

»Weiter«, drängte Bodenstein.

»Svenja hat mit Lukas geredet, dann ist sie wieder raus. Lukas war erst noch da, aber irgendwann war Sören alleine hinter dem Tresen.«

»Ist Lukas noch mal wiedergekommen?«

»Ich glaub nicht«, Franjo warf Bodenstein einen unsicheren Blick zu. »Aber die Andi hat ihn noch mal gesehen, als sie heimgefahren ist.«

»Andi?«

»Andrea. Andrea Aumüller.«

Der Name rief eine dunkle Erinnerung in Bodenstein wach.

»Das Mädchen, das gestern angerufen hat und mit Ihnen sprechen wollte«, erinnerte Kathrin Fachinger ihn.

»Was hat Andrea gesehen?«, fragte Bodenstein. Franjo zögerte.

»Diesen grünen Pick-up vom Opel-Zoo. An der Kreuzung in Münster. Lukas war oft damit unterwegs, wenn Tonis Vater nicht da war.«

Bodenstein ließ den Jungen stehen und ging in sein Büro.

Er hatte gewusst, dass mit Lukas irgendetwas nicht stimmte. Lukas war an dem Abend, an dem Pauly ermordet worden war, mit dem Pick-up unterwegs gewesen, wie Tarek Fiedler es gesagt hatte. Als die von ihm angebetete Svenja heulend das Grünzeug verlassen hatte, war er ihr gefolgt. Zu Pauly. Niemand anderes als Lukas hatte Pauly erschlagen und später auf der Wiese am Zoo entsorgt, als die Gelegenheit günstig gewesen war. Bodenstein wählte die Nummer von Dr. Sander. Besetzt. »Verdammt.«

»Was ist denn, Chef?« Behnke erschien in der Tür.

Bodensteins Handy summte. Es war Sander.

»Ich wollte Sie auch gerade anrufen«, sagte er, dann lauschte er angespannt auf das, was Sander ihm mitteilte.

»Was? Er ist weg? Das gibt's doch nicht! Warten Sie auf uns, wir sind in fünfzehn Minuten bei Ihnen.«

Er knallte den Hörer auf die Gabel und drehte sich um.

»Ostermann«, sagte er, »leiten Sie eine Großfahndung nach Lukas van den Berg ein. Er hat uns alle schön an der Nase herumgeführt. Von wegen, er kann nicht Auto fahren!«

»Könnten Sie uns mal aufklären, Chef?«, fragte Behnke verwirrt. Bodenstein nahm seine Dienstwaffe aus der Schreibtischschublade und steckte sie ein.

»Die Erntearbeiter haben angeblich eine Frau mit schulterlangen blonden Haaren bei Frau Kirchhoff gesehen. Das war keine Frau, sondern Lukas! Ostermann, rufen Sie auch diese Andrea an und fragen Sie, was sie an dem Abend genau gesehen hat. Wir fahren zu Sander. Ich bin mir ganz sicher, dass der Junge Svenja in seine Gewalt gebracht hat, und wahrscheinlich auch Frau Kirchhoff. Sie hatte ihn wohl durchschaut und ist deshalb zu einer Gefahr für ihn geworden.«

»Und was hatte sie durchschaut?«, fragte Ostermann.

»Lukas ist Paulys Mörder«, antwortete Bodenstein und stand auf. »Ich habe es die ganze Zeit vermutet, aber ich war mir nicht über sein Motiv im Klaren. Jetzt schon: Lukas war eifersüchtig. Das einzige Mädchen, das ihm widerstanden hat, war Svenja. Und als er sie zusammen mit Pauly gesehen hat, sind bei ihm die Sicherungen durchgebrannt. Er hat ihn erschlagen, auf den Pick-up geladen und später auf der Wiese entsorgt. Dann stand ihm nur noch Jonas im Weg. Mit dem hatte er sowieso Streit wegen *Double Life*. Um zu verhindern, dass sich Svenja und Jonas wieder vertragen, hat er die E-Mail zu den Fotos auf Svenjas Webseite lanciert. Als Frau Kirchhoff an dem Montagabend bei ihm im Bistro war, hat er ihr die Party von Jonas verschwiegen, weil er die ganze Zeit schon geplant hatte, seinen Freund umzubringen. Die Bisswunde am Arm hat er dadurch vor uns verborgen, indem er sich von dem Kamel hat beißen lassen.«

»Aber es ist doch sehr unwahrscheinlich, dass Lukas' DNA der von Jonas so ähnlich ist«, warf Behnke ein. Bodenstein hatte auch für diese Schwachstelle in seiner Theorie eine Erklärung.

»Wir haben uns irritieren lassen«, sagte er. »Derjenige, den Jonas gebissen hat, muss ja nicht zwangsläufig sein Mörder sein.«

Behnke zweifelte noch immer.

»Warum soll Lukas etwas mit Svenjas Verschwinden zu tun haben?«, fragte er.

»Weil in ihrem Computer die Festplatte fehlte«, Bodenstein ergriff sein Jackett, »und auf der Festplatte befand sich etwas, was dort nicht sein durfte, nämlich ein Zugang zu *Double Life*. Beeilen wir uns. Der Junge ist schwer psychisch gestört und zu allem fähig.«

Bodenstein bog gerade am alten Kurpark in die Kronberger Straße ein, als sich das Autotelefon meldete. Es war Ostermann.

»Andrea Aumüller hatte gestern Abend einen schweren Verkehrsunfall und liegt in der Uniklinik in Frankfurt im Koma. Ein Zeuge hat unseren Kollegen berichtet, er habe einen dunklen Mercedes oder BMW beobachtet, der dem Mädchen an der Münsterer Kreuzung regelrecht aufgelauert und sie gezielt über den Haufen gefahren habe.«

»Wann war das?«

»Gegen halb zwölf.«

»Der Vater von Lukas hat eine dunkle S-Klasse«, sagte Behnke. »Ich habe das Auto heute Morgen in der Garage stehen sehen.«

Bodenstein presste die Lippen zusammen. Das Mädchen hatte gestern angerufen und mit ihm reden wollen, aber er hatte es vergessen. War sie angefahren worden, weil sie bei ihm angerufen hatte? Hatte Lukas womöglich erfahren, dass das Mädchen ihn im Pick-up gesehen hatte? Auch Franjo Conradi war stark eingeschüchtert. Um was ging es hier überhaupt? Auf jeden Fall schreckte der Täter vor nichts zurück, auch nicht vor Mord. Falls Lukas wusste, wo Pia Kirchhoff war, schwebte sie in allerhöchster Gefahr!

Vor dem Haus von Sander warteten schon zwei Streifenwagen. Bodenstein hielt und stieg aus. Der grüne Opel-Zoo-Pick-up stand quer in der Auffahrt. Behnke und Kathrin Fachinger liefen weiter, um mit den Beamten das Haus von van den Berg nach Spuren und Hinweisen zu durchsuchen. Dr. Sander kam Bodenstein entgegen. Er war blass, seine Miene verriet, dass er unter höchster Anspannung stand.

»Lukas hatte Antonia in der Toilette eingesperrt«, berichtete er, »dann ist er durch unseren Garten abgehauen.«

»Wo ist Ihre Tochter?«, fragte Bodenstein. »Ich muss mit ihr sprechen.«

»Das würde ich auch gerne«, erwiderte Sander, »aber sie

hat zu ihren Schwestern gesagt, sie wüsste, wo Lukas sei, und würde zu ihm fahren. Sie hat sich Sorgen gemacht, dass er sich etwas antun könnte.«

»Warum haben Sie sie nicht daran gehindert?«

»Herrgott, weil ich nicht da war!«, antwortete Sander heftig. »Hin und wieder muss ich noch ein bisschen arbeiten!«

»Ihre Tochter ist in höchster Gefahr«, sagte Bodenstein ernst, »Lukas hat Pauly und wahrscheinlich auch Jonas getötet. Er war am Abend von Paulys Tod mit Ihrem Pick-up unterwegs. Eine Zeugin hat das Fahrzeug in Münster an der Kreuzung gesehen. Wir sind uns sicher, dass er Svenja und Frau Kirchhoff in seiner Gewalt hat.«

Sander starrte Bodenstein fassungslos an.

»Lukas muss den Angriff von dem Kamel provoziert haben, um so die Bisswunde, die Jonas ihm bei dem Kampf zugefügt hatte, verbergen zu können«, fuhr Bodenstein fort. »Der Junge hat nichts mehr zu verlieren. Ich vermute sogar, dass er versucht hat, seinen Vater zu töten. Und er hat dieses Internetspiel, in dem er quasi gelebt hat, so programmiert, dass es sich in sechs Stunden selbst zerstört und damit einen nicht absehbaren Schaden an Tausenden von Computern anrichten wird.«

»Sie spinnen ja«, Sander zwang sich zu einem ungläubigen Auflachen. »Das ist doch alles völlig abstrus!«

»Ich glaube nicht, dass das abstrus ist«, widersprach Bodenstein mit plötzlich aufflammendem Zorn. »Welche Beweise brauchen Sie denn noch, um zu kapieren, dass Ihr Lukas nicht der ist, für den Sie ihn halten? Der Junge ist krank. Er besitzt eine gespaltene Persönlichkeit.«

Sander schüttelte den Kopf.

»Rufen Sie Ihre Tochter an«, forderte Bodenstein den Mann auf.

»Das habe ich schon versucht. Sie geht nicht an ihr Handy. Ihre Schwestern versuchen es weiter.«

»Ist es denn angeschaltet?«

»Ja.«

Einer der Polizeibeamten kam quer über die Straße.

»Der Mercedes in der Garage war vor kurzem in einen Unfall verwickelt«, sagte er. »Er ist vorne beschädigt, und am Kühlergrill sind Blutspuren.«

Bodenstein und Sander folgten dem Polizisten in die Garage der van den Bergs. Behnke untersuchte das Innere des Autos.

»Ich habe etwas gefunden«, sagte er plötzlich und stieg aus. In der Hand hielt er zwei Handys.

»Das eine gehört Pia«, stellte Kathrin Fachinger fest.

»Und das andere könnte das Handy von Svenja sein«, ergänzte Sander mit bebender Stimme. »Sie und Toni haben sich erst vor ein paar Wochen dieselben Handys gekauft. O Gott.«

Er lehnte sich an den Kotflügel des Mercedes und fuhr sich mit einer Geste der Hilflosigkeit über das Gesicht.

»Ich sage euch, was das bedeutet«, sagte Behnke, »derjenige, der mit diesem Auto das Mädchen vorsätzlich über den Haufen gefahren hat, hat nicht nur Svenja und Frau Kirchhoff in seine Gewalt gebracht, sondern auch versucht, van den Berg zu töten.«

»Und dieser Jemand ist Lukas«, Bodenstein nickte grimmig. Eine junge Frau kam über die Straße gelaufen.

»Papa!«, rief sie atemlos, Sander fuhr herum. »Ich habe Toni erreicht! Sie ist in Kelkheim, in Lukas' Firma!«

Vor der Lagerhalle im Gewerbegebiet in Münster stand einsam und verlassen die silberne Vespa von Antonia Sander. Die Tür zur Halle stand offen, ebenso die Tür zum Computerraum. Bodenstein und Behnke zogen und entsicherten ihre Waffen. Es war möglich, dass das Mädchen nicht alleine war und Lukas die Dienstwaffe von Pia Kirchhoff hatte. Plötzlich erblickte Bodenstein Sander, der quer durch die Halle auf sie zukam.

»Wo ist sie?«, rief er aufgebracht. »Wo ist meine Tochter?«

»Was machen Sie hier?«, fuhr Bodenstein ihn an. »Hatte ich Ihnen nicht gesagt, dass Sie zu Hause bleiben sollen?«

Die Sorge um Pia Kirchhoff, die sich womöglich in der Gewalt eines geisteskranken Einundzwanzigjährigen befand, machte Bodenstein schier verrückt. Bis zu dem Augenblick, als er ihr Handy gesehen hatte, hatte er noch insgeheim gehofft, sie würde sich auf einmal bei ihm melden. Aber nun stand fest, dass ihr etwas zugestoßen sein musste.

»Ich kann nicht tatenlos zu Hause hocken, wenn meine Tochter in Gefahr ist«, entgegnete Sander hitzig. »Antonia! Toni!«

»Hier!«, ertönte die Stimme des Mädchens. »Ich bin hier!«

Bodenstein betrat den großen Raum und blickte sich ungläubig um. Gegen die schwüle Hitze, die draußen herrschte, war es hier beinahe kalt. Er betrachtete die summenden und blinkenden Geräte im bläulichen Licht mehrerer Neonlampen, die Kabelstränge und Monitore, auf denen der Countdown rückwärts lief, rote Zahlen auf schwarzem Hintergrund. In fünf Stunden und achtzehn Minuten würde sich *Double Life* zerstören und gleichzeitig einen verheerenden Wurm aufs Internet loslassen. Antonia kauerte mit verweintem Gesicht in einer Ecke, sie war an Händen und Füßen mit Kabeln gefesselt, das Handy hielt sie in einer Hand.

»Toni!« Sander stürzte zu seiner Tochter und zerrte an den Kabeln, um sie zu befreien. Mit Behnkes Hilfe gelang es ihm schließlich. Das Mädchen fiel seinem Vater um den Hals.

»Papa«, schluchzte Antonia, »Lukas ist völlig durchgedreht! Als ich hier ankam, hat er sich gerade mit Tarek geprügelt. Ich hab echt gedacht, die bringen sich um.«

»Wer hat dich gefesselt?«, fragte Bodenstein.

»Lukas«, Antonia wischte sich die Tränen vom Gesicht und rieb ihre Handgelenke, in die sich die Kabel tief eingeschnitten hatten. »Er wollte nicht, dass ich hinter ihm herfahre.«

»Wo wollte er hin? Und wo ist Tarek?«

»Ich weiß es nicht«, erwiderte Antonia mit zitternder Stimme. »Lukas hat etwas von einem Wurm gesagt, und dass er sich nicht erpressen lassen und den Kerl eher umbringen würde.«

Bodenstein begegnete Sanders Blick und erkannte darin blanke Angst. Sollte er sich in dem Mann getäuscht haben? Machte er sich wirklich Sorgen um Pia Kirchhoff?

»Der Junge wird den beiden nichts tun«, sagte Sander mit bebender Stimme, aber es klang eher so, als wollte er sich selbst davon überzeugen.

»Ich hoffe sehr, dass Sie recht haben«, antwortete Bodenstein düster. »Ich bin kein Psychologe und auch kein Profiler, aber ich glaube, dass Lukas ein gefährlicher Psychopath ist, der schon zweimal gemordet hat und einmal beinahe.«

Lukas erschien Bodenstein als tickende Zeitbombe, zu allem bereit. Die Zeit drängte.

»Ich glaube, er ist auf der Burg in Königstein«, sagte Kathrin Fachinger plötzlich. Bodenstein fuhr herum.

»Wie kommen Sie denn darauf?«, fragte er überrascht.

»Das Verlies in *Double Life*«, entgegnete Kathrin Fachinger. »Vielleicht hat sich Lukas von seinem eigenen Spiel inspirieren lassen.«

»Lukas liebt die Burg«, bestätigte Antonia, »wir waren oft da, Jo, Svenja, Lukas und ich.«

»Okay«, Bodenstein hob den Kopf und blickte Sander an. »Sie fahren mit Ihrer Tochter nach Hause.«

»Nein«, widersprach Antonia, »ich fahre mit. Ich kenne mich besser auf der Burg aus als Sie. Außerdem wird Lukas mir nichts tun.«

Der Himmel über dem Taunus war dunkel wie Schiefer. Unbeweglich verharrte die tiefste Wolkenschicht, der Himmel war eine einzige schwere Masse und senkte sich immer tiefer auf die Erde. Die Vögel hatten aufgehört zu zwitschern. Jedem Lebewesen war klar, dass etwas von oben drohte, außer den Fußballfans. Ganz Königstein war ein Meer in Schwarzrotgold. Autokorsos mit ausgelassenen, Fähnchen schwenkenden Fans verstopften den Kreisel. Bodenstein trommelte ungeduldig mit der Faust aufs Lenkrad.

»Biegen Sie Richtung Mammolshain ab«, Sander beugte sich vor.

»Und dann?«

»Herrgott, tun Sie's doch einfach!«

Bodenstein warf dem Mann im Rückspiegel einen ärgerlichen Blick zu und gehorchte. Sander lotste ihn über den Waldparkplatz des Opel-Zoo auf die Straße nach Kronberg. Kurz vor dem Ortseingang ließ er ihn links Richtung Falkenstein einbiegen. Minuten später hatten sie die Königsteiner Altstadt erreicht.

»Wann ist das SEK da?«, fragte er. Behnke griff zum Telefon.

Ein heißer Wind trieb Staub und Papierfetzen vor sich her über das Kopfsteinpflaster. In der Fußgängerzone war wenig los, die Leute hatten sich vor dem herannahenden Gewitter in ihre Häuser geflüchtet. Sander dirigierte Bodenstein mit knappen Befehlen durch die schmalen Gassen, vorbei am luxemburgischen Schloss und der evangelischen Kirche. Bodenstein trat aufs Gaspedal, als er den Weg erreicht hatte, der zum Haupttor der Burg führte.

»Das SEK ist in einer halben Stunde da«, verkündete Behnke. »Wenn sie gut durch die Stadt kommen.«

»So lange können wir nicht warten.« Bodensteins Nerven vibrierten. Lukas war bewaffnet, und niemand von ihnen trug eine schusssichere Weste! Er durfte Sander und seine Tochter nicht in Gefahr bringen, dennoch brauchte er das Mädchen dringend. Die ersten schweren Regentropfen klatschten auf die Windschutzscheibe.

»Da steht Lukas' Smart!«, rief Antonia aufgeregt. Bodenstein trat heftig auf die Bremse. Das kleine Auto stand halb im Unterholz, die Fahrertür war offen. Der Junge war in höchster Eile gewesen, weil er ahnte, dass Antonia die Polizei rufen würde. Hoffentlich kamen sie nicht zu spät! Er drehte sich um und blickte Antonia an. Im Vergleich zu anderen mittelalterlichen Festungsanlagen war die Königsteiner Burg nicht besonders groß, aber es gab Dutzende von Gewölben, Kellern und Gängen. Und die Zeit wurde knapp.

»Erklär uns, wo wir hinmüssen.«

»Das dauert viel zu lange«, erwiderte das Mädchen. »Ich gehe mit.«

»Nein. Das ist zu gefährlich. Lukas ist bewaffnet.«

»Wir gehen mit«, bekräftigte Sander.

»Das kann ich nicht verantworten«, Bodenstein schüttelte den Kopf. »Ich muss darauf bestehen, dass ...«

»Wie lange wollen Sie denn noch rumquatschen?«, schnitt Sander ihm das Wort ab und öffnete die Tür. Er stieg aus und marschierte Richtung Burgtor. Antonia folgte ihm.

»Den halten Sie nicht auf, Chef«, sagte Behnke. »Beeilen wir uns, sonst gibt's noch ein Unglück!«

Pia hatte jedes Zeitgefühl verloren. Ihr Mund war papiertrocken, ihr Kopf dröhnte. Sie versuchte, Arme und Beine zu bewegen, und stöhnte, als das Blut wieder zu zirkulieren begann. Mühsam öffnete sie die Augen und blinzelte benommen in das flackernde Licht einer fast niedergebrannten Kerze. Ein paar Meter über ihr erkannte sie undeutlich ein Gitter. Was war geschehen? Wo war sie? Wie lange lag sie schon hier? Der Boden war kalt und feucht, schmerzhaft drückten sich Steine in ihren Rücken. Es war Samstagabend gewesen, als Lukas zu ihr gekommen und mit ihr in den Maintower gefahren war. Sie hatte viel mehr getrunken, als sie normalerweise vertrug, aber warum? Pia schloss die Augen und dachte nach. Sie hatte Durst, und ihre Blase drohte zu platzen. Maintower. Lukas. Danach waren sie noch irgendwo anders gewesen, in einer Discothek, in der eine Party mit Hunderten von Leuten stattfand. Sie hatten Tarek, den Gärtner, getroffen und noch mehr getrunken. Dann riss ihre Erinnerung ab, wurde bruchstückhaft. Ihr war schlecht geworden, sie hatte sich übergeben, Lukas und Tarek hatten einen heftigen Streit miteinander bekommen, und plötzlich hatte Lukas es eilig gehabt. »Es tut mir leid, Pia«, hatte er gesagt, »aber ich muss noch etwas erledigen.« Er hatte sie nach Hause fahren wollen. Pia zermarterte ihr Gehirn. Sie erinnerte sich an einen Kofferraum. An Rosen. Rote Rosen. Im Kofferraum des Autos hatten rote Rosen gelegen, dieselben, die bei ihr neben dem Bett gestanden hatten. Zu Hause war sie nie angekommen, stattdessen lag sie jetzt hier auf dem kalten, steinigen Boden in einem Loch von etwa zwei mal zwei Metern Durchmesser. Wie viel Zeit war seitdem vergangen? Drei Stunden? Dreißig Stunden? Irgendwo in der Ferne rumpelte ein Donner. Pias Finger waren taub und steif, aber es gelang ihr mühsam, sich aufzurichten. Einen Moment lang blieb sie stehen und wartete darauf, dass das Schwindelgefühl nachließ. Die Wände waren massiv und ziemlich glatt, das Gitter viel zu hoch, als dass sie es hätte erreichen können. Plötzlich hörte sie über sich Schritte. Mit klopfendem Herzen presste Pia sich an die kalte Mauer. Auf einmal war ihr Gehirn wieder klar, und sie empfand Angst.

»Frau Kirchhoff?«, flüsterte jemand über ihr. »Wo sind Sie?«

Lukas! Eine Welle der Erleichterung flutete durch ihren Körper. Sie war in Sicherheit!

»Hier bin ich!«, rief sie heiser. »Hier unten!«

Das Licht der Taschenlampe blendete kurz von oben in ihr Gesicht.

»Gott sei Dank!« Lukas ergriff das Gitter mit beiden Händen. »Ich dachte schon, Sie sind tot.«

Sein Gesicht war hager vor Anspannung, seine Augen glänzten fiebrig, und der Schweiß tropfte ihm von der Stirn.

»Wo bin ich hier? Was ist passiert?«

»Wir sind auf der Burg in Königstein«, Lukas blickte sich hektisch um, als ob er fürchtete, hinterrücks angegriffen zu werden. »Wir müssen sofort von hier verschwinden.«

»Warum?«, fragte Pia. »Was ist überhaupt los?«

Statt zu antworten, rüttelte Lukas an dem Gitter. Er keuchte vor Anstrengung, schaffte aber kaum, es von der Stelle zu bewegen.

»Verdammt!«, stieß er hervor. »Ich krieg das Scheißgitter nicht weg! Das gibt's doch nicht!«

Lukas' Panik ernüchterte Pia merkwürdigerweise.

»Warum müssen wir verschwinden? Vor wem hast du Angst? Lukas!«

»Nimm die Finger von dem Gitter weg!«, ertönte plötzlich eine scharfe Stimme und hallte von den Wänden des Gewölbes wider. »Los!«

Lukas zuckte zusammen und fuhr herum.

»Tu ihr nichts«, sagte er mit bebender Stimme. »Sie hat mit all dem doch gar nichts zu tun!«

Schritte knirschten.

»Hast du das Ding stoppen können?«

»Nein, verdammt! Ich hätte es hingekriegt, wenn du diesen Scheißwurm nicht dazwischengebaut hättest!«

»Blöde Ausrede! Du kriegst doch immer alles hin, du Superhirn! Erzähl mir nicht, dass das ein Problem für dich ist.«

Pia versuchte, die Stimme des anderen Mannes zu erkennen. Ihr Magen zog sich zu einem schmerzhaften Knoten zusammen. Das war kein Spiel, sondern tödlicher Ernst. Niemand wusste, wo sie war. Wenn Lukas etwas passierte, würde sie in diesem Loch verrecken! Die Angst kroch eisig durch ihre Adern.

»Lukas?«, rief sie mit gedämpfter Stimme. »Lukas, wo bist du?«

Aber sie bekam keine Antwort. Und plötzlich krachte ein Schuss.

Antonia führte sie zielstrebig über den äußeren Burghof hinauf zum Bergfried der alten Festungsruine. Der Regen wurde stärker, Sturmböen fegten durch die Mauerreste. Blitz und Donner folgten in immer kürzeren Abständen aufeinander. Plötzlich blieb das Mädchen stehen und deutete auf eine schmale, halb verfallene Tür.

»Dort geht es in die Katakomben«, rief Antonia. »Sonst gibt's nur noch den Weg durch den Brunnenschacht zum Verlies und zum Geheimgang.«

»Was für ein Geheimgang?« Bodenstein hob den Arm, um seine Augen vor dem Regen zu schützen.

»Wir haben vor ein paar Jahren einen halb verschütteten Gang entdeckt, der direkt hinunter in die Altstadt führt«, erwiderte Antonia. »Ich glaube, nicht mal die von der Stadtverwaltung wissen von dem Gang. Aber wir können so immer auf die Burg, wenn wir Lust dazu haben.«

Sie ging auf den verfallenen Torbogen zu, quetschte sich

durch den Spalt und verschwand im Dunkeln. Bodenstein, Behnke und Sander folgten ihr. Im Inneren war es warm. Die Hitze der vergangenen Tage staute sich in dem kleinen Raum. Behnke ließ seine Taschenlampe aufflammen. Vorsichtig tasteten sie sich über den mit Geröll und Schutt bedeckten Boden zu einer steilen Treppe, die den Namen kaum noch verdiente. Behnke leuchtete in das düstere Loch. Je tiefer sie in die alte Festung vordrangen, desto feuchter und kälter wurde die modrig riechende Luft. Endlich hatten sie den Abstieg hinter sich und standen in einem schmalen Gang, der so eng war, dass Bodenstein fast Platzangst bekam. Er verbot sich jeden Gedanken an die Tonnen losen Gesteins über sich und folgte Antonia, bis sie unvermittelt stehen blieb.

»Da vorne ist Licht«, flüsterte sie und wies auf einen schwachen Lichtschein, der durch Löcher im Gemäuer fiel. »Da ist das Verlies.«

Bodensteins Herz schlug hektisch, jetzt, da er mit Bestimmtheit wusste, dass er auf der richtigen Spur war. Er holte tief Luft und hob seine Waffe.

»Geh nach hinten zu deinem Vater«, befahl er dem Mädchen, »und bleib bei ihm, egal, was jetzt passiert!«

Wenig später blickte er von einer Art halb verfallener Galerie hinunter in das große Gewölbe, das vom Schein flackernder Kerzen erhellt war, die in einem Kreis auf dem Boden standen. Bodenstein erkannte Lukas, der auf dem Boden kniete und an einem rostigen Gitter zerrte. Gerade als er etwas sagen wollte, hallte eine Stimme durch das Gewölbe.

»Nimm die Finger von dem Gitter weg! Los!«

»Was machen wir?«, zischte Behnke. Sie duckten sich hinter die Reste der Brüstung. Bodenstein riskierte einen Blick nach unten.

»Das ist Tarek Fiedler«, flüsterte er, »und er hat eine Waffe.«

Seine Gedanken rasten. Wo war Pia Kirchhoff? Ihm durfte jetzt kein Fehler unterlaufen. Aber abwarten war in dieser Situation die schlechteste Alternative.

»Wir greifen ein«, entschied er deshalb und nickte Behnke zu.

»Werfen Sie die Waffe weg!«, schrie er. »Polizei!«

Tarek Fiedler zögerte keine Sekunde. Statt die Waffe fallen zu lassen, riss er sie hoch und schoss in die Richtung, aus der Behnkes Stimme gekommen war. Das Krachen des Schusses in dem Gewölbe war ohrenbetäubend. Die Kugel schlug in das Mauerwerk ein wie eine Explosion, Steinbrocken flogen durch die Luft. Steine bröckelten. Ein zweiter Schuss fiel, ein dritter. Mit einem dumpfen Poltern stürzte eine ganze Wand ein.

»Dieser kleine Idiot!«, knirschte Behnke. Die Luft war voller Staub, doch Bodenstein ignorierte die Panik, die der Gedanke, lebendig begraben zu werden, in ihm auslöste.

»Seid ihr alle in Ordnung?«, fragte er leise.

»Ja«, erwiderte Behnke und hustete unterdrückt. Sander und Antonia nickten stumm. Bodenstein erhob sich aus der Deckung und stellte fest, dass fast alle Kerzen erloschen waren.

»Taschenlampe!«, sagte er. Behnke leuchtete hinab. Der Staub verschluckte das Licht, aber es war deutlich zu erkennen, dass das Gewölbe leer war. Von Lukas und Tarek war nichts mehr zu sehen. Sie kletterten über die Brüstung hinab in das alte Verlies.

»Hilfe! Hallo! Hört mich jemand?«, erklang es dumpf aus dem Boden. Behnke und Sander reagierten schneller als Bodenstein. Sie stürzten zu dem Gitter, an dem Lukas vorhin gerüttelt hatte. Behnke leuchtete in das Loch.

»Pia!«, rief Sander, und Bodenstein wurde vor Erleichterung ganz flau. Gemeinsam gelang es ihnen, das rostige Gitter auf die Seite zu schieben. Pia Kirchhoff war erschöpft, verdreckt, aber unverletzt. Die Männer legten sich auf den Bauch und zogen sie nach oben. Sie blieb einen Moment mit geschlossenen Augen auf dem Rücken liegen, dann blickte sie Behnke an.

»Pech gehabt«, sie lächelte schwach, »ich lebe noch.«

»Ich habe nichts anderes von Ihnen erwartet«, erwiderte Behnke trocken und hielt ihr die Hand hin, um ihr auf die Beine zu helfen. »Ich habe nämlich keine Lust, in der Endrunde der WM Überstunden zu machen.«

Die Anspannung ließ nach. Bodenstein klopfte seiner Kollegin erleichtert auf die Schulter.

»Wir reden später«, sagte er. »Erst mal sehen wir zu, dass wir hier irgendwie rauskommen.«

»Da vorne geht es zum Brunnenschacht und zum Geheimgang«, sagte Antonia mit zittriger Stimme. »Einen anderen Weg nach draußen, außer dem, den wir gekommen sind, kenne ich nicht.«

Und der war nun versperrt. Hinter ihnen polterten weitere Steine zu Boden. Die Schüsse hatten die uralten Mauern des Gewölbes stark erschüttert.

»Nichts wie raus hier, bevor uns die ganze Burg über dem Kopf zusammenbricht«, sagte Behnke und hustete wieder. Er und Bodenstein verschwanden hinter Antonia in einem schmalen Gang. Pia wandte sich Sander zu.

»Ich hatte eine schreckliche Angst um dich«, flüsterte er. Sie blickten sich an, und sie erkannte im schwachen Licht der noch brennenden Kerzen, dass er Tränen in den Augen hatte. Stumm nahm er sie in die Arme und hielt sie eng umschlungen.

»Kommen Sie!«, ertönte Bodensteins Stimme aus dem Gang. »Wir müssen uns beeilen! Für Zuneigungsbekundungen ist später Zeit genug.«

Antonia führte sie in einen engen, niedrigen Gang, in dem man nur gebückt laufen konnte. Nach ein paar Metern machte er einen scharfen Knick und wurde höher. Endlich hatten sie den Brunnenschacht erreicht. Behnke machte sich als Erster daran, die rostigen Sprossen, die in die Wand eingelassen waren, emporzuklettern. Ihm folgten Antonia, Pia, Sander und schließlich Bodenstein, der Mühe hatte, mit den glatten Ledersohlen seiner Schuhe Halt zu finden. Der heftige Wind nahm ihm für einen Augenblick fast den Atem, als er aus dem Brunnen im Innenhof unterhalb des Bergfrieds kroch, der Regen durchnässte ihn in Sekunden. Behnke, Pia, Sander und seine Tochter hatten im Eingang des Zeughauskellers vor der Gewalt des Gewitters Schutz gesucht. Bodenstein lief zu ihnen und ergriff keuchend sein Handy, das klingelte.

»Meine Leute sind überall in der Burg in Stellung gegangen«, teilte ihm der Einsatzleiter des SEK per Handy mit, »wie gehen wir vor?«

Es machte keinen Sinn, die ganze Burg zu durchsuchen. Lukas kannte sich weitaus besser aus und wusste, wo man sich verstecken konnte.

»Zwei Männer sind hier irgendwo unterwegs«, erwiderte Bodenstein atemlos, »mindestens einer von ihnen ist bewaffnet. Er hat die Waffe schon benutzt, also Vorsicht. Wo sind Sie gerade?«

»Auf dem Weg zum Innenhof der Burg«, sagte der Einsatzleiter.

»Da sind wir auch«, Bodenstein wagte einen Blick nach draußen. Von hier aus konnte man nichts außer dem Innenhof sehen.

»Kommt«, sagte er, »wir gehen zum Turm. Von dort aus haben wir wenigstens einigermaßen Überblick.«

Ein Scharfschütze des SEK hatte im Burgturm Stellung bezogen, ein zweiter hockte auf den Mauerresten gegenüber. Von ihren Positionen aus hatten sie die gesamte Fläche der Burg im Blickfeld. Dunkle Gestalten kauerten hinter Mauern, auf Treppenstufen oder lagen flach auf dem Boden, alle schwer bewaffnet, mit Schutzwesten, Helmen und Sturmmasken ausgerüstet. Zwei Mann waren im Geheimgang von der Stadt aus unterwegs hinauf zur Burg, nachdem Antonia verraten hatte, wo der Gang endete. Diese Fluchtmöglichkeit war den Jungen versperrt.

»Meine Leute sind rings um die Burg in Stellung gegangen«, sagte der Einsatzleiter zu Bodenstein. »Hier kommt keine Maus ungesehen heraus.«

Bodenstein nickte angespannt. Zwei Scharfschützen, fünfundzwanzig schwerbewaffnete Polizisten, ein geistesgestörter Einundzwanzigjähriger, der mindestens zwei Menschen kaltblütig ermordet hatte, und ein anderer, der bewaffnet war. Das Funkgerät des Einsatzleiters rauschte.

»Zwei Personen auf fünf Uhr«, ertönte die Stimme eines Beamten. »Sie klettern aus dem alten Pulverturm auf der anderen Seite der großen Wiese.«

Bodenstein spürte, wie sein Adrenalinspiegel unwillkürlich in die Höhe schoss. Er warf Behnke einen Blick zu, dann Pia Kirchhoff. Sie saß dicht neben Sander auf den hölzernen Stufen, die in den Turm hoch führten. Antonia lehnte an der Wand, stumm und blass im Gesicht.

»Können Sie erkennen, ob sie bewaffnet sind?«, fragte der Einsatzleiter.

»Negativ. Doch – Moment, der eine hat eine Waffe. Der Blonde.«

»Lukas«, Pia stand auf und ging zu ihrem Chef. »Sie dürfen nicht auf Lukas schießen lassen. Er hat damit nichts zu tun.«

»Er hat zwei Menschen ermordet, einen Mordversuch auf seinen eigenen Vater verübt, Svenja entführt und Sie in dieses Loch gesperrt.«

»Das stimmt nicht!«, widersprach Pia. »Er wollte mich rausholen!«

»Sie wissen nicht, was in Ihrer Abwesenheit passiert ist«, erwiderte Bodenstein, ohne Pia anzusehen. »Lukas' Vater wurde am späten Samstagabend überfallen und brutal niedergeschlagen. Er liegt im Koma. Wenig später hat jemand mit dem Auto von van den Berg das Mädchen überfahren, das Lukas am Abend von Paulys Ermordung im Pick-up vom Opel-Zoo gesehen hat.«

»Wann wurde Lukas' Vater überfallen?« Pia vergaß jede Zurückhaltung und ergriff Bodensteins Arm. »Um wie viel Uhr?«

»Sie brechen mir gleich den Arm«, sagte Bodenstein. »Ich weiß nicht genau, wann. Gegen elf oder zwölf Uhr.«

»Dann kann es Lukas nicht gewesen sein. Er hat mich um kurz vor elf abgeholt. Wir waren zusammen in Frankfurt. Im Maintower.«

Bodenstein fuhr herum und starrte seine Kollegin an.

»Und wie sind Ihr und Svenjas Handy in den Mercedes von Lukas' Vater gekommen?«, fragte Behnke. Pia dachte angestrengt nach. In der Tiefe ihres Bewusstseins schwammen Bilder, die sie nicht richtig deuten konnte.

»Zielobjekte setzen sich in Bewegung«, ertönte die Stimme des Scharfschützen aus dem Funkgerät des Einsatzleiters. Der beorderte seine Bodentruppen auf die obere Wiese, der Scharfschütze aus dem Turm berichtete weiter, was er sah.

»Sie scheinen sich zu streiten.«

»Was machen wir?« Der Einsatzleiter blickte Bodenstein abwartend an.

»Zugriff«, entschied Bodenstein ohne zu zögern, »sofort.«

»Nein!«, rief Pia aufgeregt. »Sie dürfen nicht zulassen, dass auf Lukas geschossen wird, Chef!«

»Haben Sie eine bessere Idee?«

»Ich rede mit ihnen.«

»Den Teufel werden Sie tun.« Bodenstein wandte sich entschlossen dem Einsatzleiter zu. »Los jetzt. Beenden wir die Sache.«

Das Gewitter hatte sich verzogen, der Sturm legte sich so rasch, wie er gekommen war. Der Regen strömte herab, aber im Westen rissen die Wolken bereits auf, und ein Streifen blutroten Himmels erschien über den Anhöhen des Taunus. Pia stand am ganzen Körper zitternd neben ihrem Chef und hörte die Stimme des Scharfschützen. Lukas und Tarek hatten keine Ahnung, dass sie direkt in die Arme einer ganzen SEK-Einheit marschierten. Pia wusste gut genug, dass die Scharfschützen vom SEK in der Lage waren, jedes bewegliche Ziel auf Hunderte von Metern Entfernung punktgenau zu treffen.

»Zielpersonen noch zwanzig Meter entfernt.«

»Scopolamin«, sagte Pia plötzlich. Die Erinnerung an die vergangene Nacht kehrte zurück wie Fetzen eines Traums, den man kurz vor dem Aufwachen träumt.

»Wie bitte?«, fragten Bodenstein und Behnke wie aus einem Munde.

»Ich weiß es wieder!«, rief Pia aufgeregt. »Lukas und ich haben Tarek auf dieser Party in Bockenheim getroffen – oder er uns. Er hat mir was ausgegeben, danach wurde mir schlecht. Ich habe nur noch mitbekommen, dass Tarek und Lukas wegen *Double Life* gestritten haben. Lukas hat mich vor dem Tor vom Birkenhof abgesetzt, aber ich konnte nicht mehr aufschließen. Plötzlich stand Tarek da. Er hat gelacht und gesagt, dass Scopolamin noch immer das beste Mittel sei, um …«

Pia hielt inne.

»Er hat mich in den Kofferraum seines Autos gesperrt! Und da waren die Rosen! Rote Rosen. Ich habe doch noch eine SMS geschrieben, oder nicht?«

»Doch«, ließ sich Sander aus dem Hintergrund vernehmen. »Mir. *Double Life, Tarek, Rosen.* Ich habe es nur nicht kapiert.«

»Zielpersonen bewegen sich auf den inneren Torbogen zu«, meldete der Scharfschütze vom Turm. »Verliere sie aus dem Blickfeld.«

Bodenstein zögerte nur kurz.

»Zugriff«, kommandierte er, »aber nicht schießen!«

Tarek Fiedler hatte die dunklen Gestalten gesehen, bevor Lukas sie bemerkte. Er nutzte Lukas' Überraschung, um ihm die Waffe zu entreißen, lud durch und hielt sie Lukas an den Kopf.

»Wenn sich einer bewegt, ist er tot!«, schrie Tarek.

»Ich weiß, wo Svenja ist«, sagte Franjo Conradi plötzlich aus der Ecke, in die er sich verkrochen hatte. Ostermann fuhr wie elektrisiert herum und starrte den Jungen überrascht an. Franjo hockte wie ein blasses Häufchen Elend auf dem Stuhl. Er hatte mitbekommen, was auf der Burg vor sich ging und dass die Lage sehr ernst war.

»Ach ja?«, sagte Ostermann. »Und woher weißt du das plötzlich?«

»Ich hab's die ganze Zeit gewusst«, erwiderte Franjo und senkte den Blick. Er war das verkörperte schlechte Gewissen. Für einen Moment verspürte Ostermann den dringenden Wunsch, dem Jungen eine Ohrfeige zu verpassen.

»Wo ist sie?« Er beherrschte seinen Zorn und griff nach dem Telefon.

»Im Haus von van den Bergs. Im Heizungskeller.«

»Lebt sie noch?«

»Das … das weiß ich nicht«, murmelte Franjo Conradi und schlug die Hände vors Gesicht. Ostermann wählte die Nummer vom Wachraum. Dann stand er auf.

»Komm«, sagte er zu dem Jungen, »du fährst mit. Und auf der Fahrt erzählst du mir mal, was du noch so alles weißt.«

Die Lage war kritisch. Tarek stieß Lukas vor sich her, die Waffe an dessen Hinterkopf gepresst, und behielt die Mauer als Deckung im Rücken. Keiner der beiden Scharfschützen war in einer geeigneten Schussposition, die SEK-Beamten verharrten reglos auf ihren Positionen.

»Was jetzt?«, fragte der Einsatzleiter.

»Wie viele Leute haben Sie vor dem inneren Tor?«

»Vier.«

Bodensteins Handy summte. Es war Ostermann.

»Chef!«, rief er. »Wir haben Svenja Sievers gefunden! Sie lebt. Franjo Conradi hat uns das Versteck verraten. Sie hat im Haus von van den Bergs im Heizungskeller gesessen.«

Also steckte doch Lukas hinter dem Verschwinden des Mädchens! Bodensteins Blick flog zu Pia Kirchhoff hinüber. Sie schien noch immer felsenfest von Lukas' Unschuld überzeugt zu sein.

»Tarek hatte sie in seiner Wohnung eingesperrt«, fuhr Ostermann fort. »Franjo bekam ein schlechtes Gewissen und ist gestern Nachmittag abgehauen, aber Tarek hat ihn gefunden und gezwungen, mit ihm zu van den Bergs zu fahren. Sie sind durch den Garten gegangen, Tarek hat Lukas' Vater niedergeschlagen, dann haben sie Svenja im Heizungskeller zurückgelassen.« Bodenstein hörte schweigend zu.

»Svenja und Franjo haben uns alles erzählt. Tarek hatte das alles mit Bedacht geplant, um den Verdacht auf Lukas zu lenken.«

»Sind Sie ganz sicher, dass das nicht alles Lukas getan hat?«, vergewisserte Bodenstein sich. Ihm durfte kein Fehler bei der Beurteilung der Lage unterlaufen. Auf Tarek und Lukas war das Gewehr des Scharfschützen gerichtet. Der Mann wartete nur auf den Befehl zu schießen.

»Hundertprozentig«, Ostermanns sonst so gelassene Stimme bebte vor Aufregung. »Aber es kommt noch besser. Tarek Fiedler ist ein unehelicher Sohn von Dr. Carsten Bock, also der Halbbruder von Jonas. Der Einzige, der das wusste, war Pauly, denn Tarek hat es ihm in einer schwachen Minute verraten. Aus Zorn darüber, dass Jonas' Vater ihn nicht in seiner Firma anstellen wollte, hat Tarek sich in dessen Rechner gehackt. Er wollte Bock schaden, egal wie. Sämtliche Informationen, die Pauly gegen Bock in der Hand hatte, stammten von Tarek, nicht von Jonas. Als Tarek erfuhr, dass Pauly damit an die Öffentlichkeit gegangen war, hat er vor Wut gekocht, denn er hatte eigentlich vorgehabt, seinen Vater damit unter Druck zu setzen. Tarek ist am Dienstagabend zu Pauly gefahren. Es gab einen heftigen Streit. Pauly hatte erkannt, dass Tarek in Wahrheit überhaupt nichts an Jonas lag. Er hatte den Jungen nur benutzt, um über ihn an seinen Vater und dessen Geld heranzukommen. Pauly sagte ihm das ins Gesicht und drohte ihm, er werde Jonas die Wahrheit über Tareks Herkunft sagen. Das wollte Tarek auf jeden Fall verhindern, und deshalb hat er Pauly erschlagen. Svenja hat das alles mit angehört und den Mord beobachtet.«

Bodenstein lauschte voller Anspannung. Er konnte sich nur widerstrebend mit dem Gedanken anfreunden, dass Lukas unschuldig sein sollte. Alles war ihm so schlüssig erschienen – oder hatte er es sich einfach alles passend zurechtgedacht? Wenn er ehrlich war, dann hatte seine Theorie ein paar gravierende Schwächen.

»Tarek hatte Franjo im Grünzeug angerufen und ihm gesagt, er solle Lukas ablenken und mit dem Pick-up zu Paulys Haus kommen«, fuhr Ostermann in Maschinengewehrfeuergeschwindigkeit fort. »Zusammen haben sie die Leiche und das Fahrrad aufgeladen und das Auto wieder vors Grünzeug gestellt. Lukas muss noch einen ganzen Tag lang mit der Leiche auf der Pritsche herumgefahren sein. Am nächsten Abend haben die zwei die Leiche von Pauly auf die Wiese geworfen, während das Fußballspiel lief. Da konnten sie ziemlich sicher sein, dass sie niemand überrascht und …«

»Das reicht erst mal«, unterbrach Bodenstein seinen Kollegen. »Ich melde mich gleich wieder.«

»Moment!«, rief Ostermann. »Tarek und Franjo sind auch bei Pia eingebrochen! Wir haben in Tareks Wohnung ein Tagebuch von ihr gefunden und Ausdrucke von Polizeiakten aus dem Jahr 1988. Pia ist damals von einem Stalker belästigt und vergewaltigt worden. Tarek hat in ihrer Vergangenheit herumgeschnüffelt.«

Bodensteins Blick wanderte zu seiner Kollegin. Sie, Behnke und der Einsatzleiter des SEK starrten ihn gespannt an.

»Gehen wir«, befahl Bodenstein. »Tarek Fiedler ist unser Mann, Lukas ist unschuldig.«

Ihm entging nicht der Blick, den Pia Kirchhoff und Sander tauschten. Die beiden hatten die ganze Zeit über recht gehabt. Er wiederholte in knappen Worten, was er von Ostermann erfahren hatte, sagte aber nichts von den Polizeiakten und dem Tagebuch.

»Tarek ist Jonas' Halbbruder?«, fragte Pia ungläubig.

»Ja.«

»Das erklärt die Ähnlichkeit der DNA«, sagte Behnke. »Er hat seinen eigenen Bruder umgebracht.«

»Und er war bei mir im Haus«, Pia schauderte.

Sie kletterten über die unebenen Steine, die vom Gewitterregen glitschig waren. Der Einsatzleiter des SEK teilte seinen

Männern mit, dass der dunkelhaarige Junge mit der Waffe das Zielobjekt sei und im geeigneten Moment mit einem Schuss außer Gefecht gesetzt werden sollte, wenn er sich vorher nicht ergab. Die beiden Jungen hatten mittlerweile das äußere Rondell erreicht und strebten auf das Haupttor zu, an dem Kathrin Fachinger mit zwei SEK-Männern wartete. Der Scharfschütze auf der Mauer hatte das Geschehen nun voll im Blick. Bodenstein, Behnke, Pia Kirchhoff und der Einsatzleiter des SEK blieben im Torbogen des inneren Tores stehen.

»Zielobjekte genau im Visier«, meldete der Scharfschütze. »Warte auf Anweisung.«

In diesem Moment begriff Tarek, dass es keinen Ausweg gab. Er zerrte Lukas auf die an dieser Stelle nur knapp kniehohe Mauer.

»Wenn ihr auf mich schießt, ist er auch tot!«, drohte er. Da konnte Pia nicht länger ruhig bleiben. Sie verließ die schützende Deckung des Torbogens, bevor Bodenstein sie daran hindern konnte.

»Ach, hallo, Frau Kirchhoff!« Tarek lachte spöttisch. »Wie schön, Sie wiederzusehen! Wie haben Ihnen die Rosen gefallen? Rote Rosen! Es hat eine Weile gedauert, aber ich habe alles über Sie herausgefunden! Und die Schlösser in Ihrem Haus sind ja wirklich lächerlich! Hab ich Ihnen Angst gemacht?«

Pia ließ sich nicht beirren, auch wenn sie am liebsten zu ihm hingegangen wäre und ihn eigenhändig über die Mauer gestoßen hätte. Diesem Mistkerl hatte sie die Alpträume und Ängste der letzten Tage und Wochen zu verdanken!

»Allerdings!«, rief sie. »Wie hast du das alles herausgekriegt?«

»Was tun Sie da?«, zischte Bodenstein. »Provozieren Sie ihn nicht!«

»Er soll einfach nur reden«, zischte Pia zurück. »Vielleicht wird er unvorsichtig.«

»Ich habe mich bei Ihnen einfach etwas umgesehen!« Tarek lachte gehässig. »Sie haben ja sogar Ihre Tagebücher aufgehoben! Es war kein Problem, Ihren Verehrer von damals zu finden. Kai-Michael Engler. Wussten Sie eigentlich, dass er jetzt in Darmstadt wohnt? Er hat sich echt gefreut, als er gehört hat, dass Sie ganz alleine leben!«

Pia spürte, wie sich ihre Eingeweide vor Zorn und Hass zusammenzogen. So ein Schwein!

»Wir haben uns zusammen die Bilder angesehen«, Tareks Stimme überschlug sich fast. »Ich habe nämlich nette kleine Kameras in Ihrem Schlafzimmer, im Bad und in der Küche eingebaut! Und die kaputte Sicherung verdanken Sie auch mir! Ach, es war himmlisch, wie Sie vor Angst geheult und gezittert haben!«

Pia ignorierte ihre aufsteigende Wut, zwang sich zur Ruhe. Ein Psychopath, der den Genuss der Grausamkeit für sich entdeckt hatte. Sie vermochte nicht zu beurteilen, ob seine krankhafte Geltungssucht Ausdruck eines ausgeprägten Minderwertigkeitskomplexes oder Kompensation für eine lieblose Kindheit war, aber eines war offensichtlich: Tarek Fiedler war ehrgeizig und intelligent, sein Neid auf seinen Halbbruder und dessen Freund Lukas hatte sich spätestens in dem Augenblick in Hass verwandelt, als er von seinem Vater zurückgewiesen worden war.

»Und Svenja erst!« Tarek geriet regelrecht ins Schwärmen. »Diese arrogante, bescheuerte Pute, die mich nie angeguckt hat, als ob sie was Besseres wäre! Wie sie auf einmal gebettelt und geheult hat! Angefleht hat sie mich, dass ich ihr nichts tue!«

Er versetzte Lukas einen derben Stoß in die Nieren, seine Stimme wurde gehässig.

»Weißt du, was sie alles gemacht hat, eure angebetete Svenja? Ich hab's gefilmt, damit ihr euch angucken könnt, was sie für eine billige Schlampe ist! Sie hat mir …«

Sein Hass berauschte ihn, er wurde unvorsichtig und verließ um Zentimeter die Deckung von Lukas' Körper. Das reichte dem Scharfschützen auf der Mauer. Pia sah, wie die Kugel in Tareks linke Schulter einschlug, ihn nach hinten und in die Tiefe riss. Sie rannte los, hoffte verzweifelt, Lukas noch halten zu können. Der Junge ruderte hilflos mit beiden Armen, die Augen in panischem Entsetzen weit aufgerissen. Er kämpfte vergeblich, verlor das Gleichgewicht und stürzte rückwärts von der Burgmauer.

Nur wenige Minuten später war die Burg voller Menschen. Die Männer der Königsteiner Feuerwehr leuchteten mit starken Handscheinwerfern an der Stelle, an der die beiden Jungen über die Mauer gestürzt waren, in das dunkle Unterholz in der Tiefe. Das SEK rückte ab, von der Stadt näherten sich Krankenwagen mit Sirenen und zuckendem Blaulicht. Bodenstein und Behnke machten sich auf den Weg zum Fuß der Burg, verstärkt von Dutzenden Polizeibeamten. Christoph Sander hatte Pia eine Decke der Feuerwehr um die Schultern gelegt und hielt sie in seinen Armen fest. Allmählich lösten sich bei ihr die Anspannung und der Schock, unter dem sie in den vergangenen Stunden gestanden hatte, und sie begriff, in welcher Gefahr sie geschwebt hatte.

»Glaubst du, er hat die Wahrheit gesagt?«, fragte Sander besorgt. Pia blickte ihn an und nickte.

»Ich fürchte, ja«, sagte sie. »Der Kerl hieß Kai-Michael Engler. Ich weiß auch, dass er in Darmstadt wohnt.«

»Du kannst auf keinen Fall mehr alleine auf dem Hof bleiben.«

»Ich sehe den einen Jungen!«, rief einer der Feuerwehrleute in diesem Moment aufgeregt. »Er hängt in einem Baum!«

In einer dramatischen Rettungsaktion gelang es der Feuerwehr, Lukas aus der Krone eines Baumes fünfzehn Meter unterhalb der Burgmauer zu bergen. Pia hatte sich geweigert, in einen Krankenwagen zu steigen. Gemeinsam mit Sander und Antonia wartete sie, bis die Feuerwehr die Trage mit Lukas über die Burgmauer zog. Der Junge war bei Bewusstsein und lächelte matt, als er Pia erkannte. Seinen Sturz von der Mauer hatte er mit ein paar Knochenbrüchen, aber wenigstens nicht mit dem Leben bezahlen müssen. Ohne den Baum wäre er fünfzig Meter tiefer auf dem Granitfelsen unterhalb der Burg aufgeschlagen, das hätte er zweifellos nicht überlebt. Die Sanitäter trugen ihn zu einem der wartenden Krankenwagen. Sander erzählte Pia unterdessen, was in den vergangenen vierundzwanzig Stunden geschehen war.

»Dein Chef war fest davon überzeugt, dass Lukas seinen Vater umbringen wollte«, sagte er. »Wir sind heftig aneinandergeraten.«

»Er hat dich die ganze Zeit verdächtigt«, antwortete Pia.

»Ich weiß. Er kann mich nicht leiden«, Sander schüttelte den Kopf.

»Vielleicht ist er eifersüchtig«, Pia grinste ein bisschen.

»Wieso denn das?«

»Inka Hansen war seine Jugendliebe. Er hat dich mit ihr beim Abendessen gesehen.«

Sander begriff die Zusammenhänge.

»Das verstehe ich ja noch. Aber was ist mit dir?«

»Mit mir?«, fragte Pia erstaunt. »Wie meinst du das?«

»Deinem Chef scheint es auch nicht zu passen, dass ich dich mag.«

Pia spürte, wie ihr Herz bei diesen Worten einen glücklichen Hüpfer machte.

»Tja«, sagte sie, »im Hühnerhof darf es eben nur einen Gockel geben.«

Ein Polizeihubschrauber kreiste über der Burg. Die Männer vom SEK hatten sich versammelt und gingen zu ihren Fahrzeugen. Für sie war dies nur ein Einsatz unter vielen gewesen.

Sander legte Pia einen Arm um die Schultern, den anderen um Antonia.

»Kommt, Mädels«, sagte er. »Ich habe die Nase voll von der Burg.«

»Ich auch«, erwiderte Pia. »Aber vor allen Dingen muss ich so schnell wie möglich aufs Klo.«

Tarek Fiedler hatte den Sturz glimpflich überstanden. Er war im dichten Gestrüpp am Fuß der Burg relativ weich gelandet, die Schussverletzung in der linken Schulter schien ihn nicht daran gehindert zu haben, sich aus dem Staub zu machen. Polizei und Feuerwehr durchkämmten das Gebüsch, Bodenstein stand mit grimmiger Miene und seinem Handy am Ohr auf dem Weg, als Pia in Begleitung von Sander und seiner Tochter von der Burg herunterkam.

»Der Kerl ist abgehauen«, verkündete Behnke. »Nicht zu fassen, dass jemand so zäh sein kann.«

»Er ist total geisteskrank«, sagte Antonia und schauderte in ihren nassen Kleidern. »Ich konnte ihn noch nie leiden.«

»Weit kommt er nicht«, Bodenstein steckte sein Handy ein und wandte sich um. »Ich habe Verstärkung und Suchhunde angefordert. Die sind in ein paar Minuten da.«

»Er könnte immer noch meine Waffe haben«, gab Pia zu bedenken.

»Ich weiß«, Bodenstein schüttelte den Kopf, »ich hätte viel eher auf Tarek als Täter kommen müssen. Es war doch offensichtlich, wie er versucht hat, Lukas als Verdächtigen hinzustellen.«

»Tarek war immer neidisch auf Lukas und Jo«, bemerkte Antonia. »Er wollte alles haben, was die beiden hatten, hat sich regelrecht in unsere Clique gedrängt. Seit er im letzten Sommer plötzlich aufgetaucht ist, ist alles anders geworden. Ich hab Lukas immer gesagt, dass Tarek falsch und hinterhältig und nur auf seinen eigenen Vorteil bedacht ist, aber Lukas wollte das nicht glauben.«

Sie schluchzte auf.

»Ich hasse ihn!«, stieß sie hervor und blickte Pia an. »Jo ist tot! Und Lukas' Vater auch fast. Und was dieses gemeine Schwein mit Svenja und mit Ihnen gemacht hat!«

Plötzlich brach sie in Tränen aus. Pia nahm sie tröstend in die Arme und fragte sich gleichzeitig, wer von ihnen beiden dringender Trost brauchte.

»Wir kriegen ihn«, murmelte sie und hielt das Mädchen ganz fest an sich gedrückt. »Wir kriegen diesen Mistkerl, und dann wird er für alles, was er angerichtet hat, büßen.«

Bodensteins Handy klingelte. Er hörte ein paar Sekunden schweigend zu, seine Miene wurde finster. Tarek hatte auf dem Parkplatz am Busbahnhof eine Autofahrerin mit einer Waffe bedroht, sie zum Aussteigen gezwungen und war nun in ihrem silberfarbenen Touareg in Richtung Kreisel unterwegs. Drei Polizeifahrzeuge waren direkt hinter ihm, das SEK wurde zurückbeordert. Bodenstein, Pia, Sander und Antonia stiegen in Bodensteins BMW, nachdem Pia sich ungeachtet dessen, was jemand von ihr denken mochte, hinter der Mauer zum Kurpark erleichtert hatte. Ostermann hatte weitere, haarsträubende Neuigkeiten. Bodenstein ließ das Autotelefon laut gestellt.

Tarek hatte schon vor einer Weile herausgefunden, dass Svenja ein Verhältnis mit Jonas' Vater hatte. Er war es gewesen, der die kompromittierenden Fotos von Svenja und Dr. Bock gemacht hatte, die Bodenstein in dem Buch in Jonas'

Schreibtisch gefunden hatte. Tarek hatte Svenja mit seinem Wissen über ihre Affäre zum Schweigen über den Mord an Pauly gezwungen, aber wenig später hatte er selbst Jonas die Fotos gegeben. Als er befürchten musste, dass Svenja und Jonas sich trotzdem wieder vertragen könnten, hatte er die Bilder auf Svenjas Webseite gestellt und die E-Mails verschickt. Svenjas Entführung wiederum war ein Druckmittel gegen Lukas gewesen, genauso wie die Einbrüche bei Pia, weil Tarek gewusst hatte, dass Lukas Svenja und Pia mochte. Er hatte jeweils von Svenjas und Jonas' Handy aus die letzten SMS geschrieben. Jonas hatte sterben müssen, weil er dahintergekommen war, dass Tarek die E-Mails verschickt hatte.

»Und warum wollte er Lukas' Vater umbringen?«, fragte Sander.

»Wahrscheinlich auch, um es Lukas in die Schuhe zu schieben«, erwiderte Ostermann. »Von Franjo weiß ich, dass er Lukas' Schlüssel schon vor einiger Zeit hat nachmachen lassen. Fest steht, dass Tarek van den Bergs Mercedes genommen hat, um Andrea Aumüller zu überfahren. Sie hat ihn nämlich an dem Abend, an dem er Pauly ermordet hat, im Pick-up vom Zoo erkannt.«

»Aber welche Rolle spielte Franjo dabei?«, wollte Pia wissen. »Was hat ihn dazu gebracht, Tarek zu helfen?«

»Tarek hat Franjo das Blaue vom Himmel versprochen«, erklärte Ostermann. »Nachdem er ihm erzählt hat, dass Lukas und Jonas alleine allen Profit für *Double Life* einstreichen wollten, hat er ihm gesagt, er werde dafür sorgen, dass er ein gleichberechtigter Partner beim Verkauf der Rechte sein würde. Und als Franjo bei der Entsorgung von Paulys Leiche Gewissensbisse gekriegt hat, war es zu spät, um auszusteigen. Tarek hat ihm klipp und klar gesagt, dass er ihn umbringen würde, wenn er einen Ton sagt.«

Bodenstein manövrierte den BMW durch die engen Sträßchen der Altstadt, vorbei an der St.-Angela-Schule und rechts Richtung Limburger Straße.

»Wo ist Franjo jetzt?«, fragte er.

»Bei mir.«

»Bringen Sie ihn in eine Zelle und passen Sie auf ihn auf. Tarek ist uns entwischt. Er hat ein Auto, eine Waffe und nichts mehr zu verlieren.«

Der silberne Touareg fuhr mit hoher Geschwindigkeit durch den Königsteiner Kreisel. Bodenstein war sich der Gefahr für sämtliche Verkehrsteilnehmer bewusst, aber er konnte es nicht riskieren, dass Tarek Fiedler die Polizei abhängte und verschwand. Die einsetzende Dunkelheit stellte ein weiteres Problem dar, aber noch konnte die Besatzung des Polizeihubschraubers mühelos verfolgen, wohin der Touareg fuhr, und informierte die Kollegen am Boden. Via Funk wurde beratschlagt, was zu tun war, während Tarek am Opel-Zoo vorbei Richtung Oberursel raste. Die Beamten des SEK lösten die Streifenwagen bei der Verfolgung ab, auch Bodenstein ließ sich weiter zurückfallen. Alle hofften, dass der junge Mann nicht in die Innenstadt von Oberursel fahren würde, denn es war bereits eine Sperrung der B455 kurz vor dem Tunnel am Beginn der A661 in Vorbereitung. Doch als hätte Tarek die Falle geahnt, bog er rechts auf die K771 in Richtung Oberursel ab.

»Was hat der Mistkerl vor?«, knurrte Bodenstein. Im Auto herrschte angespanntes Schweigen. Die Verfolgungsjagd zog sich durch Oberursel, vorbei an Stierstadt, quer durch Oberhöchstadt. Trotz der späten Stunde herrschte auf den Straßen viel Verkehr. Das war gefährlich, denn Tarek hielt an keiner einzigen roten Ampel an, verursachte dadurch in Oberhöchstadt einen Auffahrunfall und hängte das SEK beinahe ab, als er in Kronberg das rote Signallicht am Bahnübergang unbeachtet ließ. Doch auch der Fahrer des SEK schaffte es noch unter den sich senkenden Bahnschranken hindurchzurasen. Funken stoben und der Auspuff riss ab, als das Auto auf der Bodenwelle vor den Gleisen aufsetzte, aber das war das kleinere Übel. An der Kronberger Kreuzung bog Tarek nach links ab Richtung Schwalbach. Er war so schnell, dass er ins Schleudern und von der Straße geriet. Nur dank der technischen Ausstattung des gestohlenen Touareg behielt er im letzten Augenblick die Kontrolle über das schwere Fahrzeug. Zwar blieben von einem mobilen Spargelverkaufsstand nur noch Trümmer übrig, aber verletzt wurde niemand. Mit beinahe hundertsechzig Stundenkilometern raste er die L3005 hinunter, überholte drei andere Autos, zwang einen aus Niederhöchstadt kommenden Kleinbus zu einer Vollbremsung und bog nach rechts auf die L3014 ab.

»Zielperson fährt Richtung Bad Soden«, knarzte die Stimme des Beamten im Hubschrauber über Funk. »Nein! Er biegt ins Gewerbegebiet ab. Kronberger Hang. Da kommt er nicht mehr raus!«

»Was will er da wohl?«, fragte sich Bodenstein.

»Ich glaube, er fährt zur Firma von Jos Vater«, sagte Antonia, »die ist gleich da drüben. Zweite Straße rechts.«

Bodenstein gab Antonias Verdacht an alle Einsatzkräfte weiter, er selbst bog gerade rechtzeitig in die Stichstraße ein, um zu sehen, wie Tarek mit dem Geländewagen über den vom Gewitterregen aufgeweichten Rasen pflügte und direkt auf die gläserne Front des futuristisch anmutenden Gebäudes zuhielt.

»Ach du Scheiße!«, stieß er hervor und bremste, als ihm klar wurde, was der junge Mann vorhatte. Das zwei Tonnen schwere Auto schoss über den gepflasterten Vorplatz, beschleunigte noch einmal mächtig und krachte mit aufheulendem Motor in die Glasfassade, wie eines der entführten

Flugzeuge am 11. September in die Türme des World Trade Center.

Die Dunkelheit wurde von den Scheinwerfern der Feuerwehr und vom Zucken der Blaulichter erhellt. Eine Stunde dauerte es, bis die Schwalbacher Feuerwehrleute unter Bergen von verbogenem Stahl und zersplittertem Glas an das völlig demolierte Auto gelangten und den jungen Mann herausschweißen konnten. Die Fahrgastzelle hatte den Aufprall fast unversehrt überstanden, nur der Motorblock war weit in das Innere des Fahrzeugs gepresst worden.

»Er lebt«, teilte der Einsatzleiter der Feuerwehr Bodenstein und Pia Kirchhoff mit, »ist sogar bei Bewusstsein. Unglaublich.«

»Der große Abgang ist ihm nicht gelungen«, sagte Bodenstein bitter. »Dafür hätte er sich einen Benziner mit vollem Tank aussuchen müssen, keinen Diesel.«

Endlich hatten die Sanitäter mit Hilfe der Feuerwehrleute den schwerverletzten jungen Mann aus den Trümmern geborgen. Die Eingangshalle glich einem Schlachtfeld, ein Pfeiler war beschädigt und wurde notdürftig abgestützt, um die Statik des Gebäudes nicht zu gefährden.

»Was ist mit ihm?«, erkundigte sich Bodenstein bei dem Notarzt, der sich die blutverschmierten Latexhandschuhe auszog. »Wird er überleben?«

»Seine Beine sind völlig zerschmettert«, antwortete der Notarzt. »Ich vermute, die Wirbelsäule ist gebrochen. Falls er das überlebt, wird er sich an ein anderes Leben gewöhnen müssen.«

»Das muss er auf jeden Fall. Ist er ansprechbar?«

»Ja, wir haben ihn stabilisiert. Er ist im Moment schmerzfrei. Wieso?«

»Weil ich ihn jetzt verhaften werde«, Bodenstein ging zum

Notarztwagen hinüber. Tarek Fiedler lag mit offenen Augen auf der Trage, aber ihm gelang noch ein Grinsen, als er Bodenstein erkannte.

»Ich bin der Herrscher über Leben und Tod«, flüsterte er höhnisch. »Mein Name wird in die Geschichte eingehen.«

»Höchstens in den Polizeibericht«, erwiderte Bodenstein kühl.

»Ich werde in die Schlagzeilen kommen und ins Fernsehen. Eines Tages wird man mein Leben verfilmen«, Tarek lachte heiser.

»Da wäre ich mir nicht so sicher«, entgegnete Bodenstein. »Im Rollstuhl und ohne Beine ist Knast allerdings noch weniger lustig als ohnehin schon. Sie sind ein ganz armes Würstchen, Herr Fiedler. Ein neidischer, geltungssüchtiger Verlierer.«

Tarek hörte auf zu grinsen, in seinen Augen flackerte mörderische Wut. Bodenstein betrachtete das bleiche, blutüberströmte Gesicht des jungen Mannes. Grausam und mitleidslos hatte er zwei Menschen getötet und Leid, Angst und Schmerz über viele andere gebracht.

»Ich habe den zerstörerischsten Wurm aller Zeiten auf das Internet losgelassen, ich …«, stieß Tarek keuchend hervor.

»Falsch«, unterbrach Bodenstein ihn. »So weit ist es nicht gekommen. Unsere Leute haben mit Hilfe von Franjo alles stoppen können. Lukas wird mit *Double Life* sicherlich noch viel Geld verdienen. Sie nicht mehr. Im Gefängnis braucht man kein Geld. Sie haben Ihr Leben wahrhaftig vergeudet, Herr Fiedler. Zwei Morde, eine gefährliche Körperverletzung …«

»Wieso Körperverletzung?«

»Lukas' Vater lebt. Sie werden sehr alt sein, wenn Sie das Gefängnis eines Tages verlassen dürfen.«

Tarek starrte Bodenstein aus unnatürlich glänzenden Augen an, sein Gesicht verzerrte sich. Plötzlich zuckte es um seinen Mund, er wandte den Kopf ab.

»Scheiß drauf«, flüsterte er und schloss die Augen.

Ostermann tippte gerade die letzten Worte des Protokolls von Franjo Conradis Geständnis in seinen Computer, am Schreibtisch gegenüber wartete Henning Kirchhoff mit angespannter Miene. Beide Männer sprangen erleichtert auf, als Bodenstein, Behnke, Kathrin Fachinger und Pia Kirchhoff das Büro betraten. Ostermann umarmte seine Kollegin herzlich, dann war Kirchhoff an der Reihe. Die Stimmung war gelöst. Beide Fälle waren aufgeklärt.

»Eins verstehe ich allerdings immer noch nicht«, sagte Kathrin Fachinger. »Wieso hat Tarek Paulys Leiche am Opel-Zoo abgeladen? Es wäre vielleicht alles nicht herausgekommen, wenn wir ihn irgendwo anders gefunden hätten.«

»Der selbsternannte Herrscher über Leben und Tod ist an seinen Rachegelüsten gescheitert«, erwiderte Bodenstein mit einem zynischen Lächeln. »Er wollte den Verdacht auf Lukas oder Dr. Sander lenken. Allerdings hat er nicht unser Misstrauen einkalkuliert.«

»*Unser* Misstrauen?« Pia legte den Kopf schief und grinste.

»Natürlich. Wir sind doch ein Team«, Bodenstein grinste auch.

Henning Kirchhoff wartete an der Tür auf Pia, auf seinem sonst so beherrschten Gesicht lag ein Ausdruck der Erleichterung.

»Ich bin so froh, dass dir nichts passiert ist«, sagte er, als sie neben ihm stehen blieb. »Wir haben echt mit dem Schlimmsten gerechnet.«

»›Wir‹?«, fragte Pia spitz. »Du und Staatsanwältin Löblich?«

»Ach was«, Henning schüttelte verlegen den Kopf. »Das war eine einmalige Angelegenheit. Ein Ausrutscher. Ich wollte es dir erklären, aber du bist ja nicht ans Telefon gegangen.«

»Ich nehme es dir auch nicht übel«, sagte Pia. »Ich habe dich ja selbst in die Arme von der Löblich getrieben. Aber mich hat es schon etwas gestört, dass du ausgerechnet meinen Tisch ausgesucht hast, um ...«

»Pssst«, unterbrach Henning sie. Kai Ostermann ging vorbei.

»Wie geht's dem Fisch?«, erkundigte er sich und zwinkerte ihr zu.

»Ich hoffe, der wartet unten auf mich«, erwiderte Pia.

»Ach so«, Henning hob die Augenbrauen, »ich verstehe. Du brauchst meine Dienste als Krankenpfleger heute Abend gar nicht.«

»Ich fürchte – nein«, Pia hakte sich bei ihm ein. »Aber danke, dass du hier bist. Das werde ich dir nicht vergessen.«

Freitag, 30. Juni 2006

Bodenstein und Pia lehnten am Zaun der Koppel und betrachteten die beiden Stuten mit ihren Fohlen. Auf der Terrasse von Pias Haus verfolgten Cosima von Bodenstein und alle Mitarbeiter des K11 die erste Halbzeit des Viertelfinalspiels Deutschland gegen Argentinien. Pia hatte die Markise ausgefahren und Salate zubereitet, Ostermann und Behnke hatten Grillfleisch und Würstchen mitgebracht, Bodenstein die Getränke spendiert.

In der vergangenen Woche waren endlich sämtliche Akten an die Staatsanwaltschaft gegangen. Esther Schmitt musste wegen gefährlicher Brandstiftung, Versicherungsbetrug und Irreführung der Polizei mit einer Anklage rechnen und würde durch ihre Vorstrafe wohl einen großen Teil der Strafe absitzen müssen. Pia hatte nicht lange gezögert und die Hunde, die Esther bei einer Bekannten vom Tierschutzverein untergebracht hatte, bevor sie das Haus in Flammen aufgehen ließ, zu sich auf den Birkenhof geholt. Hier konnten die Hunde zusammenbleiben und ähnlich frei leben, wie sie es gewohnt waren. Tarek Fiedler standen mehrere Prozesse bevor, sobald er das Krankenhaus verlassen konnte. Die Staatsanwaltschaft warf ihm zweifachen Mord, gefährliche Körperverletzung, Freiheitsberaubung in zwei Fällen, Sachbeschädigung, Autodiebstahl, Nötigung und noch einiges mehr vor. Franjo Conradi hatte eine Anklage wegen Mittäterschaft zu erwarten. Auch für Mareike Graf und Stefan Siebenlist hatten Tareks Taten im weitesten Sinne Konsequenzen gehabt. Beide waren von ihren Ehepartnern vor die Tür gesetzt worden.

»Lukas hat mich vorhin angerufen«, sagte Pia zu ihrem Chef. »Er darf morgen aus dem Krankenhaus raus und wird dann erst mal bei Sanders bleiben. Sein Vater ist aus dem Koma aufgewacht und hat ihn sogar erkannt.«

»Gott sei Dank. Der Junge hat wirklich genug mitgemacht.«

»Sie haben ihn die ganze Zeit für den Mörder gehalten. Warum eigentlich? Er hatte doch überhaupt kein Motiv«, Pia warf Bodenstein einen kurzen Blick zu. Er hatte die Arme auf die oberste Stange des Zaunes gelegt und beobachtete die Pferde.

»Mein Gefühl hat mich getäuscht«, gab er zu. »Ich hätte viel eher verstehen müssen, dass Lukas nichts damit zu tun hat. Irgendwie habe ich mich auf ihn eingeschossen, warum auch immer.«

»Mit Gefühlen ist das so eine Sache«, antwortete Pia.

Die erste Halbzeit des Fußballspiels schien zu Ende zu sein, denn Frank Behnke kam angeschlendert, gefolgt von vier höchst interessierten Hunden.

»Oh«, rief Pia ihm zu, »Sie haben neue Freunde gefunden.«

Behnke verzog das Gesicht und hielt den Teller noch ein Stück höher.

»Ich mache mir keine Illusionen«, erwiderte er. »Das liegt nicht an meiner unwiderstehlichen Ausstrahlung, sondern an der Wurst. Hier, die ist für Sie. Sie hatten ja bis jetzt keine Zeit zum Essen.«

»Danke«, Pia ergriff erstaunt den Pappteller. »Das ist echt nett von Ihnen.«

»In mir steckt halt doch ein guter Kern.« Behnke hatte auf seine obligatorische Sonnenbrille verzichtet und benahm sich ganz manierlich. »Ich glaube, ich hätte Sie echt vermisst, wenn Sie nicht mehr aufgetaucht wären. Kai und Kathrin zu ärgern macht nicht halb so viel Spaß.«

Pia lächelte ungläubig. Das hörte sich fast wie ein Friedensangebot an.

»Tatsächlich? Es ging Ihnen also nicht nur um die Überstunden?«

»Wenn Sie die Wurst nicht bald essen, tu ich's«, mischte sich Bodenstein ein. »Ich hab auch noch nichts gehabt.«

In dem Augenblick rollte der grüne Pick-up, der Anlass für allerhand Verdächtigungen gewesen war, durch das Hoftor und hielt neben Behnkes Auto zwischen den Birken, denen der Hof seinen Namen verdankte. Pias Herz begann aufgeregt zu klopfen. Wortlos reichte sie ihrem Chef den Teller mit der Bratwurst.

»Schau einer an«, sagte der. »Da kommt Ihr Zoodirektor.«

»Das besitzanzeigende Fürwort dürfen Sie weglassen«, antwortete Pia und warf Bodenstein und Behnke einen scharfen Blick zu. »Und es wäre nett, wenn Sie in seiner Gegenwart nichts von irgendwelchen Fischen erzählen würden. Wenn's geht ...«

»Versprochen.« Die beiden Männer grinsten und beobachteten, wie Christoph Sander ausstieg und auf sie zukam. In der Hand hielt er eine Flasche Weißwein und eine Tüte, die sofort das Interesse der Hunde auf sich zog.

»Guten Abend«, sagte er in die Runde und lächelte Pia an.

»Hallo, Christoph«, antwortete sie, »schön, dass du es geschafft hast.«

»Ich hab's dir doch versprochen«, er hob die Tüte. »Ich

habe noch etwas für den Grill mitgebracht. Lachs- und Thunfischsteaks.«

»Das kriegt Herr Behnke.« sagte Pia. »Er ist der Grillmeister.«

Frank Behnke ergriff die Tüte und schnupperte.

»Na, so was«, auf seinem Gesicht erschien ein breites Grinsen, »das ist ja tatsächlich Fi…«

Er unterbrach sich und blickte seinen Chef an.

»Jetzt hätte ich doch beinahe das verbotene Wort ausgesprochen.«

»Bloß nicht«, Bodenstein grinste auch. »Wir haben es Frau Kirchhoff hoch und heilig versprochen.«

Sander blickte zwischen den beiden Männern hin und her.

»Magst du keinen Fisch?«, erkundigte er sich arglos bei Pia.

Da war es um Behnkes Beherrschung geschehen.

»Doch«, prustete er los, »sehr sogar.«

Pia zog die Augenbrauen hoch.

»Die Halbzeitpause ist rum«, sagte sie mit einer auffordernden Geste zu ihrem Kollegen. »Der Grill ruft.«

»Stimmt«, Bodenstein nahm Behnke die Tüte ab, »kommen Sie, Frank. Wir legen schon mal den Fi… äh … den Lachs auf den Grill.«

Pia blickte den beiden kopfschüttelnd nach.

»Ihr versteht euch gut, wie mir scheint«, stellte Sander fest und legte seinen Arm um Pias Schultern. »Was hat das mit dem Fisch auf sich?«

Sie lächelte ihn an. »Soll ich's dir erzählen?«, fragte sie.

»Ich bitte darum«, erwiderte Sander amüsiert. »Aber natürlich nur, wenn es kein polizeiinternes Geheimnis ist.«

»Das ist es ganz sicher nicht«, ihr Lächeln vertiefte sich, »eher eine Art … hm … Anspielung. Auf dich. Und auf mich.«

»Jetzt machst du mich aber neugierig.«

»Willst du nicht lieber Fußball gucken?«

»O nein«, Sander zog sie in seine Arme, »erst will ich die Fisch-Geschichte hören.«

Danksagung

Den Opel-Zoo in Kronberg, die B8-Problematik und die Burg in Königstein gibt es wirklich. Alle Figuren und die Handlung dieses Romans habe ich mir jedoch ausgedacht.

Einen herzlichen Dank an Herrn Dr. Thomas Kauffels, den wirklichen Direktor des Georg-von-Opel-Freigeheges für Tierforschung e. V., für die freundliche Überlassung der Figur seines von mir frei erfundenen Kollegen Christoph Sander.

Ich danke dem Leiter des Instituts für Rechtsmedizin in Frankfurt, Herrn Prof. Dr. Hansjürgen Bratzke, für die fachliche Beratung in »Leichen-Fragen«, die ich hoffentlich korrekt umgesetzt habe. Danke an Susanne Hecker und Peter Hillebrecht.

Mein Dank gilt Kriminaloberkommissar Andreas Beese von der Polizeidirektion Main-Taunus in Hofheim für den Einblick in die Arbeit der Kriminalpolizei und Staatsanwalt Ralf Setton für Ratschläge in juristischen Fragen. Sollten in fachlicher Hinsicht Fehler in meinem Roman zu finden sein, so liegt es einzig und allein an mir.

Danke auch an Lothar Strüh, der mit mir gemeinsam die Aufgabe bewältigt hat, die Originalfassung auf behutsame Weise um fast 100 Seiten zu kürzen.

Nele Neuhaus
Kelkheim, im Februar 2009